William Faulkner

Moskitos

Roman
Aus dem Amerikanischen
von Richard K. Flesch

Diogenes

Titel der Originalausgabe:
›Mosquitoes‹, New York 1927
Die deutsche Erstausgabe erschien 1960 bei Rowohlt;
sie wurde für diese Neuedition durchgesehen
und leicht revidiert.
Umschlagzeichnung von
Tomi Ungerer

Inhalt

Im Frühling, im süßen, jungen Frühling, geschmückt mit jungem Grün, behangen mit dem Gesang dummer, kleiner Vögel wie mit Halsketten und Armbändern, flitterhaft und niedlich und unecht wie ein Ladenmädchen in seinem billigen Sonntagsstaat, wie ein Narr mit viel Geld und wenig Geschmack – da waren sie klein und jung und zutraulich; man konnte sie manchmal töten. Jetzt aber, da der August wie ein satter Vogel auf trägen Schwingen langsam durch den fahlen Sommer schwebte, dem Mond der Verwesung und des Todes entgegen – jetzt waren sie größer; sie waren verderbt; allgegenwärtig wie die Leute vom Beerdigungsinstitut, gerissen wie Pfandleiher, selbstbewußt und unvermeidlich wie Politiker. Sie kamen in die Städte mit der Lebensgier von Bauernburschen, mit dem leidenschaftlichen Zusammengehörigkeitsgefühl einer Fußballmannschaft, alles durchdringend und ungeheuerlich, aber ohne Würde: eine biblische Plage, durch das falsche Ende eines Fernglases betrachtet; die Majestät des Schicksals, verächtlich geworden durch Allgegenwärtigkeit und ewige Wiederholung.

PROLOG

I

DER SEXUALINSTINKT«, wiederholte Mr. Talliaferro in
seinem bemühten Cockney-Akzent und in der blasier-
ten Selbstgefälligkeit, mit der man sich zu einer Eigen-
schaft bekennt, die man bei sich als Tugend betrachtet, »ist
stark ausgeprägt in mir. Offenheit, ohne die es keine Freund-
schaft gibt, ohne die sich zwei Menschen niemals richtig ›kapie-
ren‹ können, wie ihr Künstler das nennt ... eh ... die Offenheit also ...«

»Richtig«, stimmte der Hausherr zu. »Rücken Sie doch mal
ein bißchen, ja?«

Er tat es mit beflissener Höflichkeit, während sein Blick an
dem Stecheisen hing, das unter dem rhythmischen Aufprall des
Schlegels schmal und zornig blinkte. Duftende Holzspäne
wuchsen unter diesem stummen Blinken, und indem er vergeblich mit dem Taschentuch umherwedelte, fühlte sich Mr. Talliaferro in die Kammer eines Ritter Blaubart mit blondem, sträh-
nig-verfilztem Haar versetzt. Nicht ohne Bedenken betrachtete
er die dünne, ebenmäßige Staubschicht auf seinen hübschen,
schmalen Lackschuhen. Ja, Kunst mußte man sich etwas kosten
lassen ... Er beobachtete die rhythmische Kraft in Rücken und
Arm des anderen, und er überlegte kurz, was wohl begehrens-
werter sein möchte: jener muskelgeschwellte Körper im Unterhemd, oder das Ebenmaß seines eigenen Ärmels; und befriedigt
fuhr er fort:

»... Offenheit zwingt mich zu dem Eingeständnis, daß der
Sexualinstinkt der beherrschende Trieb in mir ist.« Mr. Tallia-
ferro war der Ansicht, daß Konversation – nicht Geschwätz:
Konversation – mit einem Partner des gleichen intellektuellen

Niveaus darin zu bestehen habe, daß man so viele Intimitäten über die eigene Person zum besten gab wie irgend möglich. Er grübelte manchmal voller Bedauern darüber nach, wie eng der Kontakt mit seinen verschiedenen Künstlerbekanntschaften wohl hätte werden können, wenn er in der Jugend masturbiert hätte. Aber nicht einmal das hatte er getan.

»Aha«, meinte sein Gastgeber zustimmend und rammte ihn mit der Hüfte. »Oh, das macht nichts«, murmelte Mr. Talliaferro rasch. Eine rauhe Wand stellte sein Gleichgewicht grob wieder her, und als er das Geräusch von Stoff auf Verputz wahrnahm, prallte er mit verhohlener Behendigkeit zurück.

»Pardon«, plapperte er. Auf dem ganzen Ärmel zeichnete sich in körnigem Weiß sein Arm ab. Er betrachtete seine Jacke sorgenvoll, begab sich aus der Gefahrenzone und ließ sich auf einem aufrecht stehenden Holzklotz nieder. Ausbürsten konnte man das nicht so ohne weiteres, und da die rauhe Oberfläche des Klotzes ihn an seine Hose denken ließ, erhob er sich rasch, um sein Taschentuch über das Holz zu breiten. Jedesmal, wenn er hierher kam, verdarb er unweigerlich seine Garderobe; aber die magische Anziehungskraft, die von Menschen ausstrahlt, die wir bewundern, weil sie Dinge vollbringen, deren wir nicht fähig sind – diese Anziehungskraft ließ ihn immer wieder zurückkehren.

Das Stecheisen fraß sich unter dem gleichmäßigen Bogenschwung des Schlegels immer weiter. Der Hausherr nahm keine Notiz von ihm. Zornig und vergeblich schlug sich Mr. Talliaferro auf den Handrücken. Er saß im lauwarmen Schatten, während die Helligkeit, die über die Dächer und Kaminkappen kam und durch das schmutzige Oberlicht einfiel, langsam nachließ. Der Hausherr werkte in dem müden Licht weiter; der Besucher saß unterdessen auf seinem harten Klotz, ärgerte sich über den Jackenärmel und beobachtete den athletischen, nur mit Unterhemd und fleckiger Hose bekleideten Körper des anderen und den kräftigen Kräuselwuchs seiner Haare.

Draußen vor dem Fenster brütete New Orleans, brütete das Vieux Carré mit der schlaffen Trägheit einer alternden, aber noch schönen Kurtisane in einem raucherfüllten Zimmer, die nach dem Aufpeitschenden giert und zugleich übersättigt ist davon. Still, in die Schale eines leidenschaftsmatten Himmels gebettet, lag der Sommer über der Stadt. Der Frühling und die grausamsten Monate waren vorüber, die grausamen Monate, die wollüstigen, die die fette, winterschläfrige Stumpfheit und Behaglichkeit der Zeit zerbrechen; August hing in der Luft und September – Monat der schlaffen Tage, traurig wie Holzrauch. Aber Mr. Talliaferros Jugend, oder vielmehr, ihr Fehlen, störte ihn nicht mehr. Gott sei Dank.

Auch war es nicht Jugend, was das Ureigenste dieses Raumes aufstörte. Nein – es war etwas, das im Ewigen der Rasse wurzelt, etwas Unsterbliches. Und Jugend ist nicht ohne Tod. Gott sei Dank. Dieser holprige Dielenboden, die rauhen, verschmutzten Wände, durchbrochen von hochliegenden, praktisch nutzlosen, schön gerahmten Fenstern, und diese flachen Simse, die die unberührte und doch schadhafte Mauerschräge zerschnitten, unter der vor langer Zeit Sklaven gehaust hatten, Sklaven, die nun lange tot und zu Staub zerfallen waren wie die Epoche, die sie hervorgebracht hatte und der sie mit freundlicher und schöner Würde gedient hatten – Schatten von Dienern und Herren, entrückt nun zu freundlicheren Regionen, um der Ewigkeit Würde zu verleihen. Denn nur wenige Auserwählte verstehen Dienst mit Würde anzunehmen: des Menschen Trieb ist es, selbst für sich zu sorgen. Es bleibt Sache des Dieners, einem unnatürlichen Vorgang Würde zu geben. Und draußen, über den Dachfirsten, die sich nun langsam violett färbten, lag der Sommer, faul ausgestreckt und schamlos in seiner Verwesung.

Wenn man den Raum betrat, fing das Ding den Blick ein: man fuhr herum wie nach einem Geräusch, man erwartete Bewegung. Aber es war aus Marmor, es konnte sich nicht bewegen. Und wenn man sich schließlich zwang, den Blick zu lösen, wenn man sich abwandte, dann hatte man wieder, ungetrübt und stark und rein, jenes Gefühl von Schnelligkeit, von eingefangener Räumlichkeit; wenn man aber wieder hinsah, war es wie zuvor: bewegungslos und leidenschaftlich-ewig – der jungfräuliche Torso eines Mädchens, ohne Brüste, ohne Kopf, ohne Arme und Beine, im Marmor vorübergehend eingefangen und zur Ruhe gebracht, aber noch leidenschaftlich auf Flucht bedacht, und einfach und ewig in der zweideutigen, höhnenden Dunkelheit der Welt. Es war nichts, was die Jugend aufstört oder einst aufgestört hätte: es trug das Aufstörende in alle Gewebe des Körpers hinein, es erregte im innersten Mark. Wild ließ Mr. Talliaferro seine Hand in den Nacken klatschen.

Der Werkende ließ Schlegel und Stecheisen sinken, richtete sich auf, reckte sich. Und als hätte das Licht nur aus Höflichkeit darauf gewartet, verblaßte es nun rasch vollends: der Raum war wie eine Badewanne, die leerläuft. Mr. Talliaferro erhob sich, hochgeschreckt aus seiner Träumerei; sein Gastgeber hatte ihm das Gesicht zugewandt: das Antlitz eines kräftigen Falken. Mr. Talliaferro trauerte wieder um seinen Ärmel und erkundigte sich knapp:

»Dann darf ich also Mrs. Maurier sagen, daß Sie kommen werden?«

Der andere starrte ihn an. »Wie?« fragte er scharf. »Zum Henker, ich muß arbeiten. Tut mir leid. Sagen Sie ihr das: es tut mir leid.«

Ein wenig Ärger mischte sich in Mr. Talliaferros Enttäuschung, während er dem anderen zusah, wie er den dunkler werdenden Raum durchquerte, von einer rohen Holzbank einen billigen Emaillekrug voll Wasser hob und gierig daraus trank.

Verstimmt begann Mr. Talliaferro: »Aber, so hören Sie doch . . .«

»Nein, nein«, wiederholte der andere brüsk und wischte den Bart am Oberarm ab. »Ein andermal vielleicht. Jetzt hab ich zu viel zu tun; ich kann mich nicht mit ihr abgeben. Tut mir leid.« Er ließ die offene Tür zurückschwingen und nahm von einem Haken, der in die Füllung geschraubt war, eine dünne Jacke und eine zerknitterte Tweedmütze. Angewidert und neidisch zugleich beobachtete Mr. Talliaferro das Spiel der Muskeln unter dem leichten Stoff – abermals wurde er an die Muskel- und Makellosigkeit des eigenen, sorgfältig gebügelten Flanells erinnert. Der andere war spürbar im Aufbruch begriffen, und Mr. Talliaferro, dem Alleinsein unerträglich war – vor allem in solch schäbiger Umgebung –, nahm seinen flachen Strohhut von der Wand, wo das aufregend-bunte Band über dem schlanken gelben Schimmer seines Spazierstockes (echt Malakkarohr) prunkte.

»Warten Sie«, kündigte er an, »ich werde Sie begleiten.«

Der andere verhielt und wandte sich um. »Ich gehe aus«, erklärte er streitsüchtig.

Mr. Talliaferro, ratlos für den Augenblick, stotterte verwirrt: »Aber ... vielmehr, ich dachte ... ich meine, eigentlich sollte ich ...« Das Falkenantlitz schwebte fern über ihm in der Dämmerung, und rasch fügte er hinzu: »Natürlich könnte ich auch noch einmal vorbeikommen.«

»Wirklich? Nicht zu viel Umstand?«

»Aber nicht doch, mein Lieber, nicht im geringsten! Verlassen Sie sich auf mich! Ich komme gern noch einmal vorbei.«

»Na schön, wenn's Ihnen wirklich nichts ausmacht – wie wär's, wenn Sie mir inzwischen eine Flasche Milch holen würden? Hier ist die leere; Sie kennen doch den Laden an der Ecke ...«

Mit einer seiner charakteristischen schwingenden Bewegungen war der andere draußen, und Mr. Talliaferro stand in ärgerlicher Überraschung da, eine Münze in der einen Hand und eine ungespülte Milchflasche in der andern. Er sah den Umriß des anderen in die Dunkelheit des Treppenhauses hinabtauchen, blieb auf einem Bein stehen wie ein Storch, klemmte die Flasche unter den Arm und hieb sich heftig auf das Fußgelenk – daneben.

2

Als er den letzten Absatz der Treppe hinunterstieg und den düsteren Korridor betrat, kam er an zwei Gestalten vorbei, die sich ununterscheidbar küßten, und er hastete dem Ausgang zu. Hier blieb er in geschäftiger Unentschlossenheit stehen und knöpfte seine Jacke auf. Die Flasche war in seiner Hand klebrig geworden. Er betastete sie mit starkem Widerwillen. Ohne daß er sie sehen konnte, schien sie unerträglich schmutzig geworden zu sein. Er wünschte sich irgend etwas, ein Stück Zeitungspapier vielleicht, aber er blickte rasch hinter sich, ehe er ein Streichholz anriß. Sie waren weg; der Gleichklang ihrer gedämpften Schritte verlor sich hinter der dunklen Biegung der Treppe: dieser Gleichschritt war wie eine körperliche Umarmung. Das Streichholz flammte auf und zog einen winzigen

Goldfaden an dem schimmernden Spazierstock entlang, als ob da eine dünne Linie von Schießpulver abbrenne. Aber der Hausgang war leer, mit kalten Steinplatten ausgelegt, bedrükkend vor müder Feuchtigkeit... das Streichholz brannte herunter, erlosch an den ebenmäßig polierten Fingernägeln und ließ ihn in noch schwärzere Finsternis stürzen.

Er öffnete die Haustür. Das Zwielicht streunte herein wie ein stummer, violetter Hund. Er preßte die Flasche an sich und lugte hinaus über einen unregelmäßig gegliederten Platz hinweg, über wie mit der Schablone gemalte Palmen und Andrew Jacksons kindisches Abbild auf dem im Sprung eingefrorenen, lockenmähnigen, sauber ausbalancierten Roß, über die langgestreckte Unbetontheit des Pontalba-Gebäudes und über drei in der Perspektive edler wirkende Spitztürme der Kathedrale, die rein und schläfrig in der zerfallsträchtigen Schlaffheit von August und einfallender Nacht standen. Mr. Talliaferro schob den Kopf ein wenig vor und blickte die Straße hinauf und hinunter. Dann zog er den Kopf zurück und schloß die Tür.

Widerstrebend bediente er sich seines makellos weißen Leinentaschentuchs, ehe er die Flasche unter das Jackett schob. Es wölbte sich erbärmlich unter seiner forschend tastenden Hand, und in wachsender Verzweiflung holte er die Flasche wieder hervor. Er stellte sie auf den Boden, riß ein weiteres Zündholz an, aber da war nichts, in das er das Ding hätte einwickeln können. Es drängte ihn, es zu packen und gegen die Wand zu schleudern: Er meinte schon erleichtert das splitternde Krachen zu hören. Aber Mr. Talliaferro war ein Ehrenmann: er hatte sein Wort gegeben. Er konnte ja auch in das Zimmer seines Freundes zurückgehen und ein Stück Papier holen. Er stand in quälender Unentschlossenheit, bis die Treppe hinab kommende Schritte die Entscheidung für ihn trafen. Er bückte sich und tastete nach der Flasche, stieß sie um und hörte das trostlos-leere Geräusch, mit dem sie über den Boden rollte, erwischte sie schließlich, stieß abermals die Tür auf und stürzte eilig hinaus.

Sanft schwebten Lichter, langsam wie Glockenschläge, in der violetten Dämmerung. Jackson Square war nun ein grüner, ruhiger See, in dem Lichter wohnten, rund wie Quallen, befiedert mit silbernen Mimosen und Granatapfelsträuchern und Hibiskus, unter denen Lantana und Cannas verbluteten. Pontalba und die Kathedrale waren schwarze Scherenschnitte, platt auf einen grünen Himmel geklebt; über ihnen waren die höheren Palmen in schwarzen, lautlosen Explosionen erstarrt. Die Straße war leer, aber von der Royal Street kam das Surren einer Straßenbahn, wurde zum schütternden Klappern, entfernte sich und verklang. Das anmutige Geräusch luftgefüllten Gummis auf dem Asphalt füllte die entstandene Leere wie das Reißen eines endlosen Seidenstoffes. Mr. Talliaferro, die Hand um die verfluchte Flasche gekrampft, eilte weiter. Er kam sich wie ein Verbrecher vor.

Er schritt schnell an einer dunklen Mauer dahin, vorbei an kleinen unansehnlichen Läden, die schwach von Gaslampen erleuchtet wurden und nach Lebensmitteln aller Art rochen, ein wenig überreif, widerlich. Die Besitzer saßen mit ihren Familien vor der Tür, die Stühle gegen die Wand zurückgekippt; Frauen wiegten Babies in den Schlaf und unterhielten sich in weichen, südeuropäischen Silben. Kinder rannten vor ihm her und um ihn herum, ohne ihn zu beachten; oder sie bemerkten ihn und verkrochen sich im Schatten wie Tiere: passiv, abwehrbereit und reglos.

Er bog um die Ecke. Nach beiden Seiten hin erstreckte sich Royal Street, und er stürzte in den Kolonialwarenladen an der Ecke, vorbei an dem Inhaber, der mit bequem ausgestreckten Beinen auf der Schwelle saß und den Ballon seines Bauches im Schoß wiegte. Der Inhaber nahm eine greuliche kurze Pfeife aus dem Mund, rülpste und erhob sich, um dem Kunden zu folgen. Hastig stellte Mr. Talliaferro die Flasche ab.

Wieder rülpste der Händler ungeniert. »'n Abend«, grüßte er in einem breiten Westend-Akzent, der dem angestrebten Ideal erheblich näherkam als der von Mr. Talliaferro. »Milch, hm?«

Mr. Talliaferro reichte die Münze hinüber, murmelte etwas und beobachtete die fetten, widerstrebenden Schenkel des Mannes, der ohne Abscheu die Flasche ergriff, sie in ein Fach der Flaschenkiste stellte und aus dem danebenstehenden Kühlschrank eine frische nahm. Mr. Talliaferro zuckte zurück.

»Haben Sie nicht ein Stück Papier zum Einpacken?« fragte er unsicher.

»Na klar«, stimmte der andere bereitwillig zu. »'n Paket

machen, hm?« Mit aufreizender Gemächlichkeit machte er sich
ans Werk, und schließlich nahm Mr. Talliaferro, noch bedrückt, aber doch schon freier atmend, seinen Einkauf entgegen
und trat nach einem raschen Blick auf die Straße hinaus. Dort
blieb er stehen wie vom Donner gerührt.

Sie kam mit vollen Segeln daher und war von einer Schlan-
keren begleitet, als sie seiner ansichtig wurde; aber sie drehte
sofort bei und kam seidenraschelnd und kostspielig klappernd
mit allerlei Kram – Handtasche, Ketten, Perlen – auf ihn
zu. Ihre ringgeschmückte, manikürte Hand blühte fett aus
Armbändern hervor, und ihr Treibhausgesicht trug einen Ausdruck kindlich-vertrauensvollen Staunens.

»Mister Talliaferro! welche Überraschung«, rief sie, ihrer
Gewohnheit gemäß das erste Wort eines jeden Satzes akzentu-
ierend. Und sie war tatsächlich überrascht. Mrs. Maurier ging
durch das Leben in einem Zustand andauernder Verwunderung
über seine Zufälligkeiten, ob sie nun selbst sie heraufbeschwo-
ren hatte oder nicht. Mr. Talliaferro ließ das Päckchen behend
hinter dem Rücken verschwinden, bereit, es zu vernichten, wodurch er gezwungen war, ihre entgegengestreckte Hand zu ergreifen, ohne den Hut zu ziehen. Er holte dies nach, sowie es
ihm möglich war. »Ich hätte nie erwartet, Sie um diese Zeit in
diesem Teil der Stadt zu treffen«, fuhr sie fort. »Aber Sie haben wohl einige von Ihren Künstlerfreunden besucht, wie?«

Die Schlankere war gleichfalls stehengeblieben und musterte
Mr. Talliaferro mit kühlem Desinteresse. Die ältere Frau
wandte sich an sie: »Mr. Talliaferro kennt alle interessanten
Leute in diesem Viertel, Liebling. Alle Leute, die . . . also, die
künstlerisch, nicht wahr . . . na, die eben Kunst machen. Schöne
Sachen. Schönheit, verstehst du.« Mrs. Maurier winkte mit ihrer glitzernden Hand unbestimmt zum Himmel hinauf, an
dem Sterne wie fahle und matte Gardenien zu erblühen begannen. »Oh, ich bitte sehr um Verzeihung, Mr. Talliaferro – das
ist meine Nichte, Miss Robyn, von der ich Ihnen schon erzählt
habe. Sie und ihr Bruder sind hergekommen, um eine einsame
alte Frau zu trösten . . .« Eine welke Koketterie lag in ihrem
Blick, und Mr. Talliaferro kannte sein Stichwort:

»Aber das ist doch Unsinn, gnädige Frau! Wir sind es, Ihre
unglücklichen Bewunderer, die trostbedürftig sind. Vielleicht

hat Miss Robyn auch Mitleid mit uns?« Mit wohl berechneter Förmlichkeit verneigte er sich vor der Nichte. Die Nichte war nicht begeistert.

»Siehst du, Liebling«, wandte sich ihr Mrs. Maurier überschwenglich zu, »hier hast du ein Beispiel für die Ritterlichkeit unserer Männer aus den Südstaaten. Kannst du dir vorstellen, daß ein Mann aus Chicago so etwas sagt?«

»Kaum«, gab die Nichte zu. Ihre Tante sprudelte weiter: »Deshalb wollte ich unbedingt, daß Patricia mich besucht: damit sie Männer kennenlernt, die ... also Männer, die ... Meine Nichte ist nach mir getauft worden, Mr. Talliaferro. Ist das nicht hübsch?« Mit wieder erwachendem glücklichem Staunen drang sie auf Mr. Talliaferro ein.

Mr. Talliaferro verneigte sich abermals, hätte um ein Haar die Flasche fallen lassen, fing sie noch eben, indem er blitzartig die andere Hand, in der er Stock und Hut hielt, nach hinten brachte. »Reizend, wirklich ganz reizend«, pflichtete er bei, während ihm der Schweiß ausbrach.

»Aber wirklich, ich bin überrascht, Sie um diese Stunde hier zu treffen. Und Sie sind sicher überrascht, uns hier zu treffen, nicht wahr? Aber ich habe gerade etwas Wundervolles entdeckt! Sie müssen es anschauen, Mr. Talliaferro: ich bin so gespannt auf Ihr Urteil.« Sie hielt ihm eine glanzlose Bleiplakette entgegen, von der ihn in undeutlichem Basrelief und verblichenem Rot und Blau eine Madonna albern anlächelte, deren infantil-erstaunter Gesichtsausdruck völlig dem von Mrs. Maurier glich, und ein Jesusknabe, der irgendwie selbstgefällig und zufrieden wirkte wie ein alter Mann. Mr. Talliaferro wagte angesichts des gefährlichen Balanceaktes nicht, die Flasche loszulassen. »Aber so nehmen Sie doch, damit Sie es unter dem Licht betrachten können«, verlangte die Eigentümerin. Abermals transpirierte Mr. Talliaferro ein wenig. Da sagte auf einmal die Nichte:

»Ich kann Ihnen ja Ihr Paket abnehmen.«

Sie griff mit jugendlicher Behendigkeit zu, und ehe er protestieren konnte, hatte sie ihm die Flasche aus der Hand genommen. »Oh«, stieß sie hervor; fast hätte sie sie nun auch fallen lassen, und die Tante schwärmte:

»Ach, Sie haben auch etwas entdeckt, ja? Jetzt habe ich Ihnen meinen Schatz gezeigt, und Sie verbergen die ganze Zeit etwas viel, viel Hübscheres vor mir!« Sie winkte mit einer Geste der Niedergeschlagenheit ab. »Sie werden meinen Schatz für Schund halten, ganz sicher werden Sie das«, fuhr sie mit ein wenig überbetonter Niedergeschlagenheit fort. »Ach, ich möchte ein Mann sein, damit ich den ganzen Tag Läden durchstöbern und wirklich etwas finden könnte! Sie müssen uns einfach zeigen, was Sie da haben, Mr. Talliaferro!«

»Es ist eine Milchflasche«, bemerkte die Nichte, während sie Mr. Talliaferro nicht ohne Interesse musterte.

Die Tante quietschte. Ihr Busen hob sich mühsam; Broschen und Perlen glitzerten. »Eine Milchflasche! Sind Sie auch unter die Künstler gegangen?«

Zum ersten und letzten Mal in seinem Leben wünschte Mr. Talliaferro einer Dame den Tod. Aber er war ein Gentleman; er kochte nur innerlich. Er lachte mit etwas mißglückter Herzlichkeit.

»Künstler? Sie schmeicheln, gnädige Frau. Nach solchen Höhen trachtet meine Seele nicht. Ich bescheide mich mit der Rolle des ...«

»Milchmannes«, schlug die junge Teufelin vor.

»... des Mäzens, wenn ich mich als solchen bezeichnen darf.«

Mrs. Maurier seufzte vor Enttäuschung und Überraschung. »Ach, Mr. Talliaferro, ich bin schrecklich enttäuscht. Ich hatte einen Augenblick lang gehofft, einer Ihrer Künstlerfreunde hätte Sie endlich dazu überredet, der Welt ein großes Werk zu schenken ... Nein, nein: Sagen Sie nicht, Sie könnten das nicht; ich bin sicher, daß Sie dessen fähig sind, Sie, mit dieser ... dieser zarten Seele, mit Ihrer ...« Wieder winkte sie unbestimmt zum Himmel über der Rampart Street hinauf. »Ach, ein Mann zu sein, frei bis auf die Bande der Seele! Schaffen dürfen – schaffen!« Mühelos fand sie in die Royal Street zurück. »Nein, wirklich – eine Flasche Milch, Mr. Talliaferro?«

»Nur für meinen Freund Gordon. Ich habe heute nachmittag bei ihm hineingeschaut; er war sehr beschäftigt. Da bin ich rasch eine Flasche Milch für sein Abendessen holen gegangen. Diese Künstler!« Mr. Talliaferro zuckte die Achseln. »Sie wissen ja, wie sie leben.«

»Ja, wirklich. Der Genius ... Ein harter Lehrmeister, nicht

wahr? Vielleicht ist es klug von Ihnen, daß Sie ihm nicht Ihr Leben weihen. Es ist eine lange, einsame Straße. Aber wie geht es Mr. Gordon? Ich bin fortwährend mit allem möglichen beschäftigt – mit unvermeidlichen Verpflichtungen, die zu vernachlässigen mein Gewissen nicht erlaubt (ja wirklich, ich bin nämlich sehr gewissenhaft) –, so kommt es, daß ich ganz einfach nicht die Zeit habe, so oft in das *Quartier* zu kommen, wie ich eigentlich möchte. Ich hatte Mr. Gordon fest versprochen, ihn zu besuchen und ihn bald einmal zum Essen einzuladen. Sicher denkt er, ich hätte ihn vergessen. Ach bitte, wollen Sie das nicht für mich in Ordnung bringen? Sagen Sie ihm, daß ich ihn nicht vergessen habe.«

»Ich bin überzeugt, daß er sich völlig darüber im klaren ist, wie sehr Sie beansprucht sind«, versicherte Mr. Talliaferro galant. »Seien Sie deshalb ohne Sorge.«

»Ja, wirklich, ich weiß gar nicht, wie ich das alles fertig kriege; ich bin immer überrascht, wenn ich mal einen Augenblick für mich habe.« Wieder der Ausdruck glücklichen Staunens. Die Nichte drehte sich schlank und langsam auf einem Stöckelabsatz um sich selbst. Der süße junge Schwung der Unterschenkel, die gerade waren und zerbrechlich wie die Beine eines Vogels und in den tintigen Zwillings-Klecksen ihrer Sandaletten endeten – all das setzte ihn in Verzückung. Ihr Hut lag um ihr Gesicht wie eine kleine glänzende Glocke, und sie trug ihre Kleidung mit salopper Nachlässigkeit, so als ob sie den Kleiderschrank geöffnet und gesagt hätte: Na schön, geh'n wir in die Stadt. Ihre Tante erkundigte sich gerade:

»Aber wie wird das mit unserer Jacht-Party? Haben Sie Mr. Gordon meine Einladung überbracht?«

Mr. Talliaferro wurde unruhig. »Ja, also . . . wissen Sie, er ist nämlich gerade sehr beschäftigt. Er . . . er hat einen Auftrag, der sofort erledigt werden muß«, schloß er, einer Eingebung folgend.

»Ach, Mr. Talliaferro! Sie haben ihm nicht gesagt, daß er eingeladen ist. Schämen Sie sich! Dann muß ich es ihm eben selbst sagen, wenn Sie mich sitzenlassen.«

»Nein, wirklich . . .«

Sie unterbrach ihn: »Verzeihen Sie, lieber Mr. Talliaferro; ich wollte Ihnen nicht unrecht tun. Eigentlich bin ich sogar froh, daß Sie ihn nicht eingeladen haben. Es ist besser, wenn ich das selbst tue, damit ich ihm alle Bedenken ausreden kann, die er womöglich hat. Er ist ja so scheu, wissen Sie. Ja doch, ganz bestimmt ist er das. Das Temperament des Künstlers, verstehen Sie: so vergeistigt . . .«

»Ganz recht«, pflichtete Mr. Talliaferro bei, während er heimlich die Nichte beobachtete, die ihre Kreiselbewegung eingestellt hatte und ihren offenbar knochenlosen Körper in eine Haltung dimensionslos-eckiger Flachheit brachte, die ihn edel wie ein ägyptisches Relief wirken ließ.

»Also, ich werde mich der Sache selbst annehmen. Ich werde ihn heute abend aufsuchen: Wie Sie wissen, stechen wir morgen mittag in See. Das läßt ihm doch wohl genügend Zeit, meinen Sie nicht auch? Er ist einer von diesen Künstlern, die nie viel besitzen – glückliche Menschen sind das.« Mrs. Maurier sah auf die Uhr. »Lieber Himmel! Schon halb acht! Wir müssen fliegen. Komm, Liebling. Können wir Sie irgendwo absetzen, Mr. Talliaferro?«

»Nein, danke. Ich muß Gordon seine Milch bringen, und anschließend bin ich verabredet für den Abend.«

»Ah, Mr. Talliaferro! Ich bin sicher, es steckt eine Frau dahinter.« Spitzbübisch verdrehte sie die Augen. »Was sind Sie doch für ein schrecklicher Mann.« Sie senkte die Stimme und schlug ihn leicht auf den Arm. »Geben Sie acht, was Sie vor diesem Kind sagen. Meine Instinkte sind ja völlig à la Bohème, aber sie . . . sie ist so unerfahren . . .« Ihre Stimme war wie ein lauwarmes Bad, und Mr. Talliaferro bremste ab; hätte er einen Schnurrbart getragen, er hätte ihn jetzt gestrichen. Mrs. Maurier klingelte und glitzerte wieder: ihr Gesicht strahlte vor Entzücken. »Aber natürlich! Wir fahren Sie zu Mr. Gordon, und ich kann gleich zu ihm reinschauen und ihn einladen. Das einzig Richtige! Gut, daß ich darauf gekommen bin. Komm, Liebling.«

Ohne sich zu bücken, winkelte die Nichte ein Bein nach oben und kratzte sich am Knöchel. Mr. Talliaferro fiel die Milchflasche ein; er nahm dankbar an und begleitete sie, sorgsam an der Außenkante des Bürgersteigs gehend. Ein paar Schritte weiter hockte kostpielig Mrs. Mauriers Wagen. Der schwarze Chauffeur stieg aus und hielt die Tür auf; und während Mr. Talliaferro in elegante Polster sank und, seine Milchflasche im Schoß, den Duft der Blumen in der geschmackvollen Vase wahrnahm, versprach er sich selbst für das kommende Jahr einen Wagen.

3

Sie glitten sanft unter den in gleichmäßigen Abständen angebrachten Straßenlampen dahin und bogen um scharfe Ecken, während Mrs. Maurier pausenlos von ihrem Seelenzustand und von Mr. Talliaferros Seelenzustand und von Gordons Seelenzustand redete. Die Nichte saß schweigend daneben. Mr. Talliaferro war sich des sauberen, jungen Duftes, der von ihr ausging, sehr bewußt: es war der Geruch junger Bäume; und wenn sie den Lichtbereich einer Laterne kreuzten, konnte er ihre schlanke Form sehen und die unpersönliche Enthüllung ihrer Beine und ihrer bloßen, geschlechtslosen Knie. Mr. Talliaferro genoß dies alles und wünschte, seine Milchflasche umklammernd, die Fahrt möchte nie zu Ende gehen. Aber da hielt der Wagen schon wieder, und er mußte wohl oder übel aussteigen.

»Ich werde raufspringen und ihn herunter holen«, schlug er mit vorausschauendem Takt vor.

»Nein, nein«, widersprach Mrs. Maurier, »wir kommen mit. Patricia soll einmal den Genius in seinen vier Wänden erleben.«

»Och, Tante, ich bin doch schon in solchen Spelunken gewesen«, protestierte die Nichte. »So was gibt's doch überall. Ich warte auf euch.« Mühelos klappte sie ihren Körper zusammen wie ein Taschenmesser und kratzte sich mit ihrer braunen Hand am Knöchel.

»Aber es ist so interessant, zu sehen, wie sie hausen, Liebling. Du wirst begeistert sein.« Mr. Talliaferro äußerte nochmals Bedenken, aber Mrs. Mauriers Redeschwall fegte ihn beiseite. So ging er wider bessere Einsicht voran, mit Streichhölzern leuchtend, die dunkle, gewundene Treppe hinauf; drei Schatten, unnatürlich verzerrt an den alten Wänden auf und nieder hüpfend, äfften sie nach. Sie hatten das Dachgeschoß noch lange nicht erreicht, als Mrs. Maurier bereits schnaufte und keuchte, und Mr. Talliaferro empfand bei diesen Lauten eine jungenhafte Schadenfreude. Aber er war ein Gentleman: er untersagte sich dieses Gefühl und machte sich Vorwürfe. Dann klopfte er an eine Tür, wurde zum Eintreten aufgefordert, öffnete.

»Schon zurück?« Gordon saß auf dem einzigen Stuhl, ein Buch in der Hand und kaute an einem belegten Brot. Das Licht, von keinem Lampenschirm gedämpft, fiel hart auf das Unterhemd.

»Sie bekommen Besuch«, warnte Mr. Talliaferro etwas verspätet, aber der andere hatte bereits über Mr. Talliaferros Schulter hinweg Mrs. Mauriers begieriges Gesicht bemerkt. Er erhob sich und beschimpfte Mr. Talliaferro, der sofort mit ungeschickten Erklärungen begonnen hatte.

»Mrs. Maurier bestand darauf, selbst vorbeizukommen . . .«

Mrs. Maurier schob ihn abermals beiseite. »Mr. Gordon!« Sie segelte in den Raum, den üblichen Ausdruck glücklichen Staunens im Gesicht vor sich hertragend wie ein hochkant gestelltes Servierbrett. »Wie geht es Ihnen? Werden Sie uns jemals diesen Überfall verzeihen?« fuhr sie fort, sprudelnd, die Satzanfänge betonend. »Gerade haben wir Mr. Talliaferro unten auf der Straße getroffen, mit Ihrer Milch; und da haben wir beschlossen, den Löwen in seiner Höhle aufzusuchen. Wie geht es Ihnen?« Sie drängte ihm eine überschwengliche Hand auf und blickte mit fröhlicher Neugier um sich. »Hier also wirkt der Genius. Wirklich reizend: so . . . so originell. Und dies . . .« sie wies in die Ecke, die mit einem verknautschten grünen Ripsvorhang abgeteilt war ». . . ist Ihr Schlafzimmer, ja? Entzückend! Ach, Mr. Gordon, wie ich Sie um diese Freiheit beneide! Und um die Aussicht – Aussicht haben Sie doch sicher auch von hier oben, wie?« Sie hielt noch immer seine Hand fest und starrte verzückt auf ein hohes, sinnloses Fenster, das zwei müde Sterne vierter Größe umrahmte.

»Wenn ich zwei Meter fünfzig groß wäre, dann hätte ich eine schöne Aussicht«, stellte er richtig. Sie wandte sich ihm rasch zu, strahlend. Mr. Talliaferro lachte nervös.

»Das müßte herrlich sein«, stimmte sie bereitwillig zu. »Es lag mir ja so viel daran, daß meine Nichte ein richtiges Atelier kennenlernt, Mr. Gordon, in dem ein richtiger Künstler arbeitet. Liebling . . .« noch immer hielt sie seine Hand und wandte sich selbstgefällig um. ». . . Liebling, ich möchte dir einen richtigen Bildhauer vorstellen; einen von dem wir noch Großes erwarten . . . Liebling!« wiederholte sie lauter.

Die Nichte, der die Treppe nichts ausgemacht hatte, war hinter ihnen in den Raum geschlendert und stand jetzt vor dem einsamen Marmor. »Komm her, Liebling, und unterhalte dich mit Mr. Gordon.« In der sacharinsüßen Stimme ihrer Tante schwang ein Unterton mit, der gar nicht so süß war. Die Nichte wandte den Kopf und nickte leicht, ohne Gordon anzusehen. Der befreite seine Hand.

»Mr. Talliaferro sagt, Sie haben eine Auftragsarbeit.« Die Stimme von Mrs. Maurier war wieder ganz glücklich-staunender Honigseim. »Dürfen wir sie einmal sehen? Ja, ich weiß, Künstler zeigen nicht gern unvollendete Werke; aber sehen Sie mal, so unter Freunden . . . Sie wissen doch beide, wie empfänglich ich für das Schöne bin, auch wenn mir der schöpferische Impuls versagt geblieben ist.«

»Aha«, sagte Gordon beistimmend und betrachtete die Nichte.

»Schon längst wollte ich Sie in Ihrem Atelier besuchen – ich hatte es ja versprochen, Sie erinnern sich doch? Deshalb will ich jetzt die Gelegenheit beim Schopf ergreifen und mich bei Ihnen umsehen – es ist Ihnen doch recht?«

»Wie Sie wollen. Talliaferro kann Ihnen ja den Kram zeigen. Entschuldigen Sie mich.« In seiner charakteristischen Art schob er sich wuchtig zwischen ihnen hindurch, und Mrs. Maurier flötete:

»Ach ja, natürlich. Mr. Talliaferro ist ja auch so empfänglich für das Schöne in der Kunst. Ach, Mr. Talliaferro, warum wurde uns beiden die Liebe zur Schönheit gegeben und zugleich die Fähigkeit versagt, sie aus Stein und Holz und Ton zu schaffen . . .«

Ihr Körper in dem kurzen, schlichten Kleid blieb regungslos, als er zu ihr trat. Nach einer Weile fragte er:

»Gefällt's Ihnen?«

Im Profil gesehen, war ihr Kinn kräftig und irgendwie maskulin. Aber von vorn gesehen wirkte es nicht kräftig, nur fest. Ihre Lippen waren voll und frei von Lippenstift, und ihre Augen undurchsichtig wie Rauch. Sie begegnete seinem Blick, bemerkte das eisige Blau seiner Augen (Chirurgenaugen, dachte sie) und wandte sich wieder dem Marmor zu.

»Ich weiß nicht recht«, sagte sie langsam. »Es ist wie ich.«

»Warum?« fragte er ernst.

Sie antwortete nicht. Dann sagte sie: »Darf ich's mal anfassen?«

»Wenn Sie wollen«, erwiderte er und betrachtete den Umriß ihres Kinns und ihre kleine, feste Nase. Sie machte keine Bewegung, und er fügte hinzu: »Wollen Sie's nicht anfassen?«

»Ich hab's mir anders überlegt«, sagte sie kühl. Gordon warf einen Blick über die Schulter auf Mrs. Maurier, die sich gerade in weitschweifigen Ergüssen über etwas ausließ. Mr. Talliaferro pflichtete ihr mit gemäßigter Leidenschaft bei: ja, ja, ganz recht.

»Warum ist es wie Sie?« fragte er abermals.

Sie erkundigte sich beiläufig: »Warum hat sie hier nichts?« Ihre braune Hand flatterte schlank über die flache Glätte der Marmorbrust und sank zurück.

»Sie haben da auch nicht viel.« Ihr Blick traf den seinen, hielt ihm stand. »Warum sollte es da was haben?« fragte er.

»Stimmt«, meinte sie mit der kritischen Höflichkeit einer ebenso Beschaffenen. »Jetzt seh ich's auch. Natürlich nicht. Ich hab das nicht gleich . . . nicht gleich verstanden.«

Gordon musterte mit wachsendem Interesse ihren flachen Busen, ihren Bauch, ihren Körper, dessen scheinbare Knabenhaftigkeit von seiner Grazie und der Schlankheit der Arme Lügen gestraft wurde. Geschlechtslos, und doch irgendwie unbestimmt erregend. Nur einfach jung vielleicht, wie ein Kalb, ein Fohlen. »Wie alt sind Sie?« fragte er abrupt.

»Achtzehn, falls Sie das was angeht«, antwortete sie voller Gleichmut und starrte den Marmor an. Plötzlich sah sie wieder zu ihm auf. »Ich wollte, ich könnte es haben«, erklärte sie mit plötzlicher Ernsthaftigkeit, mit dem Verlangen einer Vierjährigen.

»Schönen Dank«, sagte er. »Das war Ihnen ganz ernst eben, nicht wahr? Aber Sie können es natürlich nicht haben. Das sehen Sie doch ein, oder?«

Sie schwieg. Er wußte, daß sie nicht einsah, weshalb sie die Plastik nicht haben könne.

»Ja, doch; ich glaube schon«, gab sie schließlich zu. »Ich dachte bloß, ich versuch's mal.«

»Nur keine Chance auslassen, wie?«

»Na ja, morgen werd ich's wahrscheinlich ohnehin nicht mehr wollen . . . und wenn, dann kann ich was kriegen, was ebensogut ist.«

»Sie meinen«, stellte er richtig, »wenn Sie es morgen noch wollen, dann können Sie es immer noch bekommen. Das meinen Sie doch?«

Ihre Hand bewegte sich langsam, einem selbständigen, unabhängigen Organismus gleich, zu dem Marmor hin und strich darüber. »Warum sind Sie so schwarz?« wollte sie wissen.

»Schwarz?«

»Nicht Ihr Haar und Ihr Bart. Ihr rotes Haar gefällt mir, und Ihr Bart. Nein, Sie selbst. Sie sind schwarz. Ich meine . . .« Ihre Stimme brach ab. Ob sie vielleicht seine Seele meine? »Ich weiß nicht, was das ist«, erklärte sie leise.

»Ich auch nicht. Aber Sie könnten Ihre Tante fragen. Sie scheint sich damit auszukennen.«

Sie warf einen Blick über die Schulter und zeigte ihm dabei ihr anderes Profil. Es glich nicht dem, das er zuerst gesehen hatte. »Fragen Sie sie doch selbst, da kommt sie.«

Mrs. Maurier zwängte ihre duftende, gepolsterte Masse zwischen sie. »Wundervoll«, stieß sie in ernsthaftem Staunen hervor, »einfach wundervoll. Und dies hier . . .« Ihre Stimme brach ab, und sie starrte verwirrt auf den Marmor. Mr. Talliaferro war ihr getreues Echo und bildete sich etwas ein auf seine Leistung als sachkundiger Führer.

»Sehen Sie doch, was er hier eingefangen hat«, tönte er melodisch. »Sehen Sie es? Das ist der Geist der Jugend, der Geist des Schönen und Klaren und Sauberen in der Welt, das, wonach wir uns alle sehnen, bis wir zu Staub zerfallen.« Sehnsucht war für Mr. Talliaferro schon seit geraumer Zeit zur unerfüllten Gewohnheit geworden und bedurfte keines besonderen Objektes mehr.

»Ach ja«, stimmte Mrs. Maurier zu. »Wie schön. Und was . . . was stellt es dar, Mr. Gordon?«

»Gar nichts, Tante Pat«, fuhr die Nichte dazwischen. »Das braucht doch nichts darzustellen.«

»Aber, ganz im Ernst ...«

»Was willst du denn, daß es darstellt? Stell dir doch vor, es soll ein ... ein Hund sein, oder ein Eiscremesoda meinetwegen – was macht das für einen Unterschied? Ist es nicht gut so, wie es ist?«

»Ja, in der Tat, Mrs. Maurier«, beeilte sich Mr. Talliaferro beschwichtigend zuzustimmen, »es ist nicht erforderlich, daß das Kunstwerk eine gegenständliche Bedeutung habe. Wir müssen es so akzeptieren, wie es vor uns steht: Reine Form, nicht gefesselt durch welche Beziehung auch immer zu einem vertrauten oder zweckgebundenen Gegenstand.«

»O ja: nicht gefesselt.« Hier war ein Wort, mit dem Mrs. Maurier etwas anfangen konnte. »Der ungefesselte Geist, die Freiheit des Aars.«

»Halt endlich den Mund, Tante«, ordnete die Nichte an. »Mach dich doch nicht lächerlich.«

»Aber es hat ja gegenständliche Bedeutung, wie Talliaferro das nennt«, unterbrach Gordon grob. »Das ist mein Ideal des Weiblichen: Eine Jungfrau – ohne Beine zum Davonlaufen, ohne Arme zum Festhalten, ohne Kopf zum Reden.«

»Mister Gordon!« Mrs. Maurier starrte ihn über ihren eingepreßten Busen hinweg an. Dann fiel ihr etwas ein, was tatsächlich gegenständliche Bedeutung hatte. »Ach, jetzt hätte ich fast vergessen, weshalb wir so spät noch gekommen sind.« Und rasch fügte sie hinzu: »Nicht daß wir eines anderen Grundes bedurften als ... als ... Mr. Talliaferro, wie haben die Alten das doch gleich ausgedrückt, irgend so was mit ›rasten an der volkreichen Straße des Lebens, um eine Weile zu Füßen des Meisters zu knien‹? ...« Mrs. Mauriers Stimme brach unsicher ab, und ein Ausdruck milder Beunruhigung erschien in ihrem Gesicht. »Oder hab ich das jetzt mit der Bibel verwechselt? – Na, egal: Wir sind vorbeigekommen, um Sie zu einer Jacht-Party einzuladen, ein paar Tage auf dem See, wissen Sie ...«

»Ja, Talliaferro hat mir davon erzählt. Tut mir leid, aber ich werde nicht mitkommen können.«

Mrs. Maurier bekam ganz runde Augen. Sie wandte sich zu Mr. Talliaferro. »Mister Talliaferro? Sie sagten doch, Sie hätten ihm noch nichts davon gesagt!«

Mr. Talliaferro wand sich verlegen. »Ich bitte sehr um Verzeihung, wenn dieser Eindruck entstanden ist. Das lag durchaus nicht in meiner Absicht. Es kam mir lediglich darauf an, daß Sie selbst mit ihm sprechen und ihn umstimmen sollten. Schließlich wird die Party nicht vollständig sein ohne ihn, nicht wahr?«

»Durchaus nicht. Wirklich, Mr. Gordon, wollen Sie es sich nicht noch einmal überlegen? Sie werden uns doch nicht enttäuschen wollen.« Sie verstummte und schlug sich auf den Knöchel. »Pardon.«

»Nein. Tut mir leid. Ich muß arbeiten.«

Mrs. Maurier ließ ihren Blick voller Staunen und Enttäuschung zu Mr. Talliaferro weiterwandern. »Das ist doch einfach nicht möglich, daß er nicht kommen will. Da muß doch etwas anderes dahinter stecken. Sagen Sie doch mal was, Mr. Talliaferro. Wir müssen ihn einfach haben. Mr. Fairchild geht mit, und Eva und Dorothy: wir müssen einfach einen Bildhauer haben. So überreden Sie ihn doch, Mr. Talliaferro.«

»Ich bin sicher, sein Entschluß ist nicht endgültig; ich bin ganz sicher, er wird uns des Vergnügens seiner Gesellschaft nicht berauben. Ein paar Tage auf dem Wasser werden ihm unendlich guttun, ihn erfrischen wie ein Tonikum – na, Gordon, wie ist das?«

Gordons Falkengesicht hing mürrisch über ihnen, fern und unleidlich vor Arroganz. Die Nichte hatte sich abgewandt und schlenderte durch den Raum, ernst und still und neugierig, aufrecht wie eine Pappel. Mrs. Maurier schwieg vorübergehend und flehte ihn mit sanftem Hundeblick an. Dann hatte sie plötzlich eine Eingebung.

»Kommt, Leute, wir gehen erst mal alle zu mir nach Hause zum Abendessen. Dann können wir die Sache in aller Ruhe besprechen.«

Mr. Talliaferro hatte Bedenken. »Ich bin doch verabredet heute abend«, erinnerte er sie.

»Oh, Mr. Talliaferro!« Ihre Hand lag auf seinem Arm. »Enttäuschen Sie mich nicht auch noch. Auf Sie verlasse ich mich immer, wenn mich die Leute enttäuschen. Können Sie Ihre Verabredung nicht absagen?«

»Also beim besten Willen, ich fürchte nein. Nicht in diesem

Fall«, erwiderte Mr. Talliaferro glatt. »So sehr ich es bedaure . . .«

Mrs. Maurier seufzte: »Diese Frauen! Mr. Talliaferro ist geradezu unglaublich, was Frauen angeht«, belehrte sie Gordon. »Aber Sie kommen doch mit, nicht wahr?«

Die Nichte war wieder herangeschlendert und rieb die eine Wade am andern Schienbein. Gordon wandte sich zu ihr. »Werden Sie dort sein?«

Der Teufel soll sie holen, alle miteinander, dachte sie und gähnte. »O ja. Zum Essen. Aber dann geh ich gleich schlafen.« Sie gähnte wieder und tätschelte mit braunen Fingern das weite, blasse Oval ihres Mundes.

»Patricia!« rief ihre Tante in entrüsteter Verwunderung. »Du wirst natürlich nichts Derartiges tun! Was für eine Idee! Kommen Sie, Mr. Gordon.«

»Nein, danke. Ich bin auch verabredet«, antwortete er steif. »Ein andermal vielleicht.«

»Damit kann ich mich einfach nicht zufriedengeben. So helfen Sie mir doch, Mr. Talliaferro. Er muß einfach mitkommen.«

»So wie er ist?« erkundigte sich die Nichte.

Ihre Tante sah kurz auf das Unterhemd und schauderte. Aber tapfer sagte sie: »Natürlich, wenn er mag. Was sind Kleider, verglichen mit diesem?« Ihre Hand beschrieb einen Bogen; die Brillanten glitzerten. »Sie können nicht ausweichen, Mr. Gordon. Sie müssen kommen.«

Ihre Hand schwebte Besitz ergreifend über seinem Arm. Mit einer schroffen Bewegung entging er ihm. »Entschuldigen Sie.« Mr. Talliaferro konnte noch eben beiseitetreten, und die Nichte sagte boshaft:

»Wenn Sie ein Hemd suchen – hinter der Tür hängt eines. Schlips brauchen Sie wohl keinen, mit dem Bart.«

Er hob sie an den Ellbogen hoch und stellte sie beiseite wie ein hochbeiniges, schmales Tischchen. Gleich darauf stand sein hochgewachsener, geschmeidiger Körper im Türrahmen; dann verschluckte ihn das dunkle Treppenhaus, und der Türrahmen war leer. Die Nichte starrte ihm nach. Mrs. Maurier glotzte in wortloser Verwirrung erst die Tür an, dann Mr. Talliaferro. »Was um alles in der Welt . . .« sinnlos klapperten ihre Hände mit den verschiedenen Juwelen-Girlanden. »Wo will er denn hin?« fragte sie schließlich.

Die Nichte erklärte plötzlich: »Der gefällt mir.« Sie blickte gleichfalls nach der Tür, durch die mit seinem Weggang der ganze Inhalt des Raumes entwichen zu sein schien. »Wetten, daß er nicht zurückkommt?« meinte sie.

Ihre Tante schrie auf. »Nicht zurückkommt?«

»Na, also ich tät's nicht, an seiner Stelle.« Sie trat wieder zu dem Marmor und streichelte ihn mit langsamer Begierde. Mrs. Maurier sah hilflos Mr. Talliaferro an.

»Wohin . . .«, begann sie.

»Ich werde mich darum kümmern«, erbot er sich, gewaltsam zu sich kommend. Die beiden Frauen sahen seinen gut gebügelten Rücken verschwinden.

»Also nie im Leben . . . Patricia, was hast du dir denn dabei gedacht? So etwas von Ungezogenheit! Jetzt ist er natürlich beleidigt. Weißt du denn nicht, wie empfindlich diese Künstler sind? Und dabei gebe ich mir solche Mühe, seine Bekanntschaft zu pflegen!«

»Quatsch. Das schadet ihm gar nichts. Der ist ohnehin ein bißchen zu sehr von sich überzeugt.«

»Aber du kannst den Mann doch nicht in seinen eigenen vier Wänden so vor den Kopf stoßen! Ich verstehe euch junge Leute einfach nicht. Na, also wenn ich so etwas zu einem Gentleman gesagt hätte, zu einem Fremden obendrein . . . Ich möchte wirklich wissen, was sich dein Vater dabei denkt, dich so ohne jede Erziehung heranwachsen zu lassen. Ich hätte ihn für klüger gehalten . . .«

»Na, ich kann doch nichts dafür, wie er sich benommen hat. Du bist selbst dran schuld. Stell dir doch mal vor, du sitzt zu Hause im Unterrock rum, und zwei Männer, die du kaum kennst, platzen rein und wollen dich überreden, mit ihnen irgendwohin zu gehen, wo du gar nicht hin willst – was würdest du dann machen?«

»Diese Menschen sind darin anders«, erklärte ihre Tante kühl. »Du verstehst sie eben nicht. Künstler brauchen kein Privatleben wie unsereins. Sie wissen gar nicht, was das ist. Aber ob einer Künstler ist oder nicht, die Art und Weise, in der du . . .«

»Komm, mach's mal halblang«, unterbrach die Nichte roh. »Sei nicht so bockbeinig!«

Da erschien Mr. Talliaferro wieder, keuchend vor taktvoller Zurückhaltung. »Gordon ist plötzlich abberufen worden. Er bat mich, ihn zu entschuldigen und Ihnen sein Bedauern darüber auszudrücken, daß er so formlos aufbrechen mußte.«

»Dann kommt er also nicht zum Essen«, seufzte Mrs. Maurier. Sie fühlte ihr Alter in diesem Augenblick und die Drohung des Dunklen und des Todes. Nicht nur konnte sie keine neuen Männer mehr kriegen – sie konnte nicht einmal mehr die alten festhalten ... auch Mr. Talliaferro ... Alter, Alter ... wieder seufzte sie. »Komm, Liebling«, sagte sie in auffallend gemäßigtem Ton, leiser, gleichsam bedauernswerter. Die Nichte legte beide sonnengebräunten Hände fest, fest auf den Marmor. Oh, herrlich, flüsterte sie, Gruß und Abschied in einem, und wandte sich rasch ab.

»Gehn wir«, sagte sie; »ich bin am Verhungern.«

Mr. Talliaferro hatte seine Streichholzschachtel verloren und war untröstlich darüber. So mußten sie tastend ihren Weg die Treppe hinunter finden; der Staub vieler Jahre wirbelte vom Geländer. Der fliesenbelegte Korridor war kühl und feucht und erfüllt von leisem, unterdrücktem Gewisper. Sie eilten weiter.

Die Nacht war nun völlig hereingebrochen, und der Wagen hockte als friedliche Silhouette an der Bordsteinkante; der schwarze Chauffeur saß darin und hatte alle Fenster geschlossen. Sobald sie sich im freundlich-vertrauten Inneren des Autos fand, hob sich Mrs. Mauriers Stimmung. Sie reichte Mr. Talliaferro die Hand und zuckerte ihre Stimme mit welker Koketterie.

»Sie rufen mich also an? Aber versprechen Sie lieber nichts: ich weiß doch, wie sehr Ihre Zeit mit Beschlag belegt ist ...« sie lehnte sich vor und tätschelte seine Wange »... Sie Don Juan.«

Er lachte verschämt und geschmeichelt. Die Nichte sagte aus ihrer Ecke heraus:

»Guten Abend, Mr. Tarver.«

Mr. Talliaferro, leicht in der Hüfte vorgeneigt, erstarrte. Er schloß die Augen wie ein Hund, der darauf wartet, daß der Knüppel auf seinen Buckel trifft. Die Zeit verging, vertröpfelte ... er wußte nicht, wieviel Zeit verstrichen war und öffnete die Augen wieder. Aber Mrs. Mauriers Finger verließen gerade erst seine Wange, und die Nichte war unsichtbar in ihrer Ecke: körperlose Bösartigkeit. Da richtete er sich auf und fühlte, wie seine kaltgewordenen Eingeweide wieder an Ort und Stelle glitten.

Der Wagen fuhr an, und er sah ihm nach; er dachte mit Furcht und einer beunruhigenden, unglücklichen Begierde, die wie ein alter Kummer war, an die Jugendlichkeit des Mädchens, an diese straffe, reine Jugendlichkeit. Waren Kinder wirklich wie Hunde? Drangen sie wirklich vor bis ins Verborgene, kannten sie einen instinktiv?

Mrs. Maurier lehnte sich behaglich zurück. »Mr. Talliaferro ist geradezu unglaublich, was Frauen angeht«, belehrte sie ihre Nichte.

»Davon bin ich überzeugt«, stimmte die Nichte zu; »geradezu unglaublich.«

4

Als Mr. Talliaferro noch sehr jung war, war er von einem ziemlich unscheinbaren Mädchen geheiratet worden, das er zu verführen versucht hatte. Aber jetzt, mit achtunddreißig, war er schon seit gut acht Jahren verwitwet. Er selbst war das Endergebnis einiger recht beiläufiger physiologischer Versuche gewesen, die zwei Menschen miteinander angestellt hatten, die, wie die meisten, durchaus keine Veranlassung hatten, Kinder in die Welt zu setzen. Die Familie stammte ursprünglich aus dem nördlichen Alabama und war seitdem langsam nach Westen getrieben, wodurch bewiesen wurde, daß ein bestimmter, der Rasse innewohnender Impuls noch immer nicht erloschen ist. Seine Brüder waren zahlreich und fanden sich überwiegend durch Zufälligkeiten in ihr jeweiliges Milieu versetzt, wobei diese Milieus zwischen Extremen wie dem Himmel einerseits zu suchen waren, den einer von ihnen vorzeitig mit Hilfe eines gestohlenen Pferdes, eines Stricks und eines texanischen Cottonwoodbaumes erreichte, und dem Lehrstuhl für alte Sprachen an einem kleinen College in Kansas andererseits und weiter bis zum Sitz im Parlament eines Bundesstaates, von wieder einem anderen erreicht mit Hilfe von Wählerstimmen. Was aus Mr. Talliaferros Schwester geworden war, hat nie jemand herausgefunden.

Mr. Talliaferro hatte erhalten, was man gemeinhin unter einer guten Erziehung versteht: er war von frühester Jugend an, als er noch formbar war, gezwungen worden, Dinge zu tun, gegen die sich seine natürlichen Triebe auflehnten, und alles zu unterlassen, woran er möglicherweise Spaß gehabt hätte. Nach einiger Zeit gab sich die Natur geschlagen, und in diesem Zustand verharrte er dann. Die Natur kapitulierte bedingungslos: selbst Krankheitserreger schienen ihn zu ignorieren.

Seine Ehe hatte ihn an die Arbeit getrieben, wie eine Dürrezeit die Fische stromabwärts treibt, größeren Gewässern zu; sie hatten es nicht leicht gehabt in den ersten Jahren, während denen er von Stellung zu Stellung und von einem Fernkursus zum nächsten wechselte, bis er sich eine gewisse Halbbildung und einige teilweise richtige Kenntnisse in bezug auf jede halbwegs standesgemäße Art des Gelderwerbs zugelegt hatte, um schließlich und unausweichlich, dem Gesetz der persönlichen Schwerkraft gehorchend, in der Damenkonfektionsabteilung eines großen Kaufhauses zu landen.

Hier endlich hatte er das Gefühl, am rechten Platz zu stehen (er war schon immer besser mit Frauen zurechtgekommen als mit Männern), und sein wiedergewonnenes Selbstvertrauen befähigte ihn, mit verhältnismäßig geringer Mühe zu der vielbeneideten Position eines Einkäufers aufzusteigen. Er kannte sich aus in Damenkleidung und war, da er sich für Frauen interessierte, der festen Überzeugung, daß ihm die Kenntnis der zarten, intimen Dinge, die sie schätzen, zu einem Einblick in die weibliche Psyche verhalf, wie sie so leicht kein anderer Mann gewinnen konnte. Indessen ging er bei solchen Überlegungen nie über das rein Theoretische hinaus; er blieb vielmehr seiner Frau treu, obgleich sie krank war und das Bett hüten mußte.

Und dann, als der Erfolg sich einstellte und das Leben endlich einigermaßen angenehm für sie geworden war, da starb seine Frau. Er hatte sich an das Eheleben gewöhnt und hing wirklich an ihr; es dauerte eine Weile, bis er sich wieder zurechtfand. Jedoch paßte er sich rechtzeitig dem neuartigen Zustand des unabhängigen Mannes in den besten Jahren an. Er war so jung geheiratet worden, daß die Freiheit ein unerforschtes Gebiet für ihn war. Er fand Gefallen an der gemütlichen, in einem guten Stadtteil gelegenen Junggesellenwohnung, an dem gleichmäßigen Gang seiner einsamen Tage: am Heimweg in der Abenddämmerung – zu Fuß, wegen seiner Figur –, wobei er die weichen Körper der Mädchen, die ihm begegneten, in dem Bewußtsein zu taxieren pflegte, daß niemand etwas dawider haben könne, wenn er eines haben wollte – außer allenfalls den betreffenden Mädchen; er fand auch Gefallen an allein oder in Gesellschaft eines gerade anwesenden gebildeten Freundes eingenommenen Mahlzeiten.

Mr. Talliaferro »machte« Europa in einundvierzig Tagen, gewann dabei ein urbanes Auftreten, eine etwas oberflächliche Vorstellung vom Wesen des Ästhetischen sowie einen vornehmen Akzent und kehrte nach New Orleans zurück mit dem Gefühl, daß seine Persönlichkeit nunmehr abgerundet sei. Das einzige, was ihm Sorge machte, war sein schütter werdendes Haar; und das einzige, wovor er Angst hatte, war die Möglichkeit, es könne jemand dahinterkommen, daß er ursprünglich nicht Talliaferro geheißen hatte, sondern Tarver.

Aber schon längst hatte die Ehelosigkeit begonnen, ihn zu bedrücken.

5

Schneidig den Stock schwingend, betrat er Broussards Restaurant. Drinnen saß, wie er es erhofft hatte, der Romancier Dawson Fairchild – er erinnerte an ein gutmütiges Walroß, das gerade erst aufgestanden und noch nicht dazu gekommen ist, Toilette zu machen – in Gesellschaft dreier Männer beim Abendessen. Mr. Talliaferro blieb unsicher in der Tür stehen, und ein Kellner, dessen rosige Wangen ihm das Aussehen eines eifrigen jungen Semesters in Harvard gaben, das den Frack eines Schauspielers übergezogen hat, stürzte sich höflich auf ihn. Schließlich gelang es ihm, Fairchilds Aufmerksamkeit zu erregen; der andere grüßte quer durch das kleine Lokal und sagte etwas zu seinen drei Gefährten, was diese veranlaßte, sich auf

33

ihren Stühlen halb umzuwenden und seine Annäherung zu überwachen. Mr. Talliaferro, dem es geradezu körperliche Qual bereitete, allein ein Restaurant zu betreten und einen Tisch zu wählen, gesellte sich ihnen erleichtert zu. Der Cherub in Kellnergestalt schnellte geschickt einen Stuhl vom Nebentisch in Mr. Talliaferros Kniekehlen, während der eben Mr. Fairschilds Hand schüttelte.

»Sie kommen gerade zurecht«, versicherte Fairchild und stemmte eine gabelbewehrte Faust auf den Tisch. »Das ist Mr. Hooper. Die anderen kennen Sie ja wohl.«

Mr. Talliaferro neigte den Kopf in Richtung eines Mannes mit eisengrauem Haar und dem pathetisch-humorlosen Gesicht eines mürrischen Sonntagsschulsuperintendenten, der darauf bestand, seine Hand zu schütteln; dann flog sein Blick über die beiden anderen Mitglieder der Tafelrunde: einen lang aufgeschossenen, geisterhaften jungen Mann mit einem schütteren Schopf hellen Haares und bleichem, rüsselartigem Mund, und einen kahlköpfigen, semitisch aussehenden Mann mit teigigem Gesicht, wabbeligem Doppelkinn und traurigen Augen voller Spott.

»Wir sprachen gerade von...«, begann Fairchild, als der Fremde ihn mit sanfter und völlig ungehemmter Ungezogenheit unterbrach.

»Wie war doch gleich der Name?« fragte er und fixierte Mr. Talliaferro scharf. Mr. Talliaferro begegnete dem Blick und verspürte einen Augenblick lang leichtes Unbehagen. Er beantwortete die Frage, aber der andere winkte ab. »Den Vornamen meine ich. Ich habe ihn heute nicht verstanden.«

»Wieso... Ernest«, klärte ihn Mr. Talliaferro voller Beunruhigung auf.

»Ach ja: Ernest. Ich muß Sie um Vergebung bitten, aber wenn man immer unterwegs ist, wenn man, wie ich, dauernd neue Gesichter trifft...« er unterbrach sich mit der gleichen sanften Ungehemmtheit. »Was halten Sie von der Zusammenkunft heute?« Wieder unterbrach er sich, noch ehe Mr. Talliaferro Zeit zu einer Antwort fand. »Ihr habt eine großartige Organisation hier«, stellte er, sich an alle wendend, fest, »und eine Stadt, die ihrer würdig ist. Abgesehen von dieser Südstaatenträgheit, die in euch steckt. Was ihr braucht, um Fähigkeiten zu wecken, das ist frisches Blut aus dem Norden. Aber ich will nicht kritisieren, Leute; ihr seid sehr nett zu mir gewesen.« Er schob einen Bissen in den Mund, schlang ihn rasch hinunter und fuhr fort, ehe ihm womöglich einer zuvorkommen konnte.

»Ich war froh, daß mich mein Weg hierher geführt hat, daß ich die Stadt kennenlernen und einen Tag mit den Jungs verbringen konnte, und daß es mir einer von euern Reportern ermöglicht hat, das Bohème-Leben hier ein wenig kennenzulernen, indem er mich an Mr. Fairchild verwiesen hat, der ja Schriftsteller ist, wenn ich recht unterrichtet bin.« Wieder traf sein Blick Mr. Talliaferros höflich-verwirrte Miene. »Ich freue mich, zu sehen, wie ihr Jungs am guten Werk weiterschafft; am Werk des MEISTERS, könnte man sagen, denn nur indem wir den HERRN in unser tägliches Leben ...« Abermals starrte er Mr. Talliaferro an. »Wie war doch gleich der Name?«

»Ernest«, half Fairchild freundlich aus.

»... Ernest. Die Leute, der Mann auf der Straße, der Ernährer seiner Familie, er, auf dem die schwere Bürde des Lebens ruht, weiß er, warum wir angetreten sind, was wir ihm zu geben vermögen, ihm selbst zum Trotz gewissermaßen – was ihn die tägliche Fron vergessen läßt? Er ahnt nichts von unserem Ideal des Dienens, von den Vorteilen für uns, für jedermann, für dich« – sein Blick traf Fairchilds feistes, ironisches Lächeln – »für sich selbst. Und, nebenbei«, setzte er zur Erde zurückkehrend hinzu, »es gibt da in dieser Hinsicht ein paar Punkte, die ich morgen bei eurem Sekretär noch einmal aufgreifen will.« Wieder durchbohrte sein Blick Mr. Talliaferro. »Was halten Sie von meinen heutigen Ausführungen?«

»Pardon?«

»Was halten Sie von meiner Idee, einen hundertprozentigen Kirchenbesuch dadurch zu erreichen, daß man den Leuten Angst macht, sie versäumten etwas, wenn sie wegbleiben?«

Mr. Talliaferro wandte sein schreckerfülltes Gesicht den anderen zu, der Reihe nach. Nach einer Weile erkundigte sich der Frager im Tone kalten Mißvergnügens:

»Sie wollen doch nicht sagen, daß Sie sich nicht mehr daran erinnern?«

Mr. Talliaferro krümmte sich. »Wirklich, Sir ... ich bedauere außerordentlich . . .« Der andere unterbrach mit Nachdruck:

»Sie haben nicht am Lunch teilgenommen heute?«

»Nein«, erwiderte Mr. Talliaferro mit außerordentlicher Erleichterung; »ich nehme mittags nur ein Glas Buttermilch. Ich frühstücke spät, wissen Sie.« Der Herr starrte ihn mit eisigem Mißbehagen an, und Mr. Talliaferro fügte, einer Eingebung folgend, hinzu: »Ich fürchte, Sie verwechseln mich mit jemand.«

Einen kalten Augenblick lang betrachtete der Fremde Mr. Talliaferro. Dann servierte der Kellner, und Mr. Talliaferro machte sich verwirrt und voller Unbehagen über sein Essen her.

»Soll das heißen . . .« begann der Fremde, ließ die Gabel sinken und wandte sich in kühler Ablehnung an Fairchild: »Sagten Sie nicht, dieser . . . dieser Herr sei Mitglied des Rotary-Clubs?«

Mr. Talliaferro bremste die Gabel zwischen Teller und Mund und sah Fairchild schockiert und ungläubig an. »Ich? Rotarier?« wiederholte er.

»Na, irgendwie hab ich mir eingebildet, er ist Mitglied«, gab Fairchild zu. Hilfesuchend wandte er sich an die anderen. »Habt ihr nie was davon gehört, daß Talliaferro Rotarier ist?« Sie ließen sich nicht darauf festnageln, und er fuhr fort: »Ich meine, jemand hat mir mal erzählt, Sie seien Rotarier. Na ja, Sie wissen ja, wie Gerüchte entstehen. Wahrscheinlich war's wegen Ihrer Position im Geschäftsleben unserer Stadt. Talliaferro gehört dem größten Damenbekleidungshaus hier an«, erklärte er. »Das ist der richtige Mann für Sie; der kann Ihnen helfen, einen Weg auszuknobeln, wie man den lieben Gott ins Geschäftsleben hineinbringen kann. Wie man IHM beibringt, was Service ist – was, Talliaferro?«

»Nein, also wirklich, ich . . .«, protestierte Mr. Talliaferro erschrocken. Wieder unterbrach der Fremde.

»Jedenfalls, es gibt nichts Besseres auf Gottes schöner Welt, als den Rotary-Club. Mr. Fairchild hat mich zu der irrigen Annahme verleitet, Sie seien Mitglied«, fügte er anklagend mit einem Rückfall in einen finsteren Verdacht hinzu. Mr. Talliaferro wand sich in unglücklicher Verneinung. Der andere starrte ihn an, bis er die Augen niederschlug, und zog die Uhr aus der

Tasche. »Tja, und nun – ich muß mich auf den Weg machen. Mein Tag ist genau eingeteilt. Sie würden staunen, wenn Sie wüßten, wieviel Zeit man sparen kann, indem man hier eine Minute abknapst und dort eine«, belehrte er sie. »Und . . .«

»Was tun Sie damit?« fragte Fairchild.

»Bitte?«

»Wenn Sie genügend Minuten abgeknapst haben, was tun Sie mit ihnen?«

». . . und wenn man zeitlich alles genau einteilt. Das setzt Energien frei, das gibt einem Schwung, wie man so sagt.« Ein Tropfen Nikotin auf die Zungenspitze langt, um einen Hund umzubringen, dachte Fairchild und grinste innerlich. Laut sagte er:

»Unsere Vorfahren haben den Prozeß des Geldverdienens reduziert auf Sprichwörter. Aber wir haben sie übertroffen: wir haben unsere ganze Existenz auf Fetische reduziert.«

»Auf einsilbige Wörter, die sich hübsch in großer, roter Druckschrift machen«, korrigierte der semitisch aussehende Mann.

Der Fremde beachtete sie nicht. Er drehte sich halb auf seinem Stuhle um, winkte dem Kellner, schnalzte schließlich mit den Fingern, bis er seine Aufmerksamkeit erregt hatte. »Das Blöde an diesen kleinen zweitrangigen Restaurants«, setzte er ihnen auseinander, »das ist die lahme Bedienung. Kein Schwung drin. Rechnung, bitte«, befahl er kurz angebunden. Der Kellner-Cherub neigte sich zu ihnen.

»Sie waren zufrieden?« erkundigte er sich suggestiv.

»Na klar doch, ist schon in Ordnung. Komm, Schorsch – die Rechnung!« Der Kellner sah die anderen an, zögernd.

»Schon gut, Mr. Broussard«, sagte Fairchild rasch. »Wir bleiben noch ein bißchen sitzen. Nur Mr. Hooper, der muß zum Zug. Sie sind mein Gast«, erklärte er dem Fremden. Der andere erhob konventionellen Protest und bot Münzen an, aber Fairchild bestand darauf: »Sie sind mein Gast heute abend. Zu schade, daß Sie schon so früh gehen müssen.«

»Ich habe nicht so viel Zeit wie ihr Burschen in New Orleans«, erklärte der andere. »Immer auf dem Sprung.« Er stand auf und gab allen die Hand. »Nett, daß ich euch kennengelernt habe, Jungs«, beteuerte er bei jedem. Mit der Linken packte er

Mr. Talliaferro am Ellbogen, während sie sich die Rechte schüttelten. Der Kellner brachte seinen Hut, und mit großer Gebärde überreichte er ihm einen halben Dollar. »Und wenn Sie je ins Städtchen kommen . . .« Er blieb stehen und sah Fairchild beschwörend an.

»Aber sicher doch«, stimmte Fairchild herzlich zu, und sie nahmen wieder Platz. Der verabschiedete Gast blieb an der Ausgangstür kurz stehen und stürzte dann mit dem Ruf »Taxi! Taxi!« hinaus. Die Droschke brachte ihn zum Hotel Monteleone, drei Blocks entfernt, wo er zwei Morgenzeitungen erstand und in der Hotelhalle eine Stunde lang über der Lektüre döste. Dann ging er auf sein Zimmer, legte sich ins Bett und starrte auf das Papier, bis er seinen Geist mit der blanken Idiotie des Gedruckten in die Bewußtlosigkeit gequält hatte.

6

»Also«, sagte Fairchild, »laßt euch das zur Warnung dienen, ihr jungen Leute. Das kommt dabei heraus, wenn man überall die Nase drinhaben will und wenn das zur Gewohnheit wird. Wenn ein Mann erst einmal damit anfängt, in Clubs und Logen einzutreten, dann hat sein geistiges Rückgrat bereits einen Knacks. Solange man jung ist, wird man Mitglied wegen der hohen Ideale. In diesem Alter glaubt man halt an Ideale, was wollen Sie. Das ist auch ganz in Ordnung, solange man sie eben als Ideale betrachtet und nicht als Verhaltensmaßstäbe. Aber mit der Zeit kommen dann immer mehr Mitgliedschaften dazu; man wird älter und gesetzter und vernünftiger, und das Glauben an Ideale fällt einem nicht mehr so leicht, und so fängt man auf einmal an, ihnen nachzuleben, nach außen hin, im Kontakt mit anderen Menschen. Und wenn man aus einem Ideal erst mal eine Verhaltensweise gemacht hat, dann ist es kein Ideal mehr, und man wird zum öffentlichen Ärgernis.«

»Wenn einem die Fetisch-Männer auf die Nerven gehen, dann ist man selbst dran schuld«, meinte der Semitische. »Es gibt heutzutage genug Möglichkeiten, in irgendwas einzutreten. Jeder kann irgendwo Mitglied sein.«

»Das ist aber ein ziemlich hoher Preis für die Immunität«, wandte Fairchild ein.

»Das kann dir doch egal sein«, erwiderte der andere. »Du hast ihn schon bezahlt.«

Mr. Talliaferro legte die Gabel beiseite. »Ich hoffe nur, er ist nicht beleidigt«, murmelte er. Fairchild lachte vor sich hin.

»Worüber?« fragte der Semitische. Fairchild und er betrachteten Mr. Talliaferro freundlich.

»Über Fairchilds kleinen Scherz«, erklärte Mr. Talliaferro.

Fairchild lachte. »Ich fürchte, wir haben ihn enttäuscht. Wahrscheinlich glaubt er weder, daß wir Bohémiens sind, noch daß wir auch noch etwas mit Kunst zu tun haben. Vermutlich hat er zum mindesten erwartet, zum Abendessen ins Atelier eines Paars gebracht zu werden, das nicht miteinander verheiratet ist, und statt der Suppe Haschisch angeboten zu kriegen.«

»Und von einem Mädchen verführt zu werden, das einen orangefarbigen Malkittel anhat und keine Strümpfe«, ergänzte der geisterhafte junge Mann mit Grabesstimme.

»Richtig«, meinte Fairchild, »aber er wäre ihr nicht erlegen.«

»Das nicht«, stimmte der Semitische bei, »aber er hätte, wie jeder gute Christ, die Gelegenheit sehr genossen, nein sagen zu können.«

»Stimmt«, gab Fairchild zu. Er fuhr fort: »Der meint wahrscheinlich, wenn du nicht die ganze Nacht durchmachst und dich besäufst und eine vergewaltigst, dann brauchst du nicht erst Künstler zu sein.«

»Was ist nun schlimmer?« murmelte der Semitische.

»Was weiß ich«, entgegnete Fairchild. »Ich bin noch nicht vergewaltigt worden . . .« Er nippte an seinem Kaffee. »Aber er ist nicht der erste, der sich darauf gefreut hat, vergewaltigt zu werden, und bitter enttäuscht worden ist. Ich hab's schon oft genug darauf angelegt und bin noch jedesmal unbefleckt daraus hervorgegangen. Was, Talliaferro?«

Mr. Talliaferro wand sich wieder verlegen und unsicher. Fairchild steckte sich eine Zigarette an. »Na, es sind eben beides Laster; und wir haben heute abend erlebt, wohin ein unkontrolliertes Laster einen Mann bringen kann – wenn man nämlich unter Laster jeden natürlichen Impuls versteht, von dem einer besessen ist, wie dieser Hooper vom Herdentrieb.« Er schwieg eine Weile. Dann lachte er wieder vor sich hin. »Der liebe Gott muß das Geschehen auf unserer amerikanischen Bühne wohl mit einiger Verblüffung betrachten angesichts der Borniertheit von diesen Freiwilligen, die Ihm unbedingt auf die Sprünge helfen wollen.«

»Oder mit Belustigung«, ergänzte der Semitische. »Warum übrigens gerade ›amerikanische Bühne‹?«

»Weil wir uns so besonders komisch anstellen. Andere Nationen sind offenbar immerhin in der Lage, die Möglichkeit in Betracht zu ziehen, daß der liebe Gott vielleicht kein Rotarier, kein Mitglied des Elch-Clubs und kein Pfadfinder ist. Wir nicht. Und Überzeugungen sind immer so besorgniserregend – außer, wenn man sie von der Kehrseite betrachtet.«

Der Kellner erschien mit einer Kiste Zigarren. Der Semitische bediente sich. Mr. Talliaferro beendete seine Mahlzeit mit geziemendem Eifer. Der Semitische sagte:

»Mein Volk hat Jesus hervorgebracht und euer Volk hat ihn christianisiert. Und seitdem habt ihr nichts unversucht gelassen, ihn aus eurer Kirche hinauszukriegen. Und jetzt, wo ihr es praktisch geschafft habt – schaut doch, was an die leere Stelle tritt, die er hinterläßt. Meinst du denn, euer neues Ideal von einem Dienen um jeden Preis, ohne Aufforderung und Gegenleistung, sei besser als das alte Ideal der Demut? Nein, nein« – da der andere zu einer Entgegnung ansetzte – »ich rede jetzt nicht von den Resultaten. Die Einzigen, die je etwas gewonnen haben bei den spirituellen Machenschaften der Menschheit, die gehören zu der kleinen Minderheit derer, die aus der Aktivität selbst emotionale, geistige oder körperliche Ertüchtigung gewinnen, niemals aber die passive Mehrheit, zu deren Heil der Kreuzzug unternommen wird.«

»Katharsis durch Peristaltik«, murmelte der blonde junge Mann, bemüht, die Reputation zu kultivieren, die er wegen seiner Gescheitheit genoß. Fairchild fragte:

»Dann bist du also gegen Religion überhaupt – im ganz allgemeinen Sinn?«

»Gewiß nicht«, antwortete der Semitische. »Der einzige Sinn, in dem Religion allgemein ist, der liegt da, wo die größte Anzahl gleichmäßigen Vorteil zieht aus ihr. Und die universelle Wohltat der Religion besteht darin, daß sie die Kinder am Sonntagvormittag aus dem Hause schafft.«

»Aber die Erziehung schafft sie an fünf Tagen aus dem Hause«, wandte Fairchild ein.

»Das ist auch richtig. Aber an diesen Tagen bin ich selbst nicht zu Hause: die Erziehung schafft mich bereits an sechs Tagen pro Woche aus dem Haus.«

Der Kellner brachte Mr. Talliaferros Kaffee. Fairchild steckte eine neue Zigarette an.

»Du glaubst also, das einzige positive Resultat der Erziehung bestehe darin, daß sie uns von zu Hause fernhält?«

»Worin denn sonst? Sie macht uns durchaus nicht alle tapfer oder gesund oder glücklich oder weise, sie macht noch nicht einmal unsere Ehen haltbarer. Nein, wirklich modern erzogen werden, das ist dasselbe wie überstürzt zu heiraten und dann den Rest seiner Tage damit zu verbringen, es zu verkraften. Aber, versteh' mich recht: ich hab nichts gegen die Erziehung. Ich glaube nicht, daß sie viel Schaden anrichtet, außer daß sie uns unglücklich macht und ungeeignet zur Arbeit, zu der die Götter den Menschen verdammt haben, ehe sie etwas von Erziehung ahnten. Wenn es keine Erziehung gäbe, dann gäbe es bestimmt etwas mindestens ebenso Unangenehmes. Irgendwie muß der Mensch die Zeit schließlich totschlagen.«

»Aber, um auf die Religion zurückzukommen« (»der ewige protestantische Geist«, murmelte der blonde junge Mann heiser), »meinst du da eine bestimmte Religion, oder ganz allgemein die Lehre Christi?«

»Was hat denn Christus damit zu tun?«

»Na, schließlich herrscht Einmütigkeit darüber, daß er eine bestimmte Richtung ins Leben gerufen hat, was immer er eigentlich im Sinn gehabt haben mag.«

»Es herrscht Einmütigkeit darüber, daß erst einmal eine Wirkung da sein muß, ehe man die Ursache erkennen kann. Und es liegt im Wesen des Menschen, daß er gern alles, was in seiner Generation verkorkst worden ist, einem in die Schuhe schiebt, der zu weit weg ist oder zu uninteressiert oder zu schwach, um sich dagegen zu wehren. Aber wenn du von Religion sprichst, dann denkst du offenbar an eine ganz bestimmte Konfession, nicht wahr?«

»Ja«, gab Fairchild zu. »Ich denke immer an den protestantischen Glauben.«

»Das ist der allerschlimmste«, meinte der Semitische; »vom Standpunkt der Kindererziehung aus, meine ich. Ich weiß nicht, wieso, aber man kann Katholik sein oder Jude und trotzdem in seinen vier Wänden religiös. Aber ein Protestant ist zu Hause eben nur ein Protestant und nichts weiter. Es kommt mir so vor, als sei der protestantische Glaube einzig und allein zu dem Zweck erdacht worden, Gefängnisse, Leichenschauhäuser und Arrestanstalten zu füllen. Ich spreche jetzt von den fanatischen Spielarten, wie sie vor allem im dörflichen Milieu vorkommen. Bitte, was machen die Buben in protestantischen Gemeinden, wo es kein Baseballspiel oder ein ähnlich physisches Überdruckventil gibt, am Sonntagnachmittag? Sie morden, sie schlagen tot und stehlen und stecken in Brand. Ist dir nie aufgefallen, wie häufig sich Unfälle in Zusammenhang mit Schußwaffen ausgerechnet sonntags ereignen, wie viele Scheunen und Heustadel gerade sonntagnachmittags abbrennen?« Er schwieg und ließ vorsichtig den Aschenkegel seiner Zigarre in die Kaffeetasse fallen. Mr. Talliaferro ergriff die Gelegenheit, räusperte sich und sagte:

»Ach, übrigens, ich war heute bei Gordon. Hab versucht, ihn rumzukriegen, daß er morgen mitmacht, bei der Jacht-Party. Er ist nicht gerade enthusiasmiert, sozusagen. Aber ich habe ihm versichert, daß wir ihn alle gern dabeihaben würden.«

»Ach, der wird schon kommen«, meinte Fairchild. »Er wäre ja dumm, wenn er sich nicht ein paar Tage auf ihre Kosten sattessen würde.«

»Ein ziemlich hoher Preis fürs Sattessen«, warf der Semitische trocken ein. Und als Fairchild aufblickte, fügte er hinzu: »Gordon hat seine Lehrzeit noch nicht abgedient, weißt du. Du hast sie schon hinter dir.«

»Ach so«, grinste Fairchild. »Na ja, ich hab sie wohl ziemlich fertiggemacht.« Er wandte sich zu Mr. Talliaferro. »Ist sie ihm schon selbst auf die Bude gerückt, um ihm den Ausflug anzudrehen?«

Mr. Talliaferro verbarg das leichte Unbehagen, das er bei der Erinnerung empfand, hinter einem brennenden Streichholz. »Ja. Heute nachmittag. Ich war gerade bei ihm.«

»Da kennt sie nichts«, meinte der Semitische anerkennend, und Fairchild fragte gespannt:

»Tatsächlich? Und was hat Gordon gesagt?«

»Er ist weggegangen«, bekannte Mr. Talliaferro.

»Hat sie einfach sitzenlassen, was?« Fairchild sah kurz zu dem Semitischen hinüber. Er lachte. »Du hast recht gehabt«, gab er zu und lachte abermals. Mr. Talliaferro sagte:

»Aber er sollte wirklich mitkommen, wissen Sie. Ich dachte«, er wurde unsicher, »vielleicht könnten Sie ihn überreden helfen. Allein die Tatsache, daß Sie dabeisein werden, nicht wahr, und Ihre ... äh ... gesicherte Stellung in der künstlerischen Welt ...«

»Nein, lieber nicht«, lehnte Fairchild ab. »Ich hab keine besondere Begabung dafür, andere Leute umzustimmen. Ich häng' mich da nicht rein.«

»Aber wirklich«, bohrte Mr. Talliaferro hartnäckig weiter, »der Ausflug würde doch auch seiner Arbeit zugute kommen. Außerdem«, es fiel ihm noch etwas ein, »er würde die Gesellschaft abrunden. Ein Schriftsteller, eine Malerin ...«

»Ich bin auch eingeladen«, warf der junge Mann mit Grabesstimme ein. Mr. Talliaferro nahm dies reuevoll und nicht ohne Wärme zur Kenntnis.

»Um alles in der Welt, ja: und ein Dichter. Ich wollte Sie ohnehin gerade nennen, alter Junge. Zwei Dichter sogar, mit Eva W ...«

»Ich bin der führende Dichter in New Orleans«, unterbrach der andere im streitsüchtigen Baß.

»Ja, selbstverständlich«, beeilte sich Mr. Talliaferro beizustimmen, »... und ein Bildhauer. Nicht wahr?« appellierte er an den Semitischen. Der Semitische erwiderte Mr. Talliaferros hartnäckigen Blick freundlich, ohne zu antworten. Fairchild wandte sich zu ihm.

»Na ja«, begann er. Dann: »Was meinst du?«

Der Semitische sah kurz zu ihm hinüber. »Ich denke, wir brauchen Gordon unter allen Umständen.« Fairchild grinste wieder und erklärte sich einverstanden.

»Ja, ich glaube, du hast recht.«

Der Kellner brachte Fairchild das Wechselgeld und blieb höflich stehen, als sie sich erhoben. Mr. Talliaferro suchte Fairchilds Blick, beugte sich schüchtern zu ihm hinüber und sagte leise etwas.

»Wie?« fragte Fairchild mit seiner kräftigen, jovialen Stimme, ohne sie zu senken.

»Hätte Sie gern einen Moment gesprochen, wenn Sie's einrichten können. Ihr Rat . . .«

»Aber doch nicht mehr heute abend?« fragte Fairchild bestürzt.

»Doch, ja.« Mr. Talliaferro war es offenbar nicht ganz wohl bei der Sache. »Nur ein paar Minuten, falls Sie allein sind . . .« Er machte eine Kopfbewegung zu den beiden andern hin.

»Nein, heute abend nicht. Julius und ich, wir haben noch etwas vor.« Mr. Talliaferro machte ein niedergeschlagenes Gesicht, und Fairchild fügte tröstend hinzu: »Ein andermal vielleicht.«

»Ja, natürlich«, Mr. Talliaferro hatte sich schon wieder gefangen. »Ein andermal.«

8

Der Wagen glitt zischend die Auffahrt hinauf und bog um die Hausecke. Ein Lichtschein drang von der Veranda kommend schwach durch die Weinranken. Sie stiegen aus; Mrs. Maurier durchquerte die Veranda und trat rasselnd und klirrend durch ein französisches Fenster. Die Nichte folgte der Veranda um die Hausecke bis zu einer Nische, in der geflochtene, mit Chintz bezogene Gartenmöbel standen. Bunt lagen Magazine auf dem Tisch. Ihr Bruder saß in Hemdsärmeln auf dem Diwan unter einer Wandlampe. Auf seinen Hosenbeinen und auch auf dem Fußboden war ein wenig Holzmehl verstreut, und er beugte sich gerade mit einer Säge über einen Gegenstand, den er auf dem Schoß hielt. Die Säge knirschte mürrisch und monoton. Seine Schwester blieb neben ihm stehen und kratzte sich am Knie. Er hob den Kopf.

»Hallo«, grüßte er ohne jede Begeisterung. »Lauf mal in die Bibliothek und hol mir 'ne Zigarette.«

»Irgendwo muß ich eine haben.« Erfolglos durchsuchte sie die Taschen ihres Leinenkleides. »Aber wo?« Sie dachte nach, den Blick auf die Hand gerichtet, die sie in der Tasche gespreizt hielt. Dann sagte sie, ach so, natürlich, und nahm den Hut ab. Oben im Kopfteil fand sich eine zerdrückte Zigarette. »Ich müßte eigentlich noch eine haben«, dachte sie laut und suchte den Hut ab. »Offenbar doch nicht. Du kannst sie haben, ich will ohnehin nicht rauchen.« Sie hielt ihm die Zigarette hin und ließ den Hut auf die Chaiselongue segeln.

»Paß doch auf«, sagte er rasch, »nicht da hin. Ich brauch den ganzen Platz. Leg ihn woanders hin, ja?« Er schob den Hut vom Diwan auf den Boden und nahm ihr die Zigarette ab. Der Tabak war teilweise herausgefallen, und sie war krumm wie ein Wurm. »Was hasten damit gemacht? Wie lang haste die denn schon?« Sie setzte sich neben ihn, und er riß ein Streichholz an.

»Wie kommst du voran damit, Josh?« fragte sie und streckte die Hand nach dem Gegenstand auf seinem Schoß aus. Es war ein hölzerner Zylinder, stärker als der Durchmesser eines Silberdollars und etwa 10 Zentimeter lang. Er wehrte sie mit der Hand, die das brennende Zündholz hielt, ab, indem er ihr den Ellbogen unters Kinn stieß.

»Finger weg, sag ich dir.«

»Schon gut. Tritt dir bloß nicht auf den Schlips.« Sie rückte ein wenig zur Seite, und er nahm die Säge wieder auf, nachdem er die brennende Zigarette zwischen sich und ihr auf das Weidengeflecht des Diwans gelegt hatte. Ein dünner Rauchfaden stieg in die reglose Luft und gleich darauf ein brenzliger Geruch. Sie griff nach der Zigarette, tat einen Zug und legte sie so zurück, daß das Geflecht nicht mehr angesengt wurde. Die Säge knirschte, unregelmäßig und dünn; draußen hinter den Weinranken schrillten die Insekten in der schwülen, betäubenden Dunkelheit. Eine Motte, die das Fliegengitter umgangen hatte, kurvte taumelnd um die Lampe. Sie hob den Rock und betrachtete fasziniert einen kleinen, fiebrigen Fleck auf ihrem braunen Knie ... Die Säge knirschte unregelmäßig und verstummte; er legte sie beiseite. Der Zylinder war nun in zwei

Teile zerschnitten, die genau zueinander paßten, und sie zog den Fuß des einen Beines unter das Knie des anderen, beugte sich vor, um ihm zuzusehen, und blies ihm ihren Atem in den Nacken. Er rückte nervös beiseite, und sie fragte:

»Sag mal, Gus, wie lange brauchst du noch, bis du's fertig hast?«

Er hob den Kopf, das Sägeblatt in der Hand. Sie waren Zwillinge; wie ihr Kinn ein wenig zu männlich wirkte, so hatte das seine einen leicht femininen Zug.

»Laß mich doch um Gottes willen in Ruhe!« rief er. »Hau ab und zieh lieber dein Kleid runter. Mußt du denn immer die Beine zeigen bis sonst wohin?«

Ein Neger von gelblicher Hautfarbe, in eine gestärkte Jacke gekleidet, erschien schweigend an der Ecke des Hauses. Als sie aufblickten, wandte er sich wortlos ab. »Schon gut, Walter«, sagte sie. Aber er war schon weg. Sie folgten ihm und ließen die Zigarette liegen, deren unbewegte Rauchfahne, vermischt mit dem schwachen Geruch versengten Rohrgeflechts, in die schläfrige Luft stieg.

9

narr narr du hast zu arbeiten verdammter gottvergessener Narr form doch dinge mit deinen geschickten händen stoß schwitzend vor zur großen einfachheit gebilde aus dem chaos die mehr befriedigen als brot im bauch form nach den träumen eines irren gezeugt aus dem körper des chaos le garçon vierge der seele gehörnt von der nützlichkeit o hahnrei des spottes

Die Lagerschuppen, die Hafenanlagen bildeten ein strenges Rechteck ohne Perspektive. Flach wie Pappdeckel, in einem leichten, unveränderlichen Winkel sich abhebend gegen eine hellere Raumhaftigkeit und einen nicht ganz so drohenden und müden Himmel, standen die Masten eines Frachters an der Pier. Form und Nützlichkeit, wiederholte Gordon zu sich selbst. Oder Form und Zufall. Oder Zufall und Nützlichkeit. Er schritt durch das schattige Duster, das um die Schuppen lag, wo Männer geschwitzt und geschafft hatten, über die leere Fläche, die vor ein paar Stunden noch gedröhnt hatte von den

Motoren des Lastautos, schritt durch starke, überreife Gerüche aus aller Herren Länder – Kaffee und Harz und Werg und Früchte – er schritt, von Geistern umgeben, weiter.

Der Rumpf des Frachters war mächtig, Vorder- und Heckaufbauten reckten sich dunkel, scharf umrissen, wuchtig, versperrten die Sicht und ließen das Schiff riesenhaft in den Himmel wachsen. Der unsichtbare Fluß plätscherte unaufhörlich am Schiffsrumpf, wiegte ihn ein mit einer Vorspiegelung des Meeres, spielte um die Spundwand der Pier. Ufer und Fluß schwangen hinaus wie die Leiber zweier dunkler Schläfer, die sich umarmen, sich im Schlummer aneinander schmiegen; und weit draußen, gegenüber dem Point, flimmerte ein Klümpchen von Lichtern wie ein Aschenhaufen, in dem noch Glut ist, bei Wind. Gordon blieb stehen, lehnte sich über die Kaimauer und blickte ins Wasser hinunter.

sterne in meinem haar und im bart ich bin mit sternen gekrönt christus von eigener hand autogethsemane dunkel aus einem raum geschnitten aber nicht starr nein nein ein muskellos sich wälzendes fruchtbar und faulig träge tragischer leib einer frau die ohne freude empfängt und ohne schmerz trägt

was soll ich ihr denn sagen narr narr du hast zu arbeiten du hast nichts verflucht intolerant und unrein zu warm deine verdammten knochen dann ebensogut whisky oder stecheisen und schlegel jedes dämliche eichhörnchen hat's warm in seinem käfig weiter weiter dann empörte sich israfel hinterm heuhafen überrascht von einem verwandten kraft werde zur zündholzflamme eingezogen von einem kleinen weißen bauch wo war das doch ich hab mal einen dogwoodbaum gesehen der war nicht weiß sondern braun wie sonnverbrannte sahne was wirst du zu ihr sagen bitter und neu wie eine bräunliche flamme bitter und neu jene beiden kleinen seidigen schnecken irgendwo unter ihrem kleid rosagehörnt doch widerstrebend oh israfel auf ewig glätte deine schwingen mit der dünnen geruchlosen feuchtigkeit ihrer schenkel erdrossele dein herz mit haaren narr verfluchter gottvergessener narr

Er warf den Kopf in den Nacken und lachte brüllend in die Einsamkeit hinaus. Seine Stimme brandete wie eine dunkle Woge gegen die Mauer hinter ihm, verklang draußen über dem verschwommenen, körperlosen Fluß, langsam, ersterbend . . .

dann narrte ihn ein trauriges Echo vom jenseitigen Ufer, bis auch das erstarb. Er stapfte auf der dunklen, harzduftenden Pier weiter.

Plötzlich erreichte er eine Lücke in der schwarzen, perspektivelosen Monotonie der Mauer, und die Mauer hatte nun eine reine und zwingende körperhafte Bedeutung, scharf abgezeichnet gegen den hellen Schein der Stadt. Er wandte dem Fluß den Rücken und stand bald zwischen schwarzen, rechteckig hochragenden Güterwagen; und hinten auf den Schienen, viel weiter entfernt als es den Anschein hatte, gleißte und stampfte eine Lokomotive, und stählernes Fadenwerk strahlte von ihr aus bis hin zu seinen Füßen und darüber hinaus wie weißglühende Rippen in einem dunklen Blatt.

Da war der Mond, niedrig hing er am Himmel, verbraucht und abgegriffen wie eine alte Münze. Er ging weiter. Über Bananenstauden und Palmen ragten die Türme der Kathedrale perspektivelos in den heißen Himmel. Ein Blick durch die Staketen des Zaunes hinaus auf Jackson Square war wie der Blick in ein Aquarium – feuchtes, regungsloses, absinthwolkiges Grün in allen Schattierungen von tintiger Schwärze bis zu dem dünnen und starren Silbergefieder auf Granatäpfelsträuchern und Mimosen – Korallen in einem Meer ohne Gezeiten, in dem kugelförmige Lichter hingen, matt und unbewegt wie Quallen, weißglühend und zugleich doch wieder keine Helligkeit verbreitend; und in der Mitte von all dem Andrews Barock erstarrter Sprung, nimbusträchtig und matt schimmernd, als ob auch er kürzlich naß geworden sei.

Er ging über die Straße und fand sich, der Mauer folgend, wieder im Schatten. Vor seiner Haustür standen zwei unkenntliche Gestalten. »Entschuldigen Sie«, sagte er und berührte den Zunächststehenden forsch, und dabei wandte sich der andere Mann um.

»Na, da ist er ja endlich«, stellte der Mann fest. »Hallo, Gordon; wir haben Sie gesucht, Julius und ich.«

»So?« Gordon überragte die beiden Männer und sah abwesend und arrogant auf sie herab. Fairchild nahm den Hut ab und wischte sein Gesicht, dann schwang er das Taschentuch zornig um den Kopf.

»Mir macht die Hitze nichts aus«, erklärte er verdrießlich.

»Ich hab sie sogar ganz gern. Wie ein altes Rennpferd, verstehen Sie. Das möchte schon gern, nicht wahr; aber wenn es kühl ist, dann sind die Muskeln steif und die Knochen tun weh und die Jungen geben mächtig an. Aber so um den vierten Juli herum, wenn die Sonne schön warm wird und die Muskeln locker werden und die alten Knochen nicht mehr streiken, dann ist der alte Gaul so gut wie jeder junge.«

»So?« wiederholte Gordon und sah über sie hinweg in den Schatten. Der Semitische nahm die Zigarre aus dem Mund.

»Morgen auf dem Wasser wird's besser sein«, meinte er.

Gordon brütete vor sich hin. Dann kam er zu sich. »Kommen Sie rauf«, ordnete er abrupt an, schob den Semitischen zur Seite und wollte aufschließen.

»Nein, nein«, wehrte Fairchild rasch ab, »wir müssen gleich weiter. Julius hat mich gerade daran erinnert: wir wollten nur wissen, ob Sie es sich nicht vielleicht doch anders überlegt haben und morgen mit uns auf Mrs. Mauriers Jacht kommen. Wir haben mit Talli . . .«

»Ja, ich hab's mir anders überlegt«, unterbrach ihn Gordon. »Ich komme mit.«

»Das ist recht«, begrüßte Fairchild diesen Entschluß herzlich. »Sie werden's wohl kaum bereuen. Vielleicht macht's ihm sogar Spaß, Julius«, fügte er hinzu. »Außerdem, wenn Sie gescheit sind, dann sehen Sie zu, daß Sie's hinter sich haben; dann wird sie Sie in Ruhe lassen. Letzten Endes können Sie es sich doch gar nicht leisten, Leute zu ignorieren, die Autos haben und immer satt zu essen. Stimmt's, Julius?«

Der Semitische war auch dieser Ansicht. »Wenn er sich schon mit Leuten einläßt (was er ja gar nicht vermeiden kann), dann um Himmels willen nur mit Leuten, die gut essen und trinken und Auto fahren. Und je weniger intelligent sie sind, um so besser.« Er riß ein Streichholz an und führte es an die Zigarre. »Aber er macht's nicht lange bei ihr. Er macht's noch nicht mal so lange wie du«, prophezeite er Fairchild.

»Da kannst du schon recht haben. Aber er sollte auf alle Fälle zusehen, daß er sie sich warm hält. Wenn du den Gaul nicht reiten oder anschirren kannst, dann laß ihn auf der Koppel weiden: vielleicht kannst du ihn eines Tages gegen was anderes eintauschen, nicht wahr?«

»Gegen einen Ford, zum Beispiel, oder einen Radioapparat«, schlug der Semitische vor. »Aber du hast dein Gleichnis auf den Kopf gestellt.«

»Auf den Kopf?« wiederholte der andere.

»Du hast jetzt vom Standpunkt des Reiters aus gesprochen«, erklärte er.

»Ach so«, Fairchild hatte begriffen. Er stieß einen abschätzigen Laut aus. »›Ford‹ ist gut«, erklärte er gewichtig.

»Ich halte ›Radio‹ auch nicht für schlecht«, meinte der andere selbstgefällig.

»Jetzt langt's aber.« Fairchild setzte den Hut wieder auf. »Also Sie kommen mit«, wandte er sich wieder zu Gordon.

»Ja. Ich komme. Aber wollen Sie nicht raufkommen?«

»Nein, nein; heute nicht. Schließlich kenne ich Ihr Atelier ja.« Gordon erwiderte nichts; hoch im Schatten brütete sein Haupt. »Also, ich werd sie noch anrufen und ihr sagen, daß sie Ihnen morgen einen Wagen schicken soll«, setzte Fairchild hinzu. »Komm, Julius, geh'n wir. Schön, daß Sie's sich anders überlegt haben«, meinte er, etwas verspätet. »Gute Nacht dann. Komm, Julius.«

Sie überquerten die Straße und betraten den Square. Sie hatten das Tor kaum passiert, da wurden sie auch schon von allen Zweigen und Blättern aus mit lautlosem, grimmigem Entzükken angefallen.

»Großer Gott«, rief Fairchild und wedelte verzweifelt mit dem Taschentuch, »nichts wie runter zum Hafen. Vielleicht gibt's wenigstens keine maritime Sorte von den Biestern.« Er eilte weiter, und der Semitische schlenderte an seiner Seite, die erloschene Zigarre zwischen den Zähnen.

»Ein komischer Kerl ist das«, bemerkte der Semitische. Sie ließen eine Straßenbahn passieren und kreuzten dann die Straße. Pier und Schuppen bildeten ein strenges Rechteck, über das sich zwei schlanke Masten, schwach abgewinkelt, erhoben. Sie gingen zwischen zwei dunklen Gebäuden hindurch und warteten wieder, während eine Rangierlokomotive die endlose Gleichförmigkeit der Waggons die Gleise entlangzog.

»Er sollte ein bißchen aus sich herausgehen«, meinte Fairchild. »Man kann doch nicht vierundzwanzig Stunden am Tag Künstler sein. Da wird man ja verrückt dabei.«

»Du kannst es nicht«, stellte der andere richtig. »Aber du bist ja gar kein Künstler. In dir steckt etwas von einem verwirrten Stenographen, der ein Gespür für Menschen hat, aber von außen her betrachtet könntest du alles mögliche sein. Du bist nur dann ein Künstler, wenn du von Menschen erzählst; Gordon hingegen ist nicht nur dann einer, wenn er etwas aus Holz oder Stein heraus schnitzt oder meißelt. Und wenn ein Mann so veranlagt ist, dann ist es sehr schwierig für ihn, normale Beziehungen mit der Umwelt zu unterhalten. Die anderen Künstler haben vor lauter Nabelschau keine Zeit für ihn, und die Banausen können oder wollen sich nicht um ihn kümmern; es bleibt ihm also nur übrig, als Misanthrop zu leben oder das endlose dumme Geschwätz von ästhetischen Waschweibern beiderlei Geschlechts über sich ergehen zu lassen. Vor allem, wenn er das Pech hat, nicht in New York City zu leben.«

»Das sieht dir wieder mal ähnlich: immer unser *quartier latin* schlechtmachen. Wo bleibt dein Lokalpatriotismus? Wo bleibt das primitivste Taktgefühl? Nicht einmal ein Hund beißt die Hand, die ihn füttert.«

»Die Stimme Indianas«, grinste der andere. »Indiana – die Kornkammer der Nation. Werdet ihr da oben eigentlich mit diesem Hang zum Übertreiben geboren, oder kriegt ihr ihn erst im Laufe der Zeit mit dem sonnverbrannten Nacken?«

»Ja, wir Leute aus dem Norden sind da im Nachteil«, erwiderte Fairchild. Sein Ton war salbungsvoll: der andere hörte eine falsche Offenheit heraus. »Wir müssen unsere Ideen auf das Irdische richten. Auch wenn wir wissen, daß es etwas Zweitrangiges ist, so bleibt's halt doch noch das Beste, was wir tun können. Du und dein Volk, ihr betrachtet den ganzen Himmel als ›das Kaff, wo ich her bin‹.«

»Diese unverzeihliche Plumpheit ist so ziemlich das einzige, was ich nicht vertragen kann«, sagte der andere. »Der Grundgedanke ist gar nicht schlecht. Warum überläßt du ihn nicht Mark Frost – als Rohmaterial, wohlverstanden –, damit der etwas daraus macht? Auf die Art könntet ihr beide profitieren – das heißt, wenn ihr ein bißchen fix seid.«

Fairchild lachte. »Also gut – aber dann laß du auch die Bohème von New Orleans in Frieden; bleib weg, wenn's dir nicht paßt. Ich mag sie gern; sie hat so etwas rührend Nutzloses, wie . . .«

»Wie ein Country-Club, wo sie Krocket spielen statt Golf«, half der andere ein.

»Ja«, stimmte Fairchild bei, »so was ähnliches.« Der Lagerschuppen ragte vor ihnen auf; sie traten ein und waren inmitten der Geister aus aller Herren Länder. »Ein Krocketspieler mag nicht gerade viel hermachen; aber was hältst du von jemand, der bloß rumsitzt und über Krocket schimpft?«

»Na, mir geht's wie euch anderen Unsterblichen: irgendwie muß ich die Zeit herumbringen, um eine Vorstellung davon zu bekommen, wie man am besten die Ewigkeit herumbringt«, antwortete der Semitische. Sie hatten den Schuppen durchschritten und traten auf die Pier hinaus. Es war kühler hier und stiller. Zwei Fähren begegneten sich wieder und immer wieder wie ein Paar goldener Schwäne, die in fruchtloser Werbung einander umkreisen. Ufer und Fluß schwangen hinaus in der dunklen Umarmung des Schlummers bis dorthin, wo ein Klumpen winziger Lichter flimmerte und flirrte, körperlos und fern. Hier war es viel kühler, und sie nahmen die Hüte ab. Der Semitische nahm die Zigarre aus den Zähnen und warf sie hinaus. Stille, Wasser und Nacht verschluckten sie ohne Laut.

DER ERSTE TAG

Zehn Uhr

DIE NAUSIKAA lag im Hafenbecken, hübsch anzusehen war der weißgestrichene, frauliche Rumpf mit den mahagoni- und messingblitzenden Deckaufbauten und dem Wimpel des Jachtclubs im Topp. Ein kräftiger, gleichmäßiger Wind wehte vom See herüber, und Mrs. Maurier, die den salzigen Hauch des Ozeans darin zu spüren vermeinte, hatte eine Segelmütze aufgesetzt und klapperte und klimperte in fröhlicher, sinnloser Begeisterung umher. Ihre beiden Autos hatten mehrere Fahrten hinter sich und würden noch weitere machen müssen. Sie krochen schlingernd über die schlechte Teerstraße, die zum Hafen hinunterführte. Über allem lag die Fröhlichkeit des Aufbruchs an einem strahlend schönen Tag; man hatte die hitzebrodelnde Stadt hinter sich und die Brise wehte so beständig, daß sich die verwünschten Dinger nicht auf einem niederlassen konnten. In bunten, geschwätzigen Wellen trafen die Gäste ein, wohlversehen mit Sonnencremes, riefen »Schiff ahoi, alle miteinander!« und ähnlich passende seemännische Vokabeln und stiegen an Bord, während sich zahlreiche Nichtstuer am Kai sammelten und mit mürrischem Interesse zusahen. Die segelbemützte Mrs. Maurier klapperte und klimperte in glücklicher und sinnloser Erregung.

Auf dem Oberdeck, wo der Steward Liegestühle für sie aufklappte, sammelten sich die Gäste in ihrer farbenfrohen Gewandung. Sie waren für den Aufenthalt auf dem Wasser in leichte Stoffe gekleidet, sie trugen flatternde Schlipse und offene Hemdkragen, sportlich und bunt sahen sie aus – mit Ausnahme von Mark Frost, dem geisterhaften jungen Mann, dem Dichter, der ab und zu ein intellektuelles und unverständliches

Poem produzierte, vier oder sieben Zeilen lang, dessen Lektüre irgendwie Assoziationen zu Stuhlgang bei Verstopfung weckte. Er trug einen frischgebügelten Serge-Anzug und einen hohen gestärkten Kragen; er schnorrte beim Steward eine Zigarette und legte sich dann sofort der Länge nach irgendwo hin, wie es seine Gewohnheit war. Mrs. Wiseman und Miss Jameson saßen zu beiden Seiten von Mr. Talliaferro und rauchten gleichfalls. Fairchild war, gefolgt von Gordon, dem Semitischen und einem rotgesichtigen, in dicken Tweed gekleideten Fremden, sofort nach unten gegangen. Sie schleppten mehrere Koffer, die gewichtig aussahen.

»Seid ihr alle da? Seid ihr alle da?« krähte Mrs. Maurier unter ihrer Segelmütze und ließ den Blick über die Schar ihrer Gäste schweifen. Ihre Nichte stand mit einem sanften blonden Mädchen in einem etwas schmuddeligen grünen Kleid an der Achterreling. Die beiden blickten nach der Landseite hinüber, wo ein junger Mann von etwas vorstädtischer Eleganz rauchend und in trotziges Schweigen gehüllt an der Gangway lehnte. Ohne den Blick von ihm zu lassen, fragte die Nichte: »Was hat er denn? Warum kommt er nicht an Bord?« Die Jacht war augenscheinlich das allerletzte, was die Aufmerksamkeit des jungen Mannes erregte; aber da stand er, nicht zu übersehen, trotzig und mürrisch. Die Nichte rief: »Hey!« Dann sagte sie:

»Wie heißt er denn? Sag ihm doch, er soll an Bord kommen, los!«

Das blonde Mädchen rief mit unterdrückter Stimme: »Pete!« Der junge Mann schob den schräg auf seinem Kopf sitzenden flachen Strohhut noch ein wenig schräger, und die Blonde winkte ihm. Er schob den Hut ins Genick. Seine Haltung drückte völlige Geistesabwesenheit aus. »Willste denn nicht mitkommen?« fragte das blonde Mädchen in dem gleichen verstohlenen Ton.

»Was haste gesagt?« erwiderte er so laut, daß alle zu ihm hinsahen – selbst der ruhende Poet hob den Kopf.

»Komm an Bord, Pete«, rief die Nichte. »Stell dich nicht so an.«

Der junge Mann fischte eine neue Zigarette aus der Packung und knöpfte seine enge Jacke zu. »Na schön, von mir aus«, er-

klärte er sich in schleppendem Tonfall einverstanden. Der Ausdruck infantilen Staunens im Gesicht von Mrs. Maurier war
auf ihn gerichtet, als er über die Gangway kam. Höflich machte er einen Bogen um sie und stieg mit jugendlicher Gewandt-
heit an Bord.

»Sind Sie der neue Steward?« erkundigte sie sich zweifelnd
und sah ihn blinzelnd und unsicher an.

»Klar«, sagte er höflich und steckte die Zigarette in den
Mund. Die anderen Gäste starrten ihn von ihren Deckstühlen
aus an, und er marschierte, den Hut in die Stirn schiebend,
durch die Rutengasse ihrer Blicke nach achtern zu den beiden
Mädchen. Verblüfft betrachtete Mrs. Maurier die geschlitzte
Rückenpartie des langen Jacketts. Dann bemerkte sie das blonde Mädchen neben ihrer Nichte und blinzelte abermals.

»Aber . . .« begann sie. Dann stieß sie hervor: »Patricia,
wer . . .«

»Ach so, ja«, ließ sich die Nichte herbei, »das ist . . .« Sie
wandte sich an das blonde Mädchen. »Wie heißt du gleich, Jenny? Ich hab's vergessen.«

»Genevieve Steinbauer«, sagte das blonde Mädchen unterwürfig.

». . . das ist Miss Steinbauer. Und das ist Pete Sowieso. Ich
hab sie in der Stadt kennengelernt.«

Mrs. Maurier verlagerte ihr Staunen von Jennys
unbestimmt-reifer Ansehnlichkeit auf Petes frech-verlegenes
Gesicht. »Ach, dann ist er wohl nicht der neue Steward, wie?«

»Weiß ich doch nicht . . .« die Nichte wandte sich wieder an
Jenny. »Ist er's?« Jenny wußte es auch nicht. Pete selbst war
verlegen und nicht sehr mitteilsam.

»Keine Ahnung«, antwortete er. »Sie ham gesagt, ich soll
raufkommen«, beschuldigte er die Nichte.

»Sie will wissen«, setzte ihm die Nichte auseinander, »ob du
zum Arbeiten hier bist.«

»Nee«, erwiderte Pete rasch. »Ich bin kein Seemann. Wenn
sie glaubt, ich bring' den Kahn hier in Schwung für sie, dann
hau'n wir wieder ab, Jenny und ich.«

»Brauchst du ja nicht. Dafür hat sie ihre Leute. Da ist doch
dein Steward, Tante Pat«, sagte die Nichte. »Pete wollte eben
Jenny nicht allein mitlassen. Ist doch ganz einfach.«

Mrs. Maurier sah sich um. Ja, dort stieg der Steward, mit Koffern beladen, gerade die Kajütentreppe hinunter. Wieder fiel ihr Blick auf Pete und Jenny. In diesem Moment wurde sie von zahlreichen Stimmen aus ihrer Erstarrung gerissen. Der Kapitän wollte wissen, ob er nun loswerfen solle; alle Anwesenden gaben die Anfrage weiter.

»Seid ihr alle da?« krähte Mrs. Maurier von neuem. Augenblicklich hatte sie Jenny und Pete vergessen. »Mr. Fairchild – wo steckt er denn?« Aufgeregt ließ sie die Augen umherwandern und versuchte zu zählen. »Wo ist Mr. Fairchild abgeblieben?« wiederholte sie in höchster Erregung. Gerade war ihr Wagen unten im Begriff zu wenden, und sie lief an die Reling und schrie nach dem Fahrer. Der stoppte den Wagen, wobei er die Straße völlig blockierte, und streckte voller Resignation den Kopf aus dem Fenster. Mrs. Wiseman sagte:

»Er ist schon da; er ist mit Ernest zusammen gekommen – ist er doch, nicht?«

Mr. Talliaferro bestätigte dies, und wieder irrte Mrs. Mauriers aufgeregter Blick umher und versuchte zu zählen. Ein Matrose sprang an Land und warf unter dem mürrischen Interesse der Umherlungernden die Bug- und Achterleine los. Der Steuermann sah von der Brücke aus zu, und er und der Matrose brüllten einander an. Dann kletterte der Matrose an Bord zurück, und die *Nausikaa* regte sich ein wenig; es war wie ein lautloser Seufzer des Erwachens. Der Steward holte die Gangway ein; irgendwo in einiger Entfernung klingelte der Maschinentelegraph. Die *Nausikaa* wurde wach, sie zitterte leicht, und gerade als der Wasserstreifen zwischen Schiffswand und Kaimauer unmerklich zu wachsen begann, kam Mrs. Mauriers zweiter Wagen in Sicht, wild schaukelnd und hupend wie irrsinnig, und die Nichte, die auf den Decksplanken saß und die Strümpfe auszog, sagte:

»Da kommt Josh.«

Mrs. Maurier quiekte. Der Wagen hielt und ohne jede Hast stieg ihr Neffe aus. Der Steward war gerade damit beschäftigt gewesen, die Achterleine aufzuschießen; jetzt warf er sie über den breiter werdenden Wasserstreifen hinüber. Wieder klingelte der Telegraph, und die *Nausikaa* schlief seufzend wieder ein und schaukelte sanft. »Los, Josh – mach, daß du weiter kommst!« rief seine Schwester. Mrs. Maurier quiekte noch einmal, und zwei von den Nichtstuern fingen die Leine und gruben die Absätze in den Boden, während der Neffe ohne Jacke, ohne Hut und ohne jede Hast an die Kaimauer trat und an Bord kletterte. In der Hand hielt er eine funkelnagelneue Zimmermannssäge.

»Ich mußte erst in die Stadt, einkaufen«, erklärte er beiläufig. »Walter hat deine nicht rausgerückt.«

Elf Uhr

Endlich gelang es Mrs. Maurier, ihrer Nichte habhaft zu werden. New Orleans, der Hafen, der Jachtclub lagen weit hinter ihnen. Die *Nausikaa* glitt übermütig in den strahlenden, schläfrigen Tag hinein; gleichmäßig fächerte eine kleine Bugwelle und sank wieder zusammen. Niemand von der Gesellschaft konnte nun Mrs. Maurier entkommen. Die Gäste hatten es sich alle auf dem Deck bequem gemacht; es gab nichts zu betrachten als die Gesichter der anderen, nichts zu erwarten als das Mittagessen. Alle – mit Ausnahme von Jenny und Pete. Pete stand an der achteren Reling neben Jenny und hielt seinen Hut fest. In ihrer Miene stand eine sanfte und vergebliche Schmeichelei, die Pete grimmig an sich abprallen ließ. Mrs. Maurier stieß einen Seufzer vorübergehender Erleichterung aus und stellte ihre Nichte im achteren Kajütenniedergang.

»Um Himmels willen, Patricia«, verlangte sie Auskunft, »warum hast du diese beiden ... diese jungen Leute eingeladen?«

»Keine Ahnung«, antwortete die Nichte und sah an der Segelmütze ihrer Tante vorbei auf Pete, der trotzig und verlegen neben Jennys weißer, kuhähnlicher Gelassenheit stand. »Keine Ahnung. Wenn du lieber kehrtmachen und sie wieder absetzen willst – laß dich nicht aufhalten.«

»Aber warum hast du sie denn eingeladen?«

»Na, ich konnte ja nicht wissen, daß sie so dämlich sind, nicht wahr? Und du hast selbst gesagt, es sind nicht genug Frauen mit. Das hast du selbst gesagt, gestern abend.«

»Schön, meinetwegen; aber warum hast du ausgerechnet die beiden eingeladen? Wer sind sie überhaupt? Wo lernst du bloß immer solche Leute kennen?«

»Ich hab Jenny unten in der Stadt getroffen. Sie . . .«

»Ja, ich weiß. Aber wieso hast du sie kennengelernt? Wie lange kennst du sie denn überhaupt schon?«

»Ich sag dir doch, ich hab sie heute morgen in der Stadt getroffen, bei Holmes im Laden, wie ich mir den Badeanzug kaufte. Sie hat gesagt, sie würde ja gern mitkommen, aber der da steht draußen an der Ecke und wartet auf sie und hat dann gesagt, nichts zu machen, ohne ihn darf sie nicht mit. Festes Verhältnis, glaub ich.«

Mrs. Mauriers Staunen war diesmal echt. »Du willst doch nicht etwa behaupten«, fragte sie schockiert und ungläubig, »daß du diese Leute noch nie vorher gesehen hast? Daß du zwei Leute auf meine Jacht eingeladen hast, die du überhaupt nicht kennst?«

»Ich hab doch nur Jenny eingeladen«, setzte die Nichte geduldig auseinander. »Der da ist doch bloß mit, damit sie darf. Ich war ja gar nicht scharf auf ihn. Und wie soll ich sie kennen, wo ich sie doch nie zuvor gesehen habe? Wenn ich sie gekannt hätte, dann hätt ich sie bestimmt nicht eingeladen, verlaß dich drauf. Wenn du mich fragst, sie ist ein glatter Reinfall. Aber das hab ich heute früh nicht gemerkt. Da hab ich gedacht, sie ist in Ordnung. Jetzt schau sie dir bloß an!« Sie sahen beide auf Jenny in ihrem grünen Fähnchen, auf Pete, der den Hut festhielt. »Jedenfalls, ich hab sie halt angeschleppt, und jetzt muß ich mich wohl um sie kümmern. Ich denke, ich werde zuerst mal Pete ein Stück Schnur besorgen, damit er seinen Hut festbinden kann.« Leichtfüßig sprang sie die Treppe hinauf. Mrs. Maurier stellte entsetzt fest, daß sie weder Schuhe noch Strümpfe anhatte.

»Patricia!« schrillte sie. Die Nichte blieb stehen und sah über die Schulter zurück. Wortlos deutete ihre Tante auf die bloßen Beine.

»Jetzt mach's aber halblang, Tante Pat«, erwiderte die Nichte kurz angebunden, »sei nicht so bockbeinig.«

Das Mittagessen wurde an Deck auf aneinandergestellten Klapptischen serviert. Als Mrs. Maurier erschien, sahen alle Gäste sie freundlich und ein wenig gespannt an. Sie bemerkte es nicht und scheuchte sie zu Tisch. »Setzt euch hin, wo ihr wollt, Leute«, wiederholte sie in einer Art von Singsang. »Die Mädchen sind knapp auf dieser Reise. Vergeßt nicht: die Dame gehört dem Sieger.« Das kam ihr selbst nicht ganz geheuer vor, und sie wiederholte rasch: »Setzt euch hin, wo ihr wollt, Leute; die Herren müssen...« Sie ließ den Blick über die Gäste schweifen und ihre Stimme erstarb. Die Gesellschaft bestand aus Mrs. Wiseman, Miss Jameson, ihr selbst, Jenny und Pete, die sich etwas unglücklich hinter der Nichte herumdrückten, Mr. Talliaferro und ihrem Neffen, der bereits Platz genommen hatte. »Wo sind denn die Herren?« fragte sie, ohne jemand Bestimmten anzusprechen.

»Über Bord gesprungen«, murmelte Pete düster, seinen Hut umklammernd. Keiner hörte ihn. Die anderen standen umher und sahen Mrs. Maurier an.

»Wo sind denn die Herren?« wiederholte sie.

»Wenn du mal einen Augenblick lang aufhören würdest, zu reden, dann brauchtest du nicht zu fragen«, belehrte sie ihr Neffe. Er saß bereits, wie gesagt, und löffelte, ganz dieser Aufgabe hingegeben, mit großer Geschwindigkeit eine Grapefruit aus.

»Theodore!« stieß die Tante hervor.

Von unten herauf drang heiter-geselliges Stimmengewirr. »Jubel, Trubel, Heiterkeit«, fügte der Neffe hinzu, blickte hoch und bemerkte die vorwurfsvolle Miene seiner Tante. »Hab's bißchen eilig«, erklärte er. »Muß schauen, daß ich fertig werde. Dauert mir zu lange, bis die Knülche kommen.« Zum ersten Mal bemerkte er die Gäste seiner Schwester. »Wen hasten da?« erkundigte er sich ohne Interesse und stürzte sich wieder auf seine Grapefruit.

»Theodore!« rief seine Tante abermals vorwurfsvoll. Das Stimmengewirr wurde lauter, wurde zum Gelächter. Mrs. Mauriers Augen wanderten ratlos von einem zum anderen. »Was mögen sie bloß treiben da unten?«

Ehrerbietig und taktvoll erhob sich Mr. Talliaferro. »Wenn Sie wünschen . . .«

»Ach ja, Mr. Talliaferro; bitte seien Sie doch so liebenswürdig«, nahm Mrs. Maurier das Angebot gerührt an.

»Schick doch den Steward, Tante. Wir wollen essen«, schlug die Nichte vor und schob Jenny nach vorn. »Los, Pete. Gib mir deinen Hut«, fügte sie hinzu und erbot sich, ihn abzunehmen; aber Pete wollte sich nicht von ihm trennen.

»Wart mal«, warf der Neffe ein, »ich krieg sie schon rauf.« Er nahm den Teller, schnellte die leere Fruchtschale über Bord, beugte sich über die Armlehne seines Stuhles und begann, den Teller hochkant haltend, mit dem dicken Porzellan auf die Decksplanken zu trommeln.

»Theodore!« rief die Tante ein drittes Mal. »Mr. Talliaferro, würden Sie bitte . . .« Mr. Talliaferro eilte zum Niedergang und verschwand nach unten.

»Ach, schick doch den Steward, Tante«, wiederholte die Nichte. »Los, setzt euch. Um Gottes willen Josh, hör auf damit.«

»Ach ja, Mrs. Maurier, warten wir doch nicht länger«, unterstützte Mrs. Wiseman den Vorschlag und nahm ebenfalls Platz. Die anderen folgten ihrem Beispiel. Mrs. Maurier sah gekränkt von einem zum anderen. »Na schön«, unterwarf sie sich schließlich der Mehrheit. Dann bemerkte sie Pete, der noch immer krampfhaft seinen Hut festhielt. »Ich nehme Ihnen gern den Hut ab«, erbot sie sich und streckte die Hand danach aus. Pete wich ihr flink aus.

»Obacht«, sagte er, »ich hab ihn schon.« Er brachte Jenny zwischen sich und die Gastgeberin, setzte sich und legte den Hut hinter sich auf den Stuhl.

In diesem Augenblick erschienen die Herren, in ein lautes Gespräch vertieft, von unten.

»Na, ihr Bösen«, empfing sie Mrs. Maurier mit welker Koketterie und drohendem Zeigefinger. Fairchild kam als erster, rundlich und jovial und vielleicht eine Spur unsicher, was den Gang anbetraf. Mr. Talliaferro bildete die Nachhut, und auch er wirkte für den Augenblick recht emanzipiert.

»Sie haben wahrscheinlich schon gedacht, wir seien über Bord gehüpft«, meinte Fairchild entschuldigend und heiter.

Mrs. Maurier suchte Mr. Talliaferros ausweichenden Blick. »Aber wir mußten noch Major Ayers helfen, seine Zähne suchen«, ergänzte Fairchild.

»Ja, hab sie in diesem winzigen Karnickelstall verloren, in dem wir steckten«, erklärte der Mann mit dem roten Gesicht. »Konnte sie einfach nicht finden. Kein Imbiß ohne Gebiß, nicht wahr. Gestatten Sie?« murmelte er wohlerzogen und ließ sich neben Mrs. Wiseman nieder. »Ah, Grapefruit.« Er hob die Stimme wieder. »Komisch: keine Grapefruit gesehen, seit wir von New Orleans weg sind, was, Julius?«

»Zähne verloren?« wiederholte Mrs. Maurier erschüttert. Die Nichte und ihr Bruder musterten den Mann mit dem roten Gesicht voller Interesse.

»Ganz recht; sie sind ihm nämlich aus dem Mund gefallen«, verdeutlichte Fairchild die Situation, während er neben Miss Jameson Platz nahm. »Er lachte gerade über irgendeine Bemerkung von Julius, da fielen sie ihm raus, und jemand muß sie unter die Koje gekickt haben, verstehen Sie. Was war das doch gleich für eine Bemerkung, Julius?«

Mr. Talliaferro wollte sich gern neben den Mann mit dem roten Gesicht setzen, aber wieder suchte Mrs. Mauriers Blick den seinen, fand ihn, besiegte ihn mit einem blitzenden Befehl ihrer Augen. Er erhob sich und nahm den Stuhl neben ihr; sie beugte sich zu ihm hinüber, schnupperte: »Aber Mr. Talliaferro!« flüsterte sie mit gespielter Strenge, »das ist aber nicht artig von Ihnen!«

»Nur eben genippt – sie waren so hartnäckig«, entschuldigte sich Mr. Talliaferro.

»O ihr Männer, ihr bösen Männer. Aber ich vergebe Ihnen für diesmal«, gab sie zurück. »Würden Sie bitte läuten?«

Das schlaffe Gesicht und die dunklen, leidenschaftlichen Augen des Semitischen präsidierten oben an der Tafel. Gordon blieb, nachdem die anderen Platz genommen hatten, noch eine Weile stehen; dann trat er zu dem freien Stuhl zwischen Mrs. Maurier und ihrer Nichte und setzte sich hastig und arrogant. Die Nichte blickte kurz hoch. »Hallo, Schwarzbart.« Automatisch lächelte Mrs. Maurier zu ihm hinüber. Sie sagte:

»Hört mal zu, Leute; Mr. Talliaferro wird jetzt eine Ankündigung machen. Über Pünktlichkeit«, fügte sie, zu Mr.

Talliaferro gewandt, hinzu und legte die Hand auf seinen Arm.

»Ach so, ja. Seht ihr, Jungs, ihr habt heute beinahe das Mittagessen versäumt. Wir hätten auch nicht auf euch gewartet. Von jetzt an wird die Essenszeit auf halb eins festgesetzt, und jedermann hat pünktlich zu sein. Schiffsdisziplin, versteht ihr. Nicht wahr, Commodore?«

Die Gastgeberin sprang ihm zur Seite. »Ihr müßt artige Kinder sein«, ergänzte sie mit munterer Erleichterung und sah sich am Tisch um. Augenblicklich trat der sorgenvolle Ausdruck wieder in ihr Gesicht. »Aber da ist doch ein Platz leer. Wer fehlt denn noch?« In wachsender Erregung ließ sie ihre Augen wandern. »Da fehlt doch jemand«, wiederholte sie. Einen qualvollen Augenblick lang hatte sie die Vision von der Heimkehr mit einem Gast zu wenig, von Polizeiverhör und Reportern und Schlagzeilen, von leblos in einem abgelegenen Teil des Sees treibenden Hinterbacken, die später ans Ufer gespült werden würden mit der stummen, unangebrachten Unerbittlichkeit Ertrunkener. Die Gäste sahen einander an, sahen auf den leeren Stuhl, sahen wieder einander an. Mrs. Maurier versuchte im Geiste die Namensliste abzuhaken und starrte ihrerseits der Reihe nach alle an. Auf einmal rief Miss Jameson:

»Ach, ist es nicht Mark?«

Es war Mark. Sie hatten ihn vergessen. Mrs. Maurier schickte den Steward nach ihm, und der fand ihn, der Länge nach ausgestreckt, auf dem Oberdeck. Er erschien in seinem frisch gebügelten Anzug und umfing die Anwesenden mit seinem düsteren Blick.

»Sie haben uns allen einen gehörigen Schreck eingejagt, alter Junge«, teilte ihm Mr. Talliaferro, die Pflichten des Gastgebers übernehmend, vorwurfsvoll mit.

»Ich wollte nur herausfinden, wie lange es wohl dauern werde, bis jemand darauf verfällt, mir Bescheid sagen zu lassen, daß serviert ist«, erwiderte der Dichter mit eisiger Würde und nahm seinen Platz ein.

Fairchild, der ihn beobachtet hatte, sagte plötzlich: »Du, Julius, ist Mark nicht genau der Mann für Major Ayers? Sie, Major, hier ist der Mann, der Ihre erste Flasche kauft. Erzählen Sie ihm mal von Ihrem Plan.«

Der Mann mit dem roten Gesicht musterte den Dichter leutselig. »Ja, also, sehen Sie, es handelt sich um ein Abführmittel. Sie nehmen einen Löffel voll in Ihrer . . .«

»Ein was?« fragte der Dichter; er verhielt mit dem Löffel auf halbem Wege und starrte den Mann mit dem roten Gesicht entgeistert an.

»Ein Abführmittel«, erklärte der bereitwillig. »Wie wir sie in England haben, verstehen Sie . . .«

»Ein . . .?« wiederholte Mrs. Maurier. Mr. Talliaferros Augen traten leicht aus den Höhlen.

»Alle Amerikaner sind verstopft«, fuhr der Mann mit dem roten Gesicht heiter fort. »Können gut einen Löffel voll in einem Glas Wasser brauchen, jeden Morgen. Und da habe ich mir gedacht . . .«

»Mr. Talliaferro!« flehte Mrs. Maurier. Mr. Talliaferro band den Helm fester.

»Mein lieber Herr«, begann er.

». . . mir nun gedacht, man sollte das Zeug in ein nettes Fläschchen tun, in ein Fläschchen, das sich hübsch macht auf dem Nachttisch: irgendwas Gefälliges muß es sein. Alle Amerikaner kaufen so was. Nun hat aber Ihr Land mehrere Millionen Einwohner, soviel ich weiß; und wenn Sie nun bedenken, daß alle Amerikaner verstopft . . .«

»Mein lieber Herr«, sagte Mr. Talliaferro lauter.

»Hm?« machte der Mann mit dem roten Gesicht und sah ihn an.

»In was für'n Topf wollen Sie das Zeug denn tun?« erkundigte sich der Neffe, der Feuer gefangen hatte.

»Irgendwas Nettes, das alle Amerikaner kaufen . . .«

»Mit der amerikanischen Fahne drauf und einem Taubenpärchen mit einem Dollar im Schnabel, und mit einem Griff zum Rausziehen, an dem ein Korkenzieher ist«, schlug Fairchild vor. Der Mann mit dem roten Gesicht glotzte ihn berechnend und voller Interesse an.

»Oder in Form einer kleinen Tafel«, meinte der Semitische, »mit einer Zinstabelle auf der einen Seite und einem guten Rezept für hausgebrautes Bier auf der anderen.« Der Mann mit dem roten Gesicht glotzte ihn voller Interesse an.

»Das ist nur etwas für Männer«, warf Mrs. Wiseman ein. »Wo bleiben die Frauen?«

»Da langt doch wohl ein kleiner Spiegel, meinen Sie nicht?«
sagte der Mann mit dem roten Gesicht entgegenkommend,
»mit einem farbigen Muster drumherum.« Mrs. Wiseman schoß
einen Blick voller Mordlust nach ihm ab, und der Dichter ergänzte:

»Und mit einer Anleitung zur Empfängnisverhütung und einem Geheimfach für Haarnadeln.« Die Gastgeberin stöhnte:
»Mr. Talliaferro!« und Mrs. Wiseman sagte böse:

»Da hab ich eine bessere Idee, die eignet sich für beide Ge-
schlechter: Ihr Photo auf der einen Seite, und die goldene Re-
gel auf der anderen.« Der Mann mit dem roten Gesicht glotzte
voller Interesse. Der Neffe hakte abermals ein:

»Ich meine, haben Sie das Gefäß schon entworfen, haben Sie
schon was erfunden, wie man das Zeug rauskriegt?«

»Oh, ja. Hab ich. Mit dem Löffel, wissen Sie.«

»Jetzt müssen Sie aber noch erzählen, woher Sie wissen, daß
alle Amerikaner verstopft sind«, schlug Fairchild vor. Mrs.
Maurier schellte laut und anhaltend nach dem Steward. Der
erschien, nahm die Teller ab und brachte frische. Unterdessen
beugte sich der Mann mit dem roten Gesicht zu Mrs. Wiseman
hinüber.

»Was ist der Bursche?« erkundigte er sich und wies auf Mr.
Talliaferro.

»Was er ist?« wiederholte Mrs. Wiseman. »Ach ... ich glaube, er verkauft irgendwas unten in der Stadt. Nicht wahr, Julius?« Hilfesuchend sah sie ihren Bruder an.

»Ich meine, welcher ... eh ... Rasse gehört er an?«

»Ach so, Sie meinen seinen Akzent?«

»Ganz recht. Fiel mir auf. Er spricht nicht wie ein Amerikaner. Ich dachte, vielleicht ist er einer von den hiesigen Eingebo-
renen?«

»Von den hiesigen ...?« Sie sah ihn verblüfft an.

»Indianer, wissen Sie«, erklärte er.

Mrs. Maurier schellte wieder. Es war, als schwatze sie mit
sich selbst.

Sobald es anständigerweise möglich war, hob Mrs. Maurier die Tafel auf. Wenn ich sie bloß auseinanderkriegen könnte, dachte sie verzweifelt, wenn ich sie zum Bridge überreden könnte. Die Dinge hatten ein Stadium erreicht, in dem Mrs. Maurier schon zusammenzuckte und sich enger an Mr. Talliaferro lehnte, wenn einer der Herren auch nur den Mund öffnete, um etwas zu sagen. Auf ihn wenigstens konnte sie sich verlassen, vorausgesetzt... Aber sie würde schon dafür sorgen, daß die Voraussetzungen gegeben waren. Die anderen hatten während der ganzen Mahlzeit Major Ayers' Abführmittel diskutiert. Eva Wiseman war zum Gegner übergelaufen und hatte, ungeachtet der vorwurfsvollen Atmosphäre, die Mrs. Maurier zu schaffen und aufrechtzuerhalten bemüht gewesen war, auch noch gehetzt. Und obendrein war es nicht zu übersehen gewesen, daß dieser komische junge Mann außerordentlich eigenartige Tischmanieren hatte. Mr. Fairchilds Benehmen war ... na, rüpelhaft; aber Kunst mußte man sich schließlich etwas kosten lassen. Jenny andererseits hatte Stil, das war nicht zu leugnen, wie sie beim Essen den kleinen Finger starr und elegant wegstreckte ... Gerade sagte Fairchild:

»Ist das nicht ein wunderbares Beispiel für das Walten einer ausgleichenden Gerechtigkeit? Vor hundertundsoundsoviel Jahren wollte der Opa von Major Ayers gern nach New Orleans, aber unsere Großväter haben ihn nicht gelassen und ihm irgendwo da hinten in den Chalmette-Sümpfen die Jacke vollgehauen. Und heute kommt Major Ayers geradewegs in die Stadt hinein und erobert sie mit einem Abführmittel, das so mild wirkt, daß man's überhaupt nicht merkt. Was sagst du dazu, Julius?«

»Sein Plan wirft auch sämtliche alten Ansichten über den Haufen, nach denen Naturwissenschaft und Kunst unvereinbar sind«, meinte der Semitische.

»Hm?« machte Fairchild. »Ach so, natürlich. Ganz recht. Hör mal, er müßte eigentlich unbedingt Al Jackson so eine Flasche schenken, meinst du nicht?«

Der dünne Dichter stöhnte mit Grabesstimme. Major Ayers wiederholte: »Al Jackson?«

Der Steward nahm das Tischtuch ab. Die Tafel war aus einer Anzahl von Spieltischen zusammengesetzt gewesen; auf Mrs. Mauriers Anweisung hin ließ er diese stehen. Sie rief ihn zu sich und flüsterte etwas; er ging nach unten.

»Wie, haben Sie noch nie von Al Jackson gehört?« fragte Fairchild mit überheblicher Verwunderung. »Der ist ein komischer Kerl, ein direkter Nachkomme von Old Hickory, General Jackson, behauptet er; derselbe, der euch Engländer damals 1812 vermöbelt hat. Geradezu ein Original von New Orleans, der Mann.« Alle hörten mittlerweile mit einer Art unverbindlicher Aufmerksamkeit zu. »Sie erkennen ihn sofort, weil er immer hohe Stiefel trägt . . .«

»Hohe Stiefel?« murmelte Major Ayers und starrte ihn an. Fairchild erklärte, indem er zum Zwecke der Demonstration den Fuß über die Tischkante hob:

»Ganz recht. Auf der Straße, bei formellen Anlässen, sogar zum Abendanzug. Er behält sie sogar beim Baden an.«

»Beim Baden? Na so was.« Major Ayers starrte den Erzähler mit runden, porzellanblauen Augen an.

»Ja, wirklich. Will nicht, daß ihn einer barfuß sieht. Ist ein bißchen verwachsen, verstehen Sie – das ist erblich in der Familie. Old Hickory hatte das auch: Das ist der einzige Grund, weshalb er die Engländer in diesen Sümpfen kleinkriegte. Hätte er sonst nie geschafft. Wenn Sie in die Stadt kommen, müssen Sie mal runtergehen zum Jackson Square und das Denkmal des alten Burschen anschauen. Da hat er auch hohe Stiefel an.« Er wandte sich an den Semitischen. »Übrigens, Julius, du erinnerst dich doch sicher noch an das Ding mit Old Hickorys Kavallerie?« Der Semitische ging nicht darauf ein und Fairchild fuhr fort:

»Also, der alte General hatte sich da eine Klitsche in Florida gekauft. Sie haben ihm erzählt, es sei eine Zuchtfarm, und er trommelte ein paar Leute aus den Bergen zusammen, aus der Gegend in Tennessee, wo er sich niedergelassen hatte, und schickte sie mit einer Herde Gäule runter. Na schön, und wie sie glücklich ankamen, da stellten sie fest, daß so ziemlich das ganze Grundstück Sumpfland war. Aber das waren zähe Burschen, und sie klemmten sich dahinter, um zu retten, was zu retten war. In der Zwischenzeit . .«

»Was haben sie denn gemacht?« wollte der Neffe wissen.

»Hm?« machte Fairchild.

»Was haben sie in Florida gemacht? Das wollen wir alle gern wissen«, sagte Mrs. Wiseman.

»Wahrscheinlich haben sie den Indianern Bauplätze verkauft«, meinte der Semitische. Major Ayers starrte ihn aus kleinen, blauen Augen an.

»Nein, sie wollten so eine Knallprotzen-Ranch aufmachen, so zum Cowboy-Spielen für verrückte Touristen in den großen Hotels in Palm Beach«, belehrte sie Fairchild. »Und in der Zwischenzeit sind ein paar von diesen Gäulen in die Sümpfe gelaufen und haben sich irgendwie mit den Alligatoren gekreuzt. Na, und wie Old Hickory dann merkte, daß er diese Schlacht unten in den Chalmette-Sümpfen schlagen mußte, da schickte er rasch nach Florida hinüber und ließ so viele von diesen Halbpferdhalballigatorbiestern zusammentreiben, wie er kriegen konnte; mit denen machte er dann einen Teil seiner Infanterie beritten, und diese Truppen konnten die Engländer nicht aufhalten. Die Engländer kannten eben Florida nicht . . .«

»Stimmt«, warf der Semitische ein. »Damals gab's noch keine Gesellschaftsreisen.«

». . . und sie wußten noch nicht einmal, was das überhaupt für Biester waren, verstehen Sie.«

Major Ayers und Mrs. Maurier starrten Fairchild in stummem, kindlichem Staunen an. »Weiter«, sagte Major Ayers schließlich, »aber Sie nehmen mich ja auf den Arm.«

»Nein, nein: fragen Sie doch Julius. Aber man darf nicht vergessen. Wir sind einfache Leute, wir Amerikaner, bieder und kindlich. Und das muß man auch sein, wenn man ein Pferd mit einem Alligator kreuzen und hinterher auch noch wissen will, was man mit dem Zuchtergebnis anfangen soll. Das gehört zu unserem Nationalcharakter, Major. Sie werden das besser verstehen, wenn Sie erst länger unter uns gelebt haben. Nicht wahr, Julius?«

»Ja, er wird uns schon verstehen, wenn er lange genug in Amerika war, um sich an unser Brauchtum zu gewöhnen. Der Brauch macht den Mann, wissen Sie.«

»O ja«, meinte der Major und sah ihn blinzelnd an. »Aber

an einen von euren Bräuchen werde ich mich nie gewöhnen: an
eure Gewohnheit, Apfeltörtchen zu essen. Die haben wir zu
Hause nicht. Kein Engländer, Waliser oder Schotte ißt Apfeltörtchen.«

»Ach nee?« sagte Fairchild. »Na, ich meine aber, ich kann
mich erinnern . . .«

»Aber nicht an Apfeltörtchen, alter Junge. Wir haben andere Sorten, aber keine Apfeltörtchen. Sehen Sie, das ist nun
schon viele Jahre her, da war es in Eton der Brauch, daß die
Jungen zu jeder Tages- und Nachtzeit loswetzten und sich Apfeltörtchen kauften. Na, und eines Tages, da ist ein Junge dran
gestorben. Hatte einfach zu viele gegessen. Das war nun der
Sohn eines Kabinettsmitgliedes. Und daraufhin hat sein Vater
im Parlament ein Gesetz durchgedrückt, das in allen Teilen des
britischen Reiches den Verkauf von Apfeltörtchen an Minder-
jährige verbot. So wuchs diese Generation dann ohne sie auf;
die ältere Generation starb weg, und die gegenwärtige hat
noch nie etwas von Apfeltörtchen gehört.« Er wandte sich an
den Semitischen. »Brauchtum, wie Sie gerade so richtig sagten.«

Der geisterhafte Poet, der auf seine Chance gewartet hatte,
murmelte »Minister des Inneren«, wurde aber nicht beachtet.
Mrs. Maurier starrte Major Ayers an, und Fairchild und die
anderen starrten in Major Ayers' rotes, höfliches Gesicht und
ein Schweigen breitete sich aus, während dessen die Gastgeberin ihre Gäste der Reihe nach ansah. Da tauchte der Steward
wieder auf, und grenzenlos erleichtert zitierte sie ihn mit einem
befehlenden Läuten der kleinen Glocke. Die andern wandten
sich ihr zu, und sie ließ ihren Blick reihum von Gesicht zu Gesicht schweifen.

»Also, Herrschaften, um vier Uhr werden wir eine gute Ba-
destelle erreicht haben. Und bis dahin – was halten Sie von einer netten Partie Bridge? Wer unbedingt Siesta halten muß, ist
natürlich entschuldigt; aber ich bin sicher, daß an einem so
herrlichen Tag niemand unten bleiben will«, fügte sie munter
hinzu. »Mal sehen . . . Mr. Fairchild, Mrs. Wiseman, Patricia
und Julius, das ist der erste Tisch. Major Ayers, Miss Jameson,
Mr. . . . . Talliaferro . . .« Ihr Blick blieb an Jenny haften.
»Spielen Sie Bridge, Miss . . . eh . . . mein Kind?«

Fairchild war mit allen Anzeichen der Bestürzung aufgestanden. »Was meinst du, Julius, sollte sich Major Ayers nicht lieber ein bißchen hinlegen? Er ist doch unser heißes Klima noch nicht gewöhnt, nicht wahr. Und Gordon auch. He, Gordon, sollten wir uns nicht lieber ein bißchen hinlegen?«

»Ganz recht«, stimmte Major Ayers eilfertig bei und erhob sich gleichfalls. »Das heißt, falls die Damen uns gütigst entschuldigen. Könnten zuviel Sonne abkriegen, wissen Sie«, fügte er mit einem kurzen Blick auf das Sonnensegel hinzu.

»Nein, wirklich«, sagte Mrs. Maurier hilflos. Die Herren strebten eng aneinandergedrängt dem Niedergang zu.

»Kommen Sie, Gordon?« rief Fairchild.

Mrs. Maurier wandte sich an Gordon. »Sie werden doch nicht auch fahnenflüchtig werden?«

Gordon sah zu der Nichte hinüber. Kühl erwiderte sie seinen schroffen, arroganten Blick, und er wandte sich ab. »Doch. Kann nicht Karten spielen«, antwortete er kurz.

»Nein, wirklich«, wiederholte Mrs. Maurier. Mr. Talliaferro und Pete waren noch da. Der Neffe hatte sich zu seiner neuen Säge davongemacht. Mrs. Maurier sah Pete an. Dann sah sie wieder weg. Es erübrigte sich, ihn zu fragen, ob er Bridge spielte. »Wollen Sie denn überhaupt nicht spielen?« rief sie ohne große Hoffnungen hinter den abziehenden Herren her.

»Aber ja, wir kommen später rauf«, versicherte Fairchild und dirigierte die Freiwache nach unten. Geräuschvoll verschwanden sie im Niedergang.

Mrs. Maurier blickte in staunender Verzweiflung über ihre dezimierte Gesellschaft hin. Die Nichte sah kurz nach dem verlassenen Niedergang hinüber, dann betrachtete sie den Rest der Party, der sich um die überflüssig gewordenen Kartentische gruppierte, und bemerkte: »Und du hast gemeint, es sind zu wenig Frauen dabei.«

»Nun, aber einen Tisch bringen wir auf alle Fälle zusammen.« Mrs. Mauriers Züge hatten sich plötzlich erhellt. »Eva, Dorothy, Mr. Talliaferro und . . . ach, da ist Mark«, rief sie. Sie hatten ihn wieder vergessen. »Ja, natürlich, Mark. Ich werde aussetzen.«

Mr. Talliaferro widersprach. »Auf keinen Fall. Ich werde aussetzen. Sie müssen spielen. Ich bestehe darauf.«

Mrs. Maurier lehnte ab. Mr. Talliaferro blieb hartnäckig,

und sie musterte ihn kühl abschätzend. Mr. Talliaferro wandte schließlich den Blick ab und Mrs. Maurier schaute kurz nach dem Niedergang hinüber. Sie war unerschütterlich.

»Der arme Talliaferro«, sagte der Semitische. Fairchild ging voraus den Gang entlang und blieb vor seiner Kabinentür stehen, während seine Mannen hinterdrein kamen. »Habt ihr sein Gesicht gesehen? Von jetzt an hat sie den Daumen drauf bei ihm.«

»Mir tut er nicht leid«, erklärte Fairchild. »Ich glaube, er hat's gern so: in der Gesellschaft von Männern fühlt er sich nie so recht wohl. Es scheint sein Selbstbewußtsein zu heben, wenn er mit einem Haufen Weiber zusammenhocken kann; es gibt ihm ein Gefühl der Überlegenheit, das offenbar im Umgang mit Männern verschütt gegangen ist. Wahrscheinlich wird die Welt zu einem ziemlich rauhen Aufenthalt für einen Mann, der jeden Tag acht Stunden zwischen Spitzen und Crêpe de Chine zubringt«, fügte er hinzu und bekam die Tür nicht auf. »Außerdem kann er nicht dauernd zu mir gelaufen kommen und wissen wollen, wie man eine verführt. Er ist ein ziemlich intelligenter Bursche und sensibler als die meisten Leute, und doch meint er letzten Endes auch nur, daß Kunst nichts anderes sei, als ein halbwegs legitimer Vorwand für den Beischlaf.« Endlich sprang die Tür auf; sie traten ein und setzten sich, wo sie gerade Platz fanden, während er niederkniete und einen schweren Koffer unter der Koje hervorzerrte.

»Sie ist ziemlich wohlhabend, was?« erkundigte sich Major Ayers, der auf der Koje saß. Der Semitische hatte, wie üblich, den einzigen Sessel mit Beschlag belegt. Gordon lehnte an der Wand, groß und schäbig und arrogant.

»Sie stinkt vor Geld«, erwiderte Fairchild. Er zog eine Flasche aus dem Koffer, stand auf und hielt sie grinsend gegen das Licht. »Sie hat Plantagen oder so, nicht, Julius? Gehört zu den ersten Familien, oder so was in der Preislage.«

»Ja, irgend so was«, pflichtete der Semitische bei. »Sie selbst stammt aus den Nordstaaten. Das erklärt alles, denke ich.«

»Erklärt alles?« wiederholte Fairchild, der Gläser verteilte.

»Das ist eine lange Geschichte. Ich erzähl sie dir mal bei Gelegenheit.«

»Es muß wohl eine lange Geschichte sein, wenn es alles erklären soll in bezug auf die Gute«, gab Fairchild zurück. »Hört
mal, wäre sie nicht ein besseres Objekt für Major Ayers' Bemühungen, als die Abführmittelbranche? Ich jedenfalls besäße lieber ein paar Plantagen als eine pharmazeutische Fabrik.«

»Dann müßte er erst mal Talliaferro irgendwie abschieben«,
bemerkte der Semitische.

»Talliaferro? Ja, hat denn der wirklich ernste Absichten?«

»Das wär ihm wohl anzuraten«, antwortete der andere.
»Oder vielmehr«, verbesserte er sich, »ich würde da nicht eigentlich von Absichten sprechen. Er steht einfach da und hat's
selbst noch nicht gemerkt, daß er eine Klippe ist, die jeder potentielle Konkurrent umschiffen müßte.«

»Freiheit und Abführmittel, oder Plantagen und Mrs. Maurier«, grübelte Fairchild; »ich weiß nicht recht . . . Was halten
Sie davon, Gordon?«

Gordon lehnte hochmütig an der Wand und hörte kaum zu,
er sah etwas Gestalt gewinnen in der bitteren und arroganten
Einsamkeit seines Herzens, etwas, das fremd war und neu wie
Feuer, ohne Kopf, ohne Arme und Beine; aber als sein Name
fiel, kam er zu sich. »Wir wollen was trinken«, sagte er.

Fairchild füllte die Gläser; es roch nach Whisky.

»Das ist eine gute Antwort und sie paßt in allen Lebensla-
gen«, stellte der Semitische fest.

»Meinetwegen; aber die Freiheit . . .« setzte Fairchild an.

»Trink deinen Whisky«, empfahl der andere. »Nimm dir an
Freiheit, was du kriegen kannst. Freiheit von der Polizei ist
das äußerste, was man an Freiheit verlangen und erwarten
kann.«

»Freiheit«, meinte Major Ayers, »Freiheit gibt es nur im
Krieg. Da sind sie alle derartig beschäftigt mit Kämpfen oder
mit Orden kriegen oder Druckposten suchen, daß sie einen in
Ruhe lassen. Samurai oder Kopfjäger – es bleibt jedem selbst
überlassen, was er sein will. Dreck und Heldentod, oder ein
buntes Bändchen auf einer sauberen Feldbluse. Dreck und Ver-
zicht, und der liebe Whisky, und ganz England voll von euren
widerlichen Expeditionstruppen. Immerhin wart ihr noch besser als die Kanadier«, gab er zu; »ihr wart weniger. War schon
unbezahlbar, dieser Krieg, was? . . . Übrigens«, vertraute er ih-

nen an, »was mich angeht, ich bin für Rot. Generalstabsstreifen sind gut zwei Bändchen auf der Brust wert, und obendrein kann man die auf der Brust nur von einer Seite sehen. Im Frieden allerdings, da sind sie was wert, die Bändchen.«

»Aber sogar der Frieden kann nicht ewig dauern«, warf der Semitische ein.

»Diesmal wird er eine Weile dauern. Können nicht gleich einen neuen Krieg machen. Zu viele würden aussteigen wollen. Die Aktiven sind auf Draht und würden sofort überall drin sitzen, wo 'ne ruhige Kugel geschoben wird; das haben sie im letzten Krieg gelernt, wissen Sie. Und alle anderen würden sich auf die Hinterbeine stellen und nicht mitmachen.« Er überlegte einen Augenblick. »Der letzte Krieg, der hat die Sache beim Proletariat so verdammt unpopulär gemacht. Sie haben's übertrieben. Wie ein Regisseur, der die Bühne so vollpackt, daß die Statisten sehen können, was im Proszenium los ist.«

»Ihr da drüben habt aber doch auch ganz nett auf die Pauke gehauen, oder?« meinte Fairchild.

»Klar. Aber wir haben kein Geld dafür ausgegeben«, entgegnete Major Ayers. »Nur Bändchen . . . Sie, der Whisky ist wirklich gut!«

»Wenn du willst, kann ich ihn irgendwo in meiner Kabine aufhängen«, erbot sich Jenny.

Pete hieb ihn sich auf den Kopf, den er steif und ein wenig gegen den Wind geneigt hielt. Der Wind fraß ihm die Zigarette aus dem Mund, obgleich er sie hinter der hohlen Hand zu schützen versuchte.

»Es geht schon«, gab er zurück. »Wo willsten denn überhaupt hintun?«

»Na, irgendwo. Irgendwohin halt.« Der Wind fing sich in ihrem Kleid, modellierte daran herum; sie faßte die Reling und ließ sich mit gestreckten Armen nach rückwärts fallen. Der Wind modellierte ihre Schenkel. Petes geschlitztes Jackett flatterte, obgleich er es zugeknöpft hatte.

»Ja, das kann ich auch«, meinte er; »irgendwohin tun kann ich ihn auch, wenn ich will . . . paß auf, Mädel.« Jenny hatte sich wieder nach vorn gezogen. Die Reling war brusthoch, aber wenn sie die Beine um die untere Stange hakte, konnte sie sich hochziehen; und indem sie den jungen Leib über die obere Stange winkelte, lehnte sie sich weit hinaus über das Wasser. Das Wasser zischte schäumend vorbei: ein Weiß, das in milchige Jade überging und wieder zu Blau wurde, kleine Tropfen sprühten hoch wie Schrotkügelchen. »Los, mach daß du reinkommst. Für die Reise ham wir ne Fahrkarte, ausnahmsweise.«

»Prima«, sagte Jenny und bog sich noch weiter hinaus. Sie hing über dem Wasser; der Wind riß an ihrem Röckchen und enthüllte die rosigen Kniekehlen über den kurzen Strümpfen. Der Steuermann steckte den Kopf nach draußen und schrie ihr etwas zu; Jenny verdrehte den Hals, um nach ihm hinüberzusehen und ließ ihre zerzausten Haare flattern.

»Tritt dir nicht aufn Schlips, Junge«, brüllte Pete der Form halber zu dem Steuermann hinauf. »Was hab ich dir gesagt, dumme Gans«, zischte er Jenny zu und zog sie an Deck. »Los, komm schon; schließlich gehört ihnen der Kahn. Benimm dich gefälligst.«

»Ich habe doch nichts kaputtgemacht«, entgegnete Jenny gelassen. »Das wird man doch noch dürfen . . .« Wieder ließ sie sich, mit ausgestreckten Armen an der Reling hängend, nach hinten fallen. »Guck mal, da ist wieder der mit der Säge. Ich möcht wissen, was er damit macht.«

»Mir wurscht. Er wird uns kaum dazu brauchen«, erwiderte Pete. »Sag mal, wie lang hat sie gesagt, soll das dauern?«

»Keine Ahnung . . . vielleicht wird später getanzt oder so was. Komische Sache, nicht? Sie wollen nirgendwo hin, und sie haben nichts zu tun . . . beinah wie im Kino«, grübelte Jenny und blickte zu dem Neffen hinüber, der sich mit seiner Säge auf die Leeseite des Ruderhauses verzogen hatte und dort saß, völlig versunken und ohne auf seine Umgebung zu achten. »Wenn ich Geld hätte, ich würde wo bleiben, wo ich's ausgeben kann. Nicht so wie hier, wo's noch nicht mal was zu sehen gibt.«

»Hm, hm. Wenn du Geld hättest, dann würdste n Haufen Kleider kaufen und Schmuck und n Auto. Na, und dann? Dann würdste die Kleider im Auto verschleißen, was?«

»Wahrscheinlich, ja . . . ich würde mir keine Jacht kaufen, auf alle Fälle . . . Er sieht ganz nett aus, find ich. Nicht so besonders schick, vielleicht. Was macht er da bloß?«

»Am besten fragste ihn selbst«, gab Pete kurz zurück. »Ich weiß es auch nicht.«

»Ich will's ja auch gar nicht wissen. Ich war bloß neugierig.« Sie ließ sich wieder gegen den Wind nach hinten fallen und schwang langsam zur Seite, bis sie neben Pete zu stehen kam, mit dem Rücken an ihn gelehnt.

»Geh doch und frag ihn«, sagte Pete noch einmal. Er hatte sich mit den Ellbogen an der Reling festgehakt und beachtete Jennys sanftes Gewicht nicht. »Ein hübscher Junge wie der wird dich schon nicht beißen.«

»Beißen macht mir nichts aus«, entgegnete Jenny friedlich. »Du, Pete . . .?«

»Hau ab, Kleine; ich bin anständig«, wies Pete sie zurecht. »Probier's man bei deinem netten Jungen; sieh zu, ob du mit der Säge konkurrieren kannst bei ihm.«

»Ich mag Männer, die Schwung haben«, bemerkte Jenny. Sie seufzte. »Mensch, wenn man hier bloß ins Kino könnte oder so was.« (Ich möchte wissen, was er da macht!)

»Wieviel PS hat sie denn?« erkundigte sich der Neffe. Er blickte gebannt auf die Maschine und bemühte sich, ihr dumpfes Schüttern mit der Stimme zu übertönen. Sie war sauber wie ein Uhrwerk, vernickelt und mit Mennige gestrichen; da war latente und brütende Energie unter dem dünnen Film aus goldgelbem Schmieröl, der einen an den feuchten Leib eines herrlichen Tieres denken ließ; körperliche Kraft in Vollendung. Der Kapitän, mit einer ehemals weißen Mütze geschmückt, deren Schirm ein verblichenes Goldemblem trug, und ansonsten angetan mit einem dünnen, ölverschmierten Unterhemd, sagte ihm, wieviel PS sie hatte.

Er stand inmitten einer bedrückenden, energiegeladenen Atmosphäre: ein erregendes Prickeln durchdrang ihn, ließ seine Eingeweide unangenehm gewichtlos werden, während er voller Verzückung auf die Maschine sah. Sie war von der Schönheit eines Vollblutpferdes und irgendwie angsteinflößend zugleich, weil trotz all dieser unversöhnlichen seelenlosen Kraft keine Bewegung zu sehen war außer dem belanglosen nervösen Flattern der Kipphebel – diesem dünnen, hellen Klicken, das über dem fernen, nachdenklichen Grollen der Maschine hing. Es ließ die Bodenplatten zittern; die Schottwände vibrierten, als ob sie drauf warteten, daß es den Stahl sprengen werde, wie ein Kokon auseinanderplatzt, um hinauf und hinaus zu rauschen auf furchtbaren strahlenden Schwingen aus Energie und Flammen ...

Aber die Maschine war mit schweren Bolzen angeschraubt; mit sauberen, stabilen, menniggestrichenen Bolzen, die nichts zu zerbrechen vermochte, war sie befestigt wie die Fundamente der Welt. Auf der anderen Seite der Maschine wurde die schmutzige Mütze des Kapitäns über den flatternden Kipphebeln sichtbar, tauchte auf und verschwand wieder. Der Neffe folgte ihm vorsichtig um die Maschine herum.

Er blickte durch ein Bullauge nach draußen und sah den Himmel, der von dem gleichmäßigen, gekurvten Schwall der Bugwelle zerschnitten wurde. Der Kapitän hing über der Maschine und pusselte mit einem Fetzen Putzwolle an ihrer makellosen Anatomie herum, wie von einer überflüssigen, mütterlich wirkenden Zuneigung beseelt. Interessiert sah der Neffe zu. Der Kapitän beugte sich weiter vor, wischte ein Klümpchen Schmierstoff weg, das sich unten an einem Ventilstößel festgesetzt hatte, hob die Putzwolle gegen das Licht. Der Neffe trat näher und sah dem Kapitän über die Schulter. Da war ein winziger Fleck, tot.

»Was ist denn, Josh?« fragte seine Schwester. Er fühlte ihren Atem im Nacken und fuhr herum.

»Heiliger Strohsack«, stieß er hervor, »was machst denn du hier unten? Wer hat dir denn gesagt, du sollst hier runter kommen?«

»Ich wollte auch mal hier runter«, antwortete sie und drückte sich an ihn. »Was ist denn, Käptn? Was habt ihr beide denn da?«

»Komm«, schob ihr Bruder sie beiseite, »mach daß du rauf an Deck kommst, wo du hingehörst. Hier unten hast du nichts verloren.«

Sie beachtete ihn nicht. »Was ist denn?« wiederholte sie. Der Kapitän hielt ihr den Lappen hin. »Hat das die Maschine totgemacht?« fragte sie. »Mensch, ich wollte, wir könnten sie alle hier runterkriegen und die Tür abschließen hinter ihnen. Wär das nix?« Sie betrachtete die Maschine, die flatternden Kipphebel. Sie quietschte: »Guck mal! Guck doch mal, wie schnell die gehen. Das ist doch furchtbar schnell, Käptn, nicht wahr?«

»Yes, Ma'am«, erwiderte der Kapitän, »ziemlich schnell.«

»Was hat sie denn für eine Bohrung?« wollte der Neffe wissen. »Und was für einen Hubraum?« Der Kapitän prüfte ein Kontrollinstrument, drehte ein wenig an einem Ventil, prüfte abermals. Der Neffe wiederholte seine Frage, und der Kapitän sagte ihm, wie groß Zylinderbohrung und Hubraum waren.

»Beschleunigt aber sehr schön«, stellte der Neffe nach einer Weile fest.

»Yes, Sir«, antwortete der Kapitän. Er tat gerade irgend etwas mit zwei kleinen Schraubenschlüsseln, und der Neffe erbot sich zu helfen. Neugierig und gespannt folgte seine Schwester.

»Vielleicht mach ich das doch lieber allein«, meinte der Kapitän höflich und fest. »Ich glaube, ich kenn mich besser aus damit . . . ach, würden Sie und die junge Dame bitte ein bißchen zurücktreten?«

»Die ist aber sauber«, bewunderte die Nichte. »Da könnte man direkt drauf essen.«

Der Kapitän taute auf. »Die ist auch wert, sauber gehalten zu werden. Ist die beste Schiffsmaschine, die's gibt. Deutsches Fabrikat. Die hat zwölftausend Dollar gekostet.«

»Dunnerschlag«, sagte die Nichte voller Ehrfurcht. Ihr Bruder drehte sich nach ihr um und schubste sie aus dem Maschinenraum hinaus.

»Hör mal«, sagte er zornig, als sie im Korridor draußen standen, »was soll das eigentlich, daß du mir dauernd nachläufst? Was hab ich dir gesagt, was ich mit dir mache, wenn du mir nachläufst?«

»Ich bin dir nicht nachgelaufen. Ich wollte bloß . . .«

»Doch bist du«, unterbrach er und schüttelte sie. »Du bist mir nachgelaufen, du . . .«

»Ich wollte aber auch mal gucken. Außerdem gehört das Schiff Tante Pat und nicht dir. Ich habe hier ebensoviel Recht wie du.«

»Ach, scher dich doch an Deck. Und wenn ich dich nochmal erwische, wenn du hinter mir herschnüffelst . . .« Seine Stimme

verklang in einer gräßlichen und unaussprechlichen Drohung.
Die Nichte wandte sich dem Niedergang zu.

»Komm, jetzt mach's aber halblang. Sei nicht so stur.«

Vier Uhr

Sie saßen oben auf dem Sonnendeck und spielten Bridge. Sie
mischten, teilten die Karten aus; die Unterhaltung blieb auf
wenige einsilbige Bemerkungen beschränkt. Die *Nausikaa* glitt
gemächlich durch den blauen, schläfrigen Nachmittag. Weit
hinten am Horizont hing die träge Qualmwolke der Fähre von
Mandeville.

Mrs. Maurier, in die Rolle des Kiebitz versetzt, sah von Zeit
zu Zeit gedankenlos ins Blaue. Von unten herauf drang ein
verworrenes Geräusch, es schwoll gelegentlich an, ebbte wieder
ab, und Mr. Talliaferro wurde jedesmal nervös. Hin und wieder war auch gar nichts zu hören und dann erklang es von neuem. Gemächlich schob sich die *Nausikaa* voran.

Sie mischten, teilten aus, machten ein Spiel nach dem anderen. Mr. Talliaferro begann unaufmerksam zu werden, immer
wieder schweiften seine Gedanken ab, und wenn er sich dessen
bewußt wurde, fand er jedesmal Mrs. Mauriers Augen auf sich
gerichtet, kühl und nachdenklich, und von neuem beugte er sich
über sein Blatt... Noch einmal schwoll das verworrene Geräusch an, und Mr. Talliaferro stach versehentlich den König
seiner Partnerin. Da polterten die Herren die Treppe hinauf.
Sie waren im Badeanzug.

Sie ignorierten die Kartenspieler völlig und unterhielten sich
angeregt, während sie geschlossen nach achtern marschierten; es
schien um eine Wette zu gehen. An der Reling blieben sie stehen, direkt neben dem Steward, der dort lehnte; einen Augenblick lang steckten sie die Köpfe zusammen, dann löste sich
Major Ayers aus der Gruppe und sprang kurz entschlossen und
etwas ungeschickt über Bord. »Hurra!« brüllte Fairchild, »gewonnen!«

Mrs. Maurier hatte aufgeblickt, als sie an ihr vorbeikamen,
hatte sie angesprochen und dann beobachtet, wie sie stehenblie-

ben. Nun sah sie Major Ayers über Bord springen und traute ihren Augen nicht. Dann schrie sie.

Der Steward riß die Jacke ab, warf einen Rettungsring und sprang hinterher, weit hinaus tauchend und die Schraube vermeidend. »Nummer zwei!« Fairchild brüllte vor Vergnügen und rief, die Hände als Megaphon benutzend: »Auf dem Rückweg holen wir euch ab.«

Major Ayers tauchte im Kielwasser der Jacht auf und schwamm mit kräftigen Stößen. Die *Nausikaa* beschrieb einen Kreis, der Maschinentelegraph klingelte. Gleichzeitig erreichten Major Ayer und der Steward den Rettungsring, und noch ehe die Jacht die letzte Fahrt verloren hatte, hatten der Steuermann und der Matrose das Beiboot zu Wasser gelassen. Gleich drauf zerrten sie Major Ayers wild in das kleine Boot.

Die *Nausikaa* drehte bei. Mrs. Maurier wurde nach unten in ihre Kabine gebracht, wo ihr wütender Kapitän sie sofort aufsuchte. Inzwischen sprangen die übrigen Herren ins Wasser und begannen, die Damen zu necken; daraufhin ging der Rest der Gesellschaft nach unten, um Badeanzüge anzuziehen.

Jenny besaß keinen: ihre einzige Reisevorbereitung hatte in der Anschaffung eines Kammes und eines Lippenstiftes bestanden. Die Nichte lieh ihr den ihren, und in diesem eine Spur zu knapp sitzenden Anzug hing Jenny nun am Rand des Beibootes, umklammerte Petes Hand und ließ ihr rosiges Gesicht unbenetzt über dem Wasser treiben wie einen Kinderballon, während Pete völlig bekleidet, den Hut auf dem Kopf, im Boot saß und ein grimmiges Gesicht machte.

Mr. Talliaferro hatte einen knallroten Badeanzug an, in dem er seltsam vertrocknet aussah und an einen kürzlich gezogenen Zahn erinnerte. Er hatte auch eine rote Badekappe aufgesetzt und ließ sich zaghaft, die Füße voran, vom Bug des Beibootes ins Wasser gleiten. Da hing er nun neben der sanft friedlichen Jenny und versuchte unter Petes giftigen Blicken mit ihr ins Gespräch zu kommen. Der geisterhafte Dichter konnte nicht schwimmen; er lag in seinem Sergeanzug längelang auf vier Stühle hingestreckt und verdrehte den Hals, um den Badenden zusehen zu können.

Fairchild glich mehr denn je einem Walroß; einem nur scheinbar gemächlichen Walroß im gesetzten Alter, das plötzlich von einer Anwandlung teuflischer Lausbubenhaftigkeit übermannt wird. Er planschte und spritzte in plumper Spielerei und belästigte, von Major Ayers unterstützt, die Damen, indem er sie unter Wasser kniff und über Wasser vollspritzte, nicht ohne Pete einigermaßen zu durchnässen, der grimmig im Boot saß, an die Hand der quietschenden Jenny gefesselt, die ihr Make up zu schützen versuchte. Der Semitische paddelte umher mit der leicht lächerlichen Bemühtheit eines dicken Mannes, der schwimmt. Gordon saß auf der Reling und sah zu. Fairchild und Major Ayers war es schließlich gelungen, die Damen ins Boot zu scheuchen, das sie nun, taktlos und spielerisch wie junge Hunde, prustend und spritzend umschwammen, während Pete ohne Unterlaß schimpfte: »Paßt doch auf verdammt nochmal Obacht was soll denn das Vorsicht« und mit einem triefenden Schuh, den er ausgezogen hatte, ihre Finger zu treffen versuchte.

Hoch über diesen einseitigen Belustigungen wurde auf einmal die Nichte sichtbar. Sie balancierte auf dem Dach des Ruderhauses, und keiner der Badenden bemerkte sie. Sie sahen zuerst den weißen Pfeil, der auf gekrümmter Bahn vom Himmel niederfuhr. Das Wasser nahm ihn träge auf, und während sie noch auf den leichten grünlichen Wirbel starrten, der an der Stelle des Eintauchens emporstieg, da entstand hinter Fairchilds Rücken eine Bewegung und wie er gerade erstaunt den Mund aufmachte, verschwand sein verblüfftes Gesicht unter der Oberfläche. An der Stelle, wo er eben noch gewesen war, balancierte die Nichte einen Augenblick lang auf etwas unter Wasser Befindlichem, um sich dann in Richtung auf Major Ayers' einstweilen noch untätiges Staunen abzusetzen.

Die Damen schrien vor Entzücken. Nun verschwand auch Major Ayers von der Bildfläche, und die Nichte tauchte weg. In diesem Augenblick kam Fairchild wieder hoch, hustend und nach Luft schnappend, und kletterte flink ins Boot, wohin Mr. Talliaferro mit bewunderungswürdiger Geistesgegenwart bereits retiriert war, nachdem er Jenny schnöde verlassen hatte. »Mir langt's«, verkündete Fairchild, sobald er wieder sprechen konnte.

Major Ayers hingegen nahm die Herausforderung an. Die Nichte erwartete ihn wassertretend. »Ersäuf ihn, Pat«, schrien die Damen. Als er sie fast erreicht hatte, verschwand ihr triefender schwarzer Schopf, und für kurze Zeit planschte der Major in einer Art von geschäftiger Resignation umher. Dann verschwand er gleichfalls, und die Nichte schoß aus dem Wasser, aufrecht auf seinen Schultern stehend. Sie trug eine Garnitur Unterwäsche von ihrem Bruder – ein gestricktes Unterhemd ohne Ärmel und kurze knappe Hosen. Dann stellte sie sich auf den Kopf ihres Opfers und drückte es tiefer hinab. Sie stieß ab und wartete, wassertretend.

Schließlich tauchte Major Ayers wieder auf und strebte dem Boot zu. Ihm langte es auch, und die Herren zogen ihn an Bord. Triefend überquerten sie das Deck und eilten nach unten, vom Spott der Damen verfolgt.

Auch die Damen gingen jetzt an Bord zurück. Pete stand aufrecht im Boot und bemühte sich, Jenny aus dem Wasser zu hieven. Sie hing wie eine kostspielige Puppe in seinem Griff und versuchte von Zeit zu Zeit, ein entzückendes weißes Bein über den Bootsrand zu schwingen, während sich Mr. Talliaferro, kniend, an ihren Schultern zu schaffen machte. »Los, mach schon«, zischte Pete ihr zu. Da schwamm die Nichte heran und hob Jennys niedliche blanke Schenkel von unten her an, bis das Mädchen endlich in sanfter, blonder Schlaffheit ins Boot purzelte: reizende Hilflosigkeit in Großaufnahme. Die Nichte hielt das Boot im Gleichgewicht, während die andern an Bord der Jacht kletterten; dann glitt sie selbst geschickt ins Boot, glatt und triefend wie ein Seehund; und wie sie ihr kurzes, strähniges Haar zurückwarf, sah sie Hände vor sich und Gordons Stimme sagte:

»Faß zu.«

Sie umklammerte seine knochigen Handgelenke und hatte das Gefühl des Fliegens. Dann war die untergehende Sonne in gleicher Höhe mit dem Bart, fiel ganz auf die hohe, hagere Gestalt, und sie stand triefend vor ihm auf dem Deck und sah ihn voller Bewunderung an. »Sie sind aber stark«, sagte sie. Sie berührte noch einmal seinen Unterarm, dann schlug sie mit der Faust an seine starke, gewölbte Brust. »Nochmal, ja?«

»Nochmal raufziehen?« fragte er. Aber sie stand bereits unten im Boot und streckte ihm die Arme entgegen, vom Sonnenuntergang mit feuchtem Gold umhüllt. Und wieder dieses Gefühl des Fliegens, des unendlichen Raumes und der Bewegung, das von seinen harten Händen ausging; für den Bruchteil einer Sekunde verhielt sie im Flug, Hand in Hand und Arm gegen Arm gestemmt, hoch über dem Deck schwebend, während Wasser von ihr niedertropfte und im Fallen zu Gold wurde. Strahlend, unsichtbar für ihn selbst, stand der Sonnenuntergang in seinen Augen; und ihr straffer, glatter Körper, der fast ohne Brüste war und die schmalen Hüften eines Knaben hatte, war ein Rausch aus goldenem Marmor, während in ihrem Gesicht leidenschaftlich-kindliche Begeisterung stand.

Und dann berührten ihre Füße wieder das Deck; sie wandte sich rasch ab und floh dem Niedergang zu. Und als sie hinabeilte, huschte der letzte Strahl der Sonne freudig über sie hin. Dann war sie verschwunden, und Gordon stand da und betrachtete die nassen Spuren ihrer nackten Füße auf den Planken.

Sechs Uhr

Das Land war ungefähr zu dem Zeitpunkt in Sicht gekommen, zu dem Major Ayers seine Wette gewann; und während nun der letzte Rest des Tages aus der Welt tropfte, bahnte sich die *Nausikaa* langsam mit halber Kraft den Weg in eine schlammige Flußmündung und durchschnitt ein zeitloses violettes Zwielicht, das zwischen feierlichen bärtigen Zypressen hing, die reglos standen wie aus Bronze gegossen. Wer darauf gelauscht hätte, der hätte wohl ein getragenes Requiem in diesem hohen Kirchenschiff vernehmen, hätte die gesungenen Gebete hören können, die aus dem dunklen Herzen der Welt dringen, wenn sie zur Ruhe geht. Die Welt war im Begriff, jegliche Dimension zu verlieren; die bärtigen Zypressen drängten sich mit der seelenlosen Unnahbarkeit heidnischer Götter über den trägen Fluß hinweg näher aneinander und schauten in rätselhafter Gelassenheit auf den Eindringling aus Mahagoni und blankem Messing herab. Das Wasser war wie Öl, und die *Nausikaa* bahnte sich, ohne daß man das Gefühl der Bewegung empfunden hätte, ihren Weg durch einen Korridor, der weder Decke noch Boden hatte.

Mr. Talliaferro stand an der Achterreling neben Jenny und ihrem mürrischen, behuteten Tugendwächter. In der Dämmerung erblühte Jennys weiße, erregende Sanftheit wie eine betäubende Blume von durchdringendem, alles erfüllendem Duft, betäubender noch als Lilien. Undeutlich und drohend ragte Pete neben ihr: das letzte Licht auf der Welt konzentrierte sich in dem unnahbaren Schimmer seines Hutes und ließ die Umgebung noch dunkler erscheinen; und in der matten Leidenschaft aus August und hereinbrechender Nacht sank Mr. Talliaferros trockene, unaufhörlich plätschernde Stimme mehr und mehr in sich zusammen und verstummte endlich vollends. Mit einem Mal kam ihm eine alte verlegte Sorge wieder in den Sinn, und plötzlich schlug er sich verwirrt auf den Handrücken. Im gleichen Augenblick bemerkte er, daß auch Pete unruhig geworden war und daß Jenny nervöse Bewegungen machte, als scheuere sie ihren Körper von innen her an der Kleidung. Und dann, als ob ein Signal gegeben worden wäre, waren sie überall um sie her; unsichtbar, mit einer fürchterlichen bukolischen Versessenheit und, im Gegensatz zu ihren Vettern in der Stadt, geräuschlos.

Jenny und Pete und Mr. Talliaferro räumten das Deck. Am Niedergang stieß der geisterhafte Dichter in großer Eile zu ihnen; er umwedelte Gesicht und Hals und Schädel mit dem Taschentuch. Von irgendwoher drang Mrs. Mauriers erstaunt-beschwörende Stimme, und augenblicklich wendete die *Nausikaa*, tastete sich zurück ins offene Wasser, nahm Kurs auf den See hinaus. Und nicht mit halber Kraft.

Sieben Uhr

Vor Jahren hatte Mrs. Maurier einmal gehört, daß unverdünnter Fruchtsaft auf hoher See gesundheitsfördernd, ja für Seeleute geradezu unentbehrlich sei. Dieses seltsame Wissen, das auf den ersten Blick so nebensächlich klingt und überdies angenehme Betrachtungen ermöglicht, hatte sie sich zu eigen gemacht und zur unabänderlichen Seemannsregel erhoben. Daher gab es zum Abendessen wieder Grapefruit: erst mußten die

Leute einmal immun sein; später konnte man eventuell etwas riskieren.

Es war schließlich gelungen, Fairchild und seine Bande aus dem Bau zu scheuchen. Die übrigen Gäste hatten bereits Platz genommen und musterten die Hinzukommenden mit Interesse, gewissen Befürchtungen und, was Mrs. Maurier anbetraf, mit wirklicher Besorgnis.

»Da kommt die Hundswache«, bemerkte Mrs. Wiseman heiter. »Ach, die Herren sind es? Wir haben keine Herren mehr zu Gesicht bekommen, seit wir von New Orleans weg sind, was, Dorothy?«

Ihr Bruder grinste melancholisch zu ihr hinüber. »Wie ist das mit Mark und Talliaferro?«

»Ach, Mark ist ein Dichter, der zählt nicht. Und Ernest ist kein Dichter, und darum zählt er auch nicht«, entgegnete sie mit munterer weiblicher Logik. »Stimmt's nicht, Mark?«

»Ich bin der führende Dichter von New Orleans«, stellte der geisterhafte junge Mann mit Nachdruck fest und wandte ihr sein bleiches Rüsselgesicht zu.

»Wir haben uns schon Gedanken gemacht, wo Sie stecken mögen«, sagte Fairchild zu dem führenden Dichter von New Orleans. »Wir hatten uns eingebildet, Sie seien auch an Bord. Schade, daß Sie nicht mitkommen konnten«, fuhr er langwierig fort.

»Mark hat sich wahrscheinlich nicht rechtzeitig finden können«, meinte der Semitische und nahm Platz.

»Immerhin hat er seinen Appetit gefunden«, entgegnete Fairchild. »Vielleicht findet er das übrige irgendwo längelang in der Gegend liegend.« Er setzte sich und betrachtete den Teller, der vor ihm stand. »Na so was«, murmelte er abwesend. Seine Kumpane nahmen gleichfalls ihre Plätze ein, und auch Major Ayers betrachtete seinen Teller und murmelte »Na so was«. Mrs. Maurier biß sich nervös auf die Lippen und legte die Hand auf Mr. Talliaferros Arm. Major Ayers murmelte:

»Kommt mir so bekannt vor, nicht?« und Fairchild erklärte:

»Na, das ist doch ne Grapefruit; die Dinger kenn ich doch.« Er sah Major Ayers an. »Aber ich esse meine jetzt nicht. Ich werde sie beiseite legen und aufheben.«

»Sehr richtig«, stimmte Major Ayers eifrig zu. »Um alles in

der Welt, gut aufheben.« Behutsam stellte er den Teller beiseite und sagte, an alle gerichtet: »Ich rate Ihnen, das auch zu
tun.«

»Aufheben?« wiederholte Mrs. Maurier erstaunt. »Aber wir
haben genug davon. Mehrere Kisten.«

Fairchild wiegte bedenklich den Kopf. »Das ist mir zu ris-
kant. Womöglich fallen sie über Bord, und wir sind mitten auf
hoher See . . . nein, nein. Ich werde meine lieber aufheben.«

Major Ayers machte einen Vorschlag: »Wenigstens die Schalen sollten wir aufheben. Vielleicht brauchen wir sie noch. Man
kann nämlich nie wissen, was einem auf See alles zustößt«,
meinte er düster.

»Ja eben«, pflichtete Fairchild bei. »Womöglich brauchen
wir sie gegen Verstopfung.« Mrs. Maurier umklammerte Mr.
Talliaferros Arm.

»Mr. Talliaferro!« flüsterte sie flehend. Mr. Talliaferro
sprang in die Bresche.

»Da wir nun alle glücklich beieinander sind«, begann er und
räusperte sich, »wünscht der Commodore, daß wir den ersten
Hafen bestimmen, den wir anlaufen wollen. Anders ausgedrückt, Leute: wo wollen wir morgen hin?« Der Reihe nach
sah er die um den Tisch Sitzenden an.

»Na, nirgendwo hin«, antwortete Fairchild überrascht. »Wir
sind doch erst gestern irgendwo gewesen, oder?«

»Heute willst du sagen«, verbesserte Mrs. Wiseman. »Heute
früh sind wir in New Orleans abgefahren.«

»Ach nein, wirklich? Na so was. Wirklich unheimlich, wie
sich so ein Nachmittag ziehen kann . . . Aber ich meine, wir
wollen nirgendwo hin.«

»O doch«, widersprach Mr. Talliaferro höflich. »Morgen
werden wir den Tchufuncta River hinauffahren und den Tag
über angeln. Eigentlich wollten wir heute schon den Flußlauf
erreichen und dort übernachten, aber es hat sich herausgestellt,
daß das nicht möglich ist. Also machen wir's morgen. Einstim-
mig angenommen? Oder sollen wir abstimmen?«

»Heiliger Strohsack«, sagte die Nichte zu Jenny, »mich juckt
schon allein die Vorstellung.«

Fairchilds Züge erhellten sich. »Den Tchufuncta hinauf?«
wiederholte er. »Aber da hat doch Al Jackson seine Klitsche.

Vielleicht ist er zu Hause. Du, Julius, Major Ayers muß unbedingt Al Jackson kennenlernen.«

»Al Jackson?« wiederholte Major Ayers verständnislos. Der führende Dichter von New Orleans stöhnte und Mrs. Wiseman rief:

»Mein Gott, Dawson!«

»Klar. Das ist der, von dem ich beim Mittagessen erzählt habe, wissen Sie noch?«

»Ach ja, natürlich; der mit den Alligatoren.« Mrs. Maurier rief wieder: »Mr. Talliaferro!«

»Also gut«, übertönte Mr. Talliaferro die anderen, »der Vorschlag ist angenommen. Wir angeln. Und jetzt lädt der Commodore alle zum Tanz an Deck ein, gleich nach dem Essen. Also eilt euch, Leute, daß wir fertig werden. Fairchild, Sie sollen die Polonaise anführen.«

»Ganz recht«, nickte Fairchild, »das ist er. Sein Vater hat da oben eine Fisch-Ranch. Da hat Al angefangen; na, und heute ist er der größte Fischherdenbesitzer der Welt . . .«

»Haben Sie vorhin den Sonnenuntergang gesehen, Major Ayers?« erkundigte sich Mrs. Wiseman mit erhobener Stimme. »War er nicht geradezu kitschig schön?«

»Die Natur rächt sich an Turner«, warf der Dichter dazwischen.

»Na, das kann aber noch Jahrzehnte dauern«, gab Mrs. Wiseman zurück. Mrs. Maurier kam zu Hilfe und sprudelte:

»Wissen Sie, Major Ayers, die Sonnenuntergänge hier bei uns im Süden . . .« Aber Major Ayers sah Fairchild verblüfft an.

»Fischherdenbesitzer?« murmelte er.

»Ja, sag ich doch. Wie die alten Vieh-Rancher im Westen. Aber statt einer Vieh-Ranch hat Al Jackson eben eine Fisch-Ranch – sie zieht sich über den ganzen Golf von Mexiko hin . . .«

»Wo die Männer Haifische sind«, warf Mrs. Wiseman ein. »Das darfst du nicht weglassen.« Major Ayers starrte sie an.

»Klar. Wo Männer noch Männer sind. Und hier kommt nun die Sache mit dem schönen blonden Mädchen. So eine wie Jenny da drüben. Sind Sie vielleicht das Mädchen, Jenny?« Major Ayers starrte Jenny an.

Jenny ihrerseits starrte den Erzähler mit runden, unaussprechlich blauen Augen an, eine Scheibe Brot in der Hand. »Wie bitte?« sagte sie schließlich.

»Sind Sie das Mädchen, das draußen im Golf von Mexiko auf der Jackson-Ranch lebt?«

»Ich wohne auf der Esplanade«, erklärte Jenny abwägend, nach einer Pause.

»Mr. Fairchild!« rief Mrs. Maurier. Und Mr. Talliaferro sagte:

»Also, mein lieber Herr!«

»Na, wahrscheinlich sind Sie's nicht, sonst hätten Sie's wohl gemerkt. Ich könnte mir nicht einmal von Claude Jackson vorstellen, daß er auf einer Fisch-Ranch im Golf von Mexiko lebt, ohne daß er das merkt. Außerdem ist das Mädchen aus Brooklyn – eine Dame der Gesellschaft. Sie kam hier runter auf der Suche nach ihrem Bruder. Dieser Bruder hatte gerade das Abschlußexamen in einer Jugendstrafanstalt gemacht, und sein Alter hatte ihn runtergeschickt, damit er bei Jackson die Fisch-Rancherei lernen sollte. Er hatte nämlich keinerlei hervorstechende Begabung, wissen Sie, und sein Alter wußte, daß man nicht so sehr viel Intelligenz braucht, um einen Fisch zu hüten. Na ja, und seine Schwester . . .«

»Aber, sagen Sie mal«, unterbrach Major Ayers, »warum hüten die überhaupt ihre Fische?«

»Na, einmal im Jahr müssen sie doch zusammengetrieben und gezeichnet werden, nicht wahr. Bei Rindern macht man's mit einem Brandstempel.«

»Brandstempel?«

»Ja doch: er zeichnet sie, daß er sie von gewöhnlichen Wildfischen unterscheiden kann – von den sogenannten Einzelgängern. Und mittlerweile gehören ihm so ziemlich alle Fische der Welt; er ist ein Fischmillionär. Wenn Sie einen gezeichneten Fisch sehen, dann können Sie sicher sein, daß er Al Jackson gehört.«

»Er zeichnet seine Fische?«

»Ja; er schneidet ihnen eine Kerbe in den Schwanz.«

»Mr. Fairchild«, sagte Mrs. Maurier.

»Aber bei uns daheim haben die Fische auch gekerbte Schwänze«, protestierte Major Ayers.

»Na, dann sind's halt Fische von Jackson, die sich verlaufen haben.«

»Warum macht er eigentlich keinen Filialbetrieb in Europa auf?« fragte der geisterhafte Dichter boshaft.

Major Ayers sah von einem zum anderen. »Also, wissen Sie . . .« begann er. Dann blieb er stecken. Die Gastgeberin erhob sich entschlossen.

»Ja, dann wollen wir an Deck gehen.«

»Nein, nein«, rief die Nichte rasch, »weiter erzählen!« Mrs. Wiseman stand gleichfalls auf und sagte geschwind:

»Du hältst jetzt den Mund, Dawson. Das kann man ja nicht aushalten. Der Nachmittag war gerade anstrengend genug. Los, gehen wir.« Damit trieb sie die Damen resolut aus der Kajüte. Und Mr. Talliaferro.

Neun Uhr

Er brauchte unbedingt ein Stück Draht. Er war in die Sackgasse geraten, in die jeder schöpferische Mensch einmal gerät: er hatte den Punkt erreicht, an dem er sich entscheiden mußte, welchen von mehreren Wegen er zuerst beschreiten sollte. Sein Werk befand sich nun in jenem Stadium, in dem sich die einfache Klarheit der ursprünglichen Idee aufspaltet in eine Anzahl von banalen, aber notwendigen Einzelheiten. Und da lag er nun auf seiner Koje in der Kabine, die er mit Mr. Talliaferro teilte. Die Säge war zur Hand, eine dünne Schicht Sägemehl bedeckte gleichmäßig das Laken. Er hielt seinen Holzzylinder gegen das kleine, zu wenig Licht durchlassende Fenster und dachte, daß ein Stück steifen Drahtes oder etwas Derartiges am geeignetsten sein müßte.

Er warf die Beine über den Kojenrand und schwang sich mit einer einzigen eleganten Bewegung hinunter; dann durchquerte er auf bloßen Füßen den Raum und durchsuchte Mr. Talliaferros Gepäck. Ohne Erfolg. Daraufhin verließ er die Kabine.

Er schlich, immer noch barfuß, den Korridor entlang. Er öffnete eine Tür und ließ das schwache Licht aus dem Korridor in einen Raum fallen, der von Schnarchen erfüllt war. Undeutlich erkannte er den Schläfer und die schmutzige weiße Mütze, die an der Wand hing.

Die Kapitänskabine, dachte er, und ging leise durch den Raum zu einer zweiten Tür.

Im nächsten Raum brannte eine kleine schwache Birne und beleuchtete matt die ölige Anatomie der nun reglosen Maschine. Aber die Maschine beachtete er jetzt nicht, als er seine Suchaktion mit geschäftiger Eile begann. An der Wand befand sich eine Art hölzerner Kommode; einige der Schubladen waren verschlossen. Die anderen durchstöberte er, hielt von Zeit zu Zeit inne, um den einen oder anderen Gegenstand unter dem Licht zu prüfen, legte aber alles wieder beiseite. Er schloß die letzte Schublade und sah sich, die Hand auf die Kommode gestützt, in dem Raum um.

Ein Stück Draht würde genügen, ein kurzes Stück steifer Draht... Da waren Drähte genug an der Wand. Sie liefen zu Schaltern, verbanden sie miteinander... Es waren elektrische Kabel, und wahrscheinlich ging es nicht ohne sie. Moment mal – elektrisch... der Batterie-Raum! Er mußte gleich hinter der kleinen Tür dort liegen.

Er lag dahinter. Ein winziges Loch, finster, nach Säure riechend und nach Zersetzung; Grünspan der Verwesung. Hier gab es viele Drähte, aber keine losen... Er blickte um sich. Da bemerkte er etwas aufrecht Stehendes, matt Glänzendes. Es war irgendein Mechanismus; Stahl, glatt und geruchlos und tröstlich in diesem Grab voller Gerüche. Er betrachtete das Ding neugierig, indem er von Zeit zu Zeit ein Zündholz anriß. Und da, daran befestigt, war genau das, was er brauchte: eine dünne, gerade Stange aus Stahl.

Wozu das wohl ist, überlegte er. Es sah aus wie... Na, wie irgend so eine Winde vielleicht. Aber zu was konnte hier unten eine Winde gut sein? Ganz offensichtlich brauchen sie das Ding selten, beruhigte er sich. Ist viel zu sauber. Ist ja noch sauberer als die Maschine. Nicht überall angeschmiert wie die Maschine. Wahrscheinlich brauchen sie es so gut wie nie... Oder es ist eine Pumpe – ja, sicher ist es eine Pumpe. Und eine Pumpe, die brauchen sie noch nicht einmal im Jahr, wo der Kahn doch behandelt wird wie ein Konzertflügel. Auf alle Fälle, vor morgen früh braucht das Ding bestimmt keiner, und bis dahin bin ich längst fertig. Wahrscheinlich würden sie's nicht einmal merken, wenn ich's behielte.

Die Stange ließ sich leicht abmontieren. Es lagen viele Schraubenschlüssel in der Kommode, und er brauchte nur an beiden Enden die Muttern zu lösen und die Stange herauszunehmen. Wieder hielt er inne, die Stange in der Hand ... Und wenn etwas daran kaputtginge? Diese Möglichkeit hatte er noch nicht bedacht, und er stand da, spielte mit der Stange und sah, wie sich das matte Licht auf dem schlanken, polierten Metall spiegelte. Es war so genau das, was er brauchte. Stahl obendrein, guter Stahl; das Ding hat zwölftausend Dollar gekostet. Und dafür kriegt man schon guten Stahl ... Er berührte das Metall mit der Zunge. Es schmeckte hauptsächlich nach Maschinenöl, aber es mußte schon guter, harter Stahl sein – für zwölftausend Dollar. So was krieg ich doch gar nicht kaputt, etwas, das zwölftausend Dollar kostet; ich will's ja auch nur ein einziges Mal benutzen ... »Wenn sie's morgen früh brauchen, bin ich ohnehin fertig«, sagte er laut.

Er räumte die Schraubenschlüssel weg. Er hatte noch den Geschmack des Maschinenöls im Mund und spuckte aus. Der Kapitän schnarchte noch immer, und auf nackten Sohlen durchquerte er die Kabine und schloß die Tür sorgfältig hinter sich, so daß das Licht vom Korridor den Schläfer nicht stören konnte. Dann ließ er die Stange in die Tasche gleiten. Die öligen Hände wischte er am Hosenboden ab.

An der Kombüsentür blieb er stehen. Der Steward war noch am Spülbecken beschäftigt, unterbrach aber seine Arbeit, um ihm eine Kerze zu suchen. Damit kehrte er in die Kabine zurück. Er steckte die Kerze an, zog Mr. Talliaferros Koffer unter der Koje hervor, ließ ein wenig Wachs auf den Deckel tropfen und befestigte das Licht darauf. Dann holte er Mr. Talliaferros Reisenecessaire, echt Schweinsleder, und benutzte es als Unterlage für die Stange, die er mit einem Ende in die Kerzenflamme ragen ließ. Noch immer hatte er den Ölgeschmack im Mund. Er kletterte in seine Koje und spuckte durch das Bullauge – das heißt, auf das Fliegengitter, das davor gespannt war und das er zu spät bemerkt hatte. Na, das trocknet schon.

Er berührte die Stange. Sie wurde warm. Aber sie mußte rotglühend werden. Der Ölgeschmack war noch immer da, und

die zweite Zigarette fiel ihm ein. Sie steckte in der Tasche, in
der er die Stange transportiert hatte, und roch auch ein wenig
nach Maschinenöl, aber der Tabakgeschmack würde schon
überwiegen.

Die Stange wurde jetzt ziemlich heiß; er holte den Holzzylinder von seiner Koje, legte die Zigarette auf dem Kofferrand
ab und nahm die Stange zur Hand. Dann preßte er das erhitz-
te Ende fest gegen eine bestimmte Stelle des Zylinders. Ein
dünner Rauchfaden kräuselte sich gleich darauf in der reglosen
Luft empor. Es roch auch ein wenig nach versengtem Leder.
Das kam wohl vom Maschinenöl.

Zehn Uhr

So sind die Künstler, sagte sich Mrs. Maurier in hilfloser Verzweiflung. Mrs. Wiseman, Miss Jameson, Mark und Mr. Talliaferro saßen beim Bridge. Ihr war nicht nach Bridge zumute;
die seelische Belastung, die ihre Party mit sich brachte, hatte sie
zu nervös gemacht. »Es ist einfach nicht vorauszusehen, was sie
als nächstes anstellen«; sie sagte es laut in ihrer Erbitterung.
Noch immer sah sie vor sich, wie Major Ayers unbeholfen ins
Wasser gesprungen war und Fairchild über der Reling gehan-
gen und hinter ihm her gebrüllt hatte wie ein keltischer Priester beim Opfer.

»Ja«, stimmte Mrs. Wiseman bei, »wie auf so einem Gesellschaftsdampfer, finde ich. Alle trampeln betrunken in der Gegend rum«, ergänzte sie in dem Bestreben, drastischere Assoziationen zu verhüten. »Zum Teufel mit Ihnen, Mark.«

»Es ist noch viel schlimmer«, stellte die Nichte richtig. Sie
hatte sich hingestellt, um zuzusehen, wie die Karten auf den
Tisch fielen. »Wie ein Viehtransport – so trampeln sie rum.«

Mrs. Maurier seufzte. »Woran es auch immer liegen
mag . . .« Dann verfiel sie in Schweigen. Die Nichte schlenderte
weg, und eine hohe Gestalt löste sich aus dem Schatten und gesellte sich zu ihr; gemeinsam stiegen sie auf das dunkle Unter-
deck hinab und verschwanden aus Mrs. Mauriers Gesichtskreis.
Das war dieser komische, schäbige Mr. Gordon; und plötzlich

fiel ihr schwer auf die Seele, daß sie ihm gegenüber ihre Pflichten als Gastgeberin vernachlässigt hatte. Seit er an Bord gekommen war, hatte sie kaum ein paar Worte mit ihm gewechselt. Es liegt alles nur an diesem schrecklichen Mr. Fairchild, sagte sie sich. Aber wer hätte auch ahnen können, daß sich ein Mann im gesetzten Alter, ein erfolgreicher Schriftsteller obendrein, so aufführen könnte, ja, sich überdies tatsächlich auch so aufführte?

Der Mond stieg herauf und zog eine silbrig leuchtende Lichtbahn über das Wasser. Die *Nausikaa* zupfte leis an ihrer Vertäuung; ohne Bewegung, aber nicht reglos; schlafend, aber nicht tot wie die Schiffe auf allen sieben Meeren: vom Wasser gewiegt wie eine silberne träumende Möwe ... Ihre Jacht. Und ihre Party, die Leute, die sie zum Zwecke gemeinsamen Amüsements eingeladen hatte ... Vielleicht meinen sie, ich sollte mich mit ihnen besaufen, dachte sie.

Sie riß sich zusammen und versuchte, ein Gespräch in Gang zu bringen. Die Spieler mischten, teilten Karten aus und machten hm, hm zu ihren Bemerkungen, unbeteiligt und zerstreut, oder sie hielten im Spiel inne, um mit geduldiger Rücksicht eine vernünftige Antwort zu geben. Mrs. Maurier erhob sich mit einem Ruck.

»Schluß, Herrschaften; ich weiß doch, daß ihr keine Lust mehr zum Kartenspielen habt. Wollen wir nicht lieber Musik machen und ein bißchen tanzen?«

»Lieber spiel ich Bridge mit Mark, als daß ich mit ihm tanze«, meinte Mrs. Wiseman. »...wer hat den letzten Stich gemacht?«

»Wenn erst die Musik anfängt, dann werden auf einmal Herren genug da sein«, behauptete Mrs. Maurier.

»Hm, hm«, erwiderte Mrs. Wiseman. »Um auf dieser Party Herren zu erwischen, braucht man schon ein bißchen mehr als eine Grammophonplatte ... Da braucht man schon Ausweisungsbefehle ... Drei ohne und drei Asse. Wieviel macht das, Ernest?«

»Möchten Sie nicht tanzen, Mr. Talliaferro?« bohrte Mrs. Maurier hartnäckig.

»Wie Sie befehlen, gnädige Frau«, antwortete Mr. Talliaferro höflich, zerstreut und rechnete weiter ab. »Das macht...«

Seine gepflegten Finger glitten eine Zahlenreihe entlang, dann hob er den Kopf: »Verzeihung – sagten Sie gerade etwas?«

»Lassen Sie sich nicht stören«, sagte Mrs. Maurier. »Ich lege schon selbst eine Platte auf. Ich bin sicher, die Gesellschaft wird gleich beisammen sein, wenn es erst losgeht.« Sie kurbelte an einem Koffergrammophon und legte eine Platte auf. »Spielt ihr euren Rubber zu Ende; ich schau inzwischen mal, wen ich auftreiben kann«, fügte sie hinzu. Hm, hm, machten die Spieler.

Das Grammophon ließ quälende Rhythmen von Saxophon und Schlagzeug erklingen, und Mrs. Maurier suchte umher und spähte in die schattigen Ecken. Zuerst stieß sie auf den Steward, den sie mit einem als Einladung getarnten Befehl zu den Herren schickte. Ein Stück weiter entdeckte sie Gordon und ihre Nichte, die auf der Reling hockte, die Beine um einen Pfosten gehakt.

»Sei vorsichtig«, sagte sie, »fall nicht runter.« Und fröhlich fügte sie hinzu: »Wir wollen gleich ein bißchen tanzen.«

»Ohne mich«, erwiderte die Nichte rasch, »heute abend jedenfalls. Man muß auf dieser Welt gerade genug tanzen, wenn man an Land ist.«

»Aber du wirst doch sicher nicht Mr. Gordon abhalten wollen. Kommen Sie, Mr. Gordon, wir brauchen Sie dringend.«

»Ich tanze nicht«, antwortete Gordon kurz.

»Sie tanzen nicht?« wiederholte Mrs. Maurier. »Sie tanzen wirklich überhaupt nicht?«

»Geh weiter, Tante Pat«, antwortete die Nichte an seiner Statt. »Wir unterhalten uns gerade über Kunst.«

Mrs. Maurier seufzte. »Wo steckt denn Theodore?« fragte sie schließlich. »Vielleicht hilft er uns aus.«

»Im Bett. Er ist gleich nach Tisch ins Bett gegangen. Aber geh doch mal runter und frag ihn, ob er nicht aufstehen und tanzen kommen will.«

Hilflos sah Mrs. Maurier Gordon an. Dann ging sie weiter. Der Steward kam ihr entgegen: Die Herren bedauerten außerordentlich, aber sie seien alle zu Bett gegangen. Sie seien ermüdet von dem anstrengenden Tag. Sie seufzte abermals und ging weiter, dem Kajütenniedergang zu. Augenscheinlich konnte sie nichts mehr für ihre Gäste tun. Ich habe alles versucht, tröstete sie sich und empfand ein klein wenig Befriedigung dabei. Dann blieb sie wieder stehen, während vor ihr in dem dunklen Niedergang etwas Formloses sich auseinandertat und in zwei Wesen auflöste; und nach einer Weile meldete sich Pete aus der Dunkelheit:

»Ich bin's, mit Jenny.«

Jenny stieß einen sanften Laut aus, der gar nichts bedeuten sollte, und Mrs. Maurier beugte sich mißtrauisch vor. Mrs. Wisemans Bemerkung über Gesellschaftsdampfer kam ihr in den Sinn.

»Ihr betrachtet wohl den Mond, ihr zwei?« erkundigte sie sich.

»Ja, gnä' Frau«, antwortete Jenny. »Wir sitzen bloß hier.«

»Wollt ihr nicht tanzen, Kinder? Das Grammophon spielt schon.« Mrs. Mauriers Optimismus erwachte wieder.

»Ja, gnä' Frau«, sagte Jenny nach einer Pause abermals. Aber sie machten keine weiteren Anstalten, und Mrs. Maurier rümpfte die Nase. Sehr vornehm tat sie das und sagte dabei eisig:

»Gestatten Sie bitte.«

Sie traten zur Seite, um sie vorbeizulassen, und sie stieg nach unten, ohne sich umzublicken; sie fand ihre Kabinentür und ließ zornig den Lichtschalter klicken. Dann seufzte sie wieder.

So sind die Künstler, dachte sie noch einmal hilflos bei sich.

»Verdammt und zugenäht«, sagte Mrs. Wiseman und schmiß die Karten auf den Tisch. Die Platte war zu Ende und vom Grammophon klang ein unaufhörliches monotones Kratzen herüber. »Mark, stellen Sie um Gottes willen das Ding ab. Ich hab auch so hoch genug verloren; ihr braucht mich nicht noch verrückt zu machen.« Der geisterhafte Dichter stand gehorsam auf, und Mrs. Wiseman wischte mit der Hand über den Tisch und warf die Karten durcheinander. »Ich hab keine Lust, mein Leben weiterhin damit zu vertrödeln, kleine gemusterte Papierfetzen für drei langweilige Leute zu Sequenzen zu sortieren – auf alle Fälle heute abend nicht mehr.« Sie schob ihren Stuhl zurück, und Mr. Talliaferro bot ihr sein Zigarettenetui an. Sie nahm eine Zigarette, hob einen Fuß auf das andere Knie und riß an der Sohle ihres Slippers ein Zündholz an. »Wir wollen uns lieber unterhalten.«

»Wo um alles in der Welt hast du diese Strumpfhalter erwischt?« erkundigte sich Miss Jameson neugierig.

»Die?« Sie zog den Rock tiefer. »Warum? Gefallen sie dir
nicht?«

»Ich finde, sie passen nicht so recht zu dir.«

»Was würdest du denn vorschlagen? Farbigen Bindfaden?«

»Sie sollten schwarze tragen, mit roten Rosen daran, in natürlicher Größe«, sagte Mark Frost. »So etwas würde man an
Ihnen vermuten.«

»Hier irrrrrt Ihr, edler Herr«, entgegnete Mrs. Wiseman
dramatisch. »O bitter unrecht tut Ihr mir . . . Wo steckt eigentlich Mrs. Maurier?«

»Sie muß jemand erwischt haben. Diesen Gordon vielleicht«,
entgegnete Miss Jameson. »Ich sah ihn vorhin drüben an der
Reling stehen.«

»Oh, Mr. Talliaferro!« rief Mrs. Wiseman. »Sehen Sie sich
lieber vor. Witwen und Künstler, na, Sie wissen ja. Sie sehen,
wie anfällig ich selbst bin. Sind Sie nie von einer Wahrsagerin
vor einem großen, rothaarigen Fremden gewarnt worden, der
Ihre Bahn kreuzen wird?«

»Sie sind überhaupt keine richtige Witwe für mich«, versuchte der Dichter dem Gespräch eine Wendung zu geben. »Sie
sind, na, eine Witwe ehrenhalber, wie die Hofdamen in der Literatur des 16. Jahrhunderts.«

»Das gilt auch für manche Künstler, mein Junge«, erwiderte
Mrs. Wiseman. »Aber alle Männer an Bord sind ja noch nicht
einmal Künstler, nicht wahr, Ernest?«

Mr. Talliaferro gab sich hinter dem Rauch seiner Zigarette
blasiert-zurückhaltend. Mrs. Wiseman rauchte gierig in einer
ununterbrochenen Folge tiefer Züge und warf die Zigarette
nach der Reling hin, ein rotfunkelndes Stückchen Glut. »Unterhalten hab ich gesagt«, erinnerte sie; »darunter verstehe ich
nicht freundlich-zusammenhanglose Brocken von irgendwel-
chem Geschwätz.« Sie stand auf. »Komm, Dorothy, gehn wir
schlafen.«

Miss Jameson blieb in lustloser Trägheit sitzen. »Bei diesem
Mondschein?«

Mrs. Wiseman reckte sich und gähnte. Der Mond breitete
sein unendliches Silberband über das Wasser hin. Mrs. Wise-

man wandte sich um, breitete mit großer Geste die Arme aus und stand als Silhouette gegen das Licht. »O Mond, du armer müder Mond«, redete sie ihn an und rezitierte weiter: ». . . bei jenem dunklen Mond dort oben . . .«

»Kein Wunder, daß er müde aussieht«, bemerkte der Dichter mit hohler Stimme. »Wenn man bedenkt, was er so an Ehebrüchen zu sehen bekommt . . .«

»Oder dafür verantwortlich gemacht wird«, ergänzte Mrs. Wiseman. Sie ließ die Arme sinken. »Ich wollte, ich wäre verliebt«, erklärte sie. »Warum seid ihr beide nicht . . . nicht ein bißchen mehr . . . Los, Dorothy; gehn wir endlich.«

»Muß ich wirklich aufstehen?« beschwerte sich Miss Jameson. Aber sie erhob sich. Auch die Männer standen auf, und die beiden Frauen zogen sich zurück. Nachdem sie gegangen waren, suchte Mr. Talliaferro die Karten zusammen, die Mrs. Wiseman durcheinandergeworfen hatte. Ein paar davon waren auf das Deck gefallen.

Elf Uhr

Mr. Talliaferro klopfte schüchtern an Fairchilds Kabinentür, wurde zum Eintreten aufgefordert und erblickte beim Öffnen den Semitischen auf dem einzigen Sessel. Major Ayers und Fairchild hatten auf der Koje Platz genommen. Jeder hielt ein Glas in der Hand. »Rein mit Ihnen«, wiederholte Fairchild. »Wie sind Sie denn entronnen? Haben Sie sie über Bord geschmissen?«

Mr. Talliaferro grinste geringschätzig, sah die Flasche auf dem kleinen Tisch und rieb sich erwartungsvoll die Hände.

»Der menschliche Organismus hält eine ganze Menge aus, wie?« meinte der Semitische. »Aber ich schätze, Talliaferro ist kurz vor dem Zusammenbrechen und braucht fremde Hilfe.« Major Ayers glotzte ihn liebenswürdig aus porzellanblauen Augen an.

»Ja, Talliaferro hat einen Drink ehrlich verdient«, stimmte Fairchild bei. »Wo ist Gordon? War er an Deck?«

»Ich glaube«, antwortete Mr. Talliaferro. »Ich glaube, er ist mit Miss Robyn zusammen.«

»Der Herr schenke ihm Kraft«, sagte Fairchild. »Hoffentlich macht sie ihn nicht so fertig wie uns beide, was Major?«

»Major Ayers und du, ihr habt genau das gekriegt, was ihr verdient«, stellte der Semitische fest. »Ihr braucht euch nicht zu beklagen.«

»Meinetwegen. Aber ich hab was dagegen, wenn sich ein sterbliches Wesen Privilegien und Späße anmaßt, die der Vorsehung vorbehalten sind. Schwierigkeiten machen, das ist Sache des lieben Gottes.«

»Na, es gibt doch auch so etwas wie Werkzeuge der Vorsehung.«

»Ach, schenk dir lieber noch mal ein«, wies ihn Fairchild zurecht. »Red nicht so viel, damit Talliaferro auch was bekommt. Und dann sollten wir lieber an Deck gehen. Die Damen machen sich womöglich schon Gedanken, was aus uns geworden ist.«

»Wieso?« fragte der Semitische unschuldig. Fairchild wuchtete sich von der Koje hoch und holte ein Glas für Mr. Talliaferro. Mr. Talliaferro leerte es gemächlich und würdevoll und ließ sich ein zweites Glas aufdrängen. Er kippte sein Glas hinunter mit Elan. Er machte eine leichte Grimasse. Sie nahmen alle noch einen Drink, dann steckte Fairchild die Flasche weg.

»Gehn wir ein bißchen nach oben«, schlug er vor, scheuchte sie von ihren Plätzen hoch und drängte sie zur Tür. Mr. Talliaferro ließ die anderen vorangehen. Er trödelte ein wenig und zupfte Fairchild am Ärmel. Der andere sah den bedeutsamen Ausdruck in seinem Gesicht und blieb stehen.

»Ich brauche Ihren Rat«, erklärte Mr. Talliaferro. Major Ayers und der Semitische standen wartend in der Tür.

»Geht schon vor, ihr zwei«, sagte Fairchild zu ihnen. »Ich komme gleich nach.« Er wandte sich wieder zu Mr. Talliaferro. »Und wer ist diesmal die Glückliche?«

Mr. Talliaferro flüsterte einen Namen. »Und das ist mein Kriegsplan. Was halten Sie von . . .«

»Augenblick mal«, unterbrach Fairchild; »darauf wollen wir einen heben.« Sorgsam schloß Mr. Talliaferro die Tür.

Fairchild stieß die Tür auf.

»Und Sie meinen, es klappt?« wiederholte Mr. Talliaferro im Hinausgehen.

»Na klar. Bombensichere Sache. Es bleibt ihr gar nichts anderes übrig, als sich ins Unvermeidliche zu schicken.«

»Nein, im Ernst: mir liegt an Ihrer ehrlichen Meinung. Ich kenne niemand, dem ich mehr Menschenkenntnis zutraue als Ihnen.«

»Schon gut, schon gut«, erwiderte Fairchild feierlich. »Sie kann Ihnen nicht widerstehen; ganz ausgeschlossen. Offen gesagt, es ist gar keine angenehme Vorstellung, daß Frauen und junge Mädchen rumlaufen und einem Mann wie Ihnen ausgeliefert sind.«

Mr. Talliaferro warf einen raschen, mißtrauischen Blick über die Schulter. Aber Fairchilds Gesicht war ganz ernst und frei von Tücke. Mr. Talliaferro ging weiter. »Na, dann halten Sie mir den Daumen«, sagte er.

»Klar. Der Admiral erwartet, daß jeder Mann seine Pflicht tut, und so weiter«, entgegnete Fairchild feierlich, während er hinter der eleganten Silhouette Mr. Talliaferros die Treppe hinaufstieg.

Major Ayers und der Semitische erwarteten sie. Von den Damen war nichts zu sehen. Es war überhaupt niemand zu sehen. Das Deck lag verlassen.

»Seid ihr sicher?« fragte Fairchild noch einmal. »Habt ihr auch gründlich nachgeschaut? Eigentlich hätte ich ganz gern ein bißchen getanzt. Kommt, wir wollen noch mal suchen.«

An der Tür des Ruderhauses trafen sie den Steuermann. Er war nur mit einem Unterhemd bekleidet, das über die Hose hing, und blickte zum Himmel hinauf. »Schöne Nacht heute«, begrüßte ihn Fairchild.

»Einstweilen noch«, bestätigte der Steuermann. »Aber da drüben steht schlechtes Wetter.« Er wies nach Südwesten. »Bis morgen früh wird der See wahrscheinlich ganz schön hoch gehen. Und wir liegen auch noch an der Lee-Küste.« Wieder sah er zum Himmel empor.

»Ach, das glaub ich nicht«, meinte Fairchild optimistisch. »Nach so einer klaren Nacht? Meinen Sie wirklich?«

Der Steuermann betrachtete den Himmel und antwortete nicht.

Sie gingen weiter. »Ich hatte ganz vergessen, Ihnen zu

sagen, daß sich die Damen schon zurückgezogen haben«, bemerkte Mr. Talliaferro.

»Komisch«, sagte Fairchild. »Haben sie womöglich gedacht, wir kämen nicht mehr?«

»Vielleicht haben sie befürchtet, wir kämen doch noch«, meinte der Semitische.

»Hm«, machte Fairchild. »Wie spät ist es denn überhaupt?«

Es war Mitternacht, und der Himmel war im Zenit dunstig. Die Sterne glänzten nur matt. Aber der Mond war noch klar, lieblich und frostig, betulich und blutarm wie eine erfolgreiche Kupplerin. Er tauchte die Jacht in lautloses Silber, und im Süden zog eine Prozession kleiner Wolken über den Himmel, wie silberne Delphine auf einer erstarrten, dunkelblauen Woge, wie man es manchmal auf alten Landkarten sieht.

DER ZWEITE TAG

GEGEN DREI UHR FRÜH hatte sich der Sturm ausgeweht, und als bei Morgendämmerung der Steuermann den Kapitän weckte, ging der See ganz schön hoch, wie er es vorhergesagt hatte. Das Wasser drückte landeinwärts; in endlosen Bataillonen marschierten die Wellen unter dem wolkenlosen Himmel dahin, wirbelten und gischteten am Schiffsrumpf entlang und sanken hinter dem Heck der Jacht, wo das Wasser bereits seichter wurde, sterbend in sich zusammen und wurden vor dem düsteren, undurchdringlichen Band der Uferbäume zu dünnen, weißlichen Nebelschleiern. Die *Nausikaa* hob und senkte sich, den Bug gegen die Strömung gerichtet, und riß an den straff gespannten Ankertrossen. Der Steuermann weckte den Kapitän und ging eilig ins Ruderhaus zurück.

Der Matrose holte die Anker ein, und der Steuermann ließ den Maschinentelegraphen klingeln. Zitternd erwachte die *Nausikaa*, kam zu sich, verhielt einen Augenblick zwischen zwei Wellen und schoß dann vorwärts. Sie fiel ein wenig vom Kurs ab, und der Steuermann drehte ein wenig am Rad. Aber sie reagierte nicht, sie fiel weiter ab und gewann rasch an Fahrt, und als der Steuermann jetzt das Ruder hart herumwarf, trieb sie vollends dwars und schlingerte quer zu den Wellen. Wieder ließ der Steuermann den Telegraphen klingeln und schrie dem Matrosen zu, er solle die Anker fallen lassen.

Um sieben Uhr lief die *Nausikaa*, ihre Anker hinter sich herschleppend, mit leisem Knirschen auf. Sie verharrte einen Moment, kam wieder frei, kroch ein wenig höher auf die flache Sandbank hinauf, drehte sich leicht und saß schließlich mit kaum wahrnehmbarer Schlagseite fest, breitseit den Wellen ausgeliefert, wie ein dicker Badender im seichten Wasser.

Dorothy Jameson malte in einer kühnen und humorlosen Manier: am liebsten Porträt, aber hin und wieder auch ein Stillleben – unnahbare Früchte und Blumen in Schalen ohne Dimension auf Tischen, ohne jede Tiefe. Ihre Zähne standen groß und weiß im blassen Zahnfleisch, und die grauen Augen waren von kühler Ausdruckskraft. Sie war hochgewachsen und langgliedrig und schmal, und während der zwei Jahre, die sie in Greenwich Village verbracht hatte, um sich mit den Strömungen in der amerikanischen Malerei vertraut zu machen, hatte sie sich, obgleich noch Jungfrau, einen Liebhaber genommen.

Sie nahm den Liebhaber hauptsächlich, weil sie noch Geld von ihm zu bekommen hatte – er hatte sie angepumpt, um seine Schulden bei einer anderen Frau zu bezahlen. Zu guter Letzt wurde der Liebhaber von einer wohlhabenden Dame aus Pittsburgh nach Paris entführt, wobei er auf dem Weg zum Hafen noch ihren – Dorothys – Pelzmantel versetzte und ihr vom Schiff aus den Pfandschein mit der Post zuschickte. Er war übrigens Musiker. Er war ziemlich avantgardistisch, schon fast radikal; und wenn er nicht gerade mit den konventionellen Tonskalen herumexperimentierte, spielte er in der Kapelle eines Tanzlokals im nördlichen Manhattan. Dort lernte er auch die Dame aus Pittsburgh kennen.

Aber diese Episode war abgeschlossen, ja, fast schon aus ihrem Gedächtnis entschwunden. Sie hatte danach ein Jahr auf Reisen verbracht und sich dann in New Orleans niedergelassen. Ein bescheidener Monatswechsel erlaubte ihr, ein Atelier im Vieux Carré zu mieten, dafür zu sorgen, daß ihr Name wegen rücksichtslosen Fahrens in den Polizeiakten erschien, und auf nüchterne und einigermaßen angenehme Weise ihren Neigungen zu leben, ohne mehr auszustehen zu haben als die gelegentlichen milden Vorwürfe von seiten ihrer Familie, die sie etwa so empfand wie Regentropfen, die von außen gegen die Scheiben eines geschlossenen Fensters trommeln.

Immer hatte es Schwierigkeiten mit ihren Männerbekanntschaften gegeben. Hauptsächlich aus der Gewohnheit heraus war sie seit jener fast vergessenen Episode immer hinter Künstlern hergewesen, aber noch jeder hatte sie früher oder später sitzenlassen. Das heißt, mit Ausnahme von Mark Frost. Und bei ihm, darüber war sie sich im klaren, war es in erster Linie

Trägheit, was ihn hielt. Und außerdem, gestand sie sich in unpersönlicher Klarsicht ein, wer war schon scharf darauf, Mark Frost auszuhalten? Niemand war lange scharf auf einen Künstler, der nichts anderes tat, als Kunst zu produzieren, und das nur in sehr kleinen Mengen.

Aber andere Männer, Männer, die ihr in Frage zu kommen schienen, durchliefen alle eine Periode heftigen, aber nur vorübergehenden Interessiertseins, die so abrupt zu enden pflegte wie sie begonnen hatte, ohne auch nur beiderseits leichte Schatten einer Erinnerung daran zu hinterlassen, daß da etwas gewesen war – wie jene kurzen Augustgewitter, die drohend am Himmel hängen, um sich ohne ersichtlichen Grund wieder aufzulösen, ehe sie zur Entladung kommen.

Manchmal versuchte sie, auf fast männliche Weise um Distanz bemüht, die Ursache zu erkennen. Sie war immer bestrebt gewesen, die Beziehungen in dem Rahmen zu halten, den die Männer selbst zu wünschen schienen – keine Frau würde je weniger von ihren Männern verlangen als sie (und nur wenige Frauen wären dessen überhaupt fähig). Sie beanspruchte nie ihre Zeit mit launenhaften Forderungen; sie ließ sie niemals warten noch sich von ihnen zu ungelegener Zeit nach Hause geleiten, schickte sie nie Besorgungen machen und ließ sich auch keine Pakete von ihnen nach Hause tragen. Sie fütterte sie vielmehr durch und schmeichelte sich, eine gute Zuhörerin zu sein. Und trotzdem ... Sie dachte an die Frauen, die sie kannte; sie alle verfügten über mindestens ein offensichtlich männliches Wesen, das ihnen verfallen war. Sie dachte an andere Frauen, die sie beobachtet hatte: wie sie einen Mann nach ihrem Willen mit Beschlag belegten, wie leicht sie ihn, wenn er sich dem zu entziehen trachtete, zu ersetzen wußten.

Sie dachte an die Frauen an Bord, ließ sie im Geiste Revue passieren. Da war Eva Wiseman. Sie hatte einen Mann gehabt und ihm praktisch den Laufpaß gegeben. Die Männer mochten sie. Fairchild zum Beispiel: ein Mann von unbestrittenen Fähigkeiten und Talenten. Aber es mochte auch damit zusammenhängen, daß er mit ihrem Bruder befreundet war. Andererseits würde dies nicht Fairchilds Art entsprechen: gesellschaftliche Verpflichtungen bedeuteten ihm nicht viel. Ganz offensichtlich fühlte er sich zu ihr hingezogen. Lag es daran, daß die beiden verwandte Neigungen hatten? Aber ich bin doch auch künstlerisch tätig, rief sie sich ins Gedächtnis.

Dann dachte sie an die beiden jungen Mädchen. An die Nichte Patricia mit ihrer unverhüllten Neugier, ihrem kindlichen Vergnügen an anstrengender körperlicher Betätigung, ihrer Kaltschnäuzigkeit und Interesselosigkeit dem künstlerischen Schaffensakt gegenüber (wetten, daß sie nicht einmal liest?) – und an Gordon, hochmütig und unerträglich arrogant und doch gefesselt von ihr. Auch Fairchild war auf seine unpersönliche Art interessiert. Sogar Pete wahrscheinlich.

Pete, und Jenny. Jenny mit ihrer sanften Gelassenheit; mit ihrem völlig passiven Appell an die Sinne, und Mr. Talliaferro, der trotz Mrs. Mauriers Mißvergnügen um das Mädchen herumscharwenzelte, kriecherisch fast. Sogar sie selbst empfand Jennys Anziehungskraft – ein völlig geistloser Überfluß jungen, rosigen Fleisches, eine hingebreitete potentielle Fruchtbarkeit, reizend anzusehen: eine Puppe, die darauf wartet, zum Leben erweckt zu werden, die diese Erweckung herausfordert und weder Freude noch Kummer dabei empfindet. Sie hatte einen Mann mitgebracht... nein, nicht einmal mitgebracht: er war im Banne ihrer blonden, erregenden Anziehungskraft gefolgt, wie der Gezeitenstrom dem Monde folgt, willenlos, entgegen seinen Absichten vielleicht. Da waren zwei Frauen ohne die geringsten künstlerischen Interessen, und doch zogen sie mühelos Männer an, Künstler. Les extrèmes se touchent... Vielleicht habe ich mich um die falsche Sorte Männer bemüht, dachte sie; vielleicht ist der Künstlertyp nicht das richtige für mich.

Sieben Uhr

»Nein, gnädiges Fräulein«, erwiderte der Neffe höflich, »es ist eine Pfeife.«

»Oh«, murmelte sie, »eine Pfeife, so.«

Er beugte sich über seinen Holzzylinder und schnipselte mit großer Sorgfalt daran herum. Es war viel kühler heute. Die Sonne war aus einem wellenzerwühlten Miniaturozean in den wolkenlosen Himmel emporgestiegen. Eine Weile hatte die

Jacht spürbar Fahrt gemacht – davon war sie ja wach geworden –, aber jetzt lag sie bewegungslos, obgleich große Wellen vom See her heranrollten, weißschäumend am Schiff entlangliefen und am flachen Strand vor der dunklen Wand der Bäume verzischten. Sie hatte auch gestern abend nicht bemerkt, daß sie so dicht am Ufer lagen. Aber sie hatte noch nie nachts Entfernungen schätzen können.

Sie hätte doch besser eine Jacke mitnehmen sollen: Wenn sie geahnt hätte, daß es August so kühl werden könnte ... Sie zog das Tuch enger um die Schultern und beobachtete die braungebrannten eifrigen Unterarme und den strubbeligen, kurzgeschorenen Kopf, der dem seiner Schwester so ähnlich war, und hätte gern gefrühstückt. Ob er hungrig ist? dachte sie. Sie sagte:

»Ist Ihnen nicht kalt heute früh, so ohne Jacke?« Er schnitzte mit eifriger, mütterlich wirkender Hingabe an seinem Werkstück, und nach einer Weile sagte sie, lauter diesmal:

»Wär's nicht einfacher, Sie kauften sich eine?«

»Hoffentlich«, murmelte er ... dann hob er den Kopf, und die Sonne schien voll in die undurchsichtigen, gelbgesprenkelten Augen. »Was sagten Sie gerade?«

»Ich meine, es wäre gescheiter, Sie warten, bis wir an Land gehen und kaufen sich eine, statt zu versuchen, eine zu basteln.«

»So eine gibt's nicht zu kaufen. Sie machen so keine.« Der Zylinder bestand aus zwei Teilen, die genau aufeinandergepaßt waren. Er hielt das eine Stück hoch, visierte es an und schabte einen hauchdünnen Span davon ab. Dann fügte er beide Teile zusammen. Gleich darauf nahm er sie abermals auseinander, schabte einen hauchdünnen Span von dem anderen Stück und vereinigte beide wieder. Miss Jameson sah ihm zu.

»Wissen Sie die Bauanleitung auswendig?« fragte sie.

Wieder hob er den Kopf. »Hm?« machte er erstaunt.

»Die Anleitung, nach der Sie schnitzen. Arbeiten Sie nur so nach dem Gedächtnis, oder wie?«

»Anleitung?« wiederholte er. »Was für ne Anleitung?«

Es war viel kühler heute.

In Petes Gesicht stand noch ein Rest des Erschreckens, und mit verspäteter Höflichkeit sprang er auf, die Zeitung in der

Hand. Aber sie sagte: »Nein, nein, ich kann's schon allein. Bleiben Sie ruhig sitzen.« So stand er unbehaglich da, die Zeitung in der Hand, und sah zu, wie sie einen Liegestuhl holte und neben dem seinen aufklappte. »Frisch heute morgen, nicht wahr?«

»O ja«, bestätigte er. »Wie ich wach geworden bin und hab den Sturm gespürt, und wie das Schiff geschaukelt hat, da hab ich gar nicht gewußt, was überhaupt los ist. Ich hab mich ohnehin nicht so extra gefühlt heut morgen, und wie das Schiff dann so geschaukelt hat... Aber jetzt ist es ganz still. Die haben wohl näher am Ufer geparkt inzwischen.«

»Ja, mir kommt es auch so vor, als seien wir dem Ufer näher als gestern abend.« Nachdem sie Platz genommen hatte, setzte auch er sich wieder und legte gedankenlos die Füße auf die Reling. Dann merkte er es und nahm sie wieder herunter.

»Wo in aller Welt haben Sie denn die Zeitung erwischt?« erkundigte sie sich und legte ihrerseits die Füße auf die Reling. »Haben wir irgendwo angelegt heute nacht?«

Die Frage nach der Zeitung war ihm nicht besonders angenehm. »Das ist ne alte«, erklärte er unbeholfen. »Die hat irgendwo da unten rumgelegen. Hat mich auf andere Gedanken gebracht, wie mir so mies war.« Er machte eine Bewegung, als wolle er das Blatt wegwerfen.

»Werfen Sie sie doch nicht weg«, sagte sie rasch. »Lesen Sie doch ruhig weiter – lassen Sie sich durch mich nicht stören, wenn Sie etwas Interessantes gefunden haben. Es tut mir leid, daß Sie sich nicht wohlfühlen. Aber vielleicht werden Sie sich nach dem Frühstück besser fühlen.«

»Ja, vielleicht«, meinte er, nicht sehr überzeugt. »Mir ist nicht so sehr nach Frühstück, nach der Schaukelei.«

»Das wird schon besser werden.« Sie lehnte sich zu ihm hinüber, um einen Blick in die Zeitung zu werfen. Es war ein einzelnes Blatt aus einer Sonntagsbeilage und enthielt einen bedrückend aussehenden Artikel über die romanische Architektur, recht klein gedruckt, in dessen Spalten unscharfe Photos eingeschoben waren. »Interessieren Sie sich für Architektur?« fragte sie gespannt.

»Nee«, erwiderte er. »Ich wollt bloß reingucken, bis die anderen raufkommen.« Er rückte seinen Hut zurecht, hob, unter dem Schutz dieser Bewegung gleichsam, die Füße auf die Reling und legte sich zurück. Sie meinte:

»Viele Leute vertrödeln ihre Zeit mit Architektur und allem möglichen derartigen Kram. Es ist doch viel besser, wirklich bewußt zu leben, meinen Sie nicht auch? Es ist viel besser, mitten darin zu sein und seine eigenen Fehler zu machen und Freude zu empfinden dabei oder Kummer, als das Leben öde zu machen, indem man es einer ungewissen und undankbaren Nachwelt widmet. Meinen Sie nicht auch?«

»Also da hab ich noch nicht so nachgedacht drüber«, äußerte sich Pete vorsichtig. Er steckte eine Zigarette an. »Das Frühstück ist aber spät heut.«

»Natürlich haben Sie darüber noch nicht nachgedacht. Das bewundere ich ja gerade an einem Mann wie Ihnen. Sie kennen das Leben so gut, daß Sie es nicht mehr fürchten. Sie vergeuden keine Zeit damit, über das Leben nachzudenken, nicht wahr?«

»Nicht viel«, gab er zu. »Andererseits, man will ja auch nich wie'n Fisch rumlaufen, nicht?«

»Sie werden nie ein Fisch sein, Pete (alle rufen Sie Pete – darf ich auch, ja?). Ich meine, die wirklich ernst zu nehmenden Dinge, die sind es, die das Leben erst schön machen – Menschen und Dinge, die in Übereinstimmung sind, die Liebe . . . Sehen Sie, so viele Leute sitzen einfach herum und reden darüber, statt sich aufzuraffen und all das wirklich zu erfahren. Als ob das Leben nur so eine Art Witz sei . . . Hätten Sie wohl eine Zigarette für mich? Danke. Ach, das ist ja meine Sorte. Ihr Hut gefällt mir: er paßt so zu Ihrem Gesicht. Sie haben ein außerordentlich interessantes Gesicht – wissen Sie das? Und Ihre Augen. Ich habe noch nie Augen von dieser Farbe gesehen. Aber das haben Ihnen wahrscheinlich schon viele Frauen gesagt, nicht wahr?«

»Ich glaub schon«, antwortete Pete. »Die erzählen einem ja immer alles mögliche.«

»Also Täuschung . . . und sonst hat Ihnen die Liebe nichts bedeutet, Pete?« Sie neigte sich dem Zündholz entgegen und sah ihn an. Humorlose Einladung stand in ihren Augen. »Ist das Ihre Meinung von uns?«

»Och, die denken sich doch nischt dabei«, sagte Pete etwas erschrocken. »Wann gibt's eigentlich Frühstück auf dem Dampfer hier?« Er stand auf. »Ich geh besser noch auf 'n Sprung nach unten vorher. Kann ja nicht mehr lange dauern«, setzte er hinzu. Miss Jameson schaute schweigend über das Wasser hin. Ein leichter Schal lag um ihre Schultern: ein glitzerndes Gewebe, das ihr das Ansehen blutloser Zerbrechlichkeit verlieh, wozu die schwachen Tupfen der Sommersprossen beitrugen, die (Ergebnis eines einzigen Nachmittags in der Sonne) eine Brücke über ihren Nasenrücken schlugen. Sie saß auf einmal ganz still, die Zigarette zwischen den langen, schlanken Fingern; Pete stand neben ihr und fühlte sich unbehaglich, ohne daß er zu sagen vermocht hätte, warum. »Also ich spring noch mal runter vor dem Frühstück«, wiederholte er. »Ach . . .« und er hielt ihr die Zeitung hin. »Woll'n Sie vielleicht mal reingucken in der Zwischenzeit?«

Dann sah sie ihn wieder an; sie nahm die Zeitung. »Ach, Pete, Sie wissen nicht viel von uns, trotz all Ihren Erfahrungen.«

»Sicher«, gab er zurück. »Also, ich sehe Sie dann wieder.« Damit ging er. Ich bin bloß froh, daß ich gestern einen frischen Kragen angezogen habe, dachte er, als er den Niedergang erreichte. Und länger als ein paar Jahre wird dieser Ausflug ja kaum dauern . . . Er war im Begriff, hinunterzusteigen, wandte sich aber noch einmal nach ihr um. Die Zeitung lag auf ihrem Schoß, und sie warf keinen Blick hinein. Die Zigarette hatte sie auch weggeworfen. Ach du lieber Gott, sagte Pete zu sich selbst. Und dann schoß ihm ein Gedanke durch den Kopf. Junge, Junge, sagte er sich, das kann eine anstrengende Reise werden. Dann stieg er hinunter. Der enge Korridor erstreckte sich nach rechts und links, und die glatte Linienführung war nur von stummen Türen mit Messingklinken unterbrochen. Er verlangsamte den Schritt und zählte die Türen, um seine eigene zu finden. In diesem Augenblick ging die Tür auf, vor der er gerade stand, und die Nichte erschien, einen Regenmantel um die Schultern geworfen, den sie vorn zuhielt.

»Hallo«, sagte sie.

»O bitte sehr«, erwiderte Pete und lüftete den Hut ein wenig. »Jenny auch schon auf?«

»Ich hab geträumt, du hättest den Deckel verloren«, berichtete die Nichte. »Ja, sie wird wohl gleich fertig sein.«

»Das ist aber gut. Ich hab schon gedacht, sie will liegenbleiben, bis sie verhungert ist.«

»Nein, sie kommt gleich.« Sie standen einander in dem engen Gang gegenüber und blockierten ihn vollkommen; die Nichte sagte: »Mach daß du weiterkommst, Pete. Ich bin noch zu unausgeschlafen, um über dich wegzuklettern.«

Er trat zur Seite, um sie vorbeizulassen und blickte ihr nach. »Hey! Du verlierst ja die Hose.«

Sie blieb stehen und zerrte an etwas in der Gegend ihrer Hüften, und ein formloses Stoffgebilde wurde unterhalb des Mantelsaums sichtbar und fiel langsam auf ihre Füße. Sie stand auf einem Bein und versuchte, sich freizustrampeln; dann bückte sie sich und fischte eine zerknitterte Herrenkrawatte aus dem Wirrwarr. »Blöde Strippe«, sagte sie, stieg aus dem Kleidungsstück heraus und hob es auf.

Pete wandte sich um und zählte die verschiedenen Türen, die einander völlig gleich waren. Er spürte den Geruch von Kaffee und sagte abermals zu sich selbst: Eine anstrengende Reise; und dann voller Inbrunst: Worauf du Gift nehmen kannst.

Acht Uhr

»Es ist etwas mit der Ruderanlage«, setzte Mrs. Maurier am Frühstückstisch auseinander. »Irgendein . . .«

»Ich weiß schon«, rief Mrs. Wiseman über ihre Grapefruit hinweg: »Deutsche Spione.«

Mrs. Maurier warf ihr einen Blick voller geduldiger Verwunderung zu. »Wie witzig«, meinte sie. »Gestern war noch alles in Ordnung, sagte der Kapitän. Vollkommen in Ordnung. Aber heute früh, wie der Sturm ausbrach . . . nun, auf alle Fälle sitzen wir jetzt fest. Und es wird jemand losgeschickt, um einen Schlepper anzufordern. Sie versuchen ja, den Schaden zu finden, aber ich weiß nicht . . .«

Mrs. Wiseman beugte sich zu ihr hinüber und tätschelte die nervöse, ringgeschmückte Hand. »Na, nun regen Sie sich nicht auf, Mrs. Maurier, Sie können doch nichts dafür. Die werden uns schon wieder flottkriegen, und hier können wir ebenso viel

Spaß haben, wie wenn wir weiterführen. Oder vielleicht sogar noch mehr: das Fahren hat anscheinend keinen guten Einfluß auf die Party gehabt. Ich möchte bloß wissen...« Fairchild und seine Mannen waren noch nicht erschienen; an jedem leeren Platz lag eine Grapefruit, unschuldig und unergründlich. Aber die bloße Aussicht auf weiteren Grapefruitkonsum allein konnte sie doch wohl nicht veranlaßt haben... Mrs. Maurier folgte ihrem Blick.

»Vielleicht haben Sie recht«, murmelte sie.

»Außerdem wollte ich schon immer mal einen Schiffbruch erleben«, fuhr Mrs. Wiseman fort. »Wie nennt man das? In den Grund gebohrt zu werden, oder wie? Soll das womöglich ein dummer Witz von Dawson und Julius sein?« Mrs. Maurier, die ihren Teller angestarrt hatte, sah entsetzt hoch. »Nein, nein«, beantwortete sie selbst hastig ihre Frage, »natürlich nicht; das ist ja zu albern. Es ist halt einfach passiert, wie das so geht. Aber ihr Kinder solltet euch das zur Warnung dienen lassen«, fuhr sie, von dem Neffen zur Nichte blickend, fort; »benehmt euch immer so, daß ihr nicht erst in Verdacht geratet.« Der Steward erschien mit dem Kaffee, und Mrs. Maurier wies ihn an, das Obst für die Herren stehenzulassen, bis es ihnen gefällig sein werde, zu kommen.

»Die hätten's doch gar nicht gekonnt, selbst wenn sie gewollt hätten«, erwiderte die Nichte. »Die verstehen doch nichts von Motoren und so. Josh, der hätte's gekonnt. Er weiß Bescheid mit Automotoren. Ich wette, er könnte das auch reparieren, wenn du willst, Tante – könntest du nicht, Gus?«

Er schien überhaupt nicht zugehört zu haben. Er kaute gleichmäßig und ganz auf diese Tätigkeit konzentriert. Dann hatte er sein Frühstück beendet, schob den Stuhl zurück und bat, niemanden im besonderen ansprechend, um eine Zigarette. Seine Schwester zog eine Packung hervor. Schwache Spuren von rosafarbenem, parfümiertem Puder waren darauf zu erkennen, und Miss Jameson sagte scharf:

»Ich hab mich gewundert, wer meine Zigaretten genommen hat. Du warst es, ja?«

»Ich hab gedacht, Sie haben sie vergessen; da hab ich sie mitgebracht.«

Ihr Bruder und sie selbst nahmen je eine Zigarette, dann ließ sie die Packung über den Tisch gleiten. Miss Jameson nahm sie, warf einen Blick hinein und schob sie in ihre Handtasche. Der Neffe besaß ein Talent-Feuerzeug. Alle sahen voller Interesse zu, und schließlich bot ihm Mr. Talliaferro spöttisch ein Zündholz an. Aber dann funktionierte das Feuerzeug doch; er steckte seine Zigarette an und ließ es wieder zuschnappen. »Gib mir doch auch Feuer, Gus«, sagte seine Schwester schnell, und er fischte zwei Zündhölzer aus der Brusttasche seines Hemdes und legte sie neben ihren Teller. Dann stand er auf.

Er pfiff eintönig vier Takte aus »Sleepytime Gal«, die mit einem langgezogenen, durch Mark und Bein gehenden Ton endeten, und holte unter dem Bettzeug am Fußende der Koje die Stahlstange hervor. Er betrachtete sie, ein Auge halb zugekniffen wegen des Zigarettenrauches. Das eine Ende war schwärzlich verfärbt, und er faltete den Stoff seines Hosenbeines darum und rieb heftig. Dann betrachtete er sie wieder. Sie war immer noch schwärzlich. Der Rauch trieb ihm Tränen in die Augen; er spuckte die Zigarette auf den Boden und trat sie aus.

Nach einer Weile fand er eine Zahnbürste, ging über den Gang in die Toilette und bearbeitete die Stange damit. Ein wenig von dem schwarzen Belag ging ab und saß jetzt in den Borsten der Bürste; er scheuerte sie an dem Fliegendraht eines Bullauges, dann an einem mit Mennige gestrichenen Leitungsrohr und schließlich an seinem Handrücken. Er schnüffelte daran ... ein schwacher Geruch von Maschinenöl. Aber das würde nicht auffallen, nicht mit Zahnpaste darauf. Er kehrte in die Kabine zurück und verstaute die Zahnbürste wieder bei Mr. Talliaferros Sachen.

Er pfiff vier Takte aus »Sleepytime Gal«. Der Maschinenraum war leer. Er machte auch keinerlei Anstrengungen, unentdeckt zu bleiben. Er fand die Schraubenschlüssel, ging in den Batterieraum und baute die Stange wieder ein. Bei all dem pfiff er eintönig und in Gedanken verloren vor sich hin. Schließlich räumte er die Schraubenschlüssel wieder an ihren Platz und betrachtete dann eine Weile voller Entzücken die schlummernde Maschine. Dann verließ er, noch immer ohne jede Eile, den Maschinenraum.

Der Kapitän, der Steward und der Matrose saßen im Salon beim Frühstück. Er blieb an der Tür stehen.

»Panne, was?« fragte er.

»Yes, Sir«, antwortete der Kapitän kurz angebunden. Sie aßen weiter.

»Was ist denn passiert?« Keine Antwort. Er bohrte weiter. »Streikt die Maschine?«

»Ruderanlage«, erwiderte der Kapitän kurz.

»Die sollten Sie eigentlich reparieren können . . . wo ist denn die Ruderanlage?«

»Maschinenraum«, knurrte der Kapitän. Der Neffe wandte sich zum Gehen.

»Also ich hab auf alle Fälle nichts angerührt im Maschinenraum.«

Der Kapitän beugte sich kauend über seinen Teller. Dann hörten seine Kiefer plötzlich auf zu mahlen. Ruckartig hob er den Kopf und sah hinter dem Neffen her, der sich den Gang entlang entfernte.

Zehn Uhr

»Ich will Ihnen sagen, was Ihnen fehlt, Talliaferro: Schneid, das ist es. Sie haben keinen Schneid bei Frauen.«

»Aber ich . . .« Fairchild ließ ihn nicht ausreden.

»Ich spreche jetzt nicht von Ihrem Mundwerk. Worte bedeuten Frauen nicht viel; schwätzen ist ein Zeitvertreib, und damit hat sich's. Schneid kann man ihnen gegenüber nicht mit Worten zeigen; mit Worten kann man sie noch nicht einmal schokkieren. Das liegt zwar wahrscheinlich in erster Linie daran, daß sie die halbe Zeit nicht zuhören, aber . . . na ja. Auf alle Fälle: sie wollen nicht wissen, was Sie zu sagen haben; sie wollen wissen, was Sie tun.«

»Gut, aber . . . was meinen Sie mit Schneid? Was muß ich tun, um . . .«

»Mann Gottes, das steht doch jeden Tag in der Zeitung! Jeden Tag werden in Omaha oder in Kansas City Männer mit jungen Mädchen in kompromittierenden Situationen erwischt – mit Mädchen, die seit Tagen in Indianapolis oder Peoria vermißt gemeldet sind, oder meinetwegen in Chicago. Wenn aber ein Mann mit einer aus Chicago bis Kansas City kommt, ohne daß sie ihn aus Zufall oder aus Liebe oder ganz allgemein aus Spaß an der Freud über'n Haufen schießt, dann seh ich keine besonderen Schwierigkeiten bei einem Mädchen aus New Orleans.«

»Aber was soll Talliaferro mit einem Mädchen aus New Orleans, oder auch von woanders, in Kansas City?« überlegte der Semitische. Sie ignorierten ihn.

»Ja, ich weiß schon«, knüpfte Mr. Talliaferro an das an, was Fairchild gerade gesagt hatte. »Aber diese Burschen haben immer gerade einen Zigarrenladen ausgeraubt oder so. Das ist nichts für mich.«

»Ach, die Mädchen aus New Orleans stellen vielleicht keine so hohen Ansprüche; vielleicht sind sie noch nicht so versnobt. Die sind womöglich noch gar nicht drauf verfallen, daß ihr Entgegenkommen einen Zigarrenladen wert sein könnte. Andererseits ... da ist das Kino, und ein paar von ihnen lesen wahrscheinlich auch die Zeitung: am besten klemmen Sie sich möglichst bald dahinter. Sonst hat sich's womöglich schon rumgesprochen unter den Schönen des Landes, daß man für so gut wie nichts einen Zigarrenladen kriegen kann. Und in New Orleans gibt's nicht viele Zigarrenläden.«

»Aber Talliaferro will ja nicht ein Mädchen *und* einen Zigarrenladen«, warf der Semitische wieder ein.

»Das dürfte stimmen«, meinte Fairchild. »Hinter dem Tabak sind Sie ja wohl nicht in erster Linie her, was, Talliaferro?«

Elf Uhr

»Nein, Sir«, antwortete der Neffe geduldig, »das gibt eine Pfeife.«

»Eine Pfeife?« Fairchild trat interessiert näher. »Was versprichst du dir davon? Man raucht länger daran, ja? Weil mehr Tabak hineingeht?«

»Man raucht kühler«, stellte der Neffe richtig und schnippelte vorsichtig an seinem hölzernen Zylinder herum. »Brennt nicht auf der Zunge. Sie können den Tabak bis zum letzten Krümel aufrauchen, und es brennt nicht auf der Zunge. Diese

Pfeife können Sie umschalten sozusagen – wie die Gänge im Auto so ungefähr.«

»Verdammt gute Idee. Wie soll's denn funktionieren?« Fairchild zog sich einen Stuhl heran, und der Neffe zeigte ihm, wie es funktionieren sollte. »Verdammt gute Idee«, wiederholte er. Er hatte Feuer gefangen. »Hör mal, damit kannst du doch einen Haufen Geld verdienen, wenn es wirklich funktioniert.«

»Es funktioniert wirklich«, sagte der Neffe und fügte die Teile wieder zusammen. »Ich hab zuerst eine kleine gemacht aus Fichtenholz. Hat sich recht gut geraucht, dafür daß es Fichte war. Nein, das funktioniert schon.«

»Was für Holz hast du denn diesmal genommen?«

»Kirschbaum.« Er schnitzte hingebungsvoll, paßte die Teile aneinander; tief beugte er den Strubbelkopf über die Arbeit. Fairchild sah ihm zu. »Verdammt gute Idee«, erklärte er abermals. Schwerfälliges Staunen lag in seiner Stimme. »Komisch, daß da noch keiner drauf gekommen ist. Hör mal, wir könnten eigentlich eine Aktiengesellschaft gründen, mit Julius und Major Ayers. Der will doch schnell reich werden mit irgendwas, wobei er nicht zu arbeiten brauchte; und diese Pfeife, das ist eine viel bessere Idee als das, was er sich da ausgedacht hat. Ich kann mir nicht einmal von Amerikanern vorstellen, daß sie Geld ausgeben für etwas, das für nichts gut ist als um die Därme offenzuhalten. Das ist einfach zu vernünftig für uns, obwohl wir sonst jeden Mist kaufen... Übrigens, deine Schwester sagt, ihr beide geht nächsten Monat auf die Yale-Universität?«

»Ich gehe«, korrigierte er, ohne den Kopf zu heben. »Daß sie auch geht, das bildet sie sich bloß ein. Damit hat sich's. Sie ist Dad zwar so lange auf die Nerven gegangen, bis er gesagt hat, sie darf auch gehen. Aber bis es soweit ist, wird sie sich längst was anderes ausgedacht haben.«

»Was treibt sie denn so?« erkundigte sich Fairchild. »Ich meine, hat sie einen Haufen Verehrer? Geht sie viel tanzen, oder kauft sie dauernd irgendwelchen Kram, wie das manche Mädchen so an sich haben?«

»Nee«, erwiderte der Neffe. »Die meiste Zeit hab ich sie auf dem Hals. Ach, so übel ist sie eigentlich gar nicht«, fügte er großmütig hinzu, »bloß ziemlich albern.« Er nahm die Zylin-

der wieder auseinander und betrachtete sie mit zusammenge-
kniffenem Auge.

»Also da ist diese Umschaltvorrichtung, ja?« Fairchild beugte sich herüber. »Ja, sie ist ein netter Kerl. Hat so was von einem Fohlen ... von einem jungen Rennpferd. – So, du gehst
also nach Yale. Da hätte ich seinerzeit auch hingewollt. Aber
dafür hat's nicht gelangt bei mir. Ich glaube, früher oder später geht es jedem jungen Amerikaner so, der aus der sozialen
Schicht stammt, in der man eben ein College besucht, bezie-
hungsweise, der sich damit abgefunden hat, daß es ohne Bildung eben nicht geht: Zu irgendeinem Zeitpunkt will er unbedingt nach Yale oder nach Harvard. Und vielleicht liegt darin
die eigentliche Bedeutung von Yale und Harvard für den
amerikanischen Lebensstil: in der Illusion eines intellektuellen
Nirwanas, die alle jene, die nicht dort hingelangen können, an
ihren Universitäten Tag und Nacht büffeln läßt, um noch halbwegs bestehen zu können neben den Glücklichen, die dort
waren.

Trotz alledem, mit neunzig von hundert, die über die Bil-
dungsfließbänder von Harvard und Yale gelaufen sind, kann
man zumindest recht gut auskommen, wenn auch vielleicht
sonst nicht viel los ist. Und das kann man nicht vom Ausstoß
jeder Fabrik sagen. Und doch ... ich wär schon sehr gern dort
gewesen.« Der Neffe hörte kaum zu. Er schnitzte und glättete
sorgfältig an dem Holzzylinder. Fairchild fuhr fort:

»Ich war auf einem ziemlich komischen College. Auf einem
konfessionellen College, weißt du, wo sie Prediger fabrizieren,
unter anderem. Ich hab damals oben in Indiana in einer Mäh-
maschinenfabrik gearbeitet, und der Fabrikbesitzer saß im Ku-
ratorium von diesem College. Er war ein scheinheiliger alter
Knacker mit einem Ziegenbart, und jedes Jahr schrieb er unter
den jüngeren Arbeitern ein halbes Stipendium aus. Wer das
Stipendium kriegte, dem besorgte er dann einen Job in der Nähe der Hochschule, wo er gerade genug verdienen konnte, um
Miete und Essen zu bezahlen – für mehr langte es nicht: wegen der fleischlichen Versuchungen, verstehst du –, und jeden
Monat ließ er sich einen Bericht über den Stipendiaten schicken.
Na, und in diesem Jahr war also ich der Glückliche.

Es war nur für zwölf Monate, und ich versuchte, alles herauszuholen, was nur möglich war. Ich hatte pro Tag sechs bis sieben Vorlesungen belegt – neben der Arbeit für meinen Lebensunterhalt. Aber es hatte mich gepackt, irgendwie: ich wollte lernen. Und ich lernte; trotz der Lehrer, die wir hatten. Das war ein Haufen von verkrachten Predigern; in ihren Köpfen war nichts als Dogmen und Intoleranz, und den Wanst hatten sie voll von großen und leeren Worten. In dem Kurs für englische Literatur wurde an Shakespeare herumgemäkelt, weil bei ihm Huren vorkommen, ohne daß die Moral von der Geschicht' herausgestellt wird, und ein Professor bestand darauf, daß der Oberteufel in *Paradise Lost* ein prophetisch vorweggenommenes Porträt von Darwin sei. Byron trauten sie sich nicht mit der Kohlenzange anzupacken, und von Swinburne ist nur seine Mutter übriggeblieben und sein altes Verlegenheitsthema, das Meer – und das hätten sie auch noch weggelassen, wenn die Leute damals schon einteilige Badeanzüge getragen hätten. Aber trotz alledem fand ich Freude am Lernen, irgendwie. Heute möchte ich wissen, wie es wohl in meinem Kopf ausgesehen hat, als das Jahr um war . . .« Er blickte auf das Wasser hinaus, auf die rauschenden Wellen, wie sie, vom Winde schaumgekrönt, gleichmäßig heranrollten. »Und beinahe wäre ich auch in eine Fraternity eingetreten.«

Der Neffe beugte sich über die Pfeife. Fairchild holte eine Packung Zigaretten hervor. Zerstreut nahm der Neffe eine. Er ließ sich auch Feuer geben. »Du hast wohl auch schon eine Fraternity im Sinn, was?«

»Senior Club«, stellte der Neffe kurz richtig. »Wenn ich's schaffe.«

»So, Senior Club«, wiederholte Fairchild. »Das heißt frühestens in drei Jahren, nicht? Gute Idee. Gefällt mir. Aber ich mußte damals alles in das eine Jahr hineinpacken, siehst du. Ich konnte nicht warten. Ich hatte nie viel Zeit, um mich um die andern Studenten zu kümmern. Sechs Vorlesungen pro Tag und die übrige Zeit arbeiten und Vorbereitung für den nächsten Tag. Aber es ließ sich gar nicht vermeiden, daß ich von diesen Dingen erfuhr, daß ich etwas über das Keilen von Mitgliedern hörte und über die feierliche Verpflichtung bei der Aufnahme, und wie sie hinter dem und jenem her waren, weil er in die Fußballmannschaft gekommen war, und so weiter.

Da wohnte nun ein Bursche in meiner Pension, ein hübscher großer Kerl, der redete fortwährend von den Sportkanonen am College. Er kannte sie alle beim Vornamen. Und dann erzählte er immer von Mädchen: meistens zeigte er dabei einen rosa Briefumschlag vor oder so was Ähnliches – diskrete Andeutungen eines Kavaliers, der genießt und schweigt. Er sei schon ein höheres Semester, erzählte er, und er war der erste, der mit mir über Fraternities sprach. Er sagte, er gehöre schon seit langem einer an, obgleich er kein Abzeichen trug. Das Abzeichen habe er einem Mädchen gegeben und die wolle es nicht wieder rausrücken ... nicht wahr«, setzte Fairchild nochmals auseinander, »ich mußte so viel arbeiten. Weißt du, ich war immer dahinter her, daß ich die Butter auf dem Brot hatte, und da kriegt man nicht so leicht eine Chance. Eine Chance kriegen und Bescheid wissen: Das ist es, was die Leute meinen, wenn sie von Weisheit sprechen oder auch von Gewußt-Wo ...

Der war es dann auch, der mir sagte, er könne mir zur Aufnahme in seine Fraternity verhelfen.« Er tat einen Zug an der Zigarette und warf sie fort. »Junge Menschen machen einen Ritus lebendig, indem sie Konventionen zum lebendigen Bestandteil des Lebens machen; nur alte Menschen zerstören das Leben, indem sie einen Ritus daraus machen. Und ich wollte doch alles mitkriegen, was das College-Dasein zu bieten hat. Wenn man einundzwanzig ist, dann steckt in einem noch etwas von dem Jungen, der einer geheimen Piratenbande angehört und davon träumt, sein Leben für irgendeine Abstraktion in die Schanze zu schlagen. Aber ich hatte kein Geld.

Da schlug er mir vor, ich solle mich nach einer zusätzlichen Arbeit umsehen, nur so vorübergehend. Er zeigte mir andere, die Mitglied waren oder es werden wollten: Baseballspieler und Mannschaftskapitäne und Studenten, die für hervorragende wissenschaftliche Leistungen ausgezeichnet worden waren, und so weiter. Also besorgte ich mir eine zusätzliche Arbeit. Er sagte, das dürfe niemand wissen, das sei so bei ihnen. Ich hatte eben keine Ahnung, nicht wahr«, erklärte er, »ich mußte von morgens bis abends tüchtig ran, und da lernt man niemand kennen, mit dem man sich unterhalten kann.« Er sah grübelnd über die unaufhörlich in sich zusammensinkenden Bataillone der Wellen hinaus. »Also ich suchte mir noch eine Arbeit.

Es mußte Nachtarbeit sein, und ich bekam eine Heizerstelle im Kraftwerk des Colleges. Ich durfte meine Bücher mitbringen und arbeiten, solange der Kessel genügend Druck hatte. Nur zum Schlafen kam ich nicht mehr sehr viel, und manchmal fielen mir beim Studieren die Augen zu. Deshalb mußte ich eine von den Vorlesungen aufgeben, es gelang mir aber, den Professor rumzukriegen, und er erlaubte mir, zu versuchen, den Stoff während der Weihnachtsferien nachzuholen. Aber einstweilen lernte ich, auf einem Aschenhaufen zu schlafen oder in einem Kohlenbunker.« Der Neffe war aufmerksam geworden. Das Messer ruhte in seiner Hand; der Zylinder lag still und vergaß die Agonie allen Holzes.

»Ich brauchte fünfundzwanzig Dollar, aber da ich nun Überstunden machte, meinte ich, es werde mich tatsächlich überhaupt nichts kosten außer meiner Nachtruhe. Und das hält ein junger Mann schon aus, wenn es sein muß. Ans Arbeiten war ich gewöhnt, verstehst du, und die fünfundzwanzig Dollar kamen mir vor wie gefundenes Geld.

Das ging so einen Monat, dann kam dieser Bursche eines Tages und sagte, es sei etwas dazwischen gekommen, und die Fraternity müsse die neuen Mitglieder jetzt gleich aufnehmen, und wieviel ich denn inzwischen gespart hätte. Es fehlte noch eine Kleinigkeit an den fünfundzwanzig Dollar, und er erklärte, er wolle mir die Differenz leihen. Ich marschierte also zum Chef des Kraftwerks und erzählte etwas von einer Zahnarztrechnung und ließ mir auszahlen, was ich zu bekommen hatte. Das Geld gab ich dann dem Kerl, und er bestellte mich für den nächsten Abend um eine bestimmte Zeit hinter das Bibliotheksgebäude. Ich kam auch hin. Ich hielt mich genau an seine Anweisungen.« Wieder lachte Fairchild.

»Und was hat er gemacht«, fragte der Neffe. »Hat er Sie reingelegt?«

»Es war eine kalte Nacht. Es war schon Ende November, und ein kalter Wind pfiff um das Gebäude und durch die kahlen Bäume. Die letzten dürren Blätter raschelten trocken und melancholisch. Am Nachmittag hatte unsere Fußballmannschaft ein Spiel gewonnen, und hin und wieder konnte ich das Geschrei hören, und ich sah die erleuchteten Fenster der Studentenwohnheime, in denen diejenigen lebten, die es sich leisten konnten. Da drüben mochte es wohl warm und lustig sein. Die kahlen Zweige bogen sich im Wind und bewegten sich vor den hellen Fenstern. Da drüben feierten sie noch unseren Fußballsieg.

Ich marschierte auf und ab und versuchte, mir die Füße warm zu trampeln. Nach einer Weile ging ich um die Ecke der Bibliothek; dort zog es nicht so, und ich mußte nur von Zeit zu Zeit nachsehen, ob sie etwa kämen, um mich zu holen. Von hier aus überblickte ich das Wohngebäude der Studentinnen. Es war von oben bis unten erleuchtet; offenbar feierten sie eine Party, und ich sah die Schatten hinter den Vorhängen kommen und gehen, wo sie sich umzogen und frisierten und so weiter. Dann hörte ich eine Menge Leute näher kommen, und ich dachte, da sind sie endlich. Aber sie gingen vorüber und verschwanden im Mädchenwohnheim. Sie wollten zur Party.

Ich stampfte weiter auf und ab. Auf einmal hörte ich eine Uhr schlagen: Neun. In einer halben Stunde mußte ich wieder im Kraftwerk sein. Von der Party klang Musik herüber; ich konnte es trotz der geschlossenen Fenster hören und überlegte, ob ich näher herangehen sollte. Aber der Wind war kalt, als ich um die Ecke bog; ein paar Schneeflocken wirbelten darin. Ich hatte auch Angst, sie möchten nach mir suchen, und ich wäre nicht da. Ich lief weiter auf und ab und trampelte.

Es mußte schon fast halb zehn sein, aber ich wartete trotzdem weiter. Und dann schneite es auf einmal ganz stark – ein richtiger Schneesturm. Es war der erste Schnee in diesem Jahr, und einer von den Party-Gästen trat vor die Tür und sah das Schneetreiben, und dann kamen sie alle heraus, um den Schnee zu sehen und schrien alle durcheinander: ich hörte die Stimmen der Mädchen, ein wenig schrill und aufgeregt und vorlaut, und auch die Musik war jetzt lauter. Dann gingen sie wieder hinein; die Musik wurde wieder leise. Und dann schlug es zehn. Da ging ich zum Kraftwerk hinüber. Ich kam natürlich zu spät.« Er verstummte und betrachtete die glitzernden Bataillone der Wellen und die Hände des Windes, die sie weiß peitschten. Er lachte abermals. »Aber immerhin, beinahe wäre ich Mitglied geworden.«

»Und weiter?« fragte der Neffe. »Haben Sie den Kerl erwischt am nächsten Tag?«

»Er war weg. Ich hab ihn nie wieder getroffen. Später habe ich erfahren, daß er noch nicht einmal Student war. Ich weiß nicht, was aus ihm geworden ist.« Fairchild stand auf. »Also, mach das Ding mal fertig; dann gründen wir eine AG und werden alle reich.«

Der Neffe saß da, das Messer und den Zylinder umklammernd und blickte hinter Fairchild her, solange der plumpe Rücken des anderen zu sehen war. Dann murmelte er: »Du armer Trottel«, und nahm seine Arbeit wieder auf.

Zwei Uhr

Es war die Stunde, die jungen, aktiven Menschen so unerträglich ist: kurz nach dem Mittagessen an einem Sommertag. Alle anderen lagen irgendwo und dösten; mit niemand konnte man sprechen, und es gab nichts zu tun. Es war wärmer als am Vormittag, obgleich der Himmel noch immer klar war und auch die Wellen noch immer vor dem stetigen Wind heranrollten, der *Nausikaa* gegen den faulen Rumpf klatschten und weiter schäumten, um an dem flachen Strand mit der unbeweglichen Palisade seiner Bäume zusammenzusinken und zu sterben.

Die Nichte hing über dem Bug und beobachtete die Wellen. Sie gingen nicht mehr so hoch; bei Sonnenuntergang würde der See glatt sein. Aber hin und wieder kam eine, die noch hoch genug war, um einen dünnen, lustigen Schauer von Tropfen aufspritzen zu lassen. Das Kleid flatterte um ihre nackten Beine, und sie starrte hinunter auf das ruhelose Wasser und versuchte sich darüber klarzuwerden, ob sie ihren Badeanzug holen wollte. Aber wenn ich jetzt reingehe, bin ich nachher müde, und wenn die andern reingehen, weiß ich nicht, was ich machen soll so lange. Sie starrte hinunter auf das Wasser, sah zu, wie es strudelte und wie die Richtung der Strömung wechselte; sie beobachtete, wie die schlaffen Ankertaue die heranrollenden Wellen zerschnitten und fühlte den Wind im Rücken.

Dann blies ihr der Wind ins Gesicht, und sie schlenderte das Deck entlang. Am Ruderhaus blieb sie stehen und gähnte. Es war niemand drinnen. Ach, stimmt ja; der Steuermann ist ja gleich früh losgefahren, um einen Schlepper anzufordern. Sie betrat den Raum und betrachtete interessiert die Kontroll-instrumente. Vorsichtig drehte sie am Ruder. Es bewegte sich leicht: Was immer kaputtgegangen war, sie mußten es repariert haben inzwischen. Sie ließ das Rad los und sah sich abermals um. Ihr Blick blieb an einem Doppelglas haften, das an einem Nagel in der Wand hing.

Zuerst sah sie nur ein verschwommenes Gemisch aus zwei Farben, aber unter ihren drehenden Fingern löste sich das Ver-schwommene sofort auf, wurde zu erstaunlich klar gezeichne-ten Bäumen, zu einzelnen Blättern und Ästen, und rostig-grüne Moosgehänge waren wie Bärte nachdenklicher Ziegen, die in den Bäumen umherstöberten, hoch über dem gelben Streifen des Strandes und dem Sprühen des schäumenden Wassers, in das die Sonne kleine, rasch vergehende Regenbogen hängte.

Entzückt betrachtete sie eine Weile dieses Bild; dann ließ sie das Glas weiter wandern, und Wellen glitten an ihr vorüber, zum Greifen nahe, sich brechend und gischtend. Noch weiter wanderte das Glas, und die Reling der Jacht sprang ins Blick-feld, unheimlich groß und nahe, und ein unkenntlicher Gegen-stand stand darauf, aus dem in diesem Augenblick eine Anzahl halbkugelförmiger gelber Dinger kippte. Das gelbe Zeug fiel ins Wasser, ganz nahe scheinbar; sie änderte die Richtung des Glases ein wenig, und der Behälter, aus dem das Gelbe gefallen war, war verschwunden. Statt dessen sah sie den Rücken eines Mannes, nahe genug, um ihn mit ausgestrecktem Arm zu be-rühren.

Sie ließ das Glas sinken, und der Rücken sprang wieder in die Ferne. Er gehörte dem Steward, der einen Abfalleimer trug, und da wußte sie gleich, was das für gelbe Dinger gewe-sen waren. Sie hob das Glas wieder, und plötzlich, lautlos, war der Steward wieder zum Greifen nahe. Sie rief »hey«, und als er sich umwandte, stand sein Gesicht überdeutlich vor ihr. Sie winkte, aber er sah nur einen Moment zu ihr herüber. Dann ging er weiter und verschwand um die Ecke.

Sie hängte das Glas an seinen Platz und folgte dem Steward über das Deck bis dorthin, wo er verschwunden war. Wenn sie den Niedergang hinunter und schräg durch die Kombüsentür blickte, konnte sie ihn sehen, wie er herumhantierte und das

Geschirr vom Mittagessen abwusch. Sie setzte sich auf die oberste Treppenstufe. Neben ihr befand sich ein kleines rundes Fenster, und wie er sich so über das Spülbecken beugte, fiel das Licht direkt auf sein braunes Haar. Sie beobachtete ihn ruhig und aufmerksam, aber ohne Aufdringlichkeit; wie ein Kind sah sie ihm zu, bis er aufblickte und ihr ernstes, sonnverbranntes Gesicht im runden Rahmen des Bullauges bemerkte. »Hallo«, grüßte sie.

»Hallo«, antwortete er, ebenso ernst.

»Sie müssen wohl immerzu arbeiten«, fragte sie. »Übrigens, das hat mir imponiert gestern, wie Sie hinter dem Mann hergesprungen sind. In Kleidern auch noch. Es wissen auch nicht alle, daß man von der Schraube wegtauchen muß. Wie heißen Sie eigentlich?«

Er heiße David West, teilte er ihr mit und scheuerte dabei eine Pfanne. Dann ließ er heißes Wasser hineinschießen; Dampf stieg auf, und ein dickes Stück gelber Seife tanzte im Becken. Die Nichte saß vornübergebeugt, um durch das Fenster sehen zu können, und massierte ihre nackten Waden.

»Zu dumm, daß Sie immer arbeiten müssen, egal, ob wir auf Grund sitzen oder nicht«, meinte sie. »Der Kapitän und die andern, die haben überhaupt nichts zu tun; die liegen bloß so rum. Die haben jetzt mehr von der Sache als wir. Tante Pat ist ziemlich furchtbar«, erklärte sie. »Sind Sie schon lange bei ihr?«

»No, Ma'am. Das ist die erste Reise. Aber so leichte Arbeit macht mir nichts aus. So viel ist nicht zu tun, wenn man sich richtig dahinterklemmt. Das ist gar nichts, verglichen mit dem, was ich schon gemacht habe.«

»Ach so, Sie sind . . . Sie sind kein richtiger Koch, ja?«

»No, Ma'am. Kein richtiger. Mr. Fairchild hat mir die Stelle bei Mrs. . . . bei ihr besorgt.«

»Ach nee? Na, der kennt aber auch Gott und die Welt.«

»So?«

Sie schaute durch das runde Fenster und sah zu, wie ein geschwärzter Kessel unter seiner Bürste zu glänzen begann. Seifenschaum ballte sich im Spülbecken wie Wolken am Sommerhimmel.

»Kennen Sie ihn schon lange?« wollte sie wissen. »Mr. Fairchild meine ich.«

»Nee. Erst seit ein paar Tagen. Ich war im Park, wo das Denkmal drin ist, unten am Hafen; und er kam vorbei, und wir haben uns ein bißchen unterhalten, und weil ich gerade keine Arbeit hatte, da hat er mir die Stelle hier besorgt. Ich kann jede Arbeit machen«, fügte er mit ruhigem Stolz hinzu.

»Wirklich? Sie sind nicht von New Orleans, nicht wahr?«

»Indiana«, berichtete er. »Ich bin auf der Walze.«

»Herrjeh«, sagte die Nichte; »ich wollte, ich wäre ein Mann, so wie Sie. Das muß doch prima sein, einfach hingehen können, wohin man gerade will. Ich glaube, ich würde auf Schiffen arbeiten. Ja, das tät' ich.«

»Ja«, pflichtete er bei; »da hab ich auch Kochen gelernt – auf einem Schiff.«

»Doch nicht auf . . .«

»Doch, ja. Verschiedene Häfen im Mittelmeer, letzte Reise.«

»Herrjeh«, sagte sie wieder. »Da haben Sie aber allerhand gesehen, was? Wie war denn das, wenn das Schiff überall anlegte? Sie sind doch sicher an Land gegangen?«

»Klar. Ich hab mir ne Menge Städte angeguckt. Auch weiter drinnen im Land.«

»Paris auch, was?«

»Nein«, gestand er. Es klang wie eine Entschuldigung. »Hat irgendwie nie geklappt. Aber das nächste . . .«

»Hab ich mir gedacht«, warf sie rasch ein. »Die Männer gehen doch nur nach Europa, weil es heißt, die europäischen Frauen sind leicht rumzukriegen – stimmt das? Sind die Frauen in Europa so? Sind es solche Flittchen, wie es immer heißt?«

»Ich weiß nicht«, antwortete er. »Ich habe nie . . .«

»Klar. Sie haben nie Zeit gehabt, sich mit ihnen abzugeben, nicht wahr? Ich würd's genau so machen. Ich würde keine Zeit mit Weibern vertrödeln, wenn ich nach Europa ginge. Sie sind einfach zum Speien, all diese kleinen Studiker in ihren schicken Hosen und mit ihren Koffern mit den vielen Hotelaufklebern drauf und den leeren Cognacflaschen, die sie mitgebracht haben; und dann kichern sie dauernd und erzählen was von französischen Mädchen und wollen einem zeigen, wie man auf französisch liebt . . . Ich bin sicher, Sie waren irgendwo, wo es

Berge gibt und hübsche kleine Städte in den Tälern und alte graue Mauern und verfallene Burgen auf den Gipfeln . . .«

»Yes'm. Und einmal, das war hoch oben über einem See. Der war so blau wie . . . wie Waschlauge«, sagte er schließlich; »Wasser mit Blaustoff drin. Manche Leute tun Blaustoff ins Wasser zum Wäschewaschen; auf dem Land machen sie das«, setzte er auseinander.

»Ich weiß«, drängte sie; »waren Berge drumherum?«

»Die Alpen. Und kleine weiße Schiffe waren unten auf dem See, die sahen so klein aus wie Wasserläufer. Man konnte gar nicht sehen, daß sie vorankamen; man sah nur, wie das Wasser sich vom Bug aus nach beiden Seiten ausbreitete, so im spitzen Winkel. Und der Winkel wurde immer länger, bis er beinahe das Ufer erreichte, jedesmal, wenn ein Schiff kam. Und man konnte sich auch einfach auf den Rücken legen, auf dem Berg, wo ich war, und den Adlern zusehen, wie sie hoch über dem Wasser kreisten, bis zum Sonnenuntergang. Dann sind sie alle in die Berge zurückgeflogen.« David starrte durch das Bullauge an ihrem nüchternen braunen Gesicht vorbei. Er sah sie überhaupt nicht; er sah seinen See, der so aussah wie Waschlauge, und seinen einsamen Gipfel und die Adler im Blau.

»Und dann, wenn die Sonne unterging, dann haben die Berge manchmal ausgesehen, als wenn sie brennen täten. Das ist, weil da oben Eis und Schnee ist. Und nachts war's auch sehr hübsch«, fügte er ungeschickt hinzu und scheuerte wieder an seinen Töpfen herum.

»Herrjeh«, sagte sie mit unterdrückter junger Sehnsucht. »Das hat man davon, wenn man eine Frau ist. Irgendwann werd ich vermutlich heiraten müssen und einen Haufen Kinder kriegen.« Sie musterte ihn mit ihren ernsten, undurchsichtigen Augen. »Nein. Nun grade nicht«, beschloß sie zornig; »ich werde Hank rumkriegen, daß er mich nächsten Sommer rüberläßt. Können Sie dann nicht auch rübergehen? Hören Sie, richten Sie's doch so ein, daß Sie dann drüben sind, und ich fahr heim und rede mal mit Hank, und dann komm ich nach. Wahrscheinlich wird Josh auch mitwollen, und Sie kennen sich da doch überall aus. Können Sie das nicht einrichten?«

»Ich denke, ich könnte schon«, erwiderte er langsam. »Nur . . .«

»Nur was?«

»Nichts«, sagte er nach einer Pause.

»Also, dann machen wir's so. Ich geb Ihnen meine Adresse, und Sie schreiben mir, wann ich losfahren muß und wo wir uns treffen ... ich könnte wohl nicht mit demselben Schiff fahren wie Sie?«

»Ich fürchte, nein«, meinte er.

»Na, es wird schon alles klargehen. Herrjeh, David, ich wollte, wir könnten schon morgen los – Sie nicht auch? Ob man schwimmen darf in diesem See? Aber ich weiß nicht, vielleicht ist es netter da oben, wo Sie waren, wo man runtergucken kann. Nächsten Sommer ...« Ihre Augen ruhten auf seinem braunen Haar, ohne es zu sehen, während ihr Geist schon hoch über dem Lago Maggiore auf dem Bauch lag und den kleinen weißen Schiffen zusah, die nicht größer sind als Wasserläufer, und den einsamen arroganten Adlern oben im sonnendurchfluteten Blau, umgeben und eingerahmt von Bergen, die Wolkenkappen tragen und höher sind als der liebe Gott.

David trocknete seine Töpfe und Pfannen und hängte sie in einer blinkenden Reihe an der Schottwand auf. Dann wusch er die Geschirrtücher und hängte sie gleichfalls auf. Die Nichte sah ihm zu.

»Zu dumm, daß Sie dauernd arbeiten müssen«, stellte sie mit höflichem Bedauern fest.

»Jetzt bin ich ja fertig.«

»Dann geh'n wir zusammen schwimmen, ja? Jetzt ist es sicher schön im Wasser. Ich hab die ganze Zeit gewartet, daß jemand mit mir reingeht.«

»Ich kann nicht«, erwiderte er. »Ich hab doch noch was zu tun.«

»Ich denke, Sie sind fertig? Brauchen Sie sehr lange? Sonst wart ich auf Sie.«

»Also, wissen Sie, ich geh nämlich nicht tagsüber. Ich geh ganz früh morgens, ehe Sie aufstehen.«

»Mensch, da hab ich ja noch gar nicht dran gedacht. Das muß doch prima sein. Hören Sie, wie wär's denn, wenn Sie mich wecken würden? Wollen Sie?« Wieder zögerte er, und sie fügte, ihn aus den nüchternen, undurchsichtigen Augen ansehend, hinzu: »Ist es, weil Sie nicht gern mit Mädchen schwimmen gehen? Da brauchen Sie sich keine Gedanken zu machen. Ich kann ziemlich gut schwimmen. Sie werden mich nicht zu retten brauchen.«

»Nee, das isses nicht«, antwortete er zögernd und platzte dann heraus: »Es ist bloß, ich hab nämlich keinen Badeanzug, wissen Sie.«

»Wenn das alles ist . . . ich kann Ihnen den von meinem Bruder geben. Er wird Ihnen bißchen zu eng sein, aber es wird schon gehen. Ich kann ihn jetzt gleich holen, wenn Sie wollen.«

»Ich kann jetzt nicht«, wiederholte er, »ich muß noch bißchen aufräumen.«

»Na schön . . .« Sie stand auf. »Dann eben nicht. Aber morgen früh, ja? Sie haben's versprochen!«

»In Ordnung«, bestätigte er.

»Ich will sehen, daß ich schon wach bin. Aber klopfen Sie nur an die Tür – die zweite Tür rechts.« Auf bloßen Füßen wandte sie sich geräuschlos zum Gehen, verhielt wieder: »Nicht vergessen – Sie haben's versprochen«, rief sie zurück. Dann war ihr flacher Knabenkörper verschwunden, und David machte sich wieder an die Arbeit.

Die Nichte ging an Deck hinauf und bog barfüßig und lautlos um die Ecke des Ruderhauses, gerade rechtzeitig, um zu sehen, wie Jenny hochschreckte und eine Attacke von Mr. Talliaferro abwehrte. Unbemerkt trat sie wieder hinter das Ruderhaus.

Schneid. Aber nicht mit Worten, hatte Fairchild gesagt. Aber wie sonst? Zu versuchen, irgend etwas anders als mit Worten vollbringen zu wollen, erschien ihm, als wolle man Korn ernten, ohne zuvor zu säen. Aber Fairchild hatte es doch gesagt . . . er kannte die Menschen, die Frauen . . .

Mr. Talliaferro wanderte rastlos umher. Er hatte im Augenblick die Jacht praktisch für sich allein. Und dann auf einmal stieß er auf Jenny. Friedlich lag sie im Schatten der Decksaufbauten in einem Liegestuhl und schlief. Blond und rosig und sanft sah Jenny im Schlaf aus: passives, sanftes Sichgehenlassen, das sich in die Leinwand des Stuhles schmiegte wie Wasser in ein Gefäß. Eine heiße Woge durchflutete Mr. Talliaferros trockenes Gebein, als ob er ein Jüngling wäre, und er beneidete den Liegestuhl. Wie er so dastand und die hingestreckte Unbeholfenheit von Jennys hübschen Schenkeln betrachtete und die kleine schmutzige Hand, die quer über ihrer Hüfte lag, schien diese Woge aus Drohendem und Feuer und Verzweiflung alle seine Organe zu erreichen. Er spürte einen salzigen Geschmack auf der Zunge. Rasch sah er sich auf dem Deck um.

Er sah sich rasch auf dem Deck um; dann trat er näher und verfolgte, sich vorbeugend, mit der Hand die schwere Schlaffheit von Jennys Körper durch die Leinwand des Liegestuhls. Er kam sich ziemlich albern vor dabei, aber zugleich auch seltsam jung, überschäumend vor Jugendlichkeit. Dann durchzuckte ihn der schreckliche Gedanke, es möchte ihn jemand beobachten; und mit einem Gefühl des Entsetzens, das wie Brechreiz war, sprang er auf und starrte auf Jennys geschlossene Augen. Aber die Lider lagen schattend in matt durchscheinender Bläue auf den Wangen, und ihr Atem wehte wie eine sanfte, gleichmäßige Brise, die gerade erst über frische Milch hingestrichen ist. Und doch fühlte er Augen auf sich gerichtet; er stand sprungbereit und überlegte krampfhaft, was er tun sollte, welche nonchalante Geste wohl am Platze sei. Eine Zigarette, soufflierte endlich sein völlig verwirrtes Hirn. Aber er hatte keine Zigaretten bei sich, und noch ganz im Banne dieses Gedankens stürzte er davon nach seiner Kabine.

Der Neffe schlief noch in seiner Koje, und Mr. Talliaferro suchte seine Zigaretten. Dann stellte er sich, noch ziemlich rasch atmend, vor den Spiegel. Er betrachtete sein Gesicht, suchte Wildheit darin, Tollkühnheit. Aber es trug nur den gewöhnlichen Ausdruck einer leichten höflichen Unsicherheit; er glättete sein Haar und dachte an die süße Passivität des durchhängenden Liegestuhls ... ja, fast genau über ihm mußte er stehen ... er raste zurück an Deck, von Furcht befallen, sie möchte erwacht sein, aufgestanden, fortgegangen womöglich ... Gewaltsam zwang er sich, langsamer zu gehen; während er den Blick über das Deck schweifen ließ. Die Luft war rein.

Mit kurzen nervösen Zügen rauchte er seine Zigarette; das Herz schlug ihm im Halse, und er spürte wieder jenen warmen, salzigen Geschmack. Ja, tatsächlich: seine Hände zitterten. Er stand in lässiger Pose und blickte auf Wasser, Himmel und Küste. Dann kam wieder Bewegung in ihn, und er schlenderte, noch immer lässig, weiter auf die schlafende Jenny zu. Sie lag da, wie er sie verlassen hatte: lang ausgestreckt, hingegeben, sanft, bewußtlos und furchteinflößend.

Mr. Talliaferro beugte sich über sie. Dann kniete er nieder, auf ein Knie zuerst, dann auf beide. Jenny schlief ganz fest und blies ihm ihren süßen, gleichmäßigen Atem ins Gesicht . . . Ob er wohl rasch genug auf die Beine kommen würde, im Notfall? . . . Er stand auf, sah sich um, schlich auf Zehenspitzen über das Deck und holte, immer noch auf Zehenspitzen, einen Liegestuhl herbei; er stellte ihn neben den Jennys und ließ sich darauf nieder. Aber die Lehne war zu niedrig eingerastet, und er versuchte, vorn auf der Kante zu sitzen. Zu hoch, stellte er fest und fühlte inmitten eines chaotischen Gewirrs von Empfindungen die quälende Verzweiflung vergeblichen Mühens und unerbittlich entrinnender Gelegenheit. Und die ganze Zeit war ihm, als stehe er aufrecht neben sich und beobachte sein eigenes Gezappel. Mit bebenden Händen steckte er noch eine Zigarette an, tat drei Züge, die nach Stroh schmeckten, und warf sie wieder weg.

Hart diese Planken für die alten Knie ja oh ja Jenny ihr Atem ja ja ihr roter weicher Mund leicht offen kleine Zähne eben zu ahnen Blondheit goldenes Rosa wirbelnd wie im Kaleidoskop ein einziges blaues Auge nicht ganz erwacht ihr Atem ja ja. Er spürte wieder Blicke, er wußte, daß sie auf ihm ruhten, aber er schob alles beiseite und stürzte sich im gleichen Augenblick, in dem sie erwachte, saugend auf Jennys Mund.

»Kuß Dornröschen aufwecken«, sabberte Mr. Talliaferro in heiserem Falsett. Jenny quietschte und drehte den Kopf zur Seite. Dann wurde sie vollends wach und bekam Mr. Talliaferros Kinn zu fassen. »Kuß für Dornröschen«, wiederholte Mr. Talliaferro mit einem dünnen hysterischen Lachen, von einem unbezwinglichen und schrecklichen Drang besessen, das Begonnene zu Ende zu bringen.

Jenny richtete sich auf und stieß Mr. Talliaferro zurück. »Was soll denn das, Sie alter . . .« Jenny blitzte ihn an und durchforschte die rosig verschwommene Region ihres Geistes, um schließlich einen Ausdruck zu finden, wie ihn vielleicht Matrosen oder Streckenarbeiter, den entsprechenden Alkoholkonsum vorausgesetzt, einer kurzfristigen Wochenendbraut gegenüber verwenden mochten, um postwendend von ihr verklagt zu werden.

Jenny beobachtete Mr. Talliaferros geordneten Rückzug in sanfter blonder Entrüstung. Sobald er außer Sicht war, ließ sie sich wieder zurückfallen. Dann schnaufte sie – ein sanfter, entrüsteter Laut – und drehte sich wieder auf die Seite. Noch einmal atmete sie heftig in gerechtem Zorn, und bald darauf döste sie wieder ein und schlief weiter.

Neun Uhr

Es war ein fadenscheiniges Fähnchen aus apfelgrünem Crêpe, ein wenig schmuddelig schon, und sein Hauptzweck schien darin zu bestehen, das Hinterteil der tanzenden Jenny vage zu betonen, indem es die sanften Kurven ihrer Schenkel mit der schmachtenden Sterilität eines senilen Liebhabers streichelte. Es sah so aus, als habe sie kürzlich darin geschlafen, und da war noch ein kleiner Hut aus blassem Stroh, ohne besondere Form, mit Bändern.

Jenny glitt mit ruhiger Geschicklichkeit in Mr. Talliaferros Armen hin und her. Pete und sie hatten sich gerade schrecklich gestritten. Das heißt, Pete hatte gestritten. Jennys erregende, kuhähnliche Gelassenheit hatte sich nur in Tränen aufgelöst, wodurch ihre Augen nun unbeschreiblicher waren denn je; dann hatte sie sich ganz dem Ziel gewidmet, das ihr die ganze Zeit schon vorgeschwebt hatte: sich, solange sie hier war, so gut zu amüsieren wie nur möglich. Pete konnte sie nicht sitzenlassen: er konnte höchstens mit ihr schimpfen, oder er konnte eingeschnappt sein; vielleicht würde er ihr auch eine kleben. Das hatte er einmal getan und war ihr dadurch freiwillig hörig geworden. Sie hatte gar nichts dagegen gehabt . . .

Jenseits des Lichtscheins, jenseits der Klänge des Grammophons war das unaufhörliche Geräusch des Wassers; am Himmel standen verschwommene, schläfrige Sterne. Jenny tanzte gelassen, ohne sich durch Mr. Talliaferros endlosen Wortschwall stören zu lassen; sie bemerkte kaum seine Hand, die in kleinen kreisenden Bewegungen über ihren Rücken strich.

»Eigentlich ist sie ganz niedlich«, meinte Fairchild zu seinem Gefährten, während sie oben an der Kajütentreppe standen, um Luft zu schnappen. »Vielleicht ein bißchen weich und dumm und jung, na ja. Passiv und doch erregend, herausfordernd.« Er sah eine Weile dem tanzenden Paar zu und fügte dann hinzu: »Da hast du Die Große Illusion par excellence.«

»Woran liegt's eigentlich bei Talliaferro?« fragte der Semitische.

»An der Illusion, man könne eine Frau verführen. Aber das kann man eben nicht. Sie erwählt einen.«

»Und dann gnade ihm Gott«, ergänzte der andere.

»Und mit Worten, stell dir das vor«, fuhr Fairchild fort. »Mit Worten!« wiederholte er aufgebracht.

»Na und? Warum nicht mit Worten? Bei Frauen ist das eine so gut wie das andere. Und du bist gerade der Rechte, den Wert des Wortes verkleinern zu wollen; du, als Anhänger einer Gattung, deren sämtliche Handlungen von Worten gesteuert sind. Es ist doch das Wort, das Throne stürzt und politische Parteien, das zum Kreuzzug gegen das Laster aufruft – das Wort, niemals die Dinge. Das Ding ist nur Symbol des Wortes. Außerdem, stell dir doch nur vor, wie wir beide in Teufels Küche geraten würden, wenn es keine Worte mehr gäbe, oder wenn wir nicht mehr an sie glauben würden. Ich könnte den ganzen Tag über Daumen drehen, und du müßtest arbeiten oder verhungern.« Er verstummte. Jenny tanzte, glitt von einer Figur in die nächste und freute sich ihrer sanften jungen Gelassenheit. »Und schließlich, seine Illusion ist nicht schlechter als deine. Oder meine, wenn du willst.«

»Ich weiß. Aber deine oder meine, die sind nicht ganz so lächerlich.«

»Woher weißt du das?« Fairchild gab keine Antwort, und der andere fuhr fort: »Schließlich ist es doch ganz egal, an was einer glaubt. Der Mensch lebt nicht von den Überzeugungen allein – er lebt von jeglicher Überzeugung schlechthin. Du kannst glauben, woran du willst – du wirst immer jemand verärgern; aber du selbst wirst deinem Gesetz folgen und Leben und Blut dafür einsetzen, und wenn der Teufel auf Stelzen kommt. Wer fähig ist, für eine Sache zu sterben, der wird für jede Sache sterben – je wertloser sie ist, je eher findet sie Anhänger. Und die sind ganz glücklich und zufrieden dabei. Das ist von der Vorsehung so eingerichtet, damit die Leute beschäftigt sind.« Er sog an seiner Zigarre, aber sie war ausgegangen.

»Weißt du, wen ich für den glücklichsten Menschen der Welt halte? Mussolini natürlich. Und weißt du, wer gleich hinter ihm kommt? Die armen Teufel, die an seinem Cäsarenwahn krepieren werden. Nein, du brauchst kein Mitleid mit ihnen zu haben: wenn's nicht Mussolini mit seiner Illusion wäre, dann wär's halt ein anderer mit einer anderen Idee. Ich denke immer, das ist ein gewaltiger kosmischer Plan, um die Erde fruchtbar zu machen. Und außerdem könnte es noch viel schlimmer kommen«, setzte er hinzu. »Wer weiß? Sie könnten ja ebensogut alle nach Amerika auswandern und Henry Ford in die Finger geraten.

Also lauf nicht rum und halt dich für besser als Talliaferro. Ich finde seine augenblickliche Illusion und ihren Gegenstand außerordentlich reizvoll, für fast so reizvoll, wie es ihre Verwirklichung sein würde – und das ist mehr, als man von deinen Illusionen behaupten kann.« Er hielt ein Streichholz an seine Zigarre. Sein angestrengt saugendes Gesicht sprang plötzlich aus dem Dunkel, um gleich darauf ebenso plötzlich wieder zu verschwinden. Er warf das Streichholz über die Reling. »Und dir geht's doch ebenso, du armer Gefühlseunuch; dir geht's ebenso, mitsamt dieser Kreuzung zwischen einem Chirurgen und einem Stenographen, die du deine Seele nennst. Du denkst auch nicht ohne Bedauern zurück an Küsse im Dunkeln und an all die zarte und süße Dummheit von jungem Fleisch.«

»Zum Henker«, sagte Fairchild, »wir wollen noch einen heben.«

Sein Freund war zu menschlich, zu taktvoll, um zu erwidern: Na, ich hab's ja gleich gesagt.

Mrs. Maurier erwischte die beiden, als sie gerade den Niedergang erreicht hatten. »Da sind Sie ja«, rief sie fröhlich und kriegte sie an den Armen zu fassen. »Kommen Sie, wir wollen ein bißchen tanzen. Und es fehlen Herren. Eva hat Dorothy ihren Mark ausgespannt, und jetzt hat sie keinen Partner. Kommen Sie, Mr. Fairchild; kommen Sie, Julius.«

»Wir kommen gleich«, entgegnete Fairchild, »wir wollen nur Gordon und den Major hochscheuchen, dann kommen wir sofort.«

»Aber nein«, sagte sie beschwichtigend, »wir werden den Steward nach ihnen schicken. Kommen Sie gleich mit.«

»Wir sollten doch besser selbst gehen«, widersprach Fairchild rasch. »Der Steward hat den ganzen Tag gearbeitet, er wird zum Umfallen müde sein. Und Gordon ist doch so schüchtern; er kommt womöglich gar nicht, wenn Sie einen Dienstboten schicken.« Sie gab sie zweifelnd frei und wandte ihnen ihr rundes, erstauntes Gesicht zu.

»Und Sie werden . . .? Bitte kommen Sie auch wirklich, Mr. Fairchild.«

»Bestimmt«, erwiderte Fairchild und stieg hastig hinab.

»Julius!« rief Mrs. Maurier hilflos hinter ihnen her.

»In zehn Minuten bring ich sie rauf«, versprach der Semitische und folgte nach unten. Mrs. Maurier sah ihnen nach, bis sie außer Sicht waren; dann wandte sie sich ab. Jenny und Mr. Talliaferro tanzten noch, ebenso Mrs. Wiseman und der geisterhafte Dichter. Die partnerlose Miss Jameson saß am Kartentisch und legte eine Patience. Mrs. Maurier sah zu, bis die Platte zu Ende war. Dann verkündete sie entschlossen:

»Ich bin dafür, daß wir untereinander die Partner wechseln, bis die Herren heraufkommen.«

Gehorsam gab Mr. Talliaferro Jenny frei. Jenny stand ein Weilchen allein, dann schlenderte sie das Deck entlang, an dem großen häßlichen Mann vorüber, der allein an der Reling lehnte, und weiter, bis die Nichte sie plötzlich aus dem Schatten ansprach:

»Schon ins Bett?«

Jenny blieb stehen, und wie sie den Kopf nach der Stimme wandte, bemerkte sie den matten Schimmer von Petes Hut. Sie ging weiter. »Hm hm«, antwortete sie. Der Mond ging auf; er entstieg dem dunklen Wasser wie eine glanzlose, unerbittliche Venus.

Bald darauf kam die Tante daher: sie suchte, schaute nervös

in schattige Liegestühle und dunkle Ecken, taktlos und unerbittlich wie eine Kinderkrankheit.

»Herr im Himmel, was sollen wir denn jetzt schon wieder?« stöhnte die Nichte. Sie seufzte: »Die Frau bringt aber wirklich jedem den Ernst des Lebens bei – die schafft das!«

»Tanzen, vermutlich«, meinte Pete. Die übel zerfetzte Krempe seines Hutes glänzte im Mondlicht matt wie eine Reihe von Kannibalenzähnen, wie ein Farbdruck, auf dem ein Haifisch mit weit aufgerissenem Maul angreift.

»Wahrscheinlich. Hör mal, ich verdrück mich. Halt sie ein bißchen auf; oder mach dich auch dünn, das ist noch gescheiter.«

Die Nichte stand rasch auf. »Also dann, bis morg... ach, du kommst mit?«

Sie traten hinter die Verkleidung des Niedergangs und preßten sich flach an die Wand. Sie hörten Mrs. Maurier umherstöbern, und die Nichte, Petes Hand warnend umklammernd, streckte den Kopf um die Ecke. »Da kommt auch Dorothy«, flüsterte sie und zog den Kopf zurück. Sie machten sich so flach wie möglich und standen Hand in Hand gegen die Wand gepreßt, während die Sucherinnen vorbeigingen und in alle Winkel sahen.

Aber dann waren sie weg und außer Sichtweite, und die Nichte befreite ihre Finger und wollte weitergehen; aber da fand sie sich auf einmal in Petes Armen und gegen seine dunkle, von dem kühnen Hut gekrönte Gestalt gelehnt.

Es entstand eine Pause. Sie standen einander gegenüber wie zwei Fechter mit gebundenen Klingen. Dann bewegte sich Petes Arm voller Selbstvertrauen; der andere Arm legte sich dergestalt um ihre Schultern, daß ihr Gesicht nach oben gedreht wurde. Sie blieb so völlig regungslos, daß er einen Augenblick lang unsicher wurde und innehielt. Dann spürte er plötzlich einen harten Ellbogen unter seinem Kinn, sanft, aber unausweichlich. »Das kannste mit deinem Saxophon machen, Pete«, sagte sie ohne Erregung.

Er packte sie am Handgelenk, aber der Druck des Ellbogens auf seiner Gurgel verstärkte sich, sobald er ihren Arm beiseitezuschieben versuchte; so standen sie dicht aneinander, ohne sich zu bewegen. Wieder näherten sich Schritte, und er ließ sie los;

aber noch ehe sie um die Ecke verschwinden konnten, hatte Miss Jameson sie entdeckt.

»Wer ist denn das?« fragte ihre hohe, nüchterne Stimme. Sie trat näher und beugte sich vor, um sie zu erkennen. »Oh, das ist Petes Hut. Mrs. Maurier sucht Sie.« Sie musterte die beiden mißtrauisch. »Was macht ihr hier eigentlich?«

»Wir haben uns vor Tante Pat versteckt«, erklärte die Nichte. »Was will sie denn jetzt wieder mit uns anstellen?«

»Wieso ... nichts. Sie ... wir sollten ein wenig geselliger sein, meinst du nicht auch? Wir sind niemals alle beieinander. Auf alle Fälle, sie hat nach Pete gefragt. Willst du nicht auch mitkommen?«

»Ich geh lieber schlafen. Pete kann ja hingehen, wenn er's riskieren will.« Sie wandte sich zum Gehen. Miss Jameson legte die Hand auf Petes Arm.

»Es ist dir also recht, wenn ich Pete mitnehme?« bohrte sie hartnäckig weiter.

»Mir? Mir ist es recht – wenn's ihm recht ist«, erwiderte die Nichte und ging weiter. »Gute Nacht.«

»Die Göre sollte mal ein paar hinten drauf kriegen«, erklärte Miss Jameson wütend. Sie schob ihre Hand in Petes Arm. »Kommen Sie, Pete.«

Die Nichte stand da und rieb die nackte Fußsohle am Schienbein, während die Schritte der beiden nach der Helligkeit und dem Geplärr des Grammophons hin verklangen. Sie rieb den Fuß rhythmisch am Schienbein auf und nieder und schaute aufs Wasser hinaus, wo der Mond seine bleiche und knochenlose Hand auszubreiten begann ... Eine Weile stand sie bewegungslos, dann balancierte sie auf einem Bein, hob das andere und fühlte einen kleinen, harten Knoten, der ein wenig heiß war. Heiliger Strohsack, dachte sie, jetzt haben sie uns also doch wieder gefunden. Aber es half alles nichts, sie mußten warten, bis der Schlepper da sein würde. »Und unsere abgenagten Knochen findet«, sagte sie laut. Sie ging das Deck entlang. Am Niedergang blieb sie wieder stehen.

Es war David. Er lehnte an der Reling, und sein Hemd, auf gleicher Höhe mit dem Mond, leuchtete weiß gegen die dunkle Linie der Küste. Lautlos trat sie auf bloßen Füßen zu ihm.

»Hallo, David«, grüßte sie leise, legte die Ellbogen neben die seinen auf die Reling, zog den Kopf zwischen die Schultern und kreuzte die Beine, wie er es getan hatte. »Das wäre eine Nacht, um auf unserem Berg zu sitzen und auf die kleinen Schiffe hinunter zu sehen, wenn sie so hell erleuchtet sind, meinst du nicht? Nächsten Sommer um diese Zeit werden wir wohl dort sein, nicht wahr? Und überall, wo du auch warst. Du kennst die hübschen Ecken, ja? Wenn wir erst zurück sind, dann kenn ich die hübschen Ecken auch.« Sie schaute auf das dunkle, unruhige Wasser hinunter. Es hielt nie still, es war nie dasselbe, und das Mondlicht brach sich darauf und wurde zu kleinen, unbeständigen Silberschwingen, die sich hoben und senkten und ewig veränderten.

»Ich wollt, ich wär drin«, sagte sie; »im Mondlicht schwimmen . . . du vergißt das nicht, morgen früh?« Nein, versicherte er und betrachtete ihre dünnen, gekreuzten Arme und den kurzgeschorenen Scheitel. »Weißt du was?« sie blickte zu ihm hoch. »Wir gehn heute nacht rein.«

»Jetzt?«

»Wenn der Mond höher steht. Jetzt würd's mir Tante Pat ohnehin verbieten. Aber so um zwölf rum, wenn sie ins Bett gegangen sind. Was meinst du?« Er sah sie an, sah sie so seltsam an, daß sie scharf fragte: »Was hast du denn?«

»Nichts«, antwortete er endlich.

»Also, wir treffen uns so gegen zwölf. Ich bring dir den Badeanzug von Gus mit. Nicht vergessen, ja?«

»Nein«, sagte er. Als sie die Treppe erreicht hatte und sich noch einmal nach ihm umdrehte, starrte er ihr noch immer mit diesem seltsamen Blick nach. Aber sie machte sich weiter keine Gedanken darüber.

Zehn Uhr

Jenny hatte die Kabine für sich allein. Mrs. . . . also die, deren Namen sie nie behalten konnte, war noch an Deck oben. Sie hörte ihre Stimmen, und irgendwo erklang Mr. Fairchilds fröhliches Lachen, aber der war noch nicht dabei gewesen, als sie hinuntergegangen war. Sie hörte die gedämpften nasalen

Töne des Grammophons und das Stampfen der Füße. Sie tanzten noch. Genau über ihrem Kopf. Ob sie noch einmal hinaufgehen sollte? Sie saß da und hielt einen Spiegel in der Hand; sie blickte hinein, aber ihr Spiegelbild blieb höflich-unverbindlich, und sie dachte, daß dies ein Abend sei, an dem sie nicht mehr tanzen müsse. Und man muß an so vielen Abenden tanzen. Morgen abend vielleicht, sagte das Spiegelbild. Aber ich muß nicht tanzen, morgen abend, dachte sie ... Sie starrte in den Spiegel und saß völlig regungslos ... Sein dünnes Sirren stieg zu einem ekstatischen Höhepunkt an, und im Spiegel sah sie den kleinen grauen Punkt auf ihrem Hals. Wild schlug sie zu. Er wich mit der Wachsamkeit und dem Geschick langer Übung aus und schwebte unruhig zwischen ihr und der nicht abgeschirmten Lampe.

Mein Gott, warum willst du eigentlich nach Mandeville? dachte sie. Ihre Hände schossen vor und klatschten zusammen. Voller Ekel betrachtete Jenny ihre Handflächen. Wie sie bloß all das Blut mit sich rumschleppen, wunderte sie sich und wischte es an der Innenseite eines Strumpfes ab. Und noch so jung. Hoffentlich war das der letzte. Es mußte wohl so sein, denn nichts war mehr zu hören als das leise Flüstern des Wassers und eine ferne, erregende Andeutung einer Jazztrompete, die sich mit dem monotonen Stampfen über ihrem Kopfe mischte. Die tanzen immer noch. Eigentlich brauchst du ja überhaupt nicht zu tanzen, dachte Jenny und gähnte in den Spiegel. Interessiert betrachtete sie den rosigen und scheinbar endlosen Bogen ihres Gaumens. Da öffnete sich die Tür, und diese Patricia trat ein. Jenny erkannte ihr Gesicht im Spiegel. Sie trug einen Regenmantel über dem Pyjama.

»Hallo«, sagte Jenny.

»Hallo«, erwiderte die Nichte. »Ich dachte, du bist noch oben und schwofst mit den anderen.«

»Mein Gott«, meinte Jenny, »man muß ja nicht das ganze Leben tanzen. Du bist ja auch nicht oben.«

Die Nichte schob die Hände in die Manteltaschen und sah sich in dem engen Raum um. »Du läßt das Fenster offen, wenn du dich ausziehst?« fragte sie; »so ganz weit offen?«

Jenny legte den Spiegel beiseite. »Das Fenster? Ach, da draußen ist doch jetzt niemand mehr.«

Die Nichte trat an das Bullauge und sah den fahlen Himmel, der quer zerschnitten wurde von dem starren Dunkel des Wassers. Der Mond breitete seine Silberhand darüber, einen sich ausweitenden silbernen Pfad; und in dem Pfad belebte sich das Wasser, unablässig, nicht mehr starr.

»Ja, kaum«, murmelte sie. »Der einzige, der auf dem Wasser gehen konnte, der ist ja tot . . . Welches ist deine?« Sie warf den Mantel ab und wandte sich den beiden Kojen zu. Die Hose ihres Schlafanzugs war mit einer zerschlissenen Herrenkrawatte festgebunden.

»Tot, so?« murmelte Jenny unaufmerksam. »Das dort«, antwortete sie sich selbst und verrenkte sich bei dem Versuch, die Rückseite ihres nach außen verdrehten Beines zu betrachten. Dann sah sie wieder hoch. »Das ist nicht meine. Das ist die von Mrs. Sowieso, in der du liegst.«

»Ist doch ganz egal.« Die Nichte lag flach auf dem Rücken und streckte genüßlich Arme und Beine aus. »Gib mir ne Zigarette. Hast du welche?«

»Nee. Ich rauch nicht.« Jenny war von dem Zustand ihres Beines zufriedengestellt und entknotete sich.

»Du rauchst nicht? Warum denn nicht?«

»Ich weiß auch nicht«, entgegnete Jenny. »Nur so.«

»Guck doch mal nach, ob Eva welche rumliegen hat.« Die Nichte hob den Kopf. »Los, sieh mal in ihren Sachen nach. Sie hat bestimmt nichts dagegen.«

Jenny jagte nach Zigaretten: sanft, blond und erfolglos. »Pete hat welche«, bemerkte sie nach einer Weile. »Er hat zwanzig Packungen gekauft, ehe wir an Bord sind.«

»Zwanzig Packungen? Lieber Himmel, was hat er denn gedacht, wo wir hinfahren? Er muß mit Schiffbruch gerechnet haben oder so was.«

»Wahrscheinlich.«

»Heiliger Strohsack«, sagte die Nichte. »Und das ist alles, was er mitgebracht hat? Bloß Zigaretten? Was hast du denn bei dir?«

»'n Kamm.« Jenny zog gerade ihr schmuddeliges Kleidchen über den Kopf. Ihre Stimme klang gedämpft. »Und einen Lippenstift.« Sie schüttelte ihr verschlafenes Goldhaar und ließ das Kleid zu Boden fallen. »Also Pete hat welche«, wiederholte sie und schob das Kleid mit dem Fuß unter den Toiletten-tisch.

»Ja, ich weiß es jetzt«, faßte die Nichte zusammen: »Und Mr. Fairchild hat auch welche, und der Steward hat welche, falls Mark Frost die nicht alle geschnorrt hat. Den Kapitän ha-be ich auch schon eine rauchen sehen. Aber davon hab ich doch nichts.«

»Nein«, gab Jenny gelassen zu. Ihre Unterwäsche war rosa und mit vielen Bändchen und Rüschen versehen. Sie zog ein paar Schleifchen auf, stieg süß und rosig aus dem Kleidungs-stück und warf es ebenfalls unter den Tisch.

»Willst du das etwa da liegen lassen?« erkundigte sich die Nichte. »Warum legst du das Zeug nicht auf den Stuhl?«

»Weil Mrs. . . . Mrs. Wiseman ihre Sachen auf den Stuhl legt.«

»Na, aber heute bist du doch zuerst da; warum nimmst du nicht den Stuhl? Oder häng's doch an einen von den Haken an der Tür.«

»Sind da Haken?« Jenny sah nach der Tür. »Ach . . . laß doch liegen.« Sie zog die Strümpfe aus und warf sie auf den Toilettentisch. Dann trat sie zum Spiegel und begann, sich zu kämmen. Der Kamm strich mit einem leisen, seidigen Laut durch das helle, weiche Haar, das Jennys göttlichen Körper umgab wie der Heiligenschein eines Engels. Das ferne Gram-mophon, der Takt der Füße und das Flüstern des Wassers drangen in den Raum.

Die Nichte sah ihr zu. »Du hast ne komische Figur«, be-merkte sie nach einer Weile kühl.

»Komisch?« wiederholte Jenny und blickte mit milder Streitlust hoch. »Nicht komischer als deine. Ich hab wenigstens keine Streichholzbeine.«

»Ich auch nicht«, erwiderte die andere selbstzufrieden, flach auf dem Rücken liegend. »Deine Beine sind in Ordnung. Ich meine bloß, oben rum bist du ein bißchen zu stark für sie. Und hinten auch.«

»Na und? Warum denn nicht? Ich hab's nicht so gemacht.«

»Sicher. Wenn's dich nicht stört, ist ja alles in Ordnung.«

Ohne ersichtliche Anstrengung verrenkte Jenny ihre Hüfte und sah über die Schulter hinweg an sich herunter. Dann wandte sie sich zur Seite und nahm den stummen Dienst des Spiegels in Anspruch. Beruhigt erklärte sie: »Klar ist alles in Ordnung. Und vorn werd ich eines Tages noch stärker sein.«

»Ich auch . . . wenn ich's nicht vermeiden kann. Aber wozu willst du denn eins haben?«

»Lieber Gott«, meinte Jenny, »ich werd vermutlich einen ganzen Haufen kriegen. Und sie sind doch auch niedlich, irgendwie – findest du nicht?«

Der Klang des Grammophons drang herunter, melodisch und nasal, und die rhythmischen Füße übertönten das Flüstern der Wellen. Die Lampe war klein und nicht hell genug; sie war in die Decke eingelassen; und Jenny und die Nichte einigten sich darüber, daß sie irgendwie niedlich seien und so rosa. Jenny war offensichtlich im Begriff, ins Bett zu steigen, und die andere fragte:

»Ja, ziehst du denn kein Nachthemd an?«

»Ich kann das Ding nicht tragen, das mir Mrs. Sowieso gepumpt hat«, erwiderte Jenny. »Du hast gesagt, du leihst mir eins, bloß das haste dann nicht getan. Wenn ich mich auf dich verlassen hätte bei dem ganzen Unternehmen, dann läg ich jetzt wahrscheinlich so zehn Meilen weiter hinten im Wasser und würd versuchen, heimzuschwimmen.«

»Ach ja, stimmt ja. Aber es ist doch eigentlich egal, wie du schläfst, oder? – Mach's Licht aus.« Das Licht folgte Jenny rosig, als sie durch den Raum ging, und es fiel rosig auf sie, als sie gehorsam nach dem Schalter neben der Tür langte. Die Nichte lag lang ausgestreckt und starrte zu der nicht abgeschirmten Lampe hinauf. Jennys engelhafte Nacktheit schwand aus ihrem Gesichtskreis; und dann plötzlich starrte sie in ein Nichts, in dessen ungefährer Mitte sich ein undeutliches Loch abzeichnete; jenseits des Loches war ein bleicher Himmel voller Mondlicht.

Jennys nackte Füße patschten kaum hörbar über den teppichlosen Boden; leise atmend kam sie durch den dunklen Raum, und dann erschien ihre Hand aus dem Dunkel. Die Nichte rückte zur Wand. Das Loch in der Mitte der Dunkelheit war plötzlich verdeckt; dann wurde es wieder sichtbar, und Jenny kletterte vorsichtig in die Koje. Trotzdem stieß sie leicht mit dem Kopf an und machte in träger Überraschung

»autsch!«. Die Koje hob und senkte sich heftig, und die Sprungfedern schrien; das Bullauge verschwand abermals. Dann endlich kam die Koje zur Ruhe, und Jenny seufzte mit einem sanften Explosivlaut.

Dann wechselte sie wieder ihre Lage, und die andere sagte: »Kannst du nicht still liegen?« und stieß den Ellbogen in Jennys knochenlose nackte Hingebung.

»Ich lieg noch nicht richtig«, erklärte Jenny unverdrossen.

»Dann pack dich richtig hinein und hör auf zu strampeln.«

Jenny entspannte sich. »Jetzt lieg ich richtig«, verkündete sie schließlich. Wieder seufzte sie. Es war ein nicht unterdrücktes Gähnen.

Die gedämpften Schritte tapptapptappten monoton über ihnen. Draußen in der fahlen Dunkelheit plätscherte das Wasser gegen den Rumpf der Jacht. Allmählich entwich die Hitze aus der engen Kabine; nachdem das Licht gelöscht war, ebbte sie ab, und hier drinnen war nichts zu hören außer dem Atem der beiden Mädchen. Kein anderer Laut. »Hoffentlich war's der letzte; der, den ich totgemacht habe«, murmelte Jenny.

»Mein Gott, ja«, pflichtete die Nichte bei. »Diese Party macht einen schon fertig, wenn man's nur mit den Leuten zu tun hat . . . Sag mal, was würdest du von einer Party mit einer ganzen Bootsladung von Mr. Talliaferros halten?«

»Welcher is'n das?«

»Was, an den erinnerst du dich nicht? Na, den solltest du eigentlich kennen. Das ist doch der Kleine, der immer so geschwollen redet und der dich immer betatschen will – der so schrecklich höflich ist. Ich versteh nicht, wie du einen vergessen kannst, der so höflich ist.«

»Ach, der«, erinnerte sich Jenny. Die andere:

»Sag mal, Jenny, wie ist das mit Pete?«

Einen Augenblick lang sagte Jenny gar nichts. Dann fragte sie unschuldig: »Was ist mit ihm?«

»Er hat eine Stinkwut auf Mr. Talliaferro, nicht wahr?«

»Pete wird schon klarkommen.«

»Du hast auch an jedem Finger einen Mann, was?« fragte die andere neugierig.

»Na, irgendwie muß man sich schließlich beschäftigen«, verteidigte sich Jenny.

»Quatsch«, sagte die Nichte roh, »Quatsch. Du läßt dich gern abknutschen. Das ist der einzige Grund. Stimmt's nicht?«

»Also, ich hab nichts dagegen«, antwortete Jenny. »Ich hab mich dran gewöhnt, gewissermaßen«, erklärte sie. Die Nichte atmete mit einem schwachen, schnaubenden Geräusch aus, und Jenny wiederholte: »Man muß sich eben irgendwie beschäftigen, nicht wahr.«

»Krampf«, sagte die Nichte. Im Dunkeln machte sie eine wegwerfende Handbewegung. »Ihr Weiber! Wahrscheinlich ist Dorothy Jameson genau der gleichen Ansicht. Sieh dich vor: ich glaube, sie versucht, dir Pete auszuspannen.«

»Oh, Pete wird schon klarkommen«, wiederholte Jenny träge. Sie lag wieder völlig still. Das Wasser war ein kühler, ferner Laut. Dann begann Jenny wieder, vertraulich auf einmal:

»Sag mal, weißt du, was sie von Pete will?«

»Nein – was denn?« fragte die Nichte rasch.

»Also . . . sag mal, was ist das eigentlich für eine? Kennst du sie gut?«

»Was will sie von Pete?« fragte die Nichte beharrlich.

Jenny schwieg, dann platzte sie mit spröder Mißbilligung heraus: »Sie will, daß Pete sich von ihr malen läßt.«

»Aha. Und?«

»Das ist alles. Sie will, daß Pete sich von ihr malen läßt, auf einem Bild.«

»Na, wahrscheinlich macht sie das immer so, wenn sie sich einen angeln will. Was stört dich daran?«

»Also, es ist nicht das Richtige, um Pete zu angeln. Der ist so was nicht gewöhnt«, entgegnete Jenny im gleichen spröden Ton.

»Ich kann ja verstehen, daß er seine Zeit nicht mit so was verplempern will. Aber was überrascht euch so daran? Pete wird sich bei ein paar Porträtsitzungen noch keine Bleivergiftung holen.«

»Na, das mag schön und gut sein für Leute wie dich und die anderen alle. Aber Pete hat gesagt, er läßt sich nicht splitternackt von der erstbesten wildfremden Frau angucken. An so was ist er nicht gewöhnt.«

»Ach so«, bemerkte die Nichte. Dann: »So will sie ihn also malen?«

»Ja, machen sie das denn nicht immer so? So ... auf Akt?«
fragte Jenny.

»Lieber Gott, hast du noch nie ein Bild mit einem angezoge-
nen Menschen drauf gesehen? Wo hast du denn diese Vorstellung her? Aus dem Kino?«

Jenny antwortete nicht gleich. Dann meinte sie plötzlich:
»Außerdem, wenn sie was anhaben, sind's immer alte Damen
oder Bürgermeister oder so. Jedenfalls, ich habe gedacht ...«

»Was hast du gedacht?«

»Ach, nichts«, antwortete Jenny. Die andere sagte:

»Das kann sich Pete aus dem Kopf schlagen. Sehr wahrscheinlich will sie ihn ganz normal und gutbürgerlich malen.
Ich werd's ihm morgen sagen.«

»Laß nur«, sagte Jenny rasch, »ich sag's ihm schon. Du
brauchst dich nicht zu bemühen.«

»Schön. Wie du willst ... Wenn ich bloß eine Zigarette hätte.« Sie lagen eine Weile schweigend. Draußen wisperte das
Wasser am Schiffsrumpf. Das Grammophon war im Augenblick still, und das Tanzen hatte aufgehört. Jenny drehte sich
auf die Seite und sah die andere in der Dunkelheit an.

»Sag mal«, fragte sie, »was macht dein Bruder da eigentlich?«

»Gus? Warum fragst du ihn nicht selbst?«

»Hab ich ja. Bloß ...«

»Was?«

»Bloß hat er's mir nicht gesagt. Oder ich hab's vergessen.«

»Was hat er denn gesagt, wie du ihn gefragt hast?«

Jenny überlegte kurz. »Er hat mich geküßt. Ehe ich gemerkt
hab, was los ist. Und dann hat er mich hinten getatscht und gesagt, ich soll ein andermal kommen, er hat gerade ne Konfe-
renz oder so.«

»Heiliger Strohsack«, murmelte die Nichte. Dann sagte sie
scharf: »Hör mal, du läßt Josh in Ruhe, verstanden? Hast du
denn nicht genug mit Pete und Mr. Talliaferro? Mußt du auch
noch mit Kindern rummachen?«

»Ich mach nicht mit Kindern rum.«

»Das möchte ich mir auch ausbitten. Nicht mit Josh auf alle
Fälle.« Sie bewegte den Arm und berührte Jennys sanfte
Nacktheit mit dem Ellbogen. »Rück mal bißchen ... Mensch,

du fühlst dich aber wirklich unanständig an. Mach dich mal bißchen auf deine Seite rüber, los.«

Jenny machte Platz und drehte sich wieder auf den Rücken. Schweigend lagen sie nebeneinander im Dunkeln. »Sag mal«, fing Jenny auf einmal an, »Mr. . . . na, der Höfliche . . .« –

»Talliaferro«, half die andere aus. ». . . Talliaferro. Hat der eigentlich einen Wagen?«

»Keine Ahnung. Frag ihn doch selbst. Warum fragst du mich dauernd, was die Leute machen und was sie haben?«

»Taxifahrer sind das Gescheiteste, wenn du mich fragst«, fuhr Jenny unbewegt fort. »Manchmal, wenn einer ein Auto hat, dann ist das auch das einzige, was er hat. Die fahren dann mit einem spazieren.«

»Keine Ahnung«, wiederholte die Nichte. »Sag mal«, fragte sie plötzlich, »was hast du da heute mittag zu ihm gesagt?«

Jenny machte »oh«. Dann atmete sie eine Weile ruhig und regelmäßig. »Ich hab mir doch gleich gedacht, daß du hinter der Ecke stehst.«

»Klar. Was war das für ein Ausdruck? Sag's nochmal.« Jenny sagte es nochmal. Die Nichte wiederholte es. »Was heißt das eigentlich?«

»Ich weiß auch nicht. Ist mir halt gerade eingefallen. Ich weiß auch nicht, was es heißt.«

»Klingt aber gut«, meinte die andere. »Du hast dir's wohl nicht selber ausgedacht, was?«

»Nein. Hat mir mal einer beigebracht. Das war nämlich so: Da sind wir eines Abends unten am Market, ja, zwei Paare, und wir trinken gerade 'n Kaffee – ich und Pete und eine Freundin von mir und noch einer. Wir waren gerade mit dem Schiff von Mandeville zurückgekommen; wir waren schwimmen gewesen und nachher tanzen. Ja, und an dem Tag ist in Mandeville einer ertrunken. Pete und Thelma, das ist nämlich meine Freundin, weißt du, und Roy, also das ist ihr Freund, ja, die haben's alle gesehen. Ich hab's nicht gesehen, weil ich nicht dabei war. Ich bin nicht ins Wasser gegangen an dem Tag, weil's so schrecklich sonnig war. Ich mein immer, Blondinen sollten nicht so lang in die Sonne gehen; bei Brünetten ist das was anderes, meinst du nicht?«

»Warum? – Aber wie war das mit . . .«

»Ach so, ja. Also ich bin nicht ins Wasser gegangen auf alle Fälle. Ich hab auf die andern gewartet. Und da bin ich mit so einem ganz komischen Mann ins Gespräch gekommen. So ein kleiner Dunkler...«

»Ein Nigger?«

»Nee. Ein Weißer. Bloß er war furchtbar braungebrannt und ziemlich schäbig angezogen – ohne Schlips und Hut. Mensch, der hat vielleicht kariert dahergeredet. Er hat gesagt, ich hab die beste Verdauung, die er je gesehen hat, und wenn die Träger von meinem Kleid mal abreißen täten, dann würd ich das ganze Land ins Unglück stürzen. Er ist Lügner von Beruf, hat er gesagt, und er verdient prima dabei, und wenn er erst ausgezahlt wird, dann kann er sich'n Ford kaufen. Er war meschugge, weißt du: nicht gemeingefährlich, nur eben meschugge.«

Die Nichte lag schweigend. Dann meinte sie nachdenklich: »Du siehst wirklich so aus, als ob du von Brot und Milch leben und jeden Abend mit den Hühnern ins Bett gehen würdest... wie heißt er denn? Hat er sich nicht vorgestellt?« fragte sie plötzlich.

»Doch. Er heißt...« Jenny überlegte. »Ich hab den Namen doch behalten, weil er so'n komischer Kerl war... Walker oder Foster oder so.«

»Walker oder Foster? Na, wie nun?«

»Es muß Foster sein; ich erinnere mich, daß es mit F angefangen hat, wie der zweite Vorname von meiner Freundin. Frances heißt die nämlich, also Thelma Frances, nicht wahr, bloß sie wird einfach Thelma gerufen. Oder nein, Foster war's auch nicht, den...«

»Also du hast's vergessen.«

»Nein, hab ich nicht. Wart mal... Ach ja: Faulkner. So heißt er.«

»Faulkner?« Die Nichte dachte nach. »Nie gehört«, stellte sie schließlich mit Nachdruck fest. »Und von dem hast du den Ausdruck?«

»Nee. Das war hinterher, wie wir wieder in N. O. waren. Der Verrückte war auch mit auf dem Schiff bei der Rückfahrt. Da ist er mit Pete und Roy ins Gespräch gekommen, während ich und Thelma mal nach unten sind, um uns ein bißchen frisch zu machen. Und dann hat er mit Thelma getanzt. Mit mir wollte er nicht; er hat gesagt, er kann nicht gut tanzen, deshalb muß er auf die Musik aufpassen, wenn er tanzt. Er kann mit Roy tanzen oder mit Thelma oder mit Pete, hat er gesagt, aber nicht mit mir. Der war einfach meschugge. Was meinst du?«

»Es klingt meschugge, wie du's erzählst. Aber wie war das mit dem, von dem du den Ausdruck hast?«

»Ach ja. Also das war auf dem Market. Da war ein Mordsgedränge, weil's doch Sonntagabend war, nicht, und da waren dann diese anderen Kerle. Einer davon, der hat so ganz gut ausgesehen, ja, und ich hab mal rübergeguckt zu ihm. Pete war gerade Zigaretten holen gegangen, und ich und Thelma und Roy, wir waren eingeklemmt in einem Haufen Volk, und wir haben Kaffee getrunken, ja. Und da hab ich halt rübergeguckt.«

»Schön, da hast du halt rübergeguckt. Weiter!«

»Na also, dieser Kerl, dieser Gutaussehende, ja, der hat sich dann hinter mir reingequetscht, und dann hat er mich angequasselt. Und zwischen mir und Roy, da hat nämlich noch einer gesessen, ja, und der, der mich angequasselt hat, der fragt dann, gehört der zu dir? Damit hat er den Mann neben mir gemeint, verstehst du? Nein, sag ich, den kenn ich überhaupt nicht. Und da meint er, wie ist es, und ob ich nicht mit ihm rauskommen will, weil er draußen seinen Wagen stehn hat ... du, der Bruder von Pete, der hat'n Haufen Wagen; einer davon genau derselbe, wie Pete einen hat ... ja. Und dann ... ach so, ja; dann hab ich gesagt, wo wollen wir denn hin, weil nämlich mein Alter nicht will, daß ich mit Fremden rumziehe, nicht. Und da hat er gesagt, er ist kein Fremder, und ich kann von jedem erfahren, wer der Dingsbums ist, na also, den Namen hab ich vergessen. Sag ich zu ihm, er soll lieber erst Pete fragen, ob ich mit darf. Und er fragt, wer ist Pete? Jetzt hat aber ganz in unserer Nähe so ein Großer gestanden, so 'n Kerl wie 'n Kleiderschrank, ja, und in dem Moment guckt er mich an. Er hat mich vielleicht ne Minute lang angeguckt, und ich hab mir gedacht, der guckt gleich wieder. Da hab ich dann zu dem andern gesagt, also zu dem, der mich angequasselt hat, das ist er, das ist Pete. Und wie der Kleiderschrank dann wieder

weggeguckt hat, da hat der andere, also der, der mit mir raus-
wollte, da hat er das zu mir gesagt. Und dann hat der Kleiderschrank wieder hergeguckt, und da hat er sich verdrückt. Ich
bin dann aufgestanden und hab mich zu Thelma und Roy gesetzt, und dann ist Pete auch zurückgekommen. Siehste, so war
das.«

»Also, auf alle Fälle klingt es prima. Hör mal, hast du was
dagegen, wenn ich es auch sage, hie und da?«

»Von mir aus«, stimmte Jenny zu, »kannste ja machen. Aber
sag mal, wie ist das, was du immer zu deiner Tante sagst? Von
wegen halblang machen und so?« Die Nichte erklärte es ihr.
»Klingt auch gut«, meinte Jenny großzügig.

»Findest du? Ich mach dir einen Vorschlag: du läßt mich deinen Ausdruck benutzen, und dafür kannst du meinen auch benutzen. In Ordnung?«

»In Ordnung«, erklärte sich Jenny einverstanden. »Abge-
macht.«

In der fahlen Dunkelheit plätscherte und wisperte unaufhörlich das Wasser. Die Wölbung der niedrigen Decke, die unmittelbar über der Koje hing, gab der Kabine etwas Bedrük-
kendes, aber das verlor sich wieder in den verhältnismäßig
großzügigen Abmessungen des dunklen Raumes in seiner Ge-
samtheit, in dessen ungefährer Mitte sich die runde Öffnung befand. Der Mond stand höher inzwischen, und der untere Teil
der Messingeinfassung des Bullauges war nun eine dünne Sil-
bersichel und sah selbst wie ein zunehmender Mond aus.

Wieder bewegte sich Jenny, schmiegte sich an die Seite der
Nichte und atmete ihr leicht ins Gesicht. Die Nichte fühlte Jennys passive Nacktheit an ihrem Arm, und indem sie den Arm
im Ellbogengelenk drehte, strich sie langsam mit dem Handrücken über die geschwungene Flanke der anderen. Langsam,
auf und ab, während Jenny bewegungslos lag, hingegeben und
empfänglich wie eine Katze. Ganz langsam, auf und ab und
auf und ab . . . »Ich mag Fleisch«, murmelte die Nichte. »So
warm und glatt. Im alten Rom hätte ich leben mögen . . . ge-
salbte Gladiatoren . . . Jenny«, fragte sie auf einmal, »bist du
noch Jungfrau?«

»Natürlich«, antwortete Jenny sofort, hochgeschreckt. Einen
Augenblick lag sie entspannt, verblüfft. »Das heißt«, sagte sie

dann, ». . . ja. Ich meine, ja, natürlich.« Sie grübelte in passiver
Überraschung. Dann spannte sich ihr Körper. »Hör mal . . .«

»Hm«, meinte die Nichte kritisch, »ungefähr so hätte ich
auch geantwortet.«

»Hör mal«, erkundigte sich Jenny ganz aufgebracht, »warum fragst du das?«

»Ich wollte bloß wissen, was du sagst, weißt du. Eigentlich
ist es ja auch ganz egal. Ich kenne einen Haufen Mädchen, die
sagen, sie sind's nicht mehr. Ich glaube nicht, daß sie alle
lügen.«

»Manchen Leuten ist das vielleicht egal«, erwiderte Jenny
steif, »mir nicht. Ich meine, ein Mädchen verliert die Achtung
der Männer, wenn sie zur Pomi . . . zur Promüsk . . . Also
wenn sie dazu neigt. Ich denke da jedenfalls anders, basta.
Und du hattest kein Recht, mich das zu fragen.«

»Lieber Himmel, du stellst dich an wie eine Pfadfinderin,
oder so. Hat Pete noch nie versucht, dich rumzukriegen?«

»Sag mal, warum fragst du mich nach solchen Dingen?«

»Ich wollte bloß wissen, was du sagst. Deswegen brauchst du
dir doch nicht gleich auf den Schlips zu treten. Du bist zu
empfindlich, Jenny«, belehrte sie die Nichte.

»Na hör mal, wenn du sone Sachen fragst . . . wenn du wissen
willst, was die Leute sagen, warum fragst du dich nicht selbst
danach? Hat dich schon mal wer gefragt, ob du noch eine bist?«

»Nicht daß ich wüßte. Aber . . .«

»Also, bist du eine?«

Die Nichte lag einen Augenblick lang völlig reglos. »Bin ich
was?«

»Bist du noch Jungfrau?«

»Aber natürlich«, erwiderte sie scharf. Sie stützte sich auf
den Ellbogen. »Das heißt . . . Sieh mal . . .«

»Siehste, so hätt ich auch geantwortet«, kam Jennys Stimme
mit träger Bosheit aus dem Dunkel.

Die Nichte beugte sich, auf den Ellbogen gestützt, über Jennys regelmäßigen Atem. »Überhaupt, was geht das dich . . . ich
meine . . . du hast mich überfallen mit der Frage. Ich hab nicht
im Traum daran gedacht, daß ich das gefragt werde.«

»Ich auch nicht. Du hast mich noch mehr überfallen als ich
dich.«

»Aber das war doch ganz was anderes. Wir haben doch vorher davon gesprochen, ob du eine bist. Von mir war überhaupt nicht die Rede. Du hast mich so rasch gefragt, daß ich das antworten mußte. Das war nicht fair.«

»Mir ging's doch genauso. Es war bei dir so fair wie bei mir.«

»Nein, es war anders. Ich hätte sagen sollen, ich bin keine. So ganz rasch.«

»Schön; ich werde dich noch mal fragen, wenn du nicht überrascht bist. Also, bist du eine?«

Die Nichte lag eine Weile schweigend. »Du meinst, Ehrenwort?«

»Ja.« Jenny blies der anderen warmen Atem ins Gesicht.

Die Nichte lag wieder schweigend. Dann sagte sie: »Ach, zum Henker«, und dann: »Ja, ich bin eine. Warum soll ich schwindeln deswegen.«

»Das mein ich auch«, stimmte Jenny selbstgefällig zu. Dann fiel sie in träges Schweigen. Die andere wartete einen Moment in der Dunkelheit, dann fragte sie scharf:

»Na, und du?«

»Ich bin auch eine.«

»Ich meine, Ehrenwort? Wie du mich gefragt hast.«

»Klar. Ich bin auch eine«, wiederholte Jenny.

»Das ist nicht fair«, protestierte die Nichte, »ich hab's dir gesagt.«

»Na, ich hab's dir doch auch gesagt.«

»Ehrlich? Schwörst du?«

»Aber ja. Ich bin eine«, versicherte Jenny wieder in glattem und unerschütterlichem Gleichmut.

Die Nichte sagte: »Ach zum Henker.« Sie schnaubte leicht.

Dann lagen sie schweigend nebeneinander. Auch oben auf dem Deck war es jetzt still; aber es war, als hinge noch ein schwacher, geisterhafter Nachhall von Synkopen und unermüdlich stampfender Füße im Raum. Jenny ließ voller Behagen die Zehen spielen. Auf einmal sagte sie:

»Jetzt bist du sauer, was?« Keine Antwort. »Eigentlich hast du auch ne ganz gute Figur«, versuchte sie es noch einmal, versöhnlich. »Ich finde, du siehst ganz süß aus.«

Aber die andere ließ sich nicht durch Schmeicheleien fangen.

Wieder seufzte Jenny sanft und stieß ihren Milch-und-Honig-Atem aus. Dann fragte sie: »Dein Bruder ist ein College-Boy, nicht wahr? Ich kenn auch paar College-Boys. Von Tulane. Ich finde College-Boys schick. Sie sind nicht so gut angezogen wie Pete, sie sind . . . na, so salopp.« Sie überlegte eine Weile. »Ich hab auch mal eine Anstecknadel getragen von einer Fraternity. 'n paar Tage bloß. Dein Bruder ist auch in so was, oder?«

»Gus? In so einem Kegelclub? Das glaub ich aber kaum. Er ist ein Yale-Mann – das heißt, nächsten Monat wird er einer sein. Und ich geh mit. Die nehmen noch lange nicht jeden, der da oben aufkreuzt. Und bis zum Sophomore-Jahr muß man ohnehin warten. Aber Gus will versuchen, in einen Senior-Club zu kommen. Von den Fraternities hält er nicht viel. Der würde sich krank lachen, wenn er dich hören könnte.«

»Ich weiß es eben nicht besser. Ich hab gedacht, es ist ganz egal, wo man eintritt. Was kriegt er denn dafür, wenn er da eintritt, wo er eintreten will?«

»Da kriegt man doch nichts dafür, du Dummkopf. Man tritt halt ein.«

Jenny dachte eine Weile nach. »Und sie nehmen einen nicht so ohne weiteres?«

»Erst nach drei Jahren. Und du mußt arbeiten dafür. Es schaffen's nur ganz wenige.«

»Und wenn du's schaffst, dann kriegst du nichts dafür als so'n Abzeichen oder so was? Ach du lieber Gott . . . weißt du, was ich morgen zu ihm sage? Ich sage zu ihm, jetzt mach's aber halblang, sei nicht so . . . nicht so . . . wie geht's weiter?«

»Ach, halt die Klappe und dreh dich rum«, kommandierte die Nichte und wandte ihr den Rücken zu. »Das verstehst du nicht.«

»Allerdings nicht«, gab Jenny zu und rollte sich auf die Seite. So lagen sie Rücken an Rücken, wie Kinder; nur ihre Hinterbacken berührten sich eben. ». . . drei Jahre lang . . . ach du lieber Gott.«

Fairchild war nicht wieder aufgetaucht. Aber sie hatte gleich gewußt, daß sie nicht wieder auftauchen würden. Sie war nicht einmal überrascht darüber; und so war aus ihrer Party wieder einmal eine nicht endenwollende Bridgepartie geworden. Mrs.

Wiseman, sie selbst, Mr. Talliaferro und Mark. Wenn sie den Kopf verdrehte, konnte sie Dorothy Jamesons langweilige Krampfigkeit erkennen und die nachgemachte Urbanität von Jennys Verehrer. Die beiden saßen auf dem Dach des Ruderhauses und baumelten mit den Beinen. Der Mond stieg herauf, und Petes Strohhut hing als matter Schimmer schräg über dem roten Auge der ewigen Zigarette. Ach ja, und da lungerte auch dieser komische, schüchterne, schäbige Mr. Gordon herum. Allein, wie gewöhnlich. Und wieder gab es ihr einen Stich, und sie machte sich Vorwürfe, weil sie sich nicht um ihn gekümmert hatte. Immerhin, die anderen amüsierten sich offenbar auf diesem Trip, wie sehr sie sich auch gegenseitig auf die Nerven gehen mochten. Aber was konnte sie für ihn tun? Er war so schwierig, so befangen jedesmal, wenn sie sich ihm nähern wollte... Mrs. Maurier erhob sich.

»Nur für ein paar Minuten«, erklärte sie; »Mr. Gordon... die Pflichten der Gastgeberin, Sie verstehen schon. Vielleicht können Sie so lange... Nein, warten Sie.« Mit zuckersüßem Nachdruck rief sie Miss Jameson. Sie meldete sich sofort. »Ach, würden Sie nicht ein paar Minuten für mich spielen? Ich bin sicher, der junge Mann wird Sie einen Augenblick entschuldigen.«

»Tut mir leid«, rief Miss Jameson zurück. »Ich hab Kopfweh. Entschuldigen Sie bitte.«

»Gehen Sie nur, Mrs. Maurier«, sagte Mrs. Wiseman. »Wir vertreiben uns schon die Zeit, bis Sie zurück sind. Wir haben uns allmählich dran gewöhnt, rumzusitzen.«

»Ja, gehen Sie nur«, pflichtete Mr. Talliaferro bei; »das verstehen wir doch.«

Mrs. Maurier blickte zu Gordon hinüber, der noch immer über die Reling gelehnt stand. »Ich muß einfach«, erklärte sie wiederum. »Es ist so tröstlich, daß es ein paar Leute gibt, auf die man sich verlassen kann.«

»Sie können wirklich ganz beruhigt gehen«, versicherte Mr. Talliaferro.

Als sie sich entfernt hatte, schlug Mrs. Wiseman vor: »Los, spielen wir Red Dog um Pennies. Ich hab noch ein paar Dollar übrig.«

Wortlos trat sie neben ihn. Er wandte ihr sein hageres Gesicht zu und sah wieder weg. Sie ließ sich nicht abschrecken. »Wie still, wie friedlich ist das«, begann sie und lehnte sich neben ihn. Sie blickte wie er über den ruhelosen Schlummer des Wassers hin, auf das der müde Mond sein Pfauenrad breitete, unaufhörlich, eine Schleppe aus silbernen Münzen. Im Schein des schon fast waagrecht einfallenden Mondlichtes war das Gesicht des Mannes mager und hohl und hochmütig – unmenschlich fast. Der kriegt nicht genug zu essen, wurde ihr plötzlich klar. Es ist das Gesicht eines silbernen Fauns, dachte sie. Aber er ist so schwierig, so schüchtern ... »So wenige Menschen nehmen sich die Zeit, innerlich zu werden und über sich selbst nachzudenken, finden Sie nicht auch? Es muß wohl an dem Leben liegen, das wir führen. Nur die Schöpferischen haben die Fähigkeit noch nicht verloren, ihr Leben zu vollenden, indem sie in sich selbst leben. Meinen Sie nicht auch, Mr. Gordon?«

»Ja«, antwortete er kurz. Über dem dimensionslosen Schwung des Decks, auf dem er stand, konnte er, nach vorn und unten blickend, den Bug der Jacht erkennen: ein reines Dreieck aus reinem Weiß, an dessen Schenkeln sich kleine Wellen brachen. Sie wisperten leise und unaufhörlich und zerstoben in blitzende Teilchen aus zerbröckelndem Mondlicht. Mrs. Maurier machte eine Handbewegung: grünlich sprühte Mondlicht aus ihren Ringen.

»Sich selbst leben, sich selbst genügen. Es gibt so viel Unglück in der Welt ...« Sie seufzte wieder erstaunt. »Sie gehen durchs Leben, ohne sich von ihm einfangen zu lassen; Sie gewinnen ihm nur die Inspiration für Ihr Schaffen ab – oh, Mr. Gordon, wie glücklich seid Ihr schöpferischen Menschen. Wir andern, wir können höchstens hoffen, daß es uns irgendwie, irgendwann einmal vergönnt sein möchte, der Stein zu sein, aus dem Ihr Stahl den Funken schlägt ... oder doch wenigstens den Rahmen schaffen zu helfen für diese Inspiration. Und dann denke ich wieder, daß dies schon Selbstzweck sein müßte. Zu denken, daß man der Kunst sein Scherflein geopfert hat, wie armselig Spende und Spender immer sein mögen ... die armselig sich mühende, Mr. Gordon: auch sie hat ihren Platz im großen Plan; auch sie hat der Welt etwas gegeben, ist dort gegangen, wo Götter geschritten sind. Und ich hoffe so sehr, daß

Sie auf dieser Fahrt etwas finden möchten, was Sie dafür entschädigt, daß Sie Ihrem Werk entrissen wurden.«

»Ja«, sagte Gordon wieder und durchbohrte sie mit seinem arroganten, unguten Blick. Der Mann sieht geradezu unheimlich aus, dachte sie und spürte eine seltsame Kälte in ihrem Innern. Wie ein Tier, wie irgendein wildes Tier. Ihr Blick irrte ab, und gegen ihren Willen sah sie rasch über die Schulter zu der Beruhigung ausstrahlenden Gruppe der Kartenspieler am Tisch hinüber. Die Beine von Dorothy und Jennys Verehrer baumelten unschuldig und rhythmisch vom Dach des Ruderhauses; gerade schnippte Pete seine Zigarette auf das dunkle Wasser hinaus. Funkenflug . . .

»Aber eine Welt in sich selbst sein, das närrische Treiben der Menschen betrachten wie ein Puppenspiel . . . ach, Mr. Gordon, wie glücklich müssen Sie sein.«

»Ja«, wiederholte er. Er, sich selbst genügend in der Festung seiner Arroganz, in dem Marmorturm seiner Einsamkeit, seines Stolzes; und dann . . . dann war sie erschienen am dunklen Himmel seines Lebens, wie ein Stern, wie eine Flamme . . . bitter und neu . . . irgendwo in seinem Innern war ein fernes, schreckliches Lachen, unhörbar; sein ganzes Leben war verzahnt mit einem höhnischen Gelächter, und er sah die alte Frau wieder an, legte seine Hand auf sie und hob ihr Gesicht zum Mondlicht empor. Mrs. Maurier wurde von Furcht gepackt. Nicht Angst – Furcht; ein Zustand voller tragischer Passivität, wie in einem Traum. Sie flüsterte: Mr. Gordon, aber kein Laut wurde hörbar.

»Ich tu Ihnen nicht weh«, sagte er rauh und sah sie an: so mochte ein Chirurg blicken. »Erzähl von ihr«, befahl er. »Warum bist du nicht ihre Mutter, daß du mir sagen könntest, wie es war, als du sie empfingst; wie es war, als du sie in deinen Lenden trugst?«

Mr. Gordon! flehten ihre trockenen Lippen lautlos. Seine Hand glitt über ihr Gesicht, lernte durch das Fleisch hindurch die Knochen der Stirn kennen, der Augenhöhlen, der Nase.

»Da ist etwas in deinem Gesicht, hinter all dieser Albernheit ist da etwas«, fuhr er mit kühler, gleichmäßiger Stimme fort, während eine Spanne eingefrorener Zeit nicht verstreichen wollte. Seine Hand kniff das locker hängende Fleisch, das ihren

Mund umgab, glitt an der unscharfen Linie der Wangen und des Kinns entlang. »Sie haben vermutlich auch gehabt, was Sie als Ihre Sorgen bezeichnen?«

»Mr. Gordon!« sagte sie endlich, nachdem sie die Stimme wieder gefunden hatte. Mit einem Ruck gab er sie frei und ragte über ihr im Mondlicht, hager und unterernährt und arrogant, während sie meinte, ohnmächtig zu werden – hoffend, er werde sie auffangen und zugleich gewiß, daß er es nicht tun werde. Aber sie wurde nicht ohnmächtig, und der Mond streichelte mit seiner knochenlosen Silberhand über das Wasser, das mit leisem Wispern an dem reinen, träumenden Rumpf der *Nausikaa* plätscherte und plätscherte.

Elf Uhr

»Wißt ihr, was ich tun werde, wenn das noch 24 Stunden dauert?« sagte Mrs. Wiseman. Sie hatte sich erhoben und stand hinter ihrem Stuhl. »Ich werde Julius bitten, mit mir zu tauschen. Dann kann ich mich an seiner Statt mit Dawson und Major Ayers besaufen. Gute Nacht, allerseits.«

»Willst du nicht auf Dorothy warten?« erkundigte sich Mark Frost. Sie sah zum Ruderhaus hinüber.

»Nein. Ich denke, Pete kann selber auf sich aufpassen«, erwiderte sie und ging weg. Der Mond warf tiefe Schatten auf die westliche Hälfte des Decks. Am Niedergang lag jemand in einem Liegestuhl. »Mrs. Maurier?« fragte sie. »Wir haben uns schon Gedanken gemacht, wo Sie stecken mögen. Sind Sie eingeschlafen?«

Mrs. Maurier setzte sich langsam auf, wie sich sehr alte Leute bewegen. Die Jüngere beugte sich rasch nieder und fragte fürsorglich: »Fühlen Sie sich nicht wohl?«

»Ist es schon Zeit zum Schlafengehen?« erkundigte sich Mrs. Maurier und richtete sich etwas energischer vollends auf. »Unsere Bridgepartie . . .«

»Sie haben uns alle haushoch geschlagen. Aber kann ich Ihnen nicht . . .«

»Nein, nein«, widersprach Mrs. Maurier rasch, ein wenig unsicher. »Es ist nichts. Ich habe nur hier gesessen und den Mond betrachtet.«

»Wir dachten, Mr. Gordon sei bei Ihnen.« Mrs. Maurier fröstelte.

»Diese schrecklichen Männer«, sagte sie. Es sollte leicht klingen. »Diese Künstler.«

»Gordon auch? Ich dachte, er sei Dawson und Julius entronnen.«

»Gordon auch«, bestätigte Mrs. Maurier. Sie stand auf. »Kommen Sie, ich meine, wir sollten zu Bett gehen.« Wieder erschauerte sie, als ob sie fröre. Wider ihren Willen schien ihr Fleisch zu frösteln; sie nahm den Arm der Jüngeren, klammerte sich an sie. »Ich fühle mich ein bißchen abgespannt«, gestand sie. »Die ersten Tage sind immer so anstrengend, finden Sie nicht? Aber es ist doch eine reizende Party, nicht wahr?«

»Furchtbar nett«, pflichtete die andere ohne jede Ironie bei. »Aber wir sind alle abgespannt. Wir werden uns morgen alle besser fühlen. Bestimmt.«

Mrs. Maurier stieg langsam und schwerfällig die Treppe hinunter. Die andere stützte sie, öffnete ihr die Kabinentür und knipste das Licht an. »So, da sind wir. Hätten Sie gern noch etwas, ehe Sie sich hinlegen?«

»Nein, nein«, sagte Mrs. Maurier. Sie wandte ihr Gesicht ab und trat rasch ein. Eilig durchquerte sie den Raum und machte sich am Toilettentisch zu schaffen; sie wandte der anderen geflissentlich den Rücken zu. »Danke, wirklich nicht. Ich denke, ich gehe gleich ins Bett. Ich schlafe immer so gut auf dem Wasser. Gute Nacht.«

Mrs. Wiseman schloß die Tür. Ich möchte wissen, was mit ihr los ist, dachte sie, was mit ihr geschehen ist. Sie ging weiter zu ihrer Kabine. Irgendwas ist geschehen mit ihr, wiederholte sie bei sich, während sie die Klinke niederdrückte.

Der Mond war höher gestiegen; verbraucht und blutlos, alt und ein wenig müde goß er sein Silber über Jacht, Wasser und Ufer. Die Jacht, ihr Deck und die Aufbauten schwebten leidenschaftslos wie ein Traum auf den unruhigen, silbernen Schwingen des Wassers, als sie in ihrem Badeanzug erschien. Einen Augenblick verhielt sie in der Tür, ehe sie bemerkte, daß sich etwas regte, und dort, wo er auf einer Taurolle hockte, sein weißes Hemd erkannte. Sie hob die Hand, und die Hand war schlank und blaß im matten, verräterischen Licht des Mondes. Die bloßen Füße machten kein Geräusch auf dem Deck.

»Hallo, David. Ich bin pünktlich, wie ich's versprochen habe. Wo hast du denn deinen Badeanzug?«

»Ich hab gedacht, du kommst nicht«, sagte er und sah zu ihr auf. »Ich hab gedacht, du machst Spaß.«

»Ja, aber warum denn?« fragte sie. »Lieber Himmel, warum hätte ich mich denn erst mit dir verabreden sollen, wenn ich nicht gewollt hätte?«

»Ich weiß nicht. Ich hab gedacht ... du bist aber wirklich braun. Man sieht's sogar bei Mondlicht.«

»Ja, ganz ordentlich, was? Wo ist denn dein Badeanzug? Warum hast du dich noch nicht umgezogen?«

»Du wolltest mir doch einen mitbringen, hast du gesagt.«

Sie sah ihn verblüfft an. »Tatsächlich — Mensch, das hab ich ja glatt vergessen. Wart mal, vielleicht kann ich Josh wecken, daß er ihn mir gibt. Ich bin gleich wieder da. Wart hier auf mich!«

Er hielt sie zurück. »Ach, laß doch. Muß ja nicht sein, heute nacht. N andermal vielleicht.«

»Nein, ich hol ihn schon. Ich will nicht allein ins Wasser. Wart hier.«

»Nein, laß doch. Ich kann dich ja rausrudern.«

»Du glaubst immer noch nicht, daß es mir ernst ist, was?« Sie musterte ihn neugierig. »Also schön. Dann muß ich halt doch allein reingehen. Aber du kannst mich wenigstens rudern. Los, komm.«

Er holte die Riemen, und sie kletterten in das Boot und stießen ab. »So was Dummes: jetzt hat er keinen Badeanzug«, schimpfte sie von der Heckbank aus. »Ich ginge viel lieber mit jemand zusammen rein. Kannst du nicht in deinen Sachen reingehen? Oder ich dreh mich um und du ziehst dich aus und springst rein – geht das nicht?«

»Ich glaub kaum«, antwortete er erschrocken. »Lieber nicht.«

»Wie blöd. Ich will aber nicht allein schwimmen. Das macht doch keinen Spaß . . . Dann zieh doch einfach Hemd und Hose aus und geh im Unterzeug ins Wasser. Das ist doch beinahe dasselbe wie ein Badeanzug. Ich bin gestern in den Sachen von Josh geschwommen.«

»Ich kann ja rudern, solange du im Wasser bist«, wiederholte er. Die Nichte sagte wieder: »Wie blöd.« David ruderte gleichmäßig über das unruhige mondbeschienene Wasser hin. Kleine Wellen plätscherten leise am Kiel des Bootes, und hinter ihnen hob sich die Jacht rein und leidenschaftslos wie ein Traum von den dunklen Bäumen ab.

»Herrlich ist das«, meinte die Nichte. »Als ob das alles uns gehörte.« Sie hatte sich rücklings auf der Heckbank ausgestreckt und stemmte die Fersen gegen den Bootsrand. David ruderte rhythmisch, und der Rhythmus des Bootes übertrug sich auf Mond und Sterne, die über der spitz zulaufenden Schlichtheit ihrer hochgestellten Knie auf- und niederstiegen – eine ruhige, langsame Bewegung, wie ein alter Baum im Wind.

»Wie weit soll ich rudern?« fragte er da.

»So weit du willst«, antwortete sie und blickte zum Himmel hinauf. Er ruderte weiter; die Dollen rumpelten im Takt, und sie drehte sich auf den Bauch und ließ den Arm ins Wasser hängen. Kleine Blasen aus silbernem Feuer bildeten sich daran, lösten sich widerwillig, stiegen langsam zur Oberfläche und waren verschwunden . . . Kleine Wellen klatschten leicht gegen den Kiel, glitten am Boot entlang, trugen das blasige Feuer des Mondes. Sie schwang die Beine über den Bootsrand, glitt ins Wasser und hielt sich am Heck fest. Nach ein paar Schlägen zog er die Riemen ein.

»Wenn du dich dranhängst, kann ich nicht rudern«, sagte er. Ihre Hände ließen los, und der dunkle Kopf war verschwunden. Aber als er das Boot rasch wendete und sich halb hochstemmte, tauchte sie gerade auf, warf den Schopf zurück, daß ein dünner Schauer silberner Tropfen aufsprühte. Der Mond spielte auf ihren abwechselnd auftauchenden Armen, die jedesmal einen silbernen Fächer aufsteigen ließen, der noch im Entstehen wieder verging.

»Mensch«, sagte sie. Die Stimme klang leise über das Wasser, schwach, aber deutlich zu vernehmen; kleine Wellen plätscherten darin. »Es ist prima, und ganz warm. Komm doch auch rein.« Wieder verschwand ihr Kopf, und er sah ihre zappelnden Beine, als sie tauchte; und dann sprühte es wieder silbern aus ihrem Haar. Sie schwamm zum Boot. »Komm doch rein, David«, bettelte sie. »Zieh Hemd und Hose aus und spring rein. Ich schwimm weg solange und warte auf dich. Komm doch, los!« befahl sie.

Also zog er sich, auf dem Boden des Bootes sitzend, aus und ließ sich im Unterzeug rasch und schamhaft ins Wasser gleiten. »Ist das nicht prima?« rief sie ihm entgegen. »Schwimm weiter raus, bis zu mir, los.«

»Wir dürfen nicht zu weit vom Boot weg«, meinte er vorsichtig, »es ist doch nicht verankert und nichts.«

»Och, das Boot erwischen wir schon wieder. So schnell treibt das nicht ab. Komm hierher, dann schwimmen wir zurück: wer zuerst da ist.«

Er schwamm hinaus bis dorthin, wo ihr triefender, dunkler Schopf ihn erwartete. »Wetten, daß ich dich schlagen kann?« prahlte sie; »bist du fertig? Achtung – fertig – los!« Und sie schlug ihn wirklich und glitt mit einer einzigen zügigen Bewegung ins Boot, wo sie aufrecht stehenblieb, so daß das gedämpfte Silber des Mondes über sie floß.

»Und jetzt wollen wir sehen, wer am weitesten tauchen kann«, forderte sie ihn heraus. David hielt sich am Bootsrand fest, bis zum Hals im Wasser. Sie wartete, daß er hineinklettern solle, und dann fragte sie: »Du kannst doch tauchen, oder?« Aber er hielt sich am Bootsrand fest und sah sie von unten an. »Los, David«, sagte sie scharf, »genierst du dich, oder was? Ich kann ja wegucken, wenn du willst.« Da stieg er ins Boot; er wandte ihr schamhaft den Rücken zu, aber selbst in der klatschnassen Unterwäsche wirkte sein junger, schlanker Körper nicht lächerlich.

»Ich weiß gar nicht, warum du dich so anstellst«, meinte sie. »Du bist doch gut gebaut und groß und muskulös ... Bist du fertig? Eins – zwei – drei!«

Bald war sie froh, daß sie auf dem Rücken liegend treiben konnte, um wieder zu Atem zu kommen, während er neben ihr Wasser trat. Das Wasser griff mit kleinen Händen nach ihr; sie waren in ihrem Haar und auf ihrem Gesicht, und sie atmete tief und schloß die Augen vor dem milden, vergehenden Mond.

»Ich kann dich ein bißchen halten«, erbot er sich und schob die Hand unter ihren Rücken.

»Das kannst du aber prima«, meinte sie und lag bewegungslos. »Ist das schwer? Laß mich mal probieren, ob ich dich auch so halten kann. Das ist hier ganz anders als im Meer: Salzwasser trägt viel besser.« Sie ließ die Beine nach unten sinken, und gehorsam legte er sich auf den Rücken. »Ich kann dich auch halten, siehst du? Sag mal, kannst du auch Rettungsschwimmen?«

»Ein bißchen«, gab er zu, und sie drehte sich wieder auf den Rücken, und er zeigte es ihr. Dann wollte sie es auch versuchen, und nicht ohne Bedenken ergab er sich in sein Schicksal. Würgend legte sich ihr kräftiger, junger Arm um seinen Hals und drückte ihm die Gurgel zu, während sie hastig schwamm und mit den Beinen strampelte. Er warf die Arme empor, um ihrem würgenden Griff zu entgehen; er schnappte nach Luft und ging mit offenem Mund unter. Schließlich konnte er sich befreien und wieder auftauchen. Er war ganz außer Atem. Ihr erschrockenes Gesicht näherte sich, und sie versuchte überflüssigerweise, ihn an der Oberfläche zu halten.

»Verzeih – ich hab dich nicht untertauchen wollen.«

»Ist schon in Ordnung«, sagte er, hustend und schluckend.

»Hab ich was falsch gemacht? Ist es wieder in Ordnung?« Sie beobachtete ihn besorgt und versuchte ihn aufzurichten.

»Ist schon in Ordnung«, wiederholte er. »Das war ein falscher Griff«, erklärte er, wassertretend. »Du hast mich um den Hals gekriegt.«

»Und ich hab gedacht, ich mach's richtig. Aber jetzt werd ich's richtig machen.«

»Ich meine, das üben wir lieber bei Gelegenheit mal im flachen Wasser«, wandte er rasch ein.

»Aber... also gut«, fügte sie sich. »Ich glaube, ich kann's jetzt. Aber es ist wohl besser, wenn ich erst noch übe. Es tut mir furchtbar leid, daß ich dich gewürgt hab.«

»Tut schon gar nicht mehr weh. Schon vorbei.«

»Aber es war dämlich von mir. Ich werde tüchtig üben.«

»Du kannst es doch schon. Das war nur ein falscher Griff eben. Versuch's doch noch mal.«

»Macht's dir nichts aus?« fragte sie rasch und freudig erregt. »Diesmal will ich keinen falschen Griff machen... Oder laß lieber. Womöglich tauch ich dich wieder unter. Ich muß erst üben.«

»Du machst bestimmt nichts verkehrt«, meinte er. »Du kannst es jetzt. Versuch's nochmal.« Er legte sich auf den Rücken.

»Mensch, prima.« Behutsam schob sie ihren Arm über seinen Brustkorb und faßte ihn in der Achselhöhle. »Ist das richtig so? Los geht's.«

Sie hielt ihn vorsichtig, bemüht, nichts falsch zu machen, und er ermutigte sie. Aber sie kamen unendlich langsam voran; das Boot schien meilenweit entfernt zu treiben, und sie brauchte einen großen Teil ihrer Kräfte, um selbst über Wasser zu bleiben. Bald atmete sie schneller, schnappte nach Luft und schloß den Mund wieder, ehe ihr Gesicht vom Wasser überflutet wurde, das ihr freier Arm beim Schwimmen aufwirbelte. Ich muß es schaffen, sagte sie zu sich selbst, ich muß es einfach schaffen... Aber es war viel schwerer, als es ausgesehen hatte. Vor den Sternen tanzte das Boot auf und ab, und mondbeschienene Wasser sprudelten um sie her. Sie würde sich sehr anstrengen müssen, oder sie mußte aufgeben. Aber eher würde sie ertrinken.

Der Arm, mit dem sie ihn hielt, war gefühllos geworden; sie schwamm angestrengt und mußte den Griff wechseln; wieder legte sich ihr Ellbogen gegen seine Luftröhre. Aber er hatte es vorausgesehen; ohne den Körper zu bewegen, drehte er den Kopf zur Seite, pumpte die Lungen voll Luft und schloß Mund und Augen... Dann hörten ihre Schwimmbewegungen auf; ihr Arm ließ los und hob ihn an; er stieß die Luft aus und öffnete die Augen. Unmittelbar über seinem Kopf hob und senkte sich der Bootsrand gegen den Himmel.

»Ich hab's geschafft«, keuchte sie; »ich hab's tatsächlich geschafft. Alles in Ordnung, David?« fragte sie, nach Atem ringend. »Mensch, ich hab's geschafft. Ich hab ja gewußt, daß ich's schaffe.« Sie hing am Boot und ließ den Kopf auf den Händen ruhen. »Einmal mußte ich den Griff wechseln, und da hab ich schon gedacht, ich mach's wieder falsch. Aber dann war's doch richtig, nicht wahr?« Die fernen, kalten Sterne hingen über ihnen, und die verwesende Scheibe des Mondes hing über einer leeren Welt, an die sie sich mit den Händen klammerten, Seite an Seite. »Ich bin ziemlich fertig«, gestand sie.

»Ja, es ist gar nicht so einfach«, bestätigte er; »man braucht viel Übung dazu. Komm, ich halt dich ein bißchen, bis du wieder bei Atem bist.« Er legte unter Wasser den Arm um sie.

»Ich bin gar nicht außer Atem«, protestierte sie; aber dann gab sie doch allmählich nach, bis er ihr ganzes Gewicht hielt und den Schlag ihres Herzens in seiner Handfläche spürte. Sie hing am Bootsrand und ließ den Kopf auf den Händen ruhen, und es war ihm, als ob er in einem finsteren Zimmer gestanden habe, und plötzlich, mit einem Male, sei das Licht aufgeflammt, so ganz einfach.

Es war wie an jenem Morgen, an dem er zusammen mit ein paar Landstreichern auf einem Güterwaggon gehockt hatte, und kurz vor San Francisco hatten sie die Bullen von der Bahnpolizei erwischt und runtergeschmissen, und sie mußten zu Fuß gehen. Sie marschierten am Hafen entlang, und da lagen eine Menge Schiffe und dümpelten an den Ankertrossen. Er sah das Spiegelbild der Schiffe und der Pfähle an der Kaimauer, wie es hin- und herschwankte; und dann nach einer Weile begann es zu dämmern, und das frühe Licht stieg aus dem Dunst, der über der Stadt hing; es stieg empor wie ein unhörbarer Ton, und auf einmal war ganz viel Gelb und Rosa im Wasser um die leise schaukelnden Schiffe herum, und kleine gelbe Ringe lagen um die Pfähle, als ob sie vom Grund des Wassers aufgestiegen seien, und bald segelten auch Möwen durch den Himmel, und ihr Gefieder war gelb und rosa.

Und es war, als gehe er durch eine Großstadtstraße, eine schmutzige Straße voller Unrat, und dann ist die Straße zu Ende, und er steht an einem Ort, wo es Bäume gibt. Es muß Frühling sein, denn die Bäume sind nicht ganz kahl, und doch tragen sie auch wieder keine richtigen Blätter; und ein Wind streicht durch die Bäume, und er bleibt stehen, und irgendwo ist Musik. Es ist, als sei er gerade erwacht, und der Wind trägt Musik über grüne Hügel, die im reinen Licht der Morgenfrühe liegen. So ganz einfach.

Da regte sie sich in seinem Arm. »Es ist besser, wenn ich jetzt rausgehe. Ich glaube, du mußt mir helfen.« Seine Hand fand ihr Knie, glitt tiefer, und sie stellte den Fuß auf seine Handfläche. Er sah ihren flachen Knabenkörper gegen die Sterne steigen, und dann stand sie im Boot und beugte sich zu ihm hinab. »Gib mir die Hand«, sagte sie und streckte ihm die ihre entgegen. Aber eine ganze Weile regte er sich nicht; er hing am Bootsrand und sah zu ihr auf. Grenzenloses Verlangen stand in seinen Augen. Es war der Blick eines Hundes.

Mrs. Maurier lag im Bett. Das Licht war gelöscht, und durch das Bullauge über dem Bett fiel schräg ein bleistiftdünner Mondstrahl, zerschellte am Boden und füllte den Raum mit kaltem, ausgestreutem Leuchten. Auf dem Sessel lagen ihre Kleider, undeutlich zu erkennen; eine formlose, wohlbekannte Masse und irgendwie tröstlich. Die Intimität der Dinge, die ihr gehörten, umgab sie – Toilettenartikel, Kleider, der eigenartige Geruch, der ihr so vertraut geworden war, daß sie ihn gar nicht bemerkte.

Sie lag im Bett – in ihrem Bett; es war eigens für sie gefertigt und das bequemste an Bord –, umhegt und in Sicherheit gewiegt und in weiche Stoffe gehüllt, umgeben und geschützt von freundlichen, dämpfenden Schottwänden. Ein leiser, vertrauter Laut drang zu ihr herein: kleine Wasserzungen, die unaufhörlich an der Jacht entlang leckten, an ihrer Jacht – jener Insel der Geborgenheit, die immer bereit war, sie bequem hinauszutragen aus dem Treiben der Welt; weg von den Sorgen, die es mit sich brachte. Und draußen, hinter der Schiffswandung, unendlicher Raum: Wasser und Himmel und Dunkel und Schweigen; ein abgegriffener Mond, nicht froh und nicht traurig ... Mrs. Maurier lag in ihrem weichen Bett, in ihrer behaglichen Kabine, und schluchzte lange und schaudernd. Eine schreckliche, passive und lautlose Hysterie hatte sie ergriffen.

DER DRITTE TAG

DIESER MORGEN erwachte in stummem, unergründlichem Nebel. Er bedeckte eine Welt aus unbewegtem Wasser; bald schon würde die erste leichte Morgenbrise ihn lichten, aber noch hing er zeitlos um die *Nausikaa:* die Jacht war wie ein dickes Juwel, das in weiche graue Wolle gebettet liegt, und irgendwo in der Wolle verbarg sich die Morgendämmerung wie ein angehaltener Atem. Oberhalb des Nebels mochte der erste Morgen der ZEIT emporsteigen, Trompeten mochten bereit sein, den goldenen Strahlenglanz anzukündigen, und vielleicht würden gleich die Stimmen der fernen Gottheiten des ersten Morgens ertönen: Siehe, es ist sehr gut; es werde Licht. Nicht weit entfernt ein Schatten, ein Gerücht, eine greifbarere Verdichtung: das war das Ufer. Das Wasser wuchs aus dem Nebel heraus und wurde zu dunklem Metall, in dem die *Nausikaa* hilflos festlag, bewegungslos und in Nebel gebettet wie ein fettes Juwel.

Fünf Uhr

Aus dem Dunkel des Kajütenniedergangs stieg die Nichte, nackt und geräuschlos wie eine Geistererscheinung. Sie verhielt kurz, aber kein Laut war zu vernehmen, und sie überquerte das Deck. An der Reling blieb sie abermals stehen, sog den weichen, kühlen Nebel in die Lungen und fühlte, wie er ihren festen, schlichten Körper kühl umhüllte. Ihre Arme und Beine waren so braun gebrannt, daß es aussah, als trage sie einen grellweißen Badeanzug. Sie kletterte über die Reling und stieg in das Boot, das leicht zu schaukeln begann, so daß das schwarze, reglose Wasser zum Leben erwachte und leise Geräusche von sich gab. Dann glitt sie über das Heck und schwamm in den Nebel hinaus.

Das Wasser teilte sich widerstrebend, wie Öl, und schloß sich hinter ihr wieder fast ohne Laut. Hier unten, dicht über dem Wasserspiegel, war nichts zu erkennen außer dem Grau und schlaffen, aufgestörten Wasserzungen, die daran leckten und kleine, zerfließende Lücken zwischen Nebel und Wasser zurückließen, die der Nebel gleich wieder schloß, unhörbar, wie ein Vogel, der sein Gefieder glättet. Der Rumpf der Jacht war ein verschwommenes Etwas; sie spürte sein Vorhandensein, wußte eher als sie sah, wo das Schiff lag. Sie schwamm langsam und umkreiste den Ort, wo es liegen mußte.

Sie schwamm langsam und stetig und bemühte sich, gefühlsmäßig den gleichen Abstand von der Jacht zu halten. Aber es war schwer, das bewußt zu tun; wenn man sich darauf zu konzentrieren versuchte in dieser verschwimmenden Unendlichkeit, in diesem grenzenlosen Nichts, dessen Mittelpunkt sie selbst war, dann konnte die Jacht praktisch in jeder Richtung liegen. Sie verhielt und trat Wasser, während kleine Zungen ihr Gesicht und ihre Lippen küßten. Rechts muß sie liegen, sagte sie zu sich selbst. Rechts, gleich da drüben. Es war nicht Angst: es war ein leichtes Gefühl des Unbehagens, ein wenig Ärger; nur um sich zu versichern, schwamm sie ein paar Stöße in dieser Richtung. Der Nebel blieb unverändert.

Wieder trat sie Wasser, wieder leckten die kleinen Wellen lautlos ihr Gesicht. Verdammter Idiot, flüsterte sie; und im gleichen Augenblick fühlte sie sich durch den Nebel hinweg von einem großen, runden Ding beobachtet, von einem lidlosen Auge; und irgendwo über ihr im Nebel war ein schwaches Geräusch. Zwei Stöße, und sie berührte den Schiffsrumpf: sie hatte recht gehabt. Sie schwamm um das Heck herum zum Boot und empfand ein wenig Stolz und auch Erleichterung. Eine Weile hing sie am Bootsrand und versuchte, wieder zu Atem zu kommen.

Wieder jenes schwache Geräusch auf dem Deck; eine leichte Bewegung... »David?« fragte sie in den Nebel hinein. Das Wort prallte vom Schiffsrumpf ab und wurde vom Nebel verschluckt. Aber er hatte sie gehört und wurde undeutlich über ihr an der Reling sichtbar und schaute hinunter, wo sie im

Wasser hing. »Geh weg, damit ich raus kann«, verlangte sie. Er regte sich nicht, und sie fügte hinzu: »Ich hab nämlich keinen Badeanzug an; geh mal einen Moment weg, David.«

Aber er stand regungslos. Er lehnte über der Reling und sah mit stummem, brennendem Verlangen zu ihr herab. Nach einer Weile glitt sie flink in das Boot, und noch immer stand er wie festgewurzelt und machte auch keine Anstalten, ihr zu helfen, als sie eilig an Bord der Jacht kletterte. »Bin gleich wieder da«, rief sie über die Schulter, und ihr grellweißer Badeanzug spurtete über das Deck und aus dem Gesichtskreis seiner Hundeaugen. Der Nebel riß noch immer nicht auf, aber er war von Licht erfüllt: die Glorie des Morgenrots wollte anbrechen, begrüßt von unhörbaren Fanfaren.

›Gleich‹ waren drei Minuten. Sie hatte das leichte, bunte Leinenkleid an; ihr dunkles, strubbeliges Haar war noch feucht, und Schuhe und Strümpfe trug sie in der Hand. Er stand noch so, wie sie ihn verlassen hatte.

»Also los«, sagte sie. Ungeduldig sah sie ihn an. »Bist du etwa noch nicht fertig?« Endlich rührte er sich und schaute sie mit dem Blick eines geprügelten Hundes an. »Na los«, sagte sie scharf. »Hast du das Zeug fürs Frühstück? – He, David: was ist denn los? Komm zu dir!« Sie musterte ihn nüchtern und unpersönlich. »Du hast nicht geglaubt, daß ich ernst mache, was? Oder willst du dich drücken? Los, sag's, wenn du kalte Füße gekriegt hast.« Sie trat näher und sah ihm mit ernsten, undurchsichtigen Augen ins Gesicht. Sie streckte die Hand aus. »David?«

Langsam griff er nach ihrer Hand und sah sie an. Sie packte seine Rechte und rüttelte ihn. »Wach auf. Sag mal, du hast doch nicht... Los, Frühstück holen und nichts wie weg. Wir haben nicht alle Zeit der Welt.«

Er folgte ihr in die Kombüse; sie knipste das Licht an und suchte aus: eine flache Büchse Speck und einen Laib Brot; sie legte beides auf den Tisch und wühlte weiter in Behältern, Schubladen und Regalen... »Hast du Zündhölzer?« fragte sie über die Schulter, »und ein Messer? Und... wo sind denn die Orangen? Wir wollen ein paar Orangen mitnehmen. Magst du Orangen auch so gern?« Sie wandte den Kopf und sah ihn an. Seine Hand berührte ihren Ärmel, so scheu, daß sie es nicht gespürt hatte. Mit einem Ruck drehte sie sich ganz um, legte die Früchte beiseite, umarmte ihn hart und fest und geschlechtslos und zog seine Wange zu ihrem nüchternen, feuchten Kuß herab. Sie fühlte das unregelmäßige Hämmern seines Herzens an ihrer Brust und glaubte in der Stille das Rauschen seines Blutes hören zu können, als ob es in ihrem Körper pulste. Seine Arme umfaßten sie enger; er suchte ihren Mund, aber mit einer raschen Bewegung wich sie aus und sagte ohne Vorwurf:

»Nein, das nicht, nein. Das machen sie alle.« Sie preßte ihn wieder gegen ihren festen Körper und gab ihn dann frei. »Los, komm jetzt. Hast du alles?« Abermals wanderte ihr Blick über die Regale hin und entdeckte schließlich einen kleinen Korb. Er enthielt feuchten Salat. Sie kippte den Salat aus und verstaute den Vorrat in dem Korb. »Du nimmst meine Schuhe. Die gehn doch bestimmt in deine Taschen, oder?« Sie stopfte ihre Strümpfe in die Schuhe und reichte sie ihm. Dann nahm sie den Korb und knipste das Licht aus.

Der Tag war nun nicht mehr so fern, aber er war auch noch nicht angebrochen. Obgleich der Nebel sich nicht gelichtet hatte, war die Jacht vom Bug zum Heck zu erkennen; sie schlief, wie eine Möwe mit gefalteten Schwingen, und das Wasser stieß unten am Schiffsrumpf einen langen Seufzer des Erwachens aus. Die Uferlinie lag, noch verschwommen, aber dunkler, greifbarer im Nebel.

»Ach«, sagte sie auf einmal und blieb stehen: »Wie kommen wir denn überhaupt an Land? Das hab ich ja ganz vergessen. Wir können doch das Boot nicht mitnehmen.«

»Schwimmen«, schlug er vor. Ihr dunkler, feuchter Schopf reichte ihm gerade bis zum Kinn. Sie überlegte eine Weile in nüchterner Ratlosigkeit.

»Gibt es denn keine Möglichkeit, rüberzurudern und das Boot dann mit einem Seil zum Schiff zurück zu ziehen?«

»Ich . . . doch. Ja, das geht.«

»Gut, dann hol ein Seil. Aber schnell.«

Als er mit der Leine zurückkam, saß sie bereits im Boot und sah gespannt zu, wie er das Seil um einen Pfosten der Reling schlang. Dann stieg er ins Boot, beide Enden der Leine in der Hand; das eine knotete er an einem Ring fest, der sich am Bug des Bootes befand. Jetzt hatte sie begriffen und ließ die Leine

Hand über Hand ablaufen, während er zum Ufer hinüberruderte. Sobald das Boot den Strand erreicht hatte, sprang sie an Land; noch immer hielt sie das Ende der Leine fest. »Aber wenn das Boot abtreibt und die Leine hinter dem Pfosten rauszieht?« gab sie zu bedenken.

»Abwarten«, entgegnete er: sie sah zu, wie er das lose Ende der Leine mehrfach fest um die Riemen schlang, die er unter der Ducht festkeilte. »Das hält schon. Sie werden's ja bald merken«, meinte er und machte Anstalten, das Boot zur Jacht hinüberzuziehen.

»Halt mal«, sagte sie. Sie blickte nachdenklich zu dem undeutlichen Schatten der Jacht hinüber. Dann ließ sie sich Streichhölzer geben, riß einen Fetzen Papier von der Speckdose ab und malte, auf dem Bootsrand hockend, mit einem abgebrannten Holz: GEHEN NACH ... Sie sah auf. »Wo gehen wir eigentlich hin?« Er sah sie an, und sie fügte rasch hinzu: »Ich meine, in welche Stadt? Wir müssen in irgendeine Stadt, und von da erst mal nach New Orleans zurück, damit ich was zum Anziehen holen kann und meine siebzehn Dollar. Sag mal den Namen von einem Ort hier herum.«

Er zögerte. »Ich weiß keinen. Ich war noch nie ...«

»Ach ja, du warst ja auch noch nie hier drüben. Aber – wie heißt gleich das Kaff, wo die Fähren hinfahren? Von dem Jenny immer erzählt, daß man da so nett schwofen kann?« Sie starrte wieder zu dem undeutlichen Umriß der *Nausikaa* hinüber. Plötzlich schrieb sie weiter: ... MANDEVILLE. »Ja, das war's: Mandeville. In welcher Richtung liegt Mandeville?« Er wußte es nicht, und sie meinte: »Macht nichts, wir werden schon hinfinden.« Sie unterschrieb und legte den Zettel, mit einem Stein beschwert, auf den Hecksitz. »So, jetzt rüber mit dem Boot«, kommandierte sie. Gleich darauf kam das Geräusch des lichten Anpralls über das reglose Wasser.

»Leb wohl, *Nausikaa*«, sagte sie. »Wart mal«, fügte sie hinzu, »ich sollte vielleicht besser Schuhe anziehen.« Er gab ihr die Sandaletten, und sie setzte sich auf dem schmalen Sandstreifen nieder und zog sie an. Die zusammengeknüllten Strümpfe gab sie ihm zurück. »Wart mal«, sagte sie wieder, nahm die Strümpfe doch und rollte sie auseinander. In den einen schlüpfte sie mit der Hand, zog ihn über ihren braunen Arm hinauf und fischte ein Bündel zerknitterter Scheine heraus – das Geld, das sie beim Durchsuchen der Sachen ihrer Tante und der Habseligkeiten von Mrs. Wiseman und Miss Jameson gefunden hatte. Sie hielt ihm die Hand hin, und er zog sie hoch. »Besser, du steckst das Geld ein«, meinte sie und gab es ihm. »So, und jetzt wollen wir frühstücken«, erklärte sie und nahm ihn bei der Hand.

Sechs Uhr

Mächtig und grau ragten die Bäume darin auf, gewichtig und uralt unter ihrem Moosbehang: Der Nebel wirkte wie ein träges Gewächs, das sich unter und zwischen ihnen ausbreitete. Nein: Dieser Nebel war wie der erste vorgeschichtliche Morgen der Zeiten; er war wie die Ursubstanz, in welcher der Samen des Anbeginns aller Dinge keimt, und die mächtigen, schweigenden Bäume waren wie die ersten Lebewesen; zu kurz erst auf der Welt, um Furcht zu kennen oder Staunen, zerrten sie drohend und furchtbar ihre trägen Nabelschnüre aus dem alten, sumpfigen Schoß des Nichts.

Sie schwieg auf einmal und drängte sich ängstlich an ihn; sie zitterte ein wenig, wie ganz junge Hunde zittern, und lehnte sich an seinen Arm. »Mensch«, sagte sie leise.

Der schwache Laut verklang nicht; er löste sich einfach auf in dem feuchten Grau, das sie umgab; und es war, als könne er jeden Augenblick irgendwo zwischen Himmel und Erde abermals hörbar werden. Er legte den Arm um ihre Schultern, und bei dieser Berührung wandte sie sich ihm rasch zu und verbarg ihr Gesicht in seiner Achselhöhle.

»Ich hab Hunger«, gestand sie schließlich mit leiser Stimme. »Deswegen bin ich auch so komisch«, fügte sie hinzu. Es klang schon sicherer. »Ich möchte was essen.«

»Soll ich Feuer machen?« fragte er. Er sprach in den dunklen, strubbeligen Schopf hinein.

»Nein, nein«, antwortete sie rasch und lehnte sich an ihn. »Wir sind hier auch noch viel zu nahe am See; es könnte uns einer sehen. Wir müssen erst weiter weg vom Ufer.« Sie drängte sich in seine Arme. »Oder vielleicht warten wir auch lieber hier, bis der Nebel weggeht. Ein Stück Brot tut's schon.« Sie zeigte mit der Hand. »Wir wollen uns irgendwo hinsetzen. Wir setzen uns, und dann essen wir ein Stück Brot. Und wenn dann der Nebel weg ist, dann finden wir auch die Straße. Komm, wir suchen einen Baumstumpf oder so was.«

Sie zog ihn an der Hand weiter, und sie lagerten sich am Fuß eines mächtigen Baumes auf dem feuchten Boden. Sie durchwühlte den Korb, brach ein Stück Brot vom Laib, gab es ihm, brach ein kleineres Stück für sich selbst ab. Dann kroch sie ganz in sich zusammen, bis sie, den Rücken an ihn gelehnt, auf den Absätzen hockte, und biß in das Brot. Sie seufzte zufrieden.

»So, ist das nicht prima?« Sie hob ihr ernstes, kauendes Gesicht und sah zu ihm empor. »Alles so grau und einsam. Man fühlt sich irgendwie kalt von außen und warm von innen, nicht? . . . Aber du ißt ja gar nichts. Iß doch dein Brot, David. Brot schmeckt prima, findest du nicht?« Sie machte sich noch kleiner und schmiegte sich dichter an ihn.

Der Nebel begann sich schon zu lichten; widerwillig räumte er das Feld vor einer winzigen Luftbewegung, so schwach, daß man sie nicht gut Wind nennen konnte. Der Nebel riß auf und trieb in trägen, schemenhaften Fetzen dahin, die jeden Laut zu verschlucken schienen und sich taumelnd von Baum zu Baum schwangen wie riesige, gespenstische Affen, auf und ab, hier einen düsteren Baumpatriarchen enthüllend, dort einen anderen verbergend. Von weit, weit hinten im Sumpf klang ein rauher, häßlicher Laut herüber: das Liebeslied eines Alligators.

»Chicago«, murmelte sie. »Hab ich gar nicht gewußt, daß wir so nah an zu Hause sind.« Dann die Sonne; sie lehnte gegen ihn und kaute zufrieden an ihrem Brot.

Sieben Uhr

Sie hatten die Straße nicht gefunden, aber doch einen sicheren Abstand zwischen sich und den See gebracht. Sie hatte einen Schmetterling entdeckt, größer als ihre beiden Hände, der auf einem alten, von einem Sonnenstrahl getroffenen Baumstumpf saß und seine schönen, feuchten Schwingen bewegte wie bloßliegende Lungenflügel aus Glas und Seide. Während David Feuerholz sammelte – keine einfache Aufgabe, da keiner von ihnen an ein Beil gedacht hatte –, rastete sie am Ufer eines schwarzen Wasserarmes und neckte eine fette, träge Schlange mit einem Zweig. Ein großer, bunter Vogel kam dazu und beschimpfte sie, und die Schlange nahm in einer Art müder Illusionslosigkeit keine Notiz von ihr und ließ sich schwerfällig in das schlammige Wasser plumpsen. Sie richtete sich auf und blickte um sich. Im schwachen, unsicheren Zwielicht der Bäume flackerte ein Feuerchen.

Wieder aßen sie: die Orangen zuerst; dann brieten sie den Speck, ließen ihn anbrennen, auf die Erde fallen, hoben ihn wieder auf, wischten ihn ab und aßen ihn mit dem Rest des Brotes. »Ist das nicht prima, so am Lagerfeuer?« Sie hockte mit gekreuzten Beinen am Boden und wischte einen Streifen Speck am Rock ab. »Das wollen wir immer machen, David: wir brauchen kein Haus; da ist man immer so an einen Ort gebunden. Wir wollen immer weiter, ja, und im Freien kampieren . . . David?« Sie hob den Speck zum Mund, und ihr Blick traf seine stummen, bettelnden Augen. Sie biß nicht zu.

»Guck mich nicht so an«, befahl sie scharf. Dann sanfter: »Du darfst niemals jemand so angucken. Kein Mensch wird je mit dir durchbrennen, wenn du ihn so anguckst, David.« Sie hielt ihm die Hand hin. Seine Hand kam ihr entgegen, langsam, zögernd; aber sie packte fest zu, ihr Griff ließ keinen Raum für Illusionen, und sie schüttelte seinen Arm mit Nachdruck.

»Wie hab ich denn geguckt?« fragte er nach einer Weile. Seine Stimme klang ihm selber fremd. »Und wie soll ich dich angucken?«

»Och . . . du weißt schon. Nicht so, auf alle Fälle. Wenn du so guckst, das ist wie . . . wie ein Mann. Oder wie ein Hund. Aber nicht wie David.« Sie befreite ihre Hand und biß in den Speck. Dann wischte sie die Finger an ihrem Kleid ab. »Gib mir ne Zigarette.«

Der Nebel war verflogen, und die Sonne brannte schon heiß und feindselig zwischen den Bäumen hindurch auf den dunstenden Boden. Sie saß im Schneidersitz, satt und rauchend. Plötzlich spannte sich ihr Körper und erstarrte. Auch die Hand mit der Zigarette erstarrte. Dann wandte sie den Kopf und sah ihn verblüfft an. Plötzlich kam wieder Bewegung in sie, und sie ließ die Hand auf ihr nacktes Bein klatschen.

»Was issen los?« erkundigte er sich.

Statt einer Antwort hielt sie ihm den Handteller hin. Ein dunkler Fleck befand sich in der Mitte, umgeben von ein wenig roter Flüssigkeit. »Um Himmels willen, gib mir meine Strümpfe«, rief sie. »Wir müssen machen, daß wir weiter kommen. Mensch, die hab ich ja ganz vergessen«, sagte sie und schlüpfte, die Beine lang machend, in die Strümpfe. Dann sprang sie auf. »Aber sicher sind wir hier bald raus. Du sollst aufhören, mich so anzugucken, David. Tu doch wenigstens so, als ob's dir Spaß macht. Man könnte meinen, du hast schon jetzt keine Traute mehr. Reiß dich zusammen. Komm, lach mal. Ist doch ne tolle Sache, so durchbrennen. Ist es nicht ne tolle Sache?« Sie drehte sich nach ihm um und sah wieder die leise, scheue Geste, mit der seine Hand ihr Kleid berührte. Da schrillte die Sirene der *Nausikaa* durch den heißen Morgen.

Acht Uhr

»Nein, Sir«, antwortete der Neffe geduldig. »Es ist eine Pfeife.«

»Eine Pfeife, sieh mal an«, wiederholte Major Ayers und glotzte ihn aus den starren, freundlichen kleinen Augen an. »Du machst also Pfeifen, ja?«

»Bloß die eine«, erwiderte der Neffe vertieft.

»Deine weggekommen, wie? An Land liegengelassen womöglich?« verfolgte der Major das Thema weiter.

»Nee. Ich rauch nicht Pfeife. Ich mach bloß eine; ein neues Modell.«

»Ach so; verstehe. Du willst sie auf den Markt bringen.« Langsam fing Major Ayers Feuer. »Da ist was mit zu verdienen, wie? Eine neue Art von Pfeife, so was kann man Amerikanern verkaufen. Du hast wohl die Lizenz schon vergeben, wie?«

»Nee. Ich mach ja bloß die eine; nur so, aus Spaß«, setzte der Neffe in jenem geduldigen Ton auseinander, in dem man sich mit einem geistig zurückgebliebenen Kind unterhält. Major Ayers glotzte auf den gebeugten, vertieften Kopf hinab.

»Ganz recht«, meinte er zustimmend. »Besser, man hält den Mund, bis die Kostenberechnungen für die Produktion abgeschlossen sind. Kann ich gut verstehen.« Er brütete über irgendwelchen Kalkulationen. »Komisch, daß da noch keiner drauf gekommen ist«, überlegte er; »eine neue Art Pfeife, das ist wirklich etwas, was man Amerikanern verkaufen kann.« Der Neffe schnippelte an seiner Pfeife. Major Ayers meinte geheimnistuerisch: »Wirklich, kann ich gut verstehen. Aber wenn du so weit bist, wirst du Kapital brauchen und so. Und dann . . . ein Wink dem Freund zur rechten Zeit, hm?«

Der Neffe sah hoch. »Ein Wink dem Freund? Ich sag doch, ich schnitz mir da ne Pfeife – eine. Nur so, weil's mir Spaß macht.«

»Ganz recht, ganz recht«, pflichtete Major Ayers besänftigend bei. »Wollte dir nicht zu nahe treten, mein Guter. Verstehe das gut, wirklich, sehr gut sogar. Hab mich schon mal in der gleichen Situation befunden.«

Neun Uhr

Endlich hatten sie die Straße gefunden – zwei undeutliche Räderspuren im dicken Staub eines Dammes, der sich durch den Sumpf zog. Aber zwischen ihnen und der Straße lag ein Streifen fauligen, verschlammten Wassers, verkrautet und dicht bewachsen mit allerlei Pflanzen und von zahllosem Getier belebt. Gewaltige Zypressenwurzeln ragten wie verwitterte Gebeine aus dem grünen Morast, aus dem unsicheren Gelände, das nicht fester Boden war und auch nicht Wasser. Und immer diese bartbehangenen, ewigen Bäume wie Götter, die unbewegt die bedeutungslose Entheiligung des Schweigens aus Erde und Luft und Wasser betrachteten, das schon uralt gewesen sein mußte, als die greise Zeit selbst noch als rosiges und furchtbares Wunder in ihrer Mutter Arm lag.

Sie war es gewesen, die den gestürzten Baum entdeckt hatte, die als erste seine schmierige verräterische Rinde zu betreten versucht hatte und die nun auch als erste auf dem leeren Fahrweg stand, der sich eintönig zwischen den zu Bataillonen gereihten Baumpatriarchen hinzog. Sie atmete ein wenig rascher und wedelte mit einem abgerissenen Zweig um sich, während sie zusah, wie er langsam, Zoll für Zoll, über den Stamm balancierte.

»Na los, David«, rief sie ungeduldig. »Hier ist die Straße; jetzt haben wir's geschafft.« Er hatte nun den Graben hinter sich gebracht und kämpfte sich die dicht überwucherte, widerstrebende Böschung hinauf. Sie neigte sich vor und streckte ihm die Hand entgegen; er ergriff sie nicht, und sie beugte sich noch weiter und packte ihn am Hemd. »So; und wo geht's jetzt nach Mandeville?«

»Hier lang«, antwortete er ohne zu zögern und wies die Richtung.

»Aber du hast doch gesagt, du warst noch nie hier«, meinte sie vorwurfsvoll.

»War ich auch nicht. Aber wir sind westlich von Mandeville auf Grund gelaufen, und der See liegt dort hinten. Dann muß Mandeville in der Richtung liegen.«

»Glaub ich nicht. Es liegt genau in der anderen Richtung: Guck mal, da ist auch der Sumpf nicht so breit. Und außerdem, ich weiß einfach, daß es dort liegt.«

Er sah sie an. »Gut«, stimmte er zu. »Du hast wohl recht.«

»Aber weißt du denn nicht, wo es liegt? Kann man das nicht irgendwie rauskriegen?« Sie neigte sich vor und schlug sich mit dem Zweig auf die Beine.

»Also, dahinten ist der See, und letzte Nacht haben wir westlich von Mandeville . . .«

»Ach, du weißt's ja auch nicht genau«, unterbrach sie ihn schroff.

»Ja«, sagte er. »Da hast du wohl recht.«

»Aber irgendwo müssen wir jetzt lang. Wir können hier nicht stehenbleiben.« Sie zuckte mit den Schultern und krümmte sich krampfhaft unter dem Kleid. »Also, wohin?«

»Ja, also ich meine . . .«

Mit einem Ruck wandte sie sich in die Richtung, für die sie sich entschieden hatte. »Los, ich geh sonst hier ein.« Sie schritt voraus.

Sie bemühte sich, Pete die Sache klarzumachen. Heiß und feindselig war die Sonne emporgestiegen und hob sich nun weiter, durchbrach eine matte Dunstschicht; und aus der verschwommenen Region am Horizont, die nicht Wasser war und nicht Himmel, marschierten feierlich Wölkchen wie dicke kleine Mädchen in gestärkten Kleidern.

»Es ist was, wo sie Mitglied werden, da wo er hingeht. Bloß man muß dafür arbeiten, daß sie einen aufnehmen, und manchmal nehmen sie ihn dann trotzdem nicht. Und die, die aufgenommen werden, die kriegen nichts dafür außer ne Anstecknadel oder so was.«

»Red keinen Stuß; erzähl's nächstens erst ins unreine«, empfahl Pete. Er hatte die Ellbogen und einen Fuß nach rückwärts in die Reling gehakt und den Hut schief in das freche, dunkle Gesicht geschoben. Er kniff die Augen halb zu wegen des Rauches seiner Zigarette. »Von was redste denn überhaupt?«

»Du, da schwimmt was«, stellte Jenny leicht überrascht fest und beugte sich weit über die Reling, um auf das schwach bewegte Wasser hinunterzusehen, während die Landbrise das grüne Kleidchen an ihren Körper preßte. »Das muß über Bord gefallen sein . . . Och, ich red von dem College, wo er hin will. Da müssen sie dafür arbeiten, ehe sie Mitglied von so einem Dings werden. Drei Jahre lang, hat sie gesagt. Und dann nehmen sie einen womöglich nicht, und . . .«

»Was für'n College?«

»Hab ich vergessen. Es ist das, wo immer die großen Fußballspiele sind, und das steht dann in der Zeitung. Er muß . . .«

»Yale oder Harvard?«

»Hm hm, so was hat sie gesagt. Er muß . . .«

»Also welches? Yale oder Harvard?«

»Hm hm. Und er muß . . .«

»Komm, Mädchen. Du redest von zwei Colleges. Hat sie Yale gesagt oder Harvard? Oder Sing Sing?«

»Och, Yale war's«, sagte Jenny. »Ja, Yale hat sie gesagt. Und er muß drei Jahre lang arbeiten, bis er Mitglied wird. Und dann wird er's vielleicht noch nicht mal.«

»Na und? Laß ihn doch die drei Jahre arbeiten – was soll's?«

»Es ist bloß, weil er doch nichts kriegt wie ne Anstecknadel oder so; ich meine, wenn sie ihn überhaupt nehmen.« Jenny hing über der Reling und grübelte. »Er muß arbeiten dafür«, kam sie stumpfsinnig staunend wieder darauf zurück. »Drei Jahre muß er arbeiten, und dann nehmen sie ihn womöglich nicht . . .«

»Wenn Dummheit weh täte, dann würdste auch den ganzen Tag brüllen«, stellte Pete fest.

Wind und Sonne spielten in Jennys schläfrigem Haar. Das Deck streckte sich sauber und leer bis zum Bug hin. Die anderen waren auf dem Oberdeck versammelt. Hin und wieder drangen Stimmen zu ihnen herab, und unmittelbar über Petes Kopf wurde ein Paar männlicher Füße übereinandergeschlagen auf der Reling. In hohem Bogen flog eine halbgerauchte Zigarette funkensprühend über das Heck. Jenny sah ihr nach, wie sie leicht auf die Wasseroberfläche klatschte und inmitten des Abfalls schwamm, der vorhin ihre Aufmerksamkeit erregt hatte. Auch Pete schnippte seine Zigarette nach hinten über die Schulter; zu ihrem trägen Erstaunen ging sie sofort unter.

»Laß dem Jungen doch seinen Club, wenn er so scharf drauf ist«, fügte Pete hinzu. »Was is'n das für'n Club, was machen sie denn da?«

»Ich weiß auch nicht. Sie treten eben ein. Und dafür muß er drei Jahre arbeiten, hat sie gesagt. Drei Jahre . . . Mensch, bis du da reinkommst, biste ja zu alt, um noch was davon zu haben, wenn sie dich wirklich nehmen . . . Drei Jahre, du lieber Himmel!«

»Komm, gib jetzt endlich Ruh«, sagte Pete. »Wird langsam Zeit, daß du vernünftig wirst.« Er ließ den Blick über das Deck schweifen und wandte dann, ohne die Stellung zu verändern, Jenny sein Gesicht zu. »Gib mir mal nen Kuß.«

Jenny blickte auch über das Deck hin. Dann näherte sie sich ihm in einer Art müden Gehorsams und hob ihr unbeschreibliches Gesicht . . . Augenblicklich zog Pete das seine zurück. »Was'n los?« fragte er.

»Was soll denn los sein?« erkundigte sich Jenny unschuldig.

Pete nahm den Fuß von der Reling und legte den Arm um

Jenny. Ihre Gesichter wurden zu einem, und Jenny war nur noch unpersönliche Weichheit an seinem Mund und ein einziges blaues Auge und ein schläfriger Strahlenkranz von Haaren.

Elf Uhr

Der Sumpf schien nie enden zu wollen. Er brütete zu beiden Seiten des Fahrwegs, stinkend und zeitlos, düster und unterdrückt und furchtbar. Der Weg zog sich unter dem feindseligen Messinghimmel weiter und immer weiter durch einen bartverhangenen Tunnel hin. Längst war der Frühtau verdunstet, und lustlos wirbelte Staub unter ihren zielstrebigen Schritten auf. David stapfte hinter ihr drein und betrachtete zwei Flecken von geronnenem Blut auf ihren Strümpfen. Dann auf einmal waren es drei. Er holte sie ein und ging neben ihr. Sie sah zu ihm hinüber, zeigte ihm ihr verzerrtes Gesicht.

»Bleib weg von mir!« schrie sie. »Merkst du denn nicht, daß du sie wild machst?«

Gehorsam blieb er wieder zurück. Plötzlich blieb sie stehen, ließ den Zweig fallen und streckte die Arme nach ihm aus. »David«, sagte sie. Schüchtern trat er zu ihr, und sie hängte sich an ihn und wimmerte. Dann hob sie den Kopf und sah ihn verzweifelt an. »Sie tun mir so weh, David. Kannst du denn nichts dagegen machen?« Aber er blickte sie nur voller unaussprechlichem, stummem Verlangen an.

Sie drückte ihn fester an sich und gab ihn dann rasch frei. »Wir werden ja bald hier rauskommen.« Sie hob den Zweig wieder auf. »Und dann wird's besser sein. Sieh mal! Schon wieder so'n großer Schmetterling!« Ihr Freudenschrei ging in dünnes Wimmern über. Sie schritt weiter.

In der gemeinsamen Kabine traf Jenny Mrs. Wiseman an, die sich gerade umzog.

»Dieser Mr. Ta ... Talliaferro«, begann Jenny; dann fuhr sie fort: »Das ist wohl ein schrecklich vornehmer Herr, nicht?«

»Vornehm?« wiederholte die andere. »Das ist der richtige Ausdruck. Das Wort muß er selbst erfunden haben: vornehm.«

»Ach ja?« Jenny trat vor den Spiegel und betrachtete sich eine Weile. »Und ihr Bruder, der ist wohl auch vornehm, oder?«

»Wessen Bruder, Schätzchen?« Mrs. Wiseman hielt inne und sah Jenny neugierig an.

»Der mit der Säge.«

»Ach der. Ja, einigermaßen. Er ist offenbar zu beschäftigt, um etwas anderes sein zu können. Warum?«

»Und dann der mit den Glupschaugen. Aber Engländer sind ja alle vornehm. Ich hab mal'n Film gesehen, da kam einer drin vor, und der war auch schrecklich vornehm.« Jenny betrachtete ihr Spiegelbild, völlig ausgefüllt von dieser Beschäftigung und ohne Zeitgefühl. Mrs. Wisemans Blick ruhte lange auf Jennys feinem, duftendem Haar, auf ihrem unansehnlichen Kleidchen, das die göttliche Unausweichlichkeit ihres sanften Körpers preisgab.

»Komm her, Jenny«, sagte sie.

Zwölf Uhr

Als er sie einholte, hockte sie völlig in sich zusammengesunken auf dem Fahrweg und verbarg den Kopf unter den dünnen, gekreuzten Armen. Er stand neben ihr, und dann rief er sie beim Namen. Sie wiegte sich hin und her und krümmte sich wie in Verzückung. »Es tut so weh, es tut so weh!« jammerte sie und krampfte sich wieder zusammen, von unerträglicher Agonie ergriffen. David kniete neben ihr nieder und sagte ihren Namen. Sie setzte sich auf.

»Sieh doch«, zeigte sie wild, »an den Beinen – da, da«, und starrte gebannt auf ein gutes Dutzend grauer Punkte, die um ihre blutbefleckten Strümpfe herumschwärmten. Sie machte gar nicht erst den Versuch, sie abzustreifen. Dann hob sie wieder ihr wildes Gesicht. »Siehst du sie? Überall sind sie an mir – auf dem Rücken sind sie auch, auf dem Rücken, wo ich nicht drankann.« Mit einem Mal ließ sie sich fallen und rieb zuckend den Rücken im Staub. Dann setzte sie sich wieder auf, drängte sich gegen seine Knie, machte sich ganz klein und versuchte die blutigen Beine unter dem kurzen Rock zu verstecken. Er hielt sie fest: sie wand sich in seinem Griff und starrte ihn von unten an. Alles Blut war aus ihrem Gesicht gewichen. »Ich muß ins Wasser«, keuchte sie. »Ich muß ins Wasser. Oder in den Schlamm meinetwegen. Ich halt das nicht aus, sag ich dir.«

»Ja, ja, ich hol dir Wasser. Du wartest hier. Wirst du hier warten?«

»Du holst mir Wasser? Wirklich? Ehrenwort?«

»Ja, ja«, versprach er. »Ich hole dir welches. Du wartest hier. Bestimmt, ja? Du wartest«, wiederholte er idiotisch. Sie sank wieder ganz in sich zusammen, stöhnend, sich im Staub wälzend; und er raste die Böschung hinunter, riß unter dem Laufen das Hemd vom Leib und tauchte es in das warme, faulige Wasser des Grabens. Sie hatte das Kleid bis zu den Schultern hochgezogen, und zwischen Schlüpfer und Büstenhalter war der grellweiße Badeanzug zu sehen. »Auf den Rücken«, stöhnte sie und beugte sich wieder vornüber. »Schnell! Schnell!«

Er legte das nasse Hemd auf ihren Rücken, und sie zog es um sich zusammen; dann lehnte sie sich mit einem tiefen, zitternden Seufzer gegen seine Knie. »Ich hab so Durst, David. Kann ich nicht einen Schluck Wasser haben?«

»Bald«, versprach er verzweifelt. »Gleich wenn wir aus dem Sumpf draußen sind, kriegst du was zu trinken.«

Sie stöhnte wieder, einen langen, wimmernden Laut, und ließ den Kopf zwischen die Arme sinken. Nebeneinander hockten sie auf dem staubigen Weg. Der Weg lag flimmernd vor ihnen; endlos zog er sich unter den bärtigen Bäumen hin und durchschnitt den unerbittlichen Sumpf wie mit kindlichem Trotz, wie ein brüchiges Stimmchen, das in einer Kathedrale flucht. Feurige Nadeln umzuckten sie, trafen seine bloßen Schultern, seine nackten Arme. Nach einer Weile sagte sie:

»Bitte, David, mach's nochmal naß.«

Er ging, und gleich darauf kletterte er wieder die steile, überwucherte Böschung hinauf.

»Jetzt wasch mir das Gesicht, David.« Sie hob das Gesicht und schloß die Augen. Er wusch ihr Gesicht und Hals und strich das feuchte, strähnige Haar aus der Stirn.

»Und jetzt legst du dir das Hemd um«, schlug er vor.

»Nein«, protestierte sie müde, an seinen Arm gelehnt, ohne

die Augen zu öffnen. »Die fressen dich ja bei lebendigem Leib, wenn du's nicht wieder anziehst.«

»Mir machen sie nicht so viel. Los, zieh du's an.« Wieder protestierte sie, und er versuchte ungeschickt, ihr das Hemd über den Kopf zu streifen. »Ich brauch's wirklich nicht«, wiederholte er.

»Nein, du ... zieh du's an, David ... du solltest es anziehen. Außerdem, ich hätte's lieber drunter an ... Oh, das tut so gut. Brauchst du's wirklich nicht?« Sie öffnete die Augen und sah ihn mit ihrem nüchternen Ernst an. Er bestand darauf, und so setzte sie sich auf und schlüpfte aus ihrem Kleid. Er half ihr das Hemd anziehen, und dann zerrte sie das Kleid wieder über den Kopf.

»Ich würde's ja gar nicht nehmen, bloß es tut so blödsinnig weh. Ich mach das wieder gut, David; ich schwöre, daß ich das wieder gutmachen werde.«

»Klar. Ich brauch's doch gar nicht«, wiederholte er.

Er stand auf, und ehe er ihr helfen konnte, war sie mit einem Schwung auf den Beinen. »David, ich schwör dir, ich würde's nicht nehmen, wenn's nicht so weh täte«, versicherte sie. Sie legte die Hand auf seine Schulter und hob ihr ernstes, sonnverbranntes Gesicht zu ihm empor.

»Klar, das weiß ich doch.«

»Und ich werd's wieder gutmachen. Los, wir müssen raus hier.«

Ein Uhr

Mrs. Wiseman und Miss Jameson warfen die jammernde, händeringende Mrs. Maurier aus der Kombüse hinaus und richteten etwas zum Mittagessen – Grapefruit zur Abwechslung, leicht getarnt.

»Wir haben so viel davon«, entschuldigte sich die Gastgeberin hilflos. »Und der Steward ist weg ... außerdem sind wir gestrandet«, erklärte sie.

»Ach, ich denke, wir werden's schon überleben«, versicherte Fairchild jovial. »Ganz so degeneriert ist das Menschengeschlecht noch nicht ... Ja, in einem Buch, da wäre das eine ziemlich furchtbare Situation; wenn man die Charaktere in einem Buch zwingen würde, so viel Grapefruit zu essen wie wir es tun, dann würden sie auf allen vieren laufen und bellen, ob sie nun Künstler sind oder sonstige Menschheitsbeglücker. Aber im realen Leben . . . Im Leben kann alles passieren; im wirklichen Leben tun die Leute alles, was von ihnen verlangt wird. Nur in Büchern müssen sie nach willkürlich festgelegten Verhaltensregeln und Wahrscheinlichkeitsgesetzen reagieren; nur in Büchern dürfen die Ereignisse niemals gegen die Glaubwürdigkeit verstoßen.«

»Das ist wahr«, pflichtete Mrs. Wiseman bei. »Wenn ein Schriftsteller seine Charaktere festlegt, indem er ihre Neigungen und Abneigungen aufzeigt, dann erscheinen sie immer so vollkommen, so unausweichlich konsequent. Aber im Leb . . .«

»Das ist eben der Unterschied zwischen Kunst und Biologie«, unterbrach ihr Bruder. »Eine Romanfigur muß in allem konsequent angelegt sein, während der Mensch nur in einer Hinsicht konsequent ist: er ist konsequent eitel. Nur seine Eitelkeit ist es, die die Moleküle zusammenhält, aus denen er gemacht ist, und die verhindert, daß er wie jede andere Handvoll Staub vom erstbesten Windstoß verstreut wird.«

»Mit anderen Worten: er ist konsequent inkonsequent«, faßte Mark Frost zusammen.

»Vermutlich«, erwiderte der Semitische. »Was immer das heißen soll . . . Was wolltest du gerade sagen, Eva?«

»Ich muß daran denken, daß die Romanfiguren, wenn man ihnen im realen Leben begegnet, so eine perverse und verwirrende Art haben, die falschen Dinge zu mögen oder nicht zu mögen. Stell dir doch mal vor, Dawson, du wolltest in einem Roman einen Typ wie Dorothy auftreten lassen. Jeder Schriftsteller würde sie doch mit einer Vorliebe für blauen Schmuck ausstatten: für Weißgold und Platin, und für Saphire, in mattem Silber gefaßt – stimmt das nicht?«

»Aber ja, ganz bestimmt«, bestätigte Fairchild voller Interesse. »Sie würde blaue Dinge lieben, das steht fest.«

»Na, und dann Musik«, fuhr sie fort. »Du würdest sagen, daß sie für Grieg schwärmt und für solche kalten, verrückten Nordländer mit Eiswasser in den Adern, nicht wahr?«

»Ja«, gab Fairchild wieder zu; er mußte sofort an Ibsen denken und an die Peer-Gynt-Sage, und ein Sonett von Siegfried Sassoon über Sibelius fiel ihm ein, das er einmal in einer Zeitschrift gelesen hatte. »Das würde sie mögen.«

»Sollte sie mögen«, stellte Mrs. Wiseman richtig, »um der ästhetischen Konsequenz willen. Aber ich wette, es stimmt nicht. Habe ich recht, Dorothy?«

»Ja, tatsächlich«, entgegnete Miss Jameson. »Ich habe schon immer Chopin geliebt.«

Mrs. Wiseman zuckte die Achseln: eine anmutige und schwer zu deutende Gebärde. »Da hast du's. Und das ist das Entmutigende an der Kunst. Du erreichst den Punkt, an dem du davon ausgehst, daß alles entmutigend ist, was mit menschlichem Handeln zu tun hat oder davon abhängt. Demgegenüber schockierte es mich so, wenn ich mir klarmache, daß Kunst auch von der Bevölkerungsziffer abhängig ist, vom Herdentrieb – ebensosehr wie die Produktion von Automobilen oder Damenstrümpfen . . .«

»Mit dem Unterschied, daß man bisher noch nicht mit Damenbeinen Reklame für die Kunst machen kann«, unterbrach Mark Frost.

»Red doch kein Blech«, wies ihn Mrs. Wiseman zurecht. »Dadurch sind doch die neunundneunzig Prozent der nicht künstlerisch Tätigen, die daher allen Grund haben, Kunst zu kaufen, überhaupt erst auf die Kunst aufmerksam geworden – durch Postkarten und Lithographien nämlich, die gerade eben noch esoterisch genug sind, daß der Staatsanwalt sie nicht beschlagnahmt. Frag doch mal den Erstbesten auf der Straße, was er unter Kunst versteht: Ein Bild, wird er sagen. Oder vielleicht nicht?« wandte sie sich an Fairchild.

»Stimmt«, bestätigte der. »Und dabei ist gerade das falsch. Kunst, das ist für meinen Begriff alles, was bewußt vollkommen ausgeführt ist. Leben kann Kunst sein, oder einen guten Rasenmäher konstruieren, oder Poker spielen. Diese moderne Vorstellung paßt mir gar nicht, die das Wort Kunst ausschließlich auf die Malerei beschränkt.«

»Die Kunst des Lebens, einer würdigen, vollkommenen Existenz der Seele«, warf Mrs. Maurier ein. »Meinen Sie nicht auch, Mr. Gordon, daß hier die wesentliche Funktion der Kunst liegt?«

»Natürlich paßt sie dir nicht, du Kindskopf«, meinte Mrs. Wiseman, Mrs. Maurier ignorierend, zu Fairchild. »Ein fanatischer Amerikaner wie du hält das einfach nicht aus. Und hier liegt die Wurzel deiner Verwirrung, Dawson – in deiner Überzeugung, daß die Fähigkeit, Kunst hervorzubringen, geographisch bedingt sei.«

»Das ist sie auch. Du kannst kein Korn säen, wenn da nichts ist, um den Samen hineinzustreuen.«

»Aber man sät Korn nicht in die Geographie, sondern auf den Acker. Und es spielt nicht nur keine Rolle, wo die Ackerkrume liegt; du kannst sie sogar von einem Ort zum anderen transportieren – um den Globus herum, wenn's dir Spaß macht – und es wird doch wieder Korn darauf wachsen.«

»Immerhin würdest du verschiedene Arten von Korn ernten, je nachdem: russisches Korn, mediterranes Korn oder angelsächsisches Korn.«

»Für den Magen besteht da kein Unterschied«, meinte der Semitische.

»Julius!« rief Mrs. Maurier. »Und der Hunger der Seele? Hier liegt doch der wahre Zweck aller Kunst. Um den rohen Hunger zu befriedigen, dafür gibt es so viele Möglichkeiten. Meinen Sie nicht auch, Mr. Talliaferro?«

»Eben«, ging Mrs. Wiseman auf das ein, was ihr Bruder gesagt hatte. »Dawson klammert sich aus dem alten Grund an seine Überzeugung: man kann einigermaßen mit ihr leben und bequem mit ihr sterben – wie mit dem Glauben an die Unsterblichkeit. Eine Versicherung gegen Zweifel und Unruhe.«

»Und Faulheit«, ergänzte ihr Bruder. »Julius!« rief Mrs. Maurier abermals. »Weil er geistig so fest an dem einen kleinen Fleck der Erdoberfläche klebt, darum gilt diesem Fleck so viel von all seinen Mühen. Es gibt Kleinigkeiten in der Art, sich zu kleiden, sich zu benehmen und zu sprechen, die, wenn man sie aufeinander stapelt, so imponierend wirken wie ein einziger Geniestreich – Trivialitäten wirken ebenso, die nötige Menge vorausgesetzt. Oder etwa nicht? Aber wahrscheinlich halten alle Poeten im tiefsten Winkel ihres Herzens die Prosaisten für Stümper.«

»Allerdings«, bestätigte seine Schwester. »Wir halten sie für faul – na, ein bißchen wenigstens. Nicht, was den Intellekt anbetrifft; eher das ... nun, nicht Herz ...« – »Die Seele?« schlug ihr Bruder vor. »Ich hasse das Wort, aber es kommt der Sache am nächsten ...« Ihr Blick traf die traurigen, spöttischen Augen ihres Bruders, und sie rief: »Oh, Julius – manchmal könnte ich dich umbringen. Er macht sich über mich lustig, Dawson.«

»Er macht sich über uns beide lustig«, meinte Fairchild. »Aber laß dem armen Kerl doch den Spaß.« Er lachte in sich hinein und steckte eine Zigarette an. »Laß ihn doch. Ich wollte immer mal einer von diesen Eunuchen sein, wie sie sie früher hatten – für eine Nacht nur. Die müssen sich doch jedesmal kaputtgelacht haben, wenn die Sultane und so zu Besuch gekommen sind.«

»Mister Fairchild! Um alles in der Welt!« rief Mrs. Maurier.

»Es ist doch gut, wenn wenigstens einer die komische Seite der Sache sieht«, knüpfte die andere an den Gedanken an. »Die Ehemänner, die aktiven Teilnehmer, die können das offenbar nicht.«

»Das ist eine weise Einrichtung der Natur, die dem Fortbestand des Menschengeschlechts dient«, sagte Fairchild. »Wenn die Ehemänner je den komischen Aspekt entdeckten ... Aber sie entdecken ihn eben nicht. Selbst wenn sie Gelegenheit dazu haben sollten; wie weiß und zart die Hand auch immer sei, die ihre Stirn verziert.«

»Es liegt nicht an den reizenden Schönen, wenn wir Hörner aufgesetzt bekommen«, meinte der Semitische, »und auch nicht an den raschen Recken aus fernen Landen. Es liegt ganz einfach an der herkömmlichen Zeremonie der Eheschließung.«

Fairchild grunzte. Dann lachte er wieder in sich hinein. »Allerdings, die Bevölkerungsdichte würde erheblich zurückgehen, wenn jedermann ein Zwilling wäre und sich selbst im Bett zugucken müßte.«

»Mister Fairchild!«

»Chopin!« unterbrach Mrs. Wiseman. »Also wirklich, Dorothy, du enttäuschst mich.« Sie zuckte wieder die Achseln und machte eine rasche Handbewegung des Bedauerns. Mrs. Maurier sagte erleichtert:

»Ach, was mir Chopin in meinen Kümmernissen bedeutet

hat« – sie blickte um sich mit tragisch-vertrauensseligem Staunen – »das wird kein Mensch je ermessen können.«

»Klar«, stimmte Mrs. Wiseman zu, »das tut er immer.« Sie wandte sich an Miss Jameson. »Stell dir doch bloß mal vor, wieviel besser als der liebe Gott dich Dawson hätte erschaffen können. Bei allem Respekt vor Mrs. Maurier – es finden so schrecklich viele Leute Trost bei Chopin. Das ist so, wie wenn einem etwas weh tut, und er nimmt Aspirin. Selbst Verdi hätte ich dir vergeben – aber Chopin! Chopin . . .« wiederholte sie und fügte, einer glücklichen Inspiration folgend hinzu: »Schmelzender Schnee unterm toten Mond.«

Mark Frost saß daneben, starrte auf seine Hände, die unter dem Tisch auf seinem Schoß lagen, und bewegte lautlos die Lippen. Fairchild fragte:

»Was für Musik hörst du denn gern, Eva?«

»Oh – Debussy, George Gershwin, Berlioz vielleicht – warum nicht?«

»Berlioz«, wiederholte Miss Jameson, den Ton der anderen nachahmend: »Swedenborg auf Urlaubsreise in Frankreich.« Mark Frost starrte auf seine Hände und bewegte die Lippen.

»Hast du dein Notizbuch vergessen, Mark?« erkundigte sich Fairchild spöttisch.

»Es ist unsagbar traurig«, stellte der Semitische fest: »Der Mensch lebt glücklich und zufrieden bis zu dem schwarzen Tag, an dem ihn einer beim Denken erwischt. Und dann gnade ihm Gott: er traut sich von da an nicht mehr ohne Notizbuch aus dem Haus. Sehr traurig ist das.«

»Mark ist eben kein so perfekter Plagiator wie du und Dawson«, entgegnete seine Schwester rasch. »Er braucht wenigstens noch ein Notizbuch.«

»Teure Schwester«, murmelte der Semitische mit träger Stimme, »du schmeichelst dir.«

»Ich auch«, erklärte Fairchild. »Ich nehme immer . . .«

»Bei wem?« unterbrach der Semitische. »Bei dir selbst, oder bei mir?«

»Wieso?« fragte Fairchild und sah ihn erstaunt an.

»Ach, nichts. Entschuldige: was wolltest du gerade sagen?«

»Ich wollte sagen, ich nehme immer eine Aktentasche mit. Man sitzt so bequem darauf, finde ich.«

Geschwätz, Geschwätz, Geschwätz: die absolute und herzzerreißende Stupidität, die in Wörtern liegen kann. Es schien endlos zu sein, als ob es bis zum Jüngsten Tag weitergehen sollte. Ideen, Gedanken wurden zum bloßen Geräusch, und man jonglierte so lange mit ihnen, bis sie tot waren.

Der Mittag lastete wie eine schwere Hand, er war wie der zeitlose Schlag einer Faust aus Messing: Ein metallener Schlag, der nicht fallen wollte und doch auch wieder nicht zurückgehalten wurde; es war wie das Rauschen metallener Schwingen, die zum Stillstand verdammt sind. Das Deck warf Blasen; die Reling war so heiß, daß man sie nicht anfassen konnte, und die Schattenflecken auf dem Deck waren schwer von Hitze, vollgesogen damit, wie sich ein Tuch mit Feuchtigkeit vollsaugt. Das Wasser war ein einziges, unerträgliches Gleißen, und der Wald schien aus Bronze gegossen, die bei fürchterlicher Hitze geschmolzen und noch nicht abgekühlt war. Kein Hauch regte sich unter dem weiten Himmel dieser Welt.

Aber die unerträgliche Leere des Mittags verging endlich, und die lautlosen Metallschwingen rauschten gen Westen. Das Deck lag verlassen wie an jenem ersten Nachmittag, da er sie mitten im Flug gefangen hatte wie eine feuchte Schwalbe, eine Schwalbe, die leidenschaftlich erfüllt ist und besessen von Fliegen und Fliehen. Und es war, als sehe er noch die nassen, schlichten Spuren ihrer Füße auf dem Deck, und wie ein Geruch schien ihn der junge, entschlossene Ernst ihrer Persönlichkeit zu umgeben. Kein Wunder, daß sie sich dem entzogen hatte: Sie, die hier eine Flamme war, die aus der erloschenen Asche bricht, eine kleine, braun gebrannte Flamme; sie, die nun, da sie gegangen war, ein ferner, schwacher Flötenton war, Erinnerung an die Brecher, die in der Frühdämmerung an eine Felsenküste gischten ... ja ja erwürg Dein Herz o israfel mit schwingen aus einsamkeit gefieder aus bitterem stolz.

Staub wirbelte von ihren Füßen auf, hing träge und faul in dem brütenden, fürchterlichen Mittag. Zu beiden Seiten immer und immer diese ewigen bärtigen Bäume, bärtig und brütend, älter und schweigsamer als die Ewigkeit. Der Weg lief vor ihnen her wie ein hypnotischer Zwang: ein eintöniges und endloses Immerweiter, dem man nicht entrinnen konnte.

Dann spürte er sie nicht mehr an seiner Schulter; er blieb stehen und blickte sich um. Sie kniete neben dem stinkenden Graben. Stumpfsinnig sah er zu; dann wurde ihm plötzlich klar, was sie vorhatte, und er rannte zurück und packte sie bei den Schultern. »Das darfst du nicht! Das Zeug ist giftig; das kann man nicht trinken!«

»Ich kann doch nichts dafür! Ich muß einfach Wasser haben, ich muß!« Sie versuchte, seine Hände abzuschütteln. »Bitte, David. Nur ein einziger Schluck. Bitte, David. Bitte!«

Er packte sie unter den Armen, aber in dem üppig wuchernden Gras der Böschung fanden seine Füße keinen Halt, und auf einmal stand er bis zum Knie im schlammigen Wasser. Sie wand sich in seinem Griff. »Bitte, o bitte! Nur den Mund naß machen. Sieh doch meinen Mund an.« Sie hob das Gesicht; ihre breiten, blassen Lippen waren zersprungen und rauh. »Bitte, David.«

Aber er hielt sie fest. »Stell die Füße rein, so wie ich. Das hilft ein bißchen«, sagte er. Heiser klang die Stimme aus seiner ausgedörrten Kehle. »Komm, ich helf dir die Schuhe ausziehen.«

Sie hockte sich nieder und wimmerte, während er ihr die Sandalen auszog. Dann glitt sie mit den Füßen ins Wasser und stöhnte vor Erleichterung. Das Sonnenlicht begann endlich schräger zu fallen, nach Westen zu sinken, als ob unhörbare goldene Schwingen durch den Himmelsraum rauschten. Aber unverändert hing das schwermütige Zwielicht unter den Bäumen – schwermütig und lautlos, brütend und voll von zornig umherzuckendem, unsichtbarem Feuer.

»Ich muß Wasser haben«, sagte sie schließlich. »Du mußt Wasser für mich finden, David.«

»Ja.« Er stieg schwerfällig aus der warmen Brühe, aus Schlamm und Schleim. Er beugte sich zu ihr nieder und packte sie unter den Armen. »Steh auf. Wir müssen weiter.«

Jenny gähnte freimütig; dann beschäftigte sie sich mit dem Vorderteil ihres Kleides, hielt es von sich weg und schielte auf ihren Busen hinunter. Es schien alles in Ordnung zu sein, und sie schob das Kleid mit einer Bewegung zurecht, die ihre Befriedigung ausdrückte, hob die Schultern und strich den Stoff über den Hüften glatt. Sie ging hinauf und sah sie alle wieder herumsitzen, wie immer. Mrs. Maurier war nicht dort.

Sie schlenderte zur Reling hinüber, lehnte sich schlaff dagegen und stand da, träge wartend, bis Mr. Talliaferro ihre Gegenwart bemerkte.

»Ich schau auf die Dinger da im Wasser«, sagte sie, nachdem er neben sie getreten war, wortreich und willenlos, wie ein Nagel vom Magneten angezogen wird.

»Wo?« er starrte gleichfalls auf das Wasser.

»Da, das Zeug«, antwortete sie und schaute nach vorn zu der Gruppe der Liegestühle hinüber.

»Aber das sind doch bloß Küchenabfälle«, sagte Mr. Talliaferro überrascht.

»Wirklich? Es sieht so irgendwie komisch aus... da hinten ist noch mehr davon.« Mr. Talliaferro folgte ihr, ratlos und neugierig. Sie blieb stehen und sah an ihm vorbei zurück. Mr. Talliaferro tat es ihr nach, bemerkte aber kein lebendes Wesen außer Mark Frost, der am Rand der Gruppe saß. Die andern waren hinter dem Deckhaus verborgen und außer Sicht. »Es ist noch weiter hinten«, sagte Jenny.

Weiter hinten blieb sie wieder stehen, und abermals warf sie einen Blick über die Schulter. »Wo?« fragte Mr. Talliaferro.

»Hier.« Jenny schaute kurz auf den See hinaus. Dann beobachtete sie wieder das Deck. Mr. Talliaferro war nun völlig verwirrt, ja, fast ein wenig beunruhigt. »Genau hier war's, das komische Dings, was ich gesehen hab. Aber es scheint weg zu sein.«

»Was war es denn, was Sie gesehen haben?«

»Na, irgend so ein komisches Dings«, antwortete sie unaufmerksam. »...Heiß ist es hier.« Jenny verließ seine Seite und ging zu einer flachen Nische hinüber, die von der Wand des Deckhauses gebildet wurde. Verwundert folgte ihr Mr. Talliaferro. Wieder schielte Jenny an ihm vorbei und beobachtete den Teil des Decks, der zu übersehen war und die Zugänge, die dort hinführten. Dann erstarrte sie an seiner Seite zu völliger Regungslosigkeit, und es war, als ob sie ihn, ohne die kleinste Bewegung zu machen, vollkommen einhüllte, ja, sie rief ein Gefühl in ihm wach, wie nur junge Mädchen es vermögen, als sei er umgeben und eingeschlossen von dem süßen, wolkigen Feuer ihrer Schenkel.

Mr. Talliaferro sah sie wie durch einen blonden Nebel hindurch. Eine Leichtigkeit kroch durch seine Glieder hinab, eine Leichtigkeit, die so köstlich war, daß er es kaum ertragen konnte, während er weiter oben dem unaufhörlichen, trockenen Gestammel seiner eigenen Stimme lauschte. Die unerträgliche Leichtigkeit glitt in seinen Armen hinab in die Hände, glitt weiter, erreichte die Beine, die Füße schließlich, und Mr. Talliaferro rannte davon.

Jenny sah hinter ihm her. Sie seufzte.

Dann ließ die weiße, staubige Straße den Sumpf hinter sich. Sie verlief nun durch einen ein wenig höher gelegenen Landstrich: Sand und Kiefern und dichtes, brüchiges Unterholz, das vor Dürre knisterte.

»Endlich sind wir raus«, rief sie zu ihm zurück. Ihr Schritt wurde schneller, und sie rief über die Schulter: »Jetzt kann's nicht mehr weit sein. Komm, wir laufen ein Stück.« Er schrie ihr nach, aber sie trabte weiter. Der Abstand zwischen ihnen wuchs. Langsamer folgte er dem Auf und Ab ihrer blutbefleckten Beine, immer weiter zurückfallend.

Immer weiter flatterten die Beine auf der flimmernden, vergessenen Straße. Die Hitze wallte und flimmerte über der Straße, und der Himmel war eine unerträgliche metallene Schale; die hohen Kiefern strömten einen schwachen, erregenden Geruch nach Harz und Hitze in den windstillen Nachmittag und tupften spärlichen Schatten auf das endlose flimmernde Band der Straße. Eidechsen huschten vor ihnen durch den Staub oder raschelten plötzlich im dürren Unterholz am Straßenrand. Weiter und immer weiter dehnte sich die Straße vor ihnen, flimmernd und ohne Ende. Wieder schrie er hinter ihr her, aber sie achtete nicht darauf und trottete weiter.

Ohne ihren Schritt zu verlangsamen, verließ sie die Straße, und als er sie erreichte, lehnte sie keuchend an einem Baum. »Zu schnell gelaufen«, kam es aus ihrem bleichen, offenen Mund. »Fühl mich so komisch ... ganz kaputt. Halt mich fest«, sagte sie und starrte ihn an. »Nein: lieber hinlegen.« Kraftlos fiel sie gegen ihn. »Mein Herz schlägt so schnell. Fühl, wie es schlägt.« Ihr Herz trommelte gegen seine Handfläche. »Zu schnell, nicht wahr? Was soll ich denn machen?« fragte sie nüchtern. »Tu etwas, David, rasch«, befahl sie und starrte ihn an; und er ließ sie ungeschickt zu Boden gleiten und kniete neben ihr, um ihren Kopf zu stützen. Sie schloß die Augen vor dem unerbittlichen Himmel, öffnete sie aber gleich wieder und versuchte, sich aufzurichten. »Nein, nein, ich darf nicht liegenbleiben. Ich will aufstehen. Hilf mir auf.«

Er half ihr, und er mußte sie stützen. »Ich muß weitergehen«, wiederholte sie. »Mach, daß ich weitergehe, David. Ich will hier nicht sterben. Mach, daß ich weitergehe, sag ich dir.« Ihr Gesicht war rot, und in den Adern an ihrem Hals konnte er das Blut pulsen sehen. Eine entsetzliche Angst ergriff ihn, wie er sie so hielt. »Was soll ich denn tun?« fragte sie immer wieder. »Du mußt es doch wissen. Weißt du denn nicht, was man tun kann? Ich bin krank, sag ich dir. Sie haben mich tollwütig gemacht oder so was.«

Sie schloß die Augen; alle Muskeln ihres Körpers erschlafften mit einem Mal, und sie sank zu Boden. Wieder kniete er neben ihr, von Angst und Verzweiflung gepackt. »Heb meinen Kopf ein wenig«, murmelte sie, und er setzte sich neben sie, zog sie auf den Schoß, lehnte ihren Kopf an seine Brust und strich ihr das feuchte Haar aus der Stirn. »Das tut gut.« Sie schlug die Augen auf. »Es wird schon wieder, David ... Ich hab dir doch schon mal gesagt, du sollst mich nicht so angucken.« Dann schloß sie die Augen wieder.

»Wenn wir wenigstens wieder flott wären«, jammerte Mrs. Maurier zum zwölften Mal. »Sie können höchstens bis Mandeville gekommen sein; bestimmt sind sie noch nicht weiter. Und was wird Henry sagen!«

»Warum werfen Sie eigentlich nicht die Maschine an und versuchen's nochmal aus eigener Kraft?« fragte Fairchild. »Vielleicht hat sich der Sand gesetzt inzwischen, oder so was ähnliches«, fügte er vage hinzu.

»Der Kapitän sagt, das geht nicht, und wir müssen auf den Schlepper warten. Gestern haben sie den Schlepper schon bestellt, und er ist immer noch nicht da«, setzte sie mit hartnäckigem Staunen hinzu. Sie stand auf, um an die Reling zu treten und über den See hinüber zu blicken, dorthin, wo Mandeville lag.

»Ich kann mir nicht vorstellen, daß wir tatsächlich einen Schlepper brauchen, um die Jacht freizubekommen«, bemerkte Fairchild. »So groß ist sie doch gar nicht. Das müßte doch mit jedem Boot zu schaffen sein. Ich hab schon kleine Boote gesehen, die größere Schiffe geschleppt haben. Und ein Flußschlepper kann sechs oder acht Kähne ziehen, und zwar stromauf.«

Mrs. Maurier kam hoffnungsvoll von der Reling zurück. »Eigentlich sollte man meinen, wir brauchen gar keinen Schlepper, um die Jacht flottzukriegen, wirklich. Dem Schiffspersonal müßte doch etwas einfallen, so mit Seilen und Dings und so«, fügte sie etwas unbestimmt hinzu.

»Wo sollten sie sich denn hinstellen? Von wo sollten sie denn ziehen?« gab Mark Frost zu bedenken. »Sie können ja nicht gut vom Ufer aus ziehen. Da wollen wir ja nicht hin.«

»Sie könnten etwa mit dem Boot hinausrudern und es verankern.« Auch der Semitische wollte einen Beitrag leisten.

»Ja, natürlich«, stimmte Mrs. Maurier zu. Ihr Gesicht erhellte sich. »Wennsie das Boot draußen sicher verankern könnten, dann müßte es doch ... wenn sie was zum Ziehen hätten. Und die Leute selbst ... meinen Sie, das Schiffspersonal könnte ein Schiff dieser Größe mit einem Seil ziehen?«

»Ich hab gesehen, wie ein Stromschlepper, nicht viel größer als ein Auto, eine ganze Kette von Kähnen stromauf geschleppt hat«, wiederholte Fairchild. Er saß da und sah von einem zum anderen. Dann trat ein seltsames Leuchten in seine Augen. Plötzlich sagte er: »Hört mal, wenn wir alle anpacken, ich wette ...«

Der Semitische und Mark Frost stöhnten gleichzeitig voller Entsetzen, und Pete, der am äußeren Rand der Gruppe saß, stand rasch und unauffällig auf und verschwand im Niedergang. Er drückte sich in seine Kabine und blieb horchend stehen.

Ja, sie wollten es wirklich versuchen. Er konnte Fairchilds polternde Stimme hören, die »Alle Mann an Deck!« rief, und er vernahm auch ein oder zwei protestierende Stimmen: die Stimme der alten Frau übertönte alle anderen mit sinnlosem, aufgeregtem Geschwätz. Heiliger Bimbam, murmelte er und umklammerte seinen Hut.

Da kamen Leute die Treppe herunter und scheuchten ihn aus seinen Gedanken. Rasch sprang er hinter die offene Tür. Es waren Fairchild und der dicke Jude, aber sie gingen an seiner Tür vorbei und betraten die benachbarte Kabine, von wo unmittelbar darauf Geräusche drangen, die auf geschäftiges Treiben schließen ließen und mit einem Klirren von Glas auf Glas endeten.

»Mann Gottes« – die Stimme des dicken Juden – »was hast du jetzt wieder angestellt? Glaubst du etwa im Ernst, wir kriegen diesen Kahn flott?«

»Nee. Ich will sie bloß ein bißchen in Schwung bringen. Das wird mir zu langweilig hier: heute ist überhaupt noch nichts passiert. In erster Linie wollte ich Talliaferro und Mark Frost mal schwitzen lassen.« Fairchild lachte. »Andererseits hab ich wirklich schon gesehen, wie so ein winziger Schlepper, kaum größer als ein Auto ...«

»Mein Gott«, unterbrach der andere, »trink lieber aus. Ihr himmlischen Heerscharen, steht uns bei«, sagte er und ging den Korridor entlang. Fairchild folgte ihm. Pete hörte ihre Schritte auf der Treppe, dann über sich auf dem Deck. Er nahm wieder seinen Platz am Bullauge ein.

Tatsächlich, die probieren es, und wenn der Deibel auf Stelzen kommt. Jetzt kletterten sie ins Boot; er konnte sie hören, wie sie trampelten und sich gegenseitig anstießen und durcheinander redeten. Dann ein heller Schrei – Weiber nehmen sie auch mit (verdammt nochmal, wetten, daß Jenny dabei ist? flüsterte er vor sich hin). Und noch jemand, der ganz und gar nicht mit wollte.

Stimmen draußen; Schreie, Lärm, usw.:

Los, Mark, du auch. Alle Mann brauchen wir, was, Mrs. Maurier?

Ja gewiß, gewiß doch. Alle Mann müssen helfen.

Gewiß: all ihr tapfern starken Männer müßt gehn.

Ich bin ein Dichter, nicht ein Ruderer. Ich . . .

Eva dichtet auch, und sie kommt trotzdem mit.

Shelley konnte auch rudern.

Ja, und du weißt ja, was ihm passiert ist.

Ich komm nur mit, um euch alle zu retten, Jenny, (verdammt nochmal, murmelte Pete) damit ihr nicht ersauft.

Auf geht's, Mark, jetzt mußt du Kost und Logis abarbeiten.

Hach, Dawson, schaukel doch nicht so!

Los, los. Wo steckt eigentlich Pete?

Pete!

Pete! (Schritt auf dem Deck).

Pete! He, Pete! (Am Niedergang). Pete! (Lieber Gott, nein, flüsterte Pete und hielt den Atem an).

Laß gut sein, Eva. Das Boot ist ohnehin voll. Wenn jetzt noch einer kommt, muß er zu Fuß gehn.

Aber da fehlt außerdem noch jemand. Wer fehlt denn noch?

Ach, wir sind schon genug. Los!

Aber es fehlt doch noch wer. Es wird doch keiner über Bord gefallen sein, was?

Jetzt macht endlich, daß wir weiterkommen. Abstoßen, Talliaferro! (Ein Schrei).

Obacht! Halt sie fest! – Geht's wieder, Jenny? Also, ab dafür. Vorsicht!

Ooooh!

»Zum Henker, sie ist tatsächlich dabei«, flüsterte Pete und versuchte, durch das Bullauge zu schielen. Man hörte noch allerlei bumsende Geräusche, und dann kam das Boot in Sicht, ruckartig und in sein Schicksal ergeben, voranstrebend und vollgepackt wie bei einem Nigger-Ausflug. Ja, Jenny saß darin und Mrs. Wiseman und fünf Männer, Mr. Talliaferro mitgerechnet. Über Petes Kopf lehnte Mrs. Maurier an der Reling, wedelte mit dem Taschentuch und quietschte, als das Boot unsicher abfuhr, ein Seil hinter sich herziehend. Fast jeder hatte einen Riemen erwischt; das kleine Boot starrte von Riemen, die sinnlos im Wasser planschten, und das Ganze erinnerte an eine gelähmte Tarantel ohne Kniegelenke. Aber dann kamen sie allmählich dahinter, und schließlich hielt das Boot annähernd so etwas wie einen Kurs ein. Während Pete noch zusah, hörte er wieder Schritte auf der Treppe, und eine Stimme rief verhalten:

»Ed!«

Aus der Kapitänskajüte kam eine unverständliche Antwort, und die Stimme fügte geheimnisvoll hinzu: »Komm doch mal n Moment an Deck rauf.« Dann entfernten sich die Schritte wieder, gefolgt von anderen.

Das Boot legte die außerordentliche Neigung an den Tag, sich auf jede praktisch denkbare Art und Weise fortzubewegen mit Ausnahme derer, für die es bestimmt war. Fairchild wandte den Kopf und ließ den Blick über seine kleine übervölkerte Insel wandern, die umrahmt war von unrhythmisch gegeneinanderschlagenden Riemenblättern. Die Riemen knallten zusammen, stachen und hieben nach dem gequälten Wasser, so daß das Boot an ein altes, steifgliedriges Pferd erinnerte, das sich im Zustand äußerster und sinnloser Erregung befindet.

»Wir haben zu viele Ruderer«, entschied Fairchild. Augenblicklich zog Mark Frost sein Ruder ein, wobei er es dem Semitischen auf die Finger hieb. »Nein, nein: Du nicht«, sagte Fairchild. »Hör du auf, Julius; du stellst dich ohnehin so ungeschickt an und hältst uns nur auf. Gordon und Mark und Talliaferro und ich . . .«

»Ich will auch rudern«, erklärte Mrs. Wiseman. »Gebt mir das Ruder von Julius. Ernest muß doch Jenny helfen, auf das Seil aufpassen.«

»Nimm doch meines«, bot Mark Frost rasch an, hielt es ihr hin und stieß mit dem eines anderen zusammen. Das Boot schaukelte besorgniserregend. Jenny quietschte.

»Gib doch acht«, rief Fairchild. »Willst du uns denn alle ins Wasser schmeißen? Julius, du gibst dein Ruder weiter . . . so. Und jetzt sitzt gefälligst still, ihr da hinten. Verdammt nochmal, Mark, wenn du das Ding noch jemand gegen den Schädel haust, dann fliegst du über Bord. Shelley konnte nämlich auch schwimmen.«

Schließlich kam Mrs. Wiseman mit dem Riemen zurecht, und das Boot verhielt sich einigermaßen folgsam. Jenny und Mr. Talliaferro saßen im Heck und ließen die Leine ablaufen. »Jetzt!« kommandierte Fairchild nach einem Blick auf seine Mannschaft, »auf geht's!«

»Volle Kraft voraus«, verbesserte Mrs. Wiseman hingerissen. Sie legten sich in die Riemen. Wieder zog Mark Frost sein Ruder ein, wobei er mit dem Gordons zusammenstieß.

»Ich brauche mein Taschentuch«, sagte er. »Ich hab so zarte Hände.«

»Ich brauch auch eines«, entschied Mrs. Wiseman. »Gib mir dein Taschentuch, Ernest.«

Mark Frost ließ sein Ruder los, und es hüpfte flink über Bord. »Halt das Paddel fest!« brüllte Fairchild. Mrs. Wiseman und Mr. Talliaferro griffen gleichzeitig danach, und im letzten Moment gelang es Gordon und dem Semitischen, das Boot am Kentern zu hindern. Es lag wieder still, und Jenny schluckte ihren Schrei ungeschrien hinunter.

Der Riemen trieb davon und schwamm knapp außerhalb ihrer Reichweite. Leicht hob und senkte er sich auf den Wellen. »Wir müssen hinrudern und ihn holen«, verkündete Mrs. Wiseman. Und sie versuchten es; aber jedesmal, wenn sie den Riemen fast erreicht hatten, trieb er gemächlich weiter. Es war zum Verrücktwerden. Die Ruderer hieben sich gegenseitig auf die Riemen und brachten das Wasser zum Schäumen. Mr. Talliaferro hockte verkrampft, mißtrauisch und nervös auf seinem Platz.

»Ich meine wirklich, wir sollten besser zur Jacht zurückkehren«, sagte er. »Wegen der Damen, nicht wahr.« Aber sie achteten nicht auf ihn.

»Jetzt, Ernest!« kommandierte Mrs. Wiseman; »reich rüber und fisch es raus.« Aber wieder entging der Riemen dem Griff, und Fairchild meinte:

»Laß das blöde Ding schwimmen. Wir haben genug andere.«
Und im gleichen Augenblick wendete der Riemen und trieb,
sanft auf und ab schwingend, gehorsam längsseits.

»Krieg's! Krieg's doch!« schrie Mrs. Wiseman.

»Also ich meine wirklich...« begann Mr. Talliaferro wieder. Mark Frost erwischte sein Ruder, und es kam sanftmütig
und ohne den geringsten Widerstand aus dem Wasser.

»Ich hab's«, verkündete er, und während er das sagte,
sprang es ihm heimtückisch aus der Hand und traf ihn auf den
Mund. Von da an benahm es sich wieder gesittet.

Endlich konnten sie weiterrudern, und nach einigen Fehl-
starts fielen sie sogar einigermaßen in den gleichen Takt,
obgleich Mark Frost, der seine Hände schonte, anfangs bei
jedem Schlag Krebse machte und Mr. Talliaferro und Jenny,
die verkrampft im Heck saßen, kräftig vollspritzte. Jennys
Augen waren ganz rund und ihr Mund ein kleines rotes O: ein
fortgesetzter lautloser Schrei. Mr. Talliaferros Gesicht trug den
verstörten Ausdruck übler Vorahnungen. Wiederum begann er:
»Ich meine wirklich...«

»Ich habe das Gefühl, wir sind hier falsch«, sagte auf einmal
der Semitische, der im Bug saß, ohne sonderliche Erregung.
»Wir sitzen nämlich gleich selber fest.«

Alle ließen die Riemen sinken und verdrehten die Hälse.
Wenige Meter vor ihnen lag die Küste. Und im gleichen
Augenblick, als ob sie den Semitischen sprechen gehört hätten,
fielen feurige Nadeln mit wilder Begeisterung über die Mannschaft her.

Eilig beugten sie sich über die Riemen, und wer eine Hand
frei hatte, wedelte hektisch um Gesicht und Hals. Nach einigen
Minuten wüsten Durcheinanders kam das Boot schließlich zur
Ruhe und kroch langsam, quälend langsam dem offenen Wasser
zu. Aber ihre Anwesenheit war nun bekannt; der erste Späh-
trupp hatte Verstärkung erhalten, und der Rückzug nutzte
nicht viel.

»Ich meine wirklich«, meinte Mr. Talliaferro, »wir sollten
kehrtmachen – wegen der Damen.«

»Sehr richtig«, unterstützte Mark Frost sogleich den Vorschlag.

»Nimm dich doch zusammen, Mark«, ermahnte Mrs. Wiseman, »nur noch ein bißchen, und heute nachmittag können wir eine schöne, lange Bootsfahrt unternehmen.«

»Mein Bedarf an Bootsfahrten ist bis auf weiteres vollauf gedeckt«, antwortete der Dichter. »Wir wollen lieber umkehren. Was haltet ihr denn davon, da hinten? Wie ist es, Jenny? Willst du nicht umkehren?«

Jenny piepste ängstlich »Yes, Sir« und hielt sich mit beiden Händen am Sitz fest. Ihr grünes Kleid war fleckig und von Marks Ruderkünsten von oben bis unten bespritzt. Mrs. Wiseman klopfte Jenny ermutigend auf das Knie.

»Halt den Mund, Mark. Jenny fühlt sich sehr wohl. Nicht wahr, Liebling? Und es wär doch ein Witz, wenn wir die Jacht tatsächlich flott bekämen. Aufpassen, Ernest. Ist das Seil nicht schon beinahe straff?«

Es war beinahe straff. In elegantem Bogen schwang es sich ins Wasser und dann wieder zum Bug der Jacht hinauf. Mrs. Maurier stand an der Reling und winkte von Zeit zu Zeit mit dem Taschentuch. Nicht weit von ihr hockten drei Männer in betont lässiger Haltung: der Kapitän, der Steuermann und der Matrose. Fairchild rief: »So – jetzt alle zugleich! Talliaferro, Sie passen auf die Leine auf; und du, Julius...« Er sah über die Schulter, schwitzend und bemüht, seine Mannschaft zweckmäßig einzusetzen. »Verdammt nochmal«, sagte er, »da ist schon wieder dieser dämliche Strand.«

Abermals hielten sie dicht vor dem Ufer. Von neuem Durcheinander, unsichtbares Feuer und weiterer Schweißverlust. Widerwillig kam das Boot nach einer Weile wieder ins Gleichgewicht, und allmählich gewannen sie den erforderlichen Abstand.

»Volle Kraft voraus!« schrie Mrs. Wiseman. Wieder legten sie sich in die Riemen.

»Mir tun die Finger weh«, beklagte sich Mark Frost. »Bewegt sie sich schon, Ernest?« Das Boot lag querab vor dem Heck der Jacht, deren Bug zum Land hinüber wies. Behutsam erhob sich Mr. Talliaferro und kniete, auf Jennys Schulter gestützt, auf dem Sitz.

»Noch nicht«, verkündete er.

»Hoh-ruck! Hoh-ruck!« keuchte Fairchild, ließ den Riemen für einen Moment los und schlug sich wild auf Gesicht und Hals. Die Mannschaft ruderte mit aller Kraft, schwitzend und bis zum Irrsinn verfolgt von den unsichtbaren feurigen Nadeln; sie quetschten sich mit den Riemen gegenseitig die Finger, und das Boot führte Bewegungen aus, die an ein Schaukelpferd gemahnten.

»Das Seil wird locker«, rief Mr. Talliaferro warnend.

»Rudert!«, trieb sie Fairchild an und preßte die Zähne zusammen. Mark Frost stöhnte elendiglich und machte eine Hand frei, um sie vor dem Gesicht herumzuwehen.

»Es ist immer noch locker«, sagte Mr. Talliaferro nach einer Weile.

»Dann muß sie sich doch bewegen«, keuchte Fairchild.

»Vielleicht liegt's daran, daß wir nicht singen«, meinte Mrs. Wiseman und hörte auf zu rudern. »Kennst du keine Shanties, Dawson?«

»Von mir aus kann Julius singen, der tut ohnehin nichts«, gab Fairchild zurück. »Rudert, ihr Armleuchter!«

Plötzlich schrillte Mr. Talliaferro: »Sie bewegt sich! Sie bewegt sich!«

Alle hörten zu rudern auf und starrten zur Jacht hinüber. Tatsächlich, sie drehte sich langsam dem Heck des Bootes zu. »Sie bewegt sich!« kreischte Mr. Talliaferro noch einmal und wedelte mit den Armen. Vom Deck der Jacht winkte Mrs. Maurier zurück wie eine Irre; etwas entfernt von ihr saßen die drei Männer, lässig und regungslos. »Warum werfen die Idioten denn die Maschine nicht an...« schnaufte Fairchild. »Rudert!« brüllte er.

Mit neuem Mut tauchten sie die Ruder ein und droschen auf das Wasser wie verrückt. Langsam schwang die Jacht weiter herum; der Bug wies schon seewärts, und sie drehte sich immer weiter. »Sie kommt frei, sie kommt frei«, sang Mr. Talliaferro in dünnem Falsett; seine Stimme überschlug sich, und er hüpfte auf und ab. Drüben quietschte Mrs. Maurier gleichfalls und wedelte mit dem Taschentuch. »Sie kommt frei!« sang Mr. Talliaferro: er stand aufrecht und klammerte sich an Jennys Schulter. »Rudert! Rudert!«

»Zu – gleich!« keuchte Fairchild, die Mannschaft nahm den Ruf auf und drosch auf das Wasser ein. Die Jacht hatte ihnen nun fast die Breitseite zugewandt. »Sie kommt frei!« schrillte Mr. Talliaferro ekstatisch. »Sie ko...«

Plötzlich ein leichter Ruck. Das Boot stand still. Jennys Beine wurden in ihrer ganzen Länge sichtbar, blond und rosig und auch ihr rosa Schlüpfer, als Mr. Talliaferro mit einem wilden Schrei der Verzweiflung über Bord fiel und Jenny mit sich riß. Dann war er in den Wellen verschwunden.

Das heißt, bis auf die Hinterbacken. Die verschwanden nicht vollständig, und gleich darauf wurde auch der Rest von Mr. Talliaferro wieder sichtbar; er stand im kaum fünfzig Zentimeter tiefen Wasser und glotzte verblüfft in die Baumkrone, die sich unmittelbar über seinem Kopf wölbte. Jenny trieb noch hilflos im Wasser, ein unentwirrbares Knäuel aus blondem Haar, grünem Crêpe und Angst. Schließlich krabbelte sie sich hoch, glitt wieder aus und fiel abermals hinein. Da stieg der Semitische ins Wasser, hob sie hoch und setzte sie ins Boot. Da saß sie nun, halberstickt, und starrte die andern beschwörend und entsetzt an.

Mrs. Wiseman hatte als einzige die Geistesgegenwart, ihr zwischen die Schulterblätter zu klopfen; und nach einer fürchterlichen Pause, während deren alle wie in Trance saßen, die Riemen umkrampften und in diese beschwörend auf sie gerichteten Augen sahen, begann sie röchelnd wieder zu atmen. Mrs. Wiseman bemutterte sie und hielt die zerzauste, unglückliche, nasse Gestalt umfangen, und Jenny weinte bitterlich. »Er ... er hat mir so A-hangst gemacht«, schluchzte sie nach einer Weile. Sie schauderte und weinte noch mehr, ohne ihr Gesicht zu verbergen, völlig zusammengebrochen.

Mrs. Wiseman stieß sinnlose Laute des Tröstens aus und hielt Jenny in den Armen. Sie ließ sich von jemand ein Taschentuch geben und wischte das tränenüberströmte Gesicht des Mädchens ab. Mr. Talliaferro stand unterdes im See, trostlos triefend, und blickte Mrs. Wiseman gequält über die Schulter. Die anderen saßen regunglos und umklammerten die Riemen.

Jenny fuhr sich sinnlos mit ihren nassen, kleinen Händen im Gesicht herum. Dann bemerkte sie etwas und betrachtete erstaunt ihre Hand. Ein scharlachroter Fleck entstand darauf, und sie sah zu, wie er sich langsam ausbreitete. Von neuem brach sie in Tränen aus.

»Ach, in die Hand hat sie sich auch noch geschnitten! Dawson, du bist weiß Gott der kompletteste Idiot, den sie frei rum-

laufen lassen! Du wirst uns jetzt sofort zur Jacht zurückbringen, verstanden? Und es wird nicht gerudert, sonst kommen
wir nie hin. Könnt ihr uns nicht an der Leine zurückziehen?«

Sie konnten es; Mrs. Wiseman half Jenny nach vorn in den
Bug, und die Männer nahmen ihre Plätze wieder ein. Mr. Talliaferro flitzte verzweifelt im Wasser hin und her. »Springen
Sie rein«, forderte ihn Fairchild auf. »Wir wollen Sie nicht aussetzen.«

Mit gedämpftem Eifer zogen sie das Boot zur Jacht zurück.
Mrs. Maurier erwartete sie an der Reling. Sie quiekte vor
Schreck und Staunen. Pete stand neben ihr; das Schiffspersonal
hatte sich diskret zurückgezogen.

»Was ist denn passiert? Was ist denn passiert?« krähte Mrs.
Maurier. Ihr rundes, erschrockenes Gesicht hing über ihnen. Sie
brachten das Boot längsseits und hielten es fest, während Mrs.
Wiseman Jenny half, erst über die Duchten und dann an Bord
zu klettern. Mr. Talliaferro wieselte gequält umher und wollte
gleichfalls helfen, aber Jenny wich vor ihm zurück. »Sie haben
mir so Angst gemacht«, sagte sie immer wieder.

Oben beugte sich Pete über die Reling und streckte ihr die
Hände entgegen, während Mr. Talliaferro unten im Boot sein
Opfer umkreiste. Das Boot schaukelte und schrammte gegen
den Rumpf der Jacht.

Endlich bekam Pete Jennys Hände zu fassen und schnauzte
Mr. Talliaferro an: »Hör auf zu schaukeln, du Trottel.«

Seine Beine waren unter ihrem Gewicht völlig gefühllos
geworden, aber er regte sich nicht. Er fächelte ihr mit dem
abgerissenen Zweig Luft zu und ließ ihn in größeren Abständen auch über den eigenen Rücken sausen. Ihr Gesicht war jetzt
nicht mehr so rot, und er legte die Hand auf ihr Herz. Bei der
Berührung schlug sie die Augen auf.

»Hallo, David. Ich hab von Wasser geträumt . . . Wo hast
du denn gesteckt all die Jahre lang?« Sie schloß die Augen wieder. »Ich fühl mich ein bißchen besser«, sagte sie nach einer
Weile. Und dann: »Wie spät ist es denn?« Er sah nach der
Sonne und schätzte die Tageszeit. »Wir müssen weiter«, stellte
sie fest. »Hilf mir auf.«

Sie richtete sich zum Sitzen auf, und eine Million Ameisen

wimmelte in seinen Beinen. Dann stand sie, unsicher und schwankend, und hielt sich an ihm fest. »Mensch, ich bin restlos fertig. Wenn du wieder mal mit einer durchbrennst, dann laß sie besser erst vom Arzt auf Tauglichkeit untersuchen . . . Aber wir müssen weiter. Los – mach, daß ich laufe. Zwing mich doch.« Sie tat ein paar unsichere Schritte und klammerte sich wieder an ihn; sie hatte die Augen geschlossen. »Lieber Gott, wenn ich hier je wieder rauskomme . . .« Wieder blieb sie stehen. »Was sollen wir tun?« fragte sie.

»Ich kann dich ja n Stück tragen«, meinte er.

»Kannst du das? Ich meine, bist du nicht zu müde?«

»Ich trage dich n Stück, bis wir irgendwohin kommen«, sagte er wieder.

»Ich fürchte, du wirst mich tragen müssen . . . aber wenn ich du wäre, ich ließ dich hier platt auf dem Bauch liegen. Das tät ich.«

Er hockte sich vor sie hin, griff nach hinten und schob die Arme in ihre Kniekehlen, dann richtete er sich auf, und sie legte ihm von hinten die Arme um den Hals. Den Zweig preßte sie gegen seine Brust. Er kam langsam hoch und rückte ihre Beine zurecht, zog sie weiter um seine Hüften, nachdem ihr Rock nachgegeben hatte.

»Du bist furchtbar nett zu mir, David«, murmelte sie an seinem Ohr und hing schlaff auf seinem Rücken.

Mrs. Wiseman säuberte Jennys Hand und legte einen Verband an; sie bürstete Jennys weiche, wurmähnliche Finger und reinigte die Nägel, während Jenny, nackt und rosig, in der eingesperrten Kabinenluft trocknete. Was Unterwäsche anbetraf, war die Sache einfach, und Strümpfe waren auch kein Problem. Jennys Füße aber waren eher kurz geraten als klein, und so wurde es bei den Schuhen schwierig. Indessen behauptete Jenny steif und fest, Mrs. Wisemans Schuhe paßten ihr ganz gut.

Endlich war Jenny eingekleidet, und Mrs. Wiseman nahm die nassen Sachen mit spitzen Fingern und lehnte sich mit der Hüfte gegen die Koje. Das Kleid, das Jenny nun trug, gehörte dem Mädchen Patricia, und Jenny, die vor dem Spiegel stand, wölbte es junonisch; sie musterte ihr Spiegelbild und strich das

Kleid mit einer langsamen, eitlen Bewegung über den Hüften glatt.

Ich hätte nie gedacht, daß die beiden so verschieden sind, dachte Mrs. Wiseman. Das ist ja noch viel aufregender als ein Badeanzug. »Hör mal, Jenny...« begann sie, »weißt du, ich meine... also so kannst du unmöglich vor Männern erscheinen, Liebling. Schon um Mrs. Mauriers willen, verstehst du; sie hat schon genug Ärger, auch ohne Aufruhr.«

»Stimmt was nicht?« fragte Jenny erstaunt. »Für mein Gefühl geht's doch ganz gut so.« Sie versuchte, so viel von ihrer Erscheinung zu sehen, wie der kleine Spiegel zuließ.

»Für dein Gefühl, hm... du mußt ja jede Naht einzeln fühlen. Nein, wir müssen etwas anderes für dich auftreiben. Zieh's wieder aus, Liebling.«

Jenny gehorchte. »Für mein Gefühl geht's«, wiederholte sie. »Ich hab mich auch gar nicht komisch drin gefühlt.«

»Es sieht auch durchaus nicht komisch aus. Im Gegenteil, sozusagen. Das ist ja das Malheur«, erklärte die andere und wühlte emsig in ihren Sachen.

»Und ich hab immer gedacht, ich hab ne Figur, mit der man alles tragen kann«, meinte Jenny bedauernd und hielt das Kleid vor sich hin.

»Hast du auch«, bestätigte Mrs. Wiseman, »genau so eine hast du. Es ist nicht zu übersehen – es ist verheerend.«

»Verheerend, so«, wiederholte Jenny aufhorchend. »Ich hab da nämlich mal so'n komischen Kerl kennengelernt, damals in Mandeville...« Sie drehte sich wieder zum Spiegel, bemüht, so viel von sich zu sehen, wie irgend möglich. »Die Leute sagen, ich hab ne Figur wie die Dorothy Mackaill vom Film, bloß nicht so mager... ich finde, es steht einem Mädchen ganz gut, wenn's ein bißchen Holz vor der Hütte hat, nicht?«

»Verheerend«, bestätigte die andere wieder. Sie richtete sich auf und hielt ein dunkles Kleid in den Händen. »Du wirst gräßlich aussehen darin... wie eine junge Witwe.« Sie trat zu Jenny und hielt das Kleid prüfend an ihren Körper. Dann legte sie, ohne das Kleid loszulassen, die Arme um das Mädchen. »Holz vor der Hütte, das kann gefährlicher sein als Dynamit im Wolkenkratzer«, sagte sie trocken und sah Jenny aus dunklen, traurigen Augen an... »Tut deine Hand noch weh?«

»Ist schon in Ordnung.« Jenny verdrehte den Hals und sah an sich hinunter. »Ein bißchen lang ist es ja, nicht?«

»Deines wird bald trocken sein.« Sie hob Jennys Gesicht empor und küßte sie auf den Mund. »Zieh's einstweilen an, und dann hängen wir deine Sachen zum Trocknen in die Sonne.«

Vier Uhr

Er schritt weiter durch den Staub, die endlose, flimmernde Straße zwischen den Kiefern entlang, die im Nachmittag standen wie erstarrte Explosionen. Der Nachmittag war unendliche, unerträgliche Helle. Die beiden unförmigen, zu einem verschmolzenen Schatten wanderten vor ihm her: noch zwei Schritte, und er würde auf sie treten wie auf die spärlichen Schattenflecken der Kiefern; aber sie wanderten immer weiter vor ihm her zwischen den alten, vergessenen Wagengleisen; mühelos hielten sie in dem unebenen Staub den Abstand ein. Der Staub war fein wie Puder und ohne Spuren; nur hier und da ein Hufabdruck, verwehender Schemen eines längst vergessenen Rittes. Droben hing der unerbittliche metallene Himmel; er lastete auf seinem gebeugten Nacken und auf der schlaffen, verschwitzten Last auf seinem Rücken, und ihre Wange rieb sich gleichmäßig an seinem Halse. Dünnes Feuer umzuckte ihn ohne Unterlaß. Er schritt weiter.

Der staubige Weg kam in sein Gesichtsfeld geschwommen, schob sich unter seinen Füßen hinweg und verlor sich nach hinten wie ein endloses Band. Er merkte, daß sein Mund ausgedörrt war und offenhing, ohne daß Speichel geflossen wäre. Sein Zahnfleisch hatte die dünne, trockene Beschaffenheit von Zigarettenpapier. Er schloß den Mund und versuchte, Speichel zu sammeln.

Stämme ohne Baumkronen kamen vorüber, marschierten neben ihm, und sie hatten keine Baumkronen; dann blieben sie zurück. Das wuchernde Gras am Wegrand kam näher, wurde riesengroß, wurde zu einzelnen Halmen, Halm neben Halm; Eidechsen raschelten dazwischen, bis auch sie zurückblieben. Dünnes, unsichtbares Feuer umzuckte ihn, aber er spürte es kaum; Arme und Schultern fühlten nichts mehr außer dem schlaffen Gewicht auf seinem Rücken und dem messingnen Himmel, der auf seinem Nacken lastete, und ihrer verschwitzten Wange, die sich gleichmäßig an seinem Halse rieb. Er merkte, daß sein Mund wieder offenstand, und machte ihn zu.

»Jetzt ist es genug«, sagte sie und regte sich hinter ihm. »Laß mich runter.« Die zu einem verschmolzenen Schatten vermischten sich hin und wieder mit dem Schatten der hohen, kronenlosen Bäume, aber jenseits des Baumschattens erschienen sie jedesmal wieder, immer zwei Schritte voraus. Und vor ihm zog sich die Straße dahin, flimmernd und glühend und weißer als Salz. »Laß mich runter, David«, wiederholte sie.

»Nein«, brachte er zwischen trockenen, pelzigen Zähnen heraus, und übertönte damit das ferne, unerschütterliche Stampfen seines Herzens, »nicht müde.« Sein Herzschlag klang sehr fern. Jeder Schlag war irgendwo in seinem Kopf, gleich hinter den Augen; jeder Schlag war eine rote Woge, die für einen Sekundenbruchteil die Sehkraft minderte. Dann war es vorüber, bis die nächste matte Woge ihn blendete. Aber es war weit weg, wie das Stampfen marschierender Soldaten in roten Uniformen, die unaufhörlich die Schwelle des Raumes überschritten, in dem er sich befand, in dem er kauerte und aus der Tür zu lugen versuchte. Es war ein dumpfes, wuchtiges Geräusch, wie eine Schiffsmaschine, und er merkte, daß er an Wasser dachte, an die blaue Eintönigkeit von Ozeanen. Es war ein rotes Geräusch, gleich hinter seinen Augen.

Die Straße kam auf ihn zu, ein endloses, glühendes Band zwischen ausgefahrenen Wagengleisen, in denen schon lange keine Räder mehr gerollt waren. Die See ist ein zischendes Geräusch in deinen Ohren. Und so gleichmäßig. Swisch. Swisch. Aber nicht hinter den Augen. Der Schatten trat aus einem größeren Schattenfleck heraus, den Bäume ohne Kronen warfen. Noch zwei Schritte. Nein, drei Schritte, jetzt. Drei Schritte. Wird Abend, ist später als es vorhin war. Drei Schritte also. Von mir aus. Der Mensch geht auf den Hinterbeinen; ein Mann kann drei Schritte machen, und ein Affe kann auch drei Schritte machen, aber der Affe hat Wasser in seinem Käfig stehen, so einen Napf voll. Drei Schritte. Von mir aus. Eins. Zwei. Drei. Weg, der Schatten. Weg. Weg. Weg. Ist'n rotes

Geräusch. Nicht hinter den Augen. See. See. See. Sieh. Du bist in einer Höhle, in einer Höhle aus dunklem Geräusch; das Geräusch, die See ist draußen vor der Höhle. See. Sieh. Sieh. Sieh. Aber nicht, wenn sie dauernd über die Schwelle marschieren.

Jetzt war ein anderes Geräusch in seinen Ohren, ein schwaches, störendes Geräusch, und das Gewicht auf seinem Rücken bewegte sich eigenmächtig, wollte ihn nach vorn in den glühenden, gleißenden Staub werfen, durch den er schritt, drei Schritte machte, ein Mann kann drei Schritte machen, und er stolperte, er versuchte, seine abgestorbenen Arme zu bewegen und einen festeren Griff zu bekommen. Sein Mund stand wieder offen, und als er ihn zumachte, knirschte es trocken. Eins. Zwei. Drei. Eins. Zwei. Drei.

»Laß mich runter, hab ich gesagt«, wiederholte sie und ließ sich nach rückwärts fallen. »Sieh doch, da ist ein Wegweiser. Laß mich runter. Ich kann wieder gehen.«

Sie ließ sich fallen, strampelte sich frei aus seinem Griff und zwang ihn zu Boden; er taumelte und brach in die Knie. Ihre Füße berührten den Boden, und während sie noch breitbeinig über ihm stand, versuchte sie ihn an den Schultern aufrecht zu halten. Schließlich kippte er doch nach vorn über und hockte auf allen vieren wie ein Tier; sein Kopf hing tief zwischen den Schultern. Sie kniete neben ihm im Staub und schob eine Hand unter seine Stirn, um die Spannung seiner Nackenmuskeln zu verringern. Gleichzeitig hob sie den Blick zu dem Wegweiser. MANDEVILLE: 14 Meilen. Und der ungeschickt gemalte Finger wies in die Richtung, aus der sie gekommen waren. Das Vorderteil ihres Kleides war feucht und trug dunkle Flecken von seinem Schweiß.

Nachdem die Frauen Jennys durchnäßte Hilflosigkeit nach unten geschafft hatten, nahm Fairchild den Hut ab, wischte den Schweiß vom Gesicht und betrachtete seine Zauberlehrlinge mit fast kindlichem Staunen. Dann blieb sein Blick auf Mr. Talliaferros gequälter, triefender Verzweiflung haften, und er schüttelte sich vor Lachen.

»Lach du nur«, schimpfte der Semitische, »aber noch ein paar Scherze dieser Art und du kannst ganz für dich allein irgendwo an einem einsamen Strand lachen. Wenn Talliaferro jetzt in diesem Augenblick Krach mit dir anfangen würde, ich glaube, wir wären alle auf seiner Seite.« Mr. Talliaferro tröpfelte verloren vor sich hin, ein Bild äußerster, hoffnungsloser Mutlosigkeit. Der Semitische betrachtete erst ihn, dann die anderen und schließlich den Ort ihrer Taten, der nun wieder friedlich dalag. »Man muß sich die Kunst etwas kosten lassen«, murmelte er, »weiß Gott.«

»Talliaferro ist der einzige, der wirklich Schaden gelitten hat«, protestierte Fairchild. »Und das will ich jetzt wieder gutmachen. Kommen Sie, Talliaferro, ich bring Sie wieder in Ordnung.«

»Damit ist es nicht getan«, drohte der Semitische. »Wir andern sind in unserer Eitelkeit gekränkt und rebellieren aus grundsätzlichen Erwägungen.«

»Dann muß ich's eben an euch auch wieder gutmachen«, antwortete Fairchild. Er ging vor den anderen her zur Treppe, blieb aber noch einmal stehen und sah sich um. »Wo ist denn Gordon?« fragte er. Keiner wußte es. »Na, ist ja auch egal. Er weiß ja, wo wir stecken.« Er ging weiter und meinte: »Es gibt schließlich so was wie Entschädigungen für das Künstlertum, was?«

Der Semitische gestand das zu. »Aber es ist ein ziemlich hoher Preis für Whisky.« Er stieg die Treppe hinunter. »Ja, irgend etwas muß man schon rausschlagen. Wir vertrödeln genug Zeit damit und sind durch die Kunst genug moralischen und geistigen Verwirrungen ausgesetzt.«

»Stimmt«, bestätigte Fairchild. »Aber diejenigen, die Kunst produzieren, die haben ne ganze Menge davon. Sie haben den Vorteil, daß sie sich nicht zu mopsen brauchen. Und das ist viel wert in dieser Welt«, stellte er tiefsinnig fest und mühte sich, seine Tür aufzubekommen. Schließlich gelang es ihm, und er sagte: »Ach, hier stecken Sie. Na, Sie haben was versäumt.«

Major Ayers hielt ein Buch in der Hand. Sein Glas stand vergessen neben ihm, und milde Verwirrung lag auf seinen Zügen, als er jetzt nach Luft schnappte, wie er sie eintreten sah. »Versäumt?« wiederholte er. »Was denn?«

Sie redeten alle gleichzeitig auf ihn ein; sie stellten Mr. Talliaferro, der sich unglücklich in ihrer Mitte zu verbergen trachtete, als Beweisstück vor, damit Major Ayers ihn besichtige und bedaure; sie suchten Sitzplätze und erzählten immer noch, als Fairchild bereits den Ritus des versteckten Koffers zelebrierte. Der Sessel war schon von Major Ayers besetzt, aber der Semitische wollte wenigstens das Buch sehen. »Was haben Sie denn da?« fragte er.

Major Ayers wurde sofort wieder von Verwirrung ergriffen. »Ach, ich hab mir nur die Zeit vertrieben«, erklärte er rasch. Er sah auf das Buch. »Es ist ganz seltsam«, sagte er und fügte hinzu: »Ich meine, die Art . . . die Art und Weise, wie sie heute Bücher machen. Die Aufmachung, verstehen Sie. So bunt, nicht wahr, richtig lustig. Aber ich . . .« er überlegte kurz. »Ich hab mir in Sandhurst das Lesen so ziemlich abgewöhnt«, gestand er in einem plötzlichen Ausbruch von Vertraulichkeit. »Und nachher, immer im aktiven Dienst . . .«

»Krieg ist etwas Schlimmes«, bestätigte der Semitische. »Was haben Sie denn da gelesen?«

»Ja, das Lesen hab ich mir ziemlich abgewöhnt in Sandhurst«, erklärte Major Ayers noch einmal. Er hob das Buch wieder.

Fairchild öffnete eine neue Flasche. »Kann nicht mal einer noch ein paar Gläser holen? Mark, sieh doch mal, ob du nicht in der Kombüse welche erwischen kannst. – Zeigen Sie mal das Buch«, fuhr er fort und streckte die Hand danach aus. Der Semitische kam ihm zuvor.

»Sieh du lieber zu, daß wir was zu trinken kriegen. Ich vergesse meinen Kummer lieber auf diese Art.«

»Na hör mal«, protestierte Fairchild und wollte das Buch haben. Der andere wehrte ihn ab.

»Gib uns was zu trinken, hab ich gesagt«, wiederholte er. »Hier kommt Mark mit den Gläsern. Was wir in diesem Land nötig haben, das sind Maßnahmen zum Schutz gegen unsere Künstler. Jetzt will uns schon der eine mit dem Kram des anderen anöden.«

»Na schön«, erwiderte Fairchild gelassen, »mach du nur deine Witzchen. Du weißt ja, was ich von intellektueller Klugscheißerei halte.« Er teilte Gläser aus.

»Das kann doch nicht dein Ernst sein«, meinte der Semiti

sche. »Bloß weil die *New Republic* dich in der Luft zerrissen hat . . .«

»Aber *Dial* hat mal eine Kurzgeschichte von ihm gebracht«, sagte Mark Frost neidisch.

»Was für ein Schicksalsschlag für einen ausgewachsenen Mann, im Vollbesitz der Vitalität der Leute aus dem Ohio-Tal in einem Heim für alte Jungfern beiderlei Geschlechts als Opfer zu landen . . . Ist die Luft da nicht ein bißchen zu dünn für dich, Dawson?«

Fairchild lachte. »Ja, ich bin keine ausgesprochene Bergsteigernatur. Warum willst du unbedingt dort erscheinen, Mark?«

»Mark würde ausgezeichnet hineinpassen«, meinte der Semitische. »In diese unbestimmte wohlanständige Raserei des Intellekts, die in der Redaktion herrscht . . . Ich verstehe überhaupt nicht, wieso Mark nicht schon längst zu ihren Autoren gehört . . . Andererseits, wenn man genauer zusieht, dann enthalten ja solche Bemerkungen, wie Mark und ich sie machen und die du als Klugscheißerei abtust, gelegentlich ein Körnchen Wahrheit. Du hingegen sagst etwas, was nicht gescheit genug ist, um unwahr zu sein; und wenn wir dann deinen Tiefsinn bewundern, dann hast du auf einmal keine Courage mehr und widersprichst dir selbst – warum, das weiß dein gutmütiger und taktloser lieber Gott allein. Aus welchem Grund sich jemand so ernsthaft Gedanken machen sollte über die gegenwärtige Bedeutung von Wörtern oder von Gebäuden aus Wörtern, daß er sich deswegen bewußt widerspricht oder doch ärgerlich wird, wenn er es unbewußt getan hat – das übersteigt mein Begriffsvermögen.«

»Na schön, Wörter sind . . . na, steril gewissermaßen«, gab Fairchild zu. »Und man fängt auf einmal an, das Wort mit dem Ding selbst zu verwechseln, oder mit der Handlung – wie der vertrocknete Ehemann, dem seine Frau längst Hörner aufgesetzt hat und der jeden Abend das Dekamerone mit ins Bett nimmt; eines Tages werden dann die Dinge und Handlungen tatsächlich – na, sozusagen zum Schatten von Lauten, die man bei entsprechender Mundstellung hervorbringt. Aber du hast eben auch etwas durcheinander geworfen. Ich behaupte ja gar nicht, daß Wörter ein Eigenleben haben. Aber Wörter, in den richtigen Zusammenhang gebracht, ergeben auch etwas

Lebendiges; ebenso wie Erde und Klima und ein Samenkorn, in den richtigen Zusammenhang gebracht, einen Baum hervorbringen. Wörter sind wie Samenkörner, verstehst du. Es wird nicht aus jedem ein Baum, aber wenn du genug davon hast, dann entsteht früher oder später einer, ganz zwangsläufig.«

»Wenn du lange genug redest, sagst du zwangsläufig eines Tages etwas Richtiges. Das meinst du doch damit?« sagte der Semitische.

»Ich will dir zeigen, was ich meine.« Wieder griff Fairchild nach dem Buch.

»Um Himmels willen«, rief der andere, »laß uns in Frieden unseren Whisky trinken. Wir geben auch zu, daß du recht hast, wenn dir daran liegt. Einverstanden, Major?«

»Nein, also wirklich«, protestierte der Major, »mir hat das Buch gefallen. Wenn ich mir auch in Sandhurst das Lesen . . .«

»Mir gefällt das Buch auch ganz gut«, sagte Mark Frost. »Das einzige, was mich daran stört, ist die Tatsache, daß es veröffentlicht worden ist.«

»Das kann man nicht vermeiden«, tröstete ihn Fairchild. »Es ist unumgänglich; das passiert jedem, der das Risiko auf sich nimmt und tausend zusammenhängende Wörter aufschreibt. Man wird publik dabei.«

»Das kannst du bequemer haben«, meinte der Semitische, »indem du deine Frau umbringst oder Golfmeister wirst.«

»Stimmt«, bestätigte Fairchild. »Es liegt an der Druckerschwärze. Dein Zeug sieht so ganz anders aus, wenn's erst gedruckt ist. Druckerschwärze verleiht selbst der Dummheit so etwas wie unpersönliche Autorität.«

»Andersrum wird ein Paar Stiefel draus«, widersprach der Semitische. »Dummheit verleiht selbst der Druckerschwärze so etwas wie unpersönliche Autorität.«

Fairchild sah ihn an. »Sag mal, was hast du gerade vorhin gesagt – daß ich mir dauernd selbst widerspreche?«

»Ich kann mir das leisten«, entgegnete der andere. »Ich pflege meine Dummheit nie mit dieser Autorität zu versehen.« Er leerte sein Glas. »Aber wenn ich die Wahl habe zwischen Kunst und Künstlern – die Künstler sind mir lieber. Ich bleche sogar widerstandslos meinen Anteil, damit sie was zu essen haben. Wenn ich ihnen bloß nicht zuzuhören brauche.«

»Ich hab das Gefühl«, gab Fairchild zu bedenken, »daß du eben darauf ziemlich viel Zeit verschwendest – für einen Mann, der es ausdrücklich ablehnt und nicht zu tun brauchte.«

»Das liegt daran, daß ich schließlich irgend jemand zuhören muß – Künstlern oder Schuhverkäufern. Und Künstler machen mehr Spaß, weil sie viel weniger Vorstellung von ihrer Tätigkeit haben... und außerdem bin ich selbst auch ein Schwätzer. – Was bloß mit Gordon sein mag?«

Fünf Uhr

Der Abend fiel melancholisch wie Hörnerklang zwischen die Bäume. Der Weg hatte sich wieder gesenkt, verlief durch den Sumpf, wo dunkle Wasserarme ziellos und obszön durch üppigen, undurchdringlichen Dschungel zogen. Mächtige Bäume, bärtig und uralt wie die Propheten der Genesis, brüteten vor der verborgenen Flamme im Westen. David lag lang ausgestreckt am Wegrand. Er hatte eine lange Zeit so gelegen; nun richtete er sich auf und hielt Ausschau nach ihr.

Sie stand neben einer Zypresse, bis an die Knie im Wasser; sie hatte die Arme überkreuz gegen einen Stamm gelegt und das Gesicht darin verborgen. So stand sie regungslos. Feuchtes, grünliches Zwielicht umgab sie, das angefüllt war von unsichtbarem Feuer.

»David.« Undeutlich klang ihre Stimme unter den Armen hervor. Dann war das trächtige, zeitlose Zwielicht zwischen den Bäumen wieder ohne Laut. Er saß am Wegrand. Und dann sprach sie wieder. »Es ist alles schiefgegangen, David. Ich hab es mir ganz anders vorgestellt.« Er stieß einen rauhen, unbeholfenen Laut aus, so als versuche er, mit der Stimme eines anderen zu sprechen. »Pst!« machte sie. »Ich bin schuld daran: ich hab dich hier reingeritten. Es tut mir leid, David.«

Die Bäume waren in dem brütenden Zwielicht ihrer Bärte dicker, mächtiger, noch älter als alle bisher. »Was sollen wir tun, David?« Nach einer Weile hob sie den Kopf und wiederholte die Frage.

Langsam antwortete er: »Was du willst.«

Sie sagte: »Komm mal her, David.« Schwerfällig kam er auf die Füße, stieg in das schwarze, breiige Wasser und watete zu ihr. Eine Weile sah sie ihn nüchtern an, ohne sich zu bewegen. Sie ließ den Stamm los, trat dicht zu ihm, und dann standen sie in dem schwarzen, fauligen Wasser und hielten sich umschlungen. Plötzlich drückte sie ihn wild an sich. »Kannst du nicht etwas tun dagegen? Kannst du nicht machen, daß es anders ist? Muß es denn so sein?«

»Was willst du denn, daß ich tu?« fragte er langsam mit dieser Stimme, die nicht die seine war. Ihre Arme lockerten sich, und er wiederholte, als ob sie gedrängt hätte: »Tu doch was du willst.«

»Es tut mir verdammt leid, David, daß ich dich in die Sache reingezogen habe. Josh hat schon recht: ich bin ein Idiot.« Ihr Körper krümmte sich unter dem Kleid, und sie wimmerte: »Sie tun mir so weh.«

»Wir müssen hier raus«, erklärte er. »Sag du, was du tun willst.«

»Und du bist einverstanden, wie ich auch entscheide?« fragte sie rasch und sah ihn scharf aus den ernsten, undurchsichtigen Augen an. »Ehrenwort?«

»Ja«, antwortete er. Es klang unendlich müde. »Mach was du willst.«

Augenblicklich wurde sie passiv in seinen Armen, unterwürfig, folgsam. Aber er stand nur da, hielt sie locker und sah sie nicht einmal an. Ihre Passivität verflog so rasch, wie sie gekommen war. Sie sagte: »Du bist in Ordnung, David. Ich möchte dir einen Gefallen tun. Es wieder gutmachen, irgendwie.« Sie sah ihm ins Gesicht und merkte, daß er sie gleichfalls ansah. »David! Oh, David! Du darfst es nicht so schwernehmen!« Aber der stumme Blick voller unendlichem Verlangen blieb auf sie gerichtet. »David, es tut mir so schrecklich leid. Was soll ich tun? Sag mir, was ich tun soll. Ich mach's. Ich mach alles, was du willst.«

»Schon gut«, sagte er.

»Nein, gar nicht. Ich will's wieder gutmachen, irgendwie, daß ich dich hier reingezogen habe.« Sein Kopf war abgewandt; er schien zu lauschen. Wieder kam das Geräusch durch den Abend, zwischen den patriarchalischen Bäumen hindurch, ein fernes, zorniges Geräusch.

»Ein Boot«, stellte er fest. »Wir müssen nahe am See sein.«

»Ja«, bestätigte sie. »Ich hab's vorhin schon gehört. Ich glaube, es kommt näher.« Sie bewegte sich, und er ließ sie los. Sie lauschte wieder, leicht an seine Schulter gelehnt. »Ja, es kommt hierher. Du mußt dein Hemd wieder anziehen, David. Dreh dich um, bitte.«

Sechs Uhr

»Klar weiß ich, wo euer Kahn is. Hab'n liegen sehen, wie ich da längs gekommen bin. Da wo's ganz seicht ist; vielleicht so drei Meilen den See runter«, berichtete der Mann, während er einen verzinkten Wassereimer an den Rand der Veranda stellte. Sein Haus stand dicht am Dschungel auf Pfählen, die in den sumpfigen Boden getrieben waren. Unmittelbar davor verlief zwischen der starren Palisade der Bäume ein breiter, dunkler Wasserarm, der ohne jede Strömung zu sein schien.

Der Mann stand auf der Veranda und sah ihr zu, wie sie sich eine Schöpfkelle voll köstlichen Wassers nach der anderen über den Kopf goß. Das Wasser rann ihr durch die Haare, über das Gesicht, durchnäßte ihr Kleid. Der Mann stand da und sah ihr zu. Sein blaues Hemd hatte keinen Kragen und war am Hals mit einem Kragenknopf aus Messing geschlossen; schweiß-fleckige Hosenträger hielten die ausgebleichte Baumwollhose stramm über dem Bauch. Sein Doppelkinn bewegte sich rhythmisch, und er spie, ohne den Kopf zu wenden, bräunlichen Speichel unmittelbar neben ihren Füßen auf den Boden.

»Habter euch wohl n ganzen Tag im Sumpf rumgetrieben, was?« erkundigte er sich und starrte das Mädchen mit fahlen, stumpfen Augen an. Langsam glitt sein Blick an den schmutzigen Strümpfen hoch und weiter an ihrem Kleid hinauf. »Warum willste denn jetzt wieder zurück? Hatter schon die Nase voll, hm?« Wieder spie er aus und stieß einen Laut der Verachtung und des Mißvergnügens aus. »Gibt's ja gar nich, so was. Schnapp dir n richtigen Mann, s nächste Mal.« Er sah zu

David hinüber und stellte eine Frage, wobei er sich eines nicht druckfähigen Tätigkeitswortes bediente.

Obgleich David am Ende seiner Kräfte war, stieg automatisch eine dumpfe Wut in ihm hoch. Aber sie hielt ihn zurück. »Vor allen Dingen müssen wir aufs Schiff zurück«, gab sie zu bedenken. Dann sah sie den Mann an, begegnete dem fahlen, stumpfen Blick und fragte knapp: »Wieviel?«

»Fünf Dollar.« Wieder betrachtete er David. »Im voraus.«

David griff in die Tasche. »Nimm von meinem«, sagte sie rasch, als sie bemerkte, daß er einen einzelnen, sorgfältig zusammengefalteten Schein hervorzog. »Nein, nein: nimm mein Geld«, verlangte sie entschieden und hielt seine Hand fest. »Wo hast du's denn?« Er fischte ihre zerknüllten Scheine aus der anderen Tasche und gab sie ihr.

Der Mann nahm den Schein und spuckte wieder aus. Schwerfällig kletterte er von der Veranda herab und ging voraus zum Wasser hinunter, wo sein Boot festgemacht war. Sie stiegen ein; er stieß ab und machte sich am Motor zu schaffen. »So is das immer mit so nen Großstadtbengels. Nischt dahinter. s nächste Mal kommste rüber auf die Seite vom See hier und schnappster n richtigen Mann. Ich kann jeden Tag blaumachen. Un ich fang auch abends nich an zu plärren und will heim«, ergänzte er und sah sie über die Schulter an.

»Halten Sie den Mund«, befahl sie scharf. »David, sorg dafür, daß er den Mund hält.« Der Mann hielt inne und glotzte sie mit den fahlen, schläfrigen Augen an.

»Na, hör mal . . .« begann er schwerfällig.

»Sie sollen den Mund halten«, wiederholte sie. »Bringen Sie gefälligst Ihren Dampfer in Schwung. Sie haben Ihr Geld gekriegt. Fahren Sie los.«

»Nicht übel. Ich hab's ganz gern, wennse n bißchen kratzbürstig sind, zuerst.« Er starrte sie unter halbgeschlossenen Lidern an und priemte rhythmisch. Dann sagte er ein Wort.

David kam von seinem Sitz hoch, aber sie hielt ihn mit einer Hand zurück und begann, fließend und wortreich auf den Mann einzufluchen. »So, und jetzt fahren Sie los«, schloß sie. »Und wenn er noch ein einziges Mal die Klappe aufmacht, dann schmeißt du ihn aus dem Boot, David.«

Der Mann bleckte sie mit gelben Zähnen an, dann beugte er

sich wieder über den Motor. Der erhob gleich darauf seine zornige Stimme, und das Boot schoß im Bogen hinaus und durchschnitt das schwarze, reglose Wasser. Bald wurde es heller zwischen den Bäumen; ein Schimmern von offenem Wasser wurde sichtbar, und gleich darauf glitten sie aus dem Mündungsarm auf den See hinaus. Lautlos rauschten die Schwingen des Sonnenuntergangs über sie hin, und die vergehende Glorie des Tages hing unter der langsam auskühlenden Messingschale des Himmels.

Im Sonnenuntergang sah die *Nausikaa* mehr denn je zuvor wie eine rosige Möwe aus, die behäbig auf dem dunklen Indigo des Wassers trieb und sich von den schwarzen, metallischen Bäumen abhob. Der Mann stellte den aufgeregten Motor ab, und das Boot glitt längsseits; er bekam die Reling zu fassen, hielt das Boot ruhig und betrachtete, während sie an Bord der Jacht stieg, ihre schlammbespritzten Beine.

Kein Mensch war zu sehen. Sie standen an der Reling und sahen auf seine dicke Kehrseite hinunter, während er die Starterleine zog. Schließlich sprang der Motor an, das Boot kurvte von der Jacht weg und steuerte wieder in den Sonnenuntergang hinein; der aufgeregte Motor entweihte die große Ruhe aus Wasser und Himmel und Bäumen. Bald war das Boot nur noch ein Punkt in dem verschwimmenden Pfad des Sonnenuntergangs.

»David?« sagte sie, nachdem es verschwunden war. Sie wandte sich ihm zu und legte die festen, gebräunten Hände auf seine Brust, und er drehte den Kopf nach ihr um und sah sie mit diesem tierhaften Verlangen an.

»Schon gut«, sagte er nach einer Weile. Wieder schlang sie die Arme um ihn, fest und geschlechtslos, und bog seinen Kopf herab. Ihr Kuß war nüchtern und feucht auf seiner Wange. Diesmal hielt er still.

»Es tut mir leid, David.«

»Schon gut«, wiederholte er. Sie legte die Hände flach auf seine Brust, und er ließ sie los. Sie sahen einander in die Augen. Zeit verstrich. Dann ließ sie ihn stehen, querte das Deck und verschwand im Niedergang, ohne sich noch einmal umzusehen. Sie ließ ihn stehen und den Abend, aus dem die Sonne plötzlich verschwunden war, in den nun auf einmal die Nacht hineinbrach, durch die noch leise, von weither, der zornige Motor über das träumende Wasser hinweg zu hören war. Hoch wölbte sich der matte Himmel, und die ersten Sterne blühten auf wie geheimnisvolle, zauberische Blumen.

Das Abendessen war im Salon serviert worden, denn hier waren die Fenster mit Fliegendraht versehen, und der leichte Windhauch stand vom Land auf den See hinaus. Hier fand sie die anderen. Sie wurde mit unterschiedlichen Äußerungen der Überraschung begrüßt, die sie aber ignorierte, wie auch das runde, nun rotanlaufende Gesicht ihrer Tante; hochmütig stelzte sie zu ihrem Platz.

»Patricia«, begann Mrs. Maurier schließlich, »wo warst du?«

»Spazieren«, gab die Nichte kurz zurück. Sie hielt etwas Zusammengeknülltes in der Hand, das sie nun auf den Tisch legte. Sie glättete die Scheine sorgfältig und sortierte sie auf drei Häufchen.

»Patricia«, sagte Mrs. Maurier wieder.

»Ihnen schulde ich sechs Dollar«, teilte sie Miss Jameson mit und schob das erste Häufchen neben deren Teller. Dann, zu Mrs. Wiseman gewandt: »Sie hatten nur einen Dollar«; und sie reichte ihr über den Tisch hinweg einen einzigen Schein. »Und dir geb ich den Rest zurück, sobald wir wieder daheim sind«, erläuterte sie ihrer Tante und reichte das dritte Häufchen hinter Mr. Talliaferro vorbei. Wieder traf sie der apoplektische Blick ihrer Tante. »Deinen Steward hab ich dir auch wieder mitgebracht. Du hast also gar keinen Grund zum Meckern.«

»Patricia«, sagte Mrs. Maurier abermals und fuhr halb erstickt fort: »Und Mr. Gordon? Ist er nicht mit dir zurückgekommen?«

»Gordon? Der war ja gar nicht mit. Wozu hätt ich ihn mitnehmen sollen? Ich hatte ja schon einen Mann.«

Mrs. Mauriers Gesicht war nun angsteinflößend; und als der Blutandrang wieder nachließ, hatte sie wieder die Vision von leblos treibenden Hinterbacken, die später mit der schrecklichen und taktlosen Unerbittlichkeit Ertrunkener ans Ufer gespült werden würden. »Patricia«, sagte sie drohend.

»Komm, jetzt mach's aber halblang«, unterbrach die Nichte

abgekämpft, »sei nicht so bockbeinig. Lieber Himmel, hab ich einen Hunger.« Sie nahm Platz und fand den kalten Blick ihres Bruders auf sich gerichtet. »Das gilt auch für dich, Josh«, fügte sie hinzu und nahm eine Scheibe Brot.

Der Neffe sah kurz in das verzerrte Gesicht seiner Tante. »Du solltest ihr den Hintern vollhauen«, erklärte er friedlich und aß weiter.

Neun Uhr

»Aber so um vier rum hab ich ihn noch gesehen«, verteidigte sich Fairchild. »Er war doch mit uns im Boot. Erinnern Sie sich nicht, Major? Ach so, Sie waren ja gar nicht dabei. Aber du hast ihn doch gesehen, Mark, oder?«

»Als wir losfuhren, war er im Boot; das weiß ich noch. Aber ich hab ihn nicht mehr gesehen, nachdem Ernest ins Wasser gefallen ist.«

»Aber ich. Ich weiß, daß ich ihn an Deck gesehen habe, gleich nachdem wir zurück waren. Bloß erinnere ich mich nicht, daß er im Boot war, nachdem Jenny und Talliaferro... Ach Quatsch, dem ist schon nichts passiert. Er wird schon wieder auftauchen. Er ist nicht der Typ zum Ersaufen.«

»Da wäre ich nicht so sicher«, meinte Major Ayers. »Immerhin fehlt keine von den Damen.«

Fairchild stieß sein polterndes, bereitwilliges Lachen aus. Dann traf sein Blick die feierlichen, glasigen Augen des Majors, und er wurde still. Dann lachte er noch einmal – das Lachen eines Mannes, der sich durch ein dunkles Zimmer tastet – und verstummte wieder. Sein vertrauensvoll-ratloses Gesicht war auf Major Ayers gerichtet. Der Major erkundigte sich:

»Dieser Ort, wo die beiden jungen Leute heute hinwollten...« Der Semitische kam ihm zu Hilfe: »Mandeville.« – »... was für ein Ort ist das eigentlich?« Sie sagten es ihm. »Ach so. Und dort gibt es derartige Einrichtungen?«

»Nicht mehr als üblich«, antwortete der Semitische, und Fairchild, der noch immer Major Ayers mit einer Art von mißtrauischer Verwirrung musterte, ergänzte:

»Nur die, die man so bei sich hat. Wir Amerikaner haben

immer alles dabei, was wir brauchen. Hängt mit unserer angespannten, zielstrebigen Lebensweise zusammen.«

Major Ayers glotzte ihn höflich an. »So ähnlich wie auf dem Kontinent«, meinte er dann.

»Na ja«, meinte der Semitische, »Liebe ist blind.«

»Das ist ihr Glück«, warf Mark Frost ein. Major Ayers sah sie abwechselnd an. Er sagte:

»Dieses Mandeville und was sich da so abspielt ... ist das eine stillschweigende Übereinkunft? Eine Art ortsgebundene Konvention?«

»Wie meinen Sie das?« fragte Fairchild.

»Na, wie unser Gretna Green. Wenn man eine Dame auffordert, mit einem dorthin zu fahren, und sie tut es, dann ist das eine, na, eine Einverständniserklärung, nicht wahr? Es erspart langwierige Auseinandersetzungen und so.«

»Ich denke, Gretna Green ist der Ort, wo man früher hinging, um ohne langwieriges Aufgebot heiraten zu können?« fragte Fairchild mißtrauisch.

»Ja, früher mal«, bestätigte der Major. »Aber bei dem Großen Brand sind alle Häuser vernichtet worden, in denen Pfarrer und Standesbeamte lebten. Nun waren damals die Nachrichtenmittel noch so unzulänglich, daß es gut zwei Wochen gedauert hat, bis sich das rumgesprochen hatte. In der Zwischenzeit waren aber eine ganze Menge von jungen Paaren dort hingekommen – mit durchaus ehrbaren Absichten, versteht sich. Und dann waren sie gezwungen, am nächsten Morgen ohne den Segen der Kirche wieder abzureisen. Natürlich trauten sich die jungen Damen nicht, das zu erzählen, ehe die Lage geklärt war, was in jenen unsicheren Zeiten bis zu einem Monat dauern konnte. Aber zu diesem Zeitpunkt hatte dann natürlich die Polizei Wind von der Sache bekommen – die Londoner Polizei bekommt nämlich immer rechtzeitig Wind von einer Sache.«

»Weshalb man heute, wenn man nach Gretna Green will, einen Polizisten bestellt, ja?« fragte der Semitische.

»Das verwechseln Sie mit Yokohama«, antwortete Major Ayers ebenso ernsthaft ... »Aber diese junge Dame, die heute mit dem Steward getürmt ist. Und am gleichen Tag zurückgekommen ist ... Ist das üblich bei euren jungen Mädchen? Ich frage nur interessehalber«, fügte er rasch hinzu. »Bei uns machen das die jungen Mädchen nämlich nicht; bei uns machen das höchstens dekadente Komtessen – mit dem Chauffeur nach Italien durchbrennen, oder dem Lakaien. Und dann kommen sie nie zurück, ehe es dunkel ist. Aber die jungen Mädchen bei uns . . .«

»Kunst«, erklärte der Semitische kurz.

Mark Frost erläuterte:

»Wenn man in Europa ein Künstler ist, so ist das eine Verhaltensweise; in Amerika ist es die Ausrede für eine Verhaltensweise.«

»Aha. Aber, was ich sagen wollte . . .« Major Ayers saugte heftig an der kalten Pfeife und dachte nach. Dann: »Das ist doch nicht die, die das komische kleine Buch geschrieben hat? Das Syphilis-Buch?«

»Nein. Das ist von Julius' Schwester«, setzte Fairchild auseinander. »Das ist die, die Eva heißt. Die durchgebrannt ist, das ist überhaupt keine Künstlerin. Es liegt wohl an der Künstleratmosphäre auf diesem Schiff, denk ich mir.«

»Oh«, machte Major Ayers. »Merkwürdig«, meinte er dann. Er stand auf und klopfte die Pfeife im Handteller aus. Dann blies er sie durch und steckte sie in die Tasche. »Ich denke, ich werde runtergehen und mir einen genehmigen. Wer kommt mit?«

»Ich nicht, vorläufig«, beschloß Fairchild. »Später«, sagte der Semitische. Major Ayers wandte sich an den schlaff hingegossen daliegenden Dichter.

»Und Sie, alter Junge?«

»Holen Sie den Whisky doch rauf«, schlug Mark Frost vor. Aber dagegen legte Fairchild sein Veto ein. Der Semitische gab ihm recht, und Major Ayers zog sich zurück.

»Ich wollte, ich hätte n Drink«, meinte Mark Frost.

»Dann geh doch runter und hol dir einen«, sagte Fairchild. Der Dichter stöhnte.

Der Semitische steckte seine Zigarre wieder an. Aus seiner Verwirrung heraus meinte Fairchild unsicher: »Das war interessant, das mit Gretna Green, nicht wahr? Hab ich noch nicht gekannt. Noch nie davon gelesen, meine ich. Aber vermutlich gibt es viel Bedeutenderes in den Annalen aller Völker, was sie nie in die Geschichtsbücher schreiben.« Der Semitische lachte in sich hinein. Fairchild versuchte, in der Dunkelheit sein Gesicht zu erkennen. Dann fuhr er fort:

»Diese Engländer sind komische Leute: Immer ziehen sie einen im falschen Moment auf. Erzählen Dinge, die gerade eben noch wahr sein könnten, und wenn man sich entschließt, die Geschichte so oder so aufzufassen, dann merkt man auf einmal, daß sie's gerade andersherum gemeint haben.« Er grübelte in die Dunkelheit hinein.

»Es klang doch hübsch, nicht wahr? Junge Menschen, Mädchen und junge Männer, die gefangen sind in dem seltsamen, verschwiegenen Zauber des Geschlechtlichen und vom Geheimnisvollen der intimen Kleidungsstücke und all dieser Körpervorgänge; wie sie im Dunkeln nebeneinander liegen und sich gegenseitig alles sagen . . . Das ist der Reiz der Jungfräulichkeit: sich alles zu sagen. Jungfräulichkeit spielt für den Körper keine Rolle. Da sind junge Menschen, die zusammen durchbrennen – in einer Gefühlsverwirrung aus Heimlichtuerei und Vorsicht und Verlangen; und dann kommen sie an und erfahren . . .« Wieder sah er zu seinem Freund hinüber. Nach einer Pause fuhr er fort:

»Natürlich ließen sich die Mädchen rumkriegen, nachdem sie so weit mitgemacht hatten, nicht wahr? Man kann sich das doch vorstellen: die fremde Umgebung; ein fremdes Zimmer, eine Insel in dem unerforschten Ozean voller Ungeheuer wie Zimmervermieter und wildfremde Menschen und so weiter; allein die Reise und alles, was damit zusammenhängt; und dann ist da dieser junge Mann, der an nichts anderes mehr denkt und ganz wild darauf ist und zugleich Angst hat, sie könnte sich's anders überlegen und auf einmal nicht mehr wollen: ja, und das fremde Zimmer, von dem keiner weiß; die Tür ist verriegelt, und alles Bekannte und Alltägliche ist so weit weg, und sie ist jung und zart und hübsch anzusehen, und das weiß sie auch . . . natürlich ließen sie sich herumkriegen.

Und natürlich haben sie den Mund gehalten, nachdem sie wieder zurück waren; so lange zumindest, bis ein anderer Pfarrer gefunden war und alles wieder seine Regelmäßigkeit hatte. Und danach vielleicht auch noch. Vielleicht haben sie's später einmal einer Freundin ins Ohr gesagt, von Frau zu Frau, wenn sie schon lange genug verheiratet waren, um lieber mit anderen

Frauen zu schwätzen als mit dem eigenen Mann. Aber den Jungen, den Unverheirateten, denen würden sie es nie erzählt haben. Und wenn sie je dahinterkam, und wenn's ein Jahr danach war, daß eine andere auf dem Weg nach dort gesehen worden ist... Sie sind so praktische Geschöpfe, nicht wahr; nur Männer halten sich aus moralischen Gründen an Konventionen.«

»Oder aus Gewohnheit«, ergänzte der Semitische.

»Richtig«, stimmte Fairchild bei. »... Ich möchte wirklich wissen, was aus Gordon geworden ist.«

Jenny bemerkte seine Hosenbeine, Tweed. Wie hält er das bloß aus bei der Hitze, die dicken Klamotten, dachte sie träge-verwundert; und als er an ihr vorbeiging, rief sie ihn lautlos. Sein zielstrebiger Schritt wurde unsicher, und er trat neben sie.

»Schöner Abend, wie?« meinte er liebenswürdig und glotzte in der Dunkelheit auf sie herab. In dem geliehenen Kleid sah sie appetitlich aus, wie Schlagsahne, und sehr blond und verderblich wie eine kostspielige Torte.

»Find ich auch«, bestätigte sie. Major Ayers legte die Ellbogen auf die Reling.

»Ich wollte nämlich gerade nach unten gehen«, teilte er ihr mit.

»Yes, Sir«, sagte Jenny zustimmend. Sie wirkte passiv in der Dunkelheit, wie ein Leuchtkäfer stand sie da, der seine erotischen Gefühle ausstrahlt; sie war umflossen von süßem, wolkigem Feuer, das von ihren Schenkeln auszugehen schien. Nur bei sehr jungen Mädchen ist das so. Major Ayers sah auf ihren sanften, undeutlich erkennbaren Kopf herab. Dann warf er den Kopf ruckartig in den Nacken und musterte scharf die Umgebung.

»Schöner Abend, wie?« stellte er noch einmal fest.

»Yes, Sir«, wiederholte Jenny. Sie blühte wie eine Blume, die einen schweren, übersättigten Duft ausströmt. Major Ayers machte eine nervöse Bewegung. Wieder zuckte sein Kopf, als habe jemand seinen Namen gerufen. Dann sah er wieder Jenny an.

»Stammen Sie aus New Orleans?«

»Yes, Sir. Esplanade.«

»Pardon?«

»Esplanade. Das ist, wo ich wohne«, erklärte sie. »Das ist ne Straße«, fügte sie noch hinzu.

»Oh«, murmelte Major Ayers. ». . . Leben Sie gern dort?«

»Weiß nicht. Ich hab immer da gewohnt.« Und nach einer Weile: »Es ist nicht weit.«

»Nicht weit, so?«

»No, Sir.« Sie stand regungslos neben ihm, und zum drittenmal machte Major Ayers die ruckartige Kopfbewegung, als habe jemand versucht, seine Aufmerksamkeit auf sich zu lenken.

»Ich wollte gerade nach unten gehen«, wiederholte er. Jenny wartete. Dann murmelte sie:

»Eine schöne Nacht zum Poussieren.« Sie gebrauchte ein sehr amerikanisches Wort, und Major Ayers sah sie verständnislos an.

»Wenn die Jungens so abends vors Haus kommen«, erklärte sie, »und man geht dann aus mit ihnen.«

»Man geht aus mit ihnen, so«, wiederholte der Major. »Nach Mandeville vielleicht?«

»Manchmal, ja«, bestätigte sie. »Ich bin schon da gewesen.«

»Gehen Sie oft hin?«

»Na . . . manchmal halt«, sagte sie noch einmal.

»Mit den Jungens, ja? Oder auch mit Männern, was?«

»Yes, Sir«, antwortete Jenny etwas überrascht. »Ich glaub kaum, daß da schon mal n Mädchen allein hin ist.«

Major Ayers dachte heftig nach. Jenny stand gehorsam und appetitlich da und strahlte Lockung aus. Sie tat ihr Bestes. »Wie wär's denn«, sagte er auf einmal, »wenn wir morgen mal rüberschaun würden, Sie und ich?«

»Morgen?« wiederholte Jenny erstaunt.

»Also dann heute«, verbesserte er sich. »Was halten Sie davon?«

»Heut abend? Kommen wir denn noch hin? Und es ist doch sicher schon spät . . . Wie kommen wir denn rüber?«

»Wie die beiden heute morgen. Da muß es doch eine Straßenbahn geben, oder einen Bus, was? Oder eine Eisenbahnverbindung vom nächsten Dorf aus.«

»Weiß ich nicht. Sie kommen immer mit'm Schiff zurück.«

»Oh, mit dem Schiff.« Major Ayers überlegte kurz. »Na, ist ja auch egal; warten wir eben bis morgen. Morgen gehn wir los, ja?«

»Yes, Sir«, wiederholte Jenny unermüdlich. Sie stand da, abwartend und appetitlich, und strahlte aus. Wieder sah sich Major Ayers um. Dann lösten sich seine Hände von der Reling, und als Jenny, die seine Bewegung bemerkt hatte, sich ihm langsam und ohne ersichtliches Widerstreben zuwandte, stupste er sie unters Kinn.

»Also dann«, sagte er knapp und trat zurück, »auf morgen dann.« Jenny sah ihm untätig-staunend nach; er kam noch einmal zu ihr zurück, glotzte sie freundschaftlich und einladend an und stupste sie noch einmal unter ihr weiches, überraschtes Kinn. Dann zog er sich endgültig zurück.

Jenny sah der sich entfernenden Tweedgestalt nach, bis sie verschwunden war. Weiß Gott, das ist ein Ausländer, dachte sie bei sich. Dann seufzte sie.

Das Wasser leckte mit schwachen Geräuschen am Rumpf der Jacht, mit kleinen, gedämpften Lauten, wie von knochenlosen Händen, und sie lehnte wieder an der Reling und starrte auf das dunkle Wasser hinab.

Er ist sicher schrecklich vornehm, dachte sie. Schließlich ist er ihr Bruder . . . er ist noch vornehmer, denn sie hat sich den ganzen Tag mit diesem Kellner aus dem Speisezimmer rumgetrieben . . . Aber vielleicht ist der Kellner auch vornehm. Ich hab bloß noch nicht viel Jungens erlebt, die . . . Ihre Tante ist ihr wahrscheinlich ganz schön aufs Dach gestiegen, denk ich mir. Was sie wohl gemacht hätte, wenn sie zurückgekommen und wir mit dem Schiff weggefahren wären . . . Und jetzt dieser Rothaarige, und sie sagt, er ist ertrunken . . .

Jenny starrte auf das dunkle Wasser; sie dachte an den Tod, empfand noch einmal ihre Hilflosigkeit in diesem schrecklichen, erstickenden, überall nachgebenden Wasser, fühlte noch einmal diese äußerste, fürchterliche Hilflosigkeit aus Entsetzen und Furcht. Als Mr. Talliaferro plötzlich lautlos neben sie trat und sie berührte, erkannte sie ihn instinktiv. Und sie spürte, wie ihre Welt wieder ins Wanken geriet, wie alles, was ihr vertraut war, versank; sie sah vertraute Gesichter und Gegenstände in rasender Geschwindigkeit entgleiten, und während sie aus blendender Helligkeit durch ein zeitloses Zwischenreich in grün-züngelnde Furcht stürzte, war sie nicht fähig, ein Glied zu rühren, war wie in Trance. Aber schließlich konnte sie sich doch wieder bewegen. Sie schrie.

»Sie haben mir so Angst gemacht«, keuchte sie erbarmungswürdig und wich vor ihm zurück. Sie wandte sich und floh, floh dorthin, wo es hell war und Wände gab, die einen schützen.

Die Kabine war dunkel. Kein Laut war zu hören, und nach der schwach erhellten Weite des Decks wirkte der Raum eng und heiß. Aber er war von schützenden Wänden umgeben. Jenny knipste das Licht an und trat ein, trat ein in die Atmosphäre des Vertrauten. Ein Hauch des Parfums hing noch in der Luft, das sie so liebte und das sie reichlich verwendet hatte, ehe sie an Bord gekommen war. Der Duft war noch wahrnehmbar und mischte sich mit dem schwachen, durchdringenden Veilchengeruch, den sie als zu Mrs. Wiseman gehörig betrachten gelernt hatte; da waren Mrs. Wisemans Kleider, und auf dem Toilettentisch lag ihr eigener Kamm und daneben die blinkende Metallhülse ihres Lippenstifts.

Eine Weile betrachtete Jenny ihr Gesicht im Spiegel. Dann legte sie ein Kleidungsstück ab und starrte wieder auf ihre makellose rosige Weiße, die von keinem Gedanken getrübt und nicht zu beschreiben war. Dann zog sie sich ganz aus, trat abermals vor den Spiegel und fuhr mit dem Kamm durch das schläfrige Gold ihres Haares. Endlich ließ sie den nackten Leib träge ins Bett sinken, wie sie es nun seit drei Nächten gewohnt war.

Aber sie ließ das Licht brennen. Sie lag in ihrer Koje und starrte in den harten Schein der Birne hinauf, die von der glattgewölbten Decke strahlte. Sie lag im Bett, rosig und bewegungslos; die Zeit verstrich, gemessen vom Takt der kleinen, knochenlosen Hände des Wassers, die unter dem Bullauge den Schiffsrumpf betasteten. Auch Schritte waren zu hören und Menschen, die sich an Deck aufhielten und Geräusche hervorriefen.

Sie wußte nicht, was es war, wonach sie sich sehnte. Aber sie sehnte sich nach etwas. Sie lag auf dem Rücken unter dem nicht abgeschirmten, unzulänglichen Licht, still und rosig, und nach einer Weile dachte sie, vielleicht fang ich gleich an zu heulen. Vielleicht war es das. So lag sie nackt und rosig und passiv auf dem Rücken und wartete auf die Tränen.

Noch immer konnte sie oben Leute hören. Da waren Stimmen und Schritte; und sie lag da und wartete auf den ersten Geschmack des Weinens, den man im Halse spürt, noch ehe man richtig anfängt – das Gefühl, daß da gleich hinter den Augen zwei kleine, salzige Kanäle verlaufen, sobald du anfängst, dir selbst leid zu tun, und dieses andere Gefühl an der Nasenwurzel. Nur meine Nase, die wird nicht rot, wenn ich heule, dachte sie in träger Traurigkeit, die sich Luft machen wollte, in grundloser Verzweiflung. Sie lag passiv und still; sie empfand keine Furcht davor und wartete, daß es anfinge. Aber ehe es anfing, trat Mrs. Wiseman in die Kabine.

Sie kam an Jennys Bett, und Jenny blickte hoch und sah den schmalen Kopf, den Kopf eines Rehs, zwischen sich und der Deckenbeleuchtung; sie fühlte die dunklen, scharfen Augen auf sich gerichtet; und dann sagte Mrs. Wiseman:

»Was ist denn los, Jenny? Was hast du?«

Aber sie hatte es vergessen; sie wußte nur noch, daß da etwas gewesen war, oder vielmehr, jetzt, da die andere neben ihr stand, konnte sie sich kaum noch daran erinnern, daß da etwas gewesen war, das sie vergessen hatte. Sie lag einfach da und sah zu dem dunklen, schmalen Kopf vor der schirmlosen Lampe hinauf.

»Armes Kind, das war ein anstrengender Tag für dich.« Sie legte die Hand auf Jennys Stirn, strich das feine, matte Gold des Haars zurück und ließ die Hand weiter gleiten über die Wange hin. Jenny lag ruhig unter dieser Hand; sie hatte die Augen halb geschlossen, wie eine kleine Katze, die gestreichelt wird; und sie wußte, daß sie jetzt weinen konnte, wann immer sie wollte. Aber so zu liegen und zu wissen, du kannst jederzeit weinen, wenn du willst, das war fast so schön wie das Weinen selbst. Sie schlug die unbeschreiblichen blauen Augen auf.

»Glauben Sie, er ist wirklich ertrunken?« fragte sie.

Mrs. Wisemans Hand streichelte Jennys Wange und schob das Haar aus der Stirn. »Ich weiß nicht, Liebling«, antwortete sie nüchtern. »Er ist ein glückloser Mensch. Und einem glücklosen Menschen kann alles zustoßen. Aber du darfst nicht daran denken, hörst du?« Sie beugte ihr Gesicht zu Jenny nieder. »Hörst du?« sagte sie noch einmal.

»Nein«, erklärte Fairchild, »er ist keiner von der Sorte, die ersäuft. Zu manchen Leuten paßt das einfach nicht... Sagt mal«, er brach plötzlich ab und sah seine Gefährten an. »Sagt mal, könnte er sich nicht auch weggemacht haben, weil er gedacht hat, das Mädchen ist abgehauen?«

»Aus Liebe ins Wasser gegangen?« meinte Mark Frost. »Aber nicht hier und heute. Selbstmord begeht man wegen Geld, oder wenn man krank ist. Aber nicht aus Liebe.«

»Ich weiß nicht recht«, widersprach Fairchild. »Früher sind sie aus Liebe gestorben. Und die menschliche Natur ändert sich nicht. Eine bestimmte Handlung führt zwar unter anderen Bedingungen zu anderen Ergebnissen, aber die menschliche Natur ändert sich nicht.«

»Mark hat recht«, sagte der Semitische. »In den alten Büchern sterben die Leute auch an gebrochenem Herzen – wobei der klinische Befund vermutlich so gewesen sein dürfte, daß jeder moderne Chirurg, jeder Tierarzt meinetwegen, den Patienten aus dem Handgelenk heilen könnte. Aber es stirbt keiner aus Liebe. Das ist auch der Grund, weshalb das Zusammentreffen von Liebe und Tod in Romanen solch eine unsterbliche Anziehungskraft ausübt: weil sie im realen Leben nicht viel miteinander zu tun haben.«

Aber was gebrochene Herzen angeht, heute, in einer Zeit, da jeder Mensch lesen und schreiben kann, in der es derartige Möglichkeiten zur Verbreitung des gedruckten Wortes gibt...« Er stieß einen verächtlichen Laut aus. »Glücklich der, der glaubt, es habe ihm das Herz gebrochen? Er braucht sich nur hinzusetzen und ein Buch zu schreiben über den oder die, dem oder der er oder sie den Herzfehler verdankt. Außerdem läßt sich so was noch in Kurzgeschichten und Drehbüchern ausschlachten (und was ist schrecklicher, als zu sehen, wie der Bursche, den man gerade in den Rinnstein geboxt hat, beim Aufstehen Geld findet?) Nein, nein«, wiederholte er, »aus Liebeskummer bringt man sich nicht um. Man schreibt ein Buch statt dessen.«

»Ich weiß nicht recht«, wiederholte Fairchild hartnäckig. »Der Mensch ist zu allem fähig. Aber wahrscheinlich muß man ein Narr sein, um das zu glauben und entsprechend zu handeln.« Über dem östlichen Horizont lag ein Schein von fahlem Silber, bleich und kühl und schwach, und sie saßen eine Weile schweigend und dachten nach über Liebe und Tod. Zwölf Zoll über dem Deck schwebte das rote Auge einer Zigarette: das war Mark Frost. Fairchild brach das Schweigen:

»Wie sie mit Da ... mit dem Steward abgehauen ist, das war doch irgendwie nett. Und wieder zurückgekommen ist. Keine Entschuldigungen, keine Erklärungen – honny soit und so weiter. Da können wir etwas lernen von dieser Nachkriegsjugend. Nur alte Knacker wie Julius und ich wittern überall Unrat. Andererseits – Menschen, die in den Anschauungen groß geworden sind wie wir, die müssen geradezu überall Unrat wittern, wo die Neigungen nicht der Pflicht untergeordnet sind. Uns hat man beigebracht, in der Pflicht das Höchste zu sehen, sonst wär's ja keine Pflicht; und wenn sie nur unerquicklich genug ist, dann kriegt man einen Pluspunkt im Himmel ... Aber vielleicht ist der Unterschied auch gar nicht so groß, jede Generation für sich betrachtet. Die meisten von unseren Sünden begehen wir sowieso stellvertretend. Ich glaube, wenn man jung ist, dann hat man so viel Freude am bloßen Dasein, daß man nicht sehr viel sündigt. Aber es muß doch ganz nett sein, in dieser Generation jung sein zu dürfen.«

»Klar. Das empfinden wir alle, sobald die Arterienverkalkung einsetzt«, meinte der Semitische. »Im übrigen sündigen wir nicht nur stellvertretend – wir amüsieren uns auch stellvertretend. Sieh dir nur unsere Bücher an, die Theater, die Kinos. Wer zahlt denn für all das? Nicht die jungen Leute. Die gehen lieber spazieren, oder sie sitzen beieinander und halten Händchen.«

»Ersatzhandlungen«, sagte Fairchild. »Verstehst du das nicht?«

»Ersatzhandlungen wofür? Wenn du jung bist, ja, und heute verliebt und morgen nicht und übermorgen wieder – weißt du dann etwas über die Liebe? Bedeutet sie dir etwas anderes als eine ziemlich schreckliche Mischung aus Eifersucht und unterdrücktem Verlangen und dem Zusammenstoß mit dieser Menschenwelt, die wir doch, alles in allem, für die schlechteste nicht halten, und Genörgel und, ja – vielleicht ein klein wenig Vergnügen, als Beruhigungspille? Es sind ja nicht die Frauen, mit denen man geschlafen hat, an die man sich erinnert.«

»Gott sei Dank nicht«, meinte Fairchild, und der andere fuhr fort:

»Sieh mal, hier hast du das uralte Problem der Aristokratie: Ein ganz natürlicher Neid gegenüber der Minderheit, die all die Sünden begehen kann, die zu begehen die große Masse keine Gelegenheit hat, weil sie statt dessen ihren Lebensunterhalt verdienen muß.« Er steckte seine Zigarre wieder an. »Junge Menschen richten ihr Leben immer so ein, wie die ältere Generation es von ihnen verlangt. Das soll nicht gerade heißen, daß sie etwa in die Kirche gehen, wenn sie hingeschickt werden, weil die Eltern es so wollen – obgleich Gott allein wissen mag, aus welchem anderen Grund sie hingehen sollten, so wie sich die Kirche heute gibt, mit Aufsichtspersonal in den Städten, und auf dem Land kloppen die Leute vom Ku-Klux-Klan die Gebüsche der Umgebung und all die traditionellen Verstecke ab, denen die Kirchen zu allen Zeiten es verdankt haben, wenn immer wieder neue Seelen nachwachsen, die gerettet werden können. Aber im großen und ganzen lebt die Jugend nach den Anschauungen ihrer Eltern, ohne sie in Zweifel zu ziehen.

Vor einer Generation zum Beispiel, da hielt man noch nicht so viel von höherer Schulbildung, und die jungen Leute wuchsen zu Hause auf und in der Überzeugung, das einzig Wahre sei, mit einundzwanzig zu heiraten und sofort einen Beruf zu ergreifen, gleichgültig ob sie dazu geneigt oder dafür geeignet waren. Heute dagegen wachsen sie in der Übereinkunft auf, daß das Leben unter Dreißig so eine Art verlängerte Schulzeit ohne Unterricht sei, in der es darauf ankomme, von Verkehrspolizisten festgenommen zu werden und zwischendurch möglichst verrückt angezogen rumzulaufen, schwarz gebrannten Schnaps zu trinken und Mädchen abzuknutschen.

Das ist jetzt ein paar Jahre her, da fing ein Pressezeichner namens John Held damit an, Karikaturen vom College-Leben zu veröffentlichen. Und seitdem karikieren sie in den Colleges die Zeichnungen von diesem John Held. Ihre Eltern erwarten es geradezu von ihnen, verstehst du. Und die Jungen tun ihnen den Gefallen: Junge Menschen sind viel toleranter gegenüber den unerklärlichen und gefährlichen Launen ihrer Eltern, als die es je den natürlichen und harmlosen Liebhabereien ihrer Kinder gegenüber gewesen sind oder sein werden... Aber vielleicht macht dieser Zustand beiden Seiten Spaß.«

»Ich weiß nicht«, meinte Fairchild. »Nicht einmal den Alten wäre es recht, von Leuten umgeben zu sein, die alles so tragisch nehmen. Und den Jungen wäre es auch nicht recht: Junge Leute haben so viele andere Dinge im Kopf. Ich denke mir...« Seine Stimme brach ab, wurde von der Dunkelheit und dem leisen Flüstern des Wassers verschluckt. Der Mond war wieder im Osten heraufgeschwommen, jener abnehmende Mond der Verwesung, abgeschliffen und freundlich und kalt. Ein Zauber lag auf dem Wasser, der Zauber des Bleichen und Körperlosen. Das rote Auge von Mark Frosts Zigarette schwenkte langsam in der unsichtbaren Hand, kehrte zu dem zwölf Zoll über dem Deck gelegenen Punkt zurück und glühte in regelmäßigen Abständen auf, wie von einem Pulsschlag bewegt. »Verstehst du«, sagte Fairchild, und es klang wie eine Entschuldigung, »ich glaube halt noch an die junge Liebe im Frühling und solches Zeug. Ich bin wahrscheinlich hoffnungslos sentimental.«

Der Semitische grunzte etwas. Mark Frost sagte: »Tugend durch Gemeinheit und Fälschung: Opfer der Unaufrichtigkeit.« Fairchild, in seine Träumerei versponnen, ignorierte ihn.

»Wenn uns die Jugend verläßt, dann sind wir verlassen. Vom Leben, meine ich. Bis zu diesem Zeitpunkt leben wir halt, und damit hat sich's; danach merken wir, daß wir leben, und das Leben wird zum bewußten Vorgang. Das ist wie mit dem Denken, weißt du. Du wirst dir der Tatsache bewußt, daß du denkst, und sofort fängst du an, in Worten zu denken. Und ehe du dich dessen versiehst, hast du überhaupt keine Gedanken mehr im Kopf: nur noch Worte. Aber solange du noch jung bist, beschränkst du dich auf das bloße Sein. Später erreichst du das Stadium, in dem du handelst. Auf der nächsten Stufe denkst du, und endlich kannst du dich nur noch erinnern. Oder doch versuchen, dich zu erinnern.«

»Geschlecht und Tod«, sagte Mark Frost mit Grabesstimme und beschrieb einen Bogen mit dem roten Auge seiner Zigarette; »eine nackte Wand, auf die das Geschlecht einen Schatten wirft, und dieser Schatten ist das Leben.« Der Semitische grunzte wieder; er war in einer bei ihm seltenen schweigsamen Stimmung versunken. Der Mond, der bleiche, muskellose Bauch des Mondes, stieg höher, und die *Nausikaa* träumte auf dem dunklen, ruhelosen Wasser wie eine silberne Möwe.

»Ich weiß nicht«, sagte Fairchild abermals. »Ich habe das Leben nie als etwas Schattenhaftes betrachtet, oder die Menschen. Und mich selbst am allerwenigsten. Aber es kann schon sein, daß es schattenhafte Menschen gibt in der Welt; Menschen, denen das Leben wie ein grotesker Schatten vorkommt. Aber ich halte nicht viel von solchen Menschen; ich verstehe sie irgendwie auch gar nicht. Aber das hängt wahrscheinlich auch damit zusammen, daß ich fest davon überzeugt bin, daß das Leben gut ist, so wie es ist.« Mark Frost hatte seine letzte Zigarette fortgeworfen und war jetzt nur noch ein lang hingestreckter Schatten. Auch der Semitische saß unbeweglich, die erloschene Zigarre in der Hand.

»Ich war mal den Sommer über bei meinem Großvater in Indiana. Auf dem Land. Ich war noch ein Junge, und es war so eine Art Familientag: mit Tanten und Vettern, die einander seit Jahren nicht mehr gesehen hatten. Kinder waren auch da wie die Orgelpfeifen.

Ich erinnere mich noch an ein Mädchen; sie muß so ungefähr in meinem Alter gewesen sein. Sie hatte blaue Augen und den Kopf voller langer, steifgedrehter blonder Locken. Diese Jenny muß mit zwölf ungefähr so ausgesehen haben. Ich kannte die anderen Kinder kaum, und außerdem war ich ohnehin gewohnt, allein zu spielen; ich stand immer nur rum und sah zu, wie sie alles mögliche taten, was Kinder eben so tun. Ich wußte nicht recht, wie ich es anstellen sollte, sie kennenzulernen. Ich hatte zwar gesehen, wie es andere Neuankömmlinge gemacht hatten, und ich hatte mir auch ausgedacht, wie ich zu den anderen gehen und was ich dann sagen würde . . .« Er brach ab und dachte eine Weile nach. Dann sagte er leise, und ein wenig Verwunderung lag in seiner Stimme: »Gerade wie Talliaferro . . . daran hatte ich noch gar nicht gedacht.« Wieder versank er in Nachdenken. Schließlich fuhr er fort:

»Ich benahm mich wie ein Hund, der mit fremden Hunden zusammen ist. Innerlich verschüchtert, aber nach außen hochmütig und überlegen. Aber ich beobachtete die anderen. Zum Beispiel, wie sie mit ihnen zurechtkam. Am zweiten Tag war sie die Anführerin und bestimmte, was gespielt werden sollte. Sie hatte meistens blaue Kleider an.«

Mark Forst schnarchte in das Schweigen hinein. Die *Nausikaa* träumte wie eine Möwe auf dem dunklen Wasser.

»Das war zu einer Zeit, als es auf dem Land noch keine Wasserleitung gab und keine Kanalisation. Die Toiletten waren in einem Schuppen untergebracht, zu dem ein Pfad vom Haus herunterführte. Im Spätsommer wuchsen da hohe Kletten, höher als ein zwölfjähriger Junge. Der Schuppen selbst war ein einfaches Holzgebäude mit einer Zwischenwand, die Frauen- und Männerabteilung trennte.

Es war ein heißer Nachmittag. Die anderen waren unten im Obstgarten. Ich hatte sie von dem hohen Baum im Hof aus, auf dem ich gesessen hatte, beobachten können; die bunten Kleider der Mädchen leuchteten im Schatten, und auch als ich von meinem Baum heruntergeklettert war und über den Hof und durch das Gartentor ging, und weiter den Pfad zu dem Örtchen hinunter, konnte ich sie hin und wieder durch eine Lücke zwischen den Kletten sehen. Sie saßen im Schatten und spielten irgendein Spiel, oder vielleicht schwätzten sie auch nur.

Ich ging den Pfad hinunter und trat in das Häuschen, und wie ich gerade im Begriff war, die Tür der Männerabteilung zu schließen, blickte ich noch einmal zurück. Da sah ich ihr blaues Kleid, und sie kam den Pfad zwischen dem hohen Unkraut entlang. Ich wußte nicht, ob sie mich gesehen hatte, aber wenn ich zurückgegangen wäre, hätte ich an ihr vorbei gemußt, und ich genierte mich. Wenn ich schon fertig, schon auf dem Rückweg gewesen wäre, dann hätte es mir nichts ausgemacht, aber so war es ganz etwas anderes – oder so kam es mir wenigstens vor. Jungen sind eben so«, fügte er unsicher hinzu und wandte seine Verwirrung den Freunden zu. Der andere grunzte. Mark Frost schnarchte im Schatten.

»Ich machte also rasch die Tür zu und stand ganz still. Bald darauf hörte ich sie auf der anderen Seite eintreten. Ich wußte noch nicht, ob sie mich gesehen hatte oder nicht; ich wollte mich ganz still verhalten und warten, bis sie wieder gegangen war. Das war das einzige, was ich tun konnte, so schien mir.

Kinder sind psychisch so viel feiner organisiert als Erwachsene. Ein viel größerer Teil des kindlichen Lebens spielt sich im seelischen Bereich ab, als gemeinhin angenommen wird. Ein Kind ist fähig, in einem Augenblick die Summe unzähliger Erfahrungen zu ziehen, die es nie gemacht hat. Die Erkenntnisse der Anthropologie erklären das nur zum Teil; die Lücken im menschlichen Wissen, die spekulativ überbrückt werden müssen, sind zu groß. Das erste, was einem Kind eingetrichtert wird, sind Unfehlbarkeit und Notwendigkeit der Verhaltensregeln; und bis ein Kind alt genug ist, etwas zu unserem Wissen über die menschliche Psyche beizutragen, hat es alles vergessen. Ich stelle mir die Seele ungefähr so vor wie eine Schlange, die jedes Jahr die alte Haut abstreift. Du kannst dir die Gefühle nicht zurückrufen, die dich vor einem Jahr beseelt haben; du erinnerst dich nur, daß mit einem bestimmten Stück physischer Erfahrung ein emotionales Erlebnis verbunden war. Aber alles, was du heute noch empfinden kannst, ist ein Gespenst einstigen Glücks oder ein unbestimmtes und bedeutungslos gewordenes Bedauern. Erfahrung: warum sollte man von uns erwarten können, daß wir aus Erfahrungen lernen? Muskeln können sich erinnern; und ein Muskel muß immer wieder die gleiche Bewegung ausgelöst haben, ehe er begriffen hat . . .«

Orion schaukelte, den Kopf nach unten und mit den Kniekehlen am Arcturus hängend, am südlichen Himmel: ein elektrischer Hummer, der, während der Mond höher stieg, langsam verglomm. Mit leisem Geräusch leckte das Wasser am Rumpf der *Nausikaa*.

»Auf Zehenspitzen schlich ich mich zu dem Sitz hinüber. Es war heiß da drinnen; die Sonne brannte auf das Dach, und der Geruch des erhitzten Harzes war so stark, daß ich ihn trotz der anderen Gerüche des Ortes wahrnahm. In einem Winkel unter der Decke war ein Schwalbennest – ein harter Lehmklumpen mit Fluglöchern darin; grün-schillernde Fliegen summten monoton. Ich erinnere mich noch, wie heiß es da drinnen war, ich erinnere mich noch an das Gefühl, das man an diesem Ort bekommt – man hört auf, sich etwas vorzumachen, weißt du; das Korsett der Zivilisation hält nicht stand vor der großartigen Unerbittlichkeit der Natur und alles Physischen. Da stand ich also und empfand all das und spürte die Hitze, hörte das Summen der dicken Fliegen; ich hielt den Atem an und lauschte, wartete auf ein Geräusch von der anderen Seite der Bretterwand. Aber kein Laut drang herüber. Da steckte ich den Kopf durch das Loch im Sitz.«

Mark Frost schnarchte. Der Mond, der bleiche Bauch des Mondes übergoß die Welt mit dem matten Zauber, der nicht vom Lebendigen ausgeht, und legte die silberne, körperlose Hand auf das Wasser, das flüsternd am Rumpf der Jacht leckte. Der Semitische umklammerte die erloschene Zigarre. Er und Fairchild saßen da, in ihren Vierzigern beide; ihre Muskeln begannen zu erschlaffen, die Gewebe verloren an Straffheit. Sie saßen da und sahen zwei große, wißbegierige blaue Augen vor sich, in die Überraschung trat, klar wie Wasser; unten und oben waren vertauscht, und lange, blonde Locken hingen über der Jauche. So saßen sie schweigend und erinnerten sich an Jugend und Liebe, an Zeit und Tod.

Elf Uhr

Mark Frost war erwacht und hatte sich mit einem geisterhaften Epigramm ins Bett geschlichen. Dann war der Semitische aufgestanden und nach unten gegangen. Er hatte Fairchild eine Zigarre gegeben, und Fairchild saß, die sockenbekleideten Füße auf die Reling gelegt, und paffte das ungewohnte Kraut. Im bleichen Mondlicht konnte er das ganze Deck überblicken, und auf einmal bemerkte er jemand, der an der Achterreling saß. Fairchild hätte nicht zu sagen vermocht, wie lange die Gestalt dort schon hockte; aber da saß sie nun, allein, völlig bewegungslos, und etwas in ihrer Haltung weckte Fairchilds Neugier. Er stand auf.

Es war David, der Steward. Er hockte auf einer Taurolle und hielt etwas in der Hand, zwischen den Knien. Als Fairchild neben ihm stehenblieb, hob David langsam den Kopf, so daß das Mondlicht in sein Gesicht fiel, und sah den Älteren an: Er versuchte nicht, den Gegenstand in seiner Hand zu verbergen. Fairchild beugte sich vor. Es war eine Sandalette, eine einzelne Sandalette, zerrissen und mit getrocknetem Schlamm beschmiert und unansehnlich; und doch schien der Schuh in seiner toten Form noch etwas von dem entschlossenen und geschlechtslosen Ernst von ihr zu enthalten.

Nach einer Weile blickte David weg; er sah wieder über das dunkle Wasser hinaus und über den Pfad aus beweglichem Silber. Er hielt den Schuh in beiden Händen. Wortlos wandte sich Fairchild ab und ging leise weg.

DER VIERTE TAG

Sieben Uhr

FAIRCHILD ERWACHTE und lag eine Weile genüßlich lang auf den Rücken gestreckt. Dann rollte er auf die Seite und wollte schon wieder einschlafen; da bemerkte er ein Stück Papier auf dem Fußboden, das offenbar unter der Tür hindurchgeschoben worden war. Er betrachtete es eine Zeitlang; dann wurde er vollends wach, erhob sich und nahm den Zettel auf.

> *Sehr geehrter Mr. Fairchild: ich ferlasse heute das schiff. ich habe einen bessern job. Ich habe noch fuer zwei Tage zu krigen aber ich las mirs nicht auszahln weil ich das schiff ferlasse ehe die Reise um ist. Sagen Sie bitte Mrs. Morjeh ich habe einen bessern job und sie soll ihnen die fuenf Dollar geben die sie mir gelihen haben.*
> *Hochachtend*
> *David West.*

Er las die Zeilen noch einmal und versank in Nachdenken. Dann faltete er den Zettel zusammen, schob ihn in die Tasche seines Pyjamas und goß sich einen Drink ein. Der Semitische lag in seiner Koje, schnarchend und wehrlos.

Fairchild setzte sich auf den Bettrand, entfaltete den Zettel wieder und las ein drittes Mal. Unberührt stand das Glas neben ihm. Er dachte zurück an die Jugend; er dachte auch an das Alter und an erschlaffendes Fleisch wie an eine uralte, leise nagende Sorge, die allgegenwärtig ist auf der Welt.

»Also wirklich, Sie brauchen sich keine Gedanken zu machen«, versicherten sie Mrs. Maurier. »Wir machen's wie gestern: es ist doch auch viel lustiger so. Dorothy und ich, wir machen einfach Büchsen auf und wärmen was. Wir kommen ohne Steward genauso zurecht wie mit einem, nicht wahr, Dorothy?«

»Wie bei einem Picknick«, stimmte Miss Jameson zu. »Natürlich, die Männer müssen auch helfen«, fügte sie hinzu. Ihre blassen, nüchternen Augen ruhten dabei auf Pete.

Mrs. Maurier gab nach, aber sie ging ihnen mit albernen Klagereden auf die Nerven, während Mrs. Wiseman und Miss Jameson und die Nichte Konservendosen öffneten und den Inhalt aufwärmten. Bald war die ganze Kombüse mit Fett und Obstsaft und Blut vom Daumen der Nichte verschmiert. Eine Büchse mit der Aufschrift BOHNEN wurde auf Mark Frosts dringenden Wunsch geöffnet. Sie enthielt grüne Bohnen.

Aber dann war der Kaffee schließlich fertig, und am Ende kam das Frühstück mit verhältnismäßig wenig Verspätung auf den Tisch. Es war wirklich so etwas wie ein Picknick, nur ohne Ameisen, wie der Semitische bemerkte, ehe sie ihn aus der Kombüse hinauswarfen.

»Aber wir machen dir auch gerne eine Büchse Ameisen auf«, bot ihm seine Schwester an.

Außerdem war noch ein reichlicher Vorrat von Grapefruit vorhanden.

Beim Frühstück

Fairchild: Aber ich habe ihn doch gesehen, nachdem wir wieder an Bord waren – bestimmt!

Mark: Nein, er war nicht mehr im Boot, als wir zur Jacht zurückfuhren; ich erinnere mich jetzt. Ich hab ihn nicht mehr gesehen, seit wir die Plätze getauscht haben – das war gleich nachdem Jenny und Ernest ins Wasser gefallen sind.

Julius: Stimmt... Übrigens, war er überhaupt mit im Boot? Erinnert sich jemand, ob er überhaupt im Boot war?

Fairchild: Klar war er; weißt du nicht mehr, wie Mark ihm

fortwährend mit dem Ruder auf die Finger gehauen hat? Ich sag dir doch, ich hab ihn noch geseh . . .

Mark: Zuerst war er im Boot, ja. Aber nachdem Jenny und . . .

Fairchild: Klar war er. Eva, hast du ihn denn nicht mehr gesehen, nachdem wir zurück waren?

Eva: Ich weiß nicht mehr. Solange wir ruderten, hab ich euch allen den Rücken zugedreht. Und wer noch alles da war, nachdem Jenny von Ernest rausgestoßen wurde, das weiß ich nicht mehr.

Fairchild: Aber Talliaferro hat doch mit dem Gesicht zu uns gesessen. Haben Sie ihn nicht gesehen, Talliaferro? Und Jenny – Jenny muß sich doch erinnern. Wie ist das, Jenny?

Mr. Talliaferro: Ich habe doch auf das Seil achtgeben müssen.

Fairchild: Und du, Jenny? Erinnerst du dich nicht?

Eva: Laß doch Jenny in Ruh. Wieso soll sich ausgerechnet Jenny erinnern können? Wie kannst du erwarten, daß sich überhaupt noch irgendwer an was erinnern kann von diesem idiotischen . . . idiotischen . . .

Fairchild: Also ich kann mich erinnern. Wißt ihr denn nicht mehr, wie er mit uns zusammen nach unten gegangen ist, nachdem wir zurück waren?

Mrs. Maurier (die Hände ringend): Erinnert sich denn kein Mensch mehr? Ach, es ist entsetzlich! Was soll ich denn bloß tun? Ich weiß nicht, was ich tun soll – ach, Sie können sich ja gar nicht in meine Lage versetzen! Ihnen kann es ja egal sein, aber ich lebe hier, und ich habe gewisse gesellschaftliche . . . Und jetzt so was . . .

Fairchild: Ach, der ist schon nicht ersoffen. Der wird schon wieder aufkreuzen. Wenn ich Ihnen doch sage . . .

Die Nichte: Und wenn er ersoffen ist, dann finden wir ihn auch. Das Wasser ist ja ganz seicht hier. (Wird von durchbohrendem Blick ihrer Tante getroffen.)

Der Neffe: Außerdem, nach achtundvierzig Stunden kommt eine Leiche nach oben. Wir brauchen nichts zu tun, als bis morgen früh zu warten. Womöglich bumst er gegen die Schiffswand, und wir brauchen ihn bloß an Bord zu hieven. (Aufschrei von Mrs. Maurier. Der Schrei ist zitterig und erstirbt in den Falten des Doppelkinns. Sie mustert ihre Gäste mit Verzweiflung und Ekel.)

Fairchild: Ach, der ist nicht ertrunken. Ich sag euch doch, ich hab ihn noch gesehen, nachdem . . .

Die Nichte: Na klar. Kopf hoch, Tante Pat. Den kriegen wir schon wieder, selbst wenn er doch hin ist. Er kann ja nicht spurlos verschwinden. Und wenn du ihnen die Leiche schickst, dann will seine Familie vielleicht gar nichts von dir.

Eva: Ihr Kinder haltet jetzt gefälligst den Mund, verstanden?

Fairchild: Aber ich sag euch doch, ich hab ihn gesehen, nachdem . . .

Neun Uhr

Vorn am Bug standen Jenny, die Nichte, ihr Bruder, der vorübergehend das Schneckenhaus des Wissenschaftlers verlassen hatte, und Pete in einer Gruppe beieinander. Pete mit Strohhut, der Neffe mit seinem mageren jungen Körper, die beiden Mädchen in ihren leichten Fähnchen, schlaksig und doch irgendwie erschreckend graziös. Sie waren so unübersehbar jung, daß eine Schranke sie von den anderen trennte, die selbst Mr. Talliaferro veranlaßte, nur in der Nähe umherzulungern, ohne den Mut aufzubringen, sich der Gruppe zuzugesellen.

»Diese jungen Mädchen«, sagte Fairchild. Er beobachtete die Gruppe, beobachtete die Nichte und Jenny, wie sie an der Reling hingen, sich zurückfallen und wieder nach vorn schwingen ließen, auf den Absätzen kreiselten, ohne Sinn und Zweck und nur aus dem Nichtstillhaltenkönnen der Jugend heraus. »Sie machen mir Angst«, gestand er. »Nicht in Zusammenhang mit möglicher oder wahrscheinlicher Keuschheit meinerseits – versteht mich nicht falsch. Keuschheit ist . . .«

». . . eine körperlose Illusion, multipliziert mit dem Mangel an Gelegenheit«, warf Mark Frost ein.

»Was?« fragte Fairchild und sah den Dichter an. »Ja, vielleicht.« Er nahm den eigenen dünngesponnenen Gedanken wieder auf. »Vielleicht haben wir alle verschiedene Vorstellungen von Sex, wie alle Rassen verschiedene Vorstellungen davon haben . . . vielleicht haben wir drei, wie wir hier sitzen, innerlich überhaupt nichts miteinander gemein, was Sex anbetrifft ... wie zum Beispiel ein Franzose, ein Angelsachse und ein Mongole nichts miteinander gemein haben würden.«

»Sex«, sagte der Semitische, »ist für den Italiener so etwas wie ein Knallfrosch bei einer Kindergesellschaft; für den Franzosen ist es ein Geschäft, von dem man sich erholt, indem man Geld verdient; dem Engländer ist die Sache lästig, und der Amerikaner betrachtet sie als eine Art Pferderennen. Also, was bist du?«

Fairchild lachte. Er beobachtete die Gruppe im Bug eine Weile. »Weißt du, sie sehen so seltsam geschlechtslos aus«, fuhr er fort. »Du und ich, wir sind aufgewachsen in der Spannung, was wohl unter den Röcken der Frauen sein möchte. Wir erwarteten etwas Befriedigendes – na, Brüste und Hüften und so. Aber jetzt ...

Erinnerst du dich noch an die Zigarettenbildchen, oder die Photos in den Magazinen, die beim Friseur auslagen? Anna Held und Eva Tanguay, mit Figuren wie elegante Lampenzylinder? Wo gibt's heute noch so was? Was sieht man auf der Straße? Kreaturen mit der simplen Schlaksigkeit von Kälbern oder Fohlen; statt Brüsten haben sie zwei Knöppe, und diese Andeutung von Popo könnte ebensogut zu einem fünfzehnjährigen Jungen gehören. Da ist nichts Befriedigendes mehr; das ist nur noch erregend und eintönig. Vor allem eintönig.

Wo sind die weichen, schwellenden Dinge geblieben«, fuhr er fort, »die einen irgendwie an ein Kaninchen denken ließen und die früher die Frauen unter ihren Kleidern verbargen? Sie sind ausgestorben wie die armen Indianer und das Zehn-Cent-Bier und die Batistunterhosen. Und doch – irgendwie sind sie niedlich, diese jungen Mädchen: sie erinnern an so was wie ... na, wie dünne, monotone Flötenmusik oder so.«

»Ja, schrill und dumm«, stimmte der Semitische zu. Er blickte gleichfalls zu der Gruppe hinüber. »Welcher Idiot hat eigentlich behauptet, Kleidung und Mode hätten keinen Einfluß auf Körperform und Verhaltensweise?«

»Nein, dumm nicht«, widersprach der andere. »Frauen sind niemals dumm. Ihr Gehirn ist auf viel zu differenzierte Weise erfolgreich damit beschäftigt, die wenigen Anweisungen zu geben, deren ihr Körper bedarf. Wo aber die Denkfähigkeit für die Bedürfnisse des Körpers ausreicht, wo Kapazität und

Bedarf so vollkommen im Gleichgewicht sind, da kann von Dummheit nicht die Rede sein. Frauen, die über ein größeres Maß an Intelligenz verfügen, gehen einem früher oder später unweigerlich auf die Nerven. Sie brauchen nur soviel Grips, daß sie sich umherbewegen und Nahrung zu sich nehmen können und in der Lage sind, die wichtigsten Vorbeugungsmaßnahmen des Daseins zu beobachten . . .«

». . . und die Mode von morgen immer so rechtzeitig vorauszuahnen, daß sie sich anpassen können«, warf Mark Frost ein.

»Ja, natürlich. Und da hab ich auch gar nichts dagegen«, meinte Fairchild. »Als einfacher Laienbruder der menschlichen Rasse, meine ich. Schließlich sind sie ohnehin nur sprachbegabte Genitalorgane mit einer gewissen Fertigkeit, alles Geld auszugeben, was du auftreiben kannst; wenn sie sich also so zurechtmachen, daß eine aussieht wie die andere, dann brauchst du dich nur mit ihrem Körper zu befassen.«

»Wie ist das mit den Ausnahmen?« erkundigte sich Mark Frost. »Mit denen, die sich nicht anmalen und keine Dauerwellen haben?«

»Die können einem leid tun«, antwortete Fairchild, und der Semitische ergänzte:

»Vielleicht gibt es doch einen Himmel.«

»Du glaubst also, daß sie eine Seele haben?« fragte Fairchild.

»Bestimmt. Wenn nicht von Geburt an, dann müßte eine doch schon sehr dämlich sein, wenn sie nicht spätestens mit elf Jahren in der Lage wäre, die Seele eines Mannes zu erwischen.«

»Das ist richtig.« Fairchild beobachtete die Gruppe ein paar Minuten lang. Dann erhob er sich. »Ich will mal rübergehen und zuhören, worüber sie sich unterhalten.«

Mrs. Wiseman trat zu ihnen und ließ sich von Mark Frost eine Zigarette geben. Sie sahen hinter Fairchilds stämmigem Rücken her. Der Semitische sagte: »Ein begabter Mann, ganz ohne jeden Zweifel – trotz dieser unsicheren Verwirrung, die ihn befällt, sobald er sich differenzierten Gefühlen gegenübersieht.«

»Trotz seiner fehlenden Selbstsicherheit, willst du sagen«, verbesserte Mark Frost.

»Nein, das ist es nicht«, warf Mrs. Wiseman ein. »Aber ihr

meint beide das gleiche, Julius und du: das, was dabei heraus-
kommt, wenn einer als Amerikaner auf die Welt kommt, als
Amerikaner aus einer kleinbürgerlichen Familie im provinziel-
len Mittelwesten; er hat die ganze Ehrfurcht des Kleinbürger-
tums vor der Bildung mitgekriegt, Bildung mit großem B. Und
diese Ehrfurcht ist nur noch gewachsen durch die Schwierigkeiten, die er mit dem College gehabt hat.«

»Ja«, bestätigte ihr Bruder. »Und was Älterwerden und
Lebenserfahrung an Reaktionen ausgelöst haben, das läßt ihn
nun ins andere Extrem fallen – ohne daß diese eingewurzelte
Ehrfurcht abgebaut oder durch etwas anderes ersetzt wurde.
Was er als Schriftsteller hervorbringt, wirkt ungeschickt,
tastend – nicht, weil er das Leben nicht verstünde; vielmehr
aus diesem angeborenen, nüchternen Glauben heraus, daß das
Leben, wenn es ihm auch hie und da verwirrend erscheinen
mag, im Grunde gesund und bewundernswert und schön ist;
und dann, weil über diesem Amerika, in das er hineingeboren
ist, die Geister der Emersons und Lowells und anderer Initiato-
ren der Bildung mit dem großen B schweben, die ›in Sesseln
sitzen, die auf den geschmackvollen Teppichen der Salons‹ stehen und, umgeben von der Atmosphäre aus Halblederbänden
und Sekurität, das amerikanische Geistesleben in seiner gesün-
desten, amerikanischsten Phase kühl wägend und mit vornehmer Distanz beherrscht haben. Und sie lauern noch überall.
Das spürt er, fürchtet er; und darum verhöhnt er das alles in
einer Art pueriler Kraftmeierei.«

»Aber für einen Mann wie Dawson gibt es doch keine bessere amerikanische Tradition als die, die sich in diesen Männern
verkörpert«, protestierte seine Schwester. »Wenn er das doch
einsehen wollte. Schön, sie mögen mitten unter den Objekten
ihrer Bemühungen gelebt und sich scheinbar darauf beschränkt
haben, ihre Griechen und Römer zu übersetzen und umfäng-
liche Briefwechsel über den Atlantik hinweg zu führen. Aber
ganz nebenbei haben sie auch noch die Zeit gefunden, aus ihren
Neu-Englandhäfen auszulaufen, alle Segel gesetzt, Gottes
Wort in der einen Hand und die Ruderpinne in der anderen;
das einzige, woran sie nichts auszusetzen hatten, das war das,
was amerikanisch ist. Und dies wiederum war wirklich amerikanisch. Und ist es heute noch.«

»Ja«, bestätigte ihr Bruder wieder. »Aber was Dawson fehlt, das ist, was diesen Burschen in den gescheiten Büchern in ihren Regalen zur Verfügung stand, und eben dieses Kühl-Wägende und die vornehme Distanz – was ihm fehlt, sind die Maßstäbe einer Literatur, die international ist. Oder besser: der Glaube, die Überzeugung, daß sein Talent sich nicht darauf zu beschränken braucht, Dinge, Personen und Ereignisse zu beschreiben, die seinem bewußten Ich als typisch amerikanisch erscheinen.«

»Freiheit?« schlug Mark Frost vor.

»Nein. Niemand braucht die Freiheit. Wir können sie nicht ertragen. Er muß nur von sich selbst loskommen; er muß diesen Fetisch aus Kultur und Bildung vergessen, den seine Herkunft ihm immer als Manko unter die Nase reibt – seine Herkunft und die Gespenster derer, die durch die Gunst der Verhältnisse länger auf dem College waren als er selbst und zu denen er gegen seinen Willen mit Ehrfurcht emporblickt. Und wenn er sich erst einmal selbst nicht mehr im Wege steht, wenn er seine eigene Verwirrung und seine Hemmungen beiseitegeräumt hat, indem er das amerikanische Leben so schildert, wie es wirklich ist, in einer Weise, daß seine Schilderung nicht einmal durch die Übersetzung zerstört werden kann – das gibt es: siehe Balzac –, dann wird dieses amerikanische Leben ewig sein und zeitlos, trotz der Persönlichkeit des Autors.

Sieh mal, das Leben ist sich doch überall gleich. Die Lebensweise mag verschieden sein – ist sie nicht schon in zwei Nachbardörfern verschieden? Du brauchst nur die Familiennamen zu betrachten, den Ertrag der Felder, den Einfluß der Berufswelt – doch die uralten Triebkräfte des Menschen, Pflicht und Neigung, Mittelpunkt und Gitter seines Eichhörnchenkäfigs: die bleiben unverändert. Einzelheiten spielen da keine Rolle; Einzelheiten amüsieren uns höchstens. Und was uns nur amüsiert, das kann keine Rolle spielen; was uns amüsiert, existiert nur im spekulativen Raum; die Aussicht auf Freuden, deren wir wahrscheinlich nie teilhaftig werden können. Alles andere überrascht uns höchstens. Wer aber die Überraschung seiner Geburt überstanden hat, der übersteht auch alles andere.«

»Heiliger Strohsack«, sagte der Neffe und hob den Kopf. »Ich hab dir doch schon mal gesagt, was ich mache, oder?« Er hatte sich in sein Refugium in Lee des Ruderhauses zurückgezogen, wo er weniger Unterbrechungen zu befürchten hatte. Das hatte er sich wenigstens eingebildet.

Jenny stand neben seinem Liegestuhl und sah gelassen auf ihn herab. »Ich hab dich ja gar nicht mehr fragen wollen«, erwiderte sie ohne Groll. »Ich bin bloß vorbeigegangen.« Dann ließ sie den Blick über das Deck schweifen, soweit es von hier aus zu übersehen war. »Das ist ein guter Platz zum Poussieren«, stellte sie fest.

»Findste?« entgegnete der Neffe. »Was ist denn mit Pete los?« Sein Messer ruhte und er hob wieder den Kopf. Jenny murmelte etwas Unbestimmtes. Sie sah sich abermals um und stand da, ohne ihn direkt anzusehen; gelassen und reif und es ihm überlassend, sich von dem süßen, wolkigen Feuer ihrer Schenkel umgeben vorzustellen, wie junge Mädchen es so an sich haben. Der Neffe legte Pfeife und Messer beiseite.

»Wo soll ich mich denn hinsetzen?« fragte Jenny. Er rückte in seinem Liegestuhl zur Seite, und sie quetschte sich langsam und entgegenkommend in den tief durchhängenden Stuhl. »Bißchen eng«, bemerkte sie.

. . . Auf einmal hob der Neffe den Kopf. »Du knutschst aber langweilig«, stellte er fest. Ohne sich aus der Ruhe bringen zu lassen, knutschte Jenny weniger langweilig . . . Nach einer Weile hob der Neffe wieder den Kopf und starrte auf das Wasser hinaus.

»Heiliger Strohsack«, murmelte er leise und abwesend und ließ die Hand sacht über Jennys Popo gleiten. »Heiliger Strohsack« . . . Wiederum eine Weile danach hob er abermals den Kopf.

»Sag mal«, fragte er plötzlich, »wo steckt eigentlich Pete?«

»Da hinten irgendwo«, antwortete Jenny. »Gerade ehe du mich aufgehalten hast, hab ich ihn noch gesehen.«

Der Neffe verdrehte den Hals und blickte über das Deck hin. Dann sah er wieder nicht mehr auf das Deck, und nach einer Weile hob er den Kopf. »So, das reicht«, sagte er. Er schubste

Jennys blonde Hingegebenheit. »Los, steh auf. Ich muß weiter-
arbeiten. Hau ab.«

»Hetz mich doch nicht so«, sagte Jenny gelassen und krabbelte aus dem Liegestuhl. Es war wirklich ziemlich eng, aber
schließlich stand sie wieder auf den Beinen und strich ihr Kleid
glatt. Der Neffe nahm sein Werkzeug auf, und nach einer
Weile ging Jenny weg.

Elf Uhr

Es war ein dünnes Buch, in dunkelblaue Pappe gebunden, auf
der eine schmale, esoterische Arabeske orangefarben im oberen
Drittel über Vorder- und Rückseite hinweglief. Auch der Titel
war orange: *Satyricon im Sternenlicht.*

»Also hier«, sagte Fairchild und strich die Seite mit der
Hand glatt; die schwere Hornbrille sah lustig aus auf seiner
freundlichen Knubbelnase: »Hier ist dem Major sein Syphilis-
gedicht. Es kommt also doch etwas raus bei der Lyrik; immerhin hat sie es fertiggebracht, daß ein Mann wie der Major für
ein Weilchen ins Grübeln geraten ist. Dichter verstehen nichts
vom Geschäft. Also wenn ich . . .«

»Das ist es vielleicht gerade, das einen Dichter ausmacht«,
meinte der Semitische: »Die Fähigkeit, die Welt und ihr Treiben einfach nicht wahrzunehmen.«

»Das verwechselst du mit den Austernfischern«, sagte Mrs.
Wiseman. »Um ein erfolgreicher Dichter zu sein, mußt du dich
nur in der Öffentlichkeit so schillernd und düster und drohend
geben, daß dir die Leute dein Privatleben nicht übelnehmen.«

»Wenn ich ein Dichter wäre . . .« nahm Fairchild einen neuen
Anlauf.

»Stimmt«, sagte der Semitische. »Die schöne Kunst hat heutzutage einen Grad der Vollkommenheit erreicht, daß man, um
ein Dichter zu sein, bereits nichts mehr über Literatur zu wissen
braucht; die Zeit wird kommen, da du nicht einmal mehr wirst
schreiben müssen, um einer zu sein. Heute indessen sind wir
noch nicht ganz soweit; gelegentlich mußt du noch etwas schreiben – nicht so sehr oft natürlich, aber doch hin und wieder.

Und wenn es dann unverständlich genug ist, dann sind alle Leute zufrieden; du hast dich wieder einmal bestätigt, gerätst sofort in Vergessenheit und kannst wieder mit jedem essen gehen, der dich einlädt.«

»Hör doch mal«, wiederholte Fairchild, »wenn ich ein Dichter wäre, weißt du, was ich dann täte? Ich würde . . .«

»Du würdest dir ein anhangloses, aber begeisterungsfähiges und reiches weibliches Wesen schnappen. Oder, wenn du keines erwischtest, so würde ein anderer und erfolgreicherer Dichter sich an den Wochenenden um dich kümmern: es gibt so etwas wie noblesse oblige unter den Poeten«, erwiderte der andere. »Das heißt, unter Gentleman-Poeten«, setzte er hinzu.

Fairchild ließ sich nicht entmutigen. »Nein«, sagte er, »ich würde Photos in meine Bücher aufnehmen und Skizzen, die ausgesprochene Trottel darstellen, im Badeanzug, oder mit Vorhängen aus nachgemachten Spitzen um die Hüften. Das tät' ich.«

»Aber das hat doch nichts mit Kunst zu tun«, protestierte Mark Frost.

»Jetzt verwechselst du Kunst mit Bohème, Mark«, belehrte ihn Mrs. Wiseman. Sie kam ihm zuvor und nahm eine von seinen Zigaretten. »'tschuldige; ich hab keine mehr. Danke.«

»Warum auch nicht?« gab Mark Frost zurück. »Wenn dich das Bohèmeleben genug kostet, wird es zur Kunst. Du mußt deinen Leuten zu Hause in Ohio oder Indiana oder was weiß ich wo schon einen plausiblen Grund angeben können.«

»Aber alle stammen wir ja nicht aus dem Ohio-Tal, Gott sei Dank«, sagte der Semitische. Fairchild sah ihn an, freundlich-verwirrt und ein klein wenig streitlustig. »Ich spreche jetzt für diejenigen von uns, die Bücher lesen, statt welche zu schreiben«, erklärte der Semitische. »Es ist schlimm genug, wenn einer nach Erreichung der Volljährigkeit in die Überzeugung hineinwächst, er müsse den Rest seines Lebens bücherschreibend verbringen; aber wenn schon über der Kindheit der drohende Schatten hängt, womöglich eines Tages den Großen Amerikanischen Roman schreiben zu müssen . . .«

»Oh«, meinte Fairchild, »vielleicht geht's dir da so wie mir: ich ziehe einen lebendigen Dichter allem vor, was je geschrieben worden ist.«

»Sagen wir, einen toten Dichter; dann bin ich einverstanden.«

»Also . . .« Er rückte die Brille zurecht. »Hört mal zu.« Mark Frost stöhnte, erhob sich und ging weg. Fairchild las unerbittlich:

> »›Auf Rose und Pfirsich fiel ihr Kot,
> Die Liebe hing am Schragen;
> Die Hand deckt den Mund, der erschlagen,
> Und unter der Hand der Mund ist tot . . .‹

Nein, wartet mal.« Er fing noch einmal an, weiter oben auf der Seite. Mrs. Wiseman hörte nervös zu, ihr Bruder mit dem gewohnten spöttischen Phlegma.

> »›Der Rabe und die Nachtigall, o Gott –
> Sie waren gefesselt in blutenden Bäumen;
> Sein Krächzen mischt sich ihres Sanges Träumen,
> Und durch das Dunkel fällt ihr Kot
>
> Dorthin, wo rot der Rose Knospe springt,
> Und auf des Pfirsichbaums gebrochnen Ast;
> Der Atem ihrer Münder mischt sich fast,
> Da Kopf an Kopf eins zu dem andern singt . . .‹«

Er las das Gedicht bis zu Ende. »Was haltet ihr davon?« fragte er.

»Das sind Worte«, antwortete der Semitische sofort; »eine Art Cocktails aus Wörtern ist das. Ich könnte mir vorstellen, daß es jemand gefällt, der Cocktails mag.«

»Na und?« sagte Mrs. Wiseman, zur Verteidigung entschlossen. »Nur Narren behaupten, Verse müßten einen Sinn enthalten.«

»Das mag stimmen«, gab ihr Bruder zu. »Aber elektrischen Strom kann man nun mal nicht essen, auch wenn ihr modernen Dichter das zu glauben scheint.«

»Aber worüber sollten sie denn sonst schreiben?« fragte sie herausfordernd. »Es gibt nur ein Thema, worüber man schreiben kann. Was lohnt die Mühe, die Verzweiflung des Schreibens außer Liebe und Tod?«

»Das ist das Weibliche an deiner Betrachtungsweise. Du solltest die Finger von der Kunst lassen und dich an die Künstler halten; das entspricht deiner Natur.«

»Aber es gibt ein paar recht gute Sachen von Frauen«, wandte Fairchild sein. »Ich hab da etwas gelesen, das . . .«

»Sie gebären Genies. Aber meinst du wirklich, sie interessierten sich für die Gemälde und Symphonien, die ihre Kinder hervorbringen? Meinst du wirklich, daß sie irgend etwas anderes empfinden als ärgerliche Duldung gegenüber den Launen des Kindes? Glaubst du, Shakespeares Mutter sei stolzer auf ihren Sohn gewesen als die Mutter irgendeines Tollhäuslers auf den ihren?«

»Bestimmt war sie das«, behauptete Mrs. Wiseman. »Shakespeare hat gut verdient.«

»Ein schlechter Vergleich«, sagte Fairchild. »Alle Künstler sind ein bißchen verrückt.« Er wandte sich an Mrs. Wiseman: »Meinst du nicht auch?«

»Allerdings«, zischte sie, »fast so verrückt wie die Leute, die rumsitzen und über sie reden.«

»Nun . . .« Fairchild starrte wieder auf das Buch in seiner Hand. »Es ist etwas Dunkles. Es ist, als ob dich einer vor ein dunkles Tor führt. Willst du den Raum betreten oder nicht?«

»Aber die Alten führten einen in einen dunklen Raum«, stellte der Semitische richtig, »und fragten dann, willst du raus oder nicht.«

»Ich weiß nicht recht. Es gibt Räume, dunkle Räume, von denen sie nichts wußten. Freud und die anderen . . .«

». . . entdeckten diese Räume gerade rechtzeitig, um unseren obdachlosen Literaten freies Nachtquartier zu verschaffen. Aber Eva und du, ihr habt euch gerade darüber geeinigt, daß Thema und Substanz in der Lyrik keine Rolle spielen, daß gute Verse eben nur aus Wörtern bestehen.«

»Ja . . . Aus einer Besessenheit auf das Spiel mit Worten«, bestätigte Fairchild. »Nur daraus wird gute, wird große Poesie geschmiedet. Aus einer Art von singendem Rhythmus, der durch die Welt geht und in dessen Bann du ganz unbewußt gerätst, wie ein Schwimmer in die Strömung gerät. Worte, ja . . . Ich kenne das Gefühl auch. Von früher. Das ist lange her.«

»Hör auf, Dawson«, sagte Mrs. Wiseman. »Julius kann es sich leisten, ein Narr zu sein.«

»Worte«, wiederholte Fairchild. »Aber es ist längst vorbei. Diese erste Besessenheit, meine ich; diese reine Besessenheit, die von der Macht und Schönheit des Wortes ausgeht. Die hat mich verlassen. Wahrscheinlich ist sie einfach aufgebraucht. Und darum kann ich kein Gedicht mehr schreiben. Ich brauche jetzt zu lange, um etwas auszudrücken.«

»Wir alle haben Gedichte geschrieben, als wir jung waren«, sagte der Semitische. »Manche brachten sie sogar zu Papier. Aber geschrieben haben wir alle welche.«

»Ja«, wiederholte Fairchild und blätterte langsam den Band durch. »Hört mal:

›O Frühling, voller Gier und Grausamkeit
entblößest du der hungrig-hohlen Hand
des März dein weißes schweres Schenkelpaar ...‹

und hier ...« Er blätterte weiter. Mrs. Wiseman schaute zu Jenny und Mr. Talliaferro hinüber, die gerade in Sicht gekommen waren und nebeneinander an der Reling lehnten. Der Semitische hörte mit müder Höflichkeit zu.

›... über den ungeschwächten Winden jener Hügel
April trinkt, eine Biene, willenlos vor Lust ...‹

Seht ihr, das ist eine Art von kindlichem Vertrauen in die Wirkungskraft des Wortes; eine Art von Glauben daran, daß die Umstände die dümmste Platitüde irgendwie magisch verklären werden. Und, zum Henker, genau das geschieht ja gelegentlich; es kann historisch oder grammatikalisch falsch sein, was da steht; es kann physisch unmöglich sein oder sogar abgedroschen meinetwegen: es kommt die Zeit, da es verklärt wird durch etwas, das nicht aus diesem Leben stammt, nicht von dieser Welt ist – eine Art von ... von Feuer muß es sein ...« Er verhedderte sich und starrte in die traurigen, spöttischen Augen des Semitischen und in Mrs. Wisemans abgewandtes Gesicht.

»Irgend jemand, ein Drogistenlehrling oder was weiß ich, irgendeiner ist irgendwann einmal auf den Dreh gekommen –

und wißt ihr, was ich glaube? Ich glaube, er hat immer für irgendeine Frau geschrieben; für eine, die er gern einem Kerl ausspannen wollte, der stärker war als er oder reicher, oder der besser ausgesehen hat. Ich glaube, daß jedes einzelne Wort, das ein schreibender Mann zu Papier bringt, letzten Endes nur aufgezeichnet wird, um bei einer Frau Eindruck zu schinden – die sich dann wahrscheinlich gar nichts aus Literatur macht: so sind die Weiber. Es muß aber auch nicht unbedingt ein Wesen aus Fleisch und Blut sein; vielleicht ist sie nur ein Symbol des Verlangens – aber sie ist weiblich. Ruhm, das ist nur ein Nebenprodukt... Seht mal, in früheren Zeiten haben sich die Leute noch nicht mal die Mühe gemacht, ihr Zeug zu signieren... aber ich weiß nicht recht. Vermutlich kommt niemand je hinter die wahren Beweggründe, aus denen heraus ein Mann etwas tut: man kann nur vom Resultat her ganz allgemeine Rückschlüsse ziehen.«

»Er ist sich in den seltensten Fällen selbst klar über die Gründe«, meinte der andere. »Und bis er sich von seinem Staunen über das unvorhergesehene Resultat erholt hat, hat er vergessen, was für Gründe er einmal zu haben glaubte... Aber welche allgemeinen Rückschlüsse würdest du überhaupt aus einem Gedicht ziehen? Was für ein Resultat hat ein Gedicht? Du behauptest doch, Substanz spiele keine Rolle, habe geradezu nichts verloren in einem Gedicht...« Nachdenklich fuhr der Semitische fort: »Du hast schon eine sehr komische Art, dir selbst zu widersprechen; du schwätzt was daher, dann machst du plötzlich ganze Abteilung – kehrt! und widerlegst dich, ehe deine Zuhörer den Mund dazu aufmachen können... In der modernen Lyrik sind weiß Gott genügend Ansatzpunkte für Spekulationen – und für Geschwätz, obgleich das meistens von den Dichtern selbst erledigt wird. Hab ich recht, Eva?«

»Wie?« Seine Schwester richtete den dunklen, abwesenden Blick auf ihn. Er wiederholte die Frage. Fairchild kam ihr zuvor und stürzte sich Hals über Kopf in die Debatte:

»Das Dumme bei der modernen Lyrik ist folgendes: um sie zu verstehen, mußt du kurz zuvor das gleiche seelische Erlebnis gehabt haben wie der Dichter. Die Werke der modernen Dichter sind wie Schuhe, die nur dem passen, der die gleiche Fußform hat wie der Schuhmacher; früher gab's aber mal Schuhe, die jeder tragen konnte, der Laufen gelernt hatte ...«

»So was wie Galoschen«, schlug der Semitische vor.

»Wie Galoschen, ja«, ging Fairchild darauf ein. »Aber man darf das nicht unterschätzen. Vielleicht können die Wenigen, denen die Schuhe wirklich passen, erheblich weiter darin laufen als die Herde der anderen, die sie auch anzuziehen versuchen.«

»Es ist zumindest interessant«, meinte der Semitische, »den geistigen Fortschritt der Menschheit auf einen Gepäckmarsch der Gefühle reduziert zu sehen; Israeliten der Ästhetik durchqueren trockenen Fußes ein rosafarbenes Meer aus Langeweile und Sekurität ... was hältst du davon, Eva?«

Mrs. Wiseman, die an Jennys weichen Körper gedacht hatte, wurde aus ihren Träumen gerissen. »Ihr seid nicht nur albern, sondern langweilig – alle beide.« Sie stand auf. »Ich möchte noch eine Zigarette schnorren, Dawson.«

Er bot ihr eine an, gab ihr Feuer, und sie ging weg. Fairchild blätterte einige Seiten um. »Irgendwie fällt's mir schwer, sie und ihr Buch auf einen Nenner zu bringen«, sagte er langsam. »Geht's dir nicht auch so?«

»Mich wundert nicht so sehr, daß sie das geschrieben hat, als daß sie überhaupt etwas geschrieben hat«, entgegnete der andere. »Daß überhaupt jemand schreibt. Aber was dieses Buch anbelangt, da ist doch alles klar. Mir wenigstens. Aber du ... du läufst vertrauensselig in einem Park voller dunkler, wurzelloser Bäume umher, den Doktor Havelock Ellis und deine deutschen Psychologen kürzlich der Öffentlichkeit zugänglich gemacht haben. Und du wirst immer in diesem Wald wie ein verirrtes Kind sein: verwirrt, ein bißchen unangenehm berührt, nervös, wie der Hengst des Assurbanipal, wenn sein Herr ihn bestieg.«

»Emotionale Bisexualität«, meinte Fairchild.

»Ja. Aber du sagst, du versuchst, Buch und Autor auf einen Nenner zu bringen. Ein Buch legt das Innerste seines Autors bloß, es ist der dunkle Zwilling des Schreibers: du kannst die beiden nicht auf einen Nenner bringen. Und was dich anbelangt – in dem Augenblick, in dem du diese Diskrepanz erkennst, läßt du das eigentliche Ich des Autors fallen; du gehörst zu den Menschen, für die Tatsachen und Irrtümer an Wahrscheinlichkeit gewinnen, wenn sie nur erst gedruckt sind.«

»Ja, vielleicht«, sagte Fairchild zerstreut, während er über einer Seite grübelte. »Hör mal:

›Das Müdeste an Dir sind Deine Lippen,
Noch müder durch die bleiche, schlaue Krümmung,
Darin des Antlitz' rätselhafte Stimmung
Liegt, und Verzweiflung von der eignen Seele Klippen.

Leg nicht aufs Herz die Knabenhand, nicht dich entrüste,
Daß Lächeln Deinen müden Mund verschönte;
In solchem Schwur schon halbe Lüge tönte,
Geheimer Freude voll ob Deiner Weiberbrüste.

Ermüde Deinen Mund mit Lächeln; kannst vereinen
Du Dich mit Dir, den eignen Kuß genießen?
Jungfräulich wacht, Dir selber Hohn zu sprechen,

Dein zwiegeteiltes Herz und möchte weinen,
Und will den fernen Schlaf voll Trauer grüßen ...
Fürcht nicht, es bräche. Es ist leer. Es kann nicht brechen!‹

Hermaphrodit«, las er. »Das ist die Überschrift. Es ist so ... so dunkel. Und irgendwie pervers. Wie ein Feuer, das keinen Brennstoff braucht, das von der eigenen Hitze zehrt. Ich meine, moderne Lyrik ist überhaupt eine Art von Perversion. Als ob die Zeiten der gesunden Poesie vorbei und vergessen wären, und die Menschen jetzt ohne die Gabe der Dichtkunst geboren würden. Ich gebe ja zu, sie können sonst allerhand. Aber nicht dichten. Es ist, als ob die Männer heute nicht maskulin, nicht triebhaft genug wären, um mit etwas herumzuspielen, das so dicht an der Grenze des Unnatürlichen liegt. Eine irgendwie sterile Rasse ist das: die Weiber sind zu maskulin, um zu empfangen, und die Männer zu feminin, um zu zeugen ...«

Er klappte das Buch zu und nahm langsam die Brille ab. »Wenn zwei Kerle so beieinander hocken wie wir beide – das ist so ziemlich das Heimtückischste, wogegen die Dichtkunst anzukämpfen hat. Die allgemeine Schulpflicht macht es den

246

Leuten viel zu leicht, sich eine Meinung über sie zu bilden. Und über alles mögliche sonst. Die einzigen, denen es erlaubt sein sollte, über Dichtung zu reden, das sind die Dichter selbst. Aber so ... Na ja, schließlich geht es allen Künstlern so; sie geraten in Vergessenheit, Spott und Entrüstung trifft sie und, was noch schlimmer ist, sie müssen die Bewunderung von Narren über sich ergehen lassen.«

»Und, was am allerschlimmsten ist«, ergänzte der Semitische, »Geschwätz.«

Zwölf Uhr

»Es muß doch lästig sein, dauernd darauf aufzupassen«, meinte Fairchild, als sie zum Essen hinuntergingen. (Der Wind kam vom Ufer herüber, und im Salon waren die Fenster mit Fliegendraht bespannt. Außerdem war die Kombüse gleich nebenan.) »Warum läßt du ihn nicht in der Kabine? Major Ayers dürfte einigermaßen vertrauenswürdig sein.«

»Geht auch so«, entgegnete Pete. »Ich hab mich dran gewöhnt. Mir würde direkt was fehlen, verstehn Sie?«

»Natürlich«, stimmte Fairchild zu. »Ist noch neu, wie?«

»Na, ne Weile hab ich ihn schon.« Pete nahm ihn ab, und Fairchild bemerkte das schreiend bunte Band und das stabile Strohgeflecht.

»Ich bin ja mehr für einen Panama«, murmelte er; »für einen weichen Hut ... der da hat doch mindestens fünf, sechs Dollar gekostet?«

»Hm, hm«, bestätigte Pete; »aber ich kann schon auf ihn achtgeben.«

»Ein hübscher Hut«, urteilte der Semitische. »So eine Kreissäge kann nicht jeder tragen. Aber sie paßt zu Petes Gesichtsform, findest du nicht?«

»Stimmt«, meinte Fairchild. »Pete hat so ein humorloses, scharfgeschnittenes Gesicht, zu dem ein steifer Strohhut paßt. Ein Mann mit einem lustigen Gesicht sollte niemals so einen Hut tragen. Allerdings, nur ein humorloser Mann traut sich, so einen Hut zu kaufen.«

Pete trat vor ihnen in den Salon. Der Bursche meint es sicher gut. Komischer alter Knacker. Bleib ruhig. Reg dich nicht auf. Da will einer was. Alle wollnse was... Mit einer Art von taktvoller Hartnäckigkeit sprach ihn Fairchild abermals an:

»Schau mal, hier kannst du ihn gut hineinlegen während des Essens. Ein ausgezeichneter Aufbewahrungsort; du hast ihn wahrscheinlich nur noch nicht entdeckt. Schieb ihn doch einfach hier hinein, da ist er so sicher wie in der Kirche. Schau mal, Julius – ist doch wie gemacht für eine Kreissäge?« Er wies auf einen ausklappbaren Serviertisch, der zwischen zwei nicht sehr tiefen, in den Schottraum eingelassenen Regalen angebracht war. Sobald der Tisch nach unten geklappt wurde, schloß er alles, was auf dem unteren Regal lag, sicher ab.

»Aber wenn er mir doch nicht im Weg ist«, wandte Pete ein.

»Wie du willst«, entgegnete Fairchild. »Aber du könntest ihn ebensogut hier reinlegen. Es ist wirklich ein großartiger Aufbewahrungsort. Viel besser als eine Theatergarderobe. Ich wünschte geradezu, ich hätte einen Hut dabei, den ich da reinlegen könnte.«

»Ich kann ihn schon halten«, beharrte Pete.

»Sicher«, gab Fairchild bereitwillig zu. »Aber probier's doch mal. Nur für einen Augenblick.« Pete probierte es, und die beiden anderen sahen voller Interesse zu. »Paßt genau hinein. Laß ihn doch drin, nur so, zum Ausprobieren.«

»Ach nee. Ich halt ihn doch lieber«, entschied Pete. Er nahm den Hut wieder an sich und schob ihn, nachdem er seinen Stuhl eingenommen hatte, auf den gewohnten Platz zwischen Rük- ken und Lehne.

In diesem Augenblick krähte Mrs. Maurier: »Setzt euch, Leute.« In ihrer Stimme schwang Niedergeschlagenheit und die unausgesprochene Bitte um Entschuldigung. »Ihr müßt schon entschuldigen. Ich hätte den Lunch gern an Deck serviert, aber wo doch jetzt der Wind vom Ufer her weht...«

»Sie haben rausgekriegt, wo wir sind, und daß wir gut schmecken«, stellte Mrs. Wiseman fest, die gerade geschäftig mit einem Tablett hereintrat. »Es ist also ganz egal, woher der Wind weht.«

»Und der Steward ist weg, und alles ist so durcheinander«, nahm die Gastgeberin, im Wechselgesang mit Mrs. Wiseman, ihre Klage wieder auf und ließ einen unglücklichen Blick über die Gesellschaft schweifen. »Und Mr. Gordon . . .«

»Ach, dem ist schon nichts passiert«, sagte Fairchild unbehol- fen tröstend und setzte sich zu Tisch. »Der wird schon wieder auftauchen.«

»Sei doch nicht so blöd, Tante Pat«, warf die Nichte ein. »Warum sollte er ersaufen wollen?«

»Ich bin vom Unglück verfolgt«, jammerte Mrs. Maurier. »Es . . . es passiert mir dauernd etwas«, erklärte sie, verfolgt von der Vorstellung fahlen, unerbittlichen Wassers, in dem triefende Hosen und ein roter Bart in fürchterlichem Scheinle- ben über grünen Tiefen des Meeres trieben.

»Quatsch«, widersprach die Nichte, »so häßlich wie er ist und so überzeugt von sich selbst . . . Er hat viel zuviel Grund zum Ertrinken. Aber bloß die ersaufen oder werden von Taxis überfahren und so, die keine Entschuldigung dafür haben.«

»Aber man weiß doch nie, wozu die Leute fähig sind«, nahm Mrs. Maurier den Faden wieder auf. Die völlige Auflösung ihrer komfortablen Welt machte sie geradezu tiefsinnig. »Zu allem sind sie fähig.«

»Na, also wenn er ersoffen ist, dann hat er's wahrscheinlich so gewollt«, meinte die Nichte kaltblütig. »Auf alle Fälle kann er nicht von uns verlangen, daß wir hier herumtrödeln und auf ihn warten. Ich hab auch noch nie gehört, daß sich einer wegge- macht hat, ohne einen Brief zu hinterlassen oder so was. Du vielleicht, Jenny?«

Jenny saß da, von einer leisen, vorausahnenden Furcht ergriffen. »Ist er wirklich ertrunken?« fragte sie. »In Mande- ville, da hab ich mal gesehn . . .« Für einen Augenblick stand selbstloses Mitgefühl, rein und klar, in Jennys himmlischen Augen. Mrs. Wiseman sah sie an; ein Befehl lag in ihrem Blick. Sie sagte:

»Macht euch doch nicht verrückt wegen Gordon. Wenn er ertrunken ist (was ich nicht glaube), dann ist er eben ertrun- ken; andernfalls wird er schon wieder auftauchen. Dawson hat ganz recht.«

»Na, meine Rede«, pflichtete die Nichte eifrig bei. »Bloß soll er sich eilen mit dem Auftauchen, wir müssen heim.«

»Tatsächlich?« erwiderte ihre Tante mit ironischem Staunen. »Und wie, wenn ich bitten darf?«

»Vielleicht bastelt uns ihr Bruder ein Schiff mit seiner Säge«, schlug Mark Frost vor.

»Das ist überhaupt eine Idee«, stimmte Fairchild zu. »Sag mal, Josh, hast du nicht irgendein Werkzeug bei dir, mit dem du uns wieder flottmachen kannst?« Der Neffe sah Fairchild tiefernst an.

»Sie können den Kahn ja losschnippeln«, meinte er. »Wenn Sie's mir gleich zurückbringen, leih ich Ihnen auch mein Messer.« Er aß weiter.

»Also jedenfalls müssen wir heim«, wiederholte seine Schwester. »Ihr könnt ja von mir aus noch länger hier rumlungern, aber ich und Josh, wir müssen nach New Orleans zurück.«

»Über Mandeville?« erkundigte sich Mark Frost.

»Aber der Schlepper muß ja jeden Moment hier sein«, beharrte Mrs. Maurier. Sie war in ihr hoffnungsloses Staunen zurückgefallen. Die Nichte warf Mark Frost einen abwägenden Blick zu.

»Sie sind aber witzig.«

»Muß ich auch sein«, entgegnete Mark Frost gelassen, »andernfalls müßte ich . . .«

». . . arbeiten, was? Man muß wohl witzig sein, wenn man bei Tante Pat was abstauben will, ja?«

»Patricia!« rief ihre Tante.

»Also, auf alle Fälle, wir müssen zurück. Wir müssen alles vorbereiten, damit wir nächsten Monat nach New Haven fahren können.«

Ihr Bruder erwachte aus seinen Träumen. »Wir?« wiederholte er betont.

»Ich geh auch«, antwortete sie schnell. »Hank hat gesagt, ich darf.«

»Schau mal«, sagte ihr Bruder, »willst du mir eigentlich dein Leben lang nachlaufen?«

»Ich geh nach Yale«, wiederholte sie hartnäckig. »Hank hat gesagt, ich darf.«

»Hank?« erkundigte sich Fairchild und betrachtete die Nichte voller Interesse.

»So nennt sie ihren Vater«, erklärte die Tante. »Patricia . . .«

»Und ich sag dir, du bleibst zu Hause«, erwiderte ihr Bruder zornig. »Verdammt nochmal, ich hab keine Lust, dich ewig mitzuschleifen. Ich kann mich ja nicht mehr rühren. Du hättest Inkasso-Beamter werden sollen.«

»Das ist mir ganz wurscht: ich gehe doch!« wiederholte sie dickköpfig. Ihre Tante mahnte vergebens:

»Theodore!«

»Na, ist doch wahr«, beschwerte er sich bitter. »Ich kann nichts mehr unternehmen wegen ihr, ich kann mich nicht mehr rühren wegen ihr. Und jetzt redet sie von nichts anderem, als daß sie auch . . . Sie ist Hank so lange auf die Nerven gegangen, bis er gesagt hat, sie darf. Lieber Himmel, ich hätt's an seiner Stelle auch gesagt: ich möcht sie auch nicht andauernd auf der Pelle haben.«

»Halt die Fresse«, empfahl ihm seine Schwester. »Patricia, aber Patricia!« krähte Mrs. Maurier dazwischen. »Und ich geh doch! Ich geh! Jetzt gerade!«

»Was willst du denn da oben machen?« erkundigte sich Fairchild. Die Nichte wirbelte zornig herum. Dann fragte sie:

»Was ha'm Sie gesagt?«

»Ich meine, wie willst du denn die Zeit totschlagen, wenn er Vorlesung hat und so weiter? Willst du eine Stellung annehmen?«

»Ach, ich werd mich rumtreiben. In Nachtclubs und so. Ich laß ihn schon in Ruhe. Ich werd ihn überhaupt nicht sehen, das Miststück.«

»Allerdings nicht«, warf ihr Bruder ein. »Weil du nämlich zu Hause bleibst.«

»Und ich geh doch. Hank hat gesagt, ich darf. Jawoll, das hat er gesagt. Ich . . .«

»Mich wirst du nicht zu Gesicht bekommen, auf alle Fälle. Ich hab keine Lust, dich dauernd am Bändel zu haben.«

»Ach, du denkst wohl, du bist der einzige Mensch auf der Welt, der nächstes Jahr dort sein wird? Ich werd meine Zeit nicht damit vertrödeln, vor irgendwelchen Hörsälen auf dich zu warten, das kannste schriftlich haben. Und du wirst mich auch nicht mit so nen Knaben aus dem ersten Semester auf der Raseneinfassung erwischen. Wo ich hingehn werde, da kommst du vielleicht in drei Jahren mal hin. Falls du nicht vorher durchgerasselt bist. Nee – um mich brauchste dir keine Sorgen zu machen. Wer hat denn voriges Jahr die Einladung zur Semesterschlußfeier gekriegt«, sprudelte sie weiter, »du oder ich? Bloß Hank hat mich nicht gelassen... Und wer hat letzten Herbst das Spiel gesehen, Tribünenplatz, während du mit ein paar Zeitungsreportern in der hintersten Reihe im Regen gehockt hast?«

»Du warst nicht zur Semesterschlußfeier.«

»Weil mich Hank nicht gelassen hat. Aber nächstes Jahr bin ich dabei, und da kannste Gift drauf nehmen.«

»Ach, halt doch mal die Klappe zur Abwechslung«, sagte ihr Bruder gelangweilt. »Vielleicht wollen die anderen Damen auch mal was sagen.«

Zwei Uhr

Und dann war auf einmal der Schlepper da. Er hockte hinter seinen Ankertauen und unterbrach die Linie des südlichen Horizonts wie durch Zauberei dort hinversetzt; es war, als habe jemand ein Diapositiv in den Projektionsapparat geschoben, während man gerade nicht auf die Leinwand geschaut hat.

»Seht mal, das Schiff da«, sagte Mark Frost, der als erster das Deck betrat. Mrs. Maurier, die unmittelbar hinter ihm folgte, quietschte:

»Das ist der Schlepper!« Sie drehte sich um und schrie in den Niedergang: »Es ist der Schlepper! Der Schlepper!« Major Ayers stieß dramatisch und sehr passend hervor:

»Ha, entschwunden!«

»Endlich ist er gekommen«, schrillte Mrs. Maurier. »Während wir bei Tisch saßen, ist er gekommen. Hat schon jemand...« Sie ließ ihre Augen umherwandern. »Der Kapitän... weiß er schon Bescheid? Ach, Mr. Talliaferro...«

»Gewiß doch«, erklärte sich Mr. Talliaferro mit behender Höflichkeit bereit und stieg eilig die Treppe hinauf. »Ich werde den Kapitän rufen.«

Er stürzte davon, und die anderen kamen an Deck hinauf und sahen zu dem Schlepper hinüber; von Land her wehte eine sanfte Brise, und sie klatschten sich immer wieder auf sämtliche nicht verhüllten Körperstellen. Mr. Talliaferro brüllte auf dem Deck herum: »Käpten! Hallo – Käpten!« Dann schrie er in das leere Ruderhaus hinein und kam wieder zurück. »Er schläft offenbar«, berichtete er.

»Endlich sind wir flott«, begann Mrs. Maurier, »endlich kommen wir frei. Der Schlepper ist gekommen: vor Tagen hab ich ihn bestellen lassen. Aber jetzt kommen wir wieder frei. Aber der Kapitän . . . Der sollte doch jetzt nicht schlafen. Ausgerechnet zu dieser Zeit . . . Mr. Talliaferro . . .«

»Aber Gordon«, gab Mark Frost zu bedenken, »was ist mit . . .«

Miss Jameson umklammerte seinen Arm. »Erst müssen wir hier loskommen«, sagte sie.

»Ich habe nach ihm gerufen«, erinnerte Mr. Talliaferro. »Er muß in seiner Kabine eingeschlafen sein.«

»Er muß eingeschlafen sein«, wiederholte Mrs. Maurier. »Ach, würde einer der Herren . . .«

Mr. Talliaferro kannte sein Stichwort. »Ich gehe schon«, sagte er.

»Wenn Sie so freundlich sein wollen«, schrie Mrs. Maurier hinter ihm her. Sie starrte wieder zu dem Schlepper hinüber. »Wenn er nur hier wäre, dann könnte doch alles schon vorbereitet werden«, sagte sie ärgerlich. Sie winkte mit dem Taschentuch zu dem Schlepper hinüber. Niemand beachtete es.

»Wir können ja selbst alles vorbereiten«, schlug Fairchild vor. »Es muß doch alles vorbereitet sein, ehe sie uns loseisen.«

»Da hat er recht«, bestätigte Mark Frost. »Am besten, wir gehen gleich runter und packen die Koffer?«

»Na, wir wollen doch noch nicht heim. Wir sind doch gerade erst losgefahren – stimmt's, Leute?«

Alle sahen die Gastgeberin an. Sie ließ einen Blick voller Trauer umherwandern, sagte aber tapfer: »Nein, natürlich nicht. Wenn Sie noch nicht wollen . . . Aber der Kapitän . . . Wir müssen doch alles bereitmachen«, wiederholte sie.

»Na, denn mal los«, sagte Mrs. Wiseman.

»Fairchild ist der einzige, der was von Schiffen versteht«, stellte Mark Frost fest. Da kam Mr. Talliaferro zurück. Er war allein.

»Ich?« protestierte Fairchild. »Talliaferro ist quer über den

Ozean gefahren. Und da ist Major Ayers. Die Briten kriegen doch alle schon Ankerketten und so was als Schnuller.«

Mr. Talliaferro sagte erschreckt: »Nein, wirklich – ich . . .«

Mrs. Maurier wandte sich an Fairchild. »Wollen Sie das Kommando übernehmen, Mr. Fairchild, bis der Kapitän wieder da ist?«

»Mr. Fairchild, ja«, plapperte Mr. Talliaferro nach wie ein Papagei. »Mr. Fairchild ist vorübergehend Kapitän, Leute. – Der Kapitän scheint nicht an Bord zu sein«, flüsterte Mrs. Maurier ihm zu.

Fairchild sah in komischer Hilflosigkeit um sich. »Was soll ich denn tun?« fragte er. »Soll ich mit einer Schaufel über Bord springen und den Sand wegschippen?«

»Ein Mann, der so viel auf seiner Überlegenheit herumgeharkt hat wie du in der letzten Woche, der sollte auch immer wissen, was er tun muß«, belehrte ihn Mrs. Wiseman. »Daran haben wir Damen auch schon gedacht. Du bist derjenige, der sich was Besseres einfallen lassen soll.«

»Ja also, ich habe auch schon daran gedacht, *nicht* mit einer Schaufel über Bord zu springen und den Sand wegzuschaufeln«, antwortete Fairchild. »Aber ob das viel hilft?«

»Du solltest Leinen aufschießen oder so was ähnliches«, schlug Miss Jameson vor. »Das machen sie doch immer auf Schiffen. In allen Seeromanen machen sie das.«

»Also gut«, ging Fairchild bereitwillig darauf ein, »dann schießen wir Leinen auf. Wo sind die Leinen?«

»Das ist deine Sorge«, sagte Mrs. Wiseman. »Du bist jetzt Kapitän.«

»Schön, dann müssen wir also ein paar Leinen suchen und sie aufschießen.« Er wandte sich an Mrs. Maurier. »Wir haben doch Ihre Genehmigung, Leinen aufzuschießen?«

»Nein, also wirklich . . .« Mrs. Mauriers Stimme war wieder hilfloses Staunen. »Gibt es denn nichts, was wir tun können? Können wir nicht mit einem Bettlaken signalisieren? Vielleicht wissen sie gar nicht, daß dies das Schiff ist, das sie suchen.«

»Och, ich glaub schon, daß sie das wissen. Auf alle Fälle schießen wir jetzt Leinen auf und halten uns bereit. Los geht's, meine Herren.« Er rief seine erschöpfte Mannschaft einzeln beim Namen auf und trieb sie nach vorn. Er trieb sie weiter unter Deck und in seine Kabine, wo er sie mit Erfrischungen stärkte.

»Wir könnten eigentlich gleich die richtigen Leinen aufschießen«, schlug der Semitische vor. »Major Ayers müßte doch was von Schiffen verstehen; einem Engländer liegt das doch im Blut.«

Major Ayers war anderer Ansicht. »Amerikanische Schiffe haben so gewisse amphibienhafte Eigenheiten, die unsere nicht haben«, erklärte er. »Die halbe Reise an Land, verstehen Sie« erläuterte er weitschweifig.

»Sicher«, bestätigte Fairchild. Er brachte seine Wache wieder nach oben und nach vorn, wo, so gab ihm sein Instinkt ein, eigentlich Leinen sein mußten. »Ich möchte wissen, wo der Kapitän steckt. Der wird doch wohl nicht ersoffen sein – was meint ihr?«

»Kaum«, meinte der Semitische, »er wird ja bezahlt für das hier . . . Da kommt ein Boot.«

Das Boot kam vom Schlepper herüber; bald hatte es längsseits festgemacht, und der Kapitän stieg über die Reling. Ein Fremder folgte ihm. Ohne jede Eile gingen die beiden nach unten; Mrs. Mauriers Worte blieben unbeantwortet in der Luft hängen. »Also los, tut was«, kommandierte Fairchild seine Crew. »Macht mal irgendwo ein Seil fest.«

Sie machten also irgendwo ein Seil fest, mit einem besonders raffinierten Knoten. Dann entdeckte Major Ayers, daß sie es an der Kurbel einer Handwinde befestigt hatten, die nur lose würde, sobald sich die Leine straffte. Also kriegten sie den raffinierten Knoten wieder auf und schlangen die Leine um einen anderen, fest mit dem Deck verbundenen Gegenstand. Unterdessen kamen der Kapitän und der Fremde an Deck, blieben stehen und sahen ihnen zu. Der Fremde hielt eine kurze, übelriechende Pfeife zwischen den Zähnen.

»Es scheint nicht die richtige Leine zu sein«, sagte Fairchild leise zu den anderen. Sie machten wieder einen raffinierten Knoten und richteten sich auf.

»Wie ist das, Käpten?« fragte Fairchild.

»In Ordnung«, antwortete der Kapitän. »Hat vielleicht einer der Herren Feuer?«

Fairchild hatte Feuer. Der Fremde steckte seine Pfeife an,

und die beiden kletterten ins Boot und fuhren weg. Sie waren noch nicht weit gekommen, als der Mann, der Walter genannt wurde, erschien und hinter ihnen herrief; sie wendeten und kamen zurück, um ihn zu holen. Dann ruderten sie zu dem Schlepper hinüber. Fairchilds Wache hatte die Arbeit eingestellt und sah dem Boot nach. Fairchild sagte nach einer Weile: »Es ist die richtige Leine, hat er gesagt. Ich glaube, wir können abhauen.«

Das taten sie auch. Sie gingen nach achtern zu den Damen. Gleich darauf tanzte das Boot wieder über die Wellen und kam längsseits. Ein verschwitzter Neger hielt es im Gleichgewicht, während der, den sie Walter nannten, mit einem weiteren Fremden an Bord stieg. Sie brachten eine Trosse mit, die hinter ihnen im Wasser verschwand.

Alle sahen gespannt zu, wie Walter und sein Begleiter die Trosse am Bug festmachten, nachdem sie Fairchilds Leine entfernt hatten. Dann gingen Walter und sein Freund nach unten.

»Sagt mal«, fiel Fairchild plötzlich ein, »haben die womöglich unseren Whisky entdeckt?«

»Glaub ich kaum«, beruhigte ihn der Semitische. »Hoffentlich nicht«, setzte er hinzu. Sie marschierten geschlossen zu dem Boot hinüber, in dem der Neger hockte und unbefangen von etwas Großem, Grauem abbiß. Während sie ihm noch zusahen, erschienen Walter und sein Begleiter wieder, und der Fremde legte die Hände an den Mund und schrie etwas zu dem Schlepper hinüber. Endlich kam eine Antwort, und das andere Ende der Trosse, die sie gebracht und hier festgemacht hatten, glitt vom Deck des Schleppers und klatschte ins Wasser. Walter und sein Begleiter zogen sie an Bord und schossen sie, naß und triefend, auf. Dann zwängten sie sich durch die Zuschauer hindurch zur Reling, warfen die Trosse ins Boot und kletterten hinterdrein. Der Neger verstaute den seltsamen eßbaren Gegenstand einstweilen und ruderte wieder zum Schlepper hinüber.

»Wieder falsch getippt«, meinte Mark Frost ironisch mit Grabesstimme. Er bückte sich und kratzte an seinem Knöchel. »Versuch's mal mit einem anderen Seil.«

»Wart doch ab«, gab Fairchild zurück, »in zehn Minuten wollen wir weiterreden. In zehn Minuten werden wir mit Volldampf . . . Wo kommt denn jetzt der Kahn wieder her?«

Der Kahn war ein schlankes Ruderboot, und keiner wußte, wann und von wo es gekommen sein mochte. Ganz schwach erklang von irgendwo weiter oben auf dem See das ärgerliche Brummen eines Motorbootes. Das Ruderboot kam längsseits. Ein augenscheinlich malariakranker Mann saß darin, dem ein zerknautschter Damenhut aus schwarzem Stroh etwas unbestimmt Trauerndes verlieh.

»Wo is'n der, der ersoffen ist?« erkundigte er sich und griff nach der Reling.

»Das wissen wir nicht«, antwortete Fairchild. »Irgendwo zwischen dem Ufer und der Jacht müssen wir ihn verloren haben.« Er wies mit dem Arm die Richtung. Melancholisch folgte der Blick des Neuankömmlings der Geste.

»Gibt's ne Belohnung?«

»Belohnung?« wiederholte Fairchild erstaunt.

»Belohnung?« mischte sich Mrs. Maurier atemlos ein. »Ja, es gibt eine Belohnung: ich setze eine Belohnung aus.«

»Wieviel?«

»Finden Sie ihn erst mal«, warf der Semitische ein. »Dann kriegen Sie schon die Belohnung.«

Der Mann hing noch immer an der Reling. »Habt'r denn schon gesucht?«

»Nein, wir wollten gerade erst anfangen«, sagte Fairchild. »Suchen Sie schon mal einstweilen; wir kommen gleich mit unserem Boot nach und helfen Ihnen; und es gibt eine Belohnung.«

Der Mann stieß ab und legte sich in die Riemen. Das Geräusch des Motorbootes wurde immer lauter; bald kam es in Sicht. Zwei Männer saßen darin, jetzt wechselten sie den Kurs und fuhren auf das Ruderboot zu. Der Lärm des nervösen kleinen Motors erstarb, und die beiden Boote lagen eine Weile Bord an Bord; dann trennten sie sich und glitten, nicht allzu weit voneinander entfernt, langsam weiter. Die Insassen stakten mit den Riemen den Seegrund ab.

»Jetzt seht euch das an«, sagte der Semitische, »wie die Aasgeier. Innerhalb einer Stunde werden's wahrscheinlich ein Dutzend Boote sein. Wie mögen sie es bloß erfahren haben?«

»Das weiß Gott allein«, erwiderte Fairchild. »Los, wir müssen unsere Mannschaft zu Hilfe schicken. Und besser auch die Leute vom Schlepper.«

Eine Zeitlang schrien sie abwechselnd, bis auf einmal einer an der Reling des Schleppers erschien und apathisch zu ihnen herüberglotzte. Dann ging er wieder weg. Nach einer Weile machte das Boot wieder los und kam vom Schlepper herüber. Während der Mann vom Schlepper ohne jede Hast eine andere, wesentlich dreckigere Leine am Bug der *Nausikaa* festmachte, setzte ein allgemeines Palaver ein. Dann ruderte er mit Walter zum Schlepper zurück; sie ließen die Leine Hand über Hand hinter dem Boot ins Wasser gleiten, und Mrs. Mauriers Beharrlichkeit verklang ungehört im schläfrigen Nachmittag. Die Gäste sahen einander hilflos an. Dann sagte Fairchild entschlossen:

»Los, wir nehmen unser Boot.« Er wählte seine Mannschaft aus, und sie suchten die verfügbaren Riemen zusammen und kletterten ins Boot.

»Da kommt wieder das Boot vom Schlepper«, rief Mark Frost.

»Sie haben wahrscheinlich das Seil versehentlich festgebunden diesmal«, meinte Mrs. Wiseman boshaft. Gemächlich kam das Boot längsseits des ihren, und Walters Begleiter erkundigte sich ohne besonderes Interesse:

»Wo is'n der, den Ihr habt absaufen lassen?«

»Ich steig zu Ihnen ins Boot und zeig's Ihnen«, beschloß Fairchild. Mark Frost wollte eilig zurück an Bord der Jacht. Fairchild hielt ihn fest. »Ihr anderen kommt mit diesem Boot nach. Je mehr wir sind, um so besser.«

Mark Frost stöhnte, widersprach aber nicht. Sie nahmen ihre Plätze ein, und beide Boote fuhren nach Fairchilds Anweisungen die Strecke ab, die sie am Vortag gerudert waren. Die beiden anderen Boote waren schon ziemlich weit voraus und bewegten sich langsam voran. Nun trennten sich auch die Nachzügler; die Sucher stakten dahin und tasteten den Grund mit den Riemen ab. Und weil jede Tätigkeit das Denken beeinflußt, verblaßte Fairchilds fröhlicher Optimismus immer mehr, wurde immer unsicherer vor dem Unbekannten, das da drohend bevorstand; auch ihm erschien auf einmal ganz unbewußt das Mögliche zugleich das Wahrscheinliche zu sein.

Die Sonne war dunstverhangen, als ob sie von der eigenen unerbittlichen Hitze ermüdet sei; das Wasser – das Wasser, das vielleicht den stummen Beweis der äußersten Nutzlosigkeit allen menschlichen Strebens bergen mochte, bereit, ihn im nächsten Augenblick freizugeben – das Wasser plätscherte und klatschte gegen die zerbrechlichen Fahrzeuge, denen sie sich anvertraut hatten: ein leises Geräusch, monoton und ohne Bosheit – das Wasser konnte warten. Langsam stakten sie weiter.

Bald hatten die vier Boote, fächerförmig auseinanderstrebend, den gestrigen Kurs erreicht; nun wendeten sie und fuhren langsam hin und her. Schweigen lag über der Szene. Müde und schläfrig verging der Nachmittag. Jacht und Schlepper lagen reglos in dem blendenden Glitzern aus Sonne um Wasser . . .

Noch einmal wurde der gestrige Kurs Fuß um Fuß abgesucht; schweigend, geduldig und vergeblich. Die vier Boote näherten sich einander, anscheinend willenlos rückten sie enger zusammen, wie Schafe sich aneinanderdrängen, während das Wasser, finster und nicht entmutigt vom Warten, gegen die Bootsleiber klatschte und plätscherte. Leise schrammte das Motorboot gegen das Boot, in dem Fairchild saß; er hob den Kopf, riß die Augen auf und blinzelte heftig. Dann sagte er:

»Bist du ein Gespenst oder ich?«

»Das wollte ich dich gerade fragen«, erwiderte Gordon, der in dem Motorboot saß. Sie starrten einander an. Nun kamen auch die anderen Boote heran, und schließlich sagte der, den sie Walter nannten:

»Tja, das wär's ja dann wohl.« Höfliche Mißbilligung lag in seiner Stimme. Der Bann war gebrochen. »Oder wollten die Herren noch'n bißchen spazierenrudern?«

Unvermittelt brach Fairchild in hysterisches Gelächter aus.

Vier Uhr

Der Malaria-Mann hatte sein Boot an das Motorboot des Dicken gebunden, und sie waren mit mürrischem Bedauern ohne Belohnung davongetuckert. Der Schlepper hatte zum Abschied noch einmal höhnisch getutet und zeigte ihnen nun den niedrigen, häßlichen Achtersteven und die schmutzigsten Füße, die sie wohl je zu sehen bekommen würden. Sie gehörten dem Neger, der an der Reling lehnte und wieder von dem grauen Zeug aß. Der Schlepper fuhr nach Hause. Die *Nausikaa* war wieder frei und brauste davon, weg vom Ufer, und das scharfe Klatschen von Fleisch auf Fleisch wurde seltener und hörte schließlich ganz auf. Noch war Nachmittag.

Mrs. Maurier hatte ihn angestarrt, hatte mit einer fahrigen Geste die Hände gerungen und ihn von da an geschnitten.

»Aber ich hab dich doch an Bord gesehen, nachdem wir zurück waren«, wiederholte Fairchild und machte eine neue Flasche auf. Er war schwer zu überzeugen.

»Das ist nicht gut möglich«, antwortete Gordon kurz. »Ich bin mitten in dem Durcheinander, das Talliaferro ausgelöst hat, ausgestiegen.« Er lehnte das angebotene Glas mit einer Handbewegung ab.

»Ich hab's dir ja gleich gesagt«, triumphierte der Semitische, und Fairchild nahm hartnäckig einen neuen Anlauf:

»Aber ich hab doch gesehen . . .«

»Wenn du noch einmal davon anfängst, bring ich dich um«, kündigte der Semitische an. Er wandte sich an Gordon. »Und du hast gedacht, Dawson sei ertrunken?«

»Ja. Der Mann, der mich zurückbrachte – heute früh bin ich zufällig auf sein Haus gestoßen –, der Mann hatte irgendwas läuten hören. Vermutlich reden sie am ganzen Seeufer entlang von nichts anderem. Er wußte aber den Namen nicht mehr so genau; ich zählte dann die ganze Gesellschaft auf, und wie ich sagte, Dawson Fairchild, da meinte er, ja, das muß er sein. Dawson und Gordon – es klingt so ähnlich. Und da dachte ich eben . . .«

Fairchild fing wieder an zu lachen. Er lachte immer weiter und versuchte gleichzeitig, etwas zu sagen. »Und da . . . da kommt er zurück und ver . . . verbringt . . .« Wieder kam der hysterische Klang in sein Lachen; seine Hände zitterten, das Glas klirrte gegen die Flasche, und Schnaps spritzte auf den Boden. ». . . und verbringt . . . er kommt zurück, versteht ihr, und verbringt den halben Tag damit, seine eigene Leilei-leiche . . .«

Der Semitische stand auf, nahm ihm Glas und Flasche aus

der Hand und brachte ihn zu seiner Koje, halb ihn führend, halb ihn vorwärts stoßend. »Du setzt dich jetzt hin und trinkst das.« Gehorsam schluckte Fairchild den Whisky. Der Semitische wandte sich wieder an Gordon. »Warum bist du zurückgekommen? Doch nicht nur, weil du gedacht hast, Dawson sei ertrunken.«

Gordon lehnte an der Wand, lehmbeschmiert und schweigend. Er hob den Kopf und starrte sie mit seinem schroffen, unbehaglichen Blick an, starrte durch sie hindurch. Fairchild berührte warnend das Knie des Semitischen.

»Das ist eine dämliche Frage«, erklärte er. »Das eigentliche Problem ist, wollen wir uns jetzt betrinken oder nicht? Ich hab das Gefühl, wir sollten.«

»Jawohl«, stimmte der andere zu. »Es sieht so aus, als ließe es sich nicht vermeiden. Und Gordon muß ohnehin seine Auferstehung feiern.«

»Nein«, erwiderte Gordon, »ich will nichts.« Der Semitische erhob Einspruch, aber wieder stieß Fairchild ihn an und brachte ihn zum Schweigen. Und als sich Gordon zur Tür wandte, stand er auf und folgte ihm in den Korridor.

»Sie ist übrigens auch zurückgekommen«, sagte er.

Gordon sah auf den kleineren Mann herab. Das magere, bärtige Gesicht, das Gesicht eines einsamen Falken, war arrogant vor Scheu und Stolz. »Ich weiß«, antwortete er (dein Name ist wie eine kleine goldene Glocke in meinem Herzen). »Der Mann, der mich heute zurückgebracht hat, das ist der gleiche, der die beiden gestern zurückgebracht hat.«

»Ach nee?« sagte Fairchild. »Der macht wohl Pendelverkehr für Deserteure?«

»Ja«, antwortete Gordon. Und er ging den Korridor entlang, eine singende Schwerelosigkeit im Herzen, eine helle, silberne Freude, die wie schwebende Schwingen war.

Das Deck lag verlassen, wie an jenem anderen Nachmittag. Aber er wartete geduldig, eingesponnen in das gedämpfte Glücksgefühl seiner Träumerei; und sein arrogantes, bitteres Herz war so jung, wie ein Herz nur sein kann; es vergaß das Gestern und das Morgen. Und bald, wie eine Antwort, kam sie; mit nackten Beinen und vom Fahrtwind modelliert. Ihre verhaltene Überraschung verebbte, und sie streckte ihm die feste, gebräunte Hand entgegen.

»Na, Ausreißer«, sagte sie.

»Selber Ausreißer«, antwortete er nach einer Pause aus Silber und Klarheit und Leuchten.

»Stimmt. Wir sind schon die einzigen dollen Nummern auf diesem Schiff, was?«

»Wir sind – was?«

»Die einzigen, die Schneid haben«, erklärte sie. Unter den strähnigen, dunklen Ponyfransen ihrer Frisur sah sie ernst zu ihm empor. »Aber du bist zurückgekommen«, sagte sie vorwurfsvoll.

»Du auch«, erinnerte er sie von den lautlosen Silberschwingen herab.

Fünf Uhr

»Aber wir fahren endlich wieder«, wiederholte Mrs. Maurier zerstreut in regelmäßigen Abständen und horchte auf ein irgendwie an heitere Gastlichkeit erinnerndes Geräusch, das von Zeit zu Zeit aus dem Niedergang heraufscholl. Dann bemerkte auch Mrs. Wiseman den abwesenden Blick ihrer Gastgeberin und verstummte. Sie lauschte gleichfalls.

»Doch nicht schon wieder?« sagte sie ahnungsvoll.

»Ich fürchte, ja«, antwortete die andere unglücklich.

Auch Mr. Talliaferro lauschte. »Vielleicht sollte ich besser ...« Aber ein Blick von Mrs. Maurier nagelte ihn fest, und Mrs. Wiseman meinte:

»Die Armen. Sie haben allerhand ausgestanden in den letzten Tagen.«

»Knaben sind Knaben«, fügte Mr. Talliaferro mit unterwürfigem Bedauern hinzu und vernahm sehnsüchtig das gastliche Geräusch. Mrs. Maurier lauschte gleichfalls, kühl distanziert und nachdenklich. Sie sagte:

»Aber auf alle Fälle fahren wir wieder.«

Die Sonne sank über dem windgepeitschten Wasser, vergoldete es, wie sie die blinkenden Mahagoni- und Messingeleganz der Jacht vergoldete, und auch die Silberschwingen in seinem Herzen färbten sich rosa und golden, wie er so stand und auf ihren zerzausten Scheitel niederblickte und auf die ernste und geschlechtslose Kopie seiner eigenen Haltung, mit der ihr Körper an der Reling lehnte – ein unbewußtes Nachäffen, komisch und erschütternd zugleich.

»Weißt du, was Cyrano einmal gesagt hat?« *Es war einmal ein König, der besaß alles, was das Herz begehrt. Alles war sein: Macht und Ruhm und Reichtum und Glanz und Behagen. Und so saß er eines Abends draußen in der Dämmerung seines Marmorhofes, die erfüllt war vom Plätschern der Brunnen und vom Sang der Vögel, umgeben von den starren Gebärden der Palmen; so saß er da und sah über die verdämmernden Kuppeln seiner Stadt und weiter hinaus bis zu den fliederfarbenen Grenzen seiner Welt.*

»Nee: was denn?« fragte sie. Aber er blickte nur auf sie herab mit seinen ungemütlichen, tiefliegenden Augen. »Was hat er denn gesagt?« wiederholte sie. Dann: »Hat er sie geliebt?«

»Ich denke schon ... Ja, er liebte sie. Und auch sie konnte ihn nicht verlassen. Sie konnte nicht weg von ihm.«

»Sie konnte nicht? Was hat er denn mit ihr gemacht? Hat er sie eingesperrt?«

»Vielleicht wollte sie es auch nicht«, meinte er.

»Hm.« Und dann: »Dann war sie aber ganz schön doof. Und er war dämlich genug, zu glauben, sie will nicht?«

»Er ließ es nicht darauf ankommen. Er hatte sie eingeschlossen. In einem Buch.«

»In einem Buch?« wiederholte sie. Dann begriff sie. »Ach so ... wie du es gemacht hast, ja? Mit dem Marmormädchen ohne Arme und Beine? Hättest du nicht lieber eine, die lebendig ist? Sag mal, du hast wohl keine Freundin oder so was?«

»Nein«, antwortete er. »Woher weißt du das?«

»Du siehst so aus. So schäbig. Aber der eigentliche Grund ist, daß sich keine Frau mit einem Mann abgeben würde, der mit einem Stück Holz oder so zufrieden ist. Geh doch mal bißchen raus aus dir. Entweder es zerreißt dich eines schönen Tages, oder du wirst vertrocknen ... Wie alt bist du überhaupt?«

»Sechsunddreißig«, sagte er. Sie meinte:

»Heiliger Strohsack. Jetzt ist er sechsunddreißig und haust in diesem Loch mit einem Steinbrocken zusammen, wie ein Hund mit einem abgenagten Knochen. Heiliger Strohsack. Warum schmeißt du das Ding nicht weg?« Aber er starrte nur auf sie herab. »Gib's doch mir. Willst du nicht?«

»Nein.«

»Dann kauf ich's dir ab.«

»Nein.«

»Ich geb dir ...« Sie musterte ihn, nüchtern und distanziert. »... siebzehn Dollar geb ich dir dafür. Bar.«

»Nein.«

Sie sah ihn an; etwas wie verhaltener Ärger lag in ihrem Blick. »Schön; was willst du denn damit machen? Hast du irgendeinen Grund, warum du's behalten willst? Du hast's doch nicht geklaut, was? Jetzt sag bloß noch, du hast keine Verwendung für siebzehn Dollar, so wie du lebst. Ich wette, du hast in diesem Augenblick keine fünf in der Tasche. Ich wette, du bist hier bloß mitgefahren, damit du umsonst was zu essen kriegst. Ich geb dir zwanzig Dollar, davon siebzehn bar.« Er fuhr fort, sie anzustarren, als ob er nichts gehört habe ... *und der König sprach zu dem Sklaven, der zu seinen Füßen kauerte – Halim – Herr? – Besitze ich nicht alles, was das Herz begehrt? – Du bist der Sohn der Morgenröte, Herr – So höre, Halim: Ich fühle ein Begehren ...* »Fünfundzwanzig«, sagte sie und rüttelte ihn am Arm.

»Nein.«

»Nein, nein, nein, nein!« Sie hämmerte mit den gebräunten Fäusten auf die Reling. »Du kannst einen verrückt machen! Kannst du denn nichts sagen als nein? Du ... du ...« Die ernsten undurchsichtigen Augen in dem zornigen braunen Gesicht starrten ihn an, und dann gebrauchte sie den Ausdruck, den sie von Jenny eingehandelt hatte.

Er packte sie bei den Ellbogen; sie machte sich steif und sah ihm noch immer ins Gesicht; er fühlte die kleinen, harten Muskeln ihrer Arme. »Was willst du jetzt machen?« fragte sie. Er hob sie hoch. Sie begann zu strampeln, aber unerbittlich schleppte er sie über das Deck, setzte sich auf einen Stuhl und legte sie übers Knie. Sie trat in wortlosem Zorn um sich, sie kratzte, aber er hielt sie fest. Da hörte sie auf zu strampeln und biß sich durch den rauhen Stoff der Hose hindurch in seinem Bein fest. Sie hing an ihm wie ein rasender Hund, und er zog ihr den Rock stramm und verprügelte sie kräftig.

»Ich hab das ganz im Ernst gesagt«, schrie sie rasend vor Zorn, nachdem er sein Bein befreit hatte und sie auf seinem Schoß saß. Sie weinte nicht. An seinem Hosenbein zeichnete sich ein kleines, feuchtes Oval ab. »Ganz im Ernst«, wiederholte sie verkrampft und böse.

»Das weiß ich. Deswegen habe ich dich ja verhauen. Nicht, weil du es gesagt hast: was du gesagt hast, gibt keinen Sinn; du hast die männliche und die weibliche Form durcheinandergebracht. Nein, ich hab dich verhauen, weil es dir Ernst war – ganz egal, ob du wußtest was du sagst, oder nicht.«

Plötzlich entspannte sich ihr Körper; sie weinte, und er drückte sie an seine Brust. Dann hörte sie ebenso abrupt mit dem Weinen auf und lag ganz still, während seine Hand, langsam und fest, und doch leicht, über ihr Gesicht wanderte. *Es ist wie etwas, das man hört, aber anders als man Musik hört, Trompetengeschmetter oder gezupfte Saiten, in denen die bleiche Wollust der Tanzmädchen schwingt; nein, Halim, es ist keine blasse Jungfrau aus Tal, mit gefärbten Fingernägeln, die Honig und Myrrhe schlau unter ihrer Zunge zu verbergen weiß. Es ist auch kein Duft, wie ihn Myrrhe verströmt oder die Rose, der das Mark in den Knochen der Männer weich macht und flüssig wie Wasser; und es ist auch nicht . . . Halt, Halim: einst war ich . . . einst war ich? Ist dies nicht etwas Wahres? Der Morgen dämmert in den hohen kalten Hügeln: wie ein Wind ist die Dämmerung in den reinen Hügeln, und der Wind trägt den dünnen Ton der Hirtenflöte, und er trägt den Geruch aus Dämmerung und Mandelblüte. Ist dies nicht etwas Wahres? – Ja, Herr. Ich habe es dir erzählt. Ich war dort.*

»Sag mal, du sanfter Schmuser – ich hab gedacht, du machst in männlich?« fragte sie. Sie machte sich wieder steif und verdrehte die Augen aufwärts nach seinem Gesicht. Seine Hand glitt langsam über ihr Jochbein, über das Kinn; hielt inne, folgte einem Muskel, wanderte weiter. *So höre, Halim: ich begehre etwas, das mich, und wär' ich nie geboren, zum Leben erweckt: das mich, wär' ich gestorben und erinnerte mich daran, an diese Welt mich klammern ließe, und sei's als Bettler im zerriss'nen Kleid, ja, lieber Bettler sein mich ließe, als König unter Königen im sanften, düfteschweren Klang des Paradieses. Und dies, o Halim, sollst du für mich finden.* »Sag mal«, erkundigte sie sich neugierig, aber nicht mehr mißtrauisch, »was soll das eigentlich?«

»Ich lerne dein Gesicht.«

»Du lernst mein Gesicht? Willst du mich in Marmor hauen?« fragte sie rasch und richtete sich auf. »Kannst du eine Marmorplastik nach meinem Kopf machen?«

»Ja.«

»Krieg ich die?« Sie stemmte sich von seiner Brust zurück und sah ihn an. »Mach doch gleich zwei«, schlug sie vor. Und dann: »Und wenn du das nicht willst, dann gib mir die andere Plastik; die, die du hast, und ich sitz dir umsonst. Ja?«

»Vielleicht.«

»Die hätte ich eigentlich noch lieber als die von mir. Hast du mein Gesicht gut gelernt?« Flink glitt sie in ihre alte Lage zurück und hob das Gesicht zu ihm auf. »Lern es gut.« *Halim aber war ein alter Mann, so alt, daß er schon vieles vergessen hatte. Als der König noch auf seinem ersten Pony saß, war Halim schon geduldig nebenhergeschritten über Straßen und Wege und hatte ihn festgehalten. Er hatte dem jungen Prinzen Einhalt geboten, wenn der, nach der erfinderischen Art der Knaben, immer neue Möglichkeiten plötzlicher und völliger Vernichtung ersonnen hatte. Er hatte den jungen Prinzen auch vor den strafenden Ermahnungen der Eltern geschützt, die unausweichlich auf derlei zu folgen pflegen. Und er saß, die grauen Hände auf den mageren Knien, den Kopf darüber gebeugt, während die Abenddämmerung über die in schöner Einfachheit gewölbten Kuppeln der Stadt sank und auch den Hof erfüllte und den Sang der Vögel verstummen ließ, so daß die fliederfarbene Stille nur vom Plätschern der Brunnen geneckt wurde; und auch die Palmen verhüllten ihre ernste Ruhelosigkeit in der Dämmerung. Und nach einer Weile sprach Halim und sagte – Ach Herr, einst liebte ich dies Mädchen, in*

den Hügeln Georgiens, da ich noch ein Knabe war. Aber das ist
lange her, und sie ist tot.

Sie lag still an seiner Brust, während das Abendrot über dem
Wasser erstarb wie Waldhornklang. Ohne sich zu bewegen,
sagte sie:

»Du bist ein komischer Kerl . . . Ob ich wohl auch bildhau-
ern könnte? Soll ich dein Gesicht auch lernen, was meinst
du? . . . Also, dann laß das. Ich liege ebensogern still. Man liegt
viel bequemer auf dir, als man meinen sollte, wenn man dich so
ansieht. Aber wahrscheinlich werde ich dir zu schwer – ich bin
kein Schmetterling. Werd ich dir nicht zu schwer?« beharrte sie.
Schließlich neigte er den Kopf und sah sie mit seinen tiefliegenden, ein wenig unheimlichen Augen an, und sie versuchte,
etwas in ihren Blick zu legen; gleichzeitig nahm sie eine Haltung ein, die so etwas wie lüsterne Ermutigung ausdrücken
sollte, und die doch so theatralisch, so augenscheinlich erlogen
war, daß die ernste, harte Geschlechtslosigkeit des Mädchens
nur noch betont wurde.

»Was hast du denn jetzt vor?« erkundigte er sich ruhig;
»machst du auf Vamp?«

Sie sagte »Quatsch.« Sie setzte sich auf und krabbelte von
seinem Schoß. »Also du willst mir's nicht geben? Du willst einfach nicht?«

»Nein«, entgegnete er nüchtern. Sie wandte sich zum Gehen,
blieb aber stehen und sah sich nach ihm um.

»Ich geb dir fünfundzwanzig Dollar.«

»Nein.«

Sie sagte noch einmal »Quatsch« und ging weiter, lautlos auf
ihren braungebrannten Füßen, und war verschwunden. (Dein
Name ist wie eine kleine, goldene Glocke in meinem Herzen,
und wenn ich an dich denke . . .) Die *Nausikaa* rauschte dahin.
Mit einem Male hatte sich Zwielicht herabgesenkt. Und da war
der erste Stern.

Der Platz sah wirklich sicher aus. Aber er hatte sich inzwischen so daran gewöhnt, ihn hinter sich auf dem Stuhl zu fühlen, wo er gewiß sein konnte, daß nichts mit ihm passierte. Außerdem, jetzt, nach so vielen Tagen zu wechseln, das wäre, als wollte er sich vor einer Wette drücken ... Andererseits, die Vorstellung, auch weiterhin von den beiden alten Gaunern auf die Schippe genommen zu werden ... Er blieb in der Salontür stehen.

Die anderen saßen schon längst beim Essen, aber vor vier leeren Stühlen standen die ewigen, höflichen Grapefruit, finster und höflich wie die Leute vom Finanzamt. Es waren noch nicht alle da; er hätte Zeit, noch rasch in die Kabine zu laufen und ihn dort zu lassen. Jawoll, damit ihn einer von diesen Saufköppen aus Jux zum Fenster rausschmeißt!

Mrs. Wiseman kam mit einem Tablett und rief kurz angebunden: »Mach Platz, Pete!« Er quetschte sich an die Wand, um sie vorbei zu lassen. Dann wandte die Nichte den Kopf und entdeckte ihn. »Nu mach schon«, drängte sie, und hinter ihm näherten sich Schritte. Eine Sekunde zögerte er, dann schob er den Hut in die Vertiefung zwischen den beiden Regalen. Auf alle Fälle würde er's heute abend mal probieren. Er konnte ihn immerhin einigermaßen im Auge behalten. Er setzte sich zu Tisch.

Fairchilds Wache brandete in den Raum; herzhafte Jovialität erstarb sofort und verwandelte sich angesichts der Grapefruit in schreckhafte Verwirrung. »Mein Gott«, stieß Fairchild unterdrückt hervor.

»Du setzt dich hin, Dawson«, ordnete Mrs. Wiseman scharf an. »Wir haben genug von diesen Scherzen für den Rest der Reise.«

»Ganz meiner Meinung«, stimmte er eifrig zu. »Das ist genau das, was Julius und Major Ayers und ich bei jeder Mahlzeit denken. Und wenn wir dann das nächste Mal zu Tisch kommen, was steht da vor uns?«

Major Ayers sagte: »Eh?« und sah Fairchild an. Dann meinte er unsicher: »Es ist doch Grapefruit, nicht wahr?«

»Aber wir haben doch so viele davon«, erklärte Mrs. Maurier. »Und es heißt, man kriegt sie nie über.«

»Stimmt«, sagte Fairchild würdevoll. »Major Ayers hat es auf Anhieb geraten. Ich war ja nicht ganz sicher. Aber Major Ayers kann man nicht reinlegen; man kann einen so weitgereisten Mann nicht mit einer simplen Grapefruit reinlegen. Ich nehme an, Sie haben in Indien und China zahlreiche Grapefruit geschossen, Major?«

»Du setzt dich jetzt hin, Dawson«, wiederholte Mrs. Wiseman. »Julius, du sorgst dafür, daß sie sich hinsetzen. Oder ihr geht alle in die Küche, wenn ihr bloß rumstehen und blöd daherreden wollt.«

Flink nahm Fairchild Platz. »Macht nichts«, meinte er. »Wenn es die Damen aushalten können – wir halten's schon aus. Der menschliche Organismus hält einfach alles aus«, fügte er düster hinzu. »Er hält Alkohol aus, und er kann ohne Schlaf die ganze Nacht hindurch tanzen, und er verarbeitet zentnerweise Grapefr...« Mrs. Wiseman beugte sich über seine Schulter und nahm ihm den Teller weg. »Na«, rief er überrascht.

»Sie mögen sie nicht«, informierte sie Miss Jameson über den Tisch hinweg. »Nimm seine auch weg.« So sah sich auch Major Ayers seiner Grapefruit beraubt, und Mrs. Wiseman ließ die Teller zornig auf das Tablett klirren. Wie sie sich hinter Mrs. Maurier vorbeizwängte, stieß sie mit der Hüfte gegen den ausklappbaren Serviertisch. »Verdammt«, murmelte sie, löste die Sperrvorrichtung und ließ den Tisch an die Wand knallen. Petes Hut fiel auf den Boden, und sie schob ihn mit dem Fuß beiseite.

»Jawoll«, wiederholte Fairchild, »der menschliche Organismus kann allerhand vertragen. Aber wenn ich noch eine einzige Grapefruit essen muß... Weißt du, Julius, ich hab heute nämlich meinen Rücken betrachtet; und was soll ich dir sagen, die Haut wird ganz trocken und rauh, und so ein bißchen gelblich. Wenn das nicht wieder weggeht, dann trau ich mich nächstens ebensowenig, mich in der Öffentlichkeit auszuziehen, wie Al Jack...«

Mark Frost stieß einen Schreckenslaut aus. »Vorsicht, Leute«, rief er und stand auf. »Ich mach, daß ich hier rauskomme.«

»...son je in der Öffentlichkeit die Schuhe ausziehen würde«, fuhr Fairchild ungerührt fort. Mrs. Wiseman trat wieder ein und blieb, die Hände in die Hüften gestemmt, stehen und sah voller Abscheu auf Fairchilds ungekämmtes Haupt. Mrs. Maurier starrte ihn hilflos an.

»Alle sind fertig«, stellte Mrs. Wiseman fest. »Los, gehen wir an Deck.«

»Nein«, protestierte Mrs. Maurier. Und mit Festigkeit sagte sie: »Mr. Fairchild.«

»Weiter«, drängte die Nichte. »Was ist mit Al Jackson?«

»Du hältst den Mund, Pat«, ordnete Mrs. Wiseman an. »Los, kommt. Laßt sie doch hier hocken und im eigenen Saft schmoren. Wollen wir sie nicht einfach einschließen – was meint ihr?«

Mrs. Maurier beschloß, deutlich zu werden. Sie erhob sich. »Mr. Fairchild, ich kann einfach nicht dulden, daß ... also wenn Sie sich weiterhin so benehmen, muß ich den Raum verlassen. Merken Sie denn nicht, wie enervierend ... Wie schwierig ... also, wie schwierig ...« Unterhalb der flehenden Hilflosigkeit ihres Blickes begannen die verschiedenen Kinne leicht zu beben. »... wie kompliziert ...«

Mrs. Wiseman berührte ihren Arm. »Kommen Sie; es hat im Augenblick keinen Zweck, mit ihnen zu argumentieren. Wirklich, kommen Sie.« Sie schob Mrs. Mauriers Stuhl beiseite; die alte Frau tat einen Schritt, blieb wie angewurzelt stehen und umklammerte den Arm der Jüngeren.

»Ich bin auf etwas getreten«, sagte sie und blickte suchend zu Boden.

Mit einem unartikulierten Wutschrei sprang Pete auf.

»Also, der alte Jackson«, fuhr Fairchild fort, »behauptete, in gerader Linie von Old Hickory abzustammen. Gute alte Familie aus den Südstaaten, mit dem ganzen Stolz der guten alten Familien im Süden. Al selbst hat eine ganze Menge von diesem Stolz mitgekriegt; deshalb will er nie die Schuhe ausziehen, wenn jemand dabei ist. Den Grund erzähl ich euch gleich.

Na, der alte Jackson war also ursprünglich Buchhalter oder so was ähnliches; er bezog ein kleines Gehalt und mußte eine große Familie davon satt bekommen. Das paßte ihm nicht; er wollte es besser haben, und zwar am liebsten, ohne deswegen mehr arbeiten zu müssen – ein sehr natürliches Bestreben für jeden Abkömmling einer guten alten Familie aus dem Süden. Und so kam er auf die Idee, auf einem Teil seines Sumpfland-Besitzes in Louisiana Schafe zu züchten. Es war ihm aufgefallen, wie viel üppiger die Vegetation auf sumpfigem Gelände ist, und er dachte, wenn man im Sumpf Schafe züchtet, dann ist das mit der Wolle vielleicht ebenso. Er gab die Buchhalterei also auf und setzte in einem Gelände von ein paar hundert Morgen am Tchufuncta River Schafe aus; das Geld hatte er von einem Onkel seiner Frau geerbt, einem Mann aus einer alten, aristokratischen Schwarzbrenner-Familie aus Tennessee.

Eine Schwierigkeit war von Anfang an zu überwinden: fortwährend fielen Schafe ins Wasser und ersoffen. Da machte er aus kleinen Holzfäßchen, die auch aus der Erbschaft des Tennessee-Onkels stammten, Schwimmgürtel für sie; wenn sie nun in tiefes Wasser gerieten, trieben sie einfach so lange, bis die Strömung sie wieder ans Ufer spülte. Das funktionierte ganz gut; trotzdem verschwanden auch weiterhin Schafe – das heißt, es verschwanden Mutterschafe und Lämmer. Schließlich kam er dahinter, daß sie von Alligatoren . . .«

»Ach ja«, murmelte Major Ayers, »Old Hickory.«

». . . gefressen wurden. Also bastelte er aus Holz Imitationen von Widderhörnern, und die befestigte er an jedem Mutterschaf und an jedem Lamm, gleich nachdem es geboren war. Das verringerte die Verluste durch Alligatoren bis auf ein kaum erwähnenswertes Minimum. Offenbar schmeckte das Widderfleisch selbst für Alligatoren zu streng.

Mit der Zeit gingen ihm die Schwimmgürtel aus; aber die Schafe hatten unterdessen ganz gut schwimmen gelernt, und Jackson meinte, es rentiere sich ohnehin nicht mehr, ihnen welche umzubinden. Tatsächlich hatten die Tiere Geschmack am Leben im Wasser gefunden, und die erste Generation von Lämmern kam nur noch zum Fressen an Land. Und als es Zeit war, die Schafe zu scheren, mußten sie mit Booten zusammengetrieben werden.

Als die nächste Schur herankam, wollten die Schafe das Wasser nicht einmal zum Fressen verlassen. Jackson fuhr also mit seinen Söhnen in Booten los und richtete in den verschiedenen Flußarmen schwimmende Futteranlagen ein. Diese Generation von Lämmern konnte auch tauchen. Niemals wurde eines davon an Land gesehen; bestenfalls wurden hie und da Köpfe sichtbar, wenn sie durch das schlammige Sumpfwasser schwammen.

Dann war es wieder Zeit zum Scheren. Der alte Jackson versuchte, das erste Schaf zu fangen; aber da stellte es sich heraus, daß die Biester mittlerweile schneller schwammen, als er und seine Leute rudern konnten. Die Lämmer tauchten ohnehin einfach weg. Schließlich mußten sie sich ein Motorboot ausleihen. Als sie dann endlich ein Schaf so lange gejagt hatten, bis es erschöpft war und sich aus dem Wasser ziehen ließ, da stellten sie fest, daß es nur noch oben auf dem Rücken ein bißchen Wolle hatte. Der übrige Körper trug Schuppen, wie ein Fisch. Und als es ihnen schließlich doch gelang, mit der Alligator-Angel eines der Lämmer vom letzten Frühjahr zu erwischen, da sahen sie, daß sein Schwanz breit und platt geworden war, wie bei einem Biber, und daß es überhaupt keine Beine mehr hatte. Zuerst wußten sie gar nicht, was für ein Vieh das war.«

»Na so was«, murmelte Major Ayers.

»Jawoll: totale Atrophie. Na, die Zeit verging, und von den nächsten Lämmern bekamen sie überhaupt keines mehr zu Gesicht. Das Futter holten sich die Vögel, und als die nächste Schurzeit herankam, konnten sie nicht einmal mit dem Motorboot ein Schaf erwischen. Seit vielen Wochen war keines mehr gesichtet worden. Aber sie waren noch da; gelegentlich konnte man nachts weit hinten in den Sümpfen ihr Bäh-bäh hören. Hie und da fingen sie auch einmal eines mit einer Haifisch-Schleppangel, mit einem Maiskolben als Köder. Aber nur sehr selten.

Je länger nun der alte Jackson über seinen Schafsumpf nachdachte, um so mehr kriegte er die Wut. Er rannte im Haus umher und fluchte und schwor, er werde die Viecher erwischen, und wenn er ein Motorboot kaufen müsse, das fünfzig Meilen die Stunde macht, und Taucheranzüge für sich und seine Söhne. Nun hatte er einen Jungen, der hieß Claude – ein Bruder von Al, wißt ihr. Claude war ein bißchen wild geraten; er war hinter den Weibern her, er spielte, und saufen tat er auch – einer von diesen gutaussehenden, humorlosen Burschen, die kein Sitzfleisch haben. Dieser Claude nun traf schließlich ein Abkommen mit seinem Vater; er verlangte die Hälfte vom

Erlös eines jeden Schafes, das er fangen werde. Dann machte er sich an die Arbeit. Mit Booten und Schleppangeln versuchte er es gar nicht erst. Er zog sich einfach aus, sprang ins Wasser und grapschte sie.«

»Grapschte sie?« wiederholte Major Ayers.

»Ja, er hetzte sie so lange, bis sie erschöpft waren und sich unter der Uferböschung versteckten; dann zog er sie mit bloßen Händen raus. Das war so ganz Claudes Art. Tja, und dann merkten sie, daß die neuen Lämmer überhaupt keine Wolle mehr hatten; dafür war ihr Fleisch das beste Fischfleisch in ganz Louisiana – das kam daher, weil sie doch zum Teil noch mit Mais gefüttert worden waren, nicht wahr; das verbesserte nämlich den Geschmack. Da beschloß der alte Jackson, die Schafzucht an den Nagel zu hängen und in die Fisch-Rancherei einzusteigen. Er wußte, daß es klappen würde, solange Claude die Viecher erwischen konnte; er sicherte sich also einen Absatzmarkt in New Orleans, und sie begannen, wohlhabend zu werden.«

»Donnerwetter«, meinte Major Ayers gespannt. Er hatte Feuer gefangen.

»Die Arbeit machte Claude Spaß. Es war ein abenteuerliches Leben, und das war ihm gerade recht. Er hörte auf zu trinken, er spielte nicht mehr, und er blieb nachts zu Hause; in der ganzen Gegend besserte sich die Moral ruckartig, und die jungen Mädchen lauerten sonntagabends vergeblich in Tanzdielen, oder wo Mädchen sonst lauern mögen, auf Claude.

Bald konnte er schneller schwimmen als die alten Schafe; und weil er nach den jungen so viel tauchen mußte, lernte er, immer länger unter Wasser zu bleiben. Manchmal blieb er eine halbe Stunde unten oder noch länger. Und dann war es soweit, daß er den ganzen Tag im Wasser blieb und nur noch zum Essen und Schlafen an Land kam. Den andern fiel auf, daß seine Haut so komisch auszusehen begann, und er ging auch so eigenartig, als ob seine Kniegelenke steif seien. Es dauerte nicht lange, und er kam überhaupt nicht mehr an Land, nicht einmal zu den Mahlzeiten, und sie mußten ihm sein Essen ans Ufer hinuntertragen und es dort hinstellen; dann kam er nach einer Weile angeschwommen und holte es sich. Manchmal sah ihn tagelang niemand. Aber noch immer fing er die Schafe und trieb sie in einen Pferch, den der alte Jackson in einem seichten Nebenarm hatte bauen lassen, und sein Bankkonto wuchs. Hie und da wurden auch wieder Reste von gerissenen Schafen ans Ufer geschwemmt, und Jackson meinte, die Alligatoren seien wieder hinter ihnen her. Aber diesmal konnte er seinen Tieren keine Hörner aufsetzen, denn außer Claude war niemand in der Lage, sie einzufangen; und Claude hatte er seit einiger Zeit nicht mehr zu Gesicht bekommen.

Eines Tages – es war ungefähr zwei Wochen her, seit Claude zuletzt gesehen worden war – gab es ein schreckliches Durcheinander im Schafspferch. Der alte Jackson rannte mit ein paar von seinen Söhnen hin, und als sie dort ankamen, sahen sie, wie die Schafe nach allen Richtungen auszubrechen versuchten und sogar wieder an Land wollten. Plötzlich schoß ein Alligator aus ihrer Mitte heraus, und da wußte der alte Jackson, was die Tiere so erschreckt hatte.

Aber dann sah er unmittelbar hinter dem Alligator Claude. Und Claude sah verändert aus; seine Augen hatten sich seitlich verschoben, sein Mund war viel breiter geworden, und er hatte längere Zähne bekommen. Und da wußte der alte Jackson, was den Alligator so erschreckt hatte. Das war das Letzte, was sie von Claude sahen.

Nicht lange danach wurden die Menschen an allen Badesträndenränden der Küste des Golfs von Mexiko von Haifisch-Panik befallen. Es schien sich nur um einen einzelnen Hai zu handeln, der hinter den weiblichen Badegästen her war, vor allem hinter Blondinen. Da wußten sie, das konnte nur Claude Jackson sein. Er war immer hinter Blondinen her gewesen.«

Fairchild verstummte. Die Nichte quietschte, sprang auf und schlug ihm auf den Rücken. Jennys runde unbeschreibliche Augen waren auf ihn gerichtet und verrieten völliges Unverständnis. Der Semitische saß in sich zusammengesunken, und es war nicht zu erkennen, ob er eingeschlafen war.

Major Ayers starrte Fairchild lange an. Schließlich wollte er wissen: »Und warum trägt jetzt der mit den Alligatoren immer hohe Stiefel?«

Fairchild dachte eine Weile nach. Dann verkündete er dramatisch: »Weil er Schwimmhäute hat.«

»Ach so.« Major Ayers hatte verstanden. »Aber der andere,

der, der reich geworden ist . . .« Die Nichte quietschte wieder. Sie saß neben Fairchild und sah ihn bewundernd an.

»Weiter, weiter«, drängte sie. »Jetzt noch das von dem, der das Geld geklaut hat – Sie wissen schon.«

Fairchild sah sie freundlich an. Ein sacharinsüßer Fetzen Musik wehte durch das Schweigen. »Das Grammophon«, stellte er fest. »Wir wollen raufgehen und ein bißchen tanzen.«

»Noch die Sache mit dem, der das Geld geklaut hat.« Die Nichte bestand auf ihrem Wunsch. »Bitte!« Sie legte ihm die Hand auf die Schulter.

»Ein andermal«, versprach er und stand auf. »Jetzt wollen wir raufgehen und tanzen.« Der Semitische saß noch zusammengesunken in seinem Sessel; Fairchild rüttelte ihn. »Wach auf, Julius. Ich bin wieder ungefährlich.«

Der Semitische schlug die Augen auf, und Major Ayers erkundigte sich: »Wieviel haben sie eigentlich verdient mit ihrer Fisch-Rancherei?«

»Nicht so viel, wie sie mit einem wohlschmeckenden Abführmittel verdient haben würden. Es essen nämlich nicht alle Amerikaner gern Fisch. So, und jetzt kommt endlich mit; wir wollen den großen Tanzabend veranstalten, wegen dem sie uns dauernd auf die Nerven gegangen sind.«

Neun Uhr

»Sag mal«, begann die Nichte, als sie mit Jenny an Deck hinaufgingen, »erinnerst du dich noch an unseren Tausch vorgestern abend? Den Ausdruck von dir, den ich gebrauchen darf, wenn ich dich meinen benutzen lasse?«

»Dunkel«, antwortete Jenny. »Ich erinnere mich, daß wir getauscht haben.«

»Hast du ihn schon gebraucht?«

»Ich kann ihn mir nicht merken«, gestand Jenny. »Ich vergeß immer, was du mir gesagt hast . . . außerdem hab ich jetzt einen neuen.«

»Wirklich? Von wem denn?«

»Von dem mit den Glupschaugen. Von dem Engländer.«

»Von Major Ayers?«

»Hm, hm. Gestern abend ha'm wir uns bißchen unterhalten, und er hat unbedingt mit mir nach Mandeville rüber gewollt. Hat er immer wieder gesagt. Und heute morgen hat er so getan, als wenn er meint, ich mein, wir gehen wirklich. Wie verrückt hat er sich angestellt.«

»Was hat er denn gesagt?« Jenny wiederholte es: Ein Gemisch aus Pidgin-Englisch und Hindustani, das Major Ayers im Hafenviertel von Singapur aufgeschnappt haben mochte oder in einem zweifelhaften Lokal irgendwo an der Sunda-Straße; aber als Jenny es sagte, klang es nach gar nichts.

»Was?« fragte die Nichte. Jenny wiederholte es noch einmal.

»Also ich finde, es macht nichts her«, meinte die Nichte. »Hat er das so gesagt?«

»Ich hab's so verstanden«, erwiderte Jenny.

Die Nichte meinte nachdenklich: »Männer fluchen schon allerhand zusammen, wenn der Tag lang ist. Und mit dir fluchen sie immer. Was machst du eigentlich mit ihnen?«

»Ich mach gar nichts mit ihnen«, antwortete Jenny. »Ich red bloß mit ihnen.«

»Na, auf alle Fälle fluchen sie. Ach, übrigens, du kannst den Ausdruck wiederhaben, den du mir geliehen hast.«

»Hast du ihn mal ausprobiert?« Jenny war voller Interesse.

»Ja. Bei diesem rothaarigen Gordon.«

»Der ersoffen war? Und?«

»Er hat mich verdroschen.« Die Nichte rieb sich mit braunen, erinnernden Händen ihre Kehrseite. »Fürchterlich verdroschen.«

»Na so was«, sagte Jenny.

Zehn Uhr

Fairchild trommelte seine Wache zusammen, labte sie und schleppte sie wieder an Deck. Die Damen begrüßten ihr Erscheinen mit gemischten Gefühlen. Mr. Talliaferro tanzte mit Jenny, und die Nichte gab mit Pete, der seinen ramponierten Hut aufhatte, in gekonnter und geschlechtsloser Hingabe eine Vorstellung, die fast professionell wirkte. Der Rest der Gesellschaft sah den beiden zu.

»Ui«, machte Fairchild, der Pete und die Nichte mit wachsender, geradezu kindlicher Begeisterung beobachtete. Im Augenblick standen sich die beiden auf halbe Distanz gegenüber, die Oberkörper steif bis zu den Hüften. Von da abwärts waren sie wie erstaunlich gelenklose Spielzeuge anzusehen; ihre Beine schienen nach allen Richtungen zu fliegen, bis die Knie fast den Boden berührten. Dann faßten sie sich an den Händen und wirbelten rasend umeinander, ohne daß eine Unterbrechung in dem irren Staccato der Absätze entstanden wäre. »Hallo, Major, sehen Sie sich das mal an! Schau doch mal, Julius. Los, das muß ich auch probieren.«

Er führte seine Mannen zum Angriff. In diesem Moment war das Grammophon abgelaufen; er wies den Semitischen an, sich darum zu kümmern, und begab sich zu Pete und der Nichte. »Sagt mal, ihr seid ja richtige Professionals, ihr zwei. Du, Pete, laß mich doch mal mit ihr tanzen, ja? Sie muß mir zeigen, wie ihr das macht. Zeigst du's mir? Pete hat nichts dagegen.«

»Na schön«, erklärte sich die Nichte bereit. »Ich zeig's Ihnen. Das schulde ich Ihnen schon wegen der Geschichte beim Abendessen.« Sie legte die Hand auf Petes Arm. »Lauf nicht weg, Pete. Ich zeig's ihm rasch, dann kann er's an den andern ausprobieren. Lauf nicht weg, du bist ein guter Partner. Vielleicht kümmerst du dich mal bißchen um Jenny inzwischen; sie muß ziemlich fertig sein: der lehnt sich jetzt schon ne halbe Stunde bei ihr an. Jetzt paß auf, Dawson, das geht so . . .« Sie hatte keine Knochen.

Auch Major Ayers und der Semitische hatten Partner gefunden, wenn auch etwas gesetztere. Major Ayers galoppierte umher wie eine Dragonerattacke, und Miss Jameson keuchte, als die Platte abgelaufen war. Sie erbot sich, den nächsten Tanz auszusetzen, aber Fairchild ließ es nicht zu. Er glaubte, er hätte den Trick heraus. »Wir wollen der Alten mal Leben in die Bude bringen«, rief er.

Major Ayers, durch Fairchilds Beispiel angestachelt, forderte selber nun die Nichte auf. Mr. Talliaferro, dem Jenny entzogen war, verbeugte sich vor Mrs. Wiseman; der Semitische hüpfte mit der Gastgeberin umher. »Wir schmeißen die Party schon«, krähte Fairchild. Sie waren von der Leine gelassen.

Von irgendwoher war Gordon aufgetaucht und sah, im Schatten stehend, zu. »Na los, Gordon«, brüllte Fairchild, »schnapp dir eine!« Als die Musik schwieg, löste Gordon den Major ab. Die Nichte sah überrascht hoch, und Major Ayers entfernte sich in Richtung auf Jenny.

»Ich wußte gar nicht, daß du tanzt?« sagte sie.

»Warum nicht?« fragte Gordon.

»Du siehst nicht so aus, irgendwie. Außerdem hast du zu Tante Pat gesagt, du kannst nicht tanzen.«

»Ich kann's auch nicht«, antwortete er und starrte auf sie herab. »Bitter«, sagte er langsam, »du bist bitter. Und frisch wie Baumrinde, wenn der Saft steigt.«

»Gibst du's mir?« Er schwieg. Sie konnte sein Gesicht nicht genau erkennen; sie sah nur den Umriß des bärtigen Kopfes. »Warum willst du's mir denn nicht geben?« Wieder keine Antwort; sein Kopf stand gegen den Himmel, häßlich und wie aus Bronze. Fairchild zog das Grammophon wieder auf; ein Saxophon jaulte Obszönes, und sie hob die Arme. »Na komm schon.«

Als dieser Tanz vorüber war, raste Fairchilds Wache wieder nach unten, und Mr. Talliaferro nahm die Gelegenheit wahr und schlich sich heimlich hinterher. Fairchild und Major Ayers waren von einer ekstatischen Redseligkeit besessen, und die Kabinenwände zitterten förmlich vor Radau. Dann rasten sie wieder an Deck.

»Geben Sie Obacht, Talliaferro«, warnte Fairchild, als sie auf der Treppe waren. »Sie überwacht Sie. Haben Sie wenigstens schon mit ihr getanzt?« Das hatte Mr. Talliaferro noch nicht getan. »Wenn Sie's tun, atmen Sie lieber in die andere Richtung.«

Er führte seine Mannen zum Angriff. Die Damen machten Einwände, aber Fairchild war überall, schmeichelnd, drohend – die Seele der Party. Er brachte der Alten mal Leben in die Bude. Mrs. Maurier suchte Mr. Talliaferros Blick. Die Nichte hatte Pete mit Beschlag belegt, und Gordon stand wieder im Schatten, hochmütig und arrogant. Sie waren von der Leine gelassen.

»Ich denke«, sagte Mr. Talliaferro, während er flink und vorsichtig in die Kabine glitt und sein Glas in Empfang nahm, »wir sollten es nicht übertreiben, nicht wahr?«

»Wieso?« erkundigte sich der Semitische, und Fairchild meinte:

»Ach, schon gut. Sie erwartet von uns nichts anderes. Jemand muß schließlich Hoi Polloi sein, nicht wahr. Außerdem wollen wir dafür sorgen, daß diese Fahrt in die Annalen der Schiffahrt eingeht. Was, Major? Aber Talliaferro sollte lieber ein bißchen kurztreten.«

»Oh, wir passen schon auf Talliaferro auf«, beruhigte der Semitische.

»Nur keine Angst«, tröstete ihn Major Ayers. »Na, dann woll'n wir mal, ja?« Sie alle wollten mal. Dann rasten sie wieder an Deck.

»Was treiben Sie eigentlich so in New Orleans, Pete?« fragte Miss Jameson eindringlich.

»Och, so alles mögliche, nicht?« antwortete Pete vorsichtig. »Ich bin bei meinem Bruder im Geschäft.«

»Sie haben wohl massenhaft Bekannte, denk ich mir . . . Sicher wollen alle Mädchen mit Ihnen tanzen gehen. Sie sind einer der besten Tänzer, die ich je gesehen habe – fast wie ein Berufstänzer. Ich tanze auch gern.«

»Aha«, sagte Pete zustimmend. Er war nervös. »Ich glaube, ich . . .«

»Ich überlege mir gerade, könnten wir beide nicht gelegentlich mal einen Abend zusammen ausgehen und wieder tanzen? Ich komme wenig in Nachtlokale, weil kein wirklich guter Tänzer unter den Männern ist, die ich kenne. Aber ich hätte schon Spaß daran, mit Ihnen.«

»Ja, sicher«, antwortete Pete. »Na, ich muß wohl . . .«

»Ich werde Ihnen meine Telephonnummer geben und meine Adresse, und dann müssen Sie mich bald einmal anrufen, ja? Sie könnten zum Abendessen kommen, und hinterher gehen wir aus.«

»Klar«, antwortete Pete unbehaglich. Er nahm den Hut ab

und betrachtete ihn. Dann stülpte er ihn wieder schräg auf den dunklen, kühnen Kopf. Miss Jameson fragte:

»Treffen Sie nie Verabredungen im voraus, Pete?«

»Nee«, erwiderte er rasch. »Frühestens am gleichen Tag. Ich rufe immer an und hole ab und bringse rechtzeitig heim für die Arbeit am nächsten Tag. Ich bin nicht für Verabredungen, wo ich bis morgen darauf warten muß.«

»Ich auch nicht. Aber ich will Ihnen etwas vorschlagen: Machen wir doch einmal eine Ausnahme; verabreden wir uns für den ersten Abend an Land – was meinen Sie? Sie kommen zum Essen zu mir, und dann gehen wir tanzen. Ich habe einen Wagen.«

»Ich . . . also sehen Sie mal . . .«

»Ja, so machen wir es«, fuhr Miss Jameson unbarmherzig fort. »Nicht vergessen, ja? Ehrenwort?«

Pete stand auf. »Ich meine, wir . . . Ich meine, ich versprech lieber nix. Es kann doch was dazwischen kommen, nicht, und ich . . . und wir schaffen's dann nicht. Ich meine . . .« Sie saß regungslos und sah ihn an. »Es ist besser, wir warten und machen was aus, wenn wir zurück sind. Vielleicht muß ich gleich verreisen, verstehn Sie. Besser wir warten ab, was sich ergibt.«

Noch immer sagte sie nichts; und dann löste sich ihr geduldiger, nüchterner Blick und wanderte hinaus auf das dunkle Wasser; Pete stand unbehaglich daneben und fühlte den Drang, um jeden Preis weiterzureden. »Ich denk, es ist besser, wir warten erst mal ab, nicht?«

Ihr Kopf blieb abgewandt. Da schlich er sich weg. Er blieb noch einmal stehen und sah sich nach ihr um. Sie starrte noch immer auf das Wasser hinaus: elend und leidend und klaglos, unbeweglich im Schatten des Sessels.

Als er sie umarmte, nahm Jenny ihm den schiefsitzenden Hut ab und betrachtete den eingedrückten Kopfteil mit sanftem Staunen; das Mißgeschick fiel ihr wieder ein. Dann schmiegte sie sich, noch immer den Hut in der Hand, mit einer fließenden, einhüllenden Gebärde an ihn; es sah so aus, als bewege sie sich nicht dabei. Ihre Gesichter verschmolzen, und im selben Augenblick schien Jenny keine Knochen mehr zu haben; ihre hingebende Reife hing nur an dem weichen Mund, der sich unter dem seinen öffnete ... Nach einer Weile hob Pete den Kopf. Jennys Gesicht war passive, müde Verschwommenheit im Dunkel; Pete zog ein nicht sehr sauberes Taschentuch hervor und wischte ihr sanft den Mund ab.

»Na, hastes hinter dir, ja?« sagte er. Willenlos versanken sie in einer unsichtbaren Welt, lau wie Wasser, erfüllt und wunderbar, seltsam und gedämpft und ernst unter dem abnehmenden Mond der Verwesung und des Todes ...

»Gib deinem Alten mal'n Kuß, Mädchen ...«

Ohne zu klopfen trat die Nichte in die Kabine ihrer Tante. Mrs. Maurier hob das erstaunte, quietschende Gesicht und zerrte ein formloses Kleidungsstück über den eben erst vom Korsett befreiten Busen, wie Frauen das so an sich haben. Nachdem sie sich notdürftig von dem Schrecken erholt hatte, lief sie schwerfällig zur Tür hinüber und schloß ab.

»Ich bin's bloß«, sagte die Nichte beruhigend. »Hör mal, Tante Pat ...«

Die Tante schnaufte; Busen und mehrere Kinne wogten ungehindert. »Warum klopfst du denn nicht an? Du solltest nie ein Zimmer so einfach betreten. Hat Henry dir denn nie ...«

»Klar hat er mir das gesagt«, unterbrach die Nichte. »Sagt er mir dauernd. Hör mal, Tante Pat, Pete meint, du mußt ihm den Hut bezahlen. Weil du draufgetreten bist, weißt du.«

Ihre Tante starrte sie an. »Was?«

»Du bist doch auf seinen Hut getreten. Und er und Jenny, die beiden meinen, du mußt den Hut bezahlen. Oder du solltest es wenigstens anbieten. Wenn du's ihm anbietest, wird er's wahrscheinlich gar nicht nehmen.«

»Er meint, ich soll den Hut bez ...« Mrs. Mauriers Stimme verlöschte in schockierter, lautloser Verwunderung.

»Ja, das meinen sie ... Ich sag's dir nur, weil ich's ihnen versprochen habe. Du mußt natürlich nicht, wenn du nicht willst.«

»Er meint, ich soll den Hut ...« Wieder wurde Mrs. Maurier von ihrer Stimme im Stich gelassen, und die Verwunderung nahm vollends Besitz von dem runden Gesicht. Es sah interessant aus. Das Chaos stand darin. Dann erstarrte das Gesicht, wurde bestimmt, wurde kalter, entschlossener Unwille, und sie fand ihre Stimme wieder.

»Ich habe diese Leute eine Woche lang gefüttert und beherbergt«, stellte sie unfreundlich fest. »Ich fühle keinerlei Verpflichtung, sie auch noch zu kleiden.«

»Also, ich hab ja nur davon angefangen, weil ich's doch versprochen hatte«, wiederholte die Nichte besänftigend.

Mrs. Maurier, Jenny und die Nichte hatten sich zurückgezogen; Mr. Talliaferro stellte es mit gemischten Gefühlen, aber doch auch mit einer gewissen Erleichterung fest. Zwei waren indessen noch übriggeblieben. Sie tanzten abwechselnd mit ihnen.

Major Ayers, Fairchild und der Semitische rannten wieder nach unten. Diesmal folgte Mr. Talliaferro ihnen offen, wenn auch nicht mehr ganz gradlinig.

»Na, geht's denn voran?« wollte Fairchild wissen; er hielt im Einschenken inne. Mr. Talliaferro stieß einen feuchten Laut der Ablehnung aus und schielte nach den beiden anderen. Sie betrachteten ihn mit freundlicher Anteilnahme. »Ach, die beiden sind doch in Ordnung«, beruhigte ihn Fairchild. »Die sind ebenso darauf aus, daß sie's hinter sich kriegen, wie ich.« Er stellte die Flasche griffbereit ab und nahm einen Schluck aus seinem Glas. »Ich will Ihnen mal was sagen: Schneid ist alles bei Frauen – stimmt's nicht, Major?«

»Recht haben Sie. Immer schneidig: nichts wie ran. Im Sturm muß man sie nehmen.«

»Eben. So müssen Sie's anpacken. Nehmen Sie noch einen.« Er füllte Mr. Talliaferros Glas.

»Genau das ist mein Plan. Schneid. Schneid. Schneid.« Mr. Talliaferro starrte die anderen mit glasigem Blick an. Er versuchte, mit einem Auge zu zwinkern. »Haben Sie gesehen, wie ich mit ihr getanzt habe?«

»Ja, aber das war noch nicht forsch genug. Ich an Ihrer Stelle, ich würde das Ding heute nacht drehen – jetzt gleich. Weißt du, was ich täte, Julius? Ich würde schnurstracks zu ihrer Kabine gehen und reinmarschieren. Er hat den ganzen Abend mit ihr getanzt, er hat mit ihr geredet – das Eis ist doch jetzt gebrochen, nicht wahr? Wetten, daß sie jetzt in ihrer Kabine liegt und wartet; daß sie hofft, er hat Schneid genug und kommt. Wenn er morgen früh erwacht und merkt, daß er die Chance verpaßt hat, dann wird er sich schön dämlich vorkommen, was? Bei einer Frau hat man nur eine Chance. Wenn du die verpaßt, dann ist Feierabend, was dich angeht; und der erstbeste, der vorbeikommt, dem springtse von selbst an den Hals. Der Mann, den eine Frau schließlich kriegt, das ist ja gar nicht immer der, den sie wirklich haben will; meistens ist es der, der vorbeikommt, wenn sie den richtigen gerade nicht gekriegt hat. Und ich, also ich hätte keine Lust, mich wer weiß wie lange zu schinden für wen anders. Hab ich nicht recht?«

Mr. Talliaferro starrte ihn an. Er schluckte zweimal. »Aber angenommen ... Ich meine, stellen Sie sich doch bloß mal vor, sie erwartet mich nicht?«

»Ach wo. Na ja, also, natürlich, das Risiko müssen Sie schon auf sich nehmen. Schneid muß einer schon haben; einer, der einfach in die Kabine geht, so einfach reinlatscht, ohne anzuklopfen, und dann weiter bis ans Bett. Aber wie viele Frauen können dann widerstehen? Also ich, wenn ich eine Frau wäre, ich könnt's nicht. Wenn Sie an ihrer Stelle wären, Talliaferro, könnten Sie widerstehen? Ich habe die Erfahrung gemacht«, fuhr er fort, »daß man mit einem bißchen Schneid so ziemlich alles kriegt in dieser Welt – vor allem Weiber. Aber Schneid muß man eben haben ... Ich wette, Major Ayers hier, der tät's.«

»Klar. Würde einfach reinmarschieren, zum Henker ... Hört mal, ich mach's auch. Welche ist es denn? Doch nicht die Alte?«

»Also gut. Das heißt, wenn Talliaferro nicht will. Er hat schließlich die ganze Vorarbeit geleistet. Aber Schneid muß einer schon haben.«

Tallifarro hat genausoviel Schneid wie andere Männer auch«, meinte der Semitische.

»Nein, wirklich«, wandte Mr. Talliaferro wieder ein, »wenn sie mich aber womöglich doch nicht erwartet ... Nein, nein.«

»Tja, Talliaferro hat eben doch nicht genug Schneid. Vielleicht sollten wir doch lieber Major Ayers gehen lassen. Wir dürfen doch das Mädchen nicht so enttäuschen.«

»Außerdem«, ergänzte Mr. Talliaferro rasch, »hat sie keine Kabine für sich allein.«

»Aber ja. Jetzt hat sie eine für sich allein; die letzte, ganz am Ende des Korridors.«

»Das ist doch die Kabine von Mrs. Maurier«, widersprach Mr. Talliaferro und starrte ihn mißtrauisch an.

»Nein, nein: sie haben doch getauscht. Das Fliegengitter ist kaputt, deswegen haben sie getauscht. Wir haben umräumen geholfen heute nachmittag, Julius und ich. Stimmt's nicht, Julius? Deshalb weiß ich genau, daß Jenny jetzt da drin ist.«

»Aber, ganz im Ernst«, schluckte Mr. Talliaferro, »sind Sie wirklich ganz sicher? Spaß beiseite, ja?«

»Trinken Sie erst noch mal einen«, sagte Fairchild.

Zwölf Uhr

Das Deck lag verlassen. Fairchild und Major Ayers blieben stehen und sahen sich schmerzlich berührt um. Das Grammophon stand stumm, und unter seinem sorgfältig zugeklappten Deckel war keine Auskunft zu erwarten. Sie hielten eilig Kriegsrat, und dann suchten sie eventuelle Nachzügler. Da waren aber keine Nachzügler.

»Mal ne Platte auflegen«, schlug Fairchild schließlich vor. »Vielleicht kommen sie dann wieder rauf. Sie haben wohl gedacht, wir sind schon zu Bett gegangen.«

Der Semitische setzte das Grammophon in Gang, und Fairchild und Major Ayers suchten noch einmal das Deck ab. Vergebens. Der Mond war aufgegangen, und die knochige, ehemals runde Scheibe war in den Himmel gedrückt wie eine Münze, die von vielen Händen abgeschliffen ist.

Mrs. Maurier holte den Kapitän aus dem Bett, und gemeinsam begaben sie sich in Fairchilds Kabine. »Aber alle«, ordnete sie an, »jede einzelne.« Der Kapitän fand alle. »Und jetzt machen Sie mal das Fenster auf.«

Sie gab dem Kapitän noch weitere Anweisungen, und nachdem das Werk beendet war, kehrte sie in ihre Kabine zurück und ließ sich auf die Bettkante sinken. Durch das Bullauge fiel Mondlicht in den Raum, fast waagrecht, wie eine Lanze, wie ein Marmorbleistift, der zerbrach und alles mit dünnem Silberstaub bedeckte. Wie Marmor. »Endlich!« flüsterte sie. Sie war sich ihres Körpers sehr bewußt, ihres schweren Körpers, der mit den Jahren seine Straffheit verloren hatte. Jetzt müßte ich glücklich sein, sagte sie zu sich selbst, ich müßte glücklich sein; aber ihre Glieder kamen ihr frostig vor und fremd, und in ihrem Innern schwoll etwas Schreckliches, furchtbar und giftig und plötzlich befreit wie Wasser, das zu lange gestaut worden ist: Es war, als sei etwas in ihrem bequemen, altvertrauten Leib im Erwachen begriffen, das dort schlafend gehaust hatte und das sie in sich getragen hatte, ohne es zu wissen.

Sie saß auf der Bettkante und fühlte die seltsame Kälte in ihren Gliedern, während das Schwellende in ihr sich entfaltete wie eine verzweigte, giftige Blume; es war wie das langsame, mühselige Aufbrechen von Blütenblättern, die wuchsen und verwelkten, schließlich abfielen und neuen, größeren und unerbittlicheren Blütenblättern Platz machten. Ihre Glieder waren fremd und kalt; sie zitterten. Die dunkle Blume des Lachens, jene verborgene, entsetzliche Blume wuchs und wuchs, bis der ganze Kosmos, den diese Patricia Maurier darstellte, nur noch aus einer einzigen, langsam emporkreiselnden Hysterie bestand, die ihre Kehle erreichte und sie wie mit unzähligen kleinen Händen schüttelte, während ein sacharinsüßer Fetzen Musik von Deck herunterwehte, von heftig stampfenden Füßen untermalt, weil Major Ayers von Fairchild den Charleston beigebracht bekam.

Und dann war da ein anderes Geräusch; die *Nausikaa* erzitterte und nahm Fahrt auf.

Mr. Talliaferro stand am Bug und ließ sich den Wind ins Gesicht blasen. Der abgegriffene Mond war aufgegangen und hatte die knochenlose Hand auf das ruhelose Wasser gelegt, und die kalten, fernen Sterne hingen oben, kalt und fern und ohne Neugier: Was ging sie die zerquälte Verzweiflung an, die in seinem Gesicht stand, und die gedämpfte Verzweiflung an seinem Herzen? Sie hatten schon zu viel menschliche Qual und Unentschlossenheit und Verwirrung gesehen, als daß die Tat-

sache sie hätte berühren können, daß Mr. Talliaferro sich ver-
lobt hatte.

... Und dann war da ein Geräusch; die *Nausikaa* erzitterte
und nahm Fahrt auf.

Plötzlich blieb Fairchild stehen und hob Ruhe heischend die
Hand. »Was war das?« fragte er.

»Was war was?« erkundigte sich Major Ayers, der gleichfalls stehengeblieben war und ihn erstaunt ansah.

»Ich dachte, ich hätte was ins Wasser fallen hören.« Er ging
zur Reling und beugte sich hinaus. Major Ayers folgte ihm,
und sie lauschten. Aber aus dem dunklen, ruhelosen Wasser
drang kein fremder Laut; die Nacht war still, und wie eine
Insel hing die abgegriffene Mondscheibe darin.

»Vielleicht der Steward; hat wahrscheinlich Grapefruit über
Bord geschmissen«, meinte Major Ayers schließlich. Sie wandten sich ab.

»Hoffentlich«, sagte Fairchild. »Musik, Julius!«

Und dann war da ein anderes Geräusch; die *Nausikaa* erzitterte und nahm Fahrt auf.

EPILOG

I

DAS WASSER DES SEES hatte Jennys grünes Kleidchen seltsam verändert. Es war nach dem Trocknen
nicht gebügelt worden; es war zerknüllt, war hier zu
eng geworden und dort zu weit. Die Rückseite des Rocks zum
Beispiel ließ zwischen dem Saum und dem oberen Rand der
schmutzigen Strümpfe einen Streifen rosigen Fleisches sehen.

Aber dies alles kam ihr gar nicht zu Bewußtsein, als sie in der
Canal Street auf ihre Straßenbahn wartete und Petes ramponierten Hut, schräg sitzend wie immer, in der Menge verschwinden sah. Ihre kleine, dreckige Hand umklammerte den
Dime, den er ihr fürs Fahrgeld gegeben hatte. Dann kam die
Straßenbahn; sie stieg ein, gab dem Fahrer ihren Dime, bekam
ihn gewechselt und steckte sieben Cents in den Automaten.
Männer sahen sie an: unrasierte und hemdärmelige Männer;
alte Knacker und frische, junge Männer; Männer, die nach
Rasierwasser und Bayrum und Schweiß rochen, und andere, die
nur nach Schweiß rochen – alle betrachteten sie mit dem gleichen feuchten, verworfenen Hundeblick. Sie ging den Mittel-
gang entlang, reif und gelassen und ohne Hemmungen. Dann
ruckte der Wagen plötzlich nach vorn, und sie saß auf dem
Schoß eines dicken, zeitunglesenden Mannes, der einen steifen
Hut trug; er blickte nur kurz hoch, rückte beiseite und war
wieder hinter seiner Zeitung verschwunden.

Die Bahn fuhr summend, ruckte, hielt, ruckte wieder an und
fuhr summend weiter zwischen schiefen alten Häusern hindurch, die rings umlaufende Balkone hatten, deren alte Eisen-
brüstungen an schöne, vergilbte Spitzen erinnerten; vorbei an
kreischenden Kindern, aus dem Süden Europas hierher ver-

pflanzt, die wild und sanft zugleich waren, wie Tiere, und fröhlich unter ihrem Dreck; durch Gerüche von kalt gewordenem fettem Essen, Gerüche, die fett genug schienen, um den, der sie einatmete, durch die Lungen zu ernähren; an Frauen vorüber, die, in bunte, schmutzige Schals gehüllt, in den Türen lehnten und den Nachbarinnen etwas zuschrien. Die drei Cents in ihrer Rechten waren warm und feucht geworden, und sie nahm sie in die Linke und wischte die rechte Handfläche am Schenkel ab.

Dann wurde die Straße breiter, und die Häuserfronten glatt und rechtwinklig; Bäume trugen die grüne Müdigkeit des späten August in ihren Blättern, und die moderne Zivilisation präsentierte sich in Gestalt einer Tankstelle. Jenny stieg aus und ging zu Fuß weiter; an Häusern entlang, die einst vornehme Individualität gehabt haben mochten, aber nun irgendwie schäbig geworden waren; unter ihrem Schutz sahen sie einander zum Verwechseln ähnlich. Schließlich erreichte sie ein eisernes Hoftor, trat ein und schritt den schmalen, zementierten Weg zwischen Beeten entlang, auf denen die Blumen noch nie so recht hatten gedeihen wollen, und weiter über die Veranda ins Haus.

Ihr Vater arbeitete in der Nachtschicht, und jetzt saß er, die sockenbekleideten Füße unter dem Tisch neben die Pantoffeln gestellt, beim Abendessen, das – es war Freitag – aus Makrelen, Bratkartoffeln, Kaffee und einer Abendzeitung bestand. Er wischte sich den Schnurrbart mit dem Handrücken ab.

»Wo hasten du gesteckt?«

Jenny hatte den Hut abgenommen, als sie ins Zimmer getreten war. Jetzt ließ sie ihn auf den Boden fallen und näherte sich mit einem Flankenmanöver. »Aufm Schiff«, antwortete sie. Ihr Vater wollte aufstehen; sein Gesicht war rot angelaufen, und Erleichterung und Ärger mischten sich darin.

»Ja bildste dir vielleicht ein, du kannst so einfach abhauen, und keinem Aas sagste was, und dann kommste so einfach wieder reingeschneit...« Aber Jenny kriegte ihn zu fassen, drückte ihn auf den Stuhl zurück, indem sie sich auf seinen Schoß gleiten ließ und gab ihm trotz seines Widerstandes einen Kuß auf den Makrelenbart und hinderte ihn so am Sprechen, während sie die unbestimmt-rosige Leere ihres Gedächtnisses durchforschte. Dann fiel es ihr wieder ein.

»Ach, mach's doch halblang«, sagte sie; »sei nicht so bockbeinig.«

2

Pete war das Baby; er war natürlich noch viel zu jung, um es zu wissen, aber die Neonschrift mit dem Familiennamen war tatsächlich das äußere Zeichen eines Umschwungs: des phönixhaften wirtschaftlichen Aufstiegs aus der kalten Asche der Ehrbarkeit und aus einem kleinen Restaurant, in dem italienische Arbeiter verkehrten, zur endgültigen und vollständigen Amerikanisierung der Familie, da das Vermögen, wie die meisten amerikanischen Vermögen, durch die Umgehung gesetzlicher Schranken entstanden war.

Vor 1919, da war man in einen schmuddeligen Raum getreten, in dem die fetten, schweren Gerüche der italienischen Küche hingen; man saß am Tisch, umgeben von italienischen Gesichtern und freimütigen italienischen Eßgeräuschen; auf dem Tisch lag eine lustig rot-weiß-karierte Wachstuchdecke mit vielen Flecken, und man bekam sofort etwas zu essen hingestellt. Vielleicht kam die alte Ginotta selbst eilig mit der Suppe an, den Daumen im Teller und ein munteres Wort auf den Lippen; oder Joe servierte, mit bloßen Armen, geschickt und schweigend, während Mr. Ginotta, die speckige Schürze umgebunden, an dem Tisch stand, an dem seine engeren Freunde saßen, und mit ihnen schwätzte. Und wenn man lange genug über der Banane oder den sichtlich durch viele Hände gegangenen Trauben trödelte, dann bekam man vielleicht auch Pete zu Gesicht: Pete in einem sauberen, verblichenen Hemd und abgeschabter Kordhose, den Kopf voller dichter Locken, mit eigenartig goldfarbenen Augen, zwölf Jahr alt und schön, wie nur ein italienischer Junge schön sein kann.

Aber nun war das alles anders geworden. Wo der schmuddelige Raum mit seinem Dielenboden und den Essensgerüchen gewesen war, war nun eine Tanzfläche aus gewachsten Steinfliesen, die auf der einen Seite von einer Spiegelfront, auf der anderen von einer Reihe von Nischen begrenzt wurde, in denen ein Tischchen und zwei Sessel standen, die von diskreten Tischlampen in ein verdächtiges und zugleich unmißverständliches rosa Licht getaucht wurden und mit dicken, kastanienbraunen Ripsvorhängen versehen waren. Und wo man früher eine kräftige Mahlzeit bekommen hatte, sehr italienisch und sehr preiswert, da bezahlte man jetzt so viel, daß es gar nicht mehr nötig war, von den Gerichten auch noch zu essen: Platten voller Spaghetti und gegrilltem Geflügel wurden nicht mehr von dem hemdärmeligen, geschickten und schweigsamen Joe, sondern von befrackten Kellnern serviert, deren Gesichter glattgebügelt waren und älter als die Sünde – Platten, die hier nur zum Bühnenfundus der ältesten und langweiligsten Komödie der Welt dienten, wurden von diesen Kellnern mit einer Art allgegenwärtiger Clairvoyance serviert und später wieder so gut wie unberührt in der Küche abgeliefert. Und aus der Küche drangen keinerlei Essensgerüche mehr.

Es war Joes Idee gewesen. Joe, fünfundzwanzig und der amerikanischste in der Familie, hatte die Zeichen der Zeit erkannt; er hatte auf die anderen eingeredet, die Oberhand gewonnen und am Ende recht behalten. Mr. Ginotta war der Wohlstand nicht bekommen. Einmal fürchtete er sich vor der neuen Tanzfläche: die war zu glatt, war geradezu gefährlich für einen Mann seines Alters und Leibesumfangs. Und wenn er aus der Küche – aus dieser Küche, in die er sich mit der dreckigen Schürze nicht mehr hineintraute – wenn er von dort in das Lokal hinauslugte, in dem früher alle seine Freunde gesessen hatten, wo es laut und fröhlich zugegangen war, wenn sie aßen; wo die Essensgerüche alles eingehüllt hatten ...

Aber nun war das alles ganz anders geworden. Er kannte noch nicht einmal die Kellner; das Essen, das sie hin und her trugen, war gar kein richtiges Essen; und was er zu hören bekam, das war ein schwülstiges Pandämonium von Saxophon und Schlagzeug, übertönt von schrillem, metallischem Frauenlachen ohne Fröhlichkeit und ohne Ende; und was er roch, war ein Gemisch von Tabak und Alkohol und lasterhaftem Parfüm. Und aus der Küche drangen keine Essensgerüche mehr; sogar sein Kohlenherd war verschwunden, verdrängt von einem Ölofen.

So starb er schließlich, reich an Jahren und sehr reich an Kontoauszügen gemessen: sein Konto war größer als das der meisten italienischen Fürsten heutzutage. Als er starb, hatte Mrs. Ginotta die Grippe; es schlug ihr auf die Ohren, und im Laufe der Zeit wurde sie stocktaub. Und weil alle ihre alten Freunde nun anderswo essen gingen und die neuen Gäste erst spät kamen, wenn sie schon zu Bett gegangen war, weil ihr Mann tot und ihre Söhne richtige Amerikaner geworden waren, betriebsam und reich und mundfaul, und auch vor den fremden Kellnern hatte sie ein bißchen Angst – nun, aus all diesen Gründen gewöhnte sich die alte Dame das Reden schließlich überhaupt ab. Sie kochte das Essen für ihre Söhne, auf dem neuen Ofen, vor dem sie auch ein bißchen Angst hatte; aber sie waren so viel unterwegs, daß es nicht einfach war, ihre Essenszeiten vorauszuahnen; und weil ihre Augen nachgelassen hatten und sie keine Näharbeit mehr verrichten konnte, brachte sie die Zeit damit hin, oben in der Wohnung umherzustöbern oder in einer Ecke der Küche, wo sie niemand im Weg war und dann Gemüse schnippelte oder dergleichen – Beschäftigungen, bei denen es nicht auf besondere Sehkraft oder Aufmerksamkeit ankommt.

Das Lokal selbst betrat sie nie; aber von ihrer Küchenecke aus konnte sie gelegentlich die weltmännisch-versnobte Gelenkigkeit des Saxophonisten und die rhythmisch zuckenden Ellbogen des Schlagzeugers beobachten, und vor Jahren hatte sie auch den Lärm gehört, den sie machten. Aber das war schon lange her, und sie hatte es vergessen; sie nahm nur noch ihre Verrenkungen wahr, wie sie alle übrigen Veränderungen wahrnahm, und verband keinerlei akustische Vorstellungen damit. Joe besaß jetzt mehrere Automobile – große, auffallende Wagen; und er versuchte, sie immer wieder dazu zu überreden, sich spazierenfahren zu lassen. Obgleich sie dies jedesmal hartnäckig ablehnte, war sich die Nachbarschaft darüber einig, daß die Ginotta-Jungen sich rührend um die alte Dame kümmerten.

Aber Joe mit seinem schlauen, schweigsamen Gesicht, mit dem lichtwerdenden Haar, Joe in dem gestreiften Seidenhemd, das sich straff über dem beginnenden Embonpoint spannte – Joe stand mit dem Oberkellner am Bufett und hielt in seiner

Beschäftigung inne, um den Blick voller Stolz durch das Lokal schweifen zu lassen, über die hochmoderne Einrichtung, über die fliesenbelegte Tanzfläche, über Lampen und Spiegel hin. Mit stiller Besitzerfreude wanderte der Blick an der Spiegelfront entlang zu dem diskreten Vorhang an der Eingangstür, über der außen die Neonschrift hing, ein Ritterschlag gleichsam, mit dem der Amerikanisationsprozeß abgeschlossen worden war, und in goldenen Lettern seinen Namen durch Regen und Nebel blitzen ließ bis hinauf zu den fernen, verrückten Sternen. Dann traf der Blick auf seinen Bruder, der, den ramponierten Hut trotzig aufs Ohr geschoben, unter der Leuchtschrift das Lokal betrat.

Joe hielt ein Banknotenbündel in einer Hand; die andere schwebte mit bereits angefeuchtetem Finger darüber, und so beobachtete er Pete, wie er den spiegelgeschmückten Raum der Länge nach durchmaß.

»Wo, zum Deibel, haste dich rumgetrieben?« wollte er wissen.

»Aufm Land«, antwortete Pete kurz. »Was zu essen da?«

»Ja, auch noch!« rief sein Bruder. »Ich darf zwei Tage lang einen Mann heuern, weil du dich in der Weltgeschichte rumtreibst, und dann kommste glücklich heim und redest vom Essen. Hier . . .« Er legte das Banknotenbündel beiseite und zog einen Stoß kleiner Zettel aus einer Schublade, die er rasch durchblätterte. Der Oberkellner zählte methodisch Geldscheine, ohne sich dabei stören zu lassen. »Bis Mittag hab ich ihr das Zeug versprochen. Mach dich gefälligst auf die Socken und fahr's raus zu ihr . . . da haste die Adresse. So, und jetzt laß den Quatsch. Essen! Du spinnst wohl!« Aber Pete hatte sich schon an ihm vorbeigeschoben, ohne auch nur stehenzubleiben. Sein Bruder folgte ihm. »Sofort, hab ich gesagt.« Er hob die Stimme. »Ja, glaubst du denn, du kannst hier einfach abhauen und ne Woche wegbleiben, oder wie lang's dir paßt? Denkste vielleicht, der Laden hier gehört dir?«

Die Alte erwartete ihn in der Küche. Sie redete so gut wie nichts mehr; sie stieß nur noch hie und da einen Laut aus, einen feuchten Laut der Befriedigung oder des Schreckens; und wie sie jetzt das Gesicht ihres Älteren sah, stieß sie solche Laute aus, während sie von einem zum anderen blickte, ohne indessen

Anstalten zu machen, sich zu nähern. Pete trat ein, und sein Bruder blieb in der Tür stehen. Die Alte schlurfte zum Herd und brachte einen Teller voll aufgewärmter Spaghetti mit Fisch, den sie vor Pete auf die verzinkte Metallplatte des Tischs stellte. Sein Bruder stand in der Tür und sah zornig zu.

»Du sollst dich da nicht häuslich niederlassen, hab ich gesagt. Los, mach daß du weiterkommst; essen kannste hinterher.«

Aber die Alte dibberte umher und errichtete zwischen den Brüdern die hartnäckige Schranke ihrer Taubheit; wieder stieß sie unruhige Laute aus, die schließlich zu einer Art von Summen wurden, das keinerlei Bedeutung hatte; sie hielt sich zwischen den beiden, schob Pete den Teller näher und streichelte ihn, während sie ihm Messer und Gabel in die Hand drückte. »Vorsicht«, sagte Pete schließlich und schob ihre Hände beiseite. Joe stand in der Tür und sah böse zu; aber ließ sie gewähren, wie gewöhnlich.

»Eil dich wenigstens«, knurrte er und wandte sich zum Gehen. Sobald er weg war, kehrte die Alte zu ihrem Stuhl und zu dem Gemüse zurück, das sie gerade hatte putzen wollen.

Pete aß heißhungrig. Vom Lokal drangen Geräusche herüber: unverständliche Worte, und jemand fegte aus. Dann wurde die vordere Eingangstür aufgestoßen, schloß sich wieder, und über dem raschen Klappern von Absätzen sagte eine Frauenstimme etwas zu Joe, kam aber näher ohne einzuhalten; und als Pete den Kopf hob, trat das Mädchen auf billigen, hohen Absätzen ein, über denen unwahrscheinlich lange, hellbestrumpfte Beine zu sehen waren, die ziemlich hoch oben unter einem engen dunklen Rock verschwanden. Das Mädchen mit dem geschminkten, leidenschaftlichen Gesicht unter der kleinen, hellen Glocke des Hutes war trotz der schrillen Talmihaftigkeit seiner Erscheinung geschmeidig und graziös wie ein schlanker Baum.

»Wo hasten gesteckt?« erkundigte sie sich.

»Weg. Mit paar Weibern.« Er aß weiter.

»N paar?« fragte sie schnell und sah ihn scharf an.

»Hm, hm. Fünf oder sechs. Deswegen hat's so lang gedauert.«

»Oha«, sagte sie. »Du bist aber'n kleiner Flinker, was?« Er unterbrach seine Mahlzeit nicht, und sie trat neben ihn.

»Warum biste denn so sauer? Hat dir wer dein Bonbon geklaut?« Sie nahm ihm den Hut ab. »Mensch, was isn mit dem passiert?« Sie betrachtete den Hut; dann legte sie ihn auf den Tisch, griff in sein dichtes, lockiges Haar und drehte das Gesicht mit den seltsamen goldenen Augen zu sich empor. »Wisch dir maln Mund ab«, sagte sie. Aber dann küßte sie ihn doch so, wie er war, und richtete sich wieder auf. »Jetzt wirstn aber wirklich abwischen müssen«, stellte sie kritisch fest. Sie ließ seinen Schopf los. »Also dann – ich muß weiter.« Damit wandte sie sich zum Gehen, blieb aber neben dem Stuhl der Alten noch einmal stehen und schrie ihr etwas auf italienisch ins Ohr. Die Alte sah hoch und nickte; dann beugte sie sich wieder über ihre Bohnen.

Pete beendete seine Mahlzeit. Noch immer hörte er nebenan ihre schrille Stimme; er steckte sich eine Zigarette an und schlenderte hinaus. Die Alte hatte ihm nicht zugesehen, aber sobald er gegangen war, stand sie auf, nahm den Teller vom Tisch, spülte ihn und räumte ihn weg; dann nahm sie wieder die Schüssel auf.

»Na, biste endlich so weit?« Sein Bruder sah hoch. »Hier ist die Adresse. Und halt dich n bißchen dran; ich hab ihr gesagt, sie kriegt das Zeug bis Mittag.« Der wesentlichere Teil von Joes Geschäften spielte sich dergestalt ab, außerhalb des Lokals. Er galt als zuverlässig und war stolz darauf. »Nimm den Studebaker«, fügte er hinzu.

»Den alten Schlitten?« protestierte Pete und blieb stehen. »Den Chrysler nehm ich.«

»Dann holt dich der Deibel.« Sein Bruder wurde wieder ärgerlich. »Du nimmst den Studebaker, hab ich gesagt. Und jetzt schleich dich endlich«, befahl er wütend. »Kauf dir n eigenen Wagen, wenn's dir nicht paßt.«

»Ach, halt doch den Rand.« Pete wandte sich zum Gehen. In einer der Nischen bemerkte er sie hinter dem halbgeschlossenen Vorhang, wie sie vor dem Spiegel mit dem Lippenstift hantierte. Neben ihr stand, einen Mop in der Hand, ein Kellner in Hemdsärmeln. Mit einer flinken Handbewegung grüßte sie Petes Spiegelbild. Ohne den Gruß zu erwidern, hieb er sich den Hut schief auf den Kopf.

Es war wirklich ein alter Schlitten, wenn man ihn so neben

der hellbraun lackierten, nickelblitzenden Pracht des neuen
Chryslers betrachtete; aber er lief, und man konnte leicht sechs
oder sieben Kisten darin transportieren – die vier, die jetzt
darin lagen, waren gar nichts. Er ließ sich vom Verkehr in
Richtung Canal Street treiben, überquerte sie und ordnete sich
zum Abbiegen in die St. Charles Street ein. Zentimeterweise
schob sich die Kolonne voran, blieb stehen, schob sich weiter,
sobald das Glockensignal erklang. Wieder stoppte der Polizist
an der Kreuzung den Fahrzeugstrom, und Pete sah zu, wie die
Zeitungsjungen flitzten, er sah Passanten, sah Kauflustige und
Spaziergänger und kleine Mädchen mit monotonen hellbe-
strumpften Beinen, die alle an Fohlen erinnerten. Die Glocke
ertönte wieder, aber der Polizist hielt die wartenden Fahrzeuge noch immer an. Petes Fuß spielte auf dem Gaspedal: er
beugte sich zum Fenster hinaus und rief: »Na wird's bald, du
blauer Armleuchter?«

Endlich gab der Beamte die Richtung frei, und Pete ließ den
Wagen geschickt in die St. Charles Street hineinschwingen.
Bald verbreiterte sich die Straße und wurde zur palmbestande-
nen Avenue. Pete schob den ramponierten Hut ins Genick, ließ
sich tiefer in den Sitz gleiten und begann, die langsameren
Fahrzeuge zu überholen.

3

Fairchild erwachte endlich von dem Gefühl, sein Schädel werde
zerspringen; eine Weile lag er still, in dumpfes, klopfendes
Elend versunken. Dann entdeckte er, daß das Schiff still lag;
und nach einer Anstrengung, die beispiellosen Stoizismus erfor-
derte, wußte er, daß es elf Uhr war. Kein Laut war zu vernehmen, aber da war irgend etwas in der Atmosphäre seiner
Umgebung . . . Etwas war verändert. Er versuchte dahinterzu-
kommen, was es war; aber das Hämmern in seinem Kopf
wurde nur schlimmer dabei, und er gab es auf und ließ sich
zurücksinken. Der Semitische lag in seiner Koje und schlief.

Nach einer Weile erhob sich Fairchild ächzend und
schwankte durch die Kabine, um in langen Zügen Wasser in
sich hineinzugießen. Dann sah er durch das Bullauge, daß sie

am Ufer festgemacht haben mußten; er sah eine Straße und
eine verwitterte Bretterwand und dahinter Bäume. Das muß
Mandeville sein, dachte er. Er versuchte, den Semitischen zu
wecken, aber der knurrte nur einen Fluch und drehte sich zur
Wand.

Fairchild suchte nach einer Flasche, konnte aber keine
finden; selbst die leeren waren verschwunden. Na, dann eine
Tasse Kaffee. Er stieg in die Hose und begab sich, den Korridor
überquerend, auf die Toilette, wo er den Wasserhahn auf-
drehte und den Kopf eine Weile unter den Strahl hielt. Dann
ging er zurück in die Kabine, zog sich fertig an und schlenderte
nach oben.

In Major Ayers' Kabine schlummerte jemand hörbar. Es
war Major Ayers selbst; Fairchild schloß die Tür wieder und
ging weiter. Wiederum empfand er die veränderte Atmosphäre, die über der Jacht hing und die gestern abend noch
nicht zu spüren gewesen war. Auch im Salon war niemand, und
halbgeleerte Tassen und benutzte Teller von einer beendeten
Mahlzeit, die noch auf dem Tisch standen, beleidigten seine
vorübergehend überempfindlichen Sinne. Und noch immer kein
Laut, kein menschlicher Laut außer dem zweistimmigen
Schnarchen des Semitischen und Major Ayers'. Er stand in der
Salontür und stöhnte. Dann schleppte er sich mit berstendem
Schädel an Deck.

Er blinzelte, als das Licht ihn traf; er schloß die Lider, während glühende Messinghämmer gegen seine Augäpfel dröhnten.
Drei Männer saßen an der Kante der Pier und baumelten mit
den Beinen. Sie musterten ihn, und als er die Augen wieder öffnen konnte, bemerkte er sie.

»Morgen«, grüßte er. »Wo sind wir denn hier? In Mandeville?«

Die drei sahen ihn an. Dann sagte einer:

»Mandeville? Wieso Mandeville?«

»Na, was ist denn das hier für eine Stadt?« fragte er, aber
noch während er sprach, wurde er sich seiner Umgebung
bewußt; er sah eine Stahlbrücke, über die gerade eine Straßenbahn fuhr, und dahinter am Horizont einen schwachen, gelb-
lich-violetten Fleck, und in der entgegengesetzten Richtung
regte sich die Flagge über dem Jachtclub träge in der schwachen

Brise. Die drei Männer saßen da, baumelten mit den Beinen und sahen ihn an. Dann sagte einer von ihnen:

»Ihre Gesellschaft ist schon weg. Die haben Sie hier gelassen.«

»Sieht so aus«, bestätigte Fairchild. »Haben Sie ne Ahnung, ob jemand was gesagt hat, daß sie uns einen Wagen schicken?«

»Nee, sie schickt heute keinen mehr«, antwortete der Mann. Fairchild rieb sich die schmerzenden Augen: es war der Kapitän. »Dahinten könnense ne Straßenbahn kriegen«, rief er hinter Fairchild her, als der sich umwandte und den Niedergang hinabstieg.

4

Major Ayers war um drei Uhr verabredet. Als er aus dem Fahrstuhl in den langen, kühlen Korridor hinaustrat, dessen Wände aus Milchglasscheiben bestanden, hinter denen gedämpftes Schreibmaschinengeklapper erklang, sah er auf die Uhr und verglich die Zeit. Dann fand er die richtige Tür, trat ein und reichte einem dünnen, stark parfümierten Mädchen über eine niedrige Schranke hinweg seine Karte, wobei er das Mädchen liebenswürdig anstarrte. In der folgenden Wartepause stellte er sich ans Fenster und betrachtete sehr unterschiedlich gestaltete rechteckige Gebäude, die sich nach dem Fluß hin erstreckten.

Das Mädchen kam zurück. »Mr. Reichman läßt bitten«, teilte sie ihm durch ein Stück Kaugummi hindurch mit und ließ die Tür der Schranke aufschwingen.

Mr. Reichman schüttelte ihm die Hand und bot ihm einen Stuhl und eine Zigarre an. Er erkundigte sich, welchen Eindruck Major Ayers von New Orleans habe, und unterbrach die verwirrt gestotterte Antwort seines Besuchers sofort und fragte den Major, für den der Krieg die einzige Möglichkeit gewesen war, überhaupt nach England zurückkehren zu können, und dem es seit dem Waffenstillstand aus bestimmten Gründen privater Natur verboten gewesen war, London zu betreten, wie der Vergleich zwischen den beiden Städten ausfalle. Dann kippte er den Schreibtischsessel nach rückwärts und erkundigte sich:

»Also dann, Major, um was für einen Vorschlag handelt es sich?«

»Ah ja«, sagte Major Ayers, »es handelt sich um ein Abführmittel. Sehen Sie, die Amerikaner leiden doch alle an Verstopfung, und . . .«

5

Unter ihm, im Erdgeschoß, wo ein rechteckiger Lichtschein über die Gasse fiel, hämmerten schwere und unbarmherzige Hände auf einer Schreibmaschine. Fairchild saß, eine Zigarre zwischen den Zähnen, unmittelbar über dem unsichtbaren, aber nicht zu überhörenden Schreiber und genoß die kühle Dunkelheit und die baumbestandene schattige Weiträumigkeit um die Kathedrale, die sich unterhalb seines Balkons erstreckte. Hin und wieder fuhr eine Straßenbahn quietschend und rasselnd die Royal Street entlang, aber nur in großen Abständen; und wenn das Geräusch verklungen war, hörte man nichts außer dem monotonen Klappern der Schreibmaschine. Dann sah er auf einmal Mr. Talliaferro um die Ecke biegen; kaum hatte er ihn erkannt, als er schon mit einem Ruf des Schreckens aufsprang, wobei er den Stuhl umstieß. Mit einem Satz war er im Zimmer, knipste die Leselampe aus, warf sich auf die Couch und tat, als ob er schliefe.

Mr. Talliaferro schritt rasch aus und schwang den Stock. Sein Ziel war in Sicht. Ja, Fairchild war der rechte Mann; er kannte die Frauen, kannte die weibliche Seele . . . nein, die Seele nicht: Sie haben keine Seele. Aber ihre Natur, die weibliche Natur: die Substanz, diese Grundsubstanz ihres Wesens, die man so wenig greifen kann wie das Mondlicht, die gleichzeitig herausfordert und zurückweicht; die so unvereinbar – nein, so unbegreiflich ist und doch mit einem derart verheerenden Gespür für das Praktische auf ihr Ziel losgeht. Als ob alles – die Erde, die Welt, der Mann mit seinen Begierden und Trieben einzig und allein zu dem Zweck erfunden worden sei, ihre kleinen, hungrigen Seelen zur Ruhe zu bringen, indem es ihnen die Zeit gar nicht vertreibe, ihrer biologischen Bestimmung zu dienen . . .

Ja, Schneid. Und unmittelbare Nähe. Und Gelegenheit, jenes glückhafte Zusammentreffen von Fähigkeit und äußeren Umständen, wodurch der rechte Mann im rechten Augenblick mit der rechten Frau zusammentrifft. Ja, ja, die Gelegenheit – die Gelegenheit war vielleicht wichtiger als alles andere. Mr. Talliaferro entschloß sich, ›Gelegenheit‹ auf seine Fahnen zu schreiben.

Auf einmal blieb er wie angewurzelt stehen. Das war's. Das war die Erleuchtung. Endlich hatte er es herausgefunden, endlich kannte er den Kniff, das Zauberwort. Es war so naheliegend, daß er vor Verblüffung stehenblieb, weil er nicht längst darauf gekommen war. Aber dann erkannte er, daß die Erklärung dafür gerade in dieser Einfachheit lag. Und mein Wesen ist so komplex, sagte er zu sich selbst und starrte zu den Sternen hinauf, die am heißen, dunklen Himmel standen, in der Himmelsschneise über dem offenen Sarg der Straße. Es war so überwältigend einfach, daß er fast Gewissensbisse verspürt hätte. War das ... war das noch fair? War es nicht so, als ob man Wachteln schösse, solange sie noch am Boden sitzen? Aber nein; nein: Nun, da er den Schlüssel in der Hand hielt, da er das Zauberwort wußte, nun hatte er den Mut, sich einzugestehen, daß er gelitten hatte. Nicht, daß seine Eitelkeit so sehr gekränkt gewesen wäre; auch physisch hatte er nicht zu leiden gehabt – ein Mann kann schließlich auch ohne die Freuden der Liebe auskommen, das bringt ihn nicht um, nein – aber jeder Mißerfolg hatte ihm die Jahre, die bereits hinter ihm lagen, viel stärker ins Bewußtsein gerufen als die jährliche Wiederkehr seines Geburtstages. Ja, Mr. Talliaferro war sich Genugtuung schuldig; sollte leiden, wen es traf. Und war Leiden nicht Schicksal der Frau seit Anbeginn?

Gelegenheit; schaffe die Gelegenheit; leite die Sache damit ein, irgendeine dieser schrecklich wichtigen Nichtigkeiten zu übersehen, die ihnen so viel bedeuten; und das mußt du dann ausnutzen. Ich kann es, versicherte er sich selbst. Gleichgültigkeit vielleicht; als ob ich an jedem Finger zehn hätte, als wäre ich eigentlich lieber mit einer anderen zusammen, aber es ist etwas dazwischen gekommen. Aus irgendeinem Grund mögen sie Männer, die noch andere Frauen haben. Besteht die Liebe für sie vielleicht zur Hälfte aus Ehebruch, zur anderen Hälfte

aus Eifersucht? – Ja, das bringe ich fertig; das kann ich wirklich ... »Womöglich hat sie eine Garnitur schwarzer Unterwäsche«, sagte Mr. Talliaferro laut, und etwas wie Jubel klang
in seiner Stimme.

Er stieß den Stock leicht auf das Pflaster. »Bei Gott, ich hab's«,
rief er unterdrückt und schritt weiter. »Eine Gelegenheit
schaffen, sie diplomatisch, aber ohne Zaudern herbeiführen; so
ganz am Rande erwähnen, daß man überhaupt nur gekommen
sei, weil man es nun einmal versprochen habe ... Ja, sie schätzen ehrenhafte Männer; es gibt ihnen mehr Spielraum. Sie
wird sagen, ›Ich möchte gern tanzen gehen, bitte‹; und ich
werde sagen, ›Ach nein, ich habe keine Lust heute abend‹, und
sie wird sagen, ›Ach, bitte, bitte‹, und wird sich an mich leh-
nen und ... Moment mal ... ja, und meine Hand wird sie nehmen. Aber ich werde ganz kühl bleiben. Dann wird sie mich
bestürmen, und später, im dunklen Taxi, werde ich den Arm
um sie legen und ihr Gesicht hochheben und sie küssen, aber
kühl, und dann sage ich, ›Willst du wirklich tanzen gehen
heute abend?‹, und sie wird sagen, ›Ach, ich weiß nicht; wie
wär's, wenn wir nur ein bißchen spazierenführen?‹ – Ob sie
das an diesem Punkt sagen würde? Würde sie nicht ... Also,
was würde sie sagen?«

Mr. Talliaferro ging weiter und überlegte schnell. Na, also,
wenn sie das sagt, wenn sie es wirklich sagt, dann werde ich
sagen, ›Nein, gehen wir lieber noch tanzen‹. Ja, ja, so ungefähr. Andererseits, vielleicht sollte ich sie lieber erst noch einmal küssen, nicht ganz so kühl diesmal? – Ja, aber wenn sie
nun etwas ganz anderes sagt ... Nun, ich werde auf alle
unvorhergesehenen Ereignisse vorbereitet sein, nicht wahr? Das
ist der halbe Sieg ... Ja, so ungefähr; zart aber entschlossen;
die Beute darf nicht unruhig werden. Beim Sturmangriff fallen
einige Mauern; bei der Belagerung fallen sie alle. Und es gibt
auch eine Fabel vom Wind und der Sonne und dem Mann mit
dem Mantel. »Ja, da ist es: ich werde mich selbst anstellen wie
ein Mädchen«, sagte Mr. Talliaferro laut und erwachte plötzlich aus seiner Träumerei, als er merkte, daß er bereits an Fairchilds Tür vorüber war. Er ging zurück, schaute hinauf und
entdeckte das dunkle Fenster.

»Fairchild!«

Keine Antwort.

»He, Fairchild!«

Die beiden dunklen Fenster waren unergründlich wie das Schicksal. Er drückte auf die Klingel und trat zurück, um sein Ständchen fortzusetzen. Neben der Tür bemerkte er einen zweiten Eingang. Durch eine halblange Gitterjalousie, wie sie vor den Türen mancher Bars hängen, fiel Licht; hinter der Jalousie hieb jemand wie wild auf eine Schreibmaschine ein. Schüchtern klopfte Mr. Talliaferro an die Jalousie.

»Hallo«, dröhnte eine Stimme über das Klappern der Maschine hinweg, das unbeirrt weiterging. Mr. Talliaferro bedachte sich kurz und klopfte abermals.

»Herein, verdammt nochmal!« Die Stimme übertönte die Schreibmaschine. »Rein mit Ihnen – oder glauben Sie vielleicht, ich sitz hier auf dem Lokus?« Mr. Talliaferro schob die Jalousie beiseite, und der mächtige Mann, der ohne Kragen hinter der Maschine saß, hob sein verschwitztes Löwenhaupt und sah ihn ärgerlich an. »Na?!«

»Pardon – ich will zu Fairchild.«

»Nächste Etage«, schnappte der andere und hob die Hände über die Tasten. »Gute Nacht.«

»Aber er antwortet nicht. Wissen Sie zufällig, ob er zu Hause ist heute abend?«

»Nein, das weiß ich zufällig nicht.«

Mr. Talliaferro, eingeschüchtert, überlegte. »Ob ich wohl nachsehen darf? Ich bin ein wenig pressiert, und . . .«

»Mann, wie soll ich das wissen? Gehn Sie rauf und schauen Sie nach, oder stellen Sie sich draußen hin und rufen Sie weiter.«

»Besten Dank; ich werde dann nach oben gehen, wenn Sie nichts dagegen haben.«

»Also, dann gehen Sie«, entgegnete der Hüne und stürzte sich wieder auf die Schreibmaschine. Mr. Talliaferro sah ihm eine Weile zu.

»Darf ich wohl hier durchgehen?« wagte er schließlich sanft und höflich zu fragen.

»Ja, von mir aus. Gehn Sie mit Gott, aber gehen Sie.«

Mr. Talliaferro murmelte Dankeschön und drückte sich an dem wütenden Riesen vorbei. Der ganze kleine Raum schütterte unter den wuchtigen Anschlägen des Mannes, und die Schreibmaschine hüpfte und klirrte wie verrückt.

Er ging weiter und kam in einen dunklen Korridor, der von dünnem, zornigem Sirren erfüllt war; er kletterte eine unbeleuchtete Stiege hinauf. Fairchild hörte, wie er in der Dunkelheit stolperte und stöhnte. Dafür bring ich dich um! schwor er dem ahnungslos donnernden Maschinenschreiber unter ihm. Einen Augenblick später ging die Tür auf, und der Besucher zischte »Fairchild!« in das Zimmer. Fairchild fluchte innerlich; die Couch ächzte unter seinem Gewicht, als er sich herumwälzte. Er sagte:

»Bleiben Sie stehen, bis ich Licht gemacht habe. Sie hauen mir noch die ganze Einrichtung zusammen, wenn Sie im Dustern weiterstolpern.«

Mr. Talliaferro seufzte erleichtert. »Na, ich wollte es schon aufstecken und weitergehen; da ließ mich der Mann da unten liebenswürdigerweise durch seine Wohnung.« Das Licht flammte unter Fairchilds Hand auf. »Oh, Sie haben geschlafen, ja? Verzeihen Sie vielmals, daß ich Sie gestört habe. Aber ich brauche Ihren Rat, und da ich Sie heute früh nicht zu Gesicht bekam ... Sie sind doch gut nach Hause gekommen?« erkundigte er sich taktvoll.

»Ja«, gab Fairchild kurz zurück, und Mr. Talliaferro legte Stock und Hut auf den Tisch, wobei er eine Vase mit Spätsommerblumen umstieß. Mit überraschender Geschicklichkeit erwischte er sie aber, ehe sie am Boden zerschellte, wenn auch nicht ehe er sich mit dem darin enthaltenen Wasser reichlich bespritzt hatte. »Zum Teufel«, stieß er hervor; er stellte die Vase rasch wieder auf den Tisch und begann sofort, sein Jackett mit dem Taschentuch abzutupfen. »Und dabei kommt der Anzug gerade erst vom Bügeln«, fügte er erregt hinzu.

Fairchild sah mit schlecht verhehlter Schadenfreude zu. »So was Dummes«, bedauerte er scheinheilig. Er lag schon wieder auf der Couch. »Aber sie wird's gar nicht merken. Sie wird nur auf das achten, was Sie sagen.«

Mr. Talliaferro sah rasch hoch, ein wenig mißtrauisch. Er breitete sein Taschentuch zum Trocknen über die Tischdecke. Dann strich er sich über das gepflegte, farblose Haar.

»Ja, wirklich? Meinen Sie? Darüber will ich gerade mit Ihnen sprechen.« Eine Weile saß Mr. Talliaferro sittsam da und blickte über die Schranke seiner höflichen und hoffnungslosen Verzweiflung hinweg den Gastgeber an. Sein Gesichtsausdruck fiel Fairchild auf, und er wurde neugierig; aber ehe er fragen konnte, nahm sich Mr. Talliaferro wieder zusammen und war wieder sein gewöhnliches, sanft erschrocken wirkendes Selbst.

»Was ist denn los mit Ihnen?« erkundigte sich Fairchild.

»Mit mir? Nichts. Gar nichts, mein Lieber. Warum fragen Sie?«

»Sie haben eben gerade ausgesehen, als hätten Sie was auf dem Herzen.«

Der Besucher lachte. Es klang nicht echt. »Aber nicht im geringsten. Also wirklich, das haben Sie sich nur eingebildet.« Das verborgene, düstere Etwas lauerte noch in seinen Augen, aber für den Moment zwang er es nieder. »Aber ich möchte Sie um etwas bitten, ehe ich . . . ehe ich Sie um Rat frage: Daß Sie über dieses . . . dieses Gespräch schweigen. Über seinen Verlauf, verstehen Sie.« Fairchild musterte ihn neugierig. Mr. Talliaferro begegnete dem fragenden Blick. »Daß Sie bei keiner unserer gemeinsamen Freundinnen etwas davon erwähnen.«

»In Ordnung«, sagte Fairchild. »Ich rede nie über die Gespräche, die wir über diesen Gegenstand führen. Ich glaube kaum, daß ich jetzt damit anfangen werde.«

»Ich danke Ihnen.« Mr. Talliaferro war wieder ganz er selbst, höflich und selbstgefällig. »Ich habe diesmal einen ganz bestimmten Grund, diese Bitte zu äußern; einen Grund, den Sie erfahren sollen, sobald ich mich . . . Sie sollen ihn dann als erster hören.«

»Schon gut«, sagte Fairchild. »Was haben Sie sich denn diesmal ausgedacht?«

»Ach so, ja«, kam der Besucher mit plötzlichem Optimismus zur Sache, »ich glaube wirklich, daß ich das Geheimnis des Erfolges bei Frauen entdeckt habe: Erst muß man den richtigen Hintergrund schaffen; dann gleichgültig tun, um sie zu reizen, und dann erst Schneid – das ist es, was ich nie bedacht habe. Hören Sie: heute nacht muß es klappen. Aber ich brauche

Ihren Rat.« Fairchild stöhnte und legte sich zurück. Mr. Talliaferro nahm sein Taschentuch vom Tisch und umwedelte seine Fußgelenke. Er fuhr fort:

»Also, erst werde ich sie eifersüchtig machen, indem ich von einer anderen Frau spreche, so als ob ich ziemlich ... äh ... intim mit ihr wäre. Sie wird sicher tanzen gehen wollen, aber ich werde so tun, als liege mir nichts daran; und wenn sie dann bettelt, ich solle sie doch ausführen, dann küsse ich sie vielleicht mal, so ganz plötzlich, ja, aber zerstreut. Verstehn Sie?«

»Ja?« murmelte der andere, verschränkte die Arme unter dem Kopf und schloß die Augen.

»Ja. Dann gehen wir also tanzen und ich drücke sie so ein bißchen, aber noch unpersönlich, ja, als ob ich an ganz was anderes dächte. Da wird sie natürlich neugierig werden und fragen, ›An was denkst du jetzt?‹, und ich werde antworten, ›Warum willst du das wissen?‹. Jetzt wird sie es erst recht wissen wollen; sie wird sich beim Tanzen fest an mich drücken, aber ich werde nur sagen, ›Ich will dir lieber erzählen, was du jetzt denkst‹, und da wird sie fragen, ›Was denn?‹, und dann sage ich, ›Du denkst an mich‹. Na, was halten Sie davon? Was wird sie darauf erwidern?«

»Wahrscheinlich, daß Sie sich keine Schwachheiten einbilden sollen.«

Mr. Talliaferros Gesicht trübte sich. »Meinen Sie wirklich?«

»Keine Ahnung. Sie werden's ja bald wissen.«

»Nein«, meinte Mr. Talliaferro nach einer Weile, »ich glaube nicht, daß sie das sagen wird. Ich glaube eher, sie wird denken, ich sei ein Frauenkenner.« Er versank in tiefes Nachdenken. Dann platzte er heraus: »Und wenn, dann werde ich sagen, ›Kann schon sein. Aber hier gefällt's mir nicht; komm, wir gehen‹. Sie wird noch nicht wegwollen, aber ich werde fest bleiben. Und dann ...« Mr. Talliaferro sah selbstgefällig aus und schien fast zu bersten von dem, was er für sich behielt. »Nein, nein: Das erzähl ich Ihnen nicht – es ist so entsetzlich einfach. Daß da noch niemand drauf gekommen ...« Er hockte da und grinste begeistert.

»Haben Sie Angst, ich wetze jetzt los und probier Ihr Rezept aus, ehe Sie Gelegenheit dazu haben?« fragte Fairchild.

»Nein, wirklich nicht; nicht im geringsten. Es ist nur ...« Er überlegte einen Augenblick, dann neigte er sich zu dem anderen. »Das ist es nicht, wirklich; ich habe nur das Gefühl, daß ich ... Schließlich bin ich doch darauf verfallen, nicht wahr? Ich bin doch der Entdecker, sozusagen. Ich weiß selbstverständlich, daß ich mich auf Sie verlassen kann, mein Lieber«, brach es in einem Anfall von Vertrauensseligkeit aus ihm hervor. »Es handelt sich nur um meine eigenen Bedenken – verstehen Sie das?«

»Klar«, sagte Fairchild, »kann ich gut verstehen.«

»Sie werden noch so oft Gelegenheit dazu haben, wenn ich schon ...« Wieder trat das düstere Etwas in Mr. Talliaferros Augen und lugte einen Moment hervor. Er verscheuchte es. »Und Sie meinen wirklich, es funktioniert?«

»Klar. Wenn der Fangstoß wirklich so tödlich ist, wie Sie behaupten. Und wenn sie sich auch so verhält, wie sie soll. Vielleicht wäre es besser, Sie erklären ihr die Sache erst mal in großen Zügen, damit sie nachher nichts vermurkst.«

Mr. Talliaferro zuckte leicht zurück. »Jetzt wollen Sie mich aufziehen ... Aber meinen Sie nicht auch, daß der Plan gut ist?«

»Der ist todsicher. Sie haben wirklich an alles gedacht.«

»Allerdings. Nur so wird die Schlacht gewonnen, wissen Sie. Das hat uns Napoleon gelehrt.«

»Der hat aber auch das von der stärkeren Artillerie gesagt«, warf der andere boshaft ein. Mr. Talliaferro lächelte wegwerfend und voller Selbstgefälligkeit.

»Ich bin, wie ich bin«, murmelte er.

»Vor allem, wenn sie außer Übung ist«, ergänzte Fairchild. Mr. Talliaferro sah aus wie ein geprügelter Hund, und der andere fragte rasch: »Aber wollen Sie diesen Plan heute nacht wirklich ausführen, oder beschreiben Sie einen hypothetischen Fall?«

Mr. Talliaferro sah auf die Uhr und erschrak. »Mein Gott, ich muß schleunigst gehen!« Er sprang auf und steckte eilig das Taschentuch weg. »Ich bin Ihnen sehr dankbar für Ihren Rat. Ich glaube wirklich, jetzt habe ich endlich ein System, denken Sie nicht auch?«

»Klar«, stimmte der andere zu. An der Tür machte Mr. Talliaferro noch einmal kehrt und kam eilig zurück, um Fairchild die Hand zu schütteln. »Halten Sie mir den Daumen«, sagte er und wollte endgültig gehen, verhielt dann aber noch einmal. »Und unser Gespräch – Sie werden es für sich behalten, ja?«

»Ja doch, natürlich«, versprach Fairchild abermals. Die Tür schloß sich hinter dem Besucher, und man hörte ihn die Treppe hinabsteigen. Er stolperte wieder, und dann schlug die Haustür hinter ihm zu. Fairchild stand auf, trat auf den Balkon hinaus und sah ihm nach, bis er um die Ecke bog.

Lachend legte sich Fairchild wieder auf die Couch. Dann hörte er plötzlich auf zu lachen; Unruhe ergriff ihn. Er stöhnte, erhob sich wieder und nahm seinen Hut.

Als er auf die enge Straße hinaustrat, sprach ihn der Semitische an, der vor der Haustür stand. »Wo gehst du denn hin?« fragte er.

»Weiß ich nicht«, erwiderte Fairchild, »weg auf alle Fälle. ›La Grande Illusion‹ war gerade bei mir«, setzte er auseinander; er will heute abend eine ganz neue Methode ausprobieren.«

»Ach so. Und jetzt türmst du, ja?« fragte der andere und senkte die Stimme.

»Nein, er ist gerade abgezogen. Im Eilschritt. Aber ich trau mich nicht, zu Hause zu bleiben. In spätestens zwei Stunden kommt er wieder und will mir berichten, wieso es diesmal nicht geklappt hat. Wir müssen irgendwo anders hingehen.« Der Semitische fuhr sich mit dem Taschentuch über den kahlen Schädel. Hinter der Gitterjalousie klapperte noch immer die Schreibmaschine. Fairchild lachte wieder. Dann seufzte er. »Ich wollte, dieser Talliaferro erwischte endlich eine Frau. Ich hab's satt, verführt zu werden . . . Komm, wir schauen mal bei Gordon rein.«

6

Die Nichte hatte den einzigen Gast bereits mehrmals herzhaft angegähnt; jetzt war sie bereit, und sie bemerkte auch schon Anzeichen, die darauf schließen ließen, daß ihr Bruder im Begriff war, wie üblich abrupt und mit einer gemurmelten Entschuldigung vom Tisch aufzustehen. Rasch erhob sie sich gleichfalls.

»Also dann«, sagte sie munter, »schrecklich nett, daß ich Sie kennengelernt habe, Mark. Vielleicht bin ich nächsten Sommer wieder hier, dann stellen wir wieder was zusammen an, ja?«

»Setz dich hin, Patricia«, sagte ihre Tante.

»Entschuldige, Tante, aber Josh will, daß ich noch ein biß-chen bei ihm sitze. Er fährt nämlich morgen ab«, erklärte sie dem Gast.

»Fährst du nicht mit?« fragte Mark Frost.

»Ja, schon; aber das ist doch unsere letzte Nacht hier, und Gus will, daß ich . . .«

»Ich? Aber keine Spur«, widersprach ihr Bruder schnell. »Von mir aus kannst du gern hier bleiben.«

»Na, ich denke, ich geh doch besser mit.«

»Patricia!« wiederholte die Tante.

Aber die Nichte ignorierte sie. Sie ging um den Tisch herum und schüttelte dem Gast kräftig die Hand, ehe er sich erheben konnte. »Also, auf Wiedersehen«, sagte sie noch einmal. »Bis nächsten Sommer.« Die Tante protestierte nachdrücklich: »Patricia!«; die Nichte, die bereits die Tür erreicht hatte, wandte sich um. »Gute Nacht, Tante Pat«, verabschiedete sie sich höflich.

Ihr Bruder hatte bereits den oberen Treppenabsatz erreicht. Sie eilte hinter ihm her, ohne sich um die »Patricia!« rufende Tante im Speisezimmer zu kümmern. Als sie oben ankam, sah sie gerade noch, wie seine Zimmertür sich hinter ihm schloß. Sie versuchte die Klinke: abgeschlossen. Leise ging sie in ihr Zimmer hinüber.

Sie zog sich im Dunkeln aus und warf sich aufs Bett. Nach einer Weile hörte sie ihn in dem zwischen ihren Zimmern gele-genen Bad rumoren und planschen. Dann verstummten die Geräusche, und sie erhob sich, trat von ihrer Seite ins Bad und probierte die Verbindungstür zu seinem Zimmer. Nicht abge-schlossen.

Sie knipste das Licht an und drehte die Brause auf, bis die Wasserfäden hart in die Wanne prasselten. Von Zeit zu Zeit hielt sie die Hand darunter; bald war der Strahl eiskalt. Sie hielt die Luft an wie vor einem Kopfsprung und hüpfte unter die Brause. Sie umklammerte ein Stück Seife und wand sich schaudernd und quietschend, während das Wasser wie mit

Nadeln nach ihrem festen, schlichten Körper stach, der noch immer den grellweißen Badeanzug zu tragen schien; das Wasser floß durch ihr strubbeliges Haar; es brannte und machte sie blind.

Dann drehte sie den Hahn zu, und das Donnern des Miniaturwasserfalls brach ab. Nachdem sie sich abfrottiert hatte, war ihr ebenso heiß wie vor dem Bad, aber sie fühlte sich nicht mehr so klebrig. Langsam ging sie in ihr Zimmer zurück und zog einen frischen Schlafanzug an; an ihm war noch die ursprüngliche Schnur vorhanden. Dann ging sie auf nackten Sohlen lautlos zur Tür des Nebenzimmers und lauschte.

»Obacht, Josh«, rief sie plötzlich und stieß die Tür auf, »ich komme!«

Das Zimmer lag im Dunkel, aber sie konnte den Umriß seines Körpers auf dem Bett erkennen; sie spurtete quer durch den Raum und plumpste neben ihm aufs Bett. Er richtete sich mit einem Ruck auf.

»Na«, rief er, »was soll denn das?« Er richtete sich noch weiter auf; ein kurzer heftiger Kampf, und die Nichte fiel mit dumpfem Aufprall auf den Boden. Nur halb konnte sie ein verblüfftes Autsch unterdrücken. »So, jetzt hau ab und laß dich nicht mehr blicken«, fügte er hinzu. »Ich will schlafen.«

»Och, nur n bißchen. Ich laß dir auch deine Ruh.«

»Du hast mir ne ganze Woche lang erfolgreich auf den Nerven rumgetrampelt, auch ohne mich bis ins Schlafzimmer zu verfolgen. Schleich dich.«

»Nur ein paar Minuten«, bettelte sie. »Ich lieg auch ganz still, wenn du schlafen willst.«

»Machst du ja doch nicht. Schau, daß du weiterkommst.«

»Bitte, Gus. Ich lieg still. Ehrenwort.«

»Na schön«, gab er schließlich brummend nach. »Aber wenn du zu strampeln anfängst . . .«

»Ich lieg still«, versprach sie. Flink glitt sie aufs Bett und lag regungslos auf dem Rücken. Draußen in der schwülen Nachtluft summten und schrillten Insekten. Das Zimmer aber war von der stillen Kühle hoher Räume erfüllt, und die Vorhänge an den Fenstern regten sich leise im schwachen Luftzug.

»Josh . . .« Sie lag lang ausgestreckt und rührte sich nicht.

»Hm.«

»Hast du was gemacht an dem Schiff?«

Pause. Dann fragte er: »An was für n Schiff?« Sie schwieg und wartete gespannt. Er sagte: »Warum? Wozu soll ich was machen an dem Kahn? Wie kommst du überhaupt darauf?«

»Also, warst du's? Hand aufs Herz . . .«

»Du spinnst ja. Ich hab nichts . . . Ich war überhaupt bloß einmal unten; an dem Morgen, wie du mir dauernd nachgelaufen bist. Warum hätt ich überhaupt was dran machen sollen?« Sie lagen, ohne sich zu rühren. Gespanntes Schweigen. Plötzlich fragte er: »Du hast ihr doch nicht gesagt, ich hätte was dran gemacht?«

»Du bist ja doof. Ich verpetz dich doch nicht.«

»Dein Glück. Und außerdem war ich's nicht.«

»Reg dich nicht auf. Ich sag ja nichts, wenn du zu feig bist. Du traust dich nicht, Josh«, behauptete sie kühl.

»Hör mal, ich hab dir doch gesagt, du sollst still sein, wenn du hier bleiben willst, oder? Also halt die Klappe. Oder scher dich raus.«

»Hast du das Schiff wirklich nicht kaputtgemacht? Ehrenwort?«

»Nein, Herrgottnochmal. Jetzt halt die Klappe, sonst fliegste raus.«

Eine Weile lagen sie beide ruhig. Dann wälzte sie sich behutsam auf den Bauch. Wieder lag sie einige Zeit still, dann hob sie den Kopf. Er schien zu schlafen; sie ließ den Kopf wieder auf das Kissen sinken und streckte Arme und Beine zur Seite, wo das Laken noch kühl war.

»Ich bin froh, daß wir morgen fahren«, murmelte sie, mehr zu sich selbst. »Ich fahr gern Eisenbahn. Und endlich wieder Berge. Ich seh so gern Berge; sie sind so blau, so . . . na, eben blau. Übermorgen fahren wir durch die Berge. Und da gibt's kleine Städte, in denen es nicht den ganzen Tag nach Essen riecht . . . Und Berge . . .«

»Von hier bis rauf nach Chicago gibt's keine Berge«, unterbrach ihr Bruder grob. »Red kein Blech.«

»Doch gibt's welche.« Sie stützte sich auf den Ellbogen. »Da sind Berge. Ich hab sie doch gesehen auf der Herfahrt.«

»Das war in Virginia und in Tennessee. Wir fahren doch nicht über Virginia nach Chicago, du dumme Gans.«

»Aber durch Tennessee.«

»Nicht durch den Teil von Tennessee. Halt jetzt endlich den Rand. Los, steh auf und mach, daß du in dein Zimmer kommst.«

»Nein, bitte nicht, Gus. Nur noch ein bißchen. Ich lieg auch ganz still. Ach Gus, sei doch nicht so brummig.«

»Raus«, wiederholte er unerbittlich.

»Ich sag auch nichts; ich bin ganz . . .«

»Nix da. Raus. Los, hau ab, Pat; tu was ich dir sage.«

Sie schob sich näher an ihn heran. »Bitte Josh. Dann geh ich auch gleich.«

»Also schön. Aber mach schnell.« Er wandte den Kopf zur Seite, und sie beugte sich über ihn und packte sein linkes Ohr mit den Zähnen. Sie biß nur ganz sanft zu und stieß dabei leise mütterliche Töne aus, die keinen Sinn hatten. »So, jetzt langt's«, sagte er, und befreite sein feuchtes Ohr. »Und jetzt pack dich.«

Gehorsam stand sie auf und ging in ihr Zimmer hinüber. Hier schien es schwüler zu sein; sie zog den Schlafanzug aus, kroch ins Bett und lag flach auf dem Rücken, die Hände unter dem Kopf verschränkt. Sie starrte in die Finsternis, und nach einer Weile war es nicht mehr so schwül und es war ihr, als stehe sie hoch oben und schaue über blaue Berge hin, über zahllose Kuppen, die unter der feierlichen Musik der schräg einfallenden Sonnenstrahlen in purpurfarbigem Dunst verschwammen. Berge. Übermorgen würde sie Berge sehen . . .

7

Fairchild ging geradewegs zu dem Marmor und baute sich davor auf, die Hände auf dem Rücken. Der Semitische setzte sich, kaum daß er den Raum betreten hatte, auf den einzigen vorhandenen Stuhl. Der Gastgeber war hinter dem Ripsvorhang beschäftigt, der sein Schlafzimmer darstellte; jetzt kam er mit einer Flasche Whisky wieder zum Vorschein. Er hatte Hemd und Unterhemd ausgezogen, und unter dünnem, rötlichem Haargekräusel glänzte seine Brust vor Schweiß wie die eines mit Öl gesalbten Gladiators.

»Ich sehe«, bemerkte Fairchild, als ihr Gastgeber wieder eintrat, »daß du auch dem Fetisch unserer Tage in die Klauen gefallen bist: der Jungfräulichkeit. Aber in einer Hinsicht bist du uns gegenüber im Vorteil: diese hier bleibt wirklich intakt, ohne daß du die Augen schließen mußt, um nicht zu sehen, was damit passiert. Die bleibt, wie sie ist, ohne daß du dich anstrengen mußt. Sehr praktisch. Und sehr ungewöhnlich. Die männliche Vorstellung vom Opfer der Jungfräulichkeit besteht für meine Begriffe überwiegend aus Angst und dem Verdacht, daß ein anderer der erste ist, wie man so schön sagt.«

»Vielleicht hat Gordon gerade Angst, daß eben kein anderer seine besondere Illusion von Jungfräulichkeit haben will«, meinte der Semitische.

»Nein, das glaube ich nicht«, widersprach Fairchild. »Die will er sicherlich nicht verkaufen. Und wer würde auch sein gutes Geld für eine Jungfrau ausgeben, die er nicht hinterher vergewaltigen kann – und sei es nur, um sich davon zu überzeugen, daß sie auch wirklich eine war?«

»Eine Leda könnte man immerhin noch daraus machen«, stellte der andere fest, »die die Ente zwischen den Beinen hält; das Ding ist groß genug dafür. Oder . . .«

»Schwan«, korrigierte Fairchild.

»Nein, Ente«, widersprach der Semitische. »Amerikaner würden eine Ente vorziehen. Oder man könnte auch Titten anbringen und ein Feigenblatt. Geht das nicht, Gordon?«

»Doch. Man könnte es noch retten«, bestätigte Gordon trokken. Er verschwand wieder hinter dem Vorhang und kam mit zwei Gläsern und einem Rasiernapf zurück, der in verblichenen gotischen Goldbuchstaben einen Namen trug. Er zog die Bank mit der Emaillekanne heran und Fairchild setzte sich. Gordon nahm den Rasiernapf und lehnte seinen großen Körper an die Wand. Sein unleidliches Falkengesicht war im nicht abgeschirmten Licht wie aus Bronze. Der Semitische paffte an einer Zigarre. Fairchild hob sein Glas gegen das Licht.

»Titten, und ein Feigenblatt«, wiederholte er. Er trank und setzte das Glas ab, um sich eine Zigarette anzustecken. »Hier haben wir eigentlich den Endzweck allen künstlerischen Schaffens. Ich meine . . .«

»O ja, wir haben schon Spaß an der Kunst«, bestätigte der Semitische. »Das geben wir alle zu.«

»Ja«, fuhr Fairchild fort. »Die Kunst läßt uns an die Jugend denken; an die Zeit, in der das Leben noch nicht immer wieder einer kosmetischen Operation bedarf, damit wir es schön finden können. Das ist wohl auch das einzig Positive an der Kunst: sie ist so etwas wie ein geistiger Jungbrunnen. Und wenn sie uns an die Jugend erinnert, müssen wir an viel Trauriges denken und vergessen darüber die Zeit. Das ist schon etwas.«

»Etwas, ja – wenn ein Mann nichts weiter zu tun braucht, als die Zeit zu vergessen«, erwiderte der Semitische. »Aber einer, der seine Tage mit dem Versuch verbringt, die Zeit zu vergessen, der kommt mir vor wie jemand, der die Zeit damit verbringt, den Tod zu vergessen, oder die Verdauung. Das ist ein weiteres Beispiel für deinen unerschütterlichen Glauben an das Wort. Sprache, das ist wie Morphium. Eine gefährliche Angewohnheit: du langweilst alle die, die dich sonst schätzen würden. Gewiß, es besteht die Möglichkeit, daß du als Genie entdeckt wirst, wenn du erst lange genug tot bist; aber was hast du dann davon? Auch dann wird es noch das große Mühen geben, das, wie eh und je, mit Küssen im Dunkeln endet; aber wo bist du dann? Zeit? Zeit? Warum sich über etwas Gedanken machen, das sich so großartig von selbst erledigt? Die Gewohnheit, Zeit zu konsumieren, die ist dir angeboren. Gib dich damit zufrieden. Nur ein Narr konsumiert Zeit auf geniale Weise – das heißt, er merkt nicht, daß sie verstreicht.

Aber du trittst für die Künstler ein. Ich hingegen denke an die Mehrzahl der Sterblichen, die keine Künstler sind, die Schutz vor den Künstlern brauchen und deren Zeit die Künstler vertreiben zu müssen behaupten. Wir kommen ganz gut zurecht mit Essen, Schlafen und Zeugen, solange nur ihr Künstler uns in Ruhe laßt. Aber ihr seid dazu verdammt, euch nicht zufrieden geben zu können mit dieser Welt, so wie sie ist; ihr müßt immer versuchen, von neuem den Grund zu bauen, auf dem ihr längst schon steht; ihr redet und schreit und gestikuliert so lange, bis ihr uns glücklich ganz durcheinander gebracht und nervös gemacht habt. Deshalb glaube ich, daß der tiefere Sinn der Kunst, wenn es einen geben sollte, nur darin bestehen kann, die Künstler selbst in Atem zu halten.«

Wieder hob Fairchild sein Glas. »Es steckt mehr dahinter. Kunst, das ist das Leben selbst; Eindringen in das Leben, sich hineinwickeln, ein Teil davon werden. Frauen kommen ohne Kunst aus – dafür sorgt die gute, alte Biologie. Aber Männer . . . Eine Frau empfängt: kümmert es sie hinterher, wessen Samen es war? O nein. Und sie trägt das Kind, und sie ist ausgefüllt für den Rest ihres Lebens – das heißt, für die jungen, stürmischen Jahre zunächst einmal. Natürlich kann der Vater einmal nach dem Rechten sehen, hie und da. Aber in der Kunst, da wird der Mann ohne Mitwirkung eines anderen Wesens zum Schöpfer: was er hervorbringt, stammt ganz aus ihm, es ist sein Eigen. Das ist eine Perversion, ich gebe es zu; aber eine Perversion, die den Lear geschrieben und die Kathedrale von Chartres gebaut hat, ist keine schlechte Sache.« Er trank und stellte das Glas beiseite.

»Schöpfung; Reproduktion aus dem eigenen Inneren . . . Ist der tragende Impuls dieser Welt womöglich doch weiblich, wie es Eingeborene glauben? – Es gibt da solche Spinnen oder so was ähnliches; das Weibchen ist viel größer, und wenn das Männchen es umarmt, umarmt es seinen Tod: sie frißt ihn während des Zeugungsaktes auf. Und genauso ist es mit den Menschen; es ist eine Art von Unersättlichkeit, die den Künstler dazu bringt, daß er gleichsam neben sich selbst steht, das Notizbuch in der Hand, und alles Schöne festhält, das ihm je begegnet, und es damit tötet – um eines höchst problematischen Etwas willen, das er vielleicht einmal verwendet, vielleicht auch nicht. Seht mal«, sagte er, »Liebe, Jugend, Sorge und Hoffnung und Verzweiflung – all das hat mir gar nichts bedeutet, bis ich später einmal eine ganz bestimmte Reaktion brauchte, eine ganz bestimmte Äußerung, um sie einer Romanfigur in den Mund zu legen, die für mich selbst zu diesem Zeitpunkt noch keinen klaren Umriß gewonnen hatte und die ich auch heute noch nicht für besonders geglückt halte. Aber vielleicht war das bei mir so, weil ich von morgens bis abends für meinen Lebensunterhalt arbeiten mußte, als ich noch ein junger Mann war.«

»Vielleicht«, räumte der Semitische ein. »Die Leute glauben ja noch immer, man müsse arbeiten, um zu essen.«

»Sicher muß man arbeiten, um zu essen«, warf Fairchild rasch ein.

»Es ist ganz natürlich, daß du das sagst. Ein Mann, der sich während seiner Jugend alle Vergnügungen dieses Lebensabschnitts verkneifen muß, der wird sich immer gern einreden, das sei notwendig gewesen. So entstehen Puritaner. Kein Mensch sieht es gern, wenn andere ungestraft Gesetze übertreten, die er gehalten hat. Weiß Gott, der Himmel ist eine langweilige Belohnung für Selbstverleugnung.«

Fairchild stand auf und trat vor die fließende, leidenschaftliche Starrheit des Marmors. »Das letzte Ziel aller Kunst . . .«, sagte er. »Ich meine, für das Publikum, nicht für uns: wir bringen hervor, die Menge nicht. Sie interessiert sich für unsere Produkte, oder sie läßt's auch bleiben. Wahrscheinlich versteht Gordon von Romanen ebensoviel wie ich von der Bildhauerei; aber für mich . . .« Er sah nachdenklich den Marmor an und schwieg eine Weile. »Solange eine Statue völlig unbekleidet ist, hat sie nur eine rein formale Bedeutung, finde ich«, meinte er dann. »Aber sobald irgendeine fremde Substanz, ein Blatt oder ein Stück Tuch mit kühnem Faltenwurf (in souveräner Mißachtung aller Gesetze der Schwerkraft dort gehalten) die Einbildungskraft auf die Fortpflanzungsorgane lenkt, dann verleiht das der Statue etwas Wärmeres, eine tiefere und . . . und . . .«

». . . spekulativere Bedeutung«, kam ihm der Semitische zu Hilfe.

». . . spekulativere Bedeutung, wie ich sie beim Betrachten von Plastiken erwarte, wie ich zugeben muß.«

»Ob da die Verfechter der Moral ganz einverstanden sind?«

»Warum denn nicht? Ein und derselbe Gegenstand kann die verschiedensten Ansichten auslösen. Ein Mann, der sein Brot in einer Leimfabrik verdient, findet wahrscheinlich den Gestank von Rinderhufen irgendwie sympathisch, sonst würde er sich nach einem anderen Job umsehen. Und da hast du die Perversion, denke ich.«

»Und wenn du dein Leben damit hinbringst«, sagte der Semitische, »über den Sex zu grübeln, dann trägt es zur Befriedigung bei, wenn du dafür bezahlt wirst.«

»Ja. Aber wenn ich mein Brot mit Hilfe des Sex verdiente, dann würde ich wenigstens meinen Stolz darein setzen, eine gute, ehrliche Hure zu sein.« Gordon kam und füllte die Gläser wieder. Fairchild trat heran, nahm das seine und schlenderte ziellos durch den Raum, dies und das betrachtend. Der Semitische saß da, das Taschentuch über den kahlen Schädel gebreitet. Er musterte Gordons nackten Oberkörper mit neidischer Bewunderung. »Na, Ihnen scheinen sie nicht viel auszumachen«, konstatierte er verdrießlich.

»Ach, schau an«, rief Fairchild plötzlich. Er hatte ein feuchtes Tuch entfernt, das um eine Plastik gewickelt gewesen war, und beugte sich über seine Entdeckung. »Komm doch mal her, Julius.« Der Semitische stand auf und ging zu ihm.

Es war Ton, noch feuchter Ton; und aus dem toten, stumpfen Grau blickte sie Mrs. Maurier an. Da war ihr abstoßendes Doppelkinn; da waren die schlaffen Muskeln am Unterkiefer in rücksichtsloser Lebensähnlichkeit. Die Augen waren leere Höhlen, mit zwei Bewegungen des Daumens in das tote, vertraute Staunen des Gesichts gehauen; und doch saß etwas hinter ihnen, irgendwo tief drinnen in diesen blinden Löchern, hinter diesem wohlbekannten Ausdruck der Überraschung – etwas, das unter der Maske das Gesicht erkennen, zugleich aber auch ahnen ließ, daß die Trägerin sich der Maske nicht bewußt war. »Verdammt nochmal«, sagte Fairchild langsam und starrte den Tonklumpen an. »Ich kenne sie nun schon ein Jahr; und da kommt dieser Gordon, und nach vier Tagen ... verdammt nochmal«, wiederholte er.

»Das hätte ich dir gleich sagen können«, sagte der Semitische. »Aber ich wollte, daß du selbst dahinterkommst. Eigentlich versteh ich nicht, wie es dir entgehen konnte; ich verstehe nicht, wie einer mit deinem Glauben an die Menschheit meinen kann, es könne jemand ohne Grund so albern sein wie sie.«

»Gibt es eine Erklärung für Albernheit«, zweifelte Fairchild, »für diese Art von Albernheit?«

»Das sieht doch ein Blinder mit dem Krückstock«, antwortete der andere. »Du siehst doch, daß es Gordon auf Anhieb erkannt hat.«

»Das stimmt allerdings«, gab Fairchild zu. Wieder betrachtete er den Kopf, dann sah er mit neidischer Bewunderung zu Gordon hinüber. »Und Sie haben's gleich rausgehabt, ja?«

Gordon war im Begriff, die Gläser wieder zu füllen. »Es konnte ihm gar nicht entgehen«, wiederholte der Semitische. »Ich versteh nicht, wie es dir entgangen ist. Du merkst doch sonst im allgemeinen recht genau, was hinter einem Menschen steckt – früher oder später.«

»Na, bei ihr offenbar nicht«, gab Fairchild zurück und hielt Gordon sein Glas hin. »Aber es ist doch wohl das Übliche, oder? Plantagen und so? Eine von den ersten Familien und so weiter?«

»So ungefähr«, bestätigte der Semitische. Er kehrte zu seinem Stuhl zurück, und Fairchild setzte sich wieder neben den Wasserkrug. »Sie selbst stammt aus den Nordstaaten. Hat eingeheiratet. Ihr Mann muß damals schon ziemlich alt gewesen sein. Und da liegt der Hase im Pfeffer, meiner Ansicht nach.«

»Inwiefern? Meinst du die Ehe? Oder daß sie aus dem Norden stammt? Alles mögliche wird durch die Ehe ausgelöst oder erklärt – wie durch das Junggesellendasein oder durch die Witwenschaft. Ich möchte sagen, sogar der Ohio River kann dein Schicksal beeinflussen. Aber wo liegt in ihrem Fall die Erklärung?«

»Es heißt, sie sei von ihrer Familie gezwungen worden, den alten Maurier zu heiraten. Vor dem Sezessionskrieg war er Aufseher auf einer großen Klitsche gewesen. Im Jahr 63 verschwand er. Und als der Krieg vorbei war, tauchte er wieder auf; er saß auf einem Gaul, auf dem ein Armeesattel der Union der Nordstaaten lag, und darunter, als Satteldecke, hunderttausend Dollar. Gott allein weiß, wieviel es wirklich war und wie er an das Geld gekommen ist; auf alle Fälle war's genug, um was damit anzufangen. Geld: gegen Geld kannst du nicht argumentieren; höchstens protestieren kannst du.

Jedermann erwartete, er werde sein Geld zum Fenster hinausschmeißen: er werde bei der total verarmten Aristokratie angeben und so weiter; er werde die Komplexe abreagieren, die sich während seiner Aufseherjahre in ihm gestaut haben mochten. Aber er tat nichts dergleichen. Vielleicht war er an dem Ort, wo er den Krieg über gesteckt hatte, die Komplexe losgeworden. Auf alle Fälle verhielt er sich nicht so, wie alle Welt es erwartet hatte; daraufhin meinten die Leute, er sei ein moralischer Feigling, der sich mit seinem Geld in einem Loch verberge wie eine Ratte. Das war die allgemeine Ansicht – bis man gerüchtweise von einigen recht zweifelhaften Grundstücksspekulationen hörte, die er mit Hilfe eines Juden namens

Julius Kauffman betrieb, der sich in jenen unmittelbar auf die Errichtung von General Butlers Militärregierung folgenden Jahren ein Vermögen und einen schlechten Ruf erwarb.

Na, und als der Staub wieder verflogen war, den die Geschichte aufgewirbelt hatte, da hatte er so viel Geld, daß kein Gerücht mehr gegen ihn anstinken konnte; die Plantage, auf der er früher der oberste Angestellte gewesen war, die gehörte jetzt ihm, und nach zehn Jahren galt er soviel wie die alteingesessenen Großgrundbesitzer. Ohne Zweifel hatte er irgendwie und -wo blaublütige Emigrantenvorfahren aufgetrieben. Er war ein kleiner, durchtriebener Mann – genau die Sorte, die einen unanfechtbaren Stammbaum vorzeigt. Humorlos und durchtrieben, ja; aber ich bin sicher, daß er gelegentlich im Schloß seiner neu erworbenen Ahnen saß und sich kaputtlachte.

Es heißt, daß ihr Vater zuerst auf einer Geschäftsreise nach New Orleans kam, die den Segen der Regierung in Washington hatte. Sie war damals noch sehr jung; wahrscheinlich hatte sie ein exklusives Internat besucht, und eine gesellschaftliche Zukunft lag vor ihr; aber zugleich erschien das alles auch wieder in Frage gestellt: bei Tisch servierte ein Diener, aber es gab nur Grünkohl; während sie im Salon saßen, von Kunstgegenständen umgeben, und französische Konversation machten, wartete draußen auf der Veranda der Gerichtsvollzieher, und in der Küche lag die unbezahlte Fleischerrechnung – es sollte alles vornehm wirken, aber irgendwie bekam man den Eindruck von Frack und Abendkleid über schmutziger Unterwäsche. Ihr Vater war vermutlich ziemlich am Ende. Ein Auftrag der Regierung mag ihn nach dem Süden geführt haben; das heißt, er wird vorgehabt haben, mit amtlicher Genehmigung etwas für sich an Land zu ziehen.

Die ganze Familie scheint aber doch unser Klima bekömmlich gefunden zu haben; wenn man auch lieber Hibiskussträucher und Mimosen auf dem Rasen sieht als den Gerichtsvollzieher – die milde Luft mag angenehm gewesen sein nach dem rauhen Neuengland. Sie machte eine blendende Figur unter der Jeunesse dorée der neunziger Jahre und verliebte sich schließlich in einen jungen Kerl, der keinen Pfennig besaß, aber aus guter Familie stammte; der Cotillons anführte und ihr, obgleich er noch nicht einmal ein Paar Handschuhe besaß, Blumen und Konfekt aus der Rue Vendome schickte und ihr, zwischen Hibiskus und Mimosen verborgen, im Sternenlicht Serenaden brachte. Inzwischen hatte der alte Maurier um ihre Hand angehalten. Man empfing den alten Maurier zwar noch nicht in den vornehmen Kreisen, aber man kann eben Geld nicht ignorieren, nicht wahr: man kann höchstens protestieren. Und zittern. Das hat die Welt erst durch mein Volk gelernt. – Ja, und dann . . .« Der Semitische leerte sein Glas und fuhr fort:

»Wie es manchmal so geht: es ergibt sich zuweilen im Verlauf menschlicher Beziehungen, daß alles in einem einzigen Punkt konzentriert ist – das Interesse der Öffentlichkeit, die Begleitumstände, sogar das Schicksal – und daß dann, ohne jeden tieferen Grund, die Handlungen bestimmter Menschen eine überragende Bedeutung und Wichtigkeit für die übrige Welt erlangen . . . Und so war's mit diesen Menschen. Wetten wurden abgeschlossen; ein bekannter Spieler richtete sogar einen Toto ein. Unterdessen lebte sie wie sonst auch, besuchte Parties und Bälle und verbarg ihr wahres Gesicht hinter einer kalten Maske, die wie Meißner Porzellan aussah. Man sagt, sie sei sehr schön gewesen damals, und viele Porträts wurden von ihr gemalt; ihr Gesicht war in jeder Gemäldeausstellung, ihr Name fiel in jedem Gespräch und war Anlaß zum Trinkspruch in Antoine's oder im St. Charles . . . aber vielleicht ging hinter der schönen Maske auch nichts vor, wer weiß.«

»Sicher ging etwas dahinter vor«, warf Fairchild ein; »es muß etwas dahinter vorgegangen sein – und sei es nur um der Pointe deiner Geschichte willen.«

»Nun, Stolz doch wohl auf alle Fälle. Stolz war sie.« Der Semitische griff nach der Flasche. Auch Gordon trat herzu und füllte seine Rasierschale wieder. »Es muß sie ziemlich hart angekommen sein, auch wenn sie nur in ihrem Stolz gekränkt war. Aber Frauen können alles ertragen . . .«

»Und noch Spaß daran finden«, unterbrach Fairchild. »Aber weiter.«

»Das ist alles. Sie wurden in der Kathedrale getraut. Sie war nicht katholisch – als ihre Familie in Neuengland ansässig wurde, lebten die Iren noch zum größten Teil in Irland. Das darf man auch nicht unterschätzen. Und ihr Ritter Toggenburg war auch zugegen. Es waren Wetten abgeschlossen worden, daß kein Mensch zu der Hochzeit kommen würde, falls er wegbliebe oder nur die Parole zum Wegbleiben ausgäbe. Maurier wurde noch betrachtet als ... nun, du kannst dir ja die Situation selbst vorstellen: eine Tradition des gesicherten, unerschütterlichen Wohllebens bricht unter dir zusammen, und aus den Trümmern erhebt sich der Mann, der dir vorher den Steigbügel gehalten hat ... Nach dreißig Jahren kommt die Bitterkeit erst ins beste Alter.

Ich hätte sie schon sehen mögen, wie sie danach aus der Kirche kam; wahrscheinlich hatten sie einen Baldachin vom Kirchenportal zum Wagen – sicher war da ein Baldachin, und Blumen – stark duftende Blumen: Toggenburg dürfte Gardenien geschickt haben. Und dann sie, geschmückt mit dem ganzen Pomp heidnischer Unschuldssymbole, ihr schönes, geheimnisvolles Gesicht neben dem kalten, gewalttätigen Mann, der schon grau wurde – du weißt doch selbst, daß nichts Domestikenblut so rasch verrät wie die aristokratische Harlekinade, nicht wahr? Und dann wird Toggenburg ihr Glück gewünscht und anschließend, während sie in den Wagen stieg, ihre Waden beguckt haben.

Sie hatten keine Kinder. Maurier mag zu alt gewesen sein; vielleicht lag es auch an ihr – dieser Typ ist häufig unfruchtbar. Aber ich glaube es nicht; ich meine ... aber wer weiß das schon? Ich nicht. Auf alle Fälle liegt hier der Schlüssel zu ihrer Persönlichkeit. Zuerst denkt man, sie ist einfach albern, sie hat nichts zu tun – es fehlt ihr nichts als ein Kessel voll Wäsche hin und wieder. Aber dann merkt man, daß hinter all dem noch etwas ist, etwas Unterdrücktes, Verdrängtes besser; etwas, das nicht auslöschen will.«

»Eine Jungfrau«, sagte Fairchild im gleichen Augenblick. »Das ist es; genau das. Oberflächliche Spielerei mit dem Sex; ein kleiner Anstoß hie und da – wie eine junge Katze, die mit einem Wollknäuel spielt. Es fehlt ihr etwas; ihr Körper hat ihr das gesagt, immer wieder; er hat sie gezwungen, sich nach einem Gegenmittel umzusehen, das Vakuum zu füllen. Aber jetzt ist dieser Körper alt geworden; er erinnert sich nicht mehr daran, daß ihm einmal etwas gefehlt hat; und was geblieben

ist, ist eine Verhaltensweise, das Gespenst des längst erloschenen Triebes, Ersatz zu finden für einen Mangel, den ihr Körper
längst vergessen hat.«

Der Semitische zündete die Zigarre wieder an, die ausgegangen war. Fairchild starrte in sein Glas und drehte es dabei
langsam in der Hand. Gordon lehnte noch immer an der Wand
und betrachtete, durch sie hindurchsehend, etwas, das nicht im
Raum war. Der Semitische hieb sich aufs Handgelenk und
wischte dann die Handfläche am Taschentuch ab. Da sagte
Fairchild nachdenklich:

»Und ich hab's nicht gemerkt; mir ist es glatt entgangen,
und Gordon . . . Sag mal«, er sah plötzlich hoch, »woher weißt
du das alles so genau?«

»Julius Kauffman war mein Großvater«, erwiderte der
Semitische.

»Ach so . . . Na, jedenfalls bin ich froh, daß du mir das alles
erzählt hast. Ich werde wohl kaum noch einmal Gelegenheit
haben, von ihr selbst etwas zu erfahren.« Er lachte in sich hinein; es war kein gutes Lachen.

»O doch«, widersprach der andere. »Sie wird uns das mit der
Jacht-Party nicht übelnehmen. Die meisten Leute sind Künstlern gegenüber viel toleranter, als es die Künstler ihrerseits
dem Publikum gegenüber sind.« Er paffte an seiner Zigarre.
»Was dich so schwierig macht«, meinte er dann, »das ist die
Tatsache, daß du dich immer anders verhältst, als die Leute es
von dir erwarten. Als Künstlertyp bist du die größte Enttäuschung, die ich je erlebt habe. Mark Frost kommt der Sache viel
näher. Allerdings hat der auch mehr Zeit zum Genialsein: du
vertrödelst ja deine ganze Zeit mit Schreiben. Und Gordon
macht den gleichen Fehler. Ihr beide stellt sozusagen den
Genius mit bloßem Oberkörper dar. Und die feinen Leute, die
Autos haben und immer genug zu essen, die verlangen mindestens ein Unterhemd . . . Übrigens, erinnere mich doch daran,
daß ich das morgen Mark sage; es ist mir in den letzten Tagen
mehrmals aufgefallen, daß er ein neues braucht.«

»Apropos bloßer Oberkörper . . .« Fairchild wischte wieder
sein Gesicht ab, »wie kommt es, daß ein Mann bei dieser Hitze
freiwillig Whisky trinkt?«

»Das weiß ich auch nicht«, entgegnete der andere. »Vielleicht sorgt die Natur auf diese Art für unsere italienischen Einwanderer. Oder die Vorsehung. Prohibition für die Italiener, Politik für die Iren – so erfindet ER für alle etwas.«

Unsicher füllte Fairchild sein Glas. »Wenn schon, denn schon«, erklärte er. Gordon lehnte noch an der Wand, regungslos und sehr fern. Fairchild fuhr fort: »Schön, Italiener und Iren. Und wie ist das mit uns nordischen Inlandsprodukten? Was hat ER für uns erfunden?«

»Nichts«, erwiderte der Semitische. »Ihr habt die Vorsehung erfunden.« Fairchild setzte das Glas an den Mund und trank; Schnaps lief von den Mundwinkeln über das Kinn. Er setzte das Glas ab und sah die anderen etwas erstaunt an.

»Ich fürchte«, sagte er und bemühte sich, deutlich zu sprechen, »jetzt bin ich ernstlich blau.« Unsicher wischte er sich das Kinn ab und stieß dabei das Glas um. Es fiel auf den Boden. Der Semitische stöhnte.

»Kaum hat man sich eingewöhnt, muß man schon wieder weiter. Oder willst du dich lieber ein bißchen hinlegen?«

Fairchild saß da und überlegte. »Nee, lieber nicht«, meinte er mit schwerer Zunge. »Wenn ich mich hinlege, komm ich nicht mehr hoch. Luft brauch ich. Bißchen frische Luft. Ich geh mal raus.« Der Semitische stand auf und half ihm auf die Beine. Fairchild nahm sich zusammen. »Komm mit, Gordon. Ich muß bißchen an die Luft.«

Gordon, aus seiner Träumerei gerissen, trat herzu, hob die Flasche gegen das Licht und verteilte den Rest in das Glas des Semitischen und seine Rasierschale. Sie hatten Fairchild rechts und links untergefaßt und tranken. Dann mußte Fairchild noch einmal den Marmor betrachten.

»Irgendwie hübsch«, verkündete er. Er stand davor, schwankend, und mußte immer wieder schlucken, weil er einen heißen, salzigen Geschmack in der Kehle hatte. »Du möchtst, daß sie reden könnte, nicht? Das muß klingen wie Wind in den Baumkronen oder so . . . Nee – nicht reden: du würdst'se lieber von weitem würdste ihr zuschaun, wenn sie badet, im Teich, an einem Morgen im Mai, und ganz viele Pappeln drum herum. Na also. Auf die Art wirste deinen Kummer schon los werden.«

»Sie ist nicht blond«, sagte Gordon rauh. Er hielt die leere

Flasche in der Hand. »Sie ist dunkel; dunkler als Feuer. Sie ist schrecklicher und herrlicher als Feuer.« Er schwieg und starrte die beiden an. Dann hob er die Flasche und schmiß sie mit voller Wucht in den riesigen, mit Unrat gefüllten Kamin.

»Nicht blond?« murmelte Fairchild und bemühte sich, zu sehen, was vor ihm stand.

»Marmor«, klang Gordons rauhe, unnachgiebige Stimme. »Reinheit. Rein, weil sie noch nichts erfunden haben, wie man ihn unrein machen könnte. Sie brächten's fertig, wenn sie's könnten, die Saubande.« Der Blick aus den tiefliegenden Augen traf die beiden. Die Augen waren hell, wie aus Stahl. »Kummer los werden«, wiederholte er rauh. »Nur ein Idiot hat keinen Kummer; nur ein Narr würde den Kummer vergessen. Was gibt's denn sonst in der Welt, das einem bleibt?«

Er nahm die dünne Jacke von dem Nagel in der Türfüllung und zog sie über den bloßen Oberkörper; dann führten sie Fairchild nach draußen und die Treppe hinunter, mit einem Mal bedrückt und schweigsam geworden.

8

Mark Frost stand einigermaßen verärgert an der Ecke. Die Straßenbeleuchtung sprenkelte seine lange, geisterhafte Gestalt mit den Schatten spätsommerlich zerschlissener Blätter; er stand da, unentschlossen und ärgerlich grübelnd. Der Abend war ihm verdorben; es war zu spät, um noch etwas auf eigene Faust zu unternehmen oder auch nur unaufgefordert in irgend jemandes Party hineinzuplatzen; es war zu früh, um nach Hause zu gehen. Wenn es darum ging, die Zeit herumzubringen, war Mark Frost völlig von anderen Leuten abhängig.

In erster Linie ärgerte er sich über Mrs. Maurier. Er ärgerte sich, war unangenehm berührt und ratlos zugleich über ihre seltsame . . . nein, Kälte war es nicht – Abwesenheit eher, Unkonzentriertheit . . . Gleichgültigkeit. Wenn man Künstler war, wenn man auch nur eine Spur von Künstlertum in sich trug, dann füllte ein Dinner bei ihr den ganzen Abend aus. Heute abend indessen . . . Ich hab die Alte noch nie so fischblütig erlebt angesichts des Genius, dachte er bei sich. Schien ihr ganz wurscht zu sein, ob ich gehe oder ob ich noch bleibe. Andererseits – vielleicht fühlt sie sich nicht ganz wohl nach all den Aufregungen der letzten Tage, spann er den Gedanken großmütig weiter. Immerhin ist sie ja eine Frau... Die Nichte hatte er völlig vergessen. Sein Herz, die grämliche Motte, hatte das vorübergehend entflammende Licht völlig vergessen.

Da kam seine Straßenbahn; noch ganz in Gedanken versunken, nur aus dem Instinkt handelnd, stieg er ein. Der Instinkt besorgte auch das Umsteigen am rechten Ort; aber ein Rest von Bewußtsein hielt ihn an der Umsteigestation zurück, eingekeilt zwischen den Automobilen voller jugendlich Beschwingter jeglichen Alters, die eilig und ziellos nirgendwo hin strebten, und ließ ihn den Drugstore an der Ecke aufsuchen, wo es ein Telephon gab. Er warf eine Münze ein und wählte.

»Hallo... ja, ich bin's... ich dachte, du gehst aus heute abend... ja, ich war dort. Es war furchtbar langweilig; ich hab's nicht länger ausgehalten... So, du bist also daheim geblieben?... Nein, ich hab nur mal eben angerufen, bloß so... Aber bitte, gern geschehen. Ich hab mir auch wieder einen Knopf abgerissen... das ist nett, danke. Ja, wenn ich mal wieder vorbeikomme, bring ich ihn mit... heute abend? Jaaa... wie? Na schön, dann komm ich. Bis gleich.«

Seine Geisterhaftigkeit schien den Raum aufzuheben; er traf unweigerlich dann ein, wenn man gerade vergessen hatte, daß er kommen wollte, oder aber früher, als man ihn erwartete. Aber sie kannte ihn seit langem, und noch ehe er auf die Klingel drücken konnte, erschien sie oben am Fenster und warf ihm den Schlüssel herunter; er ging dem verlorenen Klimpern des aufschlagenden Metalls nach und trat in den dunklen Vorplatz. Vom oberen Treppenabsatz fiel ein schwacher Lichtschein; dort stand sie und sah, während er heraufstieg, auf sein dünnes Haar hinab.

»Ich bin allein heute abend«, bemerkte sie. »Meine Leute sind übers Wochenende weggefahren; sie haben mich erst am Sonntag zurückerwartet.«

»Ausgezeichnet«, entgegnete er. »Ich wäre ohnehin nicht in Stimmung, mit deiner Mutter Konversation zu machen.«

»Ich auch nicht. Niemand, der die letzten Tage mitgemacht hat. Komm doch rein.«

Die Atmosphäre des Raums schien von Büchern auszugehen; in der Mitte warf eine schwere Stehlampe mit champagnerfarbenem Schirm eine Oase von Licht auf einen Diwan, der mit stumpfblauem Brokat bezogen war. Mark Frost strebte sofort diesem Diwan zu und ließ sich längelang darauf niedersinken. Dann kramte er ein Päckchen Zigaretten aus der Tasche. Miss Jameson nahm auch eine, und mit einem hohlen Stöhnen der Erleichterung ließ er den Kopf zurückfallen.

»Hach, ist das bequem«, sagte er. »Ich genier mich geradezu, weil ich so bequem liege.«

Miss Jameson schob einen Sessel an den äußeren Rand der Lichtoase. »Laß doch«, meinte sie, »wir sind ja allein. Die Familie kommt nicht vor Sonntagabend.«

»Das ist aber sehr dufte«, murmelte Mark Frost. Er legte den Arm übers Gesicht, weil ihn das Licht blendete. »Das ganze Haus für dich allein. Dusel, so was. Mein Gott, ich bin vielleicht froh, daß ich nicht mehr auf dieser Jacht bin. Nie wieder!«

»Hör auf!« Miss Jameson schauderte. »Nie wieder gilt vermutlich für die ganze Party, nach dem zu schließen, was Mrs. Maurier heute früh gesagt hat. Auf alle Fälle für Dawson und Julius.«

»Hat sie denen eigentlich noch einen Wagen geschickt?«

»Nein. Nach den Ereignissen von gestern abend hätten die beiden über Bord fallen können, und sie würde noch nicht einmal die Polizei benachrichtigt haben . . . aber laß uns von was anderem reden«, sagte sie müde. Sie saß noch eben außerhalb des Lichtkegels: undeutlich zu erkennen, langweilig und zerbrechlich. Mark Frost lag auf dem Rücken und rauchte. Sie sagte: »Weil ich gerade dran denke: du machst nachher die Tür gut zu, ja, wenn du gehst? Weil ich doch ganz allein bin heute nacht.«

»Mach ich«, versprach er, ohne den Arm vom Gesicht zu heben. Sein bleicher, rüsselartiger Mund gab die Zigarette frei, und sein Arm bewegte sich tastend über den Rand des Diwans hinaus, nach einem Aschenbecher suchend. Da war aber keiner; die Hand fummelte vergeblich umher, bis Miss Jameson sich vorbeugte und einen Aschenbecher an den Rand des Kreisbogens hielt, den sein Arm beschrieb. Nach einer Weile beugte sie sich wieder vor, um ihre Zigarette auszudrücken.

Eine Uhr irgendwo hinter ihm zertickte monoton die Stille; rastlos bewegte sie sich in ihrem Sessel . . . Dann beugte sie sich vor, um eine Zigarette aus seiner Packung zu nehmen. Mark Frost streckte den Arm aus, angelte nach dem Päckchen und zählte die verbleibenden Zigaretten. Dann ließ er den Arm wieder aufs Gesicht sinken.

»Du bist so schweigsam heute«, stellte sie fest. Er grunzte etwas, und abermals beugte sie sich vor und drückte die halbgerauchte Zigarette mit Entschiedenheit aus. Dann erhob sie sich. »Ich geh und zieh was Leichteres an. Zu schwül heute abend. Ist ja niemand da, den es stören könnte. Entschuldige mich einen Augenblick.«

Wieder grunzte er unter dem Arm hervor, und sie verließ die Lichtoase. Sie öffnete die Tür ihres Schlafzimmers und verhielt einen Augenblick im Dunkeln, zögernd. Dann schloß sie die Tür hörbar hinter sich. Abermals verhielt sie kurz; dann machte sie die Tür wieder einen Spalt auf und drückte auf den Lichtschalter.

Sie ging zu dem Toilettentisch hinüber, knipste zwei kleine, kerzenförmige Schirmlämpchen an und löschte die Deckenbeleuchtung. Sie überlegte einen Moment, trat wieder an die Tür und stand einen Augenblick da, die Klinke in der Hand. Dann kehrte sie, ohne die Tür geschlossen zu haben, zum Toilettentisch zurück und machte eines der Lämpchen wieder aus. Der Raum war nun von sanftem rosarotem Licht erfüllt, so schwach, daß außer dem matten Schimmern einiger Kristallflacons nichts deutlich zu erkennen war. Hastig streifte sie ihr Kleid ab und stand in der Unterwäsche da, innerlich sich windend und zugleich mit einer Art passiver Courage gegen dieses Gefühl ankämpfend. Aber noch immer kein Laut, keine Bewegung jenseits der Tür; sie knipste das andere Licht wieder an und musterte prüfend ihr Spiegelbild.

Wieder überlegte sie, während sie ihren zarten Körper in seiner intimen Verhüllung betrachtete. Dann lief sie flink und leise zu einer Kommode hinüber, schloß eine Schublade auf und wühlte fieberhaft unter einem Stoß zarter, sorgfältig zusam-

mengelegter Seidenwäsche. Endlich fand sie ein spitzenverzier-
tes Nachthemd; es war noch nicht getragen und ganz leicht
parfümiert. Dann stellte sie sich so, daß die Tür, falls sie etwa
plötzlich geöffnet werden sollte, sie einen Augenblick lang verbergen würde. Sie streifte das Hemd über und entledigte sich
dann ihrer Unterwäsche. Dann faßte sie sich ein Herz, faßte
ihr tollkühnes, ängstliches Herz und trug es samt der zerbrechlichen und nüchternen Gelassenheit des Körpers, in dem es
schlug, zum Toilettentisch zurück. Vor dem Spiegel sitzend,
nahm sie eine Pose ein, die ungezwungen wirken sollte, und
begann, ihr langes, langweiliges Haar zu kämmen. Sie kämmte
und kämmte.

Mark Frost lag lang auf dem Diwan hingestreckt, wie es seine
Gewohnheit war, und bedeckte die Augen mit dem Arm. Von
Zeit zu Zeit richtete er sich auf, um eine frische Zigarette anzustecken, und jedes Mal zählte er mit gleichbleibender Beunruhigung die wenigen, die ihm noch verblieben. Irgendwo im Zimmer tickte gleichförmig eine Uhr. Das sanfte Licht der Lampe
tauchte ihn in ein champagnerfarbenes Meer, in dem es keine
Dünung gab . . . Er angelte sich eine frische Zigarette; die bleichen rüsselartigen Lippen umschlossen sie, als sei der Mund ein
eigener, unabhängiger Organismus.

Nach einer Weile hatte er schließlich nur noch zwei Zigaretten. Er richtete sich auf, und die lange Abwesenheit der Gastgeberin kam ihm zum Bewußtsein. Aber dann ließ er sich wieder
zurücksinken und genoß die sanfte, nachgebende Oberfläche,
auf der er ruhte. Indessen dauerte es nicht lange, und er hielt
die leere Packung in der Hand; ächzend erhob er sich, ein
geschlagener Mann, und durchstöberte leise das Zimmer, in der
Hoffnung, vielleicht eine Zigarette aufzutreiben, die jemand
liegengelassen haben mochte. Aber er fand nichts.

Der Diwan lockte ihn in die Oase des Lichts zurück, und hier
entdeckte er die kaum angerauchte Zigarette, die Miss Jameson
ausgedrückt hatte. »... und auf meine Kosten«, murmelte er
düster und humorlos, fischte die Zigarette aus dem Aschenbecher und steckte sie an, wobei er sorgsam darauf achtete, daß er
sich die Wimpern nicht versengte. Dann ließ er sich wieder auf
den Rücken sinken und deckte den Arm über die Augen. Die

Uhr tickte in die Stille hinein. Sie mußte unmittelbar hinter ihm stehen: Wenn er die Augen ein klein wenig weiter verdrehen könnte, dann . . . Er mußte ohnehin demnächst auf die Uhr sehen. Nach Mitternacht nur noch eine Straßenbahn stündlich. Wenn er die Zwölfuhrbahn verpaßte . . .

So sah er also nach einer Weile wirklich auf die Uhr, obgleich er sich zu diesem Zweck bewegen mußte. Und dann sprang er mit einem Satz vom Diwan hoch. Glücklicherweise wußte er noch, wo er seinen Hut hingelegt hatte; er riß ihn an sich, polterte die Treppe hinunter und rannte durch den unbeleuchteten Vorplatz. Er stieß irgendwo an, aber das fahle Rechteck der Glastür wies ihm den Weg; nach heftigem Kampf kriegte er sie auf, war mit einem Satz draußen und schlug sie krachend hinter sich zu. Sie fiel aber nicht richtig ins Schloß, und, mitten im Sprung zurückblickend, sah er den dunkelklaffenden Spalt wachsen, an dessen oberem Ende der matte Lichtschimmer zu ahnen war, der vom Treppenabsatz nach unten drang.

Es war nicht weit bis zur Ecke; wie er so mit lockeren Gelenken in rasender Eile dahinrannte, drang zwischen dem gemessenen Winken der hohen Palmen hindurch, unbestimmt wie ein Gerücht, zerschlissen und blutlos der Schein des abnehmenden Mondes, und hinter den Bäumen näherte sich rumpelnd und summend die Straßenbahn. Er sah, wie die hellen Fenster anhielten; das Fahrgeräusch verstummte. Dann setzte es wieder ein, und die Fenster bewegten sich wieder; das Geräusch schwoll an und übertönte seine rauhen Schreie. Aber dann bemerkte ihn der Fahrer doch noch; und der Wagen kam noch einmal zum Stillstand, ungeduldig summend. Mark Frost rannte und stolperte dabei über seine langen Beine; er überquerte das matte, schläfrige Schimmern des glattgefahrenen Asphalts und hievte seine geisterhafte Gestalt schließlich keuchend zur offenen Wagentür hinein, in der der Schaffner lehnte und ihm entgegenrief:

»Na los, Chef – das ist doch kein Taxi hier.«

Drei graue Priester waren auf leisen Sohlen vorübergeschrit-
ten, aber in einer Öffnung der fensterlosen alten Mauern hing
noch dünne, zölibate Hoffnungslosigkeit. Unter einem hohen,
steinernen Tor, geschmückt mit Helm und Wappenspruch, die
in den Stein gemeißelt sind, liegt ein Bettler; er birgt eine Brot-
rinde in der Hand.

(Gordon, Fairchild und der Semitische durchwanderten die
dunkle Stadt. Über ihnen der Himmel; schwüle, sinnliche
Nacht voller gewaltiger, heißer Sterne, die wie welkende Gardenien waren. Um sie herum Straßen: enge, seichte Cañons aus
Schatten, angefüllt vom Duft der Verwesung und verziert mit
dem zarten Spitzenwerk eiserner Balustraden, die kaum zu
erkennen waren.)

Irgendwo in der Welt ist der Frühling; er ist wie ein wind-
gepeitschtes Schilfrohr, hochgewachsen und von kaltem Stolz
erfüllt – er sieht sie noch nicht, die Gestalt, die er kennen wird
– er sieht sie noch nicht. Die drei Priester schreiten weiter; die
Mauern haben den grauen Schritt der unbeschuhten Füße ver-
schluckt.

(Hinter einer angelehnten Tür waren Frauen, erregend und
lasterhaft und Gerüche ausströmend; flach und bleich und
überreif schienen die Gesichter im Licht der Sterne. Gordon
Hallo Boxer überragte barhäuptig seine Gefährten. Ohne die
Frauen zu beachten, schritt er weiter. Fairchild trödelte hinterher, der Semitische gezwungenermaßen gleichfalls. Eine Frau
lachte in dem von Gerüchen erfüllten Dunkel, tief und überreif
und gedämpft: Kommt rein Jungs lauter Mädels wer'n euch
schon abkühlen na los Jungs. Fairchild brabbelte erregt vor sich
hin. Der Semitische zerrte ihn weiter.)

Das ist es! Das ist es! Du gehst durch eine dunkle Straße,
gehst durch die Dunkelheit. Das Dunkel umgibt dich, eng und
vertraut; es birgt alles, alle Dinge – du brauchst nur die Hand
auszustrecken, um das Leben zu fühlen, um das schlagende
Herz des Lebens zu berühren. Schönheit: etwas, das du nicht
sehen, nur ahnen kannst; etwas Naturhaftes, fruchtbar und
faulend – du bleibst nicht stehen ihretwegen; du gehst weiter.

(Der Semitische zerrte weiter, hinter dem weitausschreitenden Gordon her.) Ich liebe drei Dinge. *Ratten, raffiniert und wie aus mattglänzendem Silber, scharf und gründlich wie der Tod, stehlen sich heran, um die Brotrinde zu benagen, die der Bettler unter dem steinernen Tor locker mit der Hand umschließt. Nichts verscheucht sie; sie schwärmen über die hingestreckte Gestalt, durchforschen ihre Kleidung mit obszöner Geräuschlosigkeit und schleifen ihre heißen Bäuche über den hageren, alterskühlen Körper und schnüffeln an seinen Geschlechtsteilen.* Ich liebe drei Dinge.

(Er zerrte Fairchild weiter, der in Ekstase vor sich hinredete.) Eine Stimme, eine Berührung, einen Klang: Das Leben geht weiter, unsichtbar; überall umgibt es dich in dem alles umhüllenden Dunkel hinter diesen Mauern, diesen Ziegelsteinen ... (Fairchild blieb stehen und legte die Hand auf die Mauer an seiner Seite, die noch die Hitze des Tages speicherte, und starrte im Sternenlicht den Freund an. Gordon schritt voraus) ... in diesem dunklen Zimmer, oder in jenem. Man möchte durch alle Straßen aller Städte streifen, in denen Menschen leben, und in alle dunklen Zimmer der Erde schauen. Nicht aus Neugier, nicht voller Furcht oder Zweifel oder Ablehnung, nein: demütig und sanft, wie man sich hineinschleichen würde, um ein schlafendes Kind zu betrachten, ohne es zu stören.

Dann plötzlich flitzen die Ratten weg; es ist wie eine Bewegung eines einzigen Körpers. Und dann, reglos und in Sicherheit, werden sie zu einer schnurgeraden Reihe gleichmäßig glühender Zigaretten. Der Bettler, dessen Hand noch die gestohlene Brotrinde umschließt, schläft unter dem steinernen Tor.

(Fairchild brabbelte immer weiter. Gordon, der noch vorausging, wandte sich zur Seite und trat in eine Tür. Sie schwang auf und ließ einen Lichtstreifen nach draußen fallen, quer über das Pflaster hinweg; dann wurde der Streifen schmal und schmaler und war verschwunden: die Tür war ins Schloß gefallen. Der Semitische packte Fairchild am Arm. Fairchild blieb stehen. Ringsumher lag die Stadt in einem Taumel aus Dunkelheit und Hitze versunken, in einem Schlaf, der kein Schlaf war; und Dunkel und Hitze leckten an Fairchilds kurzem, stämmigem Körper im Takt mit dem verborgenen, ewigen

Pulsschlag der Welt. Über ihm, über dem seichten, zerrissenen Cañon der Straße, brannten am Herzen aller Dinge heiße, gewaltige Sterne.)

Drei andere Priester, barfüßig und in Roben aus gesponnenem Schweigen gehüllt, erscheinen von nirgendwoher. Eilig folgen sie den ersten drei. Da bemerken sie den Bettler unter dem steinernen Tor. Sie bleiben neben ihm stehen; die Mauern verschlucken den grauen, schleifenden Laut ihrer Schritte. Reglos, wie nebeneinander gereihte Zigaretten, blicken die Ratten. (Gordon tauchte wieder auf und ragte im matten Sternenlicht über den beiden anderen. Er hielt eine Flasche in der Hand.) *Die Priester treten näher heran, stoßen einander an und neigen sich ängstlich über den Bettler, der auf der leeren Straße liegt, während die Stille langsam herankommt wie eine Prozession gleichmäßig atmender Nonnen. Über den dämpfenden Mauern ist etwas, das wild ist und leidenschaftlich, fern und traurig; es ist schrill wie Querpfeifen und doch unhörbar. Gleich unterhalb, lautlose Gestalten; zwischen ihnen, undeutlich zu erkennen, ein Mädchen in lose fallendem Gewand, mit einer dünnen, hellen Kette zwischen den Fußgelenken, und ein ferner Klageton.*

(Sie bogen in eine Straße, die noch dunkler war. Wieder blieb Gordon stehen, grübelnd und entfernt. Er hob die Flasche gegen den Himmel.) Ja, bitter und neu wie Feuer. Jetzt hat der Schlaf den Docht niedergeschraubt; das dämpft ihr seltsames und wildes Feuer. Eingesponnen in einen Kokon aus weißem Feuer. Strahlend und neu wie Feuer. (Er trank und lauschte dem gleichmäßigen Takt seines ungezähmten, bitteren Herzens. Dann gab er die Flasche weiter; grübelnd stand sein Falkengesicht über den beiden anderen gegen den Himmel. Die beiden tranken. Sie wanderten weiter durch die dunkle Stadt.)

Noch immer schläft der Bettler, die gestohlene Rinde in der hohlen Hand formend. Und einer der Priester spricht: Brauchst du etwas, Bruder, was Menschenhand dir zu geben vermag? Dicht über der Stille, inmitten der Gestalten, ein nackter Knabe, mit Scharlach beschmiert; nachlässig trägt er eine Krone. Sinnlos lachend bewegt er sich im Zickzack; und der nackte Leib einer Frau, aus Ebenholz geschnitzt und ohne Kopf, ist umgeben von klagenden Weibern, die in Felle erschlagener Tiere gehüllt und mit Ketten aneinander gefesselt sind. Der Bettler antwortet nicht, er regt sich nicht, und der zweite Priester beugt sein bleiches, halb im Schatten verborgenes Antlitz tiefer. Es ist kein Schlaf hinter der hohen, weißen Stirn, denn die Augen starren stumm an den drei Priestern vorbei, ohne sie wahrzunehmen. Der dritte Priester neigt sich und hebt an. Bruder.

(Sie blieben wieder stehen und tranken. Dann gingen sie weiter. Der Semitische trug die Flasche an der Brust wie ein kleines Kind.) Ich liebe drei Dinge. (Fairchild ging schwankend neben ihm. Über ihm, zwischen den irren Sternen, Gordons bärtiges Haupt. Die Nacht war schwer und erfüllt; es roch nach Straßen und Menschen, nach geheimen Wesen und Dingen.)

Der Bettler regt sich nicht, und die Stimme des Priesters ist ein dunkler Vogel, der die Tür des Käfigs sucht. Über die Stille, zwischen ihr und der Fratze des Himmels, schwillt ein Geräusch wie ferne Brandung. Die drei Priester blicken einander an. Reglos liegt der Bettler unter dem steinernen Tor. Aus glimmenden Zigaretten bewachen die Ratten die Szene.

Ich liebe drei Dinge: Gold, Marmor und Purpur. *Das Geräusch wächst. Inmitten der Schatten und Echos wird es zum brausenden Wind, der auf donnernden Zentaurenhufen den Hügel herabstürmt. Die Frau ohne Kopf ist aus schwarzer Todesangst geschnitzt; sie ist weiter weg als die verlassende Gelassenheit des Mädchens im losen Gewand, und indes sich die Schatten mit den Echos vermischen, erheben die gefesselten Weiber ihre Stimmen von neuem und stoßen dünne Klagelaute aus.* (Sie wurden angesprochen. Geflüster aus jedem Hauseingang; die spannungsgeladene, wilde Dunkelheit war voller aufdringlicher, unkeuscher Hände. Fairchild schwankte an seiner Seite, und Gordon blieb abermals stehen. »Ich geh da rein«, sagte er. »Gebt mir'n bißchen Geld.« Der Semitische gab ihm unbesehen irgendeinen Schein.) *Der Wind braust weiter; springende Gestalten sind auf einmal darin, flackernd wie Flammen, und ein eisig-brennender Klang von Querpfeifen schnitzt die Welt dunkel aus dem Raum. Die Zentaurenhufe donnern stürmisch dahin; schrille Stimmen reiten auf dem Sturm wie verwehte Vögel, wild und leidenschaftlich und traurig.* (Eine Tür

331

öffnete sich in der Mauer, Gordon trat ein, und ehe sich die Tür wieder schloß, sahen sie, wie er in dem engen Durchgang zum Hof eine Frau aus dem Schatten zerrte und sie hochriß gegen die irren Sterne; ihr Schrei erstickte unter seinem Kuß.) *Dann verwandeln sich Stimmen und Geräusche, Schatten und Echos; sie wirbeln durcheinander und werden zum Torso eines Mädchens ohne Kopf, ohne Arme und Beine, reglos und jungfräulich und leidenschaftlich-ewig, und dahinter zerstieben Schatten und Echos.*

(Sie gingen weiter. Der Semitische wiegte die Flasche im Arm.) Ich liebe drei Dinge . . . Dante erfand Beatrice, er schuf sich selbst ein Mädchen, das zu schaffen das Leben keine Zeit gefunden hatte, und auf dessen schwache, ungebeugte Schultern lud er die ganze Bürde der Menschheitsgeschichte von der Sehnsucht seines maßlosen Herzens . . . *Endlich faßt einer der Priester Mut, beugt sich noch tiefer und schiebt die Hand unter des Bettlers schlechtes Kleid. Das Herz ist kalt.* (Plötzlich stolperte Fairchild neben ihm und wäre fast gestürzt. Er fing ihn auf und lehnte ihn an die Mauer, und Fairchild stand da, hutlos, den Kopf in den Nacken gelegt; er starrte zum Himmel hinauf und lauschte ins Dunkel und auf den rhythmischen Schlag des Herzens aller Dinge. »Das ist es. Der Genius.« Er sprach zum Himmel hinauf, langsam und deutlich. »Die Leute bringen das alles durcheinander, weißt du. Sie haben's so weit gebracht, daß Genius nur noch jenen Zustand geistiger Aktivität bedeutet, in dem ein Bild gemalt oder ein Gedicht geschrieben wird. Aber es ist doch ganz anders. Genius, das ist jene Passionswoche des Herzens, jener Augenblick zeitloser Glückseligkeit, den manche nie erleben, den andere vermutlich durch einen Willensakt erreichen, und wieder andere durch etwas Äußerliches – Alkohol etwa wie heute abend –, jener passive Zustand des Herzens, mit dem der Geist, das Großhirn, überhaupt nichts zu tun hat und in dem die abgedroschenen Zufälligkeiten, aus denen diese Welt gemacht ist – Liebe und Leben und Tod und Gram und Geschlecht –, glückhaft in vollkommener Proportion zusammenfallen und so etwas wie strahlende und zeitlose Schönheit erhalten. Wie bei Isolde Weißhand und ihrem Tristan mitsamt seiner anständigen, hochherzigen Langweiligkeit; wie diese junge Lady Sowieso, die unter irgendeiner Regierung hingerichtet wurde; sie bat um Erlaubnis und befühlte mit etwas wie nüchternem Staunen die Klinge, die ihren Kopf vom Rumpf trennen sollte; wie ein rothaariges Mädchen im weißen Kleid, eine Geisteskranke, die an einem sonnigen Spätnachmittag im Mai unter glyzinienbewachsenen Spalierlatten baumelt ...« Er lehnte an der Mauer, starrte zum matten, irren Himmel hinauf und hörte das dunkle und schlichte Herz aller Dinge schlagen. Über einem Dachgesims ahnte man endlich ein kaltes und blutloses Gerücht von dem sterbenden Mond.)

(Der Semitische wiegte die Flasche an der Brust. »Ich liebe drei Dinge. Gold, Marmor und Purpur ...«) *Die Priester bekreuzigen sich, während die Nonnen der Stille wieder gleichmäßig atmen, und schreiten von dannen: bald haben die hohen, fensterlosen Mauern die dünne, zölibate Hoffnungslosigkeit verschluckt. Die Ratten sind arrogant wie Zigaretten. Nach einer Weile stehlen sie sich heran, klettern auf dem Bettler umher, schleifen die heißen Bäuche über ihn hin und wühlen ungehindert in seinen Geschlechtsteilen. Irgendwo über der dunklen Straße, über den windzerschnittenen Hügeln, hinter der Stille, ist der dünne Klang von Querpfeifen; wild und leidenschaftlich und traurig und unhörbar.* (».... die sind eindeutig«, erklärte er sowohl seinem eigenen, dunklen, leidenschaftlichen Herzen, wie auch Fairchild, der neben ihm an einer dunklen Mauer lehnte und sich erbrach.)

10

Das Rechteck des Lichts fiel nach draußen, und hinter der halblangen Gitterjalousie schütterte und klapperte noch immer die Schreibmaschine.

»Fairchild.«

Der Schreibende empfand ein unbestimmtes Mißbehagen, wie es einen etwa befällt, der weiß, daß jemand gerade versucht, ihn aus einem schönen Traum zu wecken, und zugleich weiß, daß dieser Traum, selbst wenn es ihm gelänge, dem Störenfried zu widerstehen, unweigerlich abreißen wird.

»Hallo Fairchild.«

Er konzentrierte sich wieder; er versuchte, den Eindringling aus der Glückseligkeit seines Herzens auszutreiben, indem er noch heftiger auf die Tasten einhieb. Aber schließlich kam doch das schüchterne Klopfen an die Jalousie.

»Verdammt!« Er gab es auf. »Herein!« schnauzte er und sah hoch. »Mein Gott, wo kommen Sie denn her? Sie hab ich doch erst vor zehn Minuten oder so reingelassen.« Dann bemerkte er den Gesichtsausdruck des Besuchers. »Was ist los mit Ihnen?« fragte er rasch; »sind Sie krank?«

Mr. Talliaferro stand auf der Schwelle und blinzelte ins Licht. Dann trat er langsam ein und ließ sich auf einen Stuhl sinken. »Viel schlimmer«, antwortete er in äußerster Niedergeschlagenheit. Der schwere Mann wandte sich rasch um und sah ihm ins Gesicht.

»Brauchen Sie einen Arzt oder so?«

Der Besucher verbarg das Gesicht in den Händen. »Nein, nein; ein Arzt kann mir auch nicht helfen.«

»Also, was wollen Sie dann? Ich hab zu tun. Was ist los?«

»Ich glaube, ich hätte gern einen Schluck Whisky«, sagte Mr. Talliaferro endlich. »Wenn es Ihnen nichts ausmacht«, fügte er mit der üblichen höflichen Unsicherheit hinzu. Für einen Augenblick hob er sein todunglückliches Gesicht. »Mir ist heute abend etwas Furchtbares zugestoßen.« Er ließ das Gesicht wieder in die Hände sinken, und der andere stand auf und kam gleich darauf mit einem zur Hälfte gefüllten Glas zurück. Mr. Talliaferro nahm es dankbar entgegen. Er trank einen Schluck und ließ das Glas mit bebender Hand sinken. »Ich muß einfach mit einem Menschen darüber reden. Mir ist etwas Furchtbares zugestoßen . . .« Er dachte einen Augenblick nach. »Es war nämlich die letzte Gelegenheit, wissen Sie«, brach es plötzlich aus ihm heraus. »Fairchild zum Beispiel, dem könnte es egal sein, oder Ihnen. Aber mir . . .« Mr. Talliaferro verbarg das Gesicht in der freien Hand. »Etwas Furchtbares ist mir zugestoßen«, wiederholte er.

»Na los, dann spucken Sie's aus. Aber bißchen dalli.«

Mr. Talliaferro zerrte sein Taschentuch hervor und wischte sich erschöpft das Gesicht. Der andere sah ihm ungeduldig zu. »Also, ich stellte mich gleichgültig, ganz wie ich es mir ausgedacht hatte; ich sagte, ich hätte heute keine Lust zum Tanzen. Aber sie sagte, ›Ach, kommen Sie doch, oder haben Sie vielleicht gedacht, ich geh aus, um bloß im Park rumzusitzen, oder so?‹ Genau so. Und als ich den Arm um sie legte . . .«

»Um wen?«

»Um sie. Und als ich sie küssen wollte, da stemmte sie . . .«

»Aber wo ist denn das gewesen?«

»Im Taxi. Ich habe nämlich keinen Wagen, sehen Sie. Nächstes Jahr will ich einen anschaffen. Und sie stemmte einfach den Ellbogen unter mein Kinn und drückte mir die Kehle zu, bis ich mich wieder in meine Sitzecke zurückziehen mußte, und dann hat sie gesagt, ›Ich tanze nie auf solchen Privatveranstaltungen, und auch nicht ohne Musik, Mister Mann.‹ Und dann . . .«

»Um Himmels willen, von wem reden Sie da überhaupt?«

»Von Jen . . . von dem Mädchen, mit dem ich heute abend aus war. Und so sind wir also tanzen gegangen, und ich hab sie ein bißchen gedrückt, genau so, wie ich es auf der Jacht getan hatte, nicht stärker, bestimmt nicht; und da hat sie sofort gesagt, ich soll das lassen. Sie sagte, sie habe keinen Hexenschuß, oder so ähnlich. Und dabei hat sie die ganze Zeit auf der Jacht nichts dagegen gehabt.« Mr. Talliaferro sah seinen Gastgeber mit höflicher, verständnisloser Verwunderung an. Dann seufzte er, trank das Glas aus und stellte es neben sich auf den Boden.

»Ach du lieber Gott«, flüsterte der andere.

Mr. Talliaferro fuhr etwas fester fort: »Und dann bemerkte ich schon sehr bald, daß ihre Aufmerksamkeit von etwas hinter meinem Rücken erregt wurde. Oder von jemand. Sie sah beim Tanzen immer rechts oder links an mir vorbei, und sie kam dauernd aus dem Takt und sagte ›O pardon‹, aber wenn ich mich umsah, konnte ich nichts entdecken, was sie hätte ablenken können. Da fragte ich sie: ›Woran denken Sie?‹, und sie machte ›Hm?‹, und ich sagte, ›Ich kann Ihnen sagen, woran Sie denken‹ und sie sagte, ›Wer? Ich? Na, an was denk ich denn?‹, und dabei versuchte sie noch immer, etwas hinter meinem Rücken zu sehen, wohlgemerkt. Dann sah ich, daß sie auch lächelte, und ich sagte, ›Sie denken an mich‹, und sie sagte, ›Ach nee, wirklich?‹«

»Mein Gott«, murmelte der andere.

»Ja«, bestätigte Mr. Talliaferro unglücklich, und rasch fuhr er fort: »Und ich sagte, wie ich es mir vorgenommen hatte, ›Das Lokal paßt mir nicht. Gehn wir.‹ Sie wollte nicht, aber ich blieb fest; und schließlich gab sie nach und sagte, ich solle schon runtergehen und eine Taxe besorgen; sie werde gleich nachkommen.

Das hätte mich schon mißtrauisch machen sollen, aber ich merkte nichts. Ich ging hinunter und rief eine Taxe. Ich gab dem Fahrer zehn Dollar, und er versprach, er werde auf einer einsamen Landstraße halten und behaupten, er habe unterwegs etwas verloren, das er suchen müsse; dann sollte er warten, bis ich auf die Hupe drücken würde.

Also wartete ich. Ich wartete lange, aber sie kam nicht. Da sagte ich dem Fahrer, er solle warten und lief noch einmal hinauf. Im Vestibül war sie nicht; ich ging also in den Tanzsaal.« Er brach ab und versank eine Weile in verzweifeltes Brüten.

»Na und?« drängte der andere.

Mr. Talliaferro seufzte. »Ich schwöre Ihnen, daß ich es wohl aufgeben werde. Ich will nichts mehr mit ihnen zu tun haben. Nachdem ich den Tanzsaal wieder betreten hatte, sah ich mich an dem Tisch nach ihr um, an dem wir gesessen hatten. Da war sie nicht, und zuerst konnte ich sie nirgendwo entdecken. Aber dann sah ich sie. Sie tanzte mit einem Mann, den ich noch nie gesehen hatte. Ein großer Mann, so wie Sie. Ich wußte nicht, was ich davon halten sollte. Schließlich dachte ich mir, es wird ein Bekannter von ihr sein, und sie tanzt mit ihm, bis ich zurückkomme – sie hat mich falsch verstanden und weiß nicht, daß ich eigentlich unten warten sollte. Andererseits hatte sie doch selbst gesagt, ich solle unten warten. Das brachte mich ganz durcheinander.

Ich wartete an der Tür, bis es mir endlich gelang, ihren Blick zu erhaschen; dann winkte ich ihr. Sie winkte zurück; es sah so aus, als wolle sie, daß ich warte, bis der Tanz zu Ende ist. So stand ich also da. Die Leute kamen und gingen, aber ich hielt meinen Platz neben der Tür, wo sie mich ohne Schwierigkeit finden mußte. Aber als die Musik dann abbrach, gingen sie zusammen an einen Tisch, setzten sich und riefen den Kellner und sie sah nicht einmal zu mir herüber!

Da wurde ich ärgerlich. Ich ging zu ihnen. Ich wollte vermeiden, daß die anderen Leute merkten, daß ich ärgerlich war; darum verbeugte ich mich, und sie sagte, ›Ach, hallo – ich hab gedacht, Sie haben mich sitzenlassen, und da will mich der Herr hier liebenswürdigerweise heimbringen.‹ – ›Worauf Sie Gift nehmen können‹, sagte der Mann und glotzte mich an. ›Wer isn das?‹ Verstehen Sie«, schaltete Mr. Talliaferro ein, »ich versuchte, so zu reden wie er. Ich kann seine abscheuliche Redeweise nicht richtig nachmachen. Sehen Sie, es wäre nicht so . . . so . . . Ich würde mich nicht so hilflos gefühlt haben, wenn er sich richtig ausgedrückt hätte. Aber wie er sprach . . . einfach unmöglich. Verstehen Sie, was ich meine?«

»Weiter, weiter«, sagte der andere.

»Und sie sagte, ›Ach, das ist so ein kleiner Freund von mir‹, und der Mann sagte, ›Na, kleine Jungs wie der gehörn aber ins Bett um die Zeit.‹ Er sah mich scharf an, aber ich ignorierte ihn und sagte mit Nachdruck, ›Kommen Sie, Miss Steinbauer, unser Taxi wartet.‹ Da sagte er, ›Hör mal, Otto, du willst mir doch wohl nicht mein Mädel ausspannen, was?‹ Ich setzte ihm auseinander, daß sie mit mir gekommen sei; sehr fest und mit Nachdruck, verstehen Sie; und dann sagte sie, ›Machen Sie, daß Sie weiterkommen. Sie ham keine Lust mehr zum Tanzen, und ich hab noch welche. Deswegen bleib ich noch und tanz mit dem da. Gute Nacht.‹

Sie lächelte wieder; ich merkte, daß sie sich über mich lustig machten; dann wieherte er los wie ein Gaul. ›Hau ab, Junge‹ sagte er, ›von dir hat se die Nase voll. Komm morgen noch mal vorbei.‹ Ich sah das fette, rote Gesicht und die grinsenden Zähne, und ich wollte ihm eine reinhauen. Aber ich beherrschte mich noch rechtzeitig – ich dachte an meine gesellschaftliche Stellung und an meine Freunde«, erklärte er, »so sah ich die beiden nur scharf an und drehte mich um und ging. Natürlich hatte das ganze Lokal die Szene beobachtet; als ich hinausging, sagte ein Kellner zu mir: ›Pech, alter Junge, aber so sind sie nun mal.‹«

Mr. Talliaferro versank wieder in Nachdenken, in eine Art höflichen Nichtbegreifens; er schien mehr verwirrt als zornig oder gar niedergeschlagen. Er seufzte wieder. »Und obendrein war der Chauffeur mit meinen zehn Dollar über alle Berge.«

Der andere musterte Mr. Talliaferro mit höchster Bewunderung. »O DU der DU über dem Donner wohnst, schau herab auf DEIN Meisterwerk! Kau an den Nägeln, Balzac! Und ich sitze hier und vergeude mein beschissenes Leben damit, Menschen zu erfinden!« Plötzlich lief er rot an. Er stand auf und ragte über Mr. Talliaferro. »Scheren Sie sich zum Teufel«, brüllte er; »Sie kotzen mich an!«

Mr. Talliaferro stand gehorsam auf. Wieder befiel ihn hoffnungslose Niedergeschlagenheit. »Ja, aber was soll ich denn jetzt machen?«

»Was Sie machen sollen? Gehen Sie doch in 'n Puff, wenn Sie 'n Mädchen wollen. Und wenn du Angst hast, es nimmt sie dir einer weg, dann lies eine auf der Straße auf; von mir aus kannst du sie hierher bringen. Aber um alles in der Welt erzähl mir nichts mehr; du hast mich rettungslos durcheinandergebracht. – Wollen Sie noch einen Whisky?«

Mr. Talliaferro seufzte abermals und schüttelte den Kopf. »Whisky hilft auch nicht«, entgegnete er. »Vielen Dank trotzdem.« Der Große nahm ihn am Arm und geleitete Mr. Talliaferro freundlich aber bestimmt nach draußen, wobei er die Jalousie mit einem Fußtritt beiseiteschob. Dann fiel sie wieder zu, und Mr. Talliaferro stand da, lauschte dem wütenden Klappern der Schreibmaschine, sah dem Spiel der Schatten zu und ließ sich von der Dunkelheit tröstend einhüllen. Eine Katze schlich sich vorbei, betrachtete ihn und schoß wie ein schmutziger Blitz auf die andere Straßenseite hinüber. Elend und neidisch sah er hinter ihr her. Für Katzen war die Liebe so unkompliziert – sie bestand in der Hauptsache aus Kreischen, und auf den Erfolg schien es nicht so sehr anzukommen. Er seufzte und ging langsam weiter. Die rasende Schreibmaschine blieb zurück; er bog um die Ecke, und es war nichts mehr zu hören. Über einem Dachgesims ahnte man endlich ein kaltes und blutloses Gerücht von dem sterbenden Mond.

Sein gemessener Schritt ging durch die Straßen hin, die in der Dunkelheit interessant aussahen, und wie er so dahin wanderte, erschien es ihm seltsam, daß er, den innerlich die Verzweiflung gepackt hielt, äußerlich war wie immer. Ob man es mir ansieht? dachte er. Es liegt daran, daß ich alt werde; deshalb finden mich die Frauen nicht anziehend. Und doch – ich kenne viele Männer, die mindestens so alt sind wie ich und die trotzdem Frauen kriegen . . . oder sie behaupten es wenigstens . . . Es liegt daran, daß mir etwas fehlt; etwas, das ich nie hatte . . .

Und bald würde er wieder verheiratet sein. Als es Mr. Talliaferro zu Bewußtsein gekommen war, daß diese Heirat einen Einschnitt bedeuten werde, daß er danach endgültig aufhören werde, jung zu sein, da hatte er im ersten Augenblick schmerzliches Bedauern empfunden, das fast an Verzweiflung grenzte, und ein letztes Flackern von Freiheit und Jugend war in ihm aufgelodert wie eine Flamme vor dem Erlöschen. Nun aber, während er unter dem schwülen Himmel und den irren, welkenden Gardenien der Sterne durch die dunklen Straßen wanderte, ausgebrannt und ein wenig müde, das Murren seiner Knochen vernahm, seines Skeletts, dieses unerschütterlichen Kameraden, der so gern sagt, Ich hab ja gleich gewußt – da wurde ihm klar, daß er dieser Ehe mit schwacher, aber nicht zu übersehender Erleichterung als der Lösung des Problems entgegensah. Ja, dachte er bei sich und seufzte wieder, von Ehemännern erwartet man, daß sie treu sind. Oder zumindest schadet es ihrem Ansehen nicht.

Aber der Gedanke, daß er niemals die Macht besessen haben sollte, eine Frau zu erregen, daß er, ohne es zu wissen, wie eine ungeladene Pistole gelebt hatte, dieser Gedanke war ihm unerträglich. Nein, es muß etwas sein, das ich auch tun kann, oder sagen kann; ich bin nur noch nicht dahintergekommen. Als er in die ruhige Straße bog, in der er wohnte, bemerkte er zwei Gestalten in einer Toreinfahrt, die sich umarmten. Er hastete vorüber.

In seiner Wohnung angelangt, entledigte er sich seines Rockes und hängte ihn sorgfältig auf einen Bügel in den Wandschrank, ohne überhaupt zu wissen, was er tat; dann holte er aus dem Badezimmer einen Metallbehälter, an dem eine Handpumpe angebracht war, und begann, den Raum methodisch mit einem scharf duftenden Parfüm zu durchsprühen. Bei jedem Kolbenstoß der Pumpe spürte er einen leichten, angenehmen Widerstand, obgleich der Kolben wie von selbst zurückglitt. Es war wie Atmen: ein und aus und ein und aus: ein Rhythmus.

Ich kann es auch tun. Ich kann es auch sagen, wiederholte er im Rhythmus der Armbewegung. Die Flüssigkeit zischte scharf und durchdrang die Atmosphäre des Raumes. Ich kann es tun. Ich kann es sagen. Es muß was geben. Es muß was geben. Wenn einem der Trieb eingepflanzt ist, dann muß es doch auch eine Möglichkeit geben, ihn zu befriedigen. Ich kann es sagen.

Sein Arm bewegte sich immer rascher und ließ die Flüssigkeit in kurzen, zischenden Stößen in die Luft sprühen. Dann hörte er auf und suchte sein Taschentuch, bis ihm einfiel, daß es noch in seinem Rock steckte. Aber etwas anderes geriet in seine suchenden Finger, und indem er den Parfümzerstäuber unter den Arm klemmte, fischte er eine kleine, runde Metalldose aus der Hüfttasche; sie lag in seinem Handteller, und er starrte sie an. Agnes Mabel Becky, las er und stieß ein kurzes unfrohes Lachen aus. Dann ging er langsam zur Kommode hinüber, verbarg das Döschen sorgfältig an dem gewohnten Platz und trat an den Wandschrank, um das Taschentuch aus dem Jackett zu holen und sich die Stirn abzutupfen. Aber muß ich denn ein alter Mann werden, ehe ich dahinterkomme? Alt. Alt. Ein alter Mann, und ich habe noch gar nicht gelebt . . .

Langsam ging er ins Badezimmer und stellte den Zerstäuber weg. Mit einer Schüssel voll heißem Wasser kam er zurück. Er setzte die Schüssel auf den Boden und trat wieder vor den Spiegel, um sich zu betrachten. Sein Haar wurde wirklich dünn, daran war nicht zu zweifeln (nicht einmal die Haare bleiben bei mir, dachte er bitter), und seine achtunddreißig Jahre standen in dem Gesicht geschrieben, in das er blickte. Er neigte nicht zum Fettansatz, aber die Haut unter dem Kinn wurde schlaff und lappig. Er seufzte und zog sich ganz aus, automatisch hängte er jedes einzelne Kleidungsstück sorgfältig weg, nachdem er es abgelegt hatte. Auf dem Tisch neben seinem Sessel stand eine Schachtel Abführschokolade, und während er so dasaß, die Füße im heißen Wasser, kaute er eine Pastille.

Die Wärme des Wassers stieg lindernd in seinem mageren Körper empor, und das wohlschmeckende Medikament zwischen seinen langsam mahlenden Kiefern gewährte ihm eine vorübergehende Entspannung. Laß mal sehen, dachte er, und ließ den Abend noch einmal an sich vorbeiziehen. Was hab ich eigentlich falsch gemacht? Der Plan war gut, sogar Fairchild hat das zugegeben. Denk mal nach... Die Kiefer kamen zur Ruhe, und sein Blick blieb an der Photographie seiner verstorbenen Frau hängen, die auf der Kommode stand. Wie kommt es, daß sie nie das tun, was man erwartet? Man kann alle denkbaren Möglichkeiten einkalkulieren, und dann machen sie ganz etwas anderes, etwas, das sie sich nicht einmal selbst vorher ausgedacht haben können...

... ich bin einfach zu nett zu ihnen gewesen; ich habe ihrer natürlichen Perversität und dem puren Zufall zu viele Angriffsflächen gelassen. Das war jedesmal mein Fehler: ich habe sie gleich zu Anfang zum Essen ausgeführt und in Shows mitgenommen, ich hab mich von ihnen in die Rolle des Freiers drängen lassen, der tanzt, sobald sie pfeifen. Der Trick – und zwar der einzige Trick – besteht darin, sie zu tyrannisieren, sie von Anfang an zu beherrschen – man darf keine List anwenden und ihnen auch keine Gelegenheit lassen, es zu tun. Die älteste Methode der Welt: die Keule. Bei Gott, das ist es.

Eilig trocknete er sich die Füße ab und schlüpfte in die Pantoffeln; dann ging er ans Telephon und verlangte eine Nummer. »Das ist der Trick, genau das«, flüsterte er begeistert, und dann war eine verschlafene Männerstimme an seinem Ohr.

»Fairchild? Verzeihen Sie bitte die Störung; aber ich hab's endlich.« Ein erstickter, undeutlicher Laut drang aus dem Hörer, aber er achtete nicht darauf und sprudelte weiter: »Durch einen Fehler, den ich heute abend gemacht habe, bin ich dahintergekommen. Es liegt nur daran, daß ich zu wenig Schneid gezeigt habe. Ich habe immer Angst gehabt, ich mach ihnen Angst. Hören Sie: ich werde sie hierherschleifen; Nein gilt nicht; ich werde grausam sein und hart und brutal, wenn es sein muß, bis sie um meine Liebe bettelt. Was halten Sie davon?... Hallo! Fairchild...?!«

Ein fernes Summen füllte die Pause. Dann sagte eine weibliche Stimme:

»Immer feste druff, Dicker; jetzt zeigs ihnen aber.«

Nachwort des Übersetzers

Es ist viel darüber gesagt und geschrieben worden, wie der Übersetzer vorzugehen habe, der einen literarischen Text von einigem Anspruch übertragen soll. Daß selbst so relativ nahe verwandte Sprachen wie das Englische und das Deutsche Nuancen haben, die im letzten kaum übersetzbar sind, ist eine Binsenweisheit. Der Übersetzer dieses Romans hat zwischen den Eigengesetzlichkeiten des englischen Originals und den Möglichkeiten der deutschen Sprache zu vermitteln gesucht und sich bemüht, bei engster Anlehnung an das Original den Sinn dessen, was der Autor ausdrücken wollte, möglichst genau in die andere Sprache (und Mentalität!) zu übertragen.

Bei einem sprachlich so eigenwilligen Autor wie Faulkner ist dies nicht immer ganz einfach. Der vorliegende Roman hat seine Schwierigkeit in seinem Aufbau, er ist durchkomponiert – auch im Stilistischen und in der Diktion: Bestimmten Personen oder Situationen werden bestimmte Attribute zugeordnet: Adjektiva und Adverbien, auch Substantiva gelegentlich, die durch das ganze Werk hindurch immer im gleichen Zusammenhang auftauchen. Nun sind diese Ausdrücke aber zumeist mehrdeutig, und im Zusammenhang der Faulknerschen Prosa hat das gleiche, einer bestimmten Person zugeordnete Wort nicht immer den gleichen Sinn. Der Übersetzer ist hier gelegentlich gezwungen, zugunsten des Sinnes eine stilistische Arabeske zu zerstören.

Fairchild ist eine Schlüsselfigur. Hinter ihm verbirgt sich der amerikanische Schriftsteller Sherwood Anderson, dem Faulkner die Veröffentlichung seines ersten Romans *(Soldatenlohn)* verdankt. Die beiden haben sich 1925 in New Orleans kennengelernt und sind zeitweise befreundet gewesen. Bei näherem Hinsehen entsteht sogar der Verdacht, daß mehrere, wenn nicht die meisten Charaktere in dem vorliegenden Buch mehr oder weniger reale Vorbilder gehabt haben könnten. Robert Coughlan berichtet in *The private World of William Faulkner* (Harper & Brothers, New York 1953):

>». . . (Faulkner) fügte sich in das Leben im French Quarter ein, wo Anderson an der Spitze einer kleinen Gruppe von Bohémiens – Künstlern und Schriftstellern – stand . . . (hier schrieb er auch) den größten Teil seines zweiten Romans *Mosquitoes,* einer Satire auf die versnobten Spießbürger, von denen die Gruppe kultiviert wurde . . .«

Das Mileu, in dem der Roman spielt, ist also haargenau das Milieu, in dem Faulkner seinerzeit gelebt hat. Wenn man nun weiß, daß Dawson Fairchild für Sherwood Anderson steht, wenn man auf Seite 142 Faulkner selbst begegnet (». . . Er ist Lügner von Beruf, hat er gesagt . . .«), dann liegt der Gedanke nahe, daß auch der Semitische, Mr. Talliaferro, Mrs. Maurier und all die anderen zumindest in einigen Zügen realen Personen nachgebildet sein könnten.

Die Moskitos auf alle Fälle, die dem Roman den (mehrdeutig gemeinten) Titel gegeben haben und die von der ersten bis zur letzten Seite immer wieder erwähnt werden, ohne daß – vom Titel abgesehen – das Wort Moskitos fällt, sind in Louisiana noch immer so »allgegenwärtig wie die Leute vom Bestattungsinstitut«. Sie sind es heute, sie waren es zur Zeit von Faulkners Aufenthalt in New Orleans und sie sind es schon immer gewesen. Der Jesuitenpater du Poisson, der als Missionar nach Louisiana kam, schrieb im Jahr 1727: »Die ägyptischen Plagen waren nicht grausamer . . . Dieses kleine Insekt hat, seit die Franzosen am Mississippi siedeln, mehr Flüche laut werden lassen, als bis zu diesem Zeitpunkt in der ganzen Welt ausgestoßen worden sind.«

William Faulkner
im Diogenes Verlag

Das Gesamtwerk in 29 Bänden:

Brandstifter
Erzählungen. Aus dem Amerikanischen von
Elisabeth Schnack. detebe 20040

Eine Rose für Emily
Erzählungen. Deutsch von Elisabeth
Schnack. detebe 20041

Rotes Laub
Erzählungen. Deutsch von Elisabeth
Schnack. detebe 20042

Sieg im Gebirge
Erzählungen. Deutsch von Elisabeth
Schnack. detebe 20043

Schwarze Musik
Erzählungen. Deutsch von Elisabeth
Schnack. detebe 20044

Die Unbesiegten
Roman. Deutsch von Erich Franzen
detebe 20075

Sartoris
Roman. Deutsch von Hermann Stresau
detebe 20076

Als ich im Sterben lag
Roman. Deutsch von Albert Hess und Peter
Schünemann. detebe 20077

Schall und Wahn
Roman. Deutsch von Elisabeth Kaiser und
Helmut M. Braem. detebe 20096

Absalom, Absalom!
Roman. Deutsch von Hermann Stresau
detebe 20148

Go down, Moses
Chronik einer Familie. Roman. Deutsch von
Hermann Stresau und Elisabeth Schnack.
detebe 20149

Der große Wald
Vier Jagdgeschichten. Deutsch von Elisabeth
Schnack. detebe 20150

Griff in den Staub
Roman. Deutsch von Harry Kahn
detebe 20151

Der Springer greift an
Kriminalgeschichten. Deutsch von Elisabeth
Schnack. detebe 20152

Soldatenlohn
Roman. Deutsch von Susanna Rademacher
detebe 20511

Moskitos
Roman. Deutsch von Richard K. Flesch
detebe 20512

Wendemarke
Roman. Deutsch von Georg Goyert
detebe 20513

Die Freistatt
Roman. Deutsch von Hans Wollschläger,
Vorwort von André Malraux.
detebe 20802

Licht im August
Roman. Deutsch von Franz Fein
detebe 20803

Wilde Palmen und Der Strom
Doppelroman. Deutsch von Helmut M.
Braem und Elisabeth Kaiser. detebe 20988

Die Spitzbuben
Roman. Deutsch von Elisabeth Schnack.
detebe 20989

Eine Legende
Roman. Deutsch von Kurt Heinrich Hansen.
detebe 20990

Requiem für eine Nonne
Roman in Szenen. Deutsch von Robert
Schnorr. detebe 20991

Das Dorf
Roman. Deutsch von Helmut M. Braem und
Elisabeth Kaiser. detebe 20992

Die Stadt
Roman. Deutsch von Elisabeth Schnack
detebe 20993

Das Haus
Roman. Deutsch von Elisabeth Schnack
detebe 20994

New Orleans

Skizzen und Erzählungen. Deutsch von Arno Schmidt. detebe 20995

Briefe

Nach der von Joseph Blotner edierten amerikanischen Erstausgabe von 1977, herausgegeben und übersetzt von Elisabeth Schnack und Fritz Senn. detebe 20958

Als Ergänzungsband liegt vor:

Über William Faulkner

Aufsätze und Rezensionen von Malcolm Cowley bis Siegfried Lenz. Mit Essays und Zeichnungen und einem Interview mit William Faulkner. Chronik und Bibliographie. Herausgegeben von Gerd Haffmans. detebe 20098

Mark Twain
im Diogenes Verlag

Evelyn Waugh
im Diogenes Verlag

Auf der schiefen Ebene
Roman. Aus dem Englischen von Ulrike Simon
detebe 21173

Waughs Erstlingsroman ist eine eigentümlich faszinierende Mischung aus Satire, Farce, Burleske und Groteske. Waugh, der weltberühmte Satiriker, zeigt in diesem Roman besonders kraß, aber auch besonders witzig, wo unser Leben hingerät, wenn die Errungenschaften der Zivilisation logisch weitergedacht und weitergetrieben werden und niemand sich mehr auf das Wesentliche besinnt.

»Der frühe Evelyn Waugh ist der beste.«
Arbeiter Zeitung, Wien

Der Knüller
Roman. Deutsch von Elisabeth Schnack
detebe 21176

Ein respektloser, satirischer Roman über die Zeitungswelt, über Londons Fleet Street und die Pressemagnaten, über die Jagd nach dem großen Knüller.

»Eine meisterhafte Fabel, ein Feuerwerk an Witzen und Späßen, ein wahres ›jeu d'esprit‹.« *Rose Macaulay*

Lust und Laster
Roman. Deutsch von Ulrike Simon
detebe 21174

In seinem zweiten Roman aus dem Jahr 1930 nimmt Waugh sich die Londoner Society vor, die im eleganten Mayfair der zwanziger Jahre ein äußerlich sorgloses Leben über einem Abgrund von Heuchelei und Verzweiflung führt. Es ist ein Tanz auf dem Vulkan, die Figuren bewegen sich nur noch auf einer brüchig gewordenen Oberfläche, die beim Ausbruch des Krieges sofort zerbirst. Dem konservativen, bissigen, sarkastischen Kritiker Waugh gelingt es, die Atmosphäre hoffnungsloser Leere und unausweichlichen Scheiterns einzufangen, ein Zeitbild von unerwarteter Aktualität.

»Evelyn Waugh ist seit George Bernard Shaw der einzige geniale Komiker in England.« *Edmund Wilson*

Tod in Hollywood

Roman. Deutsch von Peter Gan
detebe 21175

»In dieser makabren Erzählung über das nicht weniger makabre amerikanische Geschäft mit dem Tod fehlt es nicht an sarkastischen Seitenhieben auf den Filmbetrieb in Hollywood, aber auch auf die Vertreter der alten Welt. Das Werk, das wegen seiner antiamerikanischen Haltung einige Kontroversen auslöste, hat heute einen festen Platz unter den großen Satiren der Weltliteratur.« *Kindlers Literatur Lexikon*

Wer zuerst kommt, mahlt zuerst

Erzählungen. Deutsch von Otto Bayer
detebe 21277

Sieben Erzählungen im Stile der frühen Romane Waughs, teilweise schon mit den Personen, die später wieder in *Lust und Laster* und *Auf der schiefen Ebene* zu finden sind.

»Waugh ist witzig, Waugh ist elegant, Waugh ist knapp.« *Anthony Burgess*

Gilbert Pinfolds Höllenfahrt

Roman. Deutsch von Irmgard Andrae
detebe 21326

Kurz nach seinem fünfzigsten Geburtstag beschließt Gilbert Pinfold, ein weltbekannter Schriftsteller, von

Rheuma und Neuralgien hart geplagt, dem Rat seines Hausarztes zu folgen und eine Schiffsreise in die Tropen anzutreten. Wir werden mit ihm Zeuge unerhörter Ereignisse. Zunächst muß Pinfold erleben, daß unter der farbigen Besatzung des Schiffes eine Meuterei ausbricht, dann stellt er zu seinem Entsetzen fest, daß der Kapitän ein Mörder ist, und schließlich erfährt er, daß er das Opfer einer regelrechten Verschwörung werden soll. Auch als er das unheimliche Schiff mitten auf der Reise verläßt, bleiben die Verfolger auf seiner Spur...

Charles Ryders Tage vor Brideshead

Erzählungen. Deutsch von Otto Bayer
detebe 21276

Vier Erzählungen, gekrönt durch eine fünfte, die kürzlich wiederentdeckte Geschichte aus der Schulzeit Charles Ryders, des Helden von *Wiedersehen mit Brideshead*.

»Ein Schriftsteller von Evelyns Rang hinterläßt uns Besitztümer, die uns zu Entdeckungen einladen: hier zeigt sich uns plötzlich ein Ausblick, den wir übersehen hatten, da warten Pfade, daß wir sie im rechten Augenblick betreten, denn der Leser wie der Autor ändern sich.« *Graham Greene*

Mit Glanz und Gloria

Roman. Deutsch von Matthias Fienbork
detebe. 21465

Wie geht es Basil Seal, dem hochgeborenen Taugenichts aus *Schwarzes Unheil*, Lady Metroland, der berühmten Gastgeberin aus *Lust und Laster* und den anderen Gestalten aus *Auf der schiefen Ebene* seit dem Ausbruch des Zweiten Weltkrieges? Man versucht, *Mit Glanz und Gloria* weiter so vornehm dahinzuleben, wie es sich gehört... auch wenn der Krieg manch lästige Begleiterscheinung in Londons exklusive Zirkel dringen läßt und sogar Basil versucht, seinerseits Kriegswichtiges zu vollbringen.

»Das Verhältnis des Autors zu seinem bevorzugten Objekt (dem britischen Adel): an Schonung ist nicht gedacht.« *Die Zeit, Hamburg*

Eine Handvoll Staub
Roman. Deutsch von Matthias Fienbork
detebe 21348

Zu einer Handvoll Staub zerfällt die scheinbar auf sicheren Pfeilern ruhende Existenz des Engländers Tony Last, nachdem seine Frau Brenda ihn nach sieben öden Ehejahren verläßt. Um Abstand zu gewinnen, begibt sich Tony auf eine Reise ins unerforschte Indianergebiet des Amazonas. Nur seine Uhr findet den Weg zurück in die Zivilisation.

»Mit diesem Roman bewegt sich Waugh bereits auf jenen ›romantischen‹ Konservativismus zu, von dem *Wiedersehen mit Brideshead* zeugen wird.« *Jérôme von Gebsattel*

»Waugh zu lesen ist ein lohnender Genuß.« *Erhard Schütz / Frankfurter Rundschau*

Helena
Roman. Deutsch von Peter Gan
detebe 21642

Die Kaiserin Helena, Mutter Konstantins des Großen, begründete die legendäre Pilgerreise nach Palästina, wo sie angeblich Teile des echten Kreuzes Christi fand. Zu ihrer Lebenszeit ereignete sich eine dramatische Wende in der Geschichte: die Anerkennung des Christentums als Religion des Römischen Reiches. Ihr ungewöhnliches Leben, die enormen Konflikte jener Zeit, Korruption und Verrat und der Wahnsinn des imperialistischen Roms gaben Waugh ausreichend Stoff für das lebendige Porträt einer außergewöhnlichen Frau und einen hervorragenden, äußerst spannenden Geschichtsroman.

»Man braucht wohl nicht zu erwähnen, daß Helena sehr witzig und von vollendeter Gestalt ist – ein sehr gut geschriebenes, ausgesprochen geistreiches Buch.« *New Statesman, London*

Schwarzes Unheil

Roman. Deutsch von Irmgard Andrae
detebe 21402

Auf Anzania, einer fiktiven Insel vor der Küste Afrikas, versucht Seth, dessen wohlklingende Reihe von Titeln etwas dissonant mit ›Bakkalaureus der Freien Künste der Universität Oxford‹ endet, zusammen mit seinem Freund, dem Abenteurer Basil Seal, die Segnungen der modernen Zivilisation einzuführen. Es kommt zur Revolution.

»Zusammen mit *Auf der schiefen Ebene, Der Knüller, Lust und Laster* und *Tod in Hollywood* gehört *Schwarzes Unheil* zu der Gruppe satirischer Romane, die Waugh in den frühen dreißiger Jahren den Namen eines ›enfant terrible‹ der englischen Literatur eintrugen. Eine der bedeutendsten Satiren der modernen englischen Literatur.« *Jérôme von Gebsattel*